Dezesseis Luas

OBRAS DAS AUTORAS PUBLICADAS PELA RECORD

Série Beautiful Creatures

Dezesseis Luas
Dezessete Luas
Dezoito Luas
Dezenove Luas

Sonho Perigoso

Série Dangerous Creatures

Sirena
Incubus

Série A legião (Kami Garcia)

Inquebrável

Série Ícones (Margaret Stohl)

Ícones

MARGARET STOHL
KAMI GARCIA

Dezesseis Luas

Tradução
Regiane Winarski

24ª edição

RIO DE JANEIRO
2022

CIP-Brasil. Catalogação-na-fonte
Sindicato Nacional dos Editores de Livros, RJ

G199d
24ª ed.

Garcia, Kami
  Dezesseis luas / Kami Garcia & Margaret Stohl; tradução:
Regiane de Luna Freire Winarski. – 24ª ed. – Rio de Janeiro:
Galera Record, 2022.
  (Beautiful creatures; 1)

  Tradução de: Beautiful Creatures
  ISBN 978-85-01-08691-4

  1. Romance americano. I. Winarski, Regiane II. Título.
IV. Série.

10-6304.

CDD: 813
CDU: 821.111(73)-3

Copyright © 2009 by Kami Garcia and Margaret Stohl

Discursos STRENGHT TO LOVE e LETTER FROM BIRMINGHAM JAIL, de DR.
MARTIN LUTHER KING JR. copyright © 1963 by Dr. Martin Luther King Jr.; copyright
renovado © 1991 by Coretta Scott King. Reproduzido mediante permissão dos herdeiros
do espólio de Martin Luther King Jr., c/o Writers House New York, NY.

Composição de miolo: Abreu's System
Design de capa: Igor Campos

Texto revisado pelo novo Acordo Ortográfico da Língua Portuguesa.

Direitos exclusivos de publicação em língua portuguesa somente
para o Brasil adquiridos pela
EDITORA RECORD LTDA.
Rua Argentina 171 – 20921-380 Rio de Janeiro, RJ – Tel.: 2585-2000
que se reserva a propriedade literária desta tradução

Impresso no Brasil

ISBN 978-85-01-08691-4

ABDR
ASSOCIAÇÃO BRASILEIRA DE DIREITOS REPROGRÁFICOS
CÓPIA NÃO AUTORIZADA É CRIME
RESPEITE O DIREITO AUTORAL
EDITORA AFILIADA

Seja um leitor preferencial Record.
Cadastre-se e receba informações sobre nossos lançamentos e nossas promoções.

Atendimento e venda direta ao leitor:
mdireto@record.com.br ou (21) 2585-2002

Para
Nick & Stella
Emma, May & Kate
e
para todos os que conjuram ou não, em todos os lugares.
Há mais de nós do que vocês pensam.

A escuridão não pode expulsar a escuridão;
só a luz pode fazer isso.
O ódio não pode expulsar o ódio;
só o amor pode fazer isso.

MARTIN LUTHER KING JR.

O meio do nada

Havia apenas dois tipos de gente em nossa cidade. "As burras e as empacadas", que foi como meu pai afetuosamente classificara nossos vizinhos. "Os que estão condenados a ficar ou são burros demais para ir embora. Todos os outros acham um meio de fugir." Não havia dúvida sobre qual dos dois ele era, mas eu nunca tinha tido coragem de perguntar o motivo. Meu pai era escritor, e morávamos em Gatlin, Carolina do Sul, porque todos os Wate sempre moraram ali, desde que o tataravô do meu tataravô, Ellis Wate, lutou e morreu no outro lado do rio Santee durante a Guerra Civil.

Só que o pessoal daqui não a chamava de Guerra Civil. Todos com menos de 60 anos a chamavam de Guerra entre os Estados, enquanto todos com mais de 60 a chamavam de Guerra da Agressão Norte, como se de alguma forma o norte tivesse levado o sul a entrar na guerra por causa de um fardo ruim de algodão. Todos, menos minha família. Nós a chamávamos de Guerra Civil.

Era apenas mais um motivo pelo qual eu mal podia esperar para ir embora daqui.

Gatlin não era como as cidadezinhas que se vê nos cinemas, a não ser que fosse um filme sobre cinquenta anos atrás. Estávamos longe demais de Charleston para ter um Starbucks ou um McDonald's. Só tínhamos um

Dar-ee Keen, já que os Gentry eram pães-duros demais para comprar novas letras quando compraram o Dairy King. A biblioteca ainda tinha os livros catalogados em cartões, a escola ainda tinha quadros-negros e nossa piscina da comunidade era o lago Moultrie, com água marrom morna e tudo. Podíamos ver um filme no Cineplex na mesma época que ele saía em DVD, mas tínhamos que pegar uma carona até Summerville, perto da faculdade comunitária. As lojas ficavam na rua Main, as boas casas ficavam na rua River, e todas as outras pessoas moravam ao sul da autoestrada 9, onde o asfalto se desmanchava em pedaços de concreto — terrível para andar, mas perfeito para jogar em gambás furiosos, os animais mais cruéis que existem. Nunca se viu esse tipo de coisa nos filmes.

Gatlin não era um lugar complicado; Gatlin era Gatlin. Os vizinhos ficavam de guarda nas varandas no calor insuportável, sofrendo e suando à vista de todos. Mas não havia sentido. Nada mudava nunca. Amanhã seria o primeiro dia de aula, no segundo ano do ensino médio na escola Stonewall Jackson High, e eu já sabia tudo que iria acontecer: onde eu me sentaria, com quem eu falaria, as piadas, as garotas, quem estacionaria onde.

Não havia surpresas no Condado de Gatlin. Éramos nada mais nada menos do que o epicentro no meio do nada.

Pelo menos é o que eu pensava quando fechei meu exemplar surrado de *Matadouro Cinco*, desliguei meu iPod e apaguei a luz na última noite de verão.

Só que eu não podia estar mais errado.

Havia uma maldição.

Havia uma garota.

E no final, havia um túmulo.

Nunca sequer imaginei que aconteceria.

Continue sonhando

Caindo.

Eu estava em queda livre, despencando no ar.

— *Ethan!*

Ela me chamou, e o som da sua voz fez meu coração disparar.

— *Me ajude!*

Ela estava caindo também. Estiquei meu braço, tentando segurá-la. Estiquei o braço mas só encontrei ar. Não havia chão sob meus pés e minhas mãos se enfiavam em lama. Encostamos as pontas dos dedos e vi fagulhas verdes na escuridão.

Então ela escorregou por meus dedos e só consegui sentir a perda.

Limão e alecrim. Eu consegui sentir o cheiro dela, até naquele momento.

Mas não consegui segurá-la.

E não conseguia viver sem ela.

Me sentei de repente, tentando recuperar o fôlego.

— Ethan Wate! Acorde! Não vou admitir que chegue atrasado ao primeiro dia de aula. — Eu podia ouvir a voz de Amma gritando do andar de baixo.

Meus olhos focalizaram um ponto de luz suave na escuridão. Eu podia ouvir o distante som da chuva contra a velha janela da fazenda. Deve estar chovendo. Deve ser de manhã. Devo estar no meu quarto.

Meu quarto estava quente e úmido por causa da chuva. Por que minha janela estava aberta?

Minha cabeça estava latejando. Deitei novamente na cama e o sonho foi se dissipando, como sempre acontece. Eu estava em segurança no meu quarto, em nossa antiga casa, na mesma cama de mogno que rangia onde provavelmente seis gerações de Wate dormiram antes de mim, onde pessoas não caíam por buracos negros feitos de lama e nada nunca acontecia.

Olhei para meu teto de gesso, pintado da cor do céu para impedir que as abelhas carpinteiras fizessem ninho ali. O que havia de errado comigo?

Havia meses que eu tinha esse mesmo sonho. Apesar de não conseguir me lembrar de tudo, a parte da qual eu me lembrava era sempre a mesma. A garota estava caindo. Eu estava caindo. Tinha que me segurar mas não conseguia. Se eu soltasse, alguma coisa terrível aconteceria com ela. Mas esse era o problema. Eu não conseguia soltar. Não podia perdê-la. Era como se eu estivesse apaixonado por ela, mesmo não a conhecendo. Tipo um amor *antes* da primeira vista.

Mas isso parecia loucura, porque era apenas uma garota num sonho. Eu nem sabia como ela era. Eu vinha tendo o sonho havia meses, mas em todo esse tempo jamais vira o rosto dela, ou pelo menos não conseguia lembrar. Eu só sabia que tinha a mesma sensação horrível toda vez que a perdia. Ela escorregava da minha mão e meu estômago parecia afundar, como nos sentimos durante a queda em uma montanha-russa.

Frio na barriga. Essa era uma porcaria de metáfora. Era mais como um tiro.

Talvez eu estivesse enlouquecendo, ou talvez só precisasse de um banho. Os fones ainda estavam em volta do meu pescoço, e quando olhei para o visor do meu iPod, vi uma música que não reconheci.

"Dezesseis Luas."

O que era aquilo? Cliquei nela. A melodia era assustadora. Eu não conseguia identificar a voz, mas tinha a sensação de que já ouvira aquilo.

Dezesseis luas, dezesseis anos
Dezesseis dos seus mais profundos medos
Dezesseis vezes você sonhou com minhas lágrimas
Caindo, caindo ao longo dos anos...

Era deprimente, assustadora... Quase hipnótica.

— Ethan Lawson Wate! — Consegui ouvir Amma gritando mesmo com a música.

Desliguei o iPod e sentei na cama, afastando as cobertas. Os lençóis pareciam estar cheios de areia, mas eu sabia que não era isso.

Era terra. E minhas unhas estavam pretas de lama, da mesma forma que ficaram na última vez em que eu tivera o sonho.

Enrolei o lençol e o enfiei no cesto de roupa suja embaixo do uniforme do treino do dia anterior. Entrei no chuveiro e tentei esquecer tudo enquanto esfregava as mãos e os últimos pedaços pretos do meu sonho desapareciam pelo ralo. Se eu não pensasse naquilo, não estaria acontecendo. Era assim que eu lidava com a maioria das coisas nos últimos meses.

Mas não quando se tratava dela. Não dava para evitar. Eu sempre pensava nela. Sempre voltava a ter o mesmo sonho, mesmo não conseguindo explicá-lo. Então, era esse meu segredo, tudo que queria contar. Eu tinha 16 anos, estava me apaixonando por uma garota que não existia e estava ficando louco.

Não importava o quanto eu esfregasse, não conseguia fazer meu coração parar de bater forte. E mesmo com o cheiro de sabonete Ivory e do xampu, eu ainda conseguia sentir aquela aroma. Bem de leve, mas eu sabia que estava lá.

Limão e alecrim.

Desci as escadas para a segurança da mesmice de sempre. Na mesa de café da manhã, Amma colocou na minha frente o mesmo prato de porcelana azul e branco (porcelana-dragão era como minha mãe chamava) com ovos fritos, bacon, torrada com manteiga e canjica. Amma era nossa governanta, mas era mais como minha avó, apesar de ser mais inteligente e mais mal-humorada do que minha verdadeira avó. Amma tinha praticamente me criado, e ela achava que era a missão dela me fazer crescer mais uns 30 centímetros, apesar de eu já ter 1,89 metro de altura. Esta manhã eu estava estranhamente faminto, como se não comesse há uma semana. Comi um ovo e dois pedaços de bacon e já me senti melhor. Sorri para ela com a boca cheia.

— Não pegue no meu pé, Amma. É o primeiro dia de aula. — Ela colocou com força na minha frente um gigantesco copo de suco de laranja e outro maior ainda de leite (integral, o único tipo que bebemos aqui).

— Acabou o achocolatado? — Eu bebia achocolatado do mesmo jeito que algumas pessoas bebem Coca-Cola ou café. Mesmo de manhã, eu estava sempre atrás da minha dose de açúcar.

— A-C-L-I-M-A-T-E-S-E. — Amma usava palavras cruzadas para tudo. Quanto maior, melhor, e ela gostava de usá-las. O modo como ela soletrava as palavras letra por letra fazia parecer que ela estava dando um tapa na cabeça da gente a cada letra. — Quero dizer, acostume-se. E não pense em botar um pé pra fora daquela porta antes de beber o leite que dei pra você.

— Sim, senhora.

— Vejo que você se arrumou. — Eu não tinha me arrumado. Estava de jeans e uma camiseta desbotada, como em quase todos os dias. Cada uma tinha um dizer diferente. A de hoje tinha escrito *Harley Davidson*. E eu estava com o mesmo All Star que usava havia três anos.

— Pensei que você fosse cortar o cabelo — falou, como se fosse uma bronca, mas eu percebi o que era realmente: puro e simples amor.

— Quando falei isso?

— Você não sabe que os olhos são a janela da alma?

— Talvez eu não queira que ninguém use uma janela pra ver a minha alma.

Amma me puniu com mais um prato de bacon. Ela mal chegava a 1,50m de altura e era provavelmente mais velha do que a porcelana-dragão, apesar de em cada aniversário ela insistir que estava fazendo 53 anos. Mas Amma era qualquer coisa, menos uma senhora amável. Ela era a autoridade absoluta na minha casa.

— Bem, não pense que você vai sair nesse tempo com o cabelo molhado. Não gosto da sensação que essa tempestade está me dando. Como se uma coisa ruim tivesse sido chutada no vento, e nada consegue impedir um dia como esse. Ele tem vontade própria.

Revirei os olhos. Amma tinha uma maneira própria de ver as coisas. Quando ela estava com o humor assim, minha mãe costumava dizer que ela estava escurecendo: religião e superstição misturadas, como só acontece no sul. Quando Amma escurecia, era melhor ficar fora do caminho dela. Assim como era melhor deixar os amuletos dela nos peitoris das janelas e as bonecas que ela fazia nas gavetas onde ela as colocava.

Comi mais uma garfada de ovo e terminei o café da manhã dos campeões: ovos, geleia congelada e bacon, tudo esmagado entre as torradas num sanduíche. Enquanto enfiava isso na boca, olhei pelo corredor por puro hábito. A porta do escritório do meu pai já estava fechada. Meu pai escrevia à noite e dormia no sofá velho do escritório de dia. Era assim desde que minha mãe morreu em abril passado. Ele podia muito bem ser um vampiro; era isso que minha tia Caroline tinha dito depois de ter passado uns dias conosco naquela primavera. Eu provavelmente tinha perdido a oportunidade de vê-lo até o dia seguinte. Aquela porta não se abria depois que era fechada.

Ouvi uma buzina na rua. Link. Peguei minha mochila preta caindo aos pedaços e corri pela porta na chuva. Podia muito bem ser tanto sete da noite quanto sete horas da manhã, de tão escuro que o céu estava. O tempo estava estranho havia alguns dias.

O carro de Link, o Lata-Velha, estava na rua, o motor fazendo barulho, a música em alto volume. Eu ia para a escola com Link todo dia desde o jardim de infância, quando nos tornamos melhores amigos depois de ele me dar metade do seu Twinkie no ônibus. Só depois descobri que tinha caído no chão. Apesar de nós dois termos tirado carteira nesse verão, Link era quem tinha um carro, se é que podíamos chamar aquilo de carro.

Pelo menos o motor do Lata-Velha estava superando o som da tempestade.

Amma ficou na varanda com os braços cruzados em uma postura reprovadora.

— Não toque música alta aqui, Wesley Jefferson Lincoln. Não pense que não vou ligar para sua mãe e contar a ela o que você ficou fazendo no porão o verão inteiro quando tinha 9 anos.

Link fez uma careta. Poucas pessoas o chamavam pelo nome real; só a mãe dele e Amma.

— Sim, senhora.

A porta de tela da varanda bateu. Ele riu, cantando pneu no asfalto molhado ao se afastar do meio-fio. Como se estivéssemos fugindo, era assim que dirigíamos quase sempre. Só que nunca fugíamos.

— O que você fez no meu porão quando tinha 9 anos?

— O que eu não fiz no seu porão quando eu tinha 9 anos? — Link abaixou a música, e eu achei bom, porque ela era péssima e ele ia me perguntar se eu tinha gostado, como fazia todo dia. O grande problema da banda dele, Quem Matou Lincoln, era que nenhum integrante sabia tocar um instrumento e nem cantar. Mas ele só falava sobre tocar bateria e mudar para Nova York depois da formatura e sobre os contratos de gravação que provavelmente jamais aconteceriam. E quando digo provavelmente, quero dizer que ele tinha mais chance de fazer uma cesta de três pontos vendado e bêbado do estacionamento do ginásio.

Link não ia para a faculdade, mas ele ainda estava um passo à minha frente. Ele sabia o que queria fazer, mesmo sendo algo improvável. Tudo que eu tinha era uma caixa de sapatos cheia de livretos de faculdades que eu não podia mostrar para meu pai. Eu não me importava com qual faculdade fosse, desde que fosse pelo menos a uns 1.500 quilômetros de Gatlin.

Eu não queria terminar como meu pai, morando na mesma casa, na mesma cidade pequena em que cresci, com as mesmas pessoas que nunca sonharam em sair daqui.

———

Ao nosso redor casas vitorianas velhas e encharcadas ladeavam a rua, quase iguais ao dia em que tinham sido construídas há mais de 100 anos. Minha rua se chamava Cotton Bend porque essas velhas casas costumavam ter na parte de trás quilômetros de campos de plantação de algodão. Agora davam para a autoestrada 9, que era provavelmente a única coisa que tinha mudado aqui.

Peguei um donut velho da caixa que estava no chão do carro.

— Você fez upload de uma música esquisita no meu iPod ontem à noite?

— Que música? O que acha dessa aqui? — Link aumentou o som da mais recente faixa demo da banda.

— Acho que precisa ser trabalhada. Como todas suas outras músicas. — Era mais ou menos a mesma coisa que eu dizia todo dia.

— É, seu rosto vai precisar ser trabalhado depois que eu der umas porradas em você. — Era mais ou menos a mesma coisa que ele dizia todo dia.

Dei uma olhada na minha lista de músicas.

— A tal música, acho que o nome era algo do tipo "Dezesseis Luas".

— Não sei do que está falando. — Não estava lá. A música havia sumido, mas eu acabara de ouvi-la naquela manhã. E sabia que não tinha imaginado porque ela ainda estava na minha cabeça.

— Se você quer ouvir uma música, vou botar uma nova. — Link olhou para baixo para encontrar a música.

— Ei, cara, olhe para frente.

Mas ele não ergueu o olhar, e com o canto do meu olho, vi um estranho carro passar na frente do nosso...

Por um segundo, os sons da rua e da chuva e de Link se dissolveram no silêncio, e era como se tudo estivesse se movendo em câmera lenta. Eu não conseguia desgrudar os olhos do carro. Era só uma sensação, não uma coisa que conseguisse descrever. E então ele passou por nós, virando em outra direção.

Não reconheci o carro. Nunca o tinha visto antes. Vocês não podem imaginar o quanto isso é impossível, porque eu conhecia cada carro na cidade. Não havia turistas nessa época do ano. Ninguém se arriscaria na temporada de furacões.

Esse carro era longo e preto, como um rabecão. Na verdade, eu estava bem certo de que era um rabecão.

Talvez fosse um presságio. Talvez esse ano fosse ser pior do que eu pensava.

— Aqui está. "Bandana Negra." Essa música vai me tornar famoso.

Quando ele voltou a olhar para a frente, o carro tinha ido embora.

Garota nova

Oito ruas. Era essa a distância que tínhamos que percorrer de Cotton Bend até a Jackson High. Aparentemente eu conseguia reviver minha vida toda subindo e descendo oito ruas, e oito ruas eram o bastante para tirar o estranho rabecão preto da minha cabeça. Talvez tenha sido por isso que não mencionei nada para Link.

Passamos pelo Pare & Compre, também conhecido como Pare & Roube. Era o único mercado da cidade, e o que tínhamos de mais parecido com um 7-Eleven. Então sempre que estávamos de bobeira com alguém por lá, tínhamos que torcer para não dar de cara com a mãe de alguém fazendo compras para o jantar ou pior, com Amma.

Percebi o familiar Grand Prix estacionado na porta.

— Oh-oh. Fatty já está de plantão. — Ele estava no banco do motorista, lendo *The Stars and Stripes*.

— Talvez ele não tenha visto a gente. — Link olhava pelo retrovisor, tenso.

— Talvez a gente esteja ferrado.

Fatty era o inspetor encarregado de procurar os alunos da escola Stonewall Jackson High que matavam aula, assim como um orgulhoso integrante da força policial de Gatlin. A namorada dele, Amanda, trabalhava no Pare & Roube, e Fatty ficava estacionado lá na porta durante a maioria das manhãs, esperando que os produtos da padaria chegassem. Isso era um tanto inconveniente se você estivesse sempre atrasado, como Link e eu.

Não era possível frequentar a Jackson High sem conhecer a rotina de Fatty tão bem quanto nosso próprio horário de aulas. Hoje, Fatty sinalizou com a mão para irmos em frente sem nem tirar os olhos da seção de esportes. Ele estava nos dando uma folga.

— Seção de esportes e um pão doce. Você sabe o que isso significa.

— Temos cinco minutos.

Seguimos no Lata-Velha até o estacionamento da escola com a marcha em ponto morto, na esperança de passar pela secretaria despercebidos. Mas ainda chovia muito, então na hora que entramos no prédio, estávamos ensopados e nossos tênis faziam um barulho tão alto que daria na mesma se tivéssemos entrado voluntariamente.

— Ethan Wate! Wesley Lincoln!

Ficamos de pé pingando na secretaria, esperando os bilhetes de detenção que levaríamos para casa.

— Atrasados para o primeiro dia de aula. Sua mãe vai usar algumas palavras bem escolhidas com você, Sr. Lincoln. E não faça essa cara de superior, Sr. Wate. Amma vai te dar uma surra.

A Srta. Hester estava certa. Amma saberia que cheguei atrasado em uns cinco minutos, isso se já não soubesse. As coisas eram assim por aqui. Minha mãe dizia que Carlton Eaton, o diretor da agência do correio, lia qualquer carta que parecesse meio interessante. Ele nem se dava mais ao trabalho de colar o envelope de novo. Não é como se alguma novidade de verdade pudesse existir. Cada casa tinha seus segredos, mas todos na rua sabiam quais eram. Até isso não era segredo.

— Srta. Hester, eu só vim dirigindo devagar por causa da chuva. — Link tentou ser encantador. A Srta. Hester puxou um pouco os óculos e olhou para Link, nada encantada. A correntinha que prendia os óculos dela ao redor do pescoço balançou para frente e para trás.

— Não tenho tempo para bater papo com vocês agora. Estou ocupada preenchendo seus bilhetes de detenção, que é onde vocês passarão a tarde de hoje — ela disse enquanto nos entregava um folheto azul para cada um.

Ela estava ocupada, sei. Deu para sentir o cheiro do esmalte antes mesmo de dobrar para o corredor. Bem-vindos de volta.

Em Gatlin, o primeiro dia de aula nunca muda. Os professores, que conhecem a gente da igreja, decidiram se éramos burros ou inteligentes quando estávamos no jardim de infância. Eu era inteligente porque meus pais eram professores universitários. Link era burro porque amassou as páginas do Livro Sagrado durante a Caça às Escrituras e porque vomitou uma vez durante o desfile de Natal. Como eu era inteligente, recebia boas notas nos meus trabalhos; como Link era burro, recebia notas ruins. Acho que ninguém se dava ao trabalho de lê-los. Às vezes eu escrevia uma coisa qualquer no meio das redações só para ver se meus professores diriam alguma coisa. Nenhum nunca disse nada.

Infelizmente, o mesmo princípio não se aplicava a provas de múltipla escolha. No primeiro tempo, na aula de Inglês, descobri que minha professora de 700 anos de idade, cujo verdadeiro nome era Sra. English, tinha mandado a gente ler *O Sol é para Todos* durante o verão, então me dei mal na primeira prova. Ótimo. Eu tinha lido o livro há uns dois anos. Era um dos favoritos da minha mãe, mas fazia tempo e eu tinha esquecido os detalhes.

Uma informação pouco conhecida sobre mim: leio o tempo todo. Livros são a única coisa que me tira de Gatlin, mesmo que por pouco tempo. Eu tinha um mapa na parede, e toda vez que eu lia sobre um lugar que queria conhecer, eu fazia uma marcação nele. Nova York estava marcada por causa de *O Apanhador no Campo de Centeio*. *Na Natureza Selvagem* me levou a marcar o Alasca. Quando li *Pé na Estrada*, marquei Chicago, Denver, Los Angeles e Cidade do México. Kerouac pode nos levar praticamente a todos os lugares. De tempos em tempos, eu fazia uma linha para ligar os lugares marcados. Uma linha verde fina que eu seguiria numa viagem de carro no verão antes de ir para a faculdade, isso se conseguisse sair dessa cidade. O mapa e o lance da leitura eram um segredo só meu. Livros e basquete não se misturavam por aqui.

A aula de química não foi muito melhor. O Sr. Hollenback me amaldiçoou escolhendo Emily Odeio-Ethan para minha parceira de laboratório. Também conhecida como Emily Asher, que me despreza desde o baile do ano passado, quando cometi o erro de usar meu All Star com o smoking e deixar que meu pai nos levasse no Volvo enferrujado. A janela quebrada que não fechava tinha desarrumado seu cabelo louro perfeitamente cacheado para o baile, e na hora que chegamos ao ginásio ela parecia Maria Antonieta ao acordar. Emily não falou comigo o resto da noite e mandou Savannah Snow me dar o fora por ela a três passos da mesa do ponche. E esse foi o fim da história.

Era uma fonte de diversão sem fim para os caras, que viviam na expectativa de que íamos ficar juntos de novo. O que eles não sabiam era que eu não curtia garotas como Emily. Ela era bonita, mas era só isso. E olhar para ela não compensava ter que ouvir o que saía de sua boca. Eu queria alguém diferente, alguém com quem eu pudesse conversar sobre outras coisas além de festas e coroações no baile de inverno. Uma garota que fosse inteligente ou engraçada, ou pelo menos uma parceira de laboratório razoável.

Talvez uma garota assim fosse um sonho, mas um sonho ainda era melhor do que um pesadelo. Mesmo se o pesadelo usasse saia de líder de torcida.

Sobrevivi à aula de química, mas meu dia só piorou. Pelo visto, eu ia ter aula de História Americana de novo esse ano, que era a única História ensinada na Jackson, tornando o nome redundante. Eu passaria meu segundo ano consecutivo estudando a "Guerra da Agressão Norte" com o Sr. Lee, cujo nome era só coincidência. Mas como todos nós sabíamos, em espírito, o Sr. Lee e o famoso general da Confederação eram a mesma pessoa. O Sr. Lee era um dos poucos professores que realmente me odiavam. No ano anterior, por causa de um desafio de Link, eu tinha feito uma redação chamada "Guerra da Agressão Sul", e o Sr. Lee me deu um D. Acho que os professores liam sim as redações às vezes, afinal.

Achei um lugar atrás ao lado de Link, que estava ocupado copiando as anotações da aula na qual ele dormira antes dessa. Mas ele parou de escrever assim que sentei.

— Cara, você soube?

— Soube de quê?

— Tem uma garota nova na Jackson.

— Tem um monte de garotas novas, uma turma inteira de 1º ano, imbecil.

— Não estou falando das garotas do 1º ano. Tem uma garota nova no *nosso* ano.

Em qualquer outra escola, uma garota nova no 2º ano não seria novidade. Mas estávamos na Jackson. E não tínhamos uma garota nova no nosso ano desde o 3º ano fundamental, quando Kelly Wix veio morar com os avós depois que o pai foi preso por gerenciar um esquema de jogatina no porão da casa deles em Lake City.

— Quem é ela?

— Não sei. Tive aula de Cívica no segundo tempo com todos os nerds da banda, e eles não sabiam nada além de que ela toca o violino ou algum instrumento assim. Queria saber se ela é gata.

Link tinha a mente limitada, como a maioria dos caras. A diferença era que a mente limitada dele estava diretamente ligada à boca.

— Então ela é uma nerd de banda?

— Não. É musicista. Talvez tenha o mesmo amor que eu por música clássica.

— Música clássica?

Link só tinha ouvido música clássica no consultório do dentista.

— Você sabe, os clássicos. Pink Floyd. Black Sabbath. Os Stones.

Comecei a rir.

— Sr. Lincoln. Sr. Wate. Lamento interromper a conversa de vocês, mas eu gostaria de começar, se vocês concordarem.

O tom do Sr. Lee era tão sarcástico quanto o do ano passado, e o cabelo oleoso penteado de forma a tentar cobrir a careca e as marcas de suor nas axilas continuavam horríveis. Ele distribuiu cópias do mesmo planejamento que provavelmente usava há 10 anos. Participar de uma encenação da Guerra Civil era obrigatório. Claro que era. Eu podia pegar emprestado o uniforme de um dos meus parentes que participaram de encenações por diversão nos finais de semana. Que sorte a minha.

Depois que o sinal tocou, Link e eu ficamos no corredor perto dos nossos armários na esperança de dar uma olhada na garota nova. Pelo que ele falava, ela já era sua futura alma gêmea e companheira de banda e, provavelmente, companheira de algumas outras coisas que eu nem queria saber. Mas a única coisa que conseguimos ver foi Charlotte Chase usando uma saia jeans dois números menores. Isso significava que não íamos descobrir nada até a hora do almoço, porque nossa próxima aula era LSA, Linguagem de Sinais Americana, e falar era rigorosamente proibido. Ninguém era bom o bastante nos sinais para sequer soletrar "garota nova", principalmente porque LSA era a única aula que tínhamos junto com o resto do time de basquete de Jackson.

Eu estava no time desde o oitavo ano, quando cresci 15 centímetros no verão e acabei ficando uma cabeça mais alto do que todo mundo da minha turma. Além do mais, é preciso fazer alguma coisa normal quando os dois pais são professores. No fim das contas, eu era bom em basquete. Eu sempre parecia saber por onde os jogadores do outro time iam passar a bola, e isso me dava um lugar garantido para sentar no refeitório todo dia. Na Jackson, isso valia alguma coisa.

Hoje aquele lugar valia ainda mais porque Shawn Bishop, nosso armador, tinha visto a garota nova. Link perguntou a única coisa que importava para qualquer um deles:

— E então, ela é gata?

— Muito gata.

— Gata estilo Savannah Snow?

Como se tivesse sido combinado, Savannah, o padrão pelo qual todas as outras garotas da Jackson eram avaliadas, entrou no refeitório de braços dados com Emily Odeio-Ethan, e todos ficamos olhando porque Savannah tinha 1,72 metro com as mais perfeitas pernas que já tínhamos visto. Emily e Savannah eram quase uma pessoa só, mesmo quando não estavam de uniformes de líder de torcida. Cabelos louros, bronzeados artificiais, chinelos e saias jeans tão curtas que mais pareciam cintos. Savannah tinha as pernas, mas era o top do biquíni de Emily que todos os caras queriam conferir no lago durante o verão. Elas nunca pareciam carregar livros, só pequenas bolsinhas de metal enfiadas debaixo do braço, que mal tinham espaço para um celular, isso nas poucas ocasiões em que Emily parava de mandar mensagens de texto.

As diferenças entre elas se resumiam às posições na equipe de líderes de torcida. Savannah era a capitã, e também era base: uma das garotas que sustentavam duas outras líderes de torcida na famosa pirâmide dos Wildcats. Emily era uma voadora, a garota no topo da pirâmide, a que era jogada de 1,50 a 1,80 metros no ar para dar uma pirueta ou outra maluquice que poderia facilmente resultar em um pescoço quebrado. Emily arriscaria qualquer coisa para ficar no topo daquela pirâmide. Savannah não precisava. Quando Emily era jogada, a pirâmide ficava bem sem ela. Quando Savannah se movia dois centímetros, a pirâmide toda desabava.

Emily Odeio-Ethan reparou que olhávamos para elas e me encarou com raiva. Os caras riram. Emory Watkins deu um tapinha nas minhas costas.

— Tá podendo, Wate. Você conhece Emily, quanto mais ela olha com raiva, mais gosta da pessoa.

Eu não queria pensar em Emily hoje. Queria pensar no oposto de Emily. Desde que Link tinha falado na aula de História, aquilo estava na minha cabeça. A garota nova. A possibilidade de alguém diferente, de algum lugar diferente. Talvez alguém com uma vida mais significativa que a nossa e, provavelmente, que a minha.

Talvez até alguém com quem eu tenha sonhado. Eu sabia que era uma fantasia, mas queria acreditar nela.

— Vocês souberam da garota nova?

Savannah sentou no colo de Earl Petty. Earl era o capitão do time e namorado de Savannah de tempos em tempos. Agora, eles estavam juntos. Ele passou as mãos pelas pernas alaranjadas dela tão alto na coxa a ponto de a gente não saber para onde olhar.

— Shawn estava nos contando. Disse que ela é gata. Vão colocá-la na equipe?

Link pegou umas batatas da minha bandeja.

— Improvável. Vocês têm que ver o que ela está vestindo.

Golpe um.

— E como ela é pálida.

Golpe dois. Ninguém é magra demais ou bronzeada demais pelos padrões de Savannah.

Emily sentou ao lado de Emory, inclinando-se sobre a mesa um pouco demais.

— Ele contou pra vocês *quem* ela é?

— O que isso quer dizer?

Emily fez uma pausa para efeito dramático.

— Ela é sobrinha do Velho Ravenwood.

Ela não precisava de efeito para dizer isso. Era como se tivesse retirado todo o ar do recinto. Alguns caras começaram a rir. Pensaram que ela estava brincando, mas eu vi que não estava.

Golpe três. Ela estava fora de questão. Tão fora que eu nem conseguia mais imaginá-la. A possibilidade de minha garota dos sonhos aparecer sumiu antes mesmo que eu pudesse imaginar nosso primeiro encontro. Eu estava fadado a mais três anos de Emilies.

Macon Melchizedek Ravenwood era o recluso da cidade. Vamos apenas dizer que eu lembrava o bastante de *O Sol é para Todos* para saber que o Velho Ravenwood fazia Boo Radley parecer um cara extremamente popular. Ele morava em uma casa velha em ruínas, na fazenda mais antiga e abominável de Gatlin, e acho que ninguém o via desde antes de eu nascer ou mais.

— Está falando sério? — perguntou Link.

— Completamente. Carlton Eaton contou para minha mãe ontem quando trouxe nossa correspondência.

Savannah assentiu.

— Minha mãe ouviu a mesma coisa. Ela foi morar com o Velho Ravenwood há alguns dias, vinda da Virginia ou de Maryland, não lembro.

Todos continuaram a falar dela, das roupas e dos cabelos e do tio dela, e do quanto ela provavelmente devia ser esquisita. Isso era o que eu mais odiava em Gatlin: o fato de que todo mundo tinha alguma coisa a dizer sobre tudo que você falava, fazia ou, nesse caso, vestia. Fiquei encarando o macarrão na minha bandeja, nadando em um líquido laranja gosmento que não se parecia muito com molho de queijo.

Dois anos, oito meses e a contagem continua. Eu tinha que sair dessa cidade.

Depois da escola, o ginásio estava sendo usado para o teste de líderes de torcida. A chuva tinha finalmente parado, então o treino de basquete foi na quadra externa, com o concreto rachado, os aros das cestas tortos e poças de água da chuva da manhã. A gente tinha que ter cuidado para não bater na rachadura que percorria o meio da quadra como o Grand Canyon. Fora isso, dava para ver quase todo o estacionamento e observar a maior parte da interação social da Jackson High enquanto a gente se aquecia.

Hoje eu estava com a mão boa. Acertei todos os sete arremessos que fiz da linha de lance livre, mas Earl também estava bem, fazendo cesta sempre que eu fazia uma.

Swish. Oito. Parecia que era só eu olhar para a rede e a bola ia direto para lá. Alguns dias simplesmente eram assim.

Swish. Nove. Earl estava irritado. Percebi pelo modo como ele batia a bola com mais força cada vez que eu arremessava. Ele era nosso outro centro. Nosso acordo não-verbal era: eu o deixava comandar o time e ele não me perturbava se eu não estivesse com vontade de ficar de papo no Pare & Roube todo dia depois do treino. Chegava uma hora que enchia o saco falar das mesmas garotas e comer Slim Jims.

Swish. Dez. Eu não errava. Talvez fosse genético. Talvez fosse outra coisa. Eu nunca tinha entendido, mas desde que minha mãe morreu, parei de tentar entender. Era espantoso que eu tivesse chegado a ir ao treino.

Swish. Onze. Earl resmungou atrás de mim, batendo a bola com ainda mais força. Tentei não sorrir e olhei para o estacionamento quando fiz o arremesso seguinte. Vi um emaranhado de cabelos pretos e compridos atrás do volante de um longo carro preto.

Um rabecão. Fiquei paralisado.

Então ela se virou, e pela janela aberta pude ver uma garota olhando em minha direção. Pelo menos pensei ver. A bola bateu no aro e quicou em direção à cerca. Atrás de mim, ouvi um som familiar.

Swish. Doze. Earl Petty podia relaxar.

Quando o carro se afastou, olhei para a quadra. O resto dos caras estava de pé ali como se tivessem acabado de ver um fantasma.

— Aquela era...?

Billy Watts, nosso ala, assentiu, segurando na cerca de metal com uma das mãos.

— A sobrinha do Velho Ravenwood.

Shawn jogou a bola para ele.

— É. Exatamente como disseram. Dirigindo o rabecão dele.

Emory sacudiu a cabeça.

— Ela é gata mesmo. Que desperdício.

Eles voltaram a jogar bola, mas quando Earl fez o arremesso seguinte, começou a chover de novo. Trinta segundos depois, fomos pegos no meio de uma tempestade, a mais forte do dia. Fiquei lá de pé deixando a chuva acabar comigo. Meu cabelo molhado caía sobre os olhos, bloqueando o resto da escola, do time.

O mau presságio não era apenas um rabecão. Era uma garota.

Por alguns minutos, eu tinha me permitido ter esperanças. De que talvez esse ano não seria como todos os outros anos, de que alguma coisa fosse mudar. De que eu teria alguém com quem conversar, alguém que realmente me entendesse.

Mas tudo que tive foi um dia bom na quadra, e isso nunca tinha sido o suficiente.

Um buraco no céu

Frango frito, purê de batata com molho, vagem e pão — o prato, frio e raivoso sobre o fogão onde Amma tinha deixado. Normalmente ela mantinha meu jantar quente até que eu chegasse do treino, mas hoje não. Eu estava muito encrencado. Amma estava furiosa, sentada à mesa comendo balinhas de canela e rabiscando nas palavras cruzadas do *New York Times*. Meu pai assinava escondido a edição de domingo porque as palavras cruzadas do *The Stars and Stripes* tinham muitos erros de ortografia e as do *Reader's Digest* eram pequenas demais. Não sei como ele conseguia fazer sem que Carlton Eaton percebesse, pois ele teria feito a cidade inteira saber que éramos bons demais para o *The Stars and Stripes*. Mas não havia nada que meu pai não fizesse por Amma.

Ela deslizou o prato na minha direção, olhando para mim sem olhar para mim. Enfiei purê de batata e frango frios na boca. Não havia nada que Amma odiasse mais do que comida deixada no prato. Tentei manter distância da ponta do seu lápis especial número dois, usado apenas para palavras cruzadas e mantido tão apontado que poderia ferir a ponto de sangrar. Hoje, era possível.

Escutei o barulho ininterrupto da chuva no telhado. Não havia nenhum outro som na cozinha. Amma bateu o lápis na mesa.

— Oito letras. Confinar ou provocar dor devido a um erro cometido.

Ela me lançou outro olhar. Enchi a boca de purê de batata. Eu sabia o que estava a caminho. Nove horizontal.

— C-A-S-T-I-G-A-R. O que quer dizer punir. O que quer dizer que se não consegue chegar na escola na hora, não vai sair dessa casa.

Fiquei pensando sobre quem tinha ligado para informá-la de que eu chegara atrasado, ou o mais provável, quem não tinha ligado. Ela apontou o lápis apesar de ele estar ainda de ponta fina, enfiando-o no velho apontador automático na bancada. Ela ainda estava claramente "não-olhando" para mim, o que era bem pior do que me olhar nos olhos.

Andei até onde ela estava apontando o lápis e passei meu braço em torno dela, dando-lhe um bom aperto.

— Pare com isso, Amma. Não fique zangada. Estava chovendo forte de manhã. Você não ia querer que corrêssemos na chuva, não é?

Ela ergueu uma sobrancelha, mas a expressão se amenizou.

— Bem, parece que vai continuar chovendo de agora até o dia em que você cortar esse cabelo, então é melhor você pensar em um jeito de chegar à escola antes que o sinal toque.

— Sim, senhora. — Apertei-a mais uma vez e voltei para meu purê frio.

– Você nunca vai acreditar no que aconteceu hoje. Tem uma garota nova na nossa turma. — Não sei por que eu disse aquilo. Acho que ainda estava na minha cabeça.

— Acha que não sei sobre Lena Duchannes?

Engasguei com o pão. Lena Duchannes. Podia rimar com *rain*. O modo como Amma falou fez parecer que a palavra tinha uma sílaba a mais. Du-kay-yane.

— É esse o nome dela? Lena?

Amma empurrou um copo de achocolatado em minha direção.

— É, e não é da sua conta. Você não devia se meter com coisas das quais não sabe nada, Ethan Wate.

Amma sempre falava em código e nunca oferecia mais do que isso. Eu não ia à casa dela em Wader's Creek desde que era criança, mas sabia que a maioria das pessoas da cidade ia. Amma era a leitora de tarô mais respeitada num perímetro de 160 quilômetros de Gatlin, assim como a mãe dela antes dela e a avó dela antes da mãe. Seis gerações de videntes. Gatlin estava cheia de batistas tementes a Deus, metodistas e pentecostais, mas eles não conseguiam resistir à atração das cartas, da possibilidade de mudar o curso do próprio destino. Porque era isso que eles acreditavam que uma poderosa vidente podia fazer. E Amma era uma grande força com a qual contar.

Às vezes eu encontrava um dos seus amuletos caseiros na minha gaveta de meias ou pendurado sobre a porta do escritório do meu pai. Só perguntei para que eles serviam uma vez. Meu pai provocava Amma sempre que achava um, mas percebi que ele nunca os removia. "Melhor prevenir do que remediar." Acho que ele queria dizer se prevenir de Amma, que podia fazer você precisar se remediar.

— Ouviu mais alguma coisa sobre ela?

— Cuidado. Um dia você vai fazer um buraco no céu e o universo vai cair por ele. Aí todos nós estaremos com problemas.

Meu pai entrou na cozinha de pijama. Ele se serviu de uma xícara de café e pegou uma caixa de cereal de trigo da despensa. Dava para ver os tampões amarelos ainda enfiados nas orelhas dele. O cereal significava que o dia dele estava começando. Os tampões significavam que ainda não tinha começado de verdade.

Me inclinei e sussurrei para Amma:

— O que você ouviu?

Ela pegou meu prato com força e o levou para a pia. Lavou uns ossos que pareciam de porco, o que era estranho, já que a comida tinha sido frango, e os colocou em um prato.

— Isso não é da sua conta. O que eu gostaria de saber é por que você está tão interessado.

Encolhi os ombros.

— Na verdade, não estou. Só curioso.

— Você sabe o que dizem sobre curiosidade.

Ela enfiou um garfo no meu pedaço de torta de creme. Depois se virou para mim, dando Aquele Olhar e saiu. Até meu pai reparou na porta da cozinha balançando depois que ela saiu e puxou um tampão do ouvido.

— Como foi a escola?

— Bem.

— O que você fez a Amma?

— Cheguei atrasado à escola.

Ele observou meu rosto. Observei o dele.

— Número dois?

Assenti.

— Apontado?

— Já estava apontado mas ela o apontou mais. — Suspirei.

Meu pai quase sorriu, o que era coisa rara. Senti uma onda de alívio, talvez até de ter conseguido uma façanha.

— Sabe quantas vezes sentei a essa mesa velha enquanto ela me ameaçava com um lápis quando eu era criança? — perguntou ele, apesar de não ser exatamente uma pergunta. A mesa, lascada e manchada com tinta, cola e caneta de todos os Wate que vieram antes de mim, era uma das coisas mais velhas da casa.

Sorri. Meu pai pegou a tigela de cereal e balançou a colher na minha direção. Amma tinha criado meu pai, um fato do qual eu era lembrado cada vez que pensava em ser insolente com ela quando criança.

— M-I-R-Í-A-D-E. — Ele soletrou a palavra enquanto colocava a tigela na pia. — P-L-E-T-O-R-A. O que quer dizer maior do que você, Ethan Wate.

Quando ele chegou embaixo da luz da cozinha, o meio-sorriso se reduziu a um quarto e depois sumiu. Ele parecia ainda pior que o normal. As sombras no rosto estavam mais escuras, e dava para ver os ossos embaixo da pele. O rosto estava verde de tão pálido por nunca sair de casa. Ele parecia um pouco com um cadáver vivo, já havia alguns meses. Era difícil lembrar que ele era a mesma pessoa que costumava sentar comigo por horas na beira do lago Moultrie, comendo sanduíche de salada de galinha e me ensinando como jogar a linha de pesca. "Para a frente e para trás. Dez e duas. Dez e duas. Como os ponteiros do relógio." Os últimos cinco meses foram difíceis para ele. Ele amava mesmo minha mãe. Mas eu também amava.

Meu pai pegou o café e começou a andar em direção ao escritório. Era hora de encarar os fatos. Talvez Macon Ravenwood não fosse o único recluso da cidade. Eu achava que nossa cidade não era grande o bastante para dois Boo Radley. Mas isso tinha sido o mais próximo de uma conversa que nós tínhamos tido em meses, e eu não queria que ele fosse embora.

— Como está indo o livro? — soltei. Fique e converse comigo. Era o que queria dizer.

Ele pareceu surpreso, mas deu de ombros.

— Está indo. Ainda tenho muito trabalho a fazer. — Ele não conseguia. Era o que ele queria dizer.

— A sobrinha de Macon Ravenwood acabou de se mudar para cá. — Falei essas palavras quando ele tinha colocado os tampões de volta. Fora de sincronia, nosso modo habitual. Pensando melhor, minha sincronia com a maioria das pessoas tinha sido assim ultimamente.

Meu pai tirou um tampão, suspirou e tirou o outro.

— O quê?

Ele já estava andando de volta para o escritório. O cronômetro da nossa conversa estava quase zerado.

— Macon Ravenwood, o que sabe sobre ele?

— O mesmo que todo mundo, acho. Ele é um recluso. Não sai de casa há anos, pelo que sei.

Ele empurrou a porta do escritório e passou por ela, mas não o segui. Fiquei em frente à porta.

Nunca coloquei o pé lá. Uma vez, só uma, quando eu tinha 7 anos, meu pai me pegou lendo o livro dele antes de ter terminado de revisar. O escritório era um lugar escuro e assustador. Tinha um quadro que ele sempre mantinha coberto com um lençol sobre o esfarrapado sofá vitoriano. Eu sabia que não deveria nunca perguntar o que havia embaixo do lençol. Depois do sofá, perto da janela, ficava a escrivaninha do meu pai. Era de mogno entalhado, outra antiguidade que tinha sido herdada junto com a casa, passada de geração em geração. E livros, velhos livros de capas de couro que eram tão pesados que ficavam apoiados sobre um suporte de madeira quando estavam abertos. Aquelas eram as coisas que nos prendiam a Gatlin, nos prendiam a Wate's Landing, assim como tinham prendido meus ancestrais por mais de cem anos.

Sobre a escrivaninha estava o manuscrito dele. Estava lá em uma caixa de papelão aberta, e eu tinha que saber o que dizia. Meu pai escrevia terror gótico, então não havia muito que ele escrevesse que fosse apropriado para um menino de 7 anos ler. Mas cada casa em Gatlin era cheia de segredos, assim como o próprio sul, e minha casa não era exceção, mesmo naquela época.

Meu pai me encontrou sentado no sofá do escritório com páginas espalhadas em volta de mim, como se uma bombinha tivesse explodido dentro da caixa. Eu não era esperto o bastante para disfarçar os vestígios que deixava, coisa que aprendi rapidamente depois daquilo. Só me lembro dele gritando comigo e de minha mãe ir atrás de mim e me encontrar chorando embaixo da velha árvore de magnólias no nosso quintal. "Algumas coisas são particulares, Ethan. Até mesmo para adultos."

Eu só queria saber. Esse sempre foi o meu problema. Até mesmo agora. Queria saber por que meu pai nunca saía do escritório. Queria saber por que não podíamos deixar essa velha casa insignificante só porque um milhão de Wates tinham morado aqui antes de nós, principalmente agora que minha mãe não estava mais aqui.

Mas não essa noite. Essa noite eu só queria me lembrar dos sanduíches de salada de galinha e "dez e duas" e de uma época em que meu pai comia o cereal na cozinha, brincando comigo. Adormeci lembrando.

Antes que o sinal tivesse tocado no dia seguinte, Lena Duchannes era o único assunto sobre o qual todo mundo falava na Jackson. De alguma forma, entre tempestades e apagões, Loretta Snow e Eugenie Asher, mães de Savannah e Emily, tinham conseguido botar o jantar na mesa e ligar para todo mundo na cidade para contar que a "parenta" do louco Macon Ravenwood estava dirigindo por Gatlin no rabecão dele, o qual elas tinham certeza que ele usava para transportar cadáveres quando ninguém estava vendo. A partir daí a história só piorou.

Há duas coisas com as quais sempre podemos contar em Gatlin. A primeira é que você pode ser diferente, até louco, desde que saia de casa de vez em quando para que o pessoal não pense que você é um assassino da machadinha. A segunda, se há uma história para contar, pode ter certeza que haverá alguém para contá-la. Uma garota nova na cidade que foi morar na mansão mal-assombrada com o recluso da cidade, isso é uma história, provavelmente a maior em Gatlin desde o acidente de minha mãe. Então não sei por que fiquei surpreso quando todos estavam falando sobre ela — todos menos os caras. Eles tinham um compromisso antes.

— E então, o que temos, Em? — Link bateu a porta do armário.

— Contando os testes para líderes de torcida, parece que temos quatro notas 8, três notas 7 e um bando de notas 4. — Emory não se deu ao trabalho de contar as garotas do 1º ano que ele avaliou com nota abaixo de 4.

Bati a porta do meu armário.

— Isso é novidade? Não são as mesmas garotas que vemos no Dar-ee Keen todo sábado?

Emory sorriu e deu um tapinha no meu ombro.

— Mas elas estão no jogo agora, Wate. — Ele olhou para as garotas no corredor. — E estou pronto para jogar.

Emory falava mais do que fazia. Ano passado, quando éramos do 1º ano, só o ouvíamos falando das formandas gatas com quem ele achava que ia ficar agora. Ele era tão iludido quanto Link, mas não tão inofensivo. Emory tinha um traço cruel; todos os Watkins tinham.

Shawn sacudiu a cabeça.

— Como colher pêssegos do arbusto.

— Pêssegos dão em árvores.

Eu já estava irritado, talvez porque já tivesse encontrado os caras na seção de revistas do Pare & Roube antes da aula me sujeitando a essa mesma conversa enquanto Earl folheava exemplares da única coisa que ele lia: revistas com garotas de biquíni deitadas sobre capôs de carros.

Shawn olhou para mim, confuso.

— De que você está falando?

Nem sei por que me importava. Era uma conversa idiota, assim como era idiota que todos os caras tivessem que se encontrar antes da escola às quartas de manhã. Era uma coisa que eu passei a encarar como bater ponto. Algumas coisas eram esperadas quando se estava no time. Sentávamos juntos no refeitório. Íamos às festas de Savannah Snow, convidávamos uma líder de torcida para nos acompanhar nos bailes, ficávamos de bobeira no lago Moultrie no último dia de aula. Era possível escapar de quase tudo se a gente batesse ponto. Só que para mim estava ficando cada vez mais difícil bater ponto, e eu não sabia por quê.

Eu ainda não tinha dado uma resposta quando a vi.

Mesmo que não a tivesse visto, eu saberia que ela estava lá porque o corredor, que geralmente ficava cheio de gente correndo para seus armários e tentando chegar às aulas antes do segundo sinal, esvaziou em questão de segundos. Todo mundo deu um passo para trás quando ela andou pelo corredor. Como se ela fosse uma estrela do rock.

Ou uma leprosa.

Mas eu só conseguia ver uma garota bonita de vestido longo cinza sob um casaco esporte branco com a palavra *Munique* costurada e um All Star surrado preto nos pés. Uma garota que usava um cordão longo prateado em volta do pescoço, com um monte de coisas penduradas: um anel de plástico de uma máquina de chicletes, um alfinete e um bando de outras coisas que eu estava longe demais para ver. Uma garota que não parecia pertencer a Gatlin. Eu não conseguia tirar os olhos dela.

A sobrinha de Macon Ravenwood. O que havia de errado comigo?

Ela prendeu os cachos pretos atrás da orelha, o esmalte preto brilhando sob a luz fluorescente. As mãos estavam cobertas de tinta preta, como se ela tivesse escrito algo nelas. Andou pelo corredor como se nós fôssemos invisíveis. Tinha os olhos mais verdes que eu já vira, tão verdes que podiam ser considerados de uma nova cor.

— É, ela é gata — disse Billy.

Eu sabia em que eles estavam pensando. Por um segundo, pensaram em largar as namoradas pela chance de dar em cima dela. Por um segundo, ela foi uma possibilidade.

Earl a olhou de cima a baixo e bateu a porta do armário.

— Se você ignorar o fato de que ela é esquisita.

Havia alguma coisa no jeito que ele falou isso, ou mais provavelmente, na razão pela qual ele falou. Ela era esquisita porque não era de Gatlin, porque não estava tentando entrar na equipe de líderes de torcida, porque não tinha olhado para ele duas vezes, ou nem mesmo uma. Em qualquer outro dia, eu o teria ignorado e ficado de boca fechada, mas hoje eu não estava com vontade de ficar calado.

Então ela é automaticamente esquisita, e por quê? Porque ela nao está de uniforme, cabelo louro e saia curta?

Era fácil de ler o rosto de Earl. Essa era uma daquelas vezes em que eu deveria ter seguido a opinião dele, e eu não estava mantendo minha parte do nosso acordo não-verbal.

— Porque ela é uma Ravenwood.

A mensagem foi clara. Gata, mas nem pense nisso. Ela não era mais uma possibilidade. Mas isso não os impediu de olhar, e todos ainda estavam olhando. O corredor, e todo mundo nele, tinha travado o olhar nela como se ela fosse um cervo preso entre caçadores.

Mas ela apenas continuou andando, o cordão balançando em torno do pescoço.

Minutos depois, eu estava parado na porta da minha aula de inglês. Lá estava ela. Lena Duchannes. A garota nova, que ainda seria chamada assim cinquenta anos mais tarde (isso se não fosse chamada de sobrinha do Velho Ravenwood), entregando uma folha cor-de-rosa de transferência para a Sra. English, que apertou os olhos para ler.

— Fizeram uma confusão com meu horário e eu não tinha aula de Inglês — estava dizendo ela. — Eu tinha História Americana em dois tempos, e eu já estudei História Americana na minha escola antiga. — Ela parecia frustrada, e eu tentei não sorrir. Ela nunca tinha tido aula de História Americana, não do jeito que o Sr. Lee ensina.

— É claro. Escolha seu lugar.

A Sra. English deu a ela um exemplar de *O Sol é para Todos*. O livro parecia nunca ter sido aberto, o que provavelmente era verdade já que fizeram um filme baseado nele.

A garota nova olhou para a frente e me pegou observando-a. Olhei para o outro lado, mas era tarde demais. Tentei não sorrir, mas fiquei sem graça, e isso só me fez sorrir mais. Ela não pareceu perceber.

— Tudo bem, eu trouxe o meu. — Ela pegou um exemplar do livro, de capa dura, com uma árvore entalhada na capa. Parecia bastante velho e gasto, como se ela o tivesse lido mais de uma vez. — É um dos meus livros favoritos. — Ela apenas comentou, como se não fosse estranho. Agora eu a estava encarando.

Senti um rolo compressor nas minhas costas e Emily me empurrou pela porta como se eu não estivesse de pé ali. Esse era o jeito dela de dizer oi e de esperar que eu a seguisse até o fundo da sala, onde nossos amigos estavam sentados.

A garota nova sentou em um lugar vazio na primeira fila, na Terra de Ninguém, em frente à mesa da Sra. English. Movimento errado. Todo mundo sabia que não se deve sentar ali. A Sra. English tinha um olho de vidro, e a péssima audição de alguém cuja família tem o único estande de tiro da região. Quem se sentava em qualquer lugar que não fosse em frente à mesa dela não era visto, portanto não era solicitado. Lena ia ter que responder perguntas pela turma inteira.

Emily pareceu contente e mudou o caminho para passar pelo lugar dela, chutando a bolsa de Lena e fazendo com que os livros dela se espalhassem pelo corredor entre as fileiras.

— Ops. — Emily se abaixou e pegou um caderno espiral surrado que estava quase perdendo a capa. Ela o segurou como se fosse um rato morto. — Lena Duchannes. É esse seu nome? Pensei que fosse Ravenwood.

Lena olhou para o alto, lentamente.

— Pode me dar meu caderno?

Emily folheou as páginas como se não tivesse ouvido.

— É seu diário? Você é escritora? Isso é *tão* legal.

Lena esticou a mão.

— Por favor.

Emily fechou o caderno e o afastou dela.

— Posso pegar isso emprestado por um minuto? Eu adoraria ler alguma coisa que você escreveu.

— Eu queria de volta agora. Por favor. — Lena ficou de pé. As coisas iam ficar interessantes. A sobrinha do Velho Ravenwood estava prestes a se enfiar no tipo de buraco do qual ninguém conseguia sair, a memória de Emily era excelente.

— Primeiro você teria que saber ler. — Peguei o caderno da mão de Emily e o entreguei a Lena.

Depois sentei na carteira ao lado da dela, bem ali na Terra de Ninguém. O Lado do Olho Bom. Emily me encarou, incrédula. Eu não sabia por que tinha feito aquilo. Estava tão chocado quanto ela. Nunca tinha sentado na frente em nenhuma aula na minha vida. O sinal tocou antes que Emily pudesse dizer alguma coisa, mas não importava; eu sabia que pagaria por aquilo mais tarde. Lena abriu o caderno e ignorou nós dois.

— Podemos começar, pessoal? — A Sra. English olhou da mesa para nós.

Emily foi para o lugar habitual no fundo da sala, longe o bastante da frente para que não tivesse que responder pergunta alguma o ano todo, longe o bastante da sobrinha do Velho Ravenwood. E agora, longe o bastante de mim. Isso dava uma sensação libertadora, mesmo se eu tivesse que analisar o relacionamento de Jem e Scout por cinquenta minutos sem ter lido o capítulo.

Quando o sinal tocou, me virei para Lena. Não sei o que eu pensava que podia dizer. Talvez estivesse esperando que ela me agradecesse. Mas ela não disse nada enquanto enfiava os livros de volta na bolsa.

156. Não era uma palavra que estava escrita em sua mão.

Era um número.

Lena Duchannes não falou comigo de novo, nem naquele dia, nem naquela semana. Mas isso não me impediu de pensar nela e nem de vê-la em praticamente todo lugar para onde eu tentava não olhar. Não era apenas ela que estava me incomodando, para dizer a verdade. Não era a sua aparência — Lena era bonita, apesar de ela estar sempre usando as roupas erradas e aquele tênis surrado. Não eram as coisas que ela dizia na aula, normalmente coisas em que ninguém mais teria pensado, e que, se tivessem pensado, era algo que não ousariam dizer. Não era o fato de ela ser diferente de todas as outras garotas da Jackson. Isso era óbvio.

Era que ela me fez perceber o quanto eu era como os outros, mesmo quando eu queria fingir que não era.

Tinha chovido o dia todo, e eu estava sentado na aula de cerâmica, também conhecida como AG, "A garantido", já que a nota dessa aula só dependia do esforço. Eu tinha me matriculado em cerâmica na primavera porque tinha que preencher a exigência de ter aulas de artes no currículo, e estava desesperado para ficar longe da banda, que praticava fazendo muito barulho no andar de baixo sob a liderança da enlouquecida magricela e empolgada ao extremo, Srta. Spider. Savannah estava sentada ao meu lado. Eu era o único homem da turma, e como era homem, não tinha ideia do que deveria fazer.

— Hoje se trata de experimentação. Vocês não serão avaliados por isso. Sintam a argila. Libertem a mente. E ignorem a música que vem de baixo. — A Sra. Abernathy fez uma careta enquanto a banda assassinava algo que parecia com "Dixie". — Busquem bem fundo. Sintam o caminho até a alma.

Liguei o torno de oleiro e olhei para a argila enquanto ela começou a girar na minha frente. Suspirei. Isso era quase tão ruim quanto a banda. Então, quando a sala foi ficando em silêncio e o barulho dos tornos de oleiro se sobrepôs à falação das fileiras de trás, a música do andar de baixo mudou. Ouvi um violino, ou talvez um daqueles violinos maiores, acho que se chama viola. Um som bonito e triste ao mesmo tempo, e era desconcertante. Havia mais talento na voz crua da música do que a Srta. Spider jamais tivera o prazer de conduzir. Olhei à minha volta; ninguém parecia perceber a música. O som rastejava sob a minha pele.

Reconheci a melodia, e em poucos segundos minha mente conseguiu identificar a letra, tão claramente como se estivesse ouvindo meu iPod. Mas dessa vez, a letra tinha mudado.

Dezesseis luas, dezesseis anos
Som de trovão nos seus ouvidos
Dezesseis milhas antes que ela se aproxime
Dezesseis procura o que dezesseis teme...

Enquanto eu olhava para a argila que girava na minha frente, a massa virou uma mancha. Quanto mais eu me concentrava, mais a sala se dissolvia ao meu redor, até que a argila pareceu estar girando a sala de aula, a mesa e minha cadeira junto. Como se tudo estivesse ligado nesse redemoinho de movimento constante, ligado ao ritmo da melodia da sala de música. A sala **estava desaparecendo à minha volta. Lentamente, estiquei a mão e passei a** ponta de um dedo pela argila.

Depois um brilho, e a sala que girava se dissolveu em outra imagem...

Eu estava caindo.

Nós estávamos caindo.

Eu estava de volta ao sonho. Vi a mão dela. Vi minha mão agarrar a dela, meus dedos afundando em sua pele, no pulso, em uma tentativa desesperada de segurá-la. Mas ela estava escorregando; eu podia sentir, os dedos passando para minha mão.

— *Não solte!*

Eu queria ajudá-la, queria segurar. Mais do que jamais quis alguma coisa. E então ela escorregou pelos meus dedos...

— Ethan, o que está fazendo? — A Sra. Abernathy parecia preocupada.

Abri meus olhos e tentei me concentrar, me trazer de volta. Eu vinha tendo os sonhos desde que minha mãe morreu, mas essa era a primeira vez que eu tinha um durante o dia. Olhei para minha mão cinza e enlameada, coberta de argila seca. A argila no torno de oleiro trazia a marca perfeita de uma mão, como se eu tivesse acabado de achatar seja o que for que eu estivesse fazendo. Olhei mais de perto. A mão não era minha, era pequena demais. Era de uma garota.

Era dela.

Olhei embaixo das minhas unhas, onde dava para ver a argila que eu tinha raspado do pulso dela.

— Ethan, você podia ao menos tentar fazer alguma coisa.

A Sra. Abernathy colocou a mão sobre meu ombro e dei um pulo. Do lado de fora da janela da sala de aula, ouvi o roncar de trovões.

— Mas, Sra. Abernathy, acho que a alma de Ethan está se comunicando com ele. — Savannah riu, se inclinando para dar uma boa olhada. — Acho que ela está dizendo pra você fazer as unhas, Ethan.

As garotas ao meu redor começaram a rir. Esmaguei a marca da mão com o punho, transformando-a num monte de nada cinza. Fiquei de pé e limpei as mãos no jeans quando o sinal tocou. Peguei minha mochila e saí rápido da sala, escorregando nos meus tênis de cano alto molhados quando virei no corredor e quase tropeçando nos cadarços desamarrados ao correr pelos dois lances de escada que me separavam da sala de música. Eu tinha que saber se tinha imaginado.

Empurrei a porta dupla da sala de música com as duas mãos. O palco estava vazio. A turma passava por mim. Eu estava indo na direção errada, caminhando contra a corrente enquanto todo mundo tentava sair. Respirei fundo, mas sabia que cheiro iria sentir antes mesmo que o sentisse.

Limão e alecrim.

No canto do palco, a Srta. Spider estava recolhendo as partituras espalhadas sobre as cadeiras dobráveis que ela usava para a lamentável orquestra da Jackson. Eu a chamei.

— Com licença, professora. Quem estava tocando aquela... aquela música?

Ela sorriu para mim.

— Tivemos uma maravilhosa aquisição para nossa seção de cordas. Uma viola. Ela acabou de se mudar para a cidade...

Não. Não podia ser. Não ela.

Me virei e corri antes que ela pudesse dizer o nome.

Quando o sinal do oitavo tempo tocou, Link estava esperando por mim em frente ao vestiário. Ele passou a mão pelo cabelo espetado e esticou a camiseta desbotada do Black Sabbath.

— Link. Preciso da sua chave, cara.

— E o treino?

— Não posso ir. Tem uma coisa que preciso fazer.

— Cara, do que você está falando?

— Só preciso da sua chave.

Eu tinha que sair dali. Estava tendo sonhos, ouvindo música, e agora apagando no meio da aula, se é que pode se chamar assim. Eu não sabia o que estava acontecendo comigo, mas sabia que era ruim.

Se minha mãe ainda estivesse viva, eu provavelmente teria contado tudo para ela. Ela era assim, eu podia contar qualquer coisa. Mas ela se foi, e meu pai estava enfiado no escritório o tempo todo, e Amma jogaria sal no meu quarto inteiro durante um mês se eu contasse para ela.

Eu estava sozinho.

Link me entregou a chave.

— O treinador vai te matar.

— Eu sei.

— E Amma vai descobrir.

— Eu sei.

— E ela vai chutar sua bunda daqui até County Line. — A mào dele vacilou quando eu peguei a chave. — Não seja burro.

Me virei e corri. Tarde demais.

⫷ 11 de setembro ⫸

Colisão

Quando cheguei ao carro, eu estava encharcado. Os sinais de tempesta-de manifestaram-se ao longo de toda a semana. Havia um alerta sobre o tempo em todas as estações de rádio que eu conseguia pegar, o que não era muito, considerando que o Lata-Velha só pegava três estações, todas AM. As nuvens estavam totalmente pretas, e como estávamos na temporada de furacões, isso não era algo a ser visto com descaso. Mas não importava. Eu precisava espairecer minha cabeça e entender o que estava acontecendo, mesmo sem ter ideia de onde eu estava indo.

Tive que ligar os faróis até para sair do estacionamento. Não dava para ver mais do que um metro a frente. Não era um dia bom para se dirigir. Um relâmpago cruzou o céu escuro à minha frente. Contei, como Amma tinha me ensinado há anos: um, dois, três. O trovão soou, o que significava que a tempestade não estava longe. Cinco quilômetros, de acordo com os cálculos de Amma.

Parei no sinal em frente à Jackson, um dos apenas três da cidade. Eu não tinha ideia do que fazer. A chuva despencou sobre o Lata-Velha. A rádio foi reduzida à estática, mas ouvi uma coisa. Aumentei o volume e a música inundou o carro pelos alto-falantes vagabundos.

Dezesseis Luas.

A música que tinha desaparecido da minha lista do iPod. A música que mais ninguém parecia ouvir. A música que Lena Duchannes tinha tocado na viola. A música que estava me enlouquecendo.

A luz ficou verde e o Lata-Velha seguiu em frente. Eu estava a caminho, e não tinha a menor ideia de onde estava indo.

Um relâmpago partiu o céu. Contei: um, dois. A tempestade estava se aproximando. Liguei os limpadores de para-brisa. Não fez a menor diferença. Eu não conseguia ver nem até a metade do quarteirão. Um relâmpago piscou. Contei: um. O trovão rugiu sobre o teto do Lata-Velha e a chuva ficou horizontal. O para-brisa chacoalhou como se pudesse ceder a qualquer momento, o que, considerando a condição do carro, poderia ter acontecido.

Eu não estava caçando a tempestade. A tempestade estava me caçando, e tinha me encontrado. Eu mal conseguia manter as rodas na pista escorregadia, e o Lata-Velha começou a sambar, deslizando erraticamente de um lado a outro das duas pistas da autoestrada 9.

Eu não conseguia ver nada. Pisei no freio, girando na escuridão. Os faróis piscaram por apenas um segundo, e um par de enormes olhos verdes olharam para mim do meio da rua. A princípio pensei que fosse um cervo, mas estava enganado.

Tinha alguém na rua!

Segurei o volante com as duas mãos com toda a força que consegui. Meu corpo bateu contra a lateral do carro.

A mão dela estava esticada. Fechei meus olhos para o impacto, que nunca aconteceu.

O Lata-Velha parou de repente, não mais do que a um metro de distância. Os faróis formavam um círculo pálido de luz na chuva, refletindo uma daquelas capas de chuva baratas de plástico que se pode comprar por três dólares numa farmácia. Era uma garota. Ela puxou o capuz da cabeça lentamente, deixando a chuva cair no rosto. Olhos verdes, cabelos pretos.

Lena Duchannes.

Eu não conseguia respirar. Sabia que ela tinha olhos verdes; eu os tinha visto antes. Mas hoje eles pareciam diferentes, diferentes de quaisquer olhos que eu já tinha visto. Estavam enormes e com um tom verde nada natural, um verde brilhante, como o relâmpago da tempestade. De pé na chuva daquele jeito, ela quase não parecia humana.

Saí cambaleando do Lata-Velha para a chuva, deixando o motor ligado e a porta aberta. Nenhum de nós disse uma palavra, parados no meio da autoestrada 9 no tipo de temporal que só víamos quando tinha um furacão ou uma tempestade vinda do nordeste. Adrenalina pulsava nas minhas veias e meus músculos estavam tensos, como se meu corpo ainda esperasse a batida.

O cabelo de Lena sacudia com o vento à sua volta, pingando da chuva. Dei um passo em direção a ela e de repente percebi. Limão molhado. Alecrim molhado. Imediatamente o sonho começou a voltar, como ondas estourando na minha cabeça. Só que dessa vez, quando ela escorregava pelos meus dedos, eu pude ver seu rosto.

Olhos verdes e cabelo preto. Lembrei. Era ela. Ela estava bem na minha frente.

Eu tinha que ter certeza. Peguei o pulso dela. Lá estavam: os pequenos arranhões em formato de meia-lua, bem onde meus dedos seguraram seu pulso no sonho. Quando toquei nela, uma onda de eletricidade percorreu meu corpo. Um relâmpago atingiu uma árvore a menos de três metros de onde estávamos, partindo o tronco quase no meio. Ele começou a soltar fumaça.

— Você é maluco? Ou só é péssimo motorista? — Ela se afastou de mim, os olhos verdes faiscando. De raiva? De alguma coisa.

— É você.

— O que estava tentando fazer, me matar?

— Você é real. — As palavras saíam de um jeito estranho da minha boca, como se ela estivesse cheia de algodão.

— Quase um cadáver real. Graças a você.

— Não sou maluco. Achei que era, mas não sou. É você. Você está bem na minha frente.

— Não por muito tempo.

Ela deu as costas para mim e começou a subir a rua. Isso não estava acontecendo do jeito que eu tinha imaginado. Corri para alcançá-la.

— Foi você que apareceu do nada e correu pro meio da rua.

Ela balançou o braço de forma dramática como se estivesse afastando mais do que apenas uma ideia. Pela primeira vez, vi o longo carro preto nas sombras. O rabecão, de capô levantado.

— Oi? Eu estava procurando alguém para me ajudar, gênio. O carro do meu tio morreu. Você podia ter passado direto. Não precisava tentar me atropelar.

— Foi você nos sonhos. E a música. Aquela música estranha no meu iPod.

Ela se virou.

— Que sonhos? Que música? Você está bêbado ou isso é algum tipo de piada?

— Sei que é você. Você tem as marcas no pulso.

Ela virou a mão e olhou para baixo, confusa.

— Estas? Tenho um cachorro. Pare com isso.

Mas eu sabia que não estava errado. Eu conseguia ver o rosto do meu sonho claramente agora. Seria possível que ela não soubesse?

Ela puxou o capuz e começou a longa caminhada até Ravenwood na tempestade. Eu a alcancei.

— Vou te dar uma dica. Da próxima vez, não deixe o carro no meio da rua durante uma tempestade. Ligue para a emergência.

Ela não parou de andar.

— Eu não ia ligar para a polícia. Nem devia estar dirigindo. Só tenho habilitação provisória. E, de qualquer maneira, meu celular morreu.

Ela obviamente não era daqui. O único jeito de ser parada pela polícia nessa cidade era se estivesse dirigindo na contramão.

A tempestade estava aumentando. Eu tinha que gritar para ser ouvido sobre o uivo da chuva.

— Deixa eu te levar pra casa. Você não devia estar andando por aqui.

— Não, obrigada. Vou esperar pelo próximo cara que quase vai me atropelar.

— Não vai haver outro cara. Pode demorar horas até alguém chegar.

Ela recomeçou a andar.

— Não tem problema. Vou andando.

Eu não podia deixá-la vagando sozinha na chuva. Minha mãe me criou para ser melhor que esse tipo de cara.

— Não posso deixar você ir pra casa com esse tempo. — Como se combinado, um trovão soou sobre nossas cabeças. O capuz dela caiu. — Vou dirigir como minha avó. Vou dirigir como sua avó.

— Você não diria isso se conhecesse minha avó. — O vento estava aumentando. Agora ela também estava gritando.

— Vamos.

— O quê?

— Para o carro. Entre. Comigo.

Ela olhou para mim, e por um segundo eu não tive certeza se ela ia ceder.

— Acho que é mais seguro do que ir andando. Com você na rua, pelo menos.

O Lata-Velha estava encharcado. Link ia enlouquecer quando visse. A tempestade tinha um som diferente de dentro do carro, ao mesmo tempo mais alta e mais tranquila. Eu podia ouvir a chuva caindo no teto, mas o som quase desaparecia com o som do meu coração e dos meus dentes batendo. Mexi no câmbio do carro. Eu estava ciente demais de que Lena estava ao meu lado, a apenas centímetros no banco do passageiro. Dei uma rápida olhada.

Mesmo sendo irritante, ela era bonita. Seus olhos verdes eram enormes. Eu não conseguia entender por que pareciam tão diferentes hoje. Ela tinha os cílios mais longos que eu já tinha visto, e sua pele era clara, e ficava ainda mais clara pelo contraste com o volumoso cabelo preto. Ela tinha um pequeno sinal marrom de nascença na face bem abaixo do olho esquerdo — o formato lembrava uma lua crescente. Ela não se parecia com ninguém da Jackson. Ela não se parecia com ninguém que eu já tivesse visto.

Ela tirou a capa de chuva pela cabeça. A camiseta preta e o jeans estavam grudados como se ela tivesse caído numa piscina. O colete pingava sem parar no assento de couro sintético.

— Você está me enc-carando.

Olhei para o outro lado, pela janela, para qualquer lugar menos para ela.

— Você devia tirar isso. Só vai fazer você sentir mais frio.

Pude vê-la lutando com os delicados botões prateados do colete, incapaz de controlar o tremor das mãos. Estiquei a mão e ela ficou paralisada. Como se eu ousasse tocá-la novamente.

— Vou aumentar o aquecimento.

Ela voltou aos botões.

— Ob-brigada.

Eu podia ver as mãos dela — tinham mais tinta, agora manchada por causa da chuva. Só consegui decifrar alguns números. Talvez um ou sete, cinco, dois. 152. O que era aquilo?

Dei uma olhada no banco traseiro em busca do cobertor do exército que Link normalmente deixava lá. Em vez disso, havia um saco de dormir velho, provavelmente da última vez que Link brigou com os pais e teve que dormir no carro. Tinha cheiro de fumaça velha de acampamento e mofo de porão. Entreguei-o a ela.

— Humm. Assim é melhor.

Ela fechou os olhos. Eu podia senti-la relaxar com o calor, e relaxei só em observá-la. O bater dos dentes dela diminuiu. Depois disso, seguimos em silêncio. O único som era da tempestade e das rodas girando e espalhando água pelo lago em que a rua tinha se transformado. Ela desenhou formas na janela embaçada com o dedo. Tentei manter os olhos na estrada, tentei lembrar o resto do sonho — algum detalhe, alguma coisa que provasse a ela que ela era, sei lá, *ela*, e que eu era *eu*.

Mas quanto mais eu tentava, mais tudo parecia sumir, na chuva e na rua e nos muitos hectares de campo de tabaco pelos quais passávamos, cheios de velhos equipamentos de fazenda e celeiros que apodreciam. Chegamos aos arredores da cidade, e eu conseguia ver a bifurcação na rua mais à frente. Se virássemos à esquerda, em direção à minha casa, chegaríamos à rua River, onde todas as casas restauradas anteriores à guerra acompanhavam a linha do rio Santee. Esse era também o caminho para sair da cidade. Quando chegamos à bifurcação, eu automaticamente virei para a esquerda, por puro hábito. A única coisa à direita era a fazenda Ravenwood, e ninguém nunca ia lá.

— Não, espere. Vire para a direita — ela disse.

— Ah, sim. Desculpe.

Eu senti um enjoo. Subimos o morro na direção da casa grande de Ravenwood. Eu tinha estado tão envolvido com quem ela era que tinha esquecido *quem* ela era. A garota com quem eu sonhava há meses, a garota em quem eu não conseguia parar de pensar, era a sobrinha de Macon Ravenwood. E eu a estava levando para casa, para a mansão mal-assombrada — era assim que a chamávamos.

Era assim que eu a tinha chamado.

Ela olhou para as próprias mãos. Eu não era o único que sabia que ela estava morando na mansão mal-assombrada. Fiquei imaginando o que ela tinha ouvido nos corredores. Se ela sabia o que todos estavam dizendo sobre ela. O olhar desconfortável em seu rosto dizia que sim. Não sei por que, mas eu não conseguia suportar vê-la daquele jeito. Tentei pensar em alguma coisa para dizer para quebrar o silêncio.

— Por que veio morar com seu tio? Normalmente as pessoas querem sair de Gatlin; ninguém se muda pra cá.

Ouvi o alívio em sua voz.

— Morei em todos os lugares. Em Nova Orleans, Savannah, Florida Keys, Virginia por alguns meses. Morei até em Barbados por um tempo.

Percebi que ela não respondeu à pergunta, mas não pude deixar de pensar que eu daria tudo para morar em um desses lugares, ainda que apenas por um verão.

— Onde os seus pais estão?

— Mortos.

Senti meu peito apertar.

— Desculpe.

— Tudo bem. Morreram quando eu tinha 2 anos. Nem me lembro deles. Morei com muitos dos meus parentes, a maior parte do tempo com minha avó. Ela teve que viajar por alguns meses. Por isso estou morando com meu tio.

— Minha mãe morreu também. Acidente de carro. — Eu não tinha ideia de por que havia dito aquilo. Eu passava a maior parte do tempo tentando não falar sobre o assunto.

— Lamento.

Eu não disse que estava tudo bem. Tinha a sensação de que ela era o tipo de garota que sabia que não estava.

Paramos em frente a um portão de ferro forjado, preto e maltratado pelo tempo. Na minha frente, na encosta íngreme, pouco visível devido à névoa, estavam os dilapidados restos da casa de fazenda mais antiga e mais famosa de Gatlin, Ravenwood. Eu nunca tinha chegado tão perto antes. Desliguei o motor. Agora a tempestade tinha diminuído para uma chuvinha suave e constante.

— Parece que os relâmpagos pararam.

— Tenho certeza de que tem mais de onde aqueles vieram.

— Talvez. Mas não esta noite.

Ela olhou para mim, quase curiosa.

— Não. Acho que acabou por hoje.

Os olhos dela pareciam diferentes. Tinham se esvaído de volta para um tom de verde menos intenso, e estavam de alguma forma menores — não pequenos, mas com aparência mais normal.

Comecei a abrir minha porta para acompanhá-la até a casa.

— Não precisa. — Ela parecia envergonhada. — Meu tio é meio tímido.

— Aquele era um adjetivo um tanto suave.

Minha porta estava meio aberta. A porta dela estava meio aberta. Nós dois estávamos ficando mais molhados, mas apenas ficamos lá sentados sem dizer nada. Eu sabia o que queria dizer, mas também sabia que não podia dizer. Não sabia por que estava sentado ali, encharcado, em frente a Ravenwood. Nada fazia sentido, mas eu sabia de uma coisa. Depois que eu dirigisse morro abaixo e voltasse para a autoestrada 9, tudo voltaria a ser como antes. Tudo faria sentido de novo. Não faria?

Ela falou primeiro.

— Acho que devo agradecer.

— Por não atropelar você?

Ela sorriu.

— É, isso. E pela carona.

Olhei para ela sorrindo para mim, quase como se fôssemos amigos, o que era impossível. Comecei a ficar claustrofóbico, como se tivesse que sair dali.

— Não foi nada. Quero dizer, tudo bem. Não esquenta.

Coloquei o capuz do casaco de basquete, do jeito que Emory fazia quando uma das garotas que ele tinha dispensado tentava falar com ele no corredor.

Ela olhou para mim balançando a cabeça e jogou o saco de dormir em cima de mim com um pouco de força demais. O sorriso tinha sumido.

— Então tá. Te vejo por aí. — Virou de costas, passou pelo portão e correu pelo caminho íngreme e enlameado até a casa. Bati a porta.

O saco de dormir estava sobre o banco. Eu o peguei para jogar para trás. Ainda tinha o cheiro de mofo e fogueira, mas agora também cheirava levemente a limão e alecrim. Fechei os olhos. Quando o abri de novo, ela já estava na metade do caminho.

Abri minha janela.

— Ela tem um olho de vidro.

Lena olhou para mim.

— O quê?

Gritei, a chuva molhando a parte de dentro da porta do carro.

— A Sra. English. Você tem que sentar do outro lado ou ela vai fazer você falar.

Ela sorriu enquanto a chuva caía pelo seu rosto.

— Talvez eu goste de falar. — Virou na direção de Ravenwood e subiu os degraus correndo até a varanda.

Engatei a ré no carro e desci até a bifurcação, para que eu pudesse pegar o caminho que costumava pegar e seguir pela rua que usei em toda minha vida. Até hoje. Vi uma coisa brilhando entre o assento e o encosto do banco. Um botão prateado.

Eu o enfiei no bolso e fiquei imaginando com o que sonharia esta noite.

Vidro quebrado

Nada.

Foi um sono longo e sem sonhos, o primeiro em muito tempo.

Quando acordei, a janela estava fechada. Não havia lama na minha cama, nenhuma música misteriosa no meu iPod. Verifiquei duas vezes. Até meu banho só tinha cheiro de sabonete.

Fiquei deitado na cama, olhando para meu teto azul, pensando em olhos verdes e cabelos pretos. A sobrinha do Velho Ravenwood. Lena Duchannes, que rimava com *rain*.

O quão distante um cara podia ficar?

Quando Link encostou o carro, eu estava esperando na calçada. Entrei e meus tênis afundaram no tapete molhado, o que deixava o Lata-Velha com um cheiro ainda pior do que o habitual. Link balançou a cabeça.

— Desculpe, cara. Vou tentar secá-lo depois da escola.

— Deixa pra lá. Só me faz um favor e deixe de agir como louco, ou todos vão falar de você em vez de falar da sobrinha do Velho Ravenwood.

Por um segundo, considerei manter segredo, mas eu tinha que contar para alguém.

— Eu a vi.

— Quem?

— Lena Duchannes.

Ele pareceu não entender.

— A sobrinha do Velho Ravenwood.

Quando paramos no estacionamento, eu já tinha contado a Link a história toda. Bem, talvez não toda. Mesmo os melhores amigos têm limites. E não posso dizer que ele acreditou em tudo, mas também, quem acreditaria? Eu ainda estava tendo dificuldade em acreditar. Só que mesmo sem saber os detalhes, enquanto andávamos para encontrar os caras, ele sabia de uma coisa. Era preciso controlar os danos.

— Mas não aconteceu nada. Você a levou pra casa.

— Não aconteceu nada? Você estava prestando atenção? Tenho sonhado com ela há meses e ela acaba sendo...

Link me interrompeu.

— Vocês não ficaram nem nada. Você não entrou na mansão mal-assombrada, certo? E você nunca viu, você sabe... ele? — Nem Link conseguia dizer o nome dele.

Uma coisa era passar um tempo com uma garota bonita, em qualquer situação. Outra era passar um tempo com o Velho Ravenwood. Balancei a cabeça.

— Não, mas...

— Eu sei, eu sei. Você está confuso. Só estou dizendo, guarde segredo, cara. Só conversamos o que foi preciso. Quero dizer, ninguém mais precisa saber.

Eu sabia que aquilo seria difícil. Não sabia que seria impossível.

Quando abri a porta da sala de inglês, ainda estava pensando em tudo — nela, no nada que tinha acontecido. Lena Duchannes.

Talvez fosse aquele cordão doido que ela usava com todo aquele lixo pendurado, como se cada coisa que ela tocasse pudesse importar ou realmente importasse para ela. Talvez fosse o tênis surrado que ela usava, estando de jeans ou de vestido, como se ela pudesse sair correndo a qualquer minuto. Quando eu olhava para ela, ia mais para longe de Gatlin do que jamais tinha ido. Talvez fosse isso.

Acho que, enquanto pensava nisso, parei de andar, e acabei sentindo alguém bater contra mim. Só que não foi um rolo compressor dessa vez, parecia mais um tsunami. Colidimos com força. No segundo em que nos tocamos, a luz do teto queimou e uma chuva de fagulhas caiu sobre nossa cabeça.

Eu me abaixei. Ela não.

— Você está tentando me matar pela segunda vez em dois dias, Ethan?

A sala ficou em silêncio total.

— O quê? — Eu mal consegui pronunciar as palavras.

— Perguntei se está tentando me matar de novo.

— Eu não sabia que você estava aí.

— Foi o que você disse ontem à noite.

Ontem à noite. As palavrinhas que podiam mudar sua vida para sempre na Jackson. Apesar de haver muitas luzes acesas, parecia que havia um holofote sobre nós, para a plateia acompanhar. Eu pude sentir meu rosto ficar vermelho.

— Desculpe. Quero dizer... Oi — murmurei, parecendo um idiota. Ela parecia estar se divertindo, mas continuou andando. Colocou o livro na mesma carteira em que sentou a semana toda, bem em frente à Sra. English. No Lado do Olho Bom.

Eu tinha aprendido minha lição. Ninguém dizia a Lena Duchannes onde ela podia ou não sentar. Independentemente do que se pensava dos Ravenwood, Lena tinha essa característica a seu favor. Sentei ao seu lado, bem no meio da Terra de Ninguém. Como tinha feito a semana toda. Só que dessa vez ela estava falando comigo, e isso tornava tudo diferente. Não diferente de um modo ruim, apenas apavorante.

Ela começou a sorrir, mas se controlou. Tentei pensar em alguma coisa interessante para dizer, ou pelo menos alguma coisa que não fosse idiota. Mas antes que eu pudesse pensar em algo, Emily sentou do meu outro lado, com Eden Westerly de um lado e Charlotte Chase do outro. Seis fileiras mais perto do que o habitual. Nem mesmo sentar no Lado do Olho Bom ia me ajudar hoje.

A Sra. English olhou para nós da mesa dela, com uma expressão desconfiada.

— Oi, Ethan. — Eden se virou para mim e sorriu, como se eu estivesse envolvido no joguinho delas. — Como vai?

Não fiquei surpreso em ver Eden seguindo o comando de Emily. Eden era apenas mais uma das garotas bonitas que não era bonita o bastante para ser como Savannah. Eden era um elemento de segunda categoria, na equipe de torcida e na vida. Não era da base, não era voadora, às vezes nem participava dos jogos. Mas ela nunca desistia de tentar fazer alguma coisa para mudar de categoria. O lance dela era ser diferente, com exceção, acho eu, da parte que diz respeito a ser diferente. Ninguém era diferente na Jackson.

— Não queríamos que você tivesse que sentar aqui sozinho. — Charlotte riu. Se Eden era de segunda categoria, Charlotte era de terceira. Charlotte era uma coisa que nenhuma líder de torcida com respeito próprio deveria ser: um pouco gordinha. Ela nunca havia perdido aquela gordurinha infantil, e apesar de estar em dieta perpétua, não conseguia perder os 5 quilos que faltavam. Não era culpa dela; ela nunca deixava de tentar. Comia o recheio da torta e deixava a massa. O dobro de pão e metade do molho.

— Tem como esse livro ficar ainda mais chato? — Emily nem olhou em minha direção. Aquilo era uma disputa de território. Ela podia ter me dado um pé na bunda, mas certamente não queria ver a sobrinha do Velho Ravenwood perto de mim. — Como se eu quisesse ler sobre uma cidade cheia de gente completamente doida. Já temos muito disso aqui.

Abby Porter, que costumava sentar no Lado do Olho Bom, sentou ao lado de Lena e deu-lhe um fraco sorriso. Lena retribuiu o sorriso e parecia que ia dizer algo simpático, mas Emily lançou um olhar para Abby que deixava claro que a famosa hospitalidade sulista não se aplica a Lena. Desafiar Emily Asher era um ato de suicídio social. Abby puxou uma pasta do Conselho Estudantil e afundou o nariz nela, evitando Lena. Mensagem recebida.

Emily se virou para Lena, avaliando-a do topo do cabelo sem luzes de Lena, passando pelo rosto pálido e seguindo até a ponta das unhas sem esmalte rosa. Eden e Charlotte se viraram nas cadeiras para ficar de frente para Emily, como se Lena não existisse. Era o gelo das garotas — hoje estava fazendo 15 graus negativos.

Lena abriu o surrado caderno espiral e começou a escrever. Emily pegou o celular e começou a digitar uma mensagem de texto. Olhei para meu caderno, enfiando a revista em quadrinhos do Surfista Prateado entre as páginas, algo que era bem mais difícil de fazer nas primeiras fileiras.

Certo, senhoras e senhores, já que parece que o resto das luzes vai permanecer aceso, vocês estão sem sorte. Espero que todos tenham lido o livro ontem à noite. — A Sra. English escrevia freneticamente no quadro-negro. — Vamos falar por um minuto sobre conflitos sociais num ambiente de cidade pequena.

Alguém devia ter avisado a Sra. English. No meio da aula, já tínhamos algo além de conflitos sociais num ambiente de cidade pequena. Emily estava coordenando um ataque de grandes proporções.

— Quem sabe por que Atticus está disposto a defender Tom Robinson frente à limitação de pensamento e ao racismo?

— Aposto que Lena Ravenwood sabe — disse Eden, sorrindo inocentemente para a Sra. English. Lena olhou para as linhas do caderno e não disse uma palavra.

— Cale a boca — sussurrei um tanto alto demais. — Você sabe que esse não é o nome dela.

— Podia muito bem ser. Ela mora com aquela aberração — disse Charlotte.

— Cuidado com o que diz. Ouvi dizer que eles são, tipo, um casal. — Emily estava usando armas pesadas.

— Já chega. — A Sra. English virou o olho bom para nós e nos calamos.

Lena mudou de posição; a cadeira fez um barulho alto ao arrastar no chão. Eu me inclinei para a frente, tentando ser uma parede entre Lena e as seguidoras de Emily, como se pudesse fisicamente desviar os comentários delas.

Você não pode.

O quê? Eu me sentei ereto, assustado. Olhei em volta, mas ninguém estava falando comigo; ninguém estava falando nada. Olhei para Lena. Ela ainda estava meio escondida atrás do caderno. Ótimo. Não era o bastante sonhar com garotas de verdade e suas músicas imaginárias. Agora eu tinha que ouvir vozes também.

A coisa toda em relação à Lena estava começando a me afetar. Acho que eu me sentia responsável de certa forma. Emily e as outras talvez não a odiassem tanto se não fosse por mim.

Odiariam.

Lá estava de novo, uma voz tão baixa que eu mal conseguia ouvir. Era como se viesse do fundo da minha cabeça.

Eden, Charlotte e Emily continuaram atirando, e Lena nem piscava, como se pudesse bloqueá-las enquanto estava escrevendo naquele caderno.

— Harper Lee parece estar dizendo que não se pode conhecer realmente alguém até que se coloque no lugar dessa pessoa. O que entendem por isso? Alguém?

Harper Lee nunca morou em Gatlin.

Olhei em volta, segurando uma gargalhada. Emily olhou para mim como se eu fosse louco.

Lena levantou a mão.

— Acho que significa que temos que dar uma chance às pessoas, antes de pular automaticamente para o ódio. Não acha, Emily? — Ela olhou para Emily e sorriu.

— Você é bizarra — sussurrou Emily baixinho.

Você nem faz ideia.

Olhei mais diretamente para Lena. Ela tinha deixado o caderno de lado; agora estava escrevendo na mão com caneta preta. Eu nem precisaria ver para saber o que era. Outro número. 151. Tentei imaginar o que significava e por que ela não podia escrever no caderno. Enfiei a cara de volta no *Surfista Prateado*.

— Vamos falar sobre Boo Radley. O que os faria acreditar que ele está deixando presentes para as crianças Finch?

— Ele é como o Velho Ravenwood. Provavelmente está querendo atrair as crianças até a casa deles para depois matá-las — sussurrou Emily alto o bastante para Lena ouvir, mas baixo o bastante para que a Sra. English não ouvisse. — Então ele coloca os corpos no rabecão e os leva para o meio do nada para enterrá-los.

Cale a boca.

Ouvi a voz na minha cabeça de novo, e ouvi mais uma coisa. Um som de estalo. Baixinho.

— E ele tem um nome estranho, Boo Radley. Do que se trata?

— Você está certa, é aquele nome bíblico assustador que ninguém mais usa.

Fiquei tenso. Sabia que estavam falando do Velho Ravenwood, mas também estavam falando de Lena.

— Emily, por que você não dá um tempo? — devolvi.

Ela apertou os olhos.

— Ele é esquisito. Todos eles são e todo mundo sabe.

Mandei calar a boca.

O som de estalo estava ficando mais alto e começou a parecer mais com algo se partindo. Olhei em volta. O que era aquele barulho? E o mais estranho era que ninguém parecia tê-lo ouvido, assim como a voz.

Lena estava olhando diretamente para a frente, mas dava para notar a tensão no seu maxilar; ela estava concentrada de uma forma nada natural em um ponto bem na frente da sala, como se não conseguisse ver nada além daquele ponto. A sala parecia estar ficando menor.

Ouvi a cadeira de Lena arrastar no chão de novo. Ela saiu da cadeira e foi em direção à estante sob a janela, na lateral da sala. Provavelmente fingindo apontar o lápis para conseguir escapar do inescapável; juiz e júri da Jackson. O apontador começou a fazer barulho.

— Melchizedek, é isso.

Pare.

Eu ainda ouvia o apontador.

— Minha avó diz que é um nome maligno.

Pare pare pare.

— Combina bem com ele.

CHEGA!

Agora a voz estava tão alta que cobri os ouvidos. O apontador parou. Vidro saiu voando pelo ar quando a janela se estilhaçou sem mais nem menos — a janela bem na direção da nossa fileira na sala, bem onde Lena estava apontando o lápis. Bem do lado de Charlotte, Eden, Emily e eu. Elas gritaram e levantaram das cadeiras. Foi aí que entendi o que tinha sido aquele estalo. Pressão. Pequenas rachaduras no vidro, se espalhando como dedos, até que a janela se estilhaçou para dentro como se tivesse sido puxada por um fio.

Foi um caos. As garotas gritavam. Todos na sala ficaram de pé. Até eu pulei.

— Não entrem em pânico. Estão todos bem? — perguntou a Sra. English, tentando recuperar o controle.

Me virei em direção ao apontador. Queria ter certeza de que Lena estava bem. Ela não estava. Estava ao lado da janela quebrada, cercada de vidro, aparentando estar em pânico. Seu rosto estava mais pálido do que o habitual, os olhos maiores e mais verdes. Como na noite anterior, na chuva. Mas também pareciam diferentes. Pareciam assustados. Lena não parecia mais tão corajosa.

Ela esticou as mãos. Uma estava cortada e sangrava. Gotas vermelhas caíam no chão de linóleo.

Eu não pretendia...

Ela havia estilhaçado o vidro? Ou o vidro tinha estilhaçado e a cortado?

— Lena...

Ela saiu correndo da sala antes que eu pudesse perguntar se estava tudo bem.

— Você viu aquilo? Ela quebrou a janela! Jogou alguma coisa nela quando andou até lá!

— Ela deu um soco no vidro. Vi com meus próprios olhos!

— Então como é que ela não está toda sangrando?

— Você é o que, da perícia policial? Ela tentou nos matar.

— Vou ligar pro meu pai agora. Ela é louca, que nem o tio dela!

Parecia um bando de gatos de rua furiosos, gritando uns com os outros. A Sra. English tentou restaurar a ordem, mas isso era querer o impossível.

— Todos se acalmem. Não há motivo para pânico. Acidentes acontecem. Provavelmente não foi nada além de uma janela velha e vento.

Mas ninguém acreditou que a explicação podia ser uma janela velha e o vento. Acreditavam mais na sobrinha de um velho e uma tempestade com relâmpagos. A tempestade de olhos verdes que tinha acabado de se mudar para a cidade. O furacão Lena.

Uma coisa era certa: o tempo tinha mudado mesmo. Gatlin nunca tinha visto uma tempestade assim.

E ela provavelmente nem sabia que estava chovendo.

Greenbrier

*N*ão.

Eu conseguia ouvir a voz dela na minha cabeça. Pelo menos eu achava que conseguia.

Não vale a pena, Ethan.

Valia.

Foi quando empurrei minha cadeira e corri pelo corredor atrás dela. Eu sabia o que tinha feito. Tinha escolhido um lado. Estava em outro tipo de encrenca agora, mas não me importava.

Não era só Lena. Ela não era a primeira. Eu tinha passado minha vida inteira os vendo fazer aquilo. Fizeram com Allison Birch quando seu eczema ficou tão ruim que ninguém sentava perto dela no almoço, e com o pobre Scooter Richman porque ele era o pior trombonista da história da Orquestra Sinfônica Jackson.

Apesar de eu nunca ter pegado uma caneta e escrito PERDEDOR em um armário, eu tinha ficado de lado assistindo, muitas vezes. Sempre tinha me incomodado. Mas nunca o bastante para sair da sala.

Mas alguém tinha que fazer alguma coisa. Uma escola inteira não podia derrubar uma pessoa assim. Uma cidade inteira não podia derrubar uma família. Só que, na verdade podiam, porque sempre tinham feito isso. Talvez fosse por isso que Macon Ravenwood não saía de casa desde antes de eu nascer.

Eu sabia o que estava fazendo.

Não sabe. Acha que sabe, mas não sabe.

Ela estava na minha cabeça de novo, como se sempre tivesse estado.

Eu sabia o que encararia no dia seguinte, mas nada daquilo importava. Só queria encontrá-la. E não saberia dizer naquele momento se era por ela ou por mim. Independentemente disso, eu não tinha escolha.

Parei no laboratório de Biologia, sem fôlego. Link apenas olhou para mim e jogou a chave, sacudindo a cabeça sem nem perguntar. Peguei a chave e corri. Tinha certeza que sabia onde encontrá-la. Se eu estivesse certo, ela teria ido para onde qualquer um iria. Para onde eu teria ido.

Ela tinha ido para casa. Mesmo se a casa fosse Ravenwood, e ela tivesse ido para o lar de Boo Radley de Gatlin.

A propriedade parecia gigante na minha frente. Ela se erguia no morro como um desafio. Não estou dizendo que estava com medo, porque essa não é bem a palavra certa. Fiquei com medo quando a polícia foi à nossa porta na noite em que minha mãe morreu. Fiquei com medo quando meu pai desapareceu no escritório e me dei conta de que ele jamais sairia de novo. Fiquei com medo quando eu era criança e Amma escurecia, quando me dei conta de que as bonequinhas que ela fazia não eram brinquedos.

Eu não estava com medo de Ravenwood, ainda que ela fosse tão horripilante quanto aparentava. O inexplicável era algo certo no sul; toda cidade tem uma casa mal-assombrada, e se você perguntasse à maior parte das pessoas, pelo menos um terço delas juraria já ter visto um fantasma ou dois ao longo da vida. Além disso, eu morava com Amma, cujas crenças incluíam pintar as janelas de azul-pálido para manter os espíritos afastados, e cujos amuletos eram feitos de algibeiras de pelo de cavalo e terra. Eu estava acostumado com coisas estranhas. Mas o Velho Ravenwood, isso era outra coisa.

Andei até o portão e coloquei a mão com hesitação no ferro deformado. O portão abriu com um rangido. E depois, nada aconteceu. Nenhum relâmpago, nenhuma combustão, nenhuma tempestade. Não sei o que eu esperava, mas se tinha aprendido alguma coisa sobre Lena até aquele momento, era para esperar o inesperado e prosseguir com cautela.

Se alguém tivesse me dito um mês antes que eu passaria a pé por aquele portão, subiria o morro e entraria no território de Ravenwood, eu teria dito que essa pessoa estava maluca. Em uma cidade como Gatlin, em que sabemos tudo que vai acontecer, eu não teria previsto isso. Da última vez, eu só tinha chegado até o portão. Quanto mais perto eu chegava, mais fácil era ver que tudo estava caindo aos pedaços. A casa grande de Ravenwood parecia o estereótipo de fazenda sulista que as pessoas no norte esperariam ver depois de tantos anos assistindo a *E o Vento Levou...*

Ravenwood ainda era impressionante, pelo menos em tamanho. Era flanqueada por pequenas palmeiras e ciprestes, e parecia ter sido o tipo de lugar onde as pessoas sentavam na varanda, bebendo coquetel de hortelã e jogando cartas o dia todo, se não estivesse desmoronando. Se não fosse Ravenwood.

A casa era no estilo neoclássico grego, o que era incomum em Gatlin. Nossa cidade estava cheia de fazendas do estilo arquitetônico chamado Federal, o que fazia com que Ravenwood se destacasse ainda mais como algo que não pertencia ao ambiente. Enormes colunas dóricas brancas com a tinta descascando por anos de descuido apoiavam um telhado que caía muito inclinado para um lado, dando a impressão de que a casa estava tombando para o lado como uma velha com artrite. A varanda coberta estava se despedaçando e se soltando da casa, ameaçando desabar se alguém ousasse colocar ao menos um pé nela. Uma hera densa crescia com tanto vigor nas paredes externas que em alguns pontos era impossível ver a janela que havia embaixo. Como se o chão tivesse engolido a casa, tentando levá-la de volta para a terra onde ela havia sido construída.

Havia um lintel sobreposto, que é aquela parte da viga que fica sobre a porta em algumas casas muito velhas. Eu podia ver algum tipo de entalhe ali. Símbolos. Pareciam círculos e luas crescentes, talvez as fases da lua. Dei um passo hesitante para subir na escada que rangia para poder olhar mais de perto. Eu sabia um pouco sobre lintéis. Minha mãe era historiadora da Guerra Civil, e ela os mostrava para mim em nossas incontáveis peregrinações para cada local histórico que ficasse a um dia de carro de Gatlin. Ela dizia que eles eram bem comuns em casas antigas e castelos em lugares como a Inglaterra e a Escócia. E era de lá que algumas das pessoas daqui tinham vindo, bem antes de serem daqui.

Eu nunca tinha visto um com símbolos entalhados, só com palavras. Esses pareciam mais hieróglifos, circundando o que parecia ser uma única palavra em uma língua que não reconheci. Provavelmente tivera algum significado para as gerações de Ravenwood que moraram ali antes do lugar estar aos pedaços.

Respirei fundo e subi o resto dos degraus da varanda, dois de cada vez. Achei que diminuiria minhas chances de cair neles em cinquenta por cento se eu só pisasse na metade deles. Estiquei o braço em direção à alça de latão pendurada na boca de um leão que servia para bater na porta e bati. Bati de novo, e de novo. Ela não estava em casa. Eu tinha me enganado, afinal.

Mas então ouvi a melodia familiar. *Dezesseis Luas*. Ela estava aqui, em algum lugar.

Forcei o ferro calcificado da maçaneta. Ele gemeu, e eu ouvi o ferrolho respondendo do outro lado da porta. Me preparei para ver Macon Ravenwood, que ninguém na cidade tinha visto, pelo menos não durante o tempo em que eu estava vivo. Mas a porta não abriu.

Olhei para o lintel, e alguma coisa me disse para tentar. Quero dizer, o que podia acontecer de pior? A porta não abrir? Instintivamente, estiquei a mão e toquei o entalhe central sobre a minha cabeça. A lua crescente. Quando a apertei, pude sentir a madeira cedendo sob meu dedo. Era algum tipo de gatilho.

A porta abriu sem barulho algum. Passei pela soleira. Não havia como voltar atrás agora.

A luz entrava pelas janelas, o que parecia impossível considerando que as janelas do lado de fora estavam completamente cobertas de vegetação e escombros. Ainda assim, o interior era claro, iluminado e tudo era novo. Não havia mobília de períodos antigos nem pinturas a óleo dos Ravenwood que viveram antes do Velho Ravenwood, nenhuma herança do período antes da guerra. O lugar parecia mais uma página de um catálogo de mobília. Havia sofás com estofados fofos e cadeiras e mesas de tampo de vidro cobertas de livros de mesinha de centro. Era tudo tão chique, tão novo. Eu quase esperava ver o caminhão de entregas ainda estacionado do lado de fora.

Lena?

A escada em espiral parecia pertencer a um loft; parecia continuar em círculos para cima, bem acima do chão do segundo andar. Eu não conseguia ver o topo.

— Sr. Ravenwood? — Ouvi minha própria voz ecoando no teto alto. Não havia ninguém lá. Pelo menos, ninguém interessado em falar comigo. Ouvi um barulho atrás de mim e dei um salto, tropeçando e quase caindo em um tipo de cadeira de camurça.

Era um cachorro negro lustroso, ou talvez um lobo. Algum tipo de animal doméstico assustador, porque ele usava uma coleira pesada de couro com uma lua prateada pendurada que balançava quando se movia. Ele olhava para mim como se estivesse planejando o próximo passo. Havia algo de estranho em seus olhos. Eram redondos demais, quase pareciam humanos.

O cachorro-lobo rosnou para mim e mostrou os dentes. O rosnado se tornou alto e agudo, como um grito. Fiz o que qualquer um faria.

Corri.

Desci a escada aos tropeços antes mesmo que meus olhos tivessem se ajustado à luz. Continuei correndo pelo caminho de cascalho, para longe de Ravenwood, para longe do animal assustador, dos estranhos símbolos e da porta esquisita até voltar à luz turva da tarde real. O caminho continuava em curvas por campos mal-cuidados e alamedas de árvores sem poda, crescendo selvagens e cheias de arbustos em volta. Não me importava onde o caminho ia dar, desde que fosse longe dali.

Parei e me curvei, as mãos nos joelhos, meu peito explodindo. Minhas pernas pareciam de borracha. Quando olhei para a frente, vi um muro de pedra despedaçado. Eu mal conseguia ver o topo das árvores depois do muro.

Senti um cheiro familiar. Limoeiros. Ela estava aqui.

Falei para você não vir.

Eu sei.

Estávamos tendo uma conversa, só que não estávamos. Mas assim como na aula, eu conseguia ouvi-la na minha cabeça, como se ela estivesse parada ao meu lado sussurrando em meu ouvido.

Senti que estava indo em direção a ela. Havia um jardim murado, talvez até mesmo um jardim secreto, como algo de um livro que minha mãe teria lido quando crescia em Savannah. Esse lugar devia ser muito antigo. O muro de pedra estava gasto em alguns lugares e completamente quebrado em outros. Quando forcei pela cortina de vinhas que escondia a entrada em arco de madeira velha e apodrecida, eu ouvi o som de alguém chorando ao longe. Olhei no meio das árvores e arbustos, mas ainda não conseguia vê-la.

— Lena?

Ninguém respondeu. Minha voz soava estranha, como se não fosse minha, ecoando nos muros de pedra que cercavam o pequeno bosque. Segurei no arbusto mais próximo de mim e arranquei um galho. Alecrim, é claro. E na árvore acima da minha cabeça, lá estava: um limão amarelo, estranhamente perfeito e liso.

— Sou eu, Ethan.

O som abafado de choro ficou mais alto e eu soube que estava me aproximando.

— Vá embora, já falei. — Ela parecia estar resfriada; devia estar chorando desde que saiu da escola.

— Eu sei. Ouvi o que você disse.

Era verdade, e eu não sabia explicar. Andei com cuidado ao redor do alecrim selvagem, tropeçando nas raízes enormes.

— É mesmo? — Ela parecia interessada, momentaneamente distraída.

— É.

Era como nos sonhos. Eu conseguia ouvir a voz dela, só que ela estava aqui, chorando em um jardim descuidado no meio do nada em vez de escorregando dos meus braços.

Afastei um emaranhado grande de galhos. Lá estava ela, encolhida sobre a grama alta, olhando para o céu azul. Ela tinha um braço jogado sobre a cabeça e a outra mão segurava a grama, como se achasse que levantaria voo se soltasse. O vestido cinza estava amontoado ao seu redor. O rosto visivelmente coberto de lágrimas.

— Então por que você não foi?

— Pra onde?

— Embora.

— Queria ter certeza de que você estava bem.

Sentei ao lado dela. O chão era surpreendentemente duro. Passei a mão embaixo de mim e descobri que estava sentado em um pedaço liso de pedra achatada, escondido sob a cobertura de terra.

Assim que me deitei, ela sentou. Eu sentei, ela deitou de novo. Estranho. Assim era tudo o que eu fazia quando dizia respeito a ela.

Agora estávamos os dois deitados, olhando para o céu azul. Estava ficando cinzento, da cor de Gatlin durante a temporada de furacões.

— Todos me odeiam.

— Nem todos. Eu não. Nem Link, meu melhor amigo.

Silêncio.

— Você nem me conhece. Deixa o tempo passar; você provavelmente vai me odiar também.

— Quase atropelei você, lembra? Tenho que ser legal com você pra que não mande me prender.

Era uma piada idiota. Mas lá estava, o menor sorriso que já vira em minha vida.

— Está bem no topo da minha lista. Vou denunciar você pro cara gordo que fica o dia todo na frente do supermercado.

Ela olhou de volta para o céu. Eu a observei.

— Dê uma chance a eles. Não são más pessoas, não completamente. Quero dizer, são sim, nesse momento. Estão apenas com inveja. Você sabe disso, não sabe?

— Ah, claro.

— Estão. — Olhei para ela pela grama alta. — Eu estou.

Ela sacudiu a cabeça.

— Então você é maluco. Não há nada para ter inveja, a não ser que você goste muito de almoçar sozinho.

— Você morou em um monte de lugares.

O olhar dela era vazio.

— E daí? Você provavelmente está na mesma escola e mora na mesma casa a vida toda.

— Isso mesmo, e esse é o problema.

— Acredite em mim, isso não é problema. Entendo de problemas.

— Você viajou por vários lugares, viu coisas. Eu daria tudo para fazer isso.

— É, sempre sozinha. Você tem um melhor amigo. Eu tenho um cachorro.

— Mas você não tem medo de ninguém. Age como quer e diz o que quer. Todo mundo aqui tem medo de ser eles mesmos.

Lena mexeu no esmalte preto do dedo indicador.

— Às vezes gostaria de poder agir como todo mundo, mas não posso mudar quem eu sou. Já tentei. Mas nunca uso as roupas certas nem digo as coisas certas, e alguma coisa sempre dá errado. Só queria ser eu mesma e ainda assim ter amigos que reparam quando vou à escola ou não.

— Acredite em mim, reparam. Hoje, pelo menos, repararam. — Ela quase riu. Quase. — Quero dizer, de um jeito bom. — Olhei para o outro lado.

Eu reparo.

Em quê?

Se você vai à escola ou não.

— Então acho que você é doido. — Mas quando ela disse isso, o som parecia de alguém que também estava rindo.

Ao olhar para ela, não parecia ter mais importância se eu tinha uma mesa de almoço onde sentar ou não. Eu não conseguia explicar, mas ela era, isso tudo era maior do que aquilo. Eu não podia ficar de fora observando enquanto tentavam derrubá-la. Não a ela.

— Sabe, é sempre assim. — Ela falava para o céu. Uma nuvem flutuava no céu cinza-azulado que escurecia.

— Nublado?

— Na escola, pra mim.

Ela ergueu a mão e a sacudiu. A nuvem pareceu andar na mesma direção de sua mão. Ela limpou os olhos com a manga da blusa.

— Não é que eu me importe se gostam mesmo de mim. Só não quero que me odeiem automaticamente.

Agora a nuvem era um círculo.

— Aquelas imbecis? Em alguns meses, Emily vai ganhar um carro novo e Savannah vai ganhar uma coroa nova; Eden vai pintar o cabelo de outra cor e Charlotte vai, sei lá, ter um bebê, fazer uma tatuagem ou algo assim, e isso tudo ficará no passado. — Eu estava mentindo, e ela sabia. Lena sacudiu a mão de novo. Agora a nuvem parecia mais um círculo meio amassado, e depois talvez uma lua.

— Sei que são imbecis. Claro que são imbecis. Com aquele cabelo louro pintado e aquelas bolsas idiotas de metal.

— Exatamente. Elas são imbecis. Quem se importa?

— Eu me importo. Elas me incomodam. E é por isso que sou burra. Isso me torna exponencialmente mais burra do que burra. Sou burra elevada à potência burra.

Ela sacudiu a mão. A lua se desmanchou.

— Essa é a coisa mais burra que eu já ouvi.

Olhei para ela de canto de olho. Ela tentou não sorrir. Ficamos deitados lá um minuto.

— Sabe o que é burrice? Tenho livros embaixo da minha cama. — Eu apenas falei, como se fosse algo que eu dissesse o tempo todo.

— O quê?

— Romances. Tolstoi. Salinger. Vonnegut. E eu os leio. Leio porque quero.

Ela rolou de lado, apoiando a cabeça no cotovelo.

— É? O que seus amigos atletas acham disso?

— Vamos dizer que guardo isso pra mim e continuo fazendo cestas.

— Certo. Na escola, reparei que você prefere os quadrinhos. — Ela tentou parecer casual. — *Surfista Prateado*. Vi você lendo. Logo antes de tudo acontecer.

Você reparou?

Talvez nem tenha reparado.

Eu não sabia se estávamos falando ou se eu estava imaginando a coisa toda, só que eu não estava tão maluco. Ainda.

Ela mudou de assunto, ou mais precisamente, voltou o assunto.

— Eu também leio. Mais poesia.

Eu conseguia imaginá-la deitada na cama lendo poemas, mas tinha dificuldade em imaginar a tal cama em Ravenwood.

— É? Já li aquele cara, Bukowski. — E era verdade, se dois poemas contassem.

— Tenho todos os livros dele.

Eu sabia que ela não queria falar do que tinha acontecido, mas eu não podia mais segurar. Eu tinha que saber.

— Você vai me contar?

— Contar o quê?

— O que aconteceu lá?

Houve um longo silêncio. Ela sentou e puxou a grama ao redor dela. Se virou de barriga para baixo e olhou nos meus olhos. Estava a apenas alguns centímetros do meu rosto. Fiquei ali deitado, paralisado, tentando me concentrar no que ela dizia.

— Eu não sei, na verdade. Coisas assim apenas acontecem comigo às vezes. Não consigo controlar.

— Como os sonhos. — Observei o rosto dela, procurando por ao menos um sinal de reconhecimento.

— Como os sonhos. — Ela falou sem pensar, depois hesitou e olhou para mim, chocada. Eu estava certo o tempo todo.

— Você se lembra dos sonhos.

Ela escondeu o rosto nas mãos. Me sentei.

— Eu sabia que era você, e você sabia que era eu. Você sabia sobre o que eu estava falando o tempo todo. — Afastei as mãos dela do rosto, e a corrente elétrica fez meu braço vibrar.

Você é a garota.

— Por que não disse alguma coisa ontem à noite?

Eu não queria que você soubesse.

Ela não olhava para mim.

— Por quê? — A palavra soou alta no silêncio do jardim. E quando ela olhou para mim, seu rosto estava pálido e ela parecia diferente. Assustada. Os olhos dela eram como o mar antes de uma tempestade na costa da Carolina.

— Eu não esperava que você estivesse aqui, Ethan. Pensei que eram apenas sonhos. Eu não sabia que você era uma pessoa de verdade.

— Mas depois que soube que era eu, por que não falou alguma coisa?

— Minha vida é complicada. E eu não queria você... Não quero ninguém envolvido nisso.

Eu não tinha ideia de sobre o quê ela estava falando. Ainda estava tocando a mão dela; e sabia disso. Eu podia sentir a pedra dura debaixo de nós, e me segurei na beirada dela, me apoiando. Só que minha mão se fechou em algo pequeno e redondo, preso na beirada da pedra. Um besouro ou talvez uma pedrinha. O objeto se soltou da pedra e se prendeu à minha mão.

Então o choque me atingiu. Senti a mão de Lena se fechar em torno da minha.

O que está acontecendo, Ethan?

Não sei.

Tudo ao meu redor mudou, e era como se eu estivesse em outro lugar. Eu estava no jardim, mas não no jardim. E o cheiro de limão se transformou em cheiro de fumaça...

Era meia-noite, mas o céu estava em chamas. As labaredas tentavam alcançar o céu, soltando rolos enormes de fumaça, engolindo tudo no caminho. Até a lua. O chão tinha virado um pântano. Era um chão de cinza queimada que tinha sido encharcada pelas chuvas que precederam o fogo. Se ao menos tivesse chovido hoje... Genevieve engasgou com a fumaça que lhe queimava tanto a garganta que dificultava a respiração. Havia lama grudada na barra de suas saias, fazendo-a tropeçar cada vez que dava alguns passos em meio às volumosas dobras de tecido, mas ela se forçava a continuar andando.

Era o fim do mundo. Do seu mundo.

E ela podia ouvir os gritos, misturados aos tiros e ao ininterrupto rugir do fogo. Podia ouvir os soldados gritando ordens de assassinato.

"Queimem aquelas casas. Deixem que os Rebeldes sintam o peso da derrota. Queimem tudo!"

E, uma a uma, os soldados da União tinham tocado fogo na casa grande das fazendas, com os próprios lençóis e cortinas embebidos em querosene. Uma a uma, Genevieve viu as casas dos vizinhos dela, dos amigos e familiares, se renderem às chamas. E, na pior das circunstân-

cias, muitos desses amigos e familiares se renderam também, comidos vivos pelas chamas nas mesmas casas em que nasceram.

Era por isso que ela corria, na fumaça, em direção ao fogo, bem na boca da fera. Tinha que chegar a Greenbrier antes dos soldados. E não tinha muito tempo. Os soldados eram metódicos, trabalhando ao longo da Santee queimando as casas uma a uma. Já tinham queimado Blackwell; Dove's Crossing seria a próxima, depois Greenbrier e Ravenwood. O general Sherman e seu exército tinham começado a campanha de incêndios centenas de quilômetros antes de chegar a Gatlin. Tinham queimado completamente Columbia e continuaram a marchar para o leste, incendiando tudo no caminho. Quando chegaram aos arredores de Gatlin, a bandeira da Confederação ainda tremulava; a energia renovada de que eles precisavam.

Foi o cheiro que disse a ela que era tarde demais. Limão. O cheiro ácido de limão misturado com cinzas. Estavam queimando os limoeiros.

A mãe de Genevieve amava limões. Então quando o pai dela visitara uma fazenda na Georgia quando ela era criança, tinha trazido dois limoeiros para sua mãe. Todo mundo dizia que eles não iam crescer, que as noites frias do inverno da Carolina do Sul os mataria. Mas a mãe de Genevieve não prestou atenção. Ela plantou as árvores em frente ao campo de algodão e cuidou delas sozinha. Nas noites frias de inverno, cobria as árvores com cobertores de lã e fazia pilhas de terra nas bordas para afastar a umidade. E as árvores cresceram. Cresceram tão bem que ao longo dos anos o pai de Genevieve trouxe para ela 28 outras árvores. Algumas das outras damas da cidade pediram limoeiros aos maridos, e alguns deles até conseguiram um ou dois. Mas nenhuma delas conseguiu descobrir como manter as árvores vivas. As árvores só pareciam florescer em Greenbrier, sob os cuidados da mãe dela.

Nada tinha conseguido matar aquelas árvores. Até hoje.

— O que acabou de acontecer?

Senti ela afastar sua mão da minha e abri meus olhos. Ela estava tremendo. Olhei para baixo e abri minha mão para ver o objeto que eu tinha inadvertidamente tirado de debaixo da pedra.

— Acho que teve alguma coisa a ver com isso. — Minha mão encontrara um velho camafeu amassado, preto e oval, com o rosto de uma mulher entalhado em marfim e madrepérola. O trabalho na face do objeto era intrincado e cheio de detalhes. Na parte de dentro, reparei que havia um pequeno calombo. — Olhe. Acho que ele abre.

Apertei o dispositivo e a frente do camafeu abriu, revelando uma pequena inscrição.

— Só diz GREENBRIER. E uma data.

Ela se sentou.

— O que é Greenbrier?

— Deve ser onde estamos. Aqui não é Ravenwood. Aqui é Greenbrier. A fazenda ao lado.

— E aquela visão, os incêndios, você viu também?

Assenti. Era quase horrível demais para falar.

— Aqui só pode ser Greenbrier, ou o que sobrou dela.

— Me deixa ver o medalhão.

Entreguei a ela com cuidado. Parecia algo que tinha sobrevivido a muita coisa, talvez mesmo o incêndio da visão. Ela o virou nas mãos.

— 11 DE FEVEREIRO DE 1865. — Ela deixou o medalhão cair e ficou branca.

— O que foi?

Lena olhou para a grama.

— Onze de fevereiro é meu aniversário.

— É uma coincidência. Um presente de aniversário antecipado.

— Nada na minha vida é coincidência.

Peguei o medalhão e o virei. Na parte de trás havia dois grupos de iniciais entalhadas.

— ECW & GKD. Esse medalhão deve ter sido de um deles. — Fiz uma pausa. — Isso é estranho. Minhas iniciais são ELW.

— Meu aniversário, suas iniciais. Você não acha que é um pouco mais do que uma estranha *coincidência*?

Talvez ela estivesse certa. Ainda assim...

— Devíamos tentar de novo para que possamos descobrir. — Eu não conseguia parar.

— Não sei. Pode ser perigoso. Parecia mesmo que a gente estava lá. Meus olhos ainda estão ardendo da fumaça.

Ela estava certa. Não tínhamos saído do jardim, mas parecera que estávamos bem no meio dos incêndios. Eu podia sentir a fumaça nos meus pulmões, mas não importava. Eu precisava saber.

Estendi o medalhão e minha mão.

— Vamos lá, você não é corajosa?

Era um desafio. Ela revirou os olhos, mas esticou a mão mesmo assim. Seus dedos encostaram de leve nos meus, e senti o calor da mão dela se espalhando na minha. Um arrepio elétrico. Não sei descrever de outra maneira.

Fechei meus olhos e esperei. Nada. Abri meus olhos.

— Talvez tenhamos imaginado. Talvez esteja sem pilha.

Lena olhou para mim como se eu fosse Earl Petty na aula de Álgebra pela segunda vez.

— Talvez não dê para dizer a uma coisa como essa o que fazer ou quando fazer. — Ela se levantou e se limpou. — Tenho que ir.

Ela fez uma pausa e olhou para baixo, para mim.

— Sabe, você não é o que eu esperava.

Ela me deu as costas e começou a andar pelo meio dos limoeiros até a extremidade do jardim.

— Espere! — chamei, mas ela continuou andando. Tentei alcançá-la, mas tropecei nas raízes.

Quando ela chegou ao último limoeiro, parou.

— Não.

— Não o quê?

Ela não olhava para mim.

— Me deixe em paz enquanto tudo ainda está bem.

— Não entendo o que você está falando. De verdade. E estou tentando.

— Esqueça.

— Acha que é a única pessoa complicada no mundo?

— Não. Mas... é meio que minha especialidade.

Ela se virou novamente para ir. Hesitei e coloquei a mão sobre seu ombro. Estava quente do sol que desaparecia. Eu podia sentir o osso embaixo da roupa, e, naquele momento, ela pareceu uma coisa frágil, como nos sonhos. E aquilo era estranho, porque quando ela estava me encarando, eu só conseguia pensar no quanto ela parecia inquebrável. Talvez houvesse alguma relação com aqueles olhos.

Ficamos daquele jeito um momento, até que finalmente ela cedeu e se virou para mim. Tentei de novo.

— Olha. Tem alguma coisa acontecendo aqui. Os sonhos, a música, o cheiro e agora o medalhão. É como se devêssemos ser amigos.

— Você acabou de dizer cheiro? — Ela parecia horrorizada. — Na mesma frase que amigos?

— Tecnicamente, acho que era uma outra frase.

Ela olhou para minha mão, e eu a tirei de seu ombro. Mas eu não conseguia deixar para lá. Olhei bem nos olhos dela, olhei mesmo, talvez pela primeira vez. O abismo verde parecia ir a um lugar tão distante que eu jamais conseguiria alcançar, mesmo em uma vida inteira. Imaginei o que a teoria de Amma de que "os olhos são a janela da alma" acharia disso.

É tarde demais, Lena. Você já é minha amiga.

Não posso ser.

Estamos nisso juntos.

Por favor. Você tem que confiar em mim. Não estamos.

Ela quebrou a conexão dos nossos olhos e apoiou a cabeça no limoeiro. Parecia infeliz.

— Sei que você não é como eles. Mas há coisas sobre mim que você não pode entender. Não sei por que há essa ligação entre nós. Não sei por que temos os mesmos sonhos; sei tanto quanto você.

— Mas eu quero saber o que está havendo...

— Faço 16 anos em cinco meses. — Ela ergueu a mão, pintada com um número, como sempre. 151. — Cento e cinquenta e um dias.

O aniversário dela. O número escrito em sua mão que mudava todo dia. Ela estava fazendo contagem regressiva até o aniversário.

— Você não sabe o que isso quer dizer, Ethan. Não sabe de nada. Posso nem estar aqui depois disso.

— Está aqui agora.

Ela olhou para além de mim, na direção de Ravenwood. Quando finalmente falou, não estava olhando para mim.

— Gosta daquele poeta, Bukowski?

— Gosto — respondi, confuso.

— Nem tente.

— Não entendi.

— É o que está escrito na lápide de Bukowski.

Ela desapareceu pelo muro de pedra e se foi. Cinco meses. Eu não tinha ideia sobre o que ela estava falando, mas reconheci o sentimento nas minhas entranhas.

Pânico.

Quando consegui cruzar a passagem no muro, ela tinha sumido como se jamais tivesse estado lá, deixando só uma brisa no ar de limão e alecrim. O engraçado era que, quanto mais ela corria, mais eu ficava determinado a segui-la.

Nem tente.

Eu estava bem certo de que minha lápide teria algo diferente escrito.

As Irmãs

Para minha sorte, a mesa da cozinha ainda estava posta quando cheguei em casa — Amma teria me matado se eu tivesse perdido o jantar. O que eu não tinha levado em consideração era o sistema de recados que fora ativado no momento em que saí da aula de inglês. Mais de metade da cidade devia ter ligado para Amma até a hora que cheguei em casa.

— Ethan Wate? É você? Porque se for, você está em uma encrenca enorme.

Ouvi um som de batida familiar. As coisas estavam piores do que eu pensava. Me abaixei para passar na porta e entrar na cozinha. Amma estava de pé ao lado da bancada com o avental industrial de brim, que tinha 14 bolsos para pregos e podia suportar quatro ferramentas pesadas. Estava segurando o cutelo e na bancada havia uma pilha de cenouras, repolho e outros legumes que eu não consegui identificar. Rolinhos primavera era a receita que exigia a maior quantidade de legumes picados do que qualquer outra receita na caixa azul de plástico de Amma. Se ela estava fazendo rolinhos primavera, isso só queria dizer uma coisa, e não era que ela gostava de comida chinesa.

Tentei dar uma explicação aceitável, mas não saiu nada.

— O treinador ligou esta tarde, depois a Sra. English, o diretor Harper, a mãe de Link e metade das senhoras da FRA. E você sabe como odeio falar com aquelas mulheres. São más como o diabo, cada uma delas.

Gatlin era cheia de associações para assistência às senhoras, mas o FRA era a mãe de todas elas. Fazendo justiça ao nome, Filhas da Revolução Americana, tinha-se que provar ser parente de um patriota de verdade da Revolução Americana para ser candidata a pertencer ao grupo. Ser um membro aparentemente dava o direito de dizer aos vizinhos da rua River de que cores deviam pintar as casas e mandar, perturbar e julgar todo mundo na cidade. A não ser que fosse Amma. Isso eu queria ver.

— Todos disseram a mesma coisa. Que você saiu correndo da escola, no meio da aula, atrás da garota Duchannes.

Outra cenoura rolou pela tábua de cortar.

— Eu sei, Amma, mas...

O repolho foi partido ao meio.

— Então eu disse: "Não, meu menino não sairia da escola sem permissão e não faltaria ao treino. Deve haver algum engano. Deve ser outro garoto desrespeitando a professora e sujando o nome da família. Não pode ser o menino que eu criei aqui nesta casa."

Cebolinhas rolaram pela bancada.

Eu tinha cometido o pior dos crimes, eu a tinha envergonhado. Pior ainda, aos olhos da Sra. Lincoln e das mulheres do FRA, suas inimigas juradas.

— O que tem a dizer a seu favor? O que faria você sair correndo da escola como se seu rabo estivesse pegando fogo? E eu *não* quero ouvir que foi uma garota qualquer.

Respirei fundo. O que eu poderia dizer? Que eu vinha sonhando com uma garota misteriosa há meses, que ela apareceu na cidade e por acaso era a sobrinha de Macon Ravenwood? Que, além dos apavorantes sonhos com essa garota, eu tive uma visão de uma outra mulher, que eu certamente não conhecia, que tinha vivido durante a Guerra Civil?

É, isso me tiraria da encrenca, ao mesmo tempo em que o sol explodisse e o sistema solar morresse.

— Não é o que você pensa. As garotas na nossa turma estavam sendo más com Lena, provocando-a sobre o tio, dizendo que ele carrega cadáveres no rabecão, então ela se chateou e saiu correndo da aula.

— Estou esperando pela parte que explica o que isso tem a ver com você.

— Não é você que sempre me diz para "seguir o caminho de Nosso Senhor"? Não acha que Ele ia querer que eu ficasse ao lado de alguém que estava sendo maltratada? — Agora eu tinha passado do limite. Dava para ver nos olhos dela.

— Não ouse usar o nome do Senhor para justificar ter quebrado as regras da escola, ou juro que vou lá fora, pego uma vara e faço arder a razão de volta às suas costas. Não me importa quantos anos tenha. Ouviu?

Amma nunca tinha batido em mim com nada na minha vida, apesar de ter me perseguido com uma vara algumas vezes para se fazer entender. Mas esse não era o momento de mencionar isso.

A situação estava rapidamente indo de mal a pior; eu precisava de alguma coisa para mudar o foco. O medalhão ainda estava queimando no meu bolso de trás. Amma amava mistérios. Ela tinha me ensinado a ler quando eu tinha 4 anos usando livros policiais e as palavras cruzadas, que eu lia por cima de seu ombro. Eu era a única criança no jardim de infância que conseguia ler *exame* no quadro porque eu conhecia a expressão *exame do médico-legista*. Quanto a mistérios, o medalhão era um dos bons. Eu apenas deixaria de fora a parte em que toquei nele e tive uma visão da Guerra Civil.

— Você está certa, Amma. Desculpe. Eu não devia ter saído da escola. Só estava querendo ter certeza de que Lena estava bem. Uma janela quebrou na sala de aula bem atrás dela e ela estava sangrando. Só fui até a casa dela para ver se estava tudo bem.

— Você foi até aquela casa?

— Fui, mas ela estava do lado de fora. O tio dela é muito tímido, aparentemente.

— Você não precisa me contar sobre Macon Ravenwood, como se soubesse alguma coisa que eu não sei. — O Olhar. — L-E-T-Á-R-G-I-C-O.

— O quê?

— Quero dizer que você não tem uma gota de juízo, Ethan Wate.

Peguei o medalhão do meu bolso e andei até onde ela estava, parada ao lado do fogão.

— Estávamos atrás da casa e achamos uma coisa — eu disse, abrindo minha mão para que ela pudesse ver. — Tem uma inscrição dentro.

A expressão no rosto de Amma me deixou paralisado. Parecia que alguma coisa tinha tirado todo seu ar.

— Amma, você está bem?

Estiquei a mão para alcançar o cotovelo dela, para apoiá-la caso fosse desmaiar. Mas ela puxou o braço antes que eu pudesse tocá-la, como se tivesse queimado a mão ao mexer na panela.

— Onde pegou isso? — A voz dela era um sussurro.

— Achamos na terra, em Ravenwood.

— Você não achou isso na fazenda Ravenwood.

— De que a senhora está falando? Sabe a quem pertenceu?

— Fique bem aí. Não se mexa — instruiu ela, e saiu correndo da cozinha.

Mas eu a ignorei e a segui até seu quarto. Sempre tinha parecido mais com uma botica do que com um quarto, com uma cama de solteiro baixa branca enfiada embaixo de fileiras de prateleiras. Nas prateleiras havia jornais bem arrumados (Amma nunca jogava fora uma palavra cruzada terminada) e potes de vidro cheios do estoque dela de ingredientes para fazer amuletos. Alguns eram os tradicionais de sempre: sal, pedras coloridas, ervas. E havia a coleção mais incomum, como um pote de raízes e outro de ninhos de pássaro abandonados. A prateleira do alto era de garrafas de terra. Ela estava agindo de forma esquisita, mesmo para seus padrões. Eu estava a apenas alguns passos atrás dela, mas ela já estava revirando as gavetas quando cheguei.

— Amma, o que a senhora está...

— Não mandei você ficar na cozinha? Não traga *essa* coisa aqui! — ela gritou quando dei um passo a frente.

— Por que está tão nervosa? — Ela enfiou algumas coisas que não pude ver no avental e saiu correndo do quarto. Eu a alcancei na cozinha. — Amma, qual é o problema?

— Pegue isso. — Ela me deu um lenço esfarrapado, tomando o cuidado para não deixar a mão dela tocar na minha. — Agora enrole essa coisa aí. Agora, nesse segundo.

Isso era mais do que escurecer. Ela estava enlouquecendo.

— Amma...

— Faça o que eu digo, Ethan. — Ela nunca me chamava pelo meu nome sem meu sobrenome.

Depois que o medalhão estava bem enrolado no lenço, ela se acalmou um pouco. Remexeu nos bolsos de baixo do avental e tirou uma bolsinha de couro e um vidrinho com um pó. Eu sabia o suficiente para reconhecer os ingredientes de um amuleto quando os via. Sua mão tremeu ligeiramente quando colocou um pouco do pó escuro na bolsinha de couro.

— Você amarrou bem?

— Aham — falei, esperando que ela me corrigisse por responder a ela de maneira tão informal.

— Tem certeza?

— Tenho.

— Agora coloque aqui dentro. — A bolsa de couro era quente e macia ao toque da minha mão. — Vamos.

Coloquei o medalhão ofensivo na bolsinha.

— Amarre isso ao redor — ela instruiu, entregando-me um pedaço do que parecia uma corda comum, mas eu sabia que nada do que Amma usava em seus amuletos era comum e nem mesmo era o que parecia. — Agora leve de volta para onde achou e o enterre. Leve imediatamente.

— Amma, o que está acontecendo?

Ela deu alguns passos para frente e segurou meu queixo, tirando uma mecha de cabelo de cima dos meus olhos. Pela primeira vez desde que tirei o medalhão do bolso, ela me olhou nos olhos. Ficamos desse jeito pelo que pareceu ser o mais longo minuto da minha vida. A expressão dela não era comum, estava confusa.

— Você não está pronto — sussurrou ela, afastando a mão.

— Não estou pronto para o quê?

— Faça como digo. Leve essa bolsinha de volta para onde você encontrou o objeto e a enterre. Depois volte imediatamente para casa. Não quero que se meta mais com aquela garota, você me ouviu?

Ela tinha dito tudo que planejou dizer, talvez mais. Mas eu nunca saberia, porque tinha uma coisa em que Amma era melhor do que ler cartas e decifrar palavras cruzadas: guardar um segredo.

— Ethan Wate, está acordado?

Que horas eram? Nove e meia. Sábado. Eu já devia ter acordado, mas estava exausto. Na noite anterior, passei duas horas dando voltas para que Amma acreditasse que voltei a Greenbrier para enterrar o medalhão.

Saí da cama e cambaleei pelo quarto, tropeçando em uma caixa de biscoitos velhos. Meu quarto sempre era uma bagunça, cheio de tanta coisa, que meu pai disse que havia perigo de incêndio e um dia eu ia incendiar a casa toda, apesar de ele não ir lá há muito tempo. Além do meu mapa, as paredes e o teto eram cobertos de pôsteres de lugares que eu esperava visitar um dia: Atenas, Barcelona, Moscou, até o Alasca. O quarto estava repleto de pilhas de caixas de sapato, algumas com um metro, até um metro e vinte de altura. Apesar de as pilhas parecerem aleatórias, eu sabia a localização de cada caixa, desde a caixa branca da Adidas com minha coleção de isqueiros da minha época piromaníaca no oitavo ano até a verde da New Balance com os cartuchos de bala e pedaços rasgados de bandeira que achei em Fort Sumter com minha mãe.

E a que eu estava procurando, a caixa amarela da Nike, com o medalhão que tinha deixado Amma transtornada. Abri a caixa e peguei a macia bolsinha de couro. Escondê-la tinha parecido ser uma boa ideia ontem à noite, mas coloquei-a de volta no meu bolso só por precaução.

Amma gritou do pé da escada de novo.

— Desça aqui ou vai se atrasar.

— Desço em um minuto.

Todo sábado eu passava metade do dia com as três mulheres mais velhas de Gatlin, minhas tias-avós Mercy, Prudence e Grace. Todos na cidade as chamavam de As Irmãs, como se fossem uma entidade única, o que de certa forma elas eram. Cada uma tinha mais ou menos uns 100 anos, e nem mesmo elas conseguiam lembrar quem era a mais velha. Todas tinham sido casadas várias vezes, mas tinham vivido mais tempo que os maridos e se mudaram para a casa da tia Grace para morarem juntas. E eram ainda mais malucas do que velhas.

Quando eu tinha uns 12 anos, minha mãe começou a me levar lá aos sábados para ajudar, e eu sempre vou desde então. A pior parte era que eu tinha que levá-las à igreja no sábado. As Irmãs eram batistas sulistas e iam à igreja aos sábados e domingos, e na maioria dos outros dias também.

Mas hoje era diferente. Saí da cama e entrei no chuveiro antes que Amma pudesse me chamar uma terceira vez. Mal podia esperar para chegar lá. As Irmãs sabiam sobre todo mundo que já tinha morado em Gatlin; e deviam mesmo saber, pois elas tinham se relacionado com metade da cidade por casamento, em um momento ou outro. Depois da visão, era óbvio que o G em GKD significava Genevieve. Mas se havia alguém que poderia saber o significado das outras iniciais, seriam as três mulheres mais velhas da cidade.

Quando abri a gaveta de cima da minha cômoda para pegar meias, reparei em uma pequena boneca que parecia com um macaco de meia segurando um pequenino saco de sal e uma pedra azul, um dos amuletos de Amma. Ela os fazia para afastar os maus espíritos ou o azar, e até mesmo um resfriado. Tinha posto um sobre a porta do escritório do meu pai quando ele começou a trabalhar aos domingos em vez de ir à igreja. Embora meu pai nunca prestasse muita atenção quando estava lá, Amma dizia que o Bom Deus ainda nos dava crédito por comparecer. Uns dois meses depois, meu pai comprou para ela uma bruxa cozinheira pela internet e a pendurou sobre o fogão. Amma ficou tão zangada que serviu canjica fria e café queimado por uma semana para ele.

Normalmente eu não dava muita bola quando achava um dos presentinhos de Amma. Mas havia alguma coisa sobre o medalhão. Alguma coisa que ela não queria que eu descobrisse.

Havia só uma palavra para descrever a cena quando cheguei à casa das Irmãs. Caos. Tia Mercy abriu a porta, o cabelo ainda com rolinhos.

— Graças a Deus você chegou, Ethan. Temos uma E-mergência nas mãos — ela disse, pronunciando o "E" como se fosse uma palavra por si só. Metade do tempo eu não conseguia entender o que diziam, pois os sotaques eram muito carregados e a gramática, ruim. Mas era assim em Gatlin; dava para saber a idade de alguém pela forma como falava.

— Senhora?

— Harlon James está ferido, e não estou convencida de que não esteja prestes a falecer. — Ela sussurrou as duas últimas palavras como se Deus Em Pessoa pudesse estar ouvindo, e não quisesse dar ideias a Ele. Harlon James era o yorkshire terrier de tia Prudence, batizado em homenagem ao mais recente marido falecido.

— O que aconteceu?

— Vou contar o que aconteceu — disse tia Prudence, aparecendo do nada com um kit de primeiros socorros na mão. — Grace tentou matar o pobre Harlon James, e ele mal está aguentando.

— Eu não tentei matá-lo — gritou tia Grace da cozinha. — Não invente histórias, Prudence Jane. Foi um acidente!

— Ethan, ligue para Dean Wilks e diga que temos uma E-mergência — instruiu tia Prudence, tirando uma cápsula de sais aromáticos e dois band-aids extragrandes do kit de primeiros socorros.

— Ele está morrendo! — Harlon James estava deitado no chão da cozinha, parecendo traumatizado mas nada perto da morte. A perna de trás estava enfiada embaixo dele, e se arrastava quando ele tentava ficar de pé.

— Grace, com o Senhor por testemunha, se Harlon James morrer...

— Ele não vai morrer, tia Prue. Acho que a perna está quebrada. O que aconteceu?

— Grace tentou bater nele até matar com uma vassoura.

— Não é verdade. Já falei, não estava usando meus óculos e ele parecia uma ratazana de cais do porto correndo pela cozinha.

— Como você saberia como é uma ratazana de cais do porto? Você nunca foi a um cais do porto na vida.

Então levei as Irmãs, que estavam completamente histéricas, e Harlon James, que provavelmente desejava estar morto, até a casa de Dean Wilks no Cadillac 1964 delas. Dean Wilks era dono da loja de rações, mas era o que a cidade tinha mais próximo de um veterinário. Felizmente, Harlon James sofria apenas de uma perna quebrada, então Dean Wilks poderia resolver o problema.

Quando voltamos para casa, eu estava pensando se o louco não era eu por pensar que conseguiria qualquer informação com as Irmãs. O carro de Thelma estava na entrada da garagem. Meu pai tinha contratado Thelma para ficar de olho nas Irmãs depois que tia Grace quase botou fogo na casa há dez anos, ao colocar uma torta de limão com merengue no forno e deixá-la lá a tarde toda quando estavam na igreja.

— Onde vocês estavam, meninas? — gritou Thelma da cozinha.

Elas se empurraram tentando chegar primeiro na cozinha para contar a Thelma a aventura. Sentei em uma das cadeiras ao lado de tia Grace, que parecia deprimida por ser a vilã da história novamente. Tirei o medalhão do bolso, segurando a corrente no lenço, e o rodei algumas vezes.

— O que você tem aí, bonitão? — perguntou Thelma, pegando um pouco de tabaco da lata que ficava no peitoril da janela e colocando no lábio inferior, o que era ainda mais estranho do que parece, porque Thelma era meio delicada e parecia com Dolly Parton.

— É só um medalhão que encontrei perto da fazenda Ravenwood.

— Ravenwood? Que diabos você estava fazendo lá?

— Minha amiga está morando lá.

— Está falando de Lena Duchannes? — perguntou tia Mercy. É claro que ela sabia, a cidade inteira sabia. Estávamos em Gatlin.

— Sim, senhora. Estamos na mesma turma da escola. — Tinha conseguido a atenção delas. — Encontramos esse medalhão no jardim atrás da casa grande. Não sabemos a quem pertenceu, mas parece muito velho.

— Aquela não é a propriedade de Macon Ravenwood. É parte de Greenbrier — disse tia Prue, parecendo bastante segura.

— Me deixe dar uma olhada nisso — pediu tia Mercy, tirando os óculos do bolso do casaco.

Passei a ela o medalhão, ainda enrolado no lenço.

— Tem uma inscrição.

— Não consigo ler isso. Grace, você consegue ler? — ela perguntou, passando o medalhão para tia Grace.

— Não vejo nada — disse tia Grace, apertando os olhos.

— Tem dois grupos de iniciais bem ali — falei, apontando para os entalhes no metal —, ECW e GKD. E se virar o medalhão, tem uma data. Onze de fevereiro de 1865.

— Essa data parece bastante familiar — disse tia Prudence. — Mercy, o que aconteceu nessa data?

— Você não se casou nessa data, Grace?

— 1865, não 1965 — corrigiu tia Grace. A audição delas não era muito melhor do que a visão. — 11 de fevereiro de 1865...

— Foi o ano em que os Federais quase incendiaram Gatlin completamente — lembrou tia Grace. — Nosso bisavô perdeu tudo naquele incêndio. Não se lembram da história, meninas? O general Sherman e o exército da União marcharam direto pelo sul, queimando tudo no caminho, incluindo Gatlin. Chamaram isso do Grande Incêndio. Pelo menos parte de todas as fazendas de Gatlin foi destruída, exceto Ravenwood. Meu avô dizia que Abraham Ravenwood deve ter feito um pacto com o diabo naquela noite.

— O que você quer dizer com isso?

— É o único jeito de aquele lugar ter sido deixado em pé. Os Federais incendiaram todas as fazendas ao longo do rio, uma de cada vez, até chegarem a Ravenwood. Então marcharam direto, como se ela não estivesse lá.

— Pelo que vovô falou, não foi a única coisa estranha naquela noite — disse tia Prue, dando um pedaço de bacon a Harlon James. — Abraham tinha um irmão que morava com ele, e ele sumiu naquela noite. Ninguém nunca o viu de novo.

— Isso não parece tão estranho. Talvez tenha sido morto pelos soldados da União, ou tenha ficado preso em uma das casas em chamas — falei.

Tia Grace ergueu uma sobrancelha.

— Ou talvez tenha sido outra coisa. Nunca encontraram o corpo.

Eu me dei conta de que as pessoas falavam dos Ravenwood há gerações; não tinha começado com Macon Ravenwood. Pensei no que mais as Irmãs saberiam.

— E quanto a Macon Ravenwood? O que mais sabem sobre ele?

— Aquele menino nunca teve uma oportunidade por conta de ser I-legítimo. — Em Gatlin, ser ilegítimo era como ser comunista ou ateu. — O pai dele, Silas, conheceu a mãe de Macon depois que a primeira esposa dele o deixou. Ela era uma garota bonita de Nova Orleans, eu acho. De qualquer maneira, não muito depois, Macon e o irmão dele nasceram. Mas Silas nunca se casou com ela, e depois ela o deixou também.

Tia Prue interrompeu:

— Grace Ann, você não sabe contar uma história. Silas Ravenwood era E-xcêntrico, e tão cruel quanto o dia é longo. E havia coisas estranhas acontecendo naquela casa. As luzes ficavam acesas a noite inteira, e de vez em quando um homem de cartola preta era visto andando por lá.

— E um lobo. Conte para ele do lobo.

Eu não precisava que me contassem do cachorro, ou seja lá o que fosse. Tinha visto com meus olhos. Mas não podia ser o mesmo animal. Cachorros, até mesmo lobos, não viviam tanto tempo.

— Havia um lobo na casa. Era como se fosse de estimação para Silas! — Tia Mercy balançou a cabeça.

— Mas aqueles meninos, eles ficavam se mudando de um lugar a outro, entre Silas e a mãe deles, e quando estavam com ele, Silas os tratava muito mal. Batia neles o tempo todo e mal os deixava sair. Ele nem os deixava ir à escola.

— Talvez seja por isso que Macon Ravenwood nunca sai de casa — ponderei.

Tia Mercy balançou a mão no ar, como se fosse a coisa mais idiota que ela já tivesse ouvido.

— Ele sai de casa. Já o vi várias vezes no prédio da FRA, depois da hora do jantar.

Claro que tinha visto.

Esse era o problema com as Irmãs: metade do tempo elas estavam ligadas à realidade, mas era só na metade do tempo. Eu nunca tinha ouvido ninguém falar em ter visto Macon Ravenwood, então duvidava que ele estivesse no prédio da FRA, olhando amostras de tintas e dando em cima da Sra. Lincoln.

Tia Grace observou o medalhão com mais cuidado, levando-o para perto da luz.

— Posso dizer uma coisa. Esse lenço aqui pertenceu a Sulla Treadeau. Sulla, a Profeta, era como a chamavam. As pessoas diziam que ela podia ver o futuro nas cartas.

— Cartas de tarô? — perguntei.

— Que outro tipo de cartas existe?

— Bem, há cartas de baralho, cartas de correspondência... — falou tia Mercy.

— Como sabe que o lenço pertenceu a ela?

— As iniciais dela estão bordadas bem aqui na ponta, e vê aquilo ali? — perguntou, apontando para um pequeno pássaro bordado sob as iniciais. — Era a marca dela.

— Marca?

— A maioria dos leitores de cartas tinha uma marca naquela época. Eles marcavam as cartas para garantir que ninguém as trocasse. Um leitor só é bom se tem boas cartas. Isso eu sei — disse Thelma, cuspindo no pequeno vaso no canto do recinto com a precisão de um atirador.

Treadeau. Era o sobrenome de Amma.

— Ela era parente de Amma?

— É claro que era. Ela era tataravó de Amma.

— E as iniciais no medalhão? ECW e GKD? Sabem alguma coisa sobre elas?

Era um tiro no escuro. Eu não lembrava a última vez que as Irmãs tinham tido um momento de lucidez tão longo.

— Você está provocando uma velha, Ethan Wate?

— Não, senhora.

— ECW. Ethan Carter Wate. Ele foi seu tatara-tio, ou seria tatara-tatara-tio?

— Você nunca foi boa em aritmética — interrompeu tia Prudence.

— De qualquer modo, ele era irmão do seu tatara-tataravô Ellis.

— O irmão de Ellis Wate se chamava Lawson, não Ethan. Foi daí que ganhei meu nome do meio.

— Ellis Wate tinha dois irmãos, Ethan e Lawson. Você foi batizado em homenagem aos dois. Ethan Lawson Wate.

Tentei visualizar minha arvore genealógica. Já a tinha visto muitas vezes. E se havia alguma coisa que um sulista conhecia era sua árvore genealógica. Não havia nenhum Ethan Carter Wate na cópia emoldurada em nossa sala de jantar. Eu obviamente tinha superestimado a lucidez de tia Grace.

Devo ter aparentado não estar convencido, porque um segundo depois tia Prue estava de pé, fora da cadeira.

— Tenho a árvore genealógica dos Wate no meu livro de genealogia. Mantenho registros de toda linhagem para as Irmãs da Confederação.

As Irmãs de Confederação, a prima pobre do FRA, porém igualmente horrenda, era um tipo de círculo de costura remanescente da Guerra. Hoje em dia, os integrantes passavam a maior parte do tempo pesquisando suas raízes da Guerra Civil para documentários e minisséries como *The Blue and the Gray*.

— Aqui está. — Tia Prue estava de volta, carregando um enorme álbum de capa de couro, com folhas amareladas e fotos velhas aparecendo nas beiradas. Ela folheou as páginas, deixando cair pedaços de papel e recortes de jornais velhos no chão.

— Olhe só isso... Burton Free, meu terceiro marido. Ele não foi o mais bonito dos meus maridos? — perguntou ela, mostrando a fotografia rachada para todos nós.

— Prudence Jane, continue procurando. Esse menino está testando nossa memória. — Tia Grace estava claramente perturbada.

— Está bem aqui, depois da árvore dos Statham.

Olhei para os nomes que eu conhecia tão bem da árvore genealógica na sala de jantar da minha casa.

Lá estava o nome, o nome que faltava na árvore genealógica da propriedade Wate: Ethan Carter Wate. Por que as Irmãs teriam uma versão diferente da minha árvore genealógica? Era óbvio qual árvore era a verdadeira. Eu estava com a prova na minha mão, enrolada no lenço da profetisa de 150 anos atrás.

— Por que ele não está na minha árvore genealógica?

— A maioria das árvores genealógicas do sul é cheia de mentiras, mas estou surpresa de ele ter chegado a alguma cópia da árvore genealógica da família Wate — disse tia Grace, fechando o álbum e fazendo subir uma nuvem de poeira.

— É só devido a meus excelentes registros que ele chegou a esta. — Tia Prue sorriu com orgulho, mostrando a dentadura.

Eu tinha que fazê-las se concentrarem.

— Por que ele não estaria na árvore genealógica, tia Prue?

— Por ser um desertor.

ÁRVORE GENEALÓGICA DA FAMÍLIA WATE

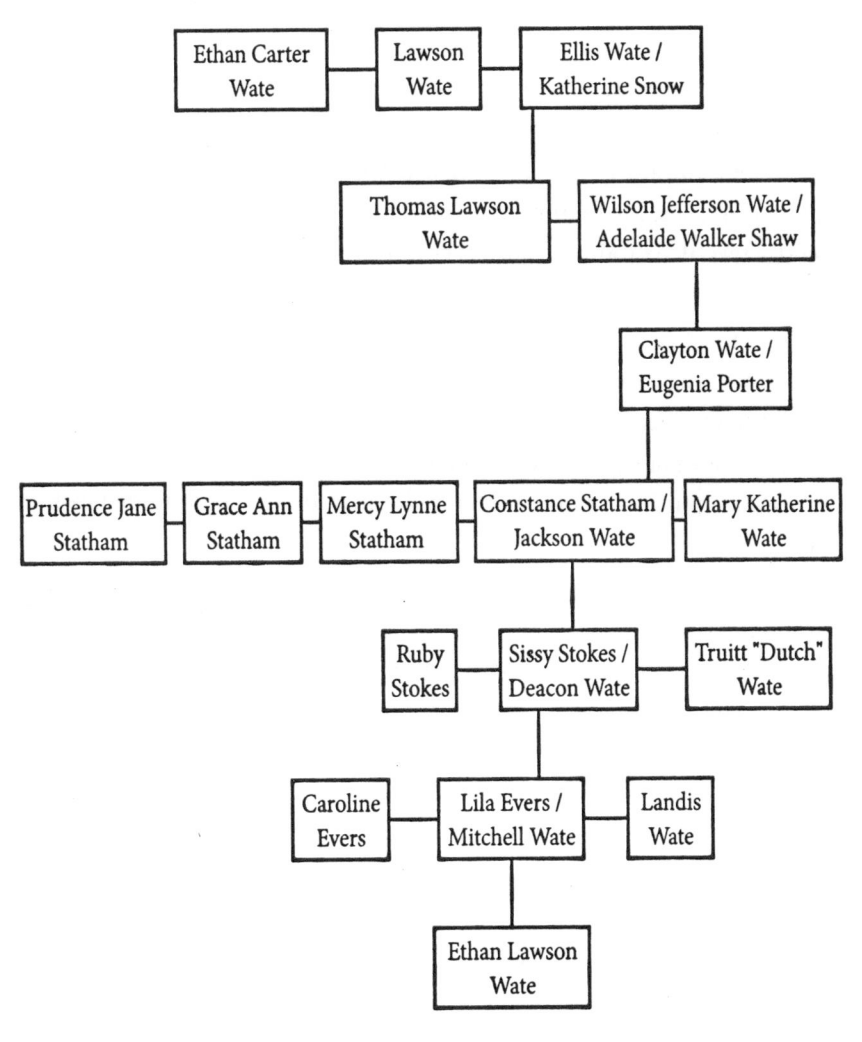

Ethan Carter Wate — Lawson Wate — Ellis Wate / Katherine Snow

Thomas Lawson Wate — Wilson Jefferson Wate / Adelaide Walker Shaw

Clayton Wate / Eugenia Porter

Prudence Jane Statham — Grace Ann Statham — Mercy Lynne Statham — Constance Statham / Jackson Wate — Mary Katherine Wate

Ruby Stokes — Sissy Stokes / Deacon Wate — Truitt "Dutch" Wate

Caroline Evers — Lila Evers / Mitchell Wate — Landis Wate

Ethan Lawson Wate

Eu não estava entendendo.

— O que você quer dizer com desertor?

— Meu Deus, o que ensinam a vocês jovens naquela escola chique? — Tia Grace estava ocupada catando os pretzels do Chex Mix.

— Desertores. Os Confederados que abandonaram o general Lee durante a guerra. — Devo ter parecido confuso, porque tia Prue se sentiu compelida a explicar. — Havia dois tipos de soldados confederados durante a guerra. Os que apoiavam a causa da confederação e os que eram obrigados pelas famílias a se alistar.

Tia Prue ficou de pé e foi até a bancada, andando de um lado para o outro como uma verdadeira professora de História dando uma palestra.

— Em 1865, o exército de Lee estava cansado, com fome e em desvantagem numérica. Alguns dizem que os rebeldes estavam perdendo a fé, então simplesmente foram embora. Desertaram seus regimentos. Ethan Carter Wate foi um deles. Ele foi um desertor.

Todas três abaixaram as cabeças como se a vergonha fosse demais para elas.

— Está me dizendo que ele foi apagado da árvore genealógica porque não queria morrer de fome lutando do lado errado em uma guerra perdida?

— É uma maneira de interpretar, acho.

— É a coisa mais idiota que já ouvi.

Tia Grace pulou da cadeira tão rápido quanto uma senhora de noventa e poucos anos pode pular.

— Não seja insolente conosco, Ethan. A árvore foi mudada muito antes de nós nascermos.

— Desculpe, senhora. — Ela esticou a saia e sentou novamente. — Por que meus pais me batizariam em homenagem a um tatara-tio que envergonhou a família?

— Bem, sua mãe e seu pai tinham opinião própria sobre tudo aquilo, com todos aqueles livros que leram sobre a guerra. Você sabe que eles **sempre foram liberais. Quem sabe o que estavam pensando? Você tem que** perguntar a seu pai.

Como se houvesse alguma chance de ele me contar. Mas conhecendo a sensibilidade dos meus pais, minha mãe provavelmente tinha tido orgulho de Ethan Carter Wate. Eu tinha orgulho também. Passei a mão sobre a página marrom desbotada do álbum de tia Prue.

— E as iniciais GKD? Acho que o G deve ser de Genevieve — falei, já sabendo a resposta certa.

— GKD. Você não namorou um garoto com as iniciais GD uma vez, Mercy?

— Não consigo lembrar. Você se lembra de um GD, Grace?

— GD... GD? Não, não posso dizer que lembre.

Eu as tinha perdido.

— Oh, meu Deus. Olhe a hora, garotas. Está na hora da igreja — disse tia Mercy.

Tia Grace fez um gesto em direção à porta da garagem.

— Ethan, seja um bom menino e traga o Cadillac, está bem? Temos que ajeitar a maquiagem.

Dirigi por quatro quadras para levá-las à missa da tarde na Igreja Batista Evangélica Missionária e empurrei a cadeira de rodas de tia Mercy pela entrada de cascalho. Isso levou mais tempo do que o deslocamento de carro, porque a cada metro a cadeira atolava no cascalho e eu tinha que sacudi-la para soltá-la, quase virando-a e derrubando minha tia-avó no chão. Quando o pastor ouviu o terceiro testemunho, de uma senhora que jurou que Jesus salvou as roseiras dela de besouros japoneses ou a mão de bordar dela da artrite, eu já estava com a cabeça em outro lugar. Estava girando o medalhão nos dedos, dentro do bolso da minha calça jeans. Por que ele nos mostrou aquela visão? Por que de repente parou de funcionar?

Ethan. Pare. Você não sabe o que está fazendo.

Lena estava na minha cabeça de novo.

Guarde isso!

A igreja começou a desaparecer ao meu redor e eu podia sentir os dedos de Lena segurando os meus, como se ela estivesse ali ao meu lado...

Nada poderia ter preparado Genevieve para a visão de Greenbrier queimando. As chamas lambiam as laterais, consumindo as ripas de madeira e engolindo a varanda. Soldados carregavam antiguidades e quadros para fora da casa, pilhando como ladrões comuns. Onde estava todo mundo? Estavam se escondendo no bosque como ela? Folhas estalaram. Ela sentiu alguém atrás de si, mas antes que pudesse se virar, uma mão enlameada cobriu-lhe a boca. Ela pegou o pulso da pessoa com as duas mãos, tentando se soltar.

— Genevieve, sou eu. — A mão afrouxou o toque.

— O que está fazendo aqui? Você está bem? — Genevieve jogou os braços ao redor do soldado, vestido com o que tinha restado do que havia sido o uniforme cinza de Confederado que usara com orgulho.

— Estou, amor — disse Ethan, mas ela sabia que ele estava mentindo.

— Pensei que podia estar...

Genevieve só tinha tido notícias de Ethan por cartas na maior parte dos últimos dois anos desde que ele tinha se alistado, e não tinha recebido nenhuma carta desde a batalha em Wilderness. Genevieve sabia que muitos dos homens que haviam seguido Lee naquela batalha nunca tinham saído da Virginia. Ela havia se resignado a morrer solteirona. Tinha tido muita certeza de que tinha perdido Ethan. Era quase inimaginável que ele estava vivo, parado ali, nesta noite.

— Onde estão os outros do seu regimento?

— Na última vez que os vi, estavam perto de Summit.

— O que quer dizer com a última vez que os viu? Estão todos mortos?

— Não sei. Quando parti, ainda estavam vivos.

— Não entendi.

— Eu desertei, Genevieve. Não podia lutar nem mais um dia por algo em que não acredito. Não depois do que vi. A maioria dos rapazes lutando comigo nem se dava conta do que se trata essa guerra, de que estão apenas derramando sangue por causa de algodão.

Ethan tomou as mãos frias dela nas dele, ásperas com vários cortes.

— Entendo se não puder se casar mais comigo. Não tenho dinheiro e não tenho honra.

— *Não me importo que não tenha dinheiro, Ethan Carter Wate. Você é o homem mais honrado que já conheci. E não ligo se meu pai pensa que nossas diferenças são grandes demais para superar. Ele está errado. Você está em casa agora e vamos nos casar.*

Genevieve se agarrou a ele, com medo de que ele pudesse desaparecer no ar se o soltasse. O cheiro a levou de volta ao momento. O cheiro rançoso de limão queimando, da vida de ambos queimando.

— *Temos que ir para o rio. É para onde mamãe iria. Ela iria para o sul, na direção da casa de tia Marguerite.*

Mas Ethan não teve tempo de responder. Alguém estava vindo. Galhos estalavam como se alguém se debatesse pelos arbustos.

— *Fique atrás de mim* — *ordenou Ethan, empurrando Genevieve para trás de si com um braço e segurando o rifle com o outro. O arbusto se abriu e Ivy, cozinheira de Greenbrier, saiu cambaleando. Ainda estava de camisola, preta de fumaça. Ela gritou ao ver o uniforme, assustada demais para ver que era cinza, não azul.*

— *Ivy, você está bem?* — *Genevieve correu para segurar a velha mulher, que já estava começando a cair.*

— *Srta. Genevieve, o que está fazendo aqui?*

— *Estava tentando chegar a Greenbrier. Para avisar vocês.*

— *É tarde demais para isso, e não teria ajudado em nada. Aqueles azuis quebraram as portas e entraram na casa como se fosse deles. Deram uma olhada em tudo para decidir o que queriam levar e depois começaram a botar fogo.* — *Era quase impossível entendê-la. Ela estava histérica, e a todo momento era tomada de um ataque de tosse, engasgada com a fumaça e suas próprias lágrimas.*

— *Em toda minha vida nunca vi ninguém como aqueles demônios. Queimando uma casa com mulheres dentro. Cada um deles vai ter que responder a Deus Todo-Poderoso em pessoa no fim da vida.* — *A voz de Ivy falhou.*

Levou um momento para que as palavras de Ivy fossem processadas.

— *O que você quer dizer com queimar uma casa com mulheres dentro?*

— *Lamento, criança.*

Genevieve sentiu as pernas amolecerem. Ajoelhou-se na lama, a chuva escorrendo-lhe pela face, misturada com as lágrimas. A mãe, a irmã, Greenbrier... não existiam mais.

Genevieve olhou para o céu.

— Deus terá que responder a mim.

O medalhão nos puxou de volta tão rápido quanto nos tinha levado para a visão. Eu estava olhando para o pastor de novo, e Lena não estava lá. Eu conseguia senti-la escapando.

Lena?

Ela não respondeu. Fiquei sentado na igreja suando frio, preso entre tia Mercy e tia Grace, que estavam revirando as bolsas atrás de trocados para a cesta de doações.

Queimar uma casa com mulheres dentro, uma casa cercada de limoeiros. A casa onde, aposto, Genevieve perdeu o medalhão. Um medalhão entalhado com o dia que Lena nasceu, mas mais de cem anos antes. Não era surpresa que Lena não quisesse ter as visões. Eu estava começando a concordar com ela.

Não existem coincidências.

O verdadeiro Boo Radley

Na noite de domingo, reli *O Apanhador no Campo de Centeio* até me sentir cansado o bastante para dormir. Só que eu não ficava cansado o bastante. E não conseguia ler, porque ler já não tinha o mesmo efeito. Eu não conseguia desaparecer no personagem Holden Caulfield, porque não era capaz de me perder na história, não do modo que precisamos para nos tornarmos outra pessoa.

Eu não estava sozinho na minha cabeça. Ela estava cheia de medalhões, incêndios e vozes. Pessoas que eu não conhecia e visões que eu não entendia.

E tinha mais uma outra coisa. Fechei o livro e coloquei as mãos atrás da cabeça.

Lena? Você está aí, não está?

Eu olhava para o teto azul.

Não adianta. Sei que você está aí. Aqui. Sei lá.

Esperei até que ouvi. A voz dela, se desdobrando como uma lembrança pequena e brilhante no canto mais escuro da minha mente.

Não. Não exatamente.

Você está. Esteve aí a noite toda.

Ethan, estou dormindo. Quero dizer, estava.

Sorri para mim mesmo.

Não estava não. Estava ouvindo.

Não estava.

Apenas admita que estava.

Homens. Vocês pensam que são o centro do universo. Talvez eu apenas goste daquele livro.

Você pode vir aqui sempre que quiser, agora?

Houve uma longa pausa.

Normalmente não, mas esta noite meio que aconteceu. Eu ainda não entendo como acontece.

Talvez possamos perguntar para alguém.

Tipo quem?

Não sei. Acho que nós vamos ter que descobrir sozinhos. Assim como todas as outras coisas.

Outra pausa. Tentei não imaginar se o "nós" a tinha assustado, caso ela pudesse me ouvir. Talvez fosse isso, ou talvez fosse outra coisa; ela não queria que eu descobrisse nada que tivesse a ver com ela.

Não tente.

Sorri e senti meus olhos fechando. Mal conseguia mantê-los abertos.

Estou tentando.

Apaguei a luz.

Boa noite, Lena.

Boa noite, Ethan.

Eu esperava que ela não pudesse ler todos os meus pensamentos.

Basquete. Eu realmente precisaria passar mais tempo pensando em basquete. E enquanto pensava em todas as técnicas e regras que tinha na mente, senti meus olhos fechando, me senti afundando, perdendo controle...

Afogando.

Eu estava me afogando.

Me debatendo na água verde, as ondas quebrando sobre minha cabeça. Meus pés procuravam o fundo lamacento de um rio, talvez o Santee, mas não havia nada. Eu conseguia ver algum tipo de luz brilhando na superfície, mas não conseguia chegar lá.

Eu estava afundando.

— *É o meu aniversário, Ethan. Está acontecendo.*

Estiquei o braço. Ela tentou pegar a minha mão, e eu me virei para alcançá-la, mas ela se afastou e eu não conseguia mais segurar. Tentei gritar ao ver sua mão pálida sumir em direção à escuridão, mas minha boca se encheu de água e não consegui emitir som. Podia sentir que estava sufocando. Estava começando a perder a consciência.

— *Tentei avisar você. Você tem que me deixar ir!*

Sentei na cama. Minha camiseta estava encharcada. Meu travesseiro estava molhado. Meu cabelo estava molhado. E o quarto estava quente e úmido. Achei que tinha deixado a janela aberta de novo.

— Ethan Wate! Você está me ouvindo? É melhor descer aqui antes de ontem ou não vai tomar mais café esta semana.

Sentei na cadeira ao mesmo tempo em que três ovos moles deslizaram para meu prato de torrada e geleia.

— Bom dia, Amma.

Ela virou de costas para mim sem nem me olhar.

— Você sabe que não tem nada de bom nele. Não cuspa nas minhas costas e diga que está chovendo.

Ela ainda estava irritada comigo, mas eu não tinha certeza se era porque saí da sala de aula ou trouxe o medalhão para casa. Provavelmente os dois. Mas não podia culpá-la; eu não costumava arrumar problemas na escola. Aquilo era novidade.

— Amma, desculpe por ter saído da aula na sexta-feira. Não vai acontecer de novo. Tudo vai voltar ao normal.

A expressão dela se suavizou apenas um pouco, e ela se sentou na minha frente.

— Acho que não. Todos fazemos escolhas, e essas escolhas têm consequências. Acho que você passará por um inferno para pagar pelas suas quando chegar à escola. Talvez comece a me ouvir agora. Fique longe de Lena Duchannes e daquela casa.

Não era do feitio de Amma ficar do lado de todo mundo da cidade, considerando que esse normalmente era o lado errado das coisas. Eu via que ela estava preocupada pelo modo como ficava mexendo o café, bem depois do leite já ter desaparecido. Amma sempre se preocupava comigo e eu a amava por isso, mas alguma coisa parecia diferente desde que mostrei o medalhão a ela. Andei ao redor da mesa e dei um abraço nela. Ela tinha cheiro de grafite de lápis e balinha de canela, como sempre.

Ela balançou a cabeça, murmurando:

— Não quero ouvir falar em olhos verdes e cabelos pretos. Está armando uma nuvem negra hoje, então tenha cuidado.

Amma não estava apenas escurecendo. Estava ficando completamente escura. Eu também conseguia sentir a chegada da nuvem negra.

Link encostou o Lata-Velha que tocava umas músicas horríveis, como sempre. Abaixou o volume quando entrei, o que sempre era um mau sinal.

— Temos problemas.

— Eu sei.

— Jackson arrumou sua própria multidão linchadora hoje.

— O que você soube?

— Está rolando desde sexta à noite. Ouvi minha mãe falando e tentei ligar pra você. Onde estava, afinal?

— Estava fingindo enterrar um medalhão enfeitiçado em Greenbrier para que Amma me deixasse entrar de novo em casa.

Link riu. Ele estava acostumado a conversas sobre encantos, amuletos e mau-olhado quando se tratava de Amma.

— Pelo menos ela não está fazendo você usar aquele saco fedido de cebola em volta do pescoço. Aquilo foi nojento.

— Era alho. Para o enterro da minha mãe.

— Foi nojento.

O lance com Link era que éramos amigos desde o dia em que ele me deu aquele Twinkie no ônibus, e ele não liga muito para o que eu digo ou não digo. Mesmo naquela época, a gente sabia quem eram nossos amigos. Gatlin era assim. Tudo já tinha acontecido há dez anos. Para nossos pais, tudo já tinha acontecido há vinte ou trinta anos. E para a cidade em si, parecia que nada acontecia há mais de cem anos. Nada que acarretasse consequências, quero dizer.

Eu tinha a sensação de que isso estava prestes a mudar.

Minha mãe teria dito que já era hora. Se havia uma coisa de que minha mãe gostava era mudança. Ao contrário da mãe de Link. A Sra. Lincoln era uma pessoa raivosa, tinha uma missão e contatos, uma combinação perigosa. Quando estávamos no oitavo ano, a Sra. Lincoln arrancou o transmissor de TV a cabo da parede porque pegou Link vendo um filme de Harry Potter, uma série que ela tinha feito campanha para banir da Biblioteca de Gatlin porque achava que incentivava a bruxaria. Felizmente, Link conseguia fugir para a casa de Earl Petty para ver MTV, senão a Quem Matou Lincoln jamais teria se tornado a mais importante (e quando digo mais importante, quero dizer a única) banda de rock da Jackson High.

Nunca entendi a Sra. Lincoln. Quando minha mãe estava viva, ela revirava os olhos e dizia: "Link pode ser seu melhor amigo, mas não espere que eu me junte ao FRA e comece a usar saias com armação para fazer encenações." Depois nós dois caíamos na gargalhada, imaginando minha mãe, que andava quilômetros de campos de batalha lamacentos procurando velhos cartuchos de bala, que cortava o próprio cabelo com tesouras de jardim, participando do FRA, organizando vendas de tortas e dizendo para todo mundo como deviam decorar suas casas.

Era fácil de imaginar a Sra. Lincoln no FRA. Ela era a secretária de registros, e até eu sabia disso. Estava no Conselho com as mães de Savannah Snow e Emily Asher, enquanto minha mãe passa a maior parte do seu tempo enfiada na biblioteca olhando uma microficha.

Passava.

Link ainda estava falando e logo eu já tinha ouvido o bastante para começar a prestar atenção.

— Minha mãe, a mãe de Emily e de Savannah... Elas andavam congestionando as linhas telefônicas nas últimas duas noites. Ouvi minha mãe falando sobre a janela quebrada na aula de Inglês e que ela ouviu dizer que a sobrinha do Velho Ravenwood estava com sangue nas mãos.

Ele dobrou uma esquina sem nem parar para respirar.

— E que tal saber que sua namorada acabou de sair de uma instituição para doentes mentais na Virginia e que ela é órfã e tem bi-esquizo-mania alguma coisa.

— Ela não é minha namorada. Só somos amigos — respondi automaticamente.

— Cala a boca. Você está tão de quatro que eu devia comprar uma sela pra você. — Ele teria dito aquilo sobre qualquer garota com quem eu conversasse, sobre quem eu falasse ou mesmo olhasse no corredor.

— Não é mesmo. Não aconteceu nada. Só conversamos.

— Você fala tanta merda que podia passar por uma privada. Você gosta dela, Wate. Admita.

Link não era muito de sutilezas, e acho que ele não conseguia imaginar estar com uma garota por um motivo que não fosse o fato de ela tocar guitarra, além dos óbvios.

— Não estou dizendo que não gosto dela. Somos apenas amigos. — O que era verdade, quer eu quisesse ou não. Mas essa era uma questão diferente. De qualquer modo, devo ter sorrido um pouco. Gesto errado.

Link fingiu vomitar no colo e deu uma guinada, tirando um fino de um caminhão. Mas ele só estava brincando. Link não ligava para quem eu gostasse, desde que fosse motivo para ele pegar no meu pé.

— Bem? É verdade? Ela fez mesmo?

— Fez o quê?

— Você sabe. Caiu da árvore dos doidos e bateu em todos os galhos enquanto caía?

— A janela quebrou, foi só isso que aconteceu. Não tem nenhum mistério.

— A Sra. Asher está dizendo que ela deu um soco ou jogou alguma coisa nela.

— Engraçado, considerando que a Sra. Asher não é da minha turma de inglês, pelo menos da última vez que prestei atenção.

— É, minha mãe também não é, mas ela me disse que vai até a escola hoje.

— Ótimo. Guarde um lugar pra ela na nossa mesa no almoço.

— Talvez ela tenha feito a mesma coisa nas outras escolas e por isso foi pra algum tipo de instituição. — Link falava sério, o que significava que tinha ouvido muita coisa desde o incidente da janela.

Por um segundo, me lembrei do que Lena tinha dito sobre sua vida. Complicada. Talvez essa fosse uma das complicações, ou apenas uma das 26 mil outras coisas sobre as quais ela não podia falar. E se todas as Emily Asher do mundo estivessem certas? E se eu tivesse escolhido o lado errado, afinal?

— Tome cuidado, cara. Talvez ela tenha lugar marcado na Cidade dos Loucos.

— Se você acredita mesmo nisso, é um idiota.

Entramos no estacionamento da escola sem falar nada. Eu estava irritado, apesar de saber que Link só estava preocupado comigo. Mas eu não conseguia evitar. Tudo parecia diferente hoje. Saí do carro e bati a porta.

Link me chamou:

— Estou preocupado com você, cara. Você tem agido de um jeito estranho.

— Qual é, eu e você somos um casal agora? Talvez você devesse passar um pouco mais de tempo se preocupando com o motivo de nem conseguir que uma garota converse com você, seja ela louca ou não.

Ele saiu do carro e olhou para o prédio da administração.

— De qualquer jeito, talvez você devesse dizer para sua "amiga", seja lá o que isso signifique, para tomar cuidado hoje. Veja.

A Sra. Lincoln e a Sra. Asher conversavam com o diretor Harper na escada da frente. Emily estava aninhada ao lado da mãe, tentando parecer arrasada. A Sra. Lincoln estava dando um sermão no diretor Harper, que estava assentindo como se estivesse decorando cada palavra. O diretor Harper podia mandar na Jackson High, mas ele sabia quem mandava na cidade. Estava olhando para duas delas.

Quando a mãe de Link terminou, Emily iniciou uma versão particularmente animada do incidente da janela quebrada. A Sra. Lincoln esticou o braço e colocou a mão no ombro de Emily, solidária. O diretor Harper apenas concordava a cabeça.

Era, com certeza, um dia muito cheio de nuvens.

Lena estava sentada no rabecão, escrevendo em seu caderno surrado. O motor estava ligado. Bati na janela e ela pulou. Olhou na direção do prédio da administração. Tinha visto as mães também.

Gesticulei para que ela abrisse a porta, mas Lena balançou a cabeça. Andei até o lado do passageiro. As portas estavam trancadas, mas ela não ia se livrar de mim tão facilmente. Sentei no capô do carro e deixei minha mochila cair no chão de cascalho ao meu lado. Eu não ia a lugar algum.

O que está fazendo?

Esperando.

Vai ser uma longa espera.

Tenho tempo.

Ela olhou para mim pelo para-brisa. Ouvi as portas sendo destrancadas.

— Alguém já disse que você é maluco? — Ela andou até onde eu estava sentado, com os braços cruzados como Amma pronta para dar bronca.

— Não tão maluco quanto você, pelo que ouvi dizer.

O cabelo dela estava preso atrás com um lenço de seda preto que tinha desenhos de flores de cerejeira cor-de-rosa espalhadas. Eu podia imaginá-la se olhando no espelho, sentindo-se como se estivesse indo para o próprio enterro e amarrando-o para tentar parecer mais animada. Um cruzamento entre, sei lá, uma camiseta e um vestido preto caía sobre seus jeans e All Star preto. Ela franziu a testa e olhou para o prédio da administração. As mães provavelmente estavam sentadas no escritório do diretor Harper agora.

— Você consegue ouvi-las?

Ela sacudiu a cabeça.

— Eu não consigo ler a mente das pessoas, Ethan.

— Consegue ler a minha.

— Não é verdade.

— E ontem à noite?

— Já falei, não sei por que acontece. Nós simplesmente parecemos... nos conectar. — Até mesmo a palavra parecia difícil para ela dizer essa manhã. Ela não me olhava nos olhos. — Nunca foi assim com ninguém.

Eu queria dizer para ela que sabia como se sentia. Queria dizer que quando estávamos juntos daquele jeito em nossas mentes, mesmo com nossos corpos a milhões de quilômetros de distância, eu me sentia mais próximo dela do que jamais me senti de alguém.

Não consegui. Não conseguia nem pensar. Pensei sobre basquete, o menu do refeitório, o corredor verde cor de sopa de ervilha por onde eu estava prestes a andar. Pensei em tudo. Em vez de falar disso, inclinei minha cabeça para o lado.

— É. As garotas dizem isso pra mim sempre. — Idiota. Quanto mais nervoso eu ficava, piores eram as minhas piadas.

Ela deu um sorriso hesitante e torto.

— Não tente me animar. Não vai funcionar. — Mas estava funcionando. Olhei de novo para a escada.

— Se você quer saber o que elas estão dizendo, posso contar pra você.

Ela olhou para mim com ceticismo.

— Como?

— Estamos em Gatlin. Não há nada sequer próximo a um segredo aqui.

— É muito ruim? — Ela olhou para o outro lado. — Elas acham que sou louca?

— Basicamente.

— Um perigo para a escola?

— Provavelmente. Não recebemos bem estranhos por aqui. E nada é mais estranho do que Macon Ravenwood, sem querer ofender. — Sorri para ela.

O primeiro sinal soou. Ela puxou minha manga, ansiosa.

— Ontem à noite. Tive um sonho. Você...?

Assenti. Ela nem precisava dizer. Eu sabia que ela tinha estado no sonho comigo.

— Fiquei até de cabelo molhado — ela disse.

— Eu também.

Ela esticou o braço. Havia uma marca no seu pulso onde eu tinha tentado segurar. Antes que ela mergulhasse na escuridão. Eu esperava que ela não tivesse visto aquela parte. A julgar pela expressão do seu rosto, eu tinha certeza de que tinha visto.

— Desculpe, Lena.

— Não é sua culpa.

— Gostaria de saber por que os sonhos são tão reais.

— Tentei te avisar. Você devia ficar longe de mim.

— Tudo bem. Vou me considerar avisado.

De alguma forma eu sabia que não podia fazer isso, ficar longe dela. Apesar de eu estar prestes a entrar na escola e encarar um monte enorme de merda, eu não ligava. Eu me sentia bem em ter alguém com quem podia conversar sem ter que editar tudo que dizia. E eu podia conversar com Lena; em Greenbrier senti que poderia ter ficado lá sentado no mato conversando com ela por dias. Por mais tempo. Por tanto tempo quanto ela estivesse lá.

— O que tem no seu aniversário? Por que você disse que pode não estar aqui depois?

Ela rapidamente mudou o assunto.

— E o medalhão? Você viu o que eu vi? O incêndio? A outra visão?

— Vi. Eu estava sentado na igreja e quase caí do banco. Mas descobri algumas coisas com as Irmãs. As iniciais ECW são de Ethan Carter Wate. Ele foi meu tatara-tio, e minhas três tias malucas dizem que recebi meu nome em homenagem a ele.

— Então por que você não reconheceu as iniciais no medalhão?

— Essa é a parte estranha. Eu nunca tinha ouvido falar nele, e ele está convenientemente omitido na árvore genealógica da minha casa.

— E GKD? É Genevieve, certo?

— Elas não pareciam saber, mas tem que ser. É ela que aparece nas visões, e o D deve ser de Duchannes. Eu ia perguntar a Amma, mas quando mostrei o medalhão a ela, seus olhos quase pularam fora da cabeça. Como se eu tivesse sido triplamente amaldiçoado, encharcado por um balde de vodu e enrolado com uma praga para garantir. E o escritório do meu pai é território proibido, mas é onde ele guarda todos os livros antigos da minha mãe sobre Gatlin e a guerra. — Eu estava divagando. — Você podia falar com seu tio.

— Meu tio não vai saber de nada. Onde está o medalhão agora?

— No meu bolso, dentro de uma bolsinha cheia de pó que Amma jogou sobre ele quando o viu. Ela acha que o levei de volta para Greenbrier e o enterrei.

— Ela deve me odiar.

— Não mais do que a qualquer outra das minhas amigas. Quero dizer, amigas garotas. — Não conseguia acreditar no quanto eu parecia um idiota. — Acho que é melhor irmos pra aula antes que a gente arrume mais problema.

— Na verdade, eu estava pensando em ir pra casa. Sei que vou ter que lidar com eles em algum momento, mas gostaria de viver em negação por mais um dia.

— Você não vai ter problemas?

Ela riu.

— Com meu tio, o notório Macon Ravenwood, que acha que a escola é uma perda de tempo e os bons cidadãos de Gatlin devem ser evitados a todo custo? Ele vai ficar feliz.

— Então por que você vem? — Eu tinha certeza que Link nunca apareceria na escola de novo se a mãe dele não o expulsasse de casa todo dia de manhã.

Ela mexeu em um dos pingentes do colar que usava, uma estrela de sete pontas.

— Acho que pensei que seria diferente aqui. Talvez eu pudesse fazer alguns amigos, trabalhar no jornal ou algo assim. Não sei.

— No nosso jornal? *The Jackson Stonewaller*?

— Tentei entrar para o jornal na minha antiga escola, mas eles disseram que todas as vagas estavam ocupadas, apesar de nunca terem gente o suficiente pra escrever pra publicar o jornal na data certa. — Ela olhou para o outro lado, sem jeito. — Eu devia ir.

Abri a porta para ela.

— Acho que você devia falar com seu tio sobre o medalhão. Ele pode saber mais do que você pensa.

— Acredite em mim, ele não sabe.

Bati a porta. Por mais que eu quisesse que ela ficasse, parte de mim estava aliviada que ela ia para casa. Eu teria o bastante para lidar hoje.

— Quer que eu entregue isso pra você? — Apontei para o caderno no assento do passageiro.

— Não, não é dever de casa. — Ela abriu o porta-luvas e enfiou o caderno lá dentro. — Não é nada.

Nada que ela fosse me contar, pelo menos.

— É melhor você ir antes que Fatty comece a patrulhar o estacionamento.

Ela ligou o carro antes que eu pudesse dizer alguma coisa mais e acenou quando se afastou do meio-fio.

Ouvi um latido. Me virei e vi o enorme cachorro preto de Ravenwood a apenas alguns metros, e vi para quem ele estava latindo.

A Sra. Lincoln sorriu para mim. O cachorro rosnou, o pelo das costas eriçado. A Sra. Lincoln olhou para ele com tanta repulsa que parecia que estava olhando para o próprio Macon Ravenwood. Em uma briga, não sei ao certo qual deles ganharia.

— Cachorros selvagens têm raiva. Alguém devia avisar o condado.

É, alguém.

— Sim, senhora.

— Quem foi aquela que vi saindo no carro preto estranho? Vocês pareciam estar tendo uma boa conversa. — Ela já sabia a resposta. Não era uma pergunta. Era uma acusação.

— Sim, senhora.

— Falando em estranho, o diretor Harper estava me contando que está planejando oferecer para a garota Ravenwood uma transferência ocupacional. Ela pode escolher, qualquer escola em três condados. Desde que não seja a Jackson.

Não falei nada. Nem olhei para ela.

— É nossa responsabilidade, Ethan. Do diretor Harper, minha... de todos os pais em Gatlin. Temos que garantir que os jovens dessa cidade fiquem longe do perigo. E longe do tipo errado de pessoas. — O que queria dizer qualquer um que não fosse como ela.

Ela esticou a mão e tocou no meu ombro, do mesmo jeito que tinha feito com Emily há menos de dez minutos.

— Tenho certeza de que entende o que quero dizer. Afinal, você é um de nós. Seu pai nasceu aqui e sua mãe foi enterrada aqui. Você faz parte de Gaitlin. Nem *todo mundo* faz.

Olhei para ela. Mas ela entrou na van antes que eu pudesse dizer outra palavra.

Dessa vez, a Sra. Lincoln queria mais do que queimar alguns livros.

Depois que cheguei à aula, o dia ficou anormalmente normal, estranhamente normal. Não vi nenhuma outra mãe, apesar de suspeitar que estivessem enfiadas na diretoria. No almoço, comi três tigelas de pudim de chocolate com os caras, como sempre, apesar de estar claro sobre o quê e sobre quem não íamos falar. Até mesmo a visão de Emily digitando mensagens de texto loucamente durante a aula de inglês e de química parecia uma espécie de verdade universal reconfortante. Exceto pelo sentimento de que eu sabia sobre o quê, ou melhor, sobre quem ela estava escrevendo. Como eu disse, anormalmente normal.

Até que Link me deixou em casa depois do treino de basquete e decidi fazer uma coisa completamente insana.

Amma estava de pé na varanda da frente, um claro sinal de problema.

— Você a viu?

Eu devia saber que ela diria isso.

— Ela não foi à escola hoje. — Tecnicamente, era verdade.

— Talvez seja melhor assim. Os problemas vão atrás daquela garota como o cachorro de Macon Ravenwood. Eu não quero problemas vindo atrás de você para esta casa.

— Vou tomar um banho. O jantar vai ficar pronto logo? Link e eu temos um trabalho pra fazer mais tarde — gritei da escada, tentando parecer normal.

— Trabalho? Que tipo de trabalho?

— De história.

— Para onde vocês vão e quando estão pretendendo voltar?

Bati a porta do banheiro antes de responder. Eu tinha um plano, mas precisava de uma história, e ela tinha que ser boa.

Dez minutos depois, sentado à mesa de jantar, eu tinha achado uma história. Não era perfeita, mas foi a melhor que consegui inventar naquele curto espaço de tempo. Agora eu só precisava fazê-la acreditar. Eu não era o melhor mentiroso, e Amma não era boba.

— Link vai me pegar depois do jantar e vamos ficar na biblioteca até a hora de fechar. Acho que é por volta das nove ou dez horas.

Derramei Carolina Gold sobre minha carne de porco grelhada. Carolina Gold, uma mistura grudenta de molho barbecue com mostarda, era a única coisa pela qual o condado de Gatlin era famoso que não tinha nada a ver com a Guerra Civil.

— Biblioteca?

Mentir para Amma sempre me deixava nervoso, então eu tentava não fazê-lo com frequência. E hoje eu estava sentindo o nervosismo, principalmente no meu estômago. A última coisa que eu queria era comer três pratos de carne de porco, mas não tinha escolha. Ela sabia exatamente o quanto eu aguentava. Dois pratos e eu despertaria suspeita. Um prato e ela me mandaria para o meu quarto com um termômetro e um refrigerante. Assenti e me dediquei a trabalhar na limpeza do meu segundo prato.

— Você não põe os pés na biblioteca desde...

— Eu sei. — Desde que minha mãe morreu.

A biblioteca era o segundo lar da minha mãe e da minha família. Passávamos todas as tardes de domingo lá desde que eu era pequeno e andava no meio das prateleiras, puxando cada livro com desenho de navio pirata, cavaleiro, soldado ou astronauta. Minha mãe costumava dizer: "Aqui é minha igreja, Ethan. É assim que mantemos sagrado o dia de descanso na nossa família."

A bibliotecária-chefe do condado de Gatlin, Marian Ashcroft, era a amiga mais antiga de minha mãe, a segunda historiadora mais inteligente de Gatlin depois da minha mãe e, até ano passado, parceira de pesquisas dela. Elas estudaram juntas em Duke, e quando Marian terminou seu PhD em estudos afro-americanos, seguiu minha mãe até Gatlin para terminarem seu primeiro livro juntas. Elas estavam no meio do quinto livro quando o acidente aconteceu.

Eu não tinha posto o pé na biblioteca desde então, e ainda não estava pronto. Mas também sabia que nada faria Amma me impedir de ir lá. Ela nem ligaria para verificar. Marian Ashcroft era da família. E Amma, que tinha amado minha mãe do mesmo jeito que Marian a tinha amado, respeitava a família acima de tudo.

— Bem, comporte-se bem e não eleve a voz. Você sabe o que sua mãe dizia. Qualquer livro é um Livro Sagrado, e o lugar onde preservam o Livro Sagrado também é a Casa de Deus. — Como eu disse, minha mãe jamais teria entrado no FRA.

Link buzinou. Ele ia me dar uma carona no caminho do ensaio da banda. Saí correndo da cozinha, me sentindo tão culpado que tive que lutar contra o impulso de me jogar nos braços de Amma e confessar tudo, como se eu fosse um menino de 6 anos de novo, comendo todo o pó de gelatina da despensa. Talvez Amma estivesse certa. Talvez eu tenha feito um buraco no céu e o universo estivesse prestes a cair sobre mim.

Enquanto eu andava até a porta de Ravenwood, minha mão apertava a pasta azul brilhante, minha desculpa por aparecer na casa de Lena sem ter sido convidado. Eu estava passando lá para entregar o trabalho de inglês do dia — era o que eu planejava dizer, pelo menos. Tinha parecido convincente na minha cabeça quando eu ainda estava na minha varanda. Mas agora que eu estava na varanda de Ravenwood, não tinha tanta certeza.

Eu normalmente não era o tipo de cara que faria uma coisa dessas, mas era óbvio que não tinha a menor chance de Lena me convidar para ir lá. E eu tinha a sensação de que seu tio podia nos ajudar, de que ele talvez soubesse de alguma coisa.

Ou talvez fosse outra coisa. Eu queria vê-la. Tinha sido um dia longo e chato na Jackson sem o Furacão Lena, e eu estava começando a tentar entender como aguentei oito tempos sem todos os problemas que ela causava para mim. Sem todos os problemas que ela me fazia querer causar a mim mesmo.

* * *

Eu podia ver luz passando pelas janelas cobertas de hera. Ouvi barulho de música no fundo, músicas antigas de Savannah, daquele compositor da Geórgia que minha mãe amava. *"In the cool cool cool of the evening..."*

Ouvi latidos do outro lado da porta antes que tivesse batido, e em segundos a porta foi aberta. Lena estava lá descalça, e ela parecia diferente, arrumada, com um vestido preto com pequenos pássaros bordados, como se fosse jantar em um restaurante chique. Eu parecia que ia para o Dar-ee Keen com minha camiseta furada escrito Atari e jeans. Ela saiu para a varanda, fechando a porta atrás de si.

— Ethan, o que está fazendo aqui?

Levantei a pasta de forma nada convincente.

— Trouxe seu dever de casa.

— Não acredito que você veio sem avisar. Falei que meu tio não gosta de estranhos. — Ela já estava me empurrando para descer a escada. — Você tem que ir. Agora.

— Pensei que podíamos conversar com ele.

Atrás de nós, ouvi alguém limpando a garganta. Olhei e vi o cachorro de Macon Ravenwood, e atrás dele, o próprio Macon Ravenwood. Tentei não parecer surpreso, mas tenho certeza de que me entreguei quando quase dei um pulo.

— Bem, isso é algo que não ouço com frequência. E odeio desapontar, pois não sou nada além de um cavalheiro sulista. — Ele falava com um sotaque sulista controlado, mas com perfeita pronúncia. — É um prazer finalmente conhecê-lo, Sr. Wate.

Eu não conseguia acreditar que estava parado em frente dele. O misterioso Macon Ravenwood. Só que eu estava mesmo esperando encontrar Boo Radley, um cara que se arrastava pela casa de macacão, resmungando em uma espécie de linguagem monossilábica como um neandertal, talvez até babando um pouco nos cantos da boca.

Ele não era Boo Radley. Estava mais para Atticus Finch.

Macon Ravenwood estava vestido impecavelmente, como se fosse, sei lá, 1942. A camisa branca engomada estava fechada com antiquados botões de prata em vez de botões comuns. O paletó do smoking estava perfeito, sem um amassado. Os olhos dele eram escuros e brilhantes; pareciam quase pretos. Eram enevoados, escurecidos, como as janelas do rabecão que Lena dirigia pela cidade. Não havia como ver dentro daqueles olhos, não havia reflexo. Eles se destacavam no rosto pálido, que era branco como neve, branco como mármore, branco como, bem, como era esperado do recluso da cidade. O cabelo dele era grisalho, mais cinza perto do rosto, preto como o de Lena no alto.

Ele poderia ser algum tipo de astro do cinema americano da época antes do Technicolor, ou talvez da realeza de algum pequeno país do qual ninguém nunca tinha ouvido falar por aqui. Mas Macon Ravenwood era daqui. Essa era a parte confusa. O Velho Ravenwood era o bicho-papão de Gatlin, uma história que eu ouvia desde o jardim de infância. Mas agora ele parecia pertencer à cidade ainda menos do que eu.

Ele fechou o livro que estava segurando, nunca tirando os olhos de mim. Estava olhando para mim, mas era quase como se estivesse olhando através de mim, procurando por alguma coisa. Talvez ele tivesse visão raio-X. Levando em consideração a semana anterior, tudo era possível.

Meu coração batia tão alto que eu tinha certeza de que ele podia escutar. Macon Ravenwood tinha me abalado e sabia disso. Nenhum de nós sorriu. O cachorro dele estava tenso e rígido ao seu lado, como se esperando a ordem de ataque.

— Onde estão meus modos? Entre, Sr. Wate. Estávamos prestes a nos sentarmos para jantar. Você deve se juntar a nós. O jantar é o ponto alto aqui em Ravenwood.

Olhei para Lena, esperando alguma dica.

Diga que não quer ficar.

Acredite, não quero.

— Não, está tudo bem, senhor. Não quero atrapalhar. Só vim deixar o dever de casa de Lena. — Levantei a pasta azul brilhante pela segunda vez.

— Bobagem, você tem que ficar. Vamos apreciar alguns cubanos na estufa depois do jantar, ou você é um homem de cigarrilhas? A não ser, é claro, que se sinta pouco à vontade para entrar na casa, e nesse caso eu entendo perfeitamente. — Eu não conseguia saber se ele estava brincando.

Lena passou o braço pela cintura dele, e eu pude ver seu rosto mudar instantaneamente. Como o sol aparecendo entre nuvens negras em um dia cinzento.

— Tio M, não provoque Ethan. Ele é o único amigo que tenho aqui, e se você o espantar, terei que ir morar com tia Del, e assim não terá ninguém para torturar.

— Ainda terei Boo.

O cachorro olhou para Macon com expressão de dúvida.

— Vou levá-lo comigo. É a mim que ele segue pela cidade, não você.

Eu tinha que perguntar:

— Boo? O nome do cachorro é Boo Radley?

Macon deu um sorriso mínimo.

— Melhor ele do que eu. — Ele jogou a cabeça para trás e riu, o que me assustou, pois não havia como eu ter imaginado as feições dele formando ao menos um sorriso. Ele abriu bem a porta. — De verdade, Sr. Wate, junte-se a nós. Eu adoro companhia, e faz séculos que Ravenwood teve o prazer de receber um convidado do nosso delicioso pequeno condado de Gatlin.

Lena sorriu sem jeito.

— Não seja esnobe, tio M. Não é culpa deles que você nunca fala com ninguém.

— E não é minha culpa que tenho uma queda por boa educação, inteligência razoável e higiene pessoal satisfatória, não necessariamente nessa ordem.

— Ignore-o. Ele está de mau humor. — Lena parecia sem graça.

— Deixe-me adivinhar. Tem alguma coisa a ver com o diretor Harper?

Lena assentiu.

— A escola ligou. Enquanto o incidente está sendo *investigado*, estou em observação. — Ela revirou os olhos. — Mais uma "infração" e vão me suspender.

Macon riu com desprezo, como se estivéssemos falando de uma coisa completamente sem consequências.

— Observação? Que divertido. Observação implicaria uma fonte de autoridade. — Ele nos empurrou para o hall na frente dele. — Um diretor de escola de ensino médio acima do peso que mal terminou a faculdade e um bando de donas de casa raivosas com pedigrees piores que o de Boo Radley não se encaixam nessa categoria.

Passei pela porta e fiquei paralisado. O hall de entrada era grande e majestoso, não o modelo de lar de classe média no qual havia entrado há poucos dias. Uma pintura a óleo gigantesca, o retrato de uma mulher incrivelmente bela com olhos dourados brilhantes, ficava sobre a escadaria, que não era mais moderna, mas uma escadaria clássica que parecia apoiada apenas no ar. Scarlett O'Hara podia ter descido por ela em uma saia armada e não pareceria nada deslocada. Lustres de cristal em camadas estavam pendurados no teto. O hall estava cheio de mobília vitoriana antiga, pequenos grupos de cadeiras bordadas cheias de detalhes, tampos de mesa de mármore e samambaias graciosas. Uma vela brilhava em cada superfície. Portas altas e cobertas de persianas estavam abertas; a brisa trazia o aroma de gardênias, que estavam arrumadas em altos vasos de prata, posicionados nos tampos de mesa.

Por um segundo, quase pensei estar de volta em uma das visões, só que o medalhão estava seguramente envolvido no lenço em meu bolso. Eu sabia porque verifiquei. E aquele cachorro assustador ficava me olhando da escadaria.

Mas não fazia sentido. Ravenwood tinha se transformado em uma coisa completamente diferente desde a última vez que estive lá. Parecia impossível, como se eu tivesse voltado no tempo. Mesmo se não fosse real, queria que minha mãe tivesse visto isso. Ela teria amado esse lugar. Só que agora parecia real, e eu sabia que a casa grande era assim a maior parte do tempo. Parecia com Lena, com o jardim murado, com Greenbrier.

Por que não era assim antes?

Do que você está falando?

Acho que você sabe.

Macon andava na nossa frente. Viramos no que tinha sido uma sala de estar aconchegante semana passada. Agora era um grandioso salão de baile, com uma longa mesa com pés em forma de garra posta para três, como se eles estivessem me esperando.

O piano continuou a tocar sozinho no canto. Deduzi que era um daqueles automáticos. A cena era assustadora, como se a sala devesse estar tomada pelo barulho de copos e risadas. Ravenwood estava dando a festa do ano, mas eu era o único convidado.

Macon ainda estava falando. Tudo que ele dizia ecoava nas paredes gigantes com afrescos e tetos abobadados e esculpidos.

— Acho que sou um esnobe. Abomino cidades pequenas. Abomino cidadãos de cidades pequenas. Eles têm mentes estreitas e traseiros enormes. Isso quer dizer que aquilo que falta neles por dentro existe em excesso por fora. São como porcarias alimentares. Engordam e não levam a satisfação nenhuma. — Ele sorriu, mas não foi um sorriso simpático.

— Então por que não se muda daqui?

Senti uma onda de irritação que me levou de volta à realidade, fosse qual fosse a realidade onde eu estava. Uma coisa era eu fazer piada de Gatlin. Era diferente vindo de Macon Ravenwood. Vinha de um lugar diferente.

— Não seja absurdo. Ravenwood é meu lar, não Gatlin. — Ele cuspiu a palavra como se ela fosse tóxica. — Quando eu me for dos limites dessa vida, terei que encontrar alguém para cuidar de Ravenwood no meu lugar, já que não tenho filhos. Sempre foi meu grande e terrível objetivo manter Ravenwood viva. Gosto de pensar sobre mim mesmo como o curador de um museu vivo.

— Não seja tão dramático, tio M.

— Não seja tão diplomática, Lena. Por que você quer interagir com aquelas pessoas limitadas da cidade, jamais entenderei.

O cara está certo.

Está dizendo que não quer que eu vá à escola?

Não... Só quis dizer...

Macon olhou para mim.

— Exceto nossa companhia atual, é claro.

Quanto mais ele falava, mais curioso eu ficava. Quem diria que o Velho Ravenwood era a terceira pessoa mais inteligente da cidade, depois de minha mãe e Marian Ashcroft? Ou talvez a quarta, caso meu pai voltasse a aparecer algum dia.

Tentei ver o nome do livro que Macon estava segurando.

— O que é isso, Shakespeare?

— Betty Crocker, uma mulher fascinante. Eu estava tentando me lembrar o que os cidadãos locais consideravam uma refeição noturna. Estava no clima para uma receita regional esta noite. Decidi fazer carne de porco grelhada. — Mais carne de porco grelhada. Me senti enjoado só de pensar.

Macon puxou a cadeira de Lena com um floreio.

— Falando em hospitalidade, Lena, seus primos vêm para os Dias de Reunião. Lembremos de dizer para a Casa e Cozinha que teremos cinco pessoas a mais.

Lena parecia irritada.

— Direi para a *equipe* da cozinha e para os *empregados* da casa, se é isso que quer dizer, tio M.

— O que são os Dias de Reunião?

— Minha família é muito estranha. A Reunião é só um festival antigo de colheita, como um Dia de Ação de Graças antecipado. Deixa pra lá.

Eu nunca soube de ninguém que visitasse Ravenwood, familiar ou não. Nunca tinha visto um único carro virar naquela bifurcação da estrada.

Macon parecia divertido.

— Como quiser. Falando em Cozinha, estou completamente faminto. Vou ver o que ela preparou para nós.

Enquanto ele falava, ouvi panelas e potes batendo em algum recinto distante do salão.

— Não exagera, tio M. Por favor.

Observei Macon Ravenwood desaparecer por uma sala. Eu ainda ouvia o barulho dos seus sapatos elegantes no chão polido. Essa casa era ridícula. Fazia a Casa Branca parecer uma cabana de fundo de roça.

— Lena, o que está acontecendo?

— O que você quer dizer?

— Como ele sabia que devia arrumar o lugar para mim?

— Ele deve ter feito isso quando nos viu na varanda.

— E quanto a esse lugar? Entrei na sua casa no dia que achamos o medalhão. Não era nada desse jeito.

Conte para mim. Pode confiar.

Ela brincou com a barra do vestido. Teimosa.

— Meu tio gosta de antiguidades. A casa muda o tempo todo. Isso é mesmo importante?

Seja lá o que fosse que estivesse acontecendo, ela não ia me contar agora.

— Tudo bem então. Você se importa se eu der uma olhada?

Ela franziu a testa, mas não disse nada. Levantei da cadeira e andei até a sala ao lado. Estava arrumada como um pequeno escritório, com sofás, uma lareira e algumas pequenas mesas de escrever. Boo Radley estava deitado em frente ao fogo. Ele começou a rosnar no momento que botei o pé na sala.

— Bom cachorrinho.

Ele rosnou mais alto. Andei de costas para fora da sala. Ele parou de rosnar e deitou a cabeça perto da lareira.

Sobre a mesa de escrever mais próxima havia um pacote, embrulhado em papel pardo e amarrado com um barbante. Eu o peguei. Boo Radley começou a rosnar de novo. Estava carimbado *Biblioteca do Condado de Gatlin*. Eu conhecia o carimbo. Minha mãe tinha recebido centenas de pacotes como aquele. Só Marian Ashcroft se daria ao trabalho de embrulhar um livro daquele jeito.

— Você se interessa por bibliotecas, Sr. Wate? Conhece Marian Ashcroft? — Macon apareceu do meu lado, pegando o pacote da minha mão e olhando para ele com prazer.

— Sim, senhor. Marian, a Dra. Ashcroft, era a melhor amiga da minha mãe. Elas trabalhavam juntas.

Os olhos de Macon brilharam momentaneamente, e depois nada. O momento passou.

— É claro. Que grande burrice minha. Ethan Wate. Eu conhecia sua mãe.

Congelei. Como Macon Ravenwood podia ter conhecido minha mãe?

Uma expressão estranha passou por seu rosto, como se estivesse relembrando algo que tinha esquecido.

— Através do trabalho dela, é claro. Li tudo que ela escreveu. Na verdade, se você olhar de perto as notas de rodapé de *Fazendas e Plantações: Um Jardim Dividido*, verá que várias das fontes primárias de seu estudo vieram da minha coleção pessoal. Sua mãe era brilhante, uma grande perda.

Consegui dar um sorriso.

Obrigado.

— Eu ficaria honrado em mostrar minha biblioteca a você, naturalmente. Seria um grande prazer compartilhar minha coleção com o único filho de Lila Evers.

Olhei para ele, aturdido pelo som do nome da minha mãe saindo da boca de Macon Ravenwood.

— Wate. Lila Evers Wate.

Ele sorriu mais abertamente.

— É claro. Mas cada coisa no seu tempo. Acredito, pela ausência de ruídos na Cozinha, que o jantar foi servido. — Ele deu um tapinha no meu ombro e andamos de volta para o grande salão.

Lena estava esperando por nós à mesa, acendendo uma vela que tinha apagado com a brisa da noite. A mesa estava coberta com um banquete elaborado, embora eu não conseguisse imaginar como tinha chegado ali. Eu não tinha visto uma única pessoa na casa, além de nós três. Agora havia uma nova casa, um cachorro-lobo e tudo isso. E eu tinha esperado que Macon Ravenwood fosse a parte mais esquisita da noite.

Havia comida o bastante para alimentar o FRA, todas as igrejas da cidade e o time de basquete reunidos. Só que não era o tipo de comida que já tivesse sido servido em Gatlin. Havia uma coisa que parecia um porco assado inteiro, com uma maçã enfiada na boca. Um assado de costela com papel-alumínio embrulhando a ponta de cada costela estava ao lado de um ganso desfigurado coberto de castanhas. Havia tigelas de molho de carne e outros molhos e cremes, pães de vários tipos, repolho e beterraba e pastas que eu não sabia identificar. E, é claro, sanduíches de carne de porco grelhada, que pareciam bastante deslocados no meio dos outros pratos. Olhei para Lena, enjoado ao pensar o quanto eu teria que comer para ser educado.

— Tio M. Isso é muita coisa.

Boo, enrolado ao redor das pernas da cadeira de Lena, balançou o rabo de expectativa.

— Bobagem. Isso é uma comemoração. Você fez um amigo. A Cozinha vai ficar ofendida.

Lena olhou para mim com ansiedade, como se tivesse medo de que eu fosse levantar para ir ao banheiro e fugisse. Dei de ombros e comecei a encher meu prato. Talvez Amma me deixasse ficar sem café amanhã.

Quando Macon estava servindo seu terceiro copo de uísque, pareceu ser um bom momento para falar no medalhão. Pensando bem, eu o tinha visto encher o prato de comida mas não o vi comer nada. As coisas pareciam desaparecer de seu prato com apenas uma ou duas garfadas. Talvez Boo Radley fosse o cachorro mais sortudo da cidade.

Dobrei meu guardanapo.

— O senhor se importa se eu perguntar uma coisa? Já que o senhor parece saber tanto sobre História e, bem, não posso perguntar para minha mãe.

O que você está fazendo?

Só estou fazendo uma pergunta.

Ele não sabe de nada.

Lena, temos que tentar.

— É claro.

Macon tomou um gole do copo.

Enfiei a mão no bolso e peguei o medalhão da bolsinha que Amma tinha me dado, tomando cuidado para mantê-lo embrulhado no lenço. Todas as velas se apagaram. As luzes ficaram fracas e depois também se apagaram. Até a música do piano parou.

Ethan, o que você está fazendo?

Não fiz nada.

Ouvi a voz de Macon na escuridão.

— O que é isso na sua mão, filho?

— É um medalhão, senhor.

— Incomodaria muito botá-lo de volta no bolso? — A voz dele estava calma, mas eu sabia que ele não estava. Eu podia perceber que estava se esforçando muito para se controlar. A atitude falastrona dele tinha sumido. A voz estava meio aguda, tinha uma sensação de urgência que ele estava tentando muito disfarçar.

Enfiei o medalhão de volta na bolsinha e a coloquei no meu bolso. Na outra ponta da mesa, Macon tocou os dedos nos candelabros. Um a um, as velas na mesa acenderam de novo. O banquete todo tinha desaparecido.

À luz de velas, Macon parecia sinistro. E também estava em silêncio pela primeira vez desde que o conheci, como se pesasse suas opções em uma balança invisível que de alguma forma tinha nosso destino nela. Era hora de ir. Lena estava certa, isso era uma péssima ideia. Talvez houvesse uma razão para que Macon Ravenwood nunca saísse de casa.

— Desculpe, senhor. Eu não sabia que isso ia acontecer. Minha governanta, Amma, agiu como... como se o medalhão fosse realmente poderoso quando o mostrei a ela. Mas quando Lena e eu o achamos, nada de ruim aconteceu.

Não conte mais nada a ele. Não mencione as visões.

Não contarei. Só queria descobrir se eu estava certo sobre Genevieve.

Ela não precisava se preocupar; eu não queria contar nada a Macon Ravenwood. Só queria sair dali. Comecei a me levantar.

— Acho que preciso ir para casa, senhor. Está ficando tarde.

— Você se importa de descrever o medalhão para mim? — Foi mais uma ordem do que um pedido. Não falei uma palavra.

Foi Lena que finalmente falou.

— É velho e está danificado, com um camafeu na frente. Achamos em Greenbrier.

Macon girou o anel de prata, agitado.

— Você devia ter me contado que foi a Greenbrier. Não é parte de Ravenwood. Não posso mantê-la segura lá.

— Eu estava segura lá. Dava pra sentir.

Segura de quê? Isso era mais do que um pouco superprotetor.

— Não estava. É além dos limites. Não pode ser controlado, por ninguém. Há muita coisa que você não sabe. E ele... — Macon gesticulou em minha direção na outra ponta da mesa. — Ele não sabe de nada. Não pode proteger você. Você não devia tê-lo envolvido nisso.

Eu falei. Tinha que falar. Ele estava falando sobre mim como se eu nem estivesse lá.

— Isso se trata de mim também, senhor. Há iniciais na parte de trás do medalhão. ECW. ECW era Ethan Carter Wate, meu tatara-tio. E as outras iniciais eram GKD, e estamos bastante certos de que o D representa Duchannes.

Ethan, pare.

Mas eu não podia.

Não há motivo para esconder nada de nós porque seja lá o que for que esteja acontecendo, está acontecendo com nós dois. E goste ou não, parece estar acontecendo agora.

Um vaso de gardênias voou pela sala e quebrou contra a parede. Esse era o Macon Ravenwood do qual falávamos desde que éramos crianças.

— Você não tem ideia do que está falando, rapazinho.

Ele me olhou bem nos olhos, com uma intensidade sombria que fez os pelos do meu pescoço se eriçarem. Estava tendo dificuldade em se controlar. Eu tinha passado dos limites. Boo Radley levantou e andava atrás de Macon como se estivesse vigiando a presa, os olhos assombrosamente redondos e familiares.

Não diga mais nada.

Os olhos dele se apertaram. O glamour de astro de cinema tinha sumido, substituído por algo bem mais sinistro. Eu queria correr, mas estava preso ao chão. Paralisado.

Eu estava errado sobre a casa e Macon Ravenwood. Estava com medo dos dois.

Quando ele finalmente falou, era como se estivesse falando consigo mesmo.

— Cinco meses. Você sabe até onde irei para mantê-la segura por cinco meses? O que vai custar a mim? Como vai me esgotar, talvez me destruir?

Sem uma palavra, Lena andou até o lado dele e colocou a mão em seu ombro. E então a tempestade nos olhos dele sumiu tão rapidamente quanto chegara, e ele recuperou a compostura.

— Amma parece uma mulher sábia. Eu consideraria seguir seus conselhos. Devolveria o objeto ao lugar onde o encontrou. Por favor, não o traga à minha casa de novo. — Macon ficou de pé e jogou o guardanapo sobre a mesa. — Acho que nossa pequena visita à biblioteca vai ter que esperar, você não acha? Lena, pode ajudar seu amigo a encontrar o caminho de casa? É claro que foi uma noite extraordinária. Extremamente instrutiva. Por favor, volte, Sr. Wate.

E então a sala ficou escura e ele sumiu.

Eu mal podia esperar para sair daquela casa. Eu queria me afastar do tio assustador de Lena e de sua casa de horrores. Que diabos tinha acabado de acontecer? Lena me apressou até a porta, como se tivesse medo do que podia acontecer se não me tirasse de lá. Mas quando passamos pelo hall principal, reparei uma coisa que não tinha reparado antes.

O medalhão. A mulher com os assombrosos olhos dourados na pintura a óleo estava usando o medalhão. Agarrei o braço de Lena. Ela viu e ficou paralisada.

Não estava aí antes.

O que você quer dizer?

Esse quadro está pendurado aí desde que eu era criança. Passei por ele milhares de vezes. Ela nunca esteve de medalhão.

Uma bifurcação na estrada

Nós mal nos falamos enquanto íamos de carro para a minha casa. Eu não sabia o que dizer, e Lena parecia agradecida por eu estar calado. Ela me deixou dirigir, o que era bom porque eu precisava de algo para me distrair até que minha pulsação desacelerasse. Passamos pela minha rua, mas eu não me importei. Não estava pronto para ir para casa. Não sabia o que estava se passando com Lena nem com sua casa e nem com seu tio, mas ela ia me contar.

— Você passou direto pela sua rua. — Foi a primeira coisa que ela disse desde que saímos de Ravenwood.

— Eu sei.

— Você acha que meu tio é louco, como todo mundo. Apenas diga. Velho Ravenwood. — A voz dela estava amarga. — Preciso voltar para casa.

Não falei uma palavra enquanto circulamos General's Green, o pedaço redondo de grama desbotada que rodeava a única coisa em Gatlin que chegou a livros de guias turísticos: o general, uma estátua do general da Guerra Civil Jubal A. Early. O general marcava seu território, como sempre tinha feito, o que agora me parecia meio errado. Tudo tinha mudado; tudo continuava mudando. Eu estava diferente, vendo coisas e sentindo coisas e fazendo coisas que mesmo uma semana atrás pareceriam impossíveis. Eu sentia como se o general devesse ter mudado também.

Desci a Dove Street e encostei o rabecão no meio fio, bem embaixo da placa que dizia BEM-VINDOS A GATLIN, LAR DAS FAZENDAS HISTÓRICAS MAIS PECULIARES DO SUL E DA MELHOR TORTA DE CREME DO MUNDO. Eu não tinha certeza sobre a torta, mas o resto era verdade.

— O que você está fazendo?

Desliguei o carro.

— Precisamos conversar.

— Não fico dentro de um carro estacionado com rapazes. — Era uma piada, mas eu podia perceber em sua voz. Ela estava apavorada.

— Comece a falar.

— Sobre o quê?

— Está brincando, certo? — Eu estava tentando não gritar.

Ela puxou o cordão, remexendo no anel da lata de refrigerante.

— Não sei o que você quer que eu diga.

— Que tal me explicar o que aconteceu na casa?

Ela olhava a escuridão pela janela.

— Ele estava zangado. Às vezes ele perde a cabeça.

— Perde a cabeça? Você quer dizer lançar coisas pela sala sem tocar nelas e acender velas sem fósforos?

— Ethan, desculpa. — A voz dela estava baixa.

Mas a minha não estava. Quanto mais ela evitava minhas perguntas, mais irritado eu ficava.

— Não quero que peça desculpa. Quero que me conte o que está acontecendo.

— Sobre o quê?

— Seu tio e a casa esquisita dele, que ele de alguma forma conseguiu redecorar em dois dias. A comida que aparece e desaparece. Todo o papo sobre limites e proteger você. Escolha um.

Ela sacudiu a cabeça.

— Não posso falar sobre isso. E você não entenderia de qualquer jeito.

— Como sabe se não me dá uma chance?

— Minha família é diferente de outras famílias. Acredite em mim, você não vai conseguir lidar com isso.

— O que isso quer dizer?

— Encare, Ethan. Você diz que não é como eles, mas é. Você quer que eu seja diferente, mas só um pouco. Não diferente de verdade.

— Sabe de uma coisa? Você é tão doida quanto seu tio.

— Você foi à minha casa sem ser convidado e agora está irritado porque não gostou do que viu.

Não respondi. Eu não conseguia ver nada pela janela e não conseguia pensar claramente também.

— E está irritado porque está com medo. Todos estão. No fundo, vocês são todos iguais. — Lena soava cansada agora, como se já tivesse desistido.

— Não. — Olhei para ela. — Você está com medo.

Ela riu com amargura.

— Tá certo. As coisas das quais tenho medo você não consegue nem imaginar.

— Está com medo de confiar em mim.

Ela não disse nada.

— Está com medo de conhecer alguém bem o bastante a ponto de perceber se ele foi ou não à escola.

Ela passou o dedo pelo embaçado na janela. Fez uma linha tremida, como um ziguezague.

— Está com medo de ficar e ver o que acontece.

O ziguezague virou uma coisa que parecia um raio.

— Você não é daqui. Está certa. E não é só um pouco diferente.

Ela ainda olhava pela janela, para o nada, porque ainda não dava para ver lá fora. Mas eu podia vê-la. Eu podia ver tudo.

— Você é incrivelmente, absolutamente, extremamente, inacreditavelmente diferente. — Toquei o braço dela com a ponta dos dedos, e imediatamente senti o calor da eletricidade. — Sei disso porque lá no fundo eu acho que também sou. Então me diga. Por favor. Diferente como?

— Não quero contar pra você.

Uma lágrima escorreu por sua bochecha. Peguei-a com meu dedo, e ela também era quente.

— Por que não?

— Porque essa pode ser minha última chance de ser uma garota normal, mesmo que seja em Gatlin. Porque você é meu único amigo aqui. Porque se eu contar, você não vai acreditar em mim. Ou pior, vai acreditar. — Ela abriu os olhos e olhou dentro dos meus. — De qualquer modo, você nunca mais vai querer falar comigo.

Houve uma batida na janela, e nós dois pulamos. Uma lanterna brilhou pela janela embaçada. Baixei a mão e desci a janela, xingando baixinho.

— Crianças, se perderam indo pra casa? — Fatty. Ele estava sorrindo como se tivesse dado de cara com dois donuts na rua.

— Não, senhor. Estamos a caminho de casa agora.

— Esse carro não é seu, Sr. Wate.

— Não, senhor.

Ele jogou o facho da lanterna em direção a Lena, deixando-a iluminada por um longo tempo.

— Então vão em frente, vão pra casa. Você não quer deixar Amma esperando.

— Sim, senhor.

Virei a chave na ignição. Quando olhei pelo retrovisor, pude ver a namorada dele, Amanda, no banco da frente do carro de polícia, rindo.

Bati a porta do carro. Eu podia ver Lena pela janela do motorista agora enquanto ela esperava em frente à minha casa.

— Te vejo amanhã.

— Claro.

Mas eu sabia que não nos veríamos de novo no dia seguinte. Sabia que se ela dirigisse até o fim da minha rua, era o fim. Era um caminho, como a bifurcação que levava a Ravenwood ou Gatlin. A gente tinha que escolher um. Se ela não pegasse esse agora, o rabecão continuaria seguindo pelo outro caminho na bifurcação, passando direto por mim. Assim como na primeira manhã que o vi.

Se ela não me escolhesse.

Ninguém podia pegar dois caminhos. E depois de escolher um, não era possível voltar. Ouvi a marcha sendo engrenada, mas continuei andando até minha porta. O rabecão foi embora.

Ela não me escolheu.

Estava deitado na minha cama, de frente para a janela. A luz da lua entrava por ela, o que era irritante, pois me impedia de adormecer quando tudo que eu queria era que aquele dia terminasse.

Ethan. A voz era tão suave que quase não consegui ouvir.

Olhei para a janela. Estava trancada, eu tinha me assegurado disso.

Ethan. Por favor.

Fechei meus olhos. A tranca na janela tremeu.

Me deixe entrar.

A janela de madeira abriu de repente. Eu diria que foi o vento, mas é claro que não havia nem uma brisa. Saí da cama e olhei para fora.

Ela estava no meu jardim — de pijama. Os vizinhos teriam assunto para um dia inteiro, e Amma teria um ataque cardíaco.

— Você desce ou eu vou subir.

Um ataque cardíaco e depois um derrame.

Sentamos na escada da varanda. Eu estava de jeans, porque eu não dormia de pijama, e se Amma saísse e me visse de cueca com uma garota, eu seria enterrado no quintal antes do amanhecer.

Lena se encostou nos degraus, olhando para a tinta branca descascando na varanda.

— Eu quase fiz a volta no final da sua rua, mas estava com medo demais para isso.

Sob a luz da lua, eu podia ver que o pijama dela era verde e roxo e meio num estilo chinês.

— Quando cheguei em casa, estava com medo demais para não voltar aqui. — Ela estava mexendo no esmalte dos pés descalços, e era assim que eu sabia que ela tinha alguma coisa a dizer. — Eu não sei fazer isso. Nunca tive que dizer antes, então não sei como vai sair.

Passei uma das mãos no meu cabelo descabelado.

— Seja lá o que for, pode me contar. Sei como é ter uma família maluca.

— Você acha que sabe o que é maluquice. Mas não tem ideia.

Ela respirou fundo. Seja lá o que ela fosse falar, era difícil para ela. Eu podia vê-la lutando para encontrar as palavras.

— As pessoas na minha família e eu, nós temos poderes. Conseguimos fazer coisas que pessoas normais não conseguem. Nascemos assim, não podemos evitar. Somos o que somos.

Levei um segundo para entender do que ela estava falando, ou ao menos do que eu achava que ela estava falando.

Magia.

Onde estava Amma quando eu precisava dela?

Fiquei com medo de perguntar, mas precisava saber.

— E o que exatamente vocês são? — Parecia tão louco que eu quase não consegui pronunciar as palavras.

— Conjuradores — ela disse baixinho.

— Conjuradores?

Ela assentiu.

— Tipo, conjuradores de feitiços?

Ela assentiu de novo.

Eu a encarei. Talvez ela fosse louca.

— Tipo, bruxas?

— Ethan. Não seja ridículo.

Expirei, momentaneamente aliviado. É claro, eu era um idiota. O que eu estava pensando.

— Essa palavra é muito idiota. É como chamar alguém de "o atleta". Ou "nerd". É só um estereótipo imbecil.

Meu estômago revirou. Parte de mim queria sair correndo escada acima, trancar a porta e me esconder na cama. Mas outra parte, uma parte maior, queria ficar. Porque, afinal, uma parte de mim não só não sabia? Eu posso não ter entendido o que ela era, mas eu sabia que havia algo nela, algo maior que apenas o cordão cheio de tralhas e o All Star velho. O que eu esperava de alguém que podia fazer cair uma tempestade? Que podia falar comigo sem nem estar no mesmo recinto? Que podia controlar a direção na qual as nuvens flutuavam no céu? Que podia abrir a janela do meu quarto estando no jardim?

— Você consegue dar um nome melhor?

— Não há uma palavra que descreva todas as pessoas na minha família. Há uma que descreva todas as pessoas da sua?

Eu queria quebrar a tensão, fingir que ela era apenas uma garota qualquer. Para me convencer de que isso podia ficar bem.

— Há. Lunáticos.

— Somos Conjuradores. Essa é a definição ampla. Todos nós temos poderes. Temos um dom, assim como algumas famílias são inteligentes e outras são ricas, bonitas ou atléticas.

Eu sabia qual era a pergunta seguinte, mas não queria fazê-la. Eu já sabia que ela podia quebrar uma janela com sua mente apenas. Não sabia se eu estava pronto para saber o que mais ela podia quebrar.

De qualquer modo, estava começando a parecer que estávamos falando de uma família louca do sul qualquer, como as Irmãs. Os Ravenwood estavam aqui há tanto tempo quanto qualquer família de Gatlin. Por que a família deles seria menos maluca? Ou pelo menos foi o que tentei dizer a mim mesmo.

Lena encarou o silêncio como um sinal ruim.

— Eu sabia que não devia ter dito nada. Falei para você me deixar em paz. Agora provavelmente pensa que sou uma aberração.

— Acho que você é *talentosa*.

— Você acha que minha casa é esquisita. Já admitiu isso.

— E daí que vocês redecoram, e muito. — Eu estava tentando entender. Estava tentando mantê-la sorrindo. Sabia o quanto devia ter custado a ela me dizer a verdade. Não podia abandoná-la agora. Me virei e apontei para o escritório aceso sobre os arbustos de azaleia, escondido atrás de grossas janelas de madeira.

— Olhe. Vê aquela janela ali? É o escritório do meu pai. Ele trabalha a noite toda e dorme o dia todo. Desde que minha mãe morreu, ele não sai de casa. Nem me mostra o que está escrevendo.

— Isso é muito romântico — disse ela baixinho.

— Não, é loucura. Mas ninguém fala sobre isso, porque não sobrou ninguém com quem falar. Exceto Amma, que esconde amuletos no meu quarto e grita comigo por trazer joias velhas para casa.

Eu podia ver que ela estava quase sorrindo.

— Talvez você seja uma aberração.

— Eu sou uma aberração, você é uma aberração. Sua casa faz recintos desaparecerem, a minha faz pessoas desaparecerem. Seu tio recluso é doido e meu pai recluso é lunático, então não sei o que você acha que nos torna tão diferentes.

Lena sorriu, aliviada.

— Estou tentando achar um jeito de ver isso como um elogio.

— É um elogio.

Olhei para ela sorrindo sob a luz da lua, um sorriso real. Havia algo no jeito dela naquele momento. Eu me imaginei me inclinando um pouco para beijá-la. Me forcei para longe, um degrau acima de onde ela estava.

— Você está bem?

— Estou bem, sim. Só estou cansado.

Mas não estava.

Ficamos daquele jeito, conversando nos degraus, durante horas. Me deitei no degrau de cima; ela se deitou no degrau de baixo. Observamos o céu escuro noturno, depois o céu escuro da madrugada, até que pudemos ouvir os pássaros.

Quando o rabecão finalmente se afastou, o sol começava a nascer. Observei Boo Radley saltitar lentamente na direção de casa atrás dele. Na velocidade em que ele ia, seria hora do sol se pôr quando chegasse em casa. Às vezes eu pensava em por que ele se dava ao trabalho.

Cachorro burro.

Coloquei a mão na maçaneta de metal da minha porta, mas quase não consegui abri-la. Tudo estava de cabeça para baixo, e nada lá dentro poderia mudar aquilo. Minha mente estava confusa, misturada como numa grande frigideira de ovos de Amma, do jeito que minhas entranhas já estavam há dias.

A-C-O-V-A-R-D-A-D-O. É assim que Amma me chamaria. Dez horizontal, o mesmo que covarde. Eu estava com medo. Eu tinha dito para Lena que não era nada demais que ela e a família dela... eram o quê? Bruxos? Conjuradores?

É, nada demais.

Eu era um grande mentiroso. Aposto que até aquele cachorro burro podia perceber isso.

As últimas três fileiras

Sabe aquela expressão, "caiu sobre mim como uma bomba"? É verdade. No minuto que ela virou o carro e acabou na minha porta de pijama roxo, foi assim que me senti em relação à Lena.

Eu sabia que ia acontecer. Só não sabia que a sensação seria aquela.

Desde então, havia dois lugares onde eu queria estar: com Lena ou sozinho, para que eu pudesse organizar tudo em minha mente. Eu não tinha palavras para o que nós éramos. Ela não era minha namorada; não estávamos nem ficando. Até a semana anterior, ela nem admitia que éramos amigos. Eu não tinha ideia de como ela se sentia em relação a mim, e não podia mandar Savannah descobrir. Não queria arriscar o que nós tínhamos, fosse o que fosse. Então por que eu pensava nela a cada segundo? Por que eu ficava tão mais feliz quando a via? Eu sentia que talvez soubesse a resposta, mas como podia ter certeza? Eu não sabia, e não tinha nenhum jeito de descobrir.

Homens não falam de coisas assim. Apenas ficamos deitados debaixo dos escombros.

— O que você está escrevendo?

Ela fechou o caderno espiral que parecia carregar para todo lugar. O time de basquete não tinha treino às quartas-feiras, então Lena e eu estávamos sentados no jardim de Greenbrier, que eu meio que tinha nomeado como o nosso lugar especial, apesar de isso ser uma coisa que eu jamais admitiria, nem mesmo para ela. Era onde tínhamos encontrado o medalhão. Era um lugar onde podíamos ficar sem todo mundo olhar e cochichar. Deveríamos estar estudando, mas Lena estava escrevendo no caderno e eu tinha lido o mesmo parágrafo sobre a estrutura interna dos átomos nove vezes. Nossos ombros encostavam um no outro, mas estávamos de frente para lados opostos. Eu estava esparramado no sol poente; ela estava sob a crescente sombra do carvalho coberto de musgo.

— Nada demais. Só estou escrevendo.

— Tudo bem, não precisa me contar. — Tentei não parecer desapontado.

— É que... é uma bobagem.

— Então me conta.

Por um minuto ela não falou nada e ficou rabiscando na parte de borracha do tênis com a caneta preta.

— É que eu escrevo poemas às vezes. Desde que eu era criança. Sei que é esquisito.

— Não acho esquisito. Minha mãe era escritora. Meu pai é escritor. — Eu podia senti-la sorrindo, apesar de não estar olhando para ela. — Tudo bem, é um exemplo ruim, porque meu pai é esquisito, mas isso não é culpa da escrita.

Esperei para ver se ela ia me passar o caderno e pedir para ler um. Não tive essa sorte.

— Talvez eu possa ler um qualquer hora dessas.

— Duvido.

Ouvi o caderno ser aberto de novo e a caneta dela se movendo pela página. Olhei para meu livro de Química, pensando na frase que tinha ensaiado mentalmente cem vezes. Estávamos sozinhos. O sol estava indo embora; ela estava escrevendo poesia. Se eu ia fazer aquilo, agora era a hora.

— Então, você quer, sabe, ficar junto? — Tentei parecer casual.

— Não é o que estamos fazendo?

Mastiguei a ponta de uma colher velha de plástico que eu tinha achado na minha mochila, provavelmente de um pote de pudim.

— É. Não. Quero dizer, você quer, sei lá, ir a algum lugar?

— Agora?

Ela deu uma mordida em uma barra de cereal aberta e mudou as pernas de posição de modo a ficar ao meu lado, estendendo-as até onde eu estava. Balancei com a cabeça.

— Não agora. Na sexta, ou algum outro dia. Podíamos ir ao cinema.

Enfiei a colher no livro de Química, fechando-o.

— Isso é nojento. — Ela fez uma careta e virou a página.

— O que quer dizer? — Eu podia sentir meu rosto ficando vermelho.

Eu só estava falando de um filme.

Seu idiota.

Ela apontou para meu marcador de livros/colher suja.

— Eu estava falando disso.

Sorri aliviado.

— É. Um mau hábito que peguei da minha mãe.

— Ela gostava de talheres?

— Não, de livros. Ela lia uns vinte ao mesmo tempo, e os deixava espalhados pela casa; na mesa da cozinha, ao lado da cama, no banheiro, no carro, nas bolsas dela, uma pequena pilha na beirada de cada escada. E usava qualquer coisa que encontrasse para marcar. Uma meia minha, um miolo de maçã, os óculos de leitura dela, outro livro, um garfo.

— Uma colher velha e suja?

— Exatamente.

— Aposto que isso deixava Amma maluca.

— Ela enlouquecia. Não, espere. Ela ficava... — Cavei bem fundo. — P-E-R-T-U-R-B-A-D-A.

— Dez vertical? — Ela riu.

— Provavelmente.

— Isso era da minha mãe. — Ela mostrou um dos pingentes pendurados na longa corrente de prata que parecia nunca tirar. Era um pequeno pássaro dourado. — É um corvo.

— Por causa de Ravenwood?

— Não. Corvos são os pássaros mais poderosos no mundo dos Conjuradores. A lenda diz que eles conseguem atrair energia para si e soltá-la em outras formas. Às vezes são até temidos pelos seus poderes.

Observei enquanto ela desvencilhava o corvo dos outros pingentes e ele caiu de volta no lugar, entre um disco com uma escrita estranha entalhada e uma conta de vidro preta.

— Você tem muitos pingentes.

Ela colocou uma mecha de cabelo atrás da orelha e olhou para o cordão.

— Não são exatamente pingentes, só coisas que têm algum significado pra mim. — Ela mostrou o anel de metal de lata de refrigerante. — Isso é da primeira lata de refrigerante de laranja que bebi, sentada na varanda da minha velha casa em Savannah. Minha avó comprou pra mim quando voltei da escola chorando porque ninguém botou nada na minha caixa de presentes de dia dos namorados.

— Que fofo.

— Se fofo significar trágico...

— Eu quis dizer o fato de você ter guardado.

— Guardo tudo.

— O que é isso? — Apontei para a conta preta.

— Minha tia Twyla me deu. É feita daquelas pedras de áreas bem remotas em Barbados. Ela disse que me traria sorte.

— É um cordão legal. — Eu podia ver o quanto ele significava para ela pelo modo como ela segurava cada coisa, com tanto cuidado.

— Sei que parece um monte de lixo. Mas nunca morei em nenhum lugar por muito tempo. Nunca tive a mesma casa ou o mesmo quarto por mais de alguns anos, e algumas vezes sinto que nessa corrente estão pedaços de mim, e eles são tudo que tenho.

Suspirei e puxei um pedaço de capim.

— Queria ter morado em um desses lugares.

— Mas você tem raízes aqui. Um melhor amigo de vida inteira, uma casa com um quarto que sempre foi seu. Você provavelmente até tem sua altura a cada idade marcada na moldura da porta.

Eu tinha.

Você tem, não tem?

Eu a empurrei com o ombro.

— Posso medir você na moldura da minha porta se quiser. Você pode ser imortalizada pela eternidade na propriedade Wate.

Ela sorriu para o caderno e empurrou o ombro contra o meu. Do canto do olho, eu podia ver o sol da tarde batendo em um lado do seu rosto, uma página do caderno, a ponta cacheada do cabelo e a ponta do All Star preto.

Quanto ao filme, sexta está bom.

Então ela enfiou a barra de cereal no meio do caderno e o fechou.

As pontas dos nossos tênis surrados se tocaram.

Quanto mais eu pensava sobre sexta à noite, mais nervoso eu ficava. Não era um encontro, não oficialmente, eu sabia disso. Mas aquela era apenas parte do problema. Eu queria que fosse. O que você faz quando se dá conta de que tem sentimentos por uma garota que mal admite ser sua amiga? Uma garota cujo tio o chutou da casa deles e que não é bem-vinda na sua também? Uma garota que quase todo mundo que você conhece odeia? Uma garota que compartilha dos seus sonhos mas talvez não dos seus sentimentos?

Eu não tinha ideia, e é por isso que não fiz nada. Mas isso não me impediu de pensar em Lena e quase dirigir até a casa dela na quinta à noite, se a casa dela não fosse fora da cidade, se eu tivesse um carro. Se o tio dela não fosse Macon Ravenwood. Esses eram "se" que me impediam de fazer papel de bobo.

Todo dia era como um dia na vida de outra pessoa. Nada nunca acontecia comigo, e agora tudo estava acontecendo — e quando eu digo tudo, estou querendo dizer Lena. Uma hora passava mais rápido e ao mesmo tempo mais devagar. Eu sentia como se tivesse sugado o ar de um balão gigante, como se meu cérebro não estivesse recebendo oxigênio suficiente. As nuvens eram mais interessantes, o refeitório era menos nojento, a música soava melhor, as mesmas velhas piadas eram mais engraçadas, e Jackson passou de um amontoado de prédios industriais verdes acinzentados a um mapa de momentos e locais onde eu poderia encontrar com ela. Eu me via sorrindo sem motivo, usando fones de ouvido e repetindo nossas conversas em minha mente só para poder ouvir sua voz de novo. Eu já tinha visto esse tipo de coisa antes.

Só nunca tinha sentido.

Quando a sexta à noite finalmente chegou, eu tinha passado o dia de ótimo humor, o que queria dizer que fui pior do que todo mundo na aula e melhor do que todo mundo no treino. Eu tinha que gastar aquela energia acumulada em algum lugar. Até o treinador notou e me mandou ficar para conversarmos.

— Continue assim, Wate, e você pode ser visto por algum olheiro ano que vem.

Link me deu uma carona até Summerville depois do treino. Os caras estavam planejando ir ao cinema também, algo em que eu devia ter pensado antes, já que o Cineplex só tinha uma sala. Mas era tarde demais, e eu já passara do ponto de me preocupar.

Quando estacionamos o Lata-Velha, Lena estava parada, na escuridão, em frente ao cinema iluminado. Ela usava uma camiseta roxa e um vestido reto preto por cima que fazia a gente lembrar o quanto ela era uma garota, e botas pretas detonadas que faziam a gente esquecer.

Do lado de dentro do cinema, além do grupo de sempre de alunos da Faculdade Comunitária de Summerville, a equipe de líderes de torcida estava reunida em formação, esperando no saguão junto com os caras do time. Meu bom humor começou a evaporar.

— Oi.

— Você está atrasado. Comprei os ingressos.

Os olhos de Lena estavam ilegíveis na escuridão. Segui-a para dentro. Estávamos a caminho de um ótimo começo.

— Wate! Venha aqui! — A voz de Emory soou no saguão, acima das pessoas e da música dos anos 1980 que tocava.

— Wate, você está com uma garota? — Agora Billy estava pegando no meu pé. Earl não disse nada, mas só porque Earl quase nunca dizia alguma coisa.

Lena os ignorou. Ela esfregava a cabeça, andando na minha frente como se não quisesse olhar para mim.

— Isso se chama ter uma vida — gritei acima da multidão. Eu pagaria por ter dito aquilo na segunda-feira. Alcancei Lena. — Ei, desculpa por aquilo.

Ela se virou para olhar para mim.

— Isso não vai dar certo se você for do tipo de pessoa que não quer ver os trailers.

Esperei por você.

Eu sorri.

— Trailers e créditos, e o cara da pipoca dançando.

Ela olhou para além de mim, para os meus amigos, ou ao menos para as pessoas que eram conhecidas dessa maneira.

Ignore-os.

— Com manteiga ou sem manteiga?

Ela estava irritada. Eu tinha me atrasado, e ela tinha encarado a brigada social da Jackson sozinha. Agora era minha vez.

— Com manteiga — confessei, sabendo que seria a resposta errada. Lena fez uma careta. — Mas troco a manteiga por sal extra — falei.

Os olhos dela seguiram para trás de mim, depois voltaram. Dava para ouvir a risada de Emily se aproximando. Eu não me importava.

É só dizer que sairemos daqui, Lena.

— Sem manteiga, com sal e uns caramelos de chocolate misturados. Você vai gostar — ela disse, os ombros relaxando um pouco.

Já gosto.

A equipe de torcida e os caras passaram por nós. Emily fez questão de não olhar para mim, enquanto Savannah andou por Lena como se ela estivesse infectada com algum vírus transmitido pelo ar. Eu só podia imaginar o que elas diriam para as mães quando chegassem em casa.

Peguei a mão de Lena. Uma corrente percorreu meu corpo, mas dessa vez não foi como o choque que senti aquela noite na chuva. Era mais como uma confusão de sentidos. Como ser atingido por uma onda na praia e entrar debaixo de um cobertor elétrico em uma noite de chuva, tudo ao mesmo tempo. Deixei que se espalhasse. Savannah notou e cutucou Emily.

Você não precisa fazer isso.

Apertei a mão dela.

Fazer o quê?

— Ei, crianças. Vocês viram os caras? — Link deu um tapinha no meu ombro, carregando um pote de pipoca com manteiga e um refrigerante gigantesco.

No Cineplex passava um filme de assassinato e mistério, do tipo que Amma teria gostado, considerando a queda dela por mistérios e cadáveres. Link tinha ido sentar na frente com os caras, examinando no percurso as fileiras à procura de garotas de faculdade. Não porque ele não quisesse sentar com Lena, mas porque supôs que quiséssemos ficar sozinhos. Nós queríamos. Ou, pelo menos, eu queria.

— Onde você quer sentar? Lá perto, no meio? — Esperei que ela decidisse.

— Aqui atrás.

Segui-a pela última fileira de cadeiras.

A principal razão para os adolescentes de Gatlin irem ao Cineplex era para ficar, já que qualquer filme que passava lá já tinha saído em DVD. Mas, principalmente, era a única razão para sentar nas três últimas fileiras. O Cineplex, a torre de água, e no verão, o lago. Fora isso, havia alguns banheiros e porões, mas não muitas outras opções. Eu sabia que não íamos ficar, mas mesmo se as coisas estivessem assim entre nós, eu não a teria trazido aqui para isso. Lena não era uma garota qualquer que a gente levava para as três últimas fileiras do Cineplex. Ela era mais do que isso.

Ainda assim, a escolha foi dela, e eu sabia por que ela tinha escolhido. Não havia lugar mais longe de Emily Asher do que a última fileira.

Talvez eu devesse ter avisado. Antes da abertura do filme, as pessoas já estavam começando a se agarrar. Nós dois olhávamos para a pipoca, já que não havia outro lugar seguro para olhar.

Por que você não disse nada?

Eu não sabia.

Mentiroso.

Serei um cavalheiro perfeito. Prometo.

Afastei as imagens para o fundo da minha mente e pensei sobre qualquer coisa — o tempo, basquete —, e enfiei a mão no pote de pipoca. Lena fez o mesmo ao mesmo tempo, e nossas mãos se tocaram por um segundo, causando um arrepio que subiu pelo meu braço, quente e frio misturado. *Pick'n'Roll. Picket Fences. Down the Lane.* Não havia jogadas o bastante no manual de estratégias de basquete da Jackson. Isso ia ser mais difícil do que eu tinha pensado.

O filme era péssimo. Depois de dez minutos, eu já sabia o final.

— Foi ele — sussurrei.

— O quê?

— Aquele cara. Ele é o assassino. Não sei quem ele mata, mas é ele.

Esse era o outro motivo pelo qual Link não queria sentar do meu lado: eu sempre sabia o final logo no começo e não conseguia não compartilhar. Era minha versão das palavras cruzadas. Por isso que eu era bom em videogames, jogos de parque de diversão e damas com meu pai. Eu conseguia concluir coisas, desde o primeiro momento.

— Como você sabe?

— Apenas sei.

Como isso termina?

Eu sabia o que ela queria dizer. Mas pela primeira vez, não sabia a resposta.

Bem. Muito, muito bem.

Mentiroso. Agora me dê os caramelos.

Ela enfiou a mão no bolso do meu casaco de moletom, procurando por eles. Só que foi do lado errado, e ela achou a última coisa que esperava achar. Lá estava a bolsinha com o troço duro dentro que sabíamos ser o medalhão. Lena sentou ereta de repente, puxando a bolsinha e segurando-a como se fosse um rato morto.

— Por que você ainda carrega isso por aí no bolso?

— Shh.

Estávamos irritando as pessoas a nossa volta, o que era engraçado, considerando que elas não estavam sequer assistindo ao filme.

— Não posso deixar em casa. Amma acha que o enterrei.

— Talvez devesse ter enterrado.

— Não importa, a coisa tem vontade própria. Quase nunca funciona. Você viu todas as vezes que funcionou.

— Podem calar a boca?

O casal em frente a nós parou para respirar. Lena deu um pulo, deixando o medalhão cair. Nós dois o pegamos. Vi o lenço caindo como se fosse em câmera lenta. Eu mal conseguia ver o quadrado branco no escuro. A tela grande se contorceu até virar um brilho de luz inconsequente, e nós já sentiríamos o cheiro da fumaça...

Queimar uma casa com mulheres dentro.

Não podia ser verdade. Mamãe. Evangeline. A mente de Genevieve estava a mil. Talvez não fosse tarde demais. Ela saiu correndo, ignorando as garras que eram os arbustos, incitando-a a voltar, e as vozes de Ethan e Ivy gritando por ela.Os arbustos se abriram, e havia dois Federais em frente ao que tinha sobrado da casa que o avô de Genevieve tinha construído. Dois Federais jogando uma bandeja de prata em uma mochila do governo. Genevieve era um emaranhado de tecido preto ondulado que voava com as lufadas vindas do fogo.

— Mas que...

— Pegue-a, Emmett — disse um dos adolescentes para o outro.

Genevieve subiu as escadas dois degraus de cada vez, engasgando com a fumaça que saía da abertura onde havia sido a porta. Estava fora de si. Mamãe. Evangeline. Os pulmões dela ardiam. Ela se sentiu caindo. Seria a fumaça? Ela ia desmaiar? Não, era outra coisa. Uma mão no seu pulso, puxando-a para baixo.

— Onde pensa que vai, garota?

— Solte-me! — gritou ela, a voz rouca por causa da fumaça. Suas costas bateram nos degraus, um por um, enquanto, ele a arrastava; uma mancha azul e dourada. A cabeça bateu em seguida. Calor, e depois algo quente escorrendo pelo colarinho do seu vestido. Tontura e confusão misturadas com desespero.

Um tiro. O som foi tão alto que a fez voltar a si, partindo a escuridão. A mão segurando o pulso dela relaxou. Ela tentou forçar os olhos a se focarem.

Dois tiros mais soaram.

Deus, por favor, poupe Mamãe e Evangeline. Mas no final, era demais para pedir, ou talvez tivesse sido o pedido errado. Porque quando ela ouviu o som do terceiro corpo caindo, seus olhos se focaram por tempo suficiente para ver a jaqueta de lã cinza de Ethan suja de sangue. Alvejado pelos mesmos soldados contra quem ele tinha se recusado a lutar.

E o cheiro de sangue misturado com pólvora e limões queimando.

Os créditos estavam subindo, e as luzes estavam se acendendo. Os olhos de Lena ainda estavam fechados, e ela estava recostada no assento. Seu cabelo estava emaranhado, e nenhum de nós dois conseguia recuperar o fôlego.

— Lena? Você está bem?

Ela abriu os olhos e empurrou para trás o descanso de braço que havia entre nós. Sem uma palavra, encostou a cabeça no meu ombro. Eu podia senti-la tremendo tanto que nem conseguia falar.

Eu sei. Eu estava lá também.

Ainda estávamos sentados assim quando Link e os outros passaram. Link piscou para mim e ergueu um punho quando passou, como se fosse encostar no meu do jeito que fazia quando eu tinha feito um bom arremesso na quadra.

Mas ele entendeu errado, todos entenderam. Podíamos estar na última fileira, mas não estávamos nos beijando. Eu podia sentir o cheiro de sangue e os tiros ainda soavam nos meus ouvidos.

Tínhamos acabado de ver um homem morrer.

Dias de reunião

Depois do Cineplex, não demorou muito. O boato de que a sobrinha do Velho Ravenwood estava saindo com Ethan Wate se espalhou. Se eu não fosse o *Ethan Wate Cuja Mãe Tinha Acabado de Morrer no Ano Passado*, o boato poderia ter se espalhado com mais velocidade ou com mais crueldade. Até mesmo os caras do time tinham alguma coisa a dizer. Só levaram mais tempo que o normal para dizer, porque eu não dei a eles a chance.

Para um cara que não conseguia sobreviver sem três almoços, eu vinha pulando metade deles desde o Cineplex — pelo menos pulando os com o time. Mas eu não conseguia sobreviver muitos dias com meio sanduíche na arquibancada, e não havia muitos lugares para me esconder.

Porque, na verdade, não era possível se esconder. Jackson High era apenas uma versão menor de Gatlin; não havia para onde ir. Meu ato de desaparecimento não tinha passado despercebido pelos caras. Como eu disse, a gente tinha que marcar presença, e se deixássemos uma garota interferir nisso, principalmente uma que não estava na lista das aprovadas (quero dizer, aprovada por Savannah e Emily), as coisas ficavam complicadas.

Quando a garota era uma Ravenwood, o que Lena sempre seria para eles, as coisas ficavam simplesmente impossíveis.

Eu tinha que ser corajoso. Era hora de encarar o refeitório. Não importava que nós nem fôssemos um casal de verdade. Na Jackson, dava na mesma estacionar o carro escondido atrás da torre de água ou almoçar juntos. Todos sempre supunham o pior, ou pelo menos a maioria. A primeira vez que Lena e eu entramos no refeitório juntos, ela quase se virou e foi embora. Eu tive que segurar a alça de sua bolsa.

Não seja louca. É só um almoço.

— Acho que esqueci uma coisa no meu armário. — Ela se virou, mas eu continuei segurando a alça.

Amigos almoçam juntos.

Não almoçam. Nós não. Quero dizer, não aí.

Peguei duas bandejas de plástico laranja.

— Bandeja?

Empurrei a bandeja para a frente dela e coloquei um triângulo brilhante de fatia de pizza sobre ela.

Comemos agora. Covarde.

Você pensa que não tentei isso antes?

Não tentou comigo. Achei que você queria que as coisas aqui fossem diferentes do que foram na sua velha escola.

Lena olhou ao redor, com dúvidas. Respirou fundo e colocou um prato com cenouras e aipo na minha bandeja.

Se comer isso, eu me sento onde você quiser.

Olhei para as cenouras, depois para o refeitório. Os caras já estavam na nossa mesa.

Onde eu quiser?

Se isso fosse um filme, nós teríamos sentado à mesa com os caras, e eles teriam aprendido alguma lição valiosa, como a de não julgar as pessoas pela aparência, ou que não tinha nada demais ser diferente. E Lena teria aprendido que nem todos os atletas eram burros e superficiais. Sempre parecia dar certo nos filmes, mas isso não era um filme. Aqui era Gatlin, o que limitava severamente o que podia acontecer. Link encontrou meu olhar quando me virei em direção à mesa e começou a balançar a cabeça, como se dissesse "de jeito nenhum, cara". Lena estava alguns passos atrás de mim, pronta para sair correndo. Eu estava começando a ver como isso ia se desenrolar, e vamos apenas dizer que ninguém ia aprender uma lição valiosa. Quase me virei quando Earl olhou para mim.

Aquele olhar dizia tudo. Dizia que se eu a levasse lá, seria o meu fim.

Lena deve ter visto também, porque quando me virei para ela, ela havia sumido.

Naquele dia depois do treino, Earl foi escolhido para ter uma conversa comigo, o que era bem engraçado, já que conversar nunca tinha sido seu forte. Ele sentou no banco em frente ao meu armário do vestiário. Eu sabia que era planejado porque ele estava sozinho, e Earl Petty quase nunca ficava sozinho. Ele não perdeu tempo algum.

— Não faça isso, Wate.

— Não estou fazendo nada. — Não tirei os olhos do meu armário.

— Seja sensato. Esse não é você.

— É? E se for? — Vesti minha camiseta dos Transformers.

— Os caras não estão gostando. Se você seguir esse caminho, não tem volta.

Se Lena não tivesse sumido no refeitório, Earl saberia que não ligo para o que eles pensam. Já não ligava há um tempo. Bati a porta do armário, e ele saiu antes que eu pudesse falar o que pensava sobre ele e o caminho sem volta.

Tive a sensação de que era meu último aviso. Eu não culpava Earl. Pela primeira vez, concordava com ele. Os caras seguiam um caminho, e eu seguia outro. Quem podia discutir sobre aquilo?

Ainda assim, Link se recusava a me abandonar. E eu ia aos treinos; as pessoas até me passavam a bola. Eu estava jogando melhor do que nunca, independentemente do que eles diziam, ou melhor, não diziam no vestiário. Quando estava com os caras, eu tentava não mostrar que meu universo estava partido ao meio, que até mesmo o céu parecia diferente para mim, agora que eu não ligava se íamos chegar às finais estaduais. Lena estava no fundo da minha mente, não importava onde eu estivesse ou com quem estivesse.

Não que eu tenha mencionado isso no treino, e nem hoje, depois do treino, quando Link e eu fomos ao Pare & Roube para reabastecer no caminho de casa. O resto dos caras estava lá também, e eu estava tentando agir como parte do time, pelo bem de Link. Minha boca estava cheia de donut açucarado, com o qual quase engasguei quando entrei pelas portas automáticas.

Lá estava ela. A segunda garota mais bonita que já vi.

Ela era provavelmente um pouco mais velha do que eu porque, apesar de parecer vagamente familiar, nunca tinha frequentado a Jackson enquanto eu estivera lá. Eu tinha certeza disso. Ela era o tipo de garota de quem um cara se lembraria. Estava ouvindo uma música que eu nunca tinha ouvido, e descansava atrás do volante do Mini Cooper conversível preto e branco que estava estacionado de qualquer jeito em duas vagas do estacionamento. Ela não pareceu perceber as linhas, ou não ligava. Chupava um pirulito como se fosse um cigarro, e os lábios carnudos e vermelhos estavam ainda mais vermelhos por causa do corante.

Ela olhou para nós e aumentou a música. Em um segundo, duas pernas vieram voando até a lateral da porta, e ela estava de pé em frente a nós, ainda chupando o pirulito.

— Frank Zappa. "*Drowning Witch*". Um pouco anterior à época de vocês, meninos.

Chegou mais perto, lentamente, como se estivesse nos dando tempo para olhar bem para ela, coisa que admito, estávamos fazendo.

Tinha cabelos longos e louros, com uma mecha grossa rosa em um dos lados do rosto, junto à franja repicada. Estava usando óculos de sol pretos gigantescos e uma saia preta pregueada curta, como algum tipo de líder de torcida gótica. A camiseta branca cortada era tão fina que dava para ver parte do que poderia ser um sutiã preto, e a maior parte de tudo mais. E havia muito para se ver. Botas pretas de motociclista, um piercing no umbigo e uma tatuagem. Era preta e parecia ser tribal, em torno do seu umbigo, mas de onde eu estava não conseguia identificar, e eu estava tentando não ficar olhando.

— Ethan? Ethan Wate?

Fiquei paralisado. Metade do time de basquete colidiu com as minhas costas.

— Não é possível. — Shawn ficou tão surpreso quanto eu quando meu nome saiu dos lábios dela. *Ele* era o tipo de cara que atraía as meninas.

— Quente. — Link só ficou encarando de boca aberta. — Quente QTG.

— Queimadura de terceiro grau. O maior elogio que Link pode fazer a uma garota, ainda maior do que gostosa tipo Savannah Snow.

— Tem cara de ser problema.

— Garotas gostosas *são* problema. Esse é o ponto.

Ela andou direto em minha direção, chupando o pirulito.

— Qual dos sortudos é Ethan Wate?

Link me empurrou para a frente.

— Ethan! — Ela jogou os braços ao redor do meu pescoço. As mãos dela estavam surpreendentemente frias, como se tivesse acabado de largar um saco de gelo. Eu tremi e me afastei.

— Conheço você?

— Nem um pouco. Sou Ridley, prima de Lena. Mas eu queria que você tivesse me conhecido antes...

Com a menção de Lena, os caras me deram olhares esquisitos e, relutantes, foram para seus carros. Em sequência à minha conversa com Earl, nós tínhamos chegado a um entendimento mútuo sobre Lena, do único tipo que caras chegam. Quero dizer, eu não falei sobre o assunto, e eles também não falaram, e entre nós, meio que concordamos em seguir assim indefinidamente. Não pergunte, não fale. O que não ia durar muito tempo, principalmente se parentes estranhos de Lena começassem a aparecer na cidade.

— Prima?

Lena tinha mencionado uma Ridley?

— Para o feriado. Tia Del. Rima com fel. Lembra?

Ela estava certa; Macon tinha mencionado no jantar.

Eu sorri, aliviado, só que meu estômago ainda estava apertado em um nó, então eu não devo ter parecido tão aliviado.

— Certo. Desculpe, esqueci. Os primos.

— Querido, você está olhando para *a* Prima. O resto são apenas crianças que minha mãe por acaso teve depois de mim.

Ridley pulou de volta no Mini Cooper. E quando digo isso, quero dizer que ela literalmente pulou a lateral do carro e caiu sentada no banco do motorista do Mini. Eu não estava brincando sobre o lance de líder de torcida. A garota tinha pernas poderosas.

Eu podia ver Link ainda olhando parado ao lado do Lata-Velha.

Ridley bateu no banco ao lado dela.

— Pule aqui, Namorado, vamos nos atrasar.

— Eu não sou... Quero dizer, não somos...

— Você é uma graça. Agora entre. Não quer que a gente se atrase, né?

— Se atrase para quê?

— Jantar da família. As Grandes Festividades. A Reunião. Por que acha que me mandaram aqui para esse lixo para encontrar você?

— Não sei. Lena nunca me convidou.

— Bem, vamos dizer que não há como impedir que tia Del examine o primeiro cara que Lena já levou em casa. Então você foi convocado, e já que Lena está ocupada com o jantar e Macon ainda está, você sabe, "dormindo", fui eu que puxei o palitinho menor.

— Ela não me levou. Eu passei lá uma noite para levar o dever de casa.

Ridley abriu a porta do carro por dentro.

— Entre, Palitinho.

— Lena teria me ligado se quisesse que eu fosse.

Por algum motivo, eu sabia que ia entrar mesmo enquanto ainda dizia isso. Hesitei.

— Você é sempre assim? Ou está flertando comigo? Porque se você estiver bancando o difícil, diga logo, que podemos estacionar no pântano e ir direto ao que interessa.

Entrei no carro.

146

— Tudo bem. Vamos.

Ela esticou o braço e tirou o cabelo dos meus olhos com a mão fria.

— Você tem olhos bonitos, Namorado. Não devia deixá-los cobertos.

Quando chegamos a Ravenwood, eu não sabia o que tinha acontecido. Ela continuou ouvindo músicas que eu nunca tinha ouvido, e comecei a falar e continuei falando até contar a ela coisas que nunca tinha contado a ninguém, exceto Lena. Não consigo explicar. Era como se eu tivesse perdido o controle da minha língua.

Contei sobre minha mãe, sobre como ela morreu, apesar de eu quase nunca falar sobre isso com ninguém. Contei sobre Amma, sobre como ela lia cartas e como ela era tipo minha mãe agora que eu não tinha uma, exceto pelos amuletos e bonecos e sua natureza geralmente desagradável. Contei sobre Link, sobre a mãe dele e sobre como ela tinha mudado ultimamente e passava todo o tempo tentando convencer todo mundo de que Lena era tão louca quanto Macon Ravenwood e um perigo para todos os alunos da Jackson.

Contei sobre meu pai, sobre como ele ficava enfiado no escritório, com seus livros e uma pintura secreta que nunca tive permissão de ver, e como eu sentia que precisava protegê-lo, apesar de ser de algo que já tinha acontecido.

Contei sobre Lena, sobre como nos conhecemos na chuva, como parecia que já nos conhecíamos mesmo antes de nos conhecermos e sobre a cena confusa com a janela.

Quase parecia que ela estava sugando isso tudo de mim, como ela sugava aquele pirulito vermelho grudento, que, aliás, ela continuava lambendo enquanto dirigia. Precisei de toda minha força para não contar a ela sobre o medalhão e os sonhos. Talvez o fato de ela ser prima de Lena tenha tornado tudo um pouco mais fácil entre nós. Talvez fosse outra coisa.

Quando eu estava começando a me questionar, entramos em Ravenwood e ela desligou o rádio. O sol tinha se posto, o pirulito acabou e eu finalmente calei a boca. Quando foi que isso aconteceu?

Ridley se inclinou em minha direção, bem perto. Eu conseguia ver meu rosto refletido nos óculos de sol dela. Inspirei fundo a atmosfera dela. Tinha um cheiro doce e meio úmido, nada parecido com o de Lena, mas ainda assim um tanto familiar.

— Você não precisa ficar preocupado, Palitinho.

— É? por que não?

— Você é pra valer.

Ela sorriu para mim, e seus olhos brilharam. Por trás dos óculos, eu conseguia ver um brilho dourado, como peixes dourados nadando em um lago escuro. Eles eram hipnóticos, mesmo através das lentes escuras. Talvez fosse por isso que ela os usava. Então os óculos ficaram escuros e ela mexeu no meu cabelo.

— Pena que provavelmente ela jamais volte a vê-lo depois que você conhecer o resto de nós. Nossa família é um pouco pirada.

Ela saiu do carro e eu a segui.

— Mais pirada do que você?

— Infinitamente.

Que ótimo.

Ela colocou a mão gelada no meu braço mais uma vez quando chegamos ao primeiro degrau em frente à casa.

— Mais uma coisa, Namorado. Quando Lena te der o fora, o que ela fará em uns cinco meses, me dá uma ligada. Você saberá como me encontrar. — Ela passou o braço pelo meu, estranhamente formal de repente. — Posso?

Gesticulei com minha mão livre.

— Claro. Depois de você.

Enquanto subíamos a escada, os degraus gemeram sob nosso peso. Levei Ridley até a porta da frente sem saber se a escada ia aguentar nosso peso ou não.

Bati na porta, mas não houve resposta. Estiquei o braço e tateei em busca da lua. A porta se abriu, lentamente...

Ridley parecia hesitante. E enquanto cruzávamos o portal, eu quase podia sentir a casa se ajustando, como se o clima lá dentro tivesse mudado quase imperceptivelmente.

— Olá, mãe.

Uma mulher gorducha, ocupada arrumando abóboras e folhas douradas sobre a lareira, levou um susto e deixou cair uma pequena abóbora branca, que explodiu no chão. Ela se segurou na prateleira acima da lareira para se equilibrar. Parecia estranha, como se usasse um vestido de cem anos atrás.

— Julia! Quero dizer, Ridley. O que você está fazendo aqui? Devo estar confusa. Pensei, pensei...

Eu sabia que alguma coisa estava errada. Isso não parecia um cumprimento normal entre mãe e filha.

— Jules? É você? — Uma versão mais nova de Ridley, de uns 10 anos, entrou andando na sala da frente com Boo Radley, que usava uma capa azul brilhante sobre as costas. Fantasiavam o lobo da família como se nada de incomum estivesse acontecendo. Tudo na garota era claro e luminoso; ela tinha cabelos louros e olhos azuis radiantes, como se tivessem pequenos pedacinhos do céu em uma tarde ensolarada. A garota sorriu e depois franziu a testa. — Pensei que você tinha ido embora.

Boo começou a rosnar.

Ridley abriu os braços, esperando que a garotinha corresse até eles, mas ela nem se moveu. Então Ridley esticou as mãos e abriu cada uma. Um pirulito vermelho surgiu na primeira e, para não ser superada, um ratinho cinzento usando uma capa azul brilhante que combinava com a de Boo farejava o ar na outra, como um truque barato de parque de diversões.

A garotinha deu um passo à frente, hesitante, como se a irmã tivesse o poder de puxá-la pela sala sem nem um toque, como a lua com as marés. Eu tinha sentido a mesma coisa.

Quando Ridley falou, a voz estava grave, mas macia como mel.

— Venha, Ryan. Mamãe só estava provocando você pra ver se reclamava. Não fui a lugar nenhum. Não mesmo. Sua irmã mais velha favorita abandonaria você?

Ryan sorriu e correu para Ridley, pulando como se fosse saltar em seus braços abertos. Boo latiu. Por um momento, Ryan ficou suspensa no ar, como um daqueles personagens de desenho que acidentalmente pula de um precipício e fica lá no ar por alguns segundos antes de cair. E então ela caiu e bateu abruptamente no chão, como se tivesse batido numa parede invisível. As luzes dentro da casa ficaram mais intensas, todas de uma vez, como se a casa fosse um palco e a iluminação estivesse mudando para indicar o final de um ato. Sob a luz, as feições de Ridley tinham sombras cruéis.

A luz mudava as coisas. Ridley colocou uma mão sobre os olhos, gritando para a casa:

— Ah, por favor, tio Macon. Isso é mesmo necessário?

Boo deu um salto para a frente, se posicionando entre Ryan e Ridley. Rosnando, o cachorro foi chegando cada vez mais perto, o pelo nas costas eriçado, fazendo-o parecer ainda mais com um lobo. Aparentemente, o charme de Ridley não tinha efeito sobre Boo.

Ridley enroscou o braço no meu com força, e riu e rosnou ao mesmo tempo, ou algo assim. Não era um som amigável. Tentei manter o controle, mas minha garganta estava muito seca.

Com uma das mãos sobre meu braço, ela levantou a outra sobre a cabeça e a moveu em direção ao teto.

— Bem, se você vai ser rude...

Todas as luzes da casa se apagaram. A casa inteira parecia em curto.

A voz de Macon surgiu calmamente do alto da escuridão.

— Ridley, minha querida, que surpresa. Não estávamos esperando você.

Não a estavam esperando? De que ele estava falando?

— Eu não perderia a Reunião por nada no mundo. E veja, trouxe um convidado. Ou acho que você poderia dizer que sou a convidada dele.

Macon desceu a escadaria sem tirar os olhos de Ridley. Eu estava vendo dois leões se cercando e estava parado no meio. Ridley tinha me enganado, e eu tinha caído direitinho, como um otário, manipulado como o pirulito que ela continuava chupando.

— Não acho que seja uma boa ideia. Tenho certeza de que você é esperada em algum outro lugar.

Ela tirou o pirulito da boca com um estalo.

— Como eu disse, não perderia isso por nada. Além do mais, você não ia querer que eu levasse Ethan de carro *até* a casa dele. Sobre o que a gente conversaria?

Eu queria sugerir que fôssemos embora, mas não conseguia fazer as palavras saírem. Todos ficaram parados na sala, olhando uns para os outros. Ridley se apoiou em uma das colunas.

Macon rompeu o silêncio.

— Por que você não leva Ethan até a sala de jantar? Tenho certeza que você se lembra onde é.

— Mas Macon... — A mulher que eu supus ser tia Del parecia em pânico, e também confusa, como se não soubesse bem o que estava acontecendo.

— Está tudo bem, Delphine.

Eu podia ver no rosto de Macon que ele estava improvisando, dando um passo de cada vez, um passo a frente de todos nós. Sem saber em que eu tinha me metido, acabava sendo um alívio saber que ele estava lá.

O último lugar onde eu queria ir era a sala de jantar. Queria sair correndo dali, mas não conseguia fazer nada. Ridley não soltava meu braço, e enquanto ela estava tocando em mim, eu sentia como se estivesse no piloto automático. Ela me levou até a sala de jantar formal onde eu tinha ofendido Macon pela primeira vez. Olhei para Ridley, pendurada no meu braço. Essa ofensa era muito pior.

A sala estava iluminada por centenas de pequenas velas votivas pretas e pedaços de cordão com contas pretas pendurados no lustre. Havia uma enorme coroa, toda feita de penas pretas, na porta que levava à cozinha. A mesa estava posta com pratos prateados e branco-perolados, que, na minha opinião, eram feitos mesmo de pérola.

A porta da cozinha se abriu. Lena passou por ela de costas, carregando uma enorme bandeja de prata, cheia de frutas com aparência exótica que definitivamente não eram da Carolina do Sul. Ela usava um casaco justo, preto e longo até o chão, amarrado na cintura. Parecia estranhamente atemporal, como nada que eu tivesse visto neste país ou mesmo neste século, mas, quando olhei para baixo, vi que ela estava usando o All Star. Estava ainda mais bonita do que quando eu tinha vindo jantar... Quando? Há algumas semanas?

Minha mente parecia enevoada como se eu estivesse meio dormindo. Respirei fundo, mas só conseguia sentir o cheiro de Ridley, um cheiro almiscarado misturado com algo doce demais, como uma calda borbulhando no fogão. Era forte e sufocante.

— Está quase pronto. Só falta um pouco... — Lena ficou paralisada, a porta ainda entreaberta. Ela parecia ter visto um fantasma, ou algo muito pior. Eu não tinha certeza se era apenas a visão de Ridley ou se era a de nós dois ali parados de braços dados.

— Oi, prima. Quanto tempo. — Ridley deu alguns passos, me arrastando junto. — Não vai me dar um beijo?

A bandeja que Lena carregava caiu no chão.

— O que você está fazendo aqui? — A voz de Lena mal chegava a um sussurro.

— Ué, vim ver minha prima favorita, é claro, e trouxe um acompanhante.

— Não sou seu acompanhante — eu disse com pouca convicção, mal pronunciando as palavras, ainda grudado no braço. Ela tirou um cigarro do maço enfiado na bota e o acendeu, tudo isso com a mão livre.

— Ridley, por favor, não fume dentro de casa — disse Macon, e o cigarro instantaneamente se apagou. Ridley riu e o jogou em uma travessa que parecia de purê de batata, mas que provavelmente não era.

— Tio Macon. Você sempre foi chato com as *regras* da casa.

— As regras foram impostas há muito tempo, Ridley. Não há nada que você ou eu possamos fazer para mudá-las agora.

Eles se entreolhavam. Macon gesticulou, e uma cadeira se arrastou sozinha da mesa.

— Por que não nos sentamos? Lena, pode dizer à Cozinha que teremos duas pessoas mais para o jantar?

Lena apenas ficou parada, parecendo ferver.

— Ela não pode ficar.

— Está tudo bem. Nada pode te fazer mal aqui — disse Macon de forma tranquilizante. Mas Lena não parecia assustada. Parecia furiosa.

Ridley sorriu.

— Tem certeza disso?

— O jantar está pronto, e você sabe o que a Cozinha acha sobre servir comida fria.

Macon entrou na sala de jantar. Todos o seguiram, apesar de ele mal ter falado alto o bastante para que nós quatro, que já estávamos na sala, o ouvíssemos.

Boo entrou na frente, andando desajeitadamente ao lado de Ryan. Tia Del veio em seguida, de braços dados com um homem grisalho da idade do meu pai. Ele estava vestido como se tivesse saído de um dos livros do escritório da minha mãe, com botas até os joelhos, uma camisa com babados e uma capa esquisita de ópera. Os dois pareciam um item de exposição do museu Smithsonian.

Uma garota mais velha entrou na sala. Ela parecia muito com Ridley, só que usava mais roupas e não parecia tão perigosa. Tinha cabelos louros longos e lisos com uma versão mais arrumadinha da franja repicada de Ridley. Parecia o tipo de garota que podia ser vista carregando uma pilha de livros em um velho campus de faculdade bacana no norte, tipo Yale ou Harvard. A garota olhou nos olhos de Ridley, como se pudesse ver os olhos dela pelos óculos escuros que ainda estavam em seu rosto.

— Ethan, gostaria de apresentar minha irmã mais velha, Annabel. Ah, desculpe, eu quis dizer Reece.

Quem não sabe o nome da própria irmã?

Reece sorriu e falou lentamente, como se estivesse escolhendo as palavras com cuidado.

— O que está fazendo aqui, Ridley? Pensei que você tinha outro compromisso hoje.

— Os planos mudam.

— As famílias também.

Reece ergueu a mão e a balançou em frente ao rosto de Ridley, apenas um simples floreio, como um mágico passando a mão sobre uma cartola. Eu me encolhi; não sei o que estava pensando, mas por um segundo achei que Ridley pudesse desaparecer. Ou, mais provavelmente, eu.

Mas ela não desapareceu, e dessa vez foi Ridley que se encolheu e olhou para o outro lado, como se fosse fisicamente doloroso encarar Reece.

Reece examinou o rosto de Ridley como se fosse um espelho.

— Interessante. Por que, Rid, quando olho nos seus olhos, só vejo os *dela*? Vocês duas são unha e carne, não são?

— Está tagarelando de novo, *mana*.

Reece fechou os olhos, se concentrando. Ridley se contorceu como uma borboleta capturada. Reece fez o movimento com a mão de novo e, por um momento, o rosto de Ridley se dissolveu na imagem turva de outra mulher. O rosto da mulher era meio familiar, só que eu não consegui lembrar por quê.

Macon botou a mão com força no ombro de Ridley. Foi a única vez em que vi alguém tocá-la além de mim. Ridley fez uma careta, e eu pude sentir uma pontada de dor irradiando da mão dela para o meu braço. Macon Ravenwood obviamente não era um homem para não ser levado a sério.

— Agora. Gostem ou não, a Reunião já começou. Não vou aceitar que ninguém estrague as Grandes Festividades, não debaixo do meu teto. Ridley, como ela mesma esclareceu, foi *convidada* para se juntar a nós. Nada mais precisa ser dito. Por favor, sentem-se.

Lena sentou com os olhos grudados em nós dois.

Tia Del parecia ainda mais preocupada do que quando chegamos. O homem de capa de ópera bateu na mão dela para acalmá-la. Um cara alto da minha idade usando jeans preto, uma camisa preta gasta e botas surradas entrou, parecendo entediado.

Ridley fez as apresentações.

— Você já conhece minha mãe. E este é meu pai, Barclay Kent, e meu irmão, Larkin.

— É um prazer conhecê-lo, Ethan.

Barclay deu um passo como se fosse apertar minha mão, mas quando reparou na mão de Ridley no meu braço, deu outro passo para trás. Larkin passou o braço pelo meu ombro, mas quando olhei, o braço tinha virado uma cobra, sacudindo a língua para fora da boca.

— Larkin! — sibilou Barclay. A cobra voltou a ser o braço de Larkin em um instante.

— Nossa. Só estou tentando melhorar o humor aqui. Vocês são todos um bando de resmungões. — Os olhos de Larkin ficaram amarelos, com uma fenda vertical. Olhos de cobra.

— Larkin, eu disse que já foi o bastante. — O pai olhou para ele de um jeito que só um pai pode olhar para um filho que sempre o desaponta. Os olhos de Larkin voltaram a ficar verdes.

Macon se sentou na cabeceira da mesa.

— Por que não nos sentamos? A Cozinha preparou um de seus melhores banquetes de festa. Lena e eu fomos sujeitados à barulheira por dias.

Cada um tomou seu lugar na enorme mesa retangular com pés em formas de garra. Era de madeira escura, quase preta, e havia desenhos intrincados, como vinhas, entalhados nas pernas. Enormes velas pretas brilhavam no centro da mesa.

— Sente aqui ao meu lado, Palitinho.

Ridley me levou até uma cadeira vazia, em frente ao pássaro de prata que trazia o marcador de lugar de Lena, como se eu tivesse escolha.

Tentei fazer contato visual com Lena, mas seus olhos estavam fixados em Ridley. E pareciam ferozes. Eu só esperava que sua raiva fosse direcionada somente a Ridley.

A mesa estava transbordando de comida, ainda mais do que a última vez em que estive lá; cada vez que eu olhava para a mesa, havia mais. Costelas de cordeiro assadas, um filé assado com alecrim, e mais pratos exóticos que eu nunca tinha visto antes. Uma grande ave recheada com molho e peras estava posta junto a penas de pavão arrumadas para parecerem a cauda aberta de um pavão vivo. Eu esperava que não fosse um pavão de verdade, mas considerando as penas da cauda, tinha quase certeza de que era. E doces brilhosos, acho que no formato exato de cavalos-marinhos.

Mas ninguém estava comendo, ninguém exceto Ridley. Ela parecia estar se divertindo.

— Adoro cavalos de açúcar. — Ela enfiou dois dos pequenos cavalos-marinhos dourados na boca.

Tia Del tossiu algumas vezes enquanto enchia uma taça com um líquido negro da consistência de vinho de um decantador sobre a mesa.

Ridley olhou para Lena, do outro lado da mesa.

— E então, prima, algum plano pro seu aniversário? — Ridley enfiou os dedos em um molho marrom escuro em uma tigela ao lado da ave que eu esperava que não fosse um pavão e o lambeu sugestivamente.

— Não vamos falar do aniversário de Lena esta noite — avisou Macon.

Ridley estava gostando da tensão. Colocou outro cavalo-marinho na boca.

— Por que não?

Os olhos de Lena estavam selvagens.

— Você não precisa se preocupar com o *meu* aniversário. Não vai ser convidada.

— Mas *você* deveria se preocupar. É um aniversário tão *importante*, afinal. — Ridley riu.

O cabelo de Lena começou a se movimentar como se houvesse vento na sala. Não havia.

— Ridley, eu já disse que basta.

Macon estava perdendo a paciência. Reconheci seu tom como sendo o mesmo que usou quando eu tirei o medalhão do meu bolso durante minha primeira visita.

— Por que está tomando o lado dela, tio M? Passei tanto tempo com você quanto Lena quando eu era pequena. Como ela de repente virou sua favorita? — Por um momento, ela quase soou magoada.

— Você sabe que não tem nada a ver com favoritas. Você foi Invocada. Está fora do meu alcance.

Invocada? Pelo quê? De que ele estava falando? O nevoeiro ao meu redor estava ficando mais grosso. Eu não tinha certeza se ouvia tudo corretamente.

— Mas você e eu somos iguais — implorava ela para Macon, como uma criança mimada.

A mesa começou a tremer quase imperceptivelmente, o líquido negro nos copos de vinho gentilmente ondulando de um lado para o outro. Então ouvi batidas rítmicas no telhado. Chuva.

Lena segurava a borda da mesa, as dobras dos dedos brancas.

— Você NÃO é igual — sibilou ela.

Senti o corpo de Ridley enrijecer contra meu braço, em torno do qual ela ainda estava enrolada como uma cobra.

— Você se acha muito melhor do que eu, Lena... não é? Você nem sabe seu nome real. Nem se dá conta de que essa sua relação está condenada. Apenas espere até que seja Invocada e descobrirá como as coisas realmente funcionam. — Ela riu, um som sinistro e doloroso. — Você não tem ideia se somos iguais ou não. Em alguns meses, você pode acabar exatamente como eu.

Lena olhou para mim, em pânico. A mesa começou a tremer com mais intensidade, os pratos batendo na madeira. Houve um estalo de relâmpago lá fora, e a chuva começou a despencar pelas janelas como lágrimas.

— Cale a boca!

— Conte para ele, Lena. Você não acha que o Palitinho aqui merece saber de tudo? Que você não tem ideia se é da Luz ou das Trevas? Que você não tem escolha?

Lena deu um salto e ficou de pé, e a cadeira atrás dela caiu no chão.

— Eu mandei calar a boca!

Ridley estava relaxada de novo, se divertindo.

— Conte para ele como morávamos juntas, dormíamos no mesmo quarto, como irmãs, que eu era exatamente como você há um ano e agora...

Macon ficou de pé na cabeceira da mesa, apoiado nas duas mãos. Seu rosto pálido parecia mais branco que o normal.

— Ridley, já chega! Vou Conjurar você para fora dessa casa se disser mais uma palavra.

— Você não pode me Conjurar para fora, tio. Não é forte o bastante para isso.

— Não superestime suas habilidades. Nenhuma Conjuradora das Trevas desse planeta é poderosa o bastante para entrar em Ravenwood sozinha. Eu mesmo enfeiticei a propriedade. Todos nós fizemos.

Conjuradora das Trevas? Isso não soava bem.

— Ah, tio Macon. Você está se esquecendo da famosa hospitalidade sulista. Eu não invadi. Fui convidada, vim guiada pelo braço do cavalheiro mais bonito de Gat-lixo.

Ridley se virou para mim e sorriu, tirando os óculos de cima dos olhos. Eles estavam esquisitos, brilhando dourados como se estivessem em chamas. Tinham o formato de olhos de gato, com fendas negras no meio. Luz emanava de seus olhos, e sob aquela luz, tudo mudava.

Ela olhou para mim com aquele sorriso sinistro, e seu rosto estava contorcido em trevas e sombras. As feições que tinham sido tão femininas e atraentes agora estavam ficando exageradas e duras, se modificando em frente aos meus olhos. A pele parecia se apertar sobre os ossos, acentuando cada veia até tal ponto que era quase possível ver o sangue que pulsava nelas. Ela parecia um monstro.

Eu tinha levado um monstro para dentro de casa, para a casa de Lena.

Quase imediatamente, a casa começou a tremer violentamente. Os lustres de cristal balançavam e as luzes piscavam. As janelas da fazenda abriam e fechavam com força, enquanto a chuva batia no telhado. O som era tão alto que era quase impossível ouvir qualquer outra coisa, como na noite em que quase atropelei Lena quando ela estava parada no meio da rua.

Ridley segurou meu braço com mais força gelada. Tentei me soltar dela, mas mal conseguia me mover. O frio estava se espalhando; todo meu braço estava começando a ficar dormente.

Lena olhou para mim horrorizada.

— Ethan!

Tia Del bateu o pé com força no chão. As tábuas do piso pareceram rolar sob seus pés.

O frio tinha se espalhado pelo meu corpo. Minha garganta estava congelada. Minhas pernas estavam paralisadas; eu não conseguia me mover. Não conseguia me soltar do braço de Ridley, e não conseguia dizer para ninguém o que estava acontecendo. Em alguns poucos minutos, eu não conseguiria respirar.

Uma voz de mulher veio por sobre a mesa. Tia Del.

— Ridley. Mandei você ficar longe, criança. Não há nada que possamos fazer por você agora. Lamento muito.

A voz de Macon estava dura.

— Ridley, um ano pode fazer toda a diferença do mundo. Você foi Invocada. Encontrou seu lugar na Ordem das Coisas. Não pertence mais a este lugar. Você tem que ir.

Um segundo depois, ele estava parado bem na frente dela. Era isso, ou eu estava perdendo a noção do que estava acontecendo. As vozes e rostos começaram a girar ao meu redor. Eu mal conseguia respirar. Estava com tanto frio, mas meu maxilar congelado nem se movia para que eu batesse o queixo.

— Vá! — ele gritou.

— Não!

— Ridley! Se comporte! Você tem que sair daqui. Ravenwood não é um lugar para magia Negra. Este é um lugar Enfeitiçado, um lugar de Luz. Você não consegue sobreviver aqui, não por muito tempo. — A voz de tia Del era firme.

Ridley respondeu com um grunhido.

— Não vou sair, mãe, e você não pode me obrigar.

A voz de Macon interrompeu o ataque de raiva dela.

— Você sabe que isso não é verdade.

— Estou mais forte agora, tio Macon. Você não pode me controlar.

— É verdade, sua força está crescendo, mas você não está pronta para me enfrentar, e vou fazer o que for necessário para proteger Lena. Mesmo se isso significar machucar você, ou pior.

O peso da ameaça dele foi demais para Ridley.

— Você faria isso comigo? Ravenwood é um lugar Negro de poder. Sempre foi, desde Abraham. Ele era um de nós. Ravenwood devia ser nossa. Por que você a Enfeitiça com a Luz?

— Ravenwood é o lar de Lena agora.

— Seu lugar é comigo, tio M. *Com Ela.*

Ridley ficou de pé, me puxando junto. Os três estavam de pé agora, Lena, Macon e Ridley, os três vértices de um triângulo verdadeiramente assustador.

— Não tenho medo da sua espécie.

— Pode até ser, mas você não tem poder aqui. Não contra todos nós e uma Natural.

Ridley gargalhou.

— Lena, uma Natural? É a coisa mais engraçada que você disse a noite toda. Já vi o que um Natural consegue fazer. Lena jamais poderia ser uma.

— Um Cataclista e um Natural não são a mesma coisa.

— Mas como não são? Um Cataclista é um Natural que foi para as Trevas, dois lados da mesma moeda.

De que ela estava falando? Eu não fazia a menor ideia do que estava acontecendo.

E então senti meu corpo ficar paralisado e soube que estava desmaiando — que provavelmente ia morrer. Era como se toda a vida tivesse sido sugada de meu corpo, junto com o calor do meu sangue. Eu consegui ouvir o som de trovão. Um — depois relâmpago e o barulho de um galho de árvore caindo do lado da janela. A tempestade tinha chegado. Estava bem sobre nós.

— Você está errado, tio M. Não vale a pena proteger Lena, ❤ ela certamente não é uma Natural. Você não saberá o destino dela até o aniversário. Acha que só porque ela é doce e inocente agora, ela será Invocada pela Luz? Isso não significa nada. Não foi igual há um ano? E pelo que o Palitinho aqui andou me contando, ela está mais perto de ir para as Trevas do que para a Luz. Tempestades com relâmpagos? Aterrorizando a escola?

O vento ficou mais forte, e Lena estava ficando mais irritada. Eu podia ver a fúria em seus olhos. Uma janela se quebrou, exatamente como na aula de Inglês. Eu sabia onde isso ia parar.

— Cale a boca! Você não sabe de que está falando!

A chuva caiu com tudo na sala de jantar. O vento veio em seguida, fazendo voar copos e pratos para o chão, líquido negro se espalhando pelo piso em longos filetes. Ninguém se moveu.

Ridley se virou de novo para Macon.

— Você sempre deu crédito demais a ela. Ela não é nada.

Eu queria me soltar do toque de Ridley, pegá-la e arrastá-la para fora da casa eu mesmo, mas não conseguia me mover.

Uma segunda janela se quebrou, depois outra e mais outra. Havia vidro quebrando em toda parte. Porcelana, copos de vinho, os vidros em cada porta-retrato. A mobília batia contra a parede. E o vento; parecia que um tornado tinha sido sugado para a sala conosco. O som era tão alto que eu não conseguia ouvir mais nada. A toalha saiu voando de cima da mesa, com velas, travessa e pratos ainda em cima, jogando tudo contra a parede. A sala girava, eu acho. Tudo estava sendo sugado para o corredor, em direção à porta da frente. Boo Radley gritou, um horrível grito humano. O aperto de Ridley pareceu afrouxar em meu braço. Pisquei com força, tentando não desmaiar.

E ali, de pé no meio de tudo, estava Lena. Estava perfeitamente imóvel, os cabelos sacudidos pelo vento em torno dela. O que estava acontecendo?

Senti minhas pernas fraquejarem. Quando eu estava perdendo a consciência, senti o vento, uma onda de poder que literalmente arrancou meu braço da mão de Ridley quando ela foi sugada para fora da sala, em direção à porta da frente. Caí no chão enquanto ouvia a voz de Lena, ou pensei ouvir.

— Saia de perto do meu namorado, bruxa.

Namorado.

Era isso que eu era?

Tentei sorrir. Em vez disso, apaguei.

Uma rachadura no gesso

Quando acordei, não tinha ideia de onde estava. Tentei focalizar o olhar nas primeiras coisas que estavam à vista. Palavras. Expressões escritas à mão no que pareceu ser caneta permanente, bem no teto acima da cama.

momentos sangram juntos, sem dimensão de tempo

Havia centenas de outras também, escritas em toda parte, partes de frases, partes de versos, grupos aleatórios de palavras. Na porta de um armário estava escrito *o destino decide.* Em outra, havia *desafiada pelos destinados.* Para cima e para baixo na porta, eu via as palavras *desesperada / inexorável / condenada / apoderada.* O espelho dizia *abra seus olhos;* as vidraças da janela diziam *e veja.*

Até a pálida cúpula do abajur trazia escritas as palavras *ilumineaescuridãoilumineaescuridão* várias vezes, em um padrão de repetição infinito.

A poesia de Lena. Eu finalmente estava lendo alguma coisa escrita por ela. Mesmo ignorando a distinta escrita, esse quarto não se parecia com o resto da casa. Era pequeno e aconchegante, bem debaixo do telhado. Um ventilador de teto girava lentamente sobre minha cabeça, cortando as palavras. Havia pilhas de cadernos espiral em todas as superfícies, e uma pilha de livros na mesa de cabeceira. Livros de poesia. Plath, Eliot, Bukowski, Frost, Cummings — pelo menos eu reconhecia os nomes.

Eu estava deitado em uma pequena cama de ferro branca, minhas pernas ultrapassando a beirada. Este era o quarto de Lena, e eu estava deitado na cama dela. Lena estava encolhida em uma cadeira no pé da cama, a cabeça descansando sobre o braço.

Eu me sentei, grogue.

— Ei. O que houve?

Eu tinha certeza de que tinha desmaiado, mas os detalhes me fugiam. A última coisa de que eu lembrava era do frio congelante se deslocando pelo meu corpo, minha garganta fechando e a voz de Lena. Achava que ela tinha dito qualquer coisa sobre eu ser seu namorado, mas como eu estava prestes a desmaiar naquele momento e nada tinha acontecido entre nós, achei que deveria duvidar. Manifestação dos meus desejos, eu acho

— Ethan! — Ela pulou da cadeira e subiu na cama ao meu lado, apesar de parecer tomar o cuidado de não me tocar. — Você está bem? Ridley não soltava você, e eu não sabia o que fazer. Você parecia estar com tanta dor, então eu só reagi.

— Está falando do tornado no meio da sua sala de jantar?

Ela olhou para o outro lado, infeliz.

— É isso que acontece. Eu sinto coisas, fico com raiva ou com medo e então... as coisas apenas acontecem.

Estiquei o braço e coloquei a mão sobre a dela, sentindo o calor subir.

— Coisas como janelas quebrarem?

Ela olhou para mim e fechei meus dedos sobre a mão dela até que estivesse toda dentro da minha. Uma rachadura no gesso velho no canto atrás dela pareceu aumentar, até cruzar o teto, circundar o velho candelabro e descer de novo. Parecia um coração. Um coração gigante, enroscado e feminino tinha acabado de aparecer no gesso rachado do teto do quarto dela.

— Lena.

— O quê?

— Seu teto vai cair na nossa cabeça?

Ela se virou e olhou para a rachadura. Quando viu, mordeu o lábio e ficou com as bochechas rosadas.

— Acho que não. É só uma rachadura no gesso.

— Você fez isso de propósito?

— Não. — Um rubor rosado se espalhou no nariz e nas bochechas dela. Lena olhou para o outro lado.

Eu queria perguntar em que ela estava pensando, mas não queria deixá-la sem graça. Apenas esperava que tivesse alguma coisa a ver comigo, com a mão dela aninhada na minha. Com a palavra que eu tinha pensado ouvi-la dizer logo antes de eu desmaiar.

Olhei com dúvida para a rachadura. Havia muita coisa naquela rachadura no gesso.

— Você pode desfazê-las? Essas coisas que apenas... acontecem?

Lena suspirou, aliviada por falar de outra coisa.

— Às vezes. Depende. Às vezes fico tão sobrecarregada que não consigo controlar nem consertar, nem mesmo depois. Acho que não conseguiria colocar o vidro de volta na janela da escola. Acho que não conseguiria impedir a chegada da tempestade no dia que nos conhecemos.

— Acho que aquela não foi sua culpa. Você não pode se culpar por cada tempestade que cai sobre o condado de Gatlin. A temporada de furacões nem terminou ainda.

Ela se virou de barriga para baixo e me olhou nos olhos. Não soltou minha mão, e nem eu soltei a dela. Meu corpo todo vibrava com o calor do seu toque.

— Você não viu o que aconteceu hoje?

— Às vezes um furacão pode ser apenas um furacão, Lena.

— Enquanto eu estiver por aqui, sou a temporada de furacões do condado de Gatlin. — Ela tentou puxar a mão, mas isso só me fez segurar com mais força.

— Isso é engraçado. Pra mim, você parece mais uma garota.

— É? Pois bem, não sou. Sou um alerta meteorológico, fora de controle. A maioria dos Conjuradores consegue controlar seus dons quando chegam à minha idade, mas na metade das vezes parece que o meu me controla. — Ela apontou para seu próprio reflexo no espelho da parede. O texto de caneta permanente se escreveu sozinho sobre o reflexo enquanto olhávamos. *Quem é essa garota?* — Ainda estou tentando entender tudo, mas às vezes parece que nunca vou conseguir.

— Todos os Conjuradores têm os mesmos poderes, dons, sei lá?

— Não. Conseguimos fazer coisas simples como mover objetos, mas cada Conjurador também tem habilidades mais específicas relacionadas ao seu dom.

Nesse momento, desejei que houvesse algum tipo de aula que eu pudesse frequentar para conseguir acompanhar essas conversas, Introdução à Conjuradores, sei lá, porque eu ficava sempre meio perdido. A única pessoa que eu conhecia que tinha alguma habilidade especial era Amma. Ler o futuro e afastar espíritos do mal tinha que contar para alguma coisa, certo? E por tudo que eu sabia, Amma conseguia fazer eu me mexer; ela conseguia botar meu rabo em movimento com apenas um olhar.

— E quanto à tia Del? O que ela consegue fazer?

— Ela é uma Palimpsesta. Lê o tempo.

— Lê o tempo?

— É assim: eu e você entramos em uma sala e vemos o presente. A tia Del vê diferentes pontos no passado e no presente, tudo de uma vez. Ela consegue entrar em uma sala e ver como ela é hoje e como era há dez anos, há vinte, há cinquenta, tudo ao mesmo tempo. É meio como quando tocamos no medalhão. É por isso que ela fica sempre tão confusa. Nunca sabe exatamente quando ou onde está

Pensei em como me senti depois de uma das visões, e de como seria me sentir daquele jeito o tempo todo.

— Caramba. E Ridley?

— Ridley é uma Sirena. O dom dela é o Poder da Persuasão. Ela consegue enfiar qualquer ideia na cabeça de qualquer pessoa, fazer com que contem a ela qualquer coisa, com que façam qualquer coisa. Se ela usasse o poder dela em você e mandasse você pular de um penhasco, você pularia.

Eu me lembrei de como me senti no carro com Ridley, como se pudesse contar a ela quase qualquer coisa.

— Eu não pularia.

— Pularia. Você teria que pular. Um homem Mortal não é páreo para uma Sirena

— Eu não pularia. — Olhei para ela. O cabelo esvoaçava em torno do seu rosto com a brisa, apesar de não haver nenhuma janela aberta no quarto. Procurei nos olhos dela algum sinal de que ela estivesse se sentindo do mesmo jeito que eu. — Não se pode pular de um penhasco quando já se caiu de outro maior.

Ouvi as palavras saindo da minha boca e desejei não tê-las dito assim que as disse. Tinham soado muito melhor na minha cabeça. Ela olhou para mim, tentando ver se eu estava falando sério. Eu estava, mas não consegui dizer isso. Em vez disso, mudei o assunto.

— E qual é o superpoder de Reece?

— Ela é uma Sibila, lê rostos. Consegue ver o que você viu, quando você viu e o que você fez só de olhar nos seus olhos. Consegue abrir seu rosto e literalmente lê-lo como um livro.

Lena ainda avaliava meu rosto.

— É, quem era aquela? Aquela outra mulher em quem Ridley se transformou por um segundo, quando Reece ficou olhando para ela? Você viu isso?

Lena assentiu.

— Macon não queria me dizer, mas tem que ser alguém das Trevas. Alguma mulher poderosa.

Continuei perguntando. Precisava saber. Era como descobrir que eu tinha acabado de jantar com um bando de aliens.

— O que Larkin consegue fazer? Encantar cobras?

— Larkin é um Ilusionista. É como um Mutador. Mas tio Barclay é o único Mutador na família.

— Qual é a diferença?

— Larkin sabe Iludir, ou fazer qualquer coisa parecer com o que ele quiser, por um tempo: pessoas, coisas, lugares. Ele cria ilusões, mas elas não são reais. Tio Barclay sabe Mutar, o que significa que ele consegue fazer um objeto virar outro, pelo tempo que ele desejar.

— Então seu primo muda a aparência das coisas e seu tio muda o que elas são?

— É. De um modo geral, a vovó diz que os poderes deles são parecidos. Acontece às vezes entre pais e filhos. São muito parecidos, então estão sempre brigando.

Eu sabia o que ela estava pensando, que ela jamais conheceria isso de perto. Seu rosto se fechou e eu fiz uma tentativa idiota de aliviar a tensão.

— Ryan? Qual é o poder dela? Estilista de cachorros?

— É cedo demais para saber. Ela só tem 10 anos.

— E Macon?

— Ele é apenas... o tio Macon. Não há nada que tio Macon não saiba fazer, ou que não faria por mim. Passei muito tempo com ele na infância. — Ela olhou para o outro lado, evitando a pergunta. Não estava contando alguma coisa, mas se tratando de Lena, era impossível saber o quê. — Ele é como meu pai, ou como imagino meu pai. — Ela não disse mais nada. Eu sabia como era perder alguém. Imaginei se seria pior nunca ter tido essa pessoa.

— E você? Qual é o seu dom?

Como se ela tivesse só um. Como se eu não os tivesse visto em ação desde o primeiro dia de aula. Como se eu não tivesse andado tentando juntar coragem para fazer essa pergunta desde a noite em que ela se sentou em minha varanda de pijama roxo.

Ela fez uma pausa por um minuto, refletindo, ou decidindo se ia me contar; era impossível saber qual dos dois. Então seus infinitos olhos verdes me encararam.

— Sou uma Natural. Pelo menos tio Macon e tia Del acham que sou.

Uma Natural. Fiquei aliviado. Pelo menos não soava tão mal quanto Sirena. Acho que não conseguiria lidar com algo assim.

— O que exatamente isso significa?

— Eu nem sei. Não é apenas uma coisa. Quero dizer, supostamente uma Natural consegue fazer muito mais do que outros Conjuradores. — Ela disse isso rapidamente, quase como se tivesse esperança de que eu não ouviria, mas ouvi.

Mais do que outros Conjuradores.

Mais. Eu não tinha certeza de como me sentia em relação a mais. Com menos eu conseguiria ter lidado. Menos teria sido bom.

— Mas, como você viu hoje, nem sei o que consigo fazer.

Ela puxou a colcha entre nós, nervosa. Eu puxei sua mão até que ela estivesse deitada na cama ao meu lado, apoiada em um cotovelo.

— Não ligo pra nada disso. Gosto de você como você é.

— Ethan, você mal sabe qualquer coisa sobre mim.

Um calor sonolento estava se espalhando pelo meu corpo e, para ser honesto, eu não dava a menor bola para o que ela estava dizendo. Era tão bom só estar perto dela, segurando sua mão, com apenas a colcha branca entre nós.

— Isso não é verdade. Sei que você escreve poesia e sei sobre o corvo em seu cordão e sei que você adora refrigerante de laranja e sua avó, e caramelos de chocolate misturados à pipoca.

Por um segundo, achei que ela poderia sorrir.

— Isso não é quase nada.

— É um começo.

Ela olhou bem nos meus olhos, os verdes dela examinando os meus azuis.

— Você nem sabe meu nome.

— Seu nome é Lena Duchannes.

— Bem, pra começar, não é.

Eu me ergui e soltei da mão dela.

— De que você está falando?

— Não é meu nome. Ridley não estava mentindo sobre isso.

Parte da conversa de antes começou a voltar à minha mente. Me lembrei de Ridley dizendo alguma coisa sobre Lena não saber seu verdadeiro nome mas não achei que ela estivesse falando literalmente.

— Bem, qual é então?

— Não sei.

— Isso é alguma coisa de Conjuradores?

— Na verdade, não. A maioria dos Conjuradores sabe seu nome verdadeiro, mas minha família é diferente. Na minha família, não sabemos nosso nome de batismo até fazermos 16 anos. Até então, temos outros nomes. O de Ridley era Julia. O de Reece era Annabel. O meu é Lena.

— Então quem é Lena Duchannes?

— Sou uma Duchannes, isso eu sei. Mas Lena é apenas um nome que minha avó começou a usar para me chamar.

Não falei nada por um segundo. Estava tentando absorver tudo.

— Certo, então você não sabe seu primeiro nome. Saberá em alguns meses.

— Não é tão simples. Não sei nada sobre mim mesma. É por isso que sou tão louca o tempo todo. Não sei meu nome e não sei o que aconteceu com meus pais.

— Morreram em um acidente, não foi?

— É o que me disseram, mas ninguém fala sobre isso. Não consigo achar nenhum registro do acidente, e nunca vi os túmulos deles nem nada. Como vou saber se é verdade?

— Quem mentiria sobre algo tão horrível assim?

— Conheceu minha família?

— Certo.

— E aquela monstra lá embaixo, aquela bruxa que quase matou você? Acredite se quiser, ela era minha melhor amiga. Ridley e eu crescemos juntas morando com minha avó. Nos mudamos tanto que compartilhávamos a mesma mala.

— É por isso que vocês não têm sotaque. A maioria das pessoas jamais acreditaria que já moraram no sul.

— Qual é a sua desculpa?

— Pais professores e uma jarra cheia de moedas cada vez que eu pronunciava o G direito. — Revirei os olhos. — Então Ridley não morava com tia Del?

— Não. Tia Del só visita nas férias. Na minha família, não se mora com os pais. É perigoso demais. — Obriguei a mim mesmo a não fazer as próximas cinquenta perguntas enquanto Lena continuava disparada, como se tivesse esperado uns cem anos para contar essa história. — Ridley e eu éramos como irmãs. Dormíamos no mesmo quarto e tínhamos aulas em casa juntas. Quando nos mudamos pra Virginia, convencemos minha avó a nos deixar ir pra escola normal. Queríamos fazer amigos, ser normais. As únicas vezes em que falávamos com Mortais era quando vovó ia a museus, óperas ou para almoçar no Olde Pink House e decidia nos levar.

— O que aconteceu quando vocês foram pra escola?

— Foi um desastre. Nossas roupas eram as roupas erradas, não tínhamos TV, entregávamos todos os deveres de casa. Éramos umas tremendas perdedoras.

— Mas pelo menos esteve na companhia de Mortais.

Ela não olhava para mim.

— Nunca tive um amigo Mortal até conhecer você.

— É mesmo?

— Eu só tinha Ridley. As coisas eram bem ruins pra ela também, mas ela não ligava. Estava ocupada demais se certificando de que ninguém me incomodaria.

Tive dificuldade em imaginar Ridley protegendo alguém.

As pessoas mudam, Ethan.

Não muito. Nem mesmo Conjuradores.

Principalmente Conjuradores. É isso que estou tentando dizer a você.

Ela afastou a mão de mim.

— Ridley começou a agir de um modo estranho, e então os mesmos caras que a ignoravam começaram a segui-la para todos os lados, e esperar por ela depois da aula, e brigar pra ver quem a acompanharia até nossa casa.

— Ah, bem. Algumas garotas, simplesmente, são assim.

— Ridley não é uma garota qualquer. Eu falei, ela é uma Sirena. Conseguia fazer com que as pessoas fizessem coisas, coisas que normalmente não iam querer fazer. E aqueles garotos estavam pulando do penhasco, um por um. — Ela torceu o cordão nos dedos e continuou falando. — Na noite anterior ao seu aniversário de 16 anos, eu segui Ridley até a estação de trem. Ela estava apavorada. Disse que conseguia perceber que estava indo para as Trevas, e tinha que ir embora antes que ferisse alguém que amava. Antes que me ferisse. Sou a única pessoa que Ridley já amou. Ela desapareceu naquela noite, e jamais tornei a vê-la, até hoje. Acho que depois do que você viu hoje, está bem óbvio que ela foi para as Trevas.

— Espere um segundo, de que você está falando? O que quer dizer com ir para as Trevas?

Lena respirou fundo e hesitou, como se não tivesse certeza se queria me dizer a resposta.

— Você tem que me contar, Lena.

— Na minha família, quando você faz 16 anos, é Invocado. Seu destino é escolhido, e você se torna da Luz, como tia Del e Reece, ou se torna das Trevas, como Ridley. Trevas ou Luz, Preto ou Branco. Não há cinza em minha família. Não podemos escolher, e não podemos desfazer depois que somos Invocados.

— Como assim, não pode escolher?

— Não podemos escolher se queremos ser da Luz ou das Trevas, bom ou mau, como Mortais e outros Conjuradores podem. Na minha família, não há livre arbítrio. Tudo é decidido no nosso décimo-sexto aniversário.

Tentei entender o que ela estava dizendo, mas era louco demais. Eu tinha morado com Amma tempo o bastante para saber que havia magia Branca e Negra, mas era difícil acreditar que Lena não tinha escolha sobre qual das duas era a sua.

Sobre quem ela era.

Ela ainda estava falando.

— É por isso que não podemos morar com nossos pais.

— O que isso tem a ver?

— Não era assim. Mas quando Althea, a irmã da minha avó, foi para as Trevas, a mãe não conseguiu mandar Althea embora. Naquela época, quando um Conjurador ia para as Trevas, tinha que abandonar o lar e a família, por motivos óbvios. A mãe de Althea achou que podia ajudá-la a combater isso, mas não podia, e coisas terríveis começaram a acontecer na cidade onde elas moravam.

— Que tipo de coisas?

— Althea era uma Evo. Eles são incrivelmente poderosos. Conseguem influenciar pessoas como Ridley consegue, mas também conseguem Mudar, se transformar em outras pessoas, em qualquer pessoa. Quando ela se Transformou, acidentes inexplicáveis começaram a acontecer na cidade. Pessoas se feriram e, em um certo momento, uma garota se afogou. Foi quando a mãe de Althea finalmente a mandou embora.

E eu achava que a gente tinha problemas em Gatlin. Não conseguia imaginar uma versão mais poderosa de Ridley o tempo todo nas redondezas.

— Então agora nenhum de vocês pode morar com os pais?

— Todos decidiram que seria difícil demais para os pais virar as costas para os filhos se eles fossem para as Trevas. E desde então, as crianças moram com outros familiares até serem Invocadas.

— Então por que Ryan mora com os pais dela?

— Ryan é... Ryan. Ela é um caso especial. — Ela deu de ombros. — Pelo menos, é o que tio Macon diz toda vez que pergunto.

Tudo parecia surreal demais, a ideia de que todo mundo na família dela possuía poderes sobrenaturais. Tinham a mesma aparência que eu, que todo mundo em Gatlin; bem, talvez não todo mundo, mas eram completamente diferentes. Não eram? Até mesmo Ridley, esperando na saída do Pare & Roube. Nenhum dos caras suspeitou que ela fosse qualquer coisa além de uma garota incrivelmente gostosa, que estava obviamente bem confusa se estava procurando por mim. Como acontecia? Como se era um Conjurador em vez de um adolescente comum?

— Seus pais tinham dons? — Eu odiava falar sobre os pais dela. Sabia como era falar sobre um ente morto, mas precisava saber.

— Tinham. Todo mundo na família tem.

— Quais eram os dons deles? Se pareciam com o seu?

— Não sei. Vovó nunca disse nada. Eu falei, é como se eles nunca tivessem existido. O que me faz pensar, sabe.

— Em quê?

— Talvez eles fossem das Trevas, e eu vá para as Trevas também.

— Não vai.

— Como você sabe?

— Como posso ter os mesmos sonhos que você? Como sei quando entro em algum lugar se você esteve ou não lá?

Ethan.

É verdade.

Toquei na bochecha dela e disse baixinho:

— Não sei como sei. Apenas sei.

— Sei que você acredita nisso, mas não tem como saber. Nem eu sei o que vai acontecer comigo.

— Essa é a maior merda que eu já ouvi. — Era como todo o resto esta noite; eu não tinha a intenção de dizer aquilo, pelo menos não em voz alta, mas fiquei feliz por ter dito.

— O quê?

— Essa idiotice sobre destino. Ninguém pode decidir o que acontece com você. Ninguém além de você.

— Não se você é um Duchannes, Ethan. Outros Conjuradores podem escolher, mas não nós, não na nossa família. Somos Invocados com 16 anos, nos tornamos da Luz ou das Trevas. Não há livre arbítrio.

Levantei o queixo dela com minha mão.

— E daí que você é uma Natural. O que há de errado nisso?

Olhei nos olhos dela e sabia que ia beijá-la, e sabia que não havia nada com que me preocupar desde que ficássemos juntos. E eu acreditava, naquele um segundo, que sempre estaríamos juntos.

Parei de pensar no manual de estratégias de basquete da Jackson e finalmente deixei que ela visse como eu me sentia, o que havia em minha mente. O que eu estava prestes a fazer, e quanto tempo tinha demorado para que eu tivesse coragem de fazer.

Oh.

Os olhos dela se arregalaram, ficaram maiores e mais verdes, se é que isso era possível.

Ethan... Não sei...

Eu me inclinei e a beijei na boca. O gosto era salgado, como suas lágrimas. Desta vez, não um calor, mas uma eletricidade irradiou da minha boca aos meus dedos dos pés. Eu sentia as pontas dos dedos formigando. Era como enfiar uma caneta em uma tomada, coisa que Link tinha duvidado que eu faria aos 8 anos. Ela fechou os olhos e me puxou para ela, e por um minuto, tudo ficou perfeito. Ela me beijou, os lábios sorrindo sob os meus, e eu sabia que ela estava me esperando, talvez pelo mesmo tempo que eu esperei por ela. Mas então, tão rapidamente quando tinha se aberto para mim, ela me expulsou. Ou mais precisamente, me empurrou para longe.

Ethan, não podemos fazer isso.

Por quê? Pensei que sentíamos a mesma coisa um pelo outro.

Ou talvez não sentíssemos. Talvez ela não sentisse.

Eu a estava encarando, da extremidade de suas mãos esticadas que ainda estavam pousadas sobre meu peito. Ela provavelmente sentia como meu coração estava batendo rápido.

Não é isso...

Começou a se afastar, e eu tinha certeza de que ela iria fugir como tinha fugido no dia em que achamos o medalhão em Greenbrier, como na noite em que me deixou parado na varanda. Coloquei minha mão no pulso dela e imediatamente senti o calor.

— Então o que é?

Ela me encarou de volta, e eu tentei ouvir seus pensamentos, mas não aconteceu nada.

— Sei que você pensa que tenho escolha sobre o que vai acontecer comigo, mas não tenho. E o que Ridley fez hoje não foi nada. Ela poderia ter matado você, e talvez tivesse matado se eu não tivesse impedido. — Ela respirou fundo, os olhos brilhando. — É nisso que posso me transformar, em um monstro, quer você acredite ou não.

Passei meus braços pelo pescoço dela, ignorando-a. Mas ela prosseguiu.

— Não quero que você me veja assim.

— Não ligo. — Beijei a bochecha dela.

Ela saiu da cama, deslizando o braço pela minha mão.

— Você não entende. — Ela ergueu a mão. 122. Cento e vinte e dois dias, ela tinha escrito em tinta azul, como se aquilo fosse tudo que tivéssemos.

— Entendo. Você está com medo. Mas pensaremos em alguma coisa. Estamos destinados a ficar juntos.

— Não estamos. Você é um Mortal. Não consegue entender. Não quero ver você se ferir, e é isso que vai acontecer se ficar próximo demais de mim.

— Tarde demais.

Eu tinha ouvido cada palavra que ela disse, mas sabia só de uma coisa.

Eu já estava envolvido.

Os grandes

Tinha feito sentido nas palavras de uma garota bonita. Agora que eu estava de volta em casa, sozinho e na minha própria cama, percebi, finalmente, que tinha ficado louco. Nem Link acreditaria em nada disso. Tentei pensar sobre como seria a conversa: a garota de quem eu gosto, cujo nome real eu não sei, é uma bruxa. Perdão, uma Conjuradora, de uma família inteira de Conjuradores, e em cinco meses ela vai basicamente descobrir se é boa ou má. E ela pode causar furacões em lugares fechados e quebrar vidros de janelas. E eu consigo ver o passado quando toco naquele medalhão doido que Amma e Macon Ravenwood, que não é um recluso em absoluto, querem que eu enterre. Um medalhão que se materializou no pescoço de uma mulher em um quadro em Ravenwood, que aliás não é uma casa reformada à perfeição e que muda completamente a cada vez que entro lá, para ver uma garota que me queima e dá choque e me destrói com um simples toque.

E eu a beijei. E ela retribuiu meu beijo.

Era inacreditável demais, até para mim. Rolei de lado.

Açoitando.

O vento estava açoitando meu corpo.

Eu me agarrava na árvore enquanto ele me açoitava, os sons dos seus gritos ferindo meus ouvidos. À minha volta, os ventos rodopiavam, lutando uns contra os outros, a velocidade e força se multiplicando a cada segundo. O granizo caía como se o próprio Céu tivesse se aberto. Eu tinha que sair dali.

Mas não havia para onde ir.

"Solte-me, Ethan. Salve-se!"

Eu não conseguia vê-la. O vento estava forte demais, mas eu conseguia senti-la. Segurava em seu punho com força. Eu tinha certeza de que quebraria. Mas eu não ligava, não ia soltar. O vento mudou de direção, me levantando do chão. Segurei-me na árvore com mais força, segurei seu pulso com mais força. Mas eu conseguia sentir a força do vento nos afastando.

Me puxando para longe da árvore, para longe dela. Senti o braço dela escorregando pelos meus dedos.

Não conseguia mais segurar.

Acordei tossindo. Ainda conseguia sentir a dor do vento que açoitou minha pele. Como se minha experiência de quase morte em Ravenwood não tivesse sido o bastante, agora os sonhos estavam de volta. Era demais para uma só noite, até para mim. A porta do meu quarto estava escancarada, o que era estranho, considerando que eu a trancava à noite ultimamente. A última coisa de que eu precisava era Amma colocando algum amuleto vodu em mim enquanto eu dormia. Eu tinha certeza de que tinha fechado a porta.

Olhei para o teto. Não conseguiria dormir tão cedo. Suspirei e tateei embaixo da cama. Acendi o velho abajur ao lado da cama e tirei o marcador do ponto onde eu tinha parado em *Nevasca* quando ouvi alguma coisa. Passos? Vinha da cozinha, baixinho, mas eu ainda assim conseguia ouvir. Talvez meu pai estivesse dando uma pausa na escrita. Talvez isso nos desse a chance de conversar. Talvez.

Mas quando cheguei ao pé da escada, soube que não era ele. A porta do escritório estava fechada e havia luz na fenda embaixo da porta. Tinha que ser Amma. Assim que passei embaixo do portal da cozinha, a vi andando apressada pelo corredor até seu quarto, pelo menos o tanto que ela conseguia andar rápido. Ouvi a porta de tela nos fundos da casa ranger e fechar. Alguém estava vindo ou indo. Depois de tudo que tinha acontecido esta noite, era uma diferença importante.

Andei até a frente da casa. Havia uma picape velha e malcuidada, uma Studebaker dos anos 1950, parada no meio-fio. Amma estava inclinada pela janela falando com o motorista. Ela entregou sua bolsa a ele e entrou na picape. Para onde estava indo no meio da noite?

Eu tinha que segui-la. E seguir a mulher que podia muito bem ter sido minha mãe quando ela tinha entrado em um carro à noite com um estranho dirigindo era algo difícil de fazer pra alguém que não tinha carro. Eu não tinha escolha. Tinha que pegar o Volvo. Era o carro que minha mãe dirigia quando aconteceu o acidente; era a primeira coisa que eu pensava cada vez que o via.

Sentei atrás do volante. Tinha cheiro de papel velho e limpador de vidros, como sempre.

Dirigir sem ligar os faróis era mais difícil do que eu pensava, mas consegui perceber que a picape ia na direção de Wader's Creek. Amma devia estar indo para casa. A picape saiu da autoestrada 9 em direção ao interior. Quando finalmente diminuiu a velocidade e encostou fora da estrada, desliguei o Volvo e o guiei até o acostamento.

Amma abriu a porta e a luz interna acendeu. Apertei os olhos na escuridão. Reconheci o motorista; era Carlton Eaton, o diretor da agência do correio. Por que Amma pediria carona a Carlton Eaton no meio da noite? Eu nunca tinha visto eles se falarem.

Amma disse alguma coisa para Carlton e fechou a porta. A picape voltou para a estrada sem ela. Saí do carro e a segui. Amma era uma criatura de hábitos. Se alguma coisa mexeu tanto com ela a ponto de se esgueirar até o pântano no meio da noite, eu podia adivinhar que envolvia mais do que um de seus clientes habituais.

Ela desapareceu na vegetação, por um caminho de cascalho que alguém teve um grande trabalho para fazer. Ela andou pelo caminho no escuro, o cascalho estalando sob os pés. Andei na grama ao lado do caminho para evitar esse barulho, que me entregaria com certeza. Falei para mim mesmo que era porque eu queria ver o motivo de Amma se esgueirar para casa no meio da noite, mas o principal era que eu estava com medo que ela me pegasse seguindo-a.

Era fácil ver por que Wader's Creek tinha aquele nome; você tinha mesmo que cruzar com dificuldade córregos de água negra* para chegar lá, pelo menos por esse caminho que Amma estava seguindo. Se a lua não estivesse cheia, eu teria quebrado meu pescoço tentando segui-la pelo labirinto de carvalhos cobertos de musgo e arbustos. Estávamos próximos à água. Eu sentia o pântano no ar, quente e grudento como uma segunda pele.

A extremidade do pântano estava repleta de plataformas de madeira feitas de troncos de cipreste amarrados com corda; barcas de homens pobres. Elas se alinhavam na margem como táxis esperando para transportar pessoas pela água. Eu conseguia ver Amma sob a luz da lua, se equilibrando com experiência em uma dessas plataformas, se afastando da margem com ajuda de uma longa vara que ela usou como remo para ir até o outro lado.

Eu não ia à casa de Amma há anos, mas teria me lembrado disso. Devíamos ter vindo por outro caminho naquela época, mas era impossível saber no escuro. A única coisa que eu conseguia ver era o quanto os troncos nas plataformas estavam apodrecidos; cada um parecia mais instável do que o outro. Então eu escolhi uma.

Manobrar a plataforma era bem mais difícil do que Amma fazia parecer. Em intervalos de poucos minutos, havia um som de batida na água, quando o rabo de um jacaré batia na água na hora em que ele deslizava para o pântano. Eu estava feliz por não ter pensado em atravessar andando.

Empurrei contra o chão do pântano com minha vara comprida uma última vez e a beirada da plataforma tocou na margem. Quando pulei na areia, pude ver a casa de Amma, pequena e modesta, com uma única luz na janela. As molduras das janelas estavam pintadas do mesmo tom de azul-pálido que as da propriedade Wate. A casa era feita de cipreste, como se fosse parte do pântano.

---

* Wade: cruzar com dificuldade. Creek: córrego. (*N. da T.*)

Havia mais alguma coisa, algo no ar. Forte e predominante, como limão e alecrim. E tão improvável quanto, por duas razões. O jasmim-estrela não floresce no outono, só na primavera, e não cresce no pântano. Ainda assim, lá estava. O cheiro era inconfundível. Havia algo de impossível naquilo, assim como em todo o resto da noite.

Observei a casa. Nada. Talvez ela tenha apenas decidido ir para casa. Talvez meu pai soubesse que ela tinha ido embora, e eu estava vagando por aí no meio da noite, me arriscando a ser comido por crocodilos, à toa.

Eu estava prestes a voltar pelo pântano, desejando ter deixado migalhas de pão no caminho, quando a porta se abriu de novo. Amma ficou embaixo da luz da porta aberta, colocando coisas que eu não conseguia ver na tradicional bolsinha de couro branca. Ela estava usando seu melhor vestido lilás, de ir à igreja, luvas brancas e um chapéu elegante combinando, com flores ao redor.

Ela começou a andar de novo, indo em direção ao pântano. Ia para o pântano vestindo aquilo? Por mais que eu não tenha gostado da jornada até a casa de Amma, andar de jeans pelo pântano era pior. A lama era tão grossa que parecia que eu estava arrancando meus pés de cimento cada vez que dava um passo. Eu não sabia como Amma conseguia passar, de vestido e na idade dela.

Amma parecia saber direitinho para onde estava indo e parou em uma clareira de grama alta e algas. Os galhos dos ciprestes se enroscavam com os de salgueiros, criando um teto. Um tremor me subiu pelas costas, apesar de ainda fazer uns 21 graus. Mesmo depois de tudo o que vi naquela noite, havia algo de assustador nesse lugar. Tinha uma névoa vindo da água, subindo pelos lados, como vapor empurrando a tampa de uma chaleira. Cheguei mais perto. Ela estava tirando alguma coisa da bolsa, o couro branco brilhando sob a luz da lua.

Ossos. Pareciam ossos de galinha.

Ela sussurrou alguma coisa perto dos ossos e os colocou em um saquinho, não muito diferente do que me deu para neutralizar o poder do medalhão. Procurou novamente alguma coisa na bolsa e tirou uma toalha de mão elegante, do tipo que se encontra em lavabos, e a usou para limpar a lama da saia. Havia suaves luzes brancas um pouco distantes, como vaga-lumes piscando no escuro, e música, uma música lenta e sensual, e risadas. Em algum lugar não muito longe, pessoas estavam bebendo e dançando ali no pântano.

Ela olhou para a frente. Alguma coisa tinha chamado sua atenção, mas eu não ouvi nada.

— Você pode perfeitamente se mostrar. Sei que está aí.

Fiquei paralisado, em pânico. Ela tinha me visto.

Mas ela não estava falando comigo. Da névoa abafada saiu Macon Ravenwood, fumando um charuto. Ele parecia relaxado, como se tivesse acabado de sair de um carro com motorista em vez de ter andado por água negra imunda. Estava impecavelmente vestido, usando uma das suas camisas brancas engomadas.

E ele estava imaculado. Amma e eu estávamos cobertos de lama e grama do pântano até os joelhos, e Macon Ravenwood estava de pé ali sem vestígio algum de sujeira.

— Já era hora. Você sabe que não tenho a noite toda, Melchizedek. Tenho que voltar. E não vejo com simpatia ter sido chamada aqui, longe da cidade. Achei rude. Sem mencionar inconveniente. — Ela fungou. — Incômodo, pode-se dizer.

I-N-C-Ô-M-O-D-O. Oito vertical, soletrei na minha cabeça.

— Tive uma noite bem agitada, Amarie, mas este assunto requer nossa imediata atenção. — Macon deu alguns passos a frente.

Amma se encolheu e apontou um dedo ossudo na direção dele.

— Fique onde está. Não gosto de estar aqui com *a sua espécie* numa noite dessas. Não gosto nem um pouco. Fique aí que eu fico aqui.

Ele deu um passo para trás casualmente, soprando anéis de fumaça no ar.

— Como eu estava dizendo, certos *desenvolvimentos* requerem nossa imediata atenção. — Ele exalou, um suspiro enfumaçado. — "A lua, quando está cheia, fica mais longe do sol." Estou citando nossos bons amigos, o Clero.

— Não fale com arrogância e presunção comigo, Melchizedek. O que é tão importante que você precisa me tirar da cama no meio da noite?

— Entre outras coisas, o medalhão de Genevieve.

Amma quase uivou e colocou a echarpe sobre o nariz. Ela obviamente não suportava nem ouvir a palavra *medalhão*.

— O que tem aquela *coisa*? Falei pra você que o Enfeiticei e mandei-o levar de volta para Greenbrier e enterrá-lo. Não pode causar mal algum se estiver de volta à terra.

— Errada na primeira conclusão. Errada na segunda. Ele ainda está com o medalhão. Mostrou para mim em meu lar sagrado. Além disso, acho que nada consegue Enfeitiçar um talismã tão terrível.

— Na sua casa... Quando ele foi à sua casa? Eu o mandei ficar longe de Ravenwood. — Agora ela estava claramente nervosa. Ótimo, Amma encontraria uma maneira de me fazer pagar por aquilo depois.

— Bem, talvez você deva considerar controlá-lo melhor. Ele obviamente não é muito obediente. Eu avisei a você que essa *amizade* seria perigosa, que poderia se desenvolver e virar algo mais. Um futuro entre os dois é uma impossibilidade.

Amma estava murmurando baixinho como sempre fazia quando eu não escutava o que ela dizia.

— Ele sempre me obedeceu até conhecer sua sobrinha. E não me culpe. Não estaríamos nessa situação se você não a tivesse trazido para cá. Vou cuidar disso. Vou dizer para ele que não pode mais vê-la.

— Não seja ridícula. São adolescentes. Quanto mais os separarmos, mais vão tentar ficar juntos. Isso não será mais problema quando ela for Invocada, se chegarmos a esse ponto. Até lá, controle o garoto, Amarie. É só por alguns meses. As coisas são perigosas o bastante sem ele complicar ainda mais a situação.

— Não fale comigo sobre complicar, Melchizedek Ravenwood. Minha família limpa todas as complicações da sua há mais de cem anos. Guardo seus segredos assim como você guarda os meus.

— Não sou eu a Vidente que falhou em prever que eles iam encontrar o medalhão. Como você explica isso? Como seus amigos espíritos conseguiram não ver isso? — Ele fez um gesto indicando o ar ao redor com um movimento sarcástico do charuto.

Ela se mexeu, os olhos arregalados.

— Não insulte os Grandes. Não aqui, não neste lugar. Eles têm seus motivos. Deve haver alguma razão para não terem revelado.

Ela se afastou de Macon.

— Não prestem atenção nele. Eu trouxe camarão com canjica e torta de limão. — Ela claramente não estava mais falando com Macon. — Seus prediletos   disse ela, tirando a comida de potes de plástico e a colocando em um prato. Pôs o prato no chão. Havia uma pequena lápide ao lado do prato, e muitas outras espalhadas nas redondezas.

"Essa é nossa Grande Casa, a grande casa da minha família, está ouvindo? Minha tia-avó Sissy. Meu tio-bisavô Abner. Minha tataravó Sulla. Não desrespeite os Grandes na Casa deles. Se quer respostas, mostre respeito."

— Peço desculpas.

Ela esperou.

— Verdadeiramente.

Ela fungou.

— E cuidado com as cinzas. Não há cinzeiros nessa casa. É um hábito nojento.

Ele jogou o cigarro no musgo.

— Agora vamos acabar com isso. Não temos muito tempo. Temos que saber onde está Saraf...

— Shh — sibilou ela. — Não diga o nome dela, não hoje. Não devíamos estar aqui. A meia-lua é para fazer magia Branca, e a lua cheia é para fazer magia Negra. Estamos aqui na noite errada.

— Não temos escolha. Houve um episódio um tanto desagradável esta noite, infelizmente. Minha sobrinha, que se Transformou no Dia da Invocação, apareceu na Reunião de hoje.

— A filha de Del? Aquela das Trevas, perigosa?

— Ridley. Sem ser convidada, claro. Ela adentrou minha porta com o garoto. Preciso saber se foi coincidência.

— Nada bom. Nada bom. Isso não é nada bom. — Amma se balançava para a frente e para trás sobre os saltos, furiosa.

— Bem?

— Não há coincidências. Você sabe.

— Pelo menos concordamos sobre isso.

Eu nao conseguia entender nada daquilo. Macon Ravenwood nunca botava os pés fora de casa, mas aqui estava ele, no meio do pântano, discutindo com Amma, que eu nem tinha ideia de que ele conhecia, sobre mim e Lena e o medalhão.

Amma mexeu na bolsa novamente.

— Você trouxe o uísque? Tio Abner ama Wild Turkey.

Macon exibiu a garrafa.

— Coloque ali — disse ela, apontando para o chão — e dê um passo para trás.

— Vejo que você ainda tem medo de tocar em mim depois de todos esses anos.

— Não tenho medo de nada. Fique aí mesmo. Não pergunto sobre suas coisas e não quero saber nada sobre elas.

Ele colocou a garrafa no chão a alguns metros de Amma. Ela a pegou, serviu uísque em um copo pequeno e o bebeu. Eu nunca tinha visto Amma beber nada mais forte do que chá a minha vida inteira. Depois ela derramou um pouco da bebida na grama, cobrindo o túmulo.

— Tio Abner, precisamos de sua intervenção. Chamo seu espírito a este lugar.

Macon tossiu.

— Você está abusando da minha paciência, Melchizedek.

Amma fechou os olhos e abriu os braços para o céu, a cabeça jogada para trás como se falasse com a própria lua. Ela se inclinou e sacudiu a bolsinha que tinha tirado da bolsa. O que havia dentro caiu sobre o túmulo. Pequenos ossos de galinha. Eu esperava que não fossem os ossos do frango frito que eu havia comido naquela tarde, mas tinha a sensação de que podiam ser.

— O que eles dizem? — perguntou Macon.

Ela passou os dedos sobre os ossos, espalhando-os sobre a grama.

— Não estou recebendo uma resposta.

A perfeita compostura dele estava começando a ruir.

— Não temos tempo para isso! De que serve uma Vidente se você não consegue ver nada? Temos menos de cinco meses até ela fazer 16 anos. Caso ela se Transforme, estamos todos condenados, Mortais e Conjuradores, igualmente. Temos uma responsabilidade, uma que ambos aceitamos de bom grado, há muito tempo. Você com seus Mortais, eu com meus Conjuradores.

Não preciso que você me lembre de minhas responsabilidades. E mantenha sua voz baixa, ouviu? Não preciso que nenhum de meus clientes venha aqui e nos veja juntos. O que isso pareceria? Uma cidadã respeitada da comunidade como eu? Não interfira meus negócios, Melchizedek.

— Se não descobrirmos onde Saraf... onde *ela* está e o que está planejando, teremos problemas maiores em nossas mãos do que você fracassar em seus negócios, Amarie.

— Ela é das Trevas. Nunca sabemos em que direção o vento vai soprar com aquela ali. É como tentar ver onde um tufão vai surgir.

— Mesmo assim. Preciso saber se ela vai tentar fazer contato com Lena.

— Não "se". Quando.

Amma fechou os olhos de novo, tocando no amuleto pendurado no cordão que ela nunca tirava. Era um disco, entalhado na forma do que parecia um coração com algum tipo de cruz saindo de cima. A imagem estava gasta pelas milhares de vezes que Amma deve tê-la esfregado, como fazia agora. Estava sussurrando algum tipo de cântico em uma língua que eu não entendia, mas já tinha ouvido em algum lugar antes.

Macon andava de um lado para o outro, impaciente. Eu me mexi no mato, tentando não fazer barulho.

— Não estou conseguindo fazer uma leitura hoje. Está turvo. Acho que tio Abner está de mau humor. Tenho certeza de que foi alguma coisa que *você* disse.

Isso deve ter sido a gota d'água, porque o rosto de Macon mudou, a pele pálida brilhando nas sombras. Quando ele deu um passo à frente, os ângulos de seu rosto ficaram assustadores sob a luz da lua.

— Cansei desses jogos. Uma Conjuradora das Trevas entrou na minha casa esta noite; isso por si só é impossível. Ela chegou com seu garoto, Ethan, o que pode significar apenas uma coisa. Ele tem poderes, e você tem escondido isso de mim.

Bobagem. Aquele garoto tem poder tanto quanto eu tenho uma cauda.

— Você está errada, Amarie. Pergunte aos Grandes. Consulte os ossos. Não há outra explicação. Tem que ter sido Ethan. Ravenwood é protegida. Uma Conjuradora do Mal jamais poderia burlar aquele tipo de proteção, não sem alguma forma poderosa de ajuda.

— Você enlouqueceu. Ele não tem nenhum tipo de poder. Eu criei aquela criança. Não acha que eu saberia?

— Você está errada desta vez. É próxima demais dele; isso deturpa sua visão. E há muito em jogo pra que se cometam erros. Nós dois temos nossos *talentos*. Estou avisando você, há mais naquele garoto do que qualquer um de nós percebeu.

— Vou perguntar aos Grandes. Se houver algo a saber, eles farão com que eu saiba. Não esqueça, Melchizedek, que temos compromisso tanto com os vivos quanto com os mortos, e isso não é tarefa fácil. — Ela mexeu na bolsa e puxou um barbante de aparência suja com uma fileira de pequenas contas.

— Osso de Cemitério. Leve. Os Grandes querem que fique com você. Protege espíritos de espíritos, e mortos de mortos. Não tem utilidade para Mortais. Dê para sua sobrinha, Macon. Não vai machucá-la, mas pode manter um Conjurador das Trevas afastado.

Macon pegou o barbante, segurando-o displicentemente entre dois dedos, e depois o colocou dentro do lenço, como se estivesse guardando algum bicho nojento.

— Eu agradeço.

Amma tossiu.

— Por favor. Diga para eles que agradeço. Muito.

Ele olhou para a lua como se estivesse verificando o relógio. Depois se virou e desapareceu. Se dissolveu na névoa do pântano como se tivesse voado com a brisa.

Suéter vermelho

Eu mal tinha chegado à minha cama quando o sol nasceu, e estava cansado — cansado até os ossos, como Amma diria. Agora estava esperando por Link na esquina. Apesar de ser um dia ensolarado, havia uma nuvem negra sobre a minha cabeça. E estava faminto. Não consegui encarar Amma na cozinha de manhã. Um vislumbre do meu rosto denunciaria tudo que vira na noite anterior e tudo que sentia, e eu não podia me arriscar tanto.

Eu não sabia o que pensar. Amma, em quem eu confiava mais do que em qualquer outra pessoa, tanto quanto nos meus pais, talvez mais — estava escondendo coisas de mim. Conhecia Macon, e os dois queriam manter Lena e eu separados. Tinha alguma coisa a ver com o medalhão e com o aniversário de Lena. E com perigo.

Eu não conseguia juntar as peças, não sozinho. Precisava falar com Lena. Era só o que eu conseguia pensar. Então, quando o rabecão dobrou a esquina em vez do Lata-Velha, eu não deveria ter ficado surpreso.

— Acho que você ouviu. — Deslizei no banco, colocando a mochila no chão à minha frente.

— Ouvi o quê? — Ela sorriu, quase timidamente, empurrando um saco pelo banco. — Que você gosta de donuts? Consegui ouvir seu estômago roncando lá em Ravenwood.

Olhamos um para o outro com desconforto. Lena olhou para baixo, sem graça, puxando um pedaço de lã de um suéter bordado macio e vermelho que parecia o tipo de coisa que as Irmãs teriam em algum lugar do sótão. Eu conhecia Lena e sabia que não vinha do shopping em Summerville.

Vermelho? Desde quando ela usava vermelho?

Ela não estava sob uma nuvem negra; tinha acabado de sair de debaixo de uma. Não tinha ouvido meu pensamento. Não sabia sobre Amma e Macon. Só queria me ver. Acho que algumas das coisas que eu disse na noite anterior fizeram sentido. Sorri e abri o saco branco de papel.

— Espero que você esteja com fome. Tive que brigar com o policial gordo por eles. — Ela manobrou o rabecão para longe do meio-fio.

— Então você só ficou com vontade de me dar carona para a escola? — Isso era novidade.

— Não. — Ela abriu a janela, a brisa da manhã soprando os cachos do cabelo dela. Hoje, era realmente o vento.

— Tem alguma coisa melhor em mente?

O rosto dela se iluminou.

— Como poderia haver algo melhor do que passar um dia assim na Stonewall Jackson High?

Ela estava feliz. Quando girou o volante, reparei em sua mão. Nada de tinta. Nada de número. Nada de aniversário. Ela não estava preocupada com nada, não hoje.

Cento e vinte. Eu sabia, como se estivesse escrito em tinta invisível na minha própria mão. Cento e vinte dias até que aquilo que Macon e Amma tanto temiam acontecesse.

Olhei pela janela quando viramos na autoestrada 9, desejando que ela pudesse continuar assim por mais um tempo. Fechei meus olhos, revendo o manual de estratégias na minha mente. *Picket Fences. Down the Lane. Full Court Press.*

Quando chegamos a Summerville, eu soube para onde estávamos indo. Só havia um lugar para onde adolescentes como nós iam em Summerville se não fosse para as três ultimas fileiras do Cineplex.

O rabecão rodou pela poeira atrás da torre de água na extremidade do campo.

— Vai estacionar? Estamos estacionando? Na torre de água? Agora? — Link jamais acreditaria nisso.

O motor foi desligado. Nossas janelas estavam abertas, tudo estava silencioso e a brisa entrava pela janela dela e saía pela minha.

Não é isso que as pessoas fazem aqui?

É, não. Não pessoas como nós. Não no meio do horário de aula.

Pelo menos uma vez não podemos ser como eles? Temos sempre que ser nós?

Gosto de ser como somos.

Ela tirou o cinto de segurança e eu tirei o meu, puxando-a para meu colo. Eu podia senti-la, quente e feliz, se espalhando em mim.

Então é isso que é estacionar?

Ela riu, esticando a mão para tirar o cabelo de cima dos meus olhos.

— O que é isso?

Peguei seu braço direito. Pendurada no punho estava a pulseira que Amma tinha dado a Macon na noite anterior no pântano. Meu estômago se contraiu, e eu sabia que o humor de Lena ia mudar. Eu tinha que contar a ela.

— Meu tio me deu.

— Tire.

Girei a corda, procurando o nó.

— O quê? — O sorriso dela esmaeceu. — O que você quer dizer?

— Tire.

— Por quê? — Ela afastou o braço de mim.

— Aconteceu uma coisa ontem à noite.

— O que aconteceu?

— Depois que cheguei em casa, segui Amma a Wader's Creek, onde ela mora. Ela saiu da casa dela no meio da noite para encontrar uma pessoa no pântano.

— Quem?

— Seu tio.

— O que eles estavam fazendo lá? — O rosto dela tinha ficado pálido como giz, e eu sabia que a diversão no carro tinha acabado.

— Estavam falando sobre você, sobre nós. E sobre o medalhão.

Agora ela estava prestando atenção.

— O que sobre o medalhão?

— É algum tipo de talismã das Trevas, seja lá o que isso significa, e seu tio contou pra Amma que eu não o enterrei. Estavam surtando por causa disso.

— Como eles saberiam que é um talismã?

Eu estava começando a ficar irritado. Ela não parecia estar se concentrando na coisa certa.

— Que tal como eles se conhecem? Você tinha alguma ideia de que seu tio conhecia Amma?

— Não, mas não sei de todo mundo que ele conhece.

— Lena, eles estavam falando de nós. Sobre manter o medalhão longe de nós, e sobre nos manter afastados. Fiquei com a sensação de que eles acham que sou algum tipo de ameaça. Que estou atrapalhando alguma coisa. Seu tio pensa...

— O quê?

— Ele acha que tenho algum tipo de poder.

Ela riu alto, o que me irritou ainda mais.

— Por que ele acharia isso?

— Porque levei Ridley para dentro de Ravenwood. Ele disse que eu teria que ter poder para fazer isso.

Ela franziu a testa.

— Ele está certo.

Essa não era a resposta que eu esperava.

— Você está brincando, certo? Se eu tivesse poderes, não acha que eu saberia?

— Não sei.

Talvez ela não soubesse, mas eu sabia. Meu pai era escritor e minha mãe passava os dias lendo diários de generais mortos da Guerra Civil. Eu estava tão distante de ser um Conjurador quanto possível, a não ser que irritar Amma contasse como poder. Tinha obviamente havido alguma falha que permitiu que Ridley entrasse. Um dos fios no sistema de segurança dos Conjuradores tinha entrado em curto.

Lena devia estar pensando a mesma coisa.

— Relaxe. Tenho certeza de que há alguma explicação. Então Macon e Amma se conhecem. Agora sabemos.

— Você não parece muito aborrecida com isso.

— O que você quer dizer?

— Eles têm mentido pra nós. Os dois. Se encontram secretamente, tentam nos separar. Querem que nos livremos do medalhão.

— Nós nunca perguntamos se eles se conheciam.

Por que ela estava agindo assim? Por que não estava aborrecida, com raiva, ou alguma outra coisa?

— Por que perguntaríamos? Você não acha esquisito que seu tio vá ao pântano no meio da noite com Amma, para falar com espíritos e ler ossos de galinha?

— É esquisito, mas tenho certeza de que só estão tentando nos proteger.

— De quê? Da verdade? Estavam falando sobre outra coisa também. Estavam tentando encontrar alguém, Sara alguma coisa. E sobre como você pode fazer mal a todos nós caso você se Transforme.

— Como assim?

— Não sei. Por que você não pergunta ao seu tio? Veja se pelo menos essa vez ele vai contar a verdade.

Fui longe demais.

— Meu tio arrisca a vida dele pra me proteger. Sempre esteve ao meu lado. Ele me acolheu mesmo sabendo que posso me tornar um monstro em poucos meses.

— De que ele está protegendo você? Você ao menos sabe?

— De mim mesma! — retorquiu ela.

Foi o limite. Ela abriu a porta e saiu do meu colo, para o campo. A sombra da enorme torre branca de água nos escondia de Summerville, mas o dia não parecia mais tão ensolarado. Onde houvera um céu azul imaculado há poucos minutos, agora havia traços de cinza.

A tempestade estava chegando. Ela não queria falar sobre o assunto, mas eu não ligava.

— Isso não faz sentido. Por que ele encontra Amma no meio da noite para dizer a ela que ainda temos o medalhão? Por que não quer que a gente fíque com ele? E o mais importante, por que não querem que a gente fique junto?

Só havia nós dois gritando naquele campo. A brisa estava se transformando em um vento forte. O cabelo de Lena começou a voar ao redor do rosto. Ela gritou de volta:

— Não sei. Pais estão sempre tentando afastar adolescentes, é o que eles fazem. Se quer saber por que, talvez devesse perguntar a Amma. É ela que me odeia. Eu nem posso pegar você em casa porque você tem medo de que ela nos veja juntos.

O nó que estava crescendo na boca do meu estômago apertou. Eu estava com raiva de Amma, com mais raiva do que jamais senti dela durante toda minha vida, mas ainda a amava. Era ela quem tinha deixado as cartas da Fada do Dente debaixo do meu travesseiro, feito curativos em cada joelho ralado, feito milhares de arremessos para mim quando eu queria tentar jogar beisebol na Little League. E desde que minha mãe morreu e meu pai se isolou, Amma era a única que cuidava de mim, que se importava ou mesmo percebia se eu matava aula ou perdia um jogo. Eu queria acreditar que ela tinha uma explicação para tudo aquilo.

— Você só não a entende. Ela acha que está...

— O quê? Protegendo você? Como meu tio está tentando me proteger? Você já pensou que talvez eles estejam ambos tentando nos proteger da mesma coisa... eu?

— Por que você sempre fala isso?

Ela andou para longe de mim, como se fosse decolar se pudesse.

— O que mais há para falar? É disso que se trata. Estão com medo de que eu vá machucar você ou alguma outra pessoa.

— Você está errada. Isso é sobre o medalhão. Tem alguma coisa que eles não querem que a gente saiba. — Revirei meu bolso, procurando a forma familiar sob o lenço. Depois da noite anterior, eu não ia deixá-lo longe de mim de modo algum. Tinha certeza de que Amma ia procurá-lo hoje e, se ela o encontrasse, jamais o veríamos de novo. Eu o coloquei sobre o capô do carro. — Precisamos descobrir o que acontece depois.

— Agora?

— Por que não?

— Você nem sabe se vai dar certo.

Comecei a desembrulhá-lo.

— Só há um jeito de descobrir.

Peguei sua mão, mesmo com ela tentando puxá-la de mim. Toquei no metal liso...

A luz da manhã ficou mais e mais intensa até ser a única coisa que eu conseguia ver. Senti o movimento familiar que já tinha me levado 150 anos para o passado. Depois um sacolejo. Abri meus olhos. Mas em vez do campo lamacento e das chamas ao longe, tudo que vi foi a sombra da torre de água e o rabecão. O medalhão não nos mostrou nada.

— Você sentiu? Começou e depois parou.

Ela assentiu, me empurrando para longe.

— Acho que estou enjoada do carro, ou sei lá de quê.

— Você bloqueou?

— Como assim? Não fiz nada.

— Jura? Não usou seus poderes de Conjuradora, nem nada assim?

— Não, estou ocupada demais tentando afastar seu Poder da Burrice. Mas não acho que sou forte o bastante.

Não fazia sentido, começar a nos levar e depois nos bloquear da visão desse jeito. O que havia de diferente? Lena esticou o braço, dobrando o lenço sobre o medalhão. A pulseira de couro sujo que Amma tinha dado a Macon chamou minha atenção.

— Tire isso. — Coloquei meu dedo sob o fio, erguendo a pulseira e o braço dela até o nível dos olhos.

— Ethan, é para proteção. Você disse que Amma faz essas coisas o tempo todo.

— Acho que não é.

— O que quer dizer?

— Que talvez tenha sido por causa disso que o medalhão não funcionou.

— Não funciona sempre, você sabe.

— Mas começou a funcionar, e algo impediu.

Ela sacudiu a cabeça, e os cachos selvagens roçaram seu ombro.

— Você acredita mesmo nisso.

— Prove que estou errado. Tire isso.

Ela olhou para mim como se eu fosse louco, mas estava pensando no assunto. Eu conseguia perceber.

— Se eu estiver errado, você pode colocar de volta.

Ela hesitou por um segundo, depois me deu o braço para que eu desamarrasse. Afrouxei o nó e coloquei o amuleto no meu bolso. Estiquei a mão para o medalhão, e ela colocou a mão sobre a minha.

Fechei minha mão em torno dele, e giramos para o nada...

A chuva começou quase imediatamente. Chuva forte, um aguaceiro. Como se o céu despencasse. Ivy sempre dizia que as gotas da chuva eram as lágrimas de Deus. Hoje, Genevieve acreditava. Eram poucos metros, mas Genevieve não conseguia chegar lá rápido o bastante. Ela se ajoelhou ao lado de Ethan e aconchegou a cabeça dele nas mãos. A respiração dele estava entrecortada. Ele estava vivo.

— Não, não, não o garoto também. Vocês tiram muita coisa. Muita. Não esse garoto também. — A voz de Ivy chegou a um tom frenético e ela começou a rezar.

— Ivy, chame ajuda. Preciso de água, uísque e alguma coisa para retirar a bala.

Genevieve pressionou o material acolchoado da saia no buraco que tinha sido o peito de Ethan até poucos momentos antes.

— Eu te amo. E teria me casado com você independente do que nossa família pensa — sussurrou ele.

— Não diga isso, Ethan Carter Wate. Não fale como se fosse morrer. Você vai ficar bem. Vai ficar bem — repetiu ela, tentando convencer a si mesma tanto quanto a ele.

Genevieve fechou os olhos e se concentrou. Flores desabrochando. Bebês recém-nascidos chorando. O sol nascendo.

Nascimento, não morte.

Ela viu as imagens na cabeça, desejando que fosse assim. As imagens se repetiam em sua mente.

Nascimento, não morte.

Ethan engasgou. Ela abriu os olhos, e os olhos dos dois se encontraram. Por um instante, o tempo pareceu parar. E então, os olhos de Ethan se fecharam e a cabeça dele virou para o lado.

Genevieve fechou os olhos de novo, visualizando as imagens. Tinha que ser um engano. Ele não podia estar morto. Ela tinha evocado seu poder. Tinha feito isso um milhão de vezes antes, tinha movido objetos na cozinha da mãe para dar sustos em Ivy, curado filhotes de pássaro que tinham caído dos ninhos.

Por que não agora? Quando importava?

— Ethan, levante. Por favor, acorde.

Abri meus olhos. Estávamos parados no meio do campo, exatamente no mesmo lugar de antes. Olhei para Lena. Os olhos dela brilhavam, prestes a chorar.

— Oh, Deus.

Me abaixei e toquei na grama onde estávamos. Uma mancha vermelha marcava as plantas e o chão ao redor de nós.

— É sangue.

— Sangue dele?

— Acho que sim.

— Você estava certo. A pulseira estava nos impedindo de ter a visão. Mas por que tio Macon me diria que era para proteção?

— Talvez seja. Só que não só pra isso.

— Você não precisa tentar me fazer sentir melhor.

— Obviamente, tem alguma coisa que eles não querem que a gente descubra, e envolve o medalhão, e estou disposto a apostar que envolve Genevieve também. Temos que descobrir o máximo possível sobre os dois, e temos que fazer isso antes do seu aniversário.

— Por que meu aniversário?

— Ontem à noite, Amma e seu tio estavam conversando. Seja lá o que eles não querem que a gente saiba, tem a ver com seu aniversário.

Lena respirou fundo, como se tentasse se controlar.

— Eles sabem que vou para as Trevas. É disso que se trata.

— O que isso tem a ver com o medalhão?

— Não sei, mas não importa. Nada disso importa. Em quatro meses, não serei mais eu. Você viu Ridley. Vou ficar daquele jeito, ou pior. Se meu tio estiver certo e eu for uma Natural, então farei Ridley parecer uma voluntária da Cruz Vermelha.

Eu a puxei para perto de mim e passei meus braços em torno dela como se pudesse protegê-la de alguma coisa que nós dois sabíamos que eu não podia.

— Você não pode pensar assim. Tem que haver um meio de impedir isso, se for mesmo a verdade.

— Você não entende. Não tem como impedir. Apenas acontece. — A voz dela estava ficando estridente. O vento começava a ficar mais forte.

— Tá, talvez você esteja certa. Talvez apenas aconteça. Mas vamos descobrir um jeito de fazer com que *não* aconteça com você.

Os olhos dela estavam ficando nublados como o céu.

— Não podemos apenas aproveitar o tempo que temos?

Senti o peso das palavras pela primeira vez.

O tempo que temos.

Eu não podia perdê-la. Não queria. Só o pensamento de não poder mais tocar nela me enlouquecia. Mais do que perder todos os meus amigos. Mais do que ser o cara menos popular da escola. Mais do que Amma ficar eternamente com raiva de mim. Perdê-la era a pior coisa que eu podia imaginar. Como se eu estivesse caindo, mas dessa vez eu certamente ia bater no chão.

Pensei em Ethan Carter Wate batendo no chão, o sangue vermelho no campo. O vento começou a uivar. Era hora de ir.

— Não fale assim. Vamos descobrir um jeito.

Mas, mesmo enquanto eu falava isso, não sabia se acreditava.

Marian, a bibliotecária

Três dias tinham se passado e eu ainda não conseguia parar de pensar no assunto. Ethan Wate Carter tinha levado um tiro, e provavelmente estava morto. Eu tinha visto com meus próprios olhos. Bem, tecnicamente, todo mundo daquela época estava morto agora. Mas de um Ethan Wate para outro, eu estava tendo dificuldade em superar a morte desse soldado confederado em particular. Mais para desertor confederado. Meu tatara-tio.

Pensei nisso durante a aula de Álgebra II, enquanto Savannah empacava numa equação em frente à turma, mas o Sr. Bates estava ocupado demais lendo a última edição da revista *Guns and Ammo* para reparar. Pensei nisso durante a reunião dos Futuros Fazendeiros da América, onde não consegui encontrar Lena e acabei sentando com a banda. Link estava sentado com os caras algumas fileiras atrás de mim, mas não reparei até Shawn e Emory começarem a fazer barulhos de animais. Depois de um tempo, eu já não os ouvia mais. Minha mente ficava voltando para Ethan Wate Carter.

Não era por ele ser confederado. Todo mundo no condado de Gatlin era descendente de pessoas do lado errado da Guerra entre os Estados. Já estávamos acostumados com isso. Era como ter nascido na Alemanha depois da 2ª Guerra Mundial, ser japonês depois de Pearl Harbor ou ser dos Estados Unidos depois de Hiroshima. A história era uma merda às vezes. A gente não pode mudar de onde é. Mas ainda assim, a gente não precisa ficar lá. A gente não precisa ficar preso ao passado, como as senhoras do FRA, a Sociedade Histórica de Gatlin ou as Irmãs. E a gente não precisa aceitar que as coisas tinham que ser do jeito que eram, como Lena. Ethan Carter Wate não aceitou, e eu também não podia aceitar.

Tudo o que eu sabia era que, agora que sabíamos sobre o outro Ethan Wate, tínhamos que descobrir mais sobre Genevieve. Talvez houvesse uma razão para a gente ter encontrado aquele medalhão, afinal. Talvez houvesse uma razão para a gente ter se esbarrado em um sonho, mesmo se ele estivesse mais para um pesadelo.

Normalmente, eu teria perguntado à minha mãe o que fazer, isso na época em que as coisas estavam normais e ela ainda estava viva. Mas ela não estava mais aqui, meu pai vivia fora do ar e não poderia me ajudar e Amma não ia nos ajudar em nada que tivesse a ver com o medalhão. Lena ainda estava deprimida em relação a Macon; a chuva lá fora entregava o humor dela. Eu deveria estar fazendo meu dever de casa, o que significava que eu precisava de uns 2 litros de achocolatado e quantos cookies eu conseguisse carregar na outra mão.

Andei pelo corredor vindo da cozinha e parei em frente ao escritório. Meu pai estava no andar de cima tomando um banho, que era a única hora em que ele saía do escritório atualmente, então a porta provavelmente estava trancada. Sempre ficava, desde o incidente do manuscrito.

Olhei para a maçaneta, depois observei o corredor de um lado ao outro. Apoiei os cookies precariamente sobre a caixa de leite e estiquei a mão. Antes que tocasse na maçaneta, ouvi o clique dela abrindo. A porta se destrancou sozinha, como se alguém abrisse a porta para mim por dentro. Os cookies caíram no chão.

Um mês antes, eu não teria acreditado, mas agora eu sabia bem. Aqui era Gatlin. Não a Gatlin que eu achava que conhecia, mas alguma outra Gatlin que aparentemente tinha ficado escondida bem à minha vista o tempo todo. Uma cidade onde a garota de quem eu gostava vinha de uma longa linhagem de Conjuradores, minha governanta era uma Vidente que lia ossos de galinha no pântano e evocava os espíritos dos ancestrais mortos e até meu pai agia como um vampiro.

Parecia não haver nada inacreditável demais para esta Gatlin. É engraçado como a gente pode morar em um lugar a vida toda e mesmo assim não vê-lo de verdade.

Empurrei a porta, lentamente, hesitante. Conseguia ver só uma parte do escritório, um canto das prateleiras embutidas, cheias dos livros da minha mãe e dos restos da Guerra Civil que ela parecia pegar onde quer que fosse. Respirei fundo e inspirei o ar do escritório. Não era difícil de entender por que meu pai nunca saía de lá.

Eu podia quase vê-la, enroscada na velha cadeira de leitura perto da janela. Ela estaria na máquina de escrever, do outro lado da porta. Se eu abrisse a porta um pouco mais, ela podia muito bem estar lá agora. Só que eu não ouvia o barulho das teclas, e sabia que ela não estava lá e nem jamais estaria.

Os livros de que eu precisava estavam naquelas prateleiras. Se alguém sabia mais sobre a história do condado de Gatlin do que as Irmãs, era minha mãe. Dei um passo a frente, empurrando a porta apenas mais alguns centímetros.

— Pelo amor do céu e da terra, Ethan Wate, se você pensa em botar um pé nesse recinto, seu pai vai te espancar até a semana que vem.

Quase deixei cair o leite. Amma.

— Não estou fazendo nada. A porta só abriu.

— Que vergonha. Nenhum fantasma em Gatlin ousaria botar o pé no escritório de sua mãe e seu pai, exceto se fosse a sua própria mãe. — Ela olhou para mim desafiadoramente. Havia algo em seus olhos que me fez imaginar se ela estava tentando me dizer alguma coisa, talvez até a verdade. Talvez tivesse sido minha mãe a abrir a porta.

Porque uma coisa estava clara. Alguém, alguma coisa, queria que eu entrasse naquele escritório, assim como uma outra pessoa queria me manter fora.

Amma bateu a porta e tirou uma chave do bolso, trancando-a. Ouvi o clique e soube que tinha perdido minha chance, tão rapidamente quanto tinha sido encontrada. Ela cruzou os braços.

— Amanhã tem escola. Você não precisa estudar?

Olhei para ela, irritado.

— Vai voltar à biblioteca? Você e Link terminaram aquele trabalho?

E de repente me ocorreu.

— É, a biblioteca. Na verdade, é para lá que estou indo agora. — Beijei a bochecha dela e saí correndo.

— Diga oi a Marian por mim, e não se atrase para o jantar.

A velha e boa Amma. Sempre tinha as respostas, soubesse ou não, e estivesse ou não disposta a dá-las.

Lena estava me esperando no estacionamento na Biblioteca do Condado de Gatlin. O concreto rachado ainda estava molhado da chuva. Apesar de a biblioteca ainda ficar aberta por mais duas horas, o rabecão era o único carro no estacionamento, fora uma familiar picape turquesa. Vamos apenas dizer que essa não era uma cidade para bibliotecas. Não havia muito que a gente quisesse saber sobre qualquer cidade além da nossa, e se nosso bisavô ou tataravô não sabia contar, provavelmente a gente não precisava saber.

Lena estava acomodada na lateral do prédio, escrevendo em seu caderno. Usava jeans surrado, botas de chuva enormes e uma camiseta preta. Pequenas tranças estavam caídas ao redor de seu rosto, perdidas nos cachos. Ela quase parecia uma garota comum. Eu não tinha certeza se queria que ela fosse uma garota comum. Tinha certeza de que queria beijá-la de novo, mas isso teria que esperar. Se Marian tivesse a resposta de que precisávamos, eu teria mais chances de beijá-la.

Percorri meu manual de estratégias de novo. *Pick'n'Roll;* bloqueio seguido de passe para penetrar a área adversária.

— Você acha mesmo que há alguma coisa aqui que pode nos ajudar? — Lena levantou os olhos do caderno e olhou para mim.

Eu a puxei pela mão.

— Não alguma coisa. Alguém.

A biblioteca em si era linda. Eu tinha passado tantas horas nela quando criança que tinha herdado a crença da minha mãe de que uma biblioteca era um tipo de templo. Essa biblioteca em particular era um dos poucos prédios que tinha sobrevivido à Marcha de Sherman e ao Grande Incêndio. A biblioteca e a Sociedade Histórica eram os dois prédios mais velhos da cidade, além de Ravenwood. Era uma construção vitoriana de dois andares, impressionante, velha e desgastada com tinta branca descascando e décadas de hera dormindo ao redor das portas e janelas. Cheirava a madeira envelhecida e verniz, capas plásticas de livro e papel velho. Papel velho, que minha mãe costumava dizer que era o cheiro do próprio tempo.

— Não entendo. Por que a biblioteca?

— Não é apenas a biblioteca. É Marian Ashcroft.

— A bibliotecária? Amiga de tio Macon?

— Marian era a melhor amiga da minha mãe e sua parceira de pesquisa. É a única outra pessoa que sabe tanto sobre o condado de Gatlin quanto minha mãe, e é a pessoa mais inteligente de Gatlin atualmente.

Lena olhou para mim com ceticismo.

— Mais inteligente do que tio Macon?

— Tá. Ela é a Mortal mais inteligente de Gatlin.

Nunca consegui entender o que alguém como Marian fazia em uma cidade como Gatlin. "Só porque você mora no meio do *nada*", Marian diria para mim enquanto comia um sanduíche de atum com minha mãe, "não significa que você não pode *conhecer o lugar* onde mora." Eu não tinha ideia do que ela queria dizer. Eu não tinha ideia do que ela estava falando na metade do tempo. Provavelmente era por isso que Marian se dava tão bem com minha mãe; eu também não sabia do que minha mãe estava falando metade do tempo. Como eu disse, o maior cérebro na cidade, ou talvez, simplesmente, a personalidade mais forte.

Quando entramos na biblioteca vazia, Marian estava andando entre as estantes, de meias, gemendo sozinha como a louca de uma tragédia grega, que ela gostava de recitar. Como a biblioteca era praticamente uma cidade fantasma, exceto pela visita ocasional das senhoras do FRA para verificar genealogias duvidosas, Marian tinha liberdade total.

— "Sabeis de alguma coisa?"

Segui a voz dela para o meio das estantes.

— "Vós ouvistes?"

Dobrei a esquina da parte de ficção. Lá estava ela, se balançando, segurando uma pilha de livros nos braços, olhando através de mim.

— "Ou está escondido de vós..."

Lena saiu detrás de mim.

— "... que nossos amigos estão ameaçados..."

Marian olhou de mim para Lena sobre os óculos de leitura quadrados.

— "... com o destino dos nossos inimigos?"

Marian estava lá, mas não estava lá. Eu conhecia bem aquele olhar e sabia que, apesar de ela ter uma citação para tudo, não as escolhia à toa. Que destinos dos meus inimigos me ameaçavam, ou aos meus amigos? Se essa amiga era Lena, eu não tinha certeza se queria saber.

Eu lia muito, mas não tragédias gregas.

— *Édipo-Rei*?

Abracei Marian por cima da pilha de livros. Ela me apertou com tanta força que não consegui respirar, uma enorme biografia do General Sherman me pressionando as costelas.

— *Antígona* — falou Lena, novamente atrás de mim.

Exibida.

— Muito bem. — Marian sorriu sobre meu ombro.

Fiz uma careta para Lena, que deu de ombros.

— Fui educada em casa.

— É sempre impressionante encontrar uma pessoa jovem que conhece *Antígona*.

— Só o que lembro era que ela queria enterrar os mortos.

Marian sorriu para nós dois. Jogou metade da pilha de livros nos meus braços e a outra metade nos de Lena. Quando sorria, parecia que podia estar na capa de uma revista. Tinha dentes brancos e uma bela pele morena, e parecia mais com uma modelo do que com uma bibliotecária. Era muito bonita e exótica, uma mistura de tantas linhagens que era como olhar para a história do próprio sul, pessoas das Antilhas, do Caribe, da Inglaterra, da

Escócia e até dos Estados Unidos, todas se misturando até que seria necessária uma floresta de árvores genealógicas para traçar o caminho.

Apesar de estarmos ao sul de Algum Lugar e ao norte de Nenhum Lugar, como Amma costumava dizer, Marian Ashcroft se vestia como se estivesse dando uma aula em Duke. Todas suas roupas, joias, coisas características e echarpes com estampas exageradas pareciam vir de algum outro lugar e complementar o cabelo curto simples e bacana.

Marian não era do condado de Gatlin, tanto quanto Lena, mas ainda assim ela estava lá havia tanto tempo quanto minha mãe. Agora até mais.

— Senti tanto sua falta, Ethan. E você... Você deve ser a sobrinha de Macon, Lena. A famosa garota nova na cidade. A garota da janela. Ah, sim, ouvi falar de você. As senhoras, elas andam falando.

Seguimos Marian até o balcão da frente e colocamos os livros no carrinho para serem guardados.

— Não acredite em tudo que ouve, Dra. Ashcroft.

— Marian, por favor.

Quase deixei cair um livro. Fora minha família, Marian era Dra. Ashcroft para quase todo mundo ali. Lena estava recebendo acesso instantâneo ao nosso círculo fechado, e eu não tinha ideia do motivo.

— Marian. — Lena sorriu.

Fora Link e eu, essa era a primeira experiência de Lena com a famosa hospitalidade sulista, e vinda de outra pessoa de fora.

— A única coisa que quero saber é se, quando você quebrou aquela janela com sua vassoura, exterminou as futuras gerações da FRA? — Marian começou a baixar as persianas, gesticulando para que a ajudássemos.

— Claro que não. Se eu tivesse feito isso, como teria essa publicidade gratuita?

Marian jogou a cabeça para trás e gargalhou, passando um braço em torno de Lena.

— Bom senso de humor, Lena. É isso que voce precisa para aguentar essa cidade.

Lena suspirou.

— Ouvi muitas piadas. A maioria sobre mim.

— Ah, mas... "Os monumentos de humor sobrevivem aos monumentos de poder."

— Isso é Shakespeare? — Eu estava me sentindo meio ignorando.

— Quase. Sir Francis Bacon. Mas se você for uma daquelas pessoas que acha que ele escreveu as peças de Shakespeare, acho que acertou então.

— Desisto.

Marian bagunçou meu cabelo.

— Você cresceu meio metro desde a última vez que nos vimos, EW. O que Amma dá pra você comer? Torta no café, almoço e jantar? Parece que não vejo você há uns cem anos.

Olhei para ela.

— Eu sei, desculpe. Só não senti muita vontade de... ler.

Ela sabia que eu estava mentindo, mas sabia o que eu queria dizer. Marian foi até a porta e trocou a plaqueta de "aberto" para "fechado". Fechou a tranca com um estalo. Me fez lembrar do escritório.

— Achei que a biblioteca ficasse aberta até as 21 horas. — Se não ficasse, eu perderia uma ótima desculpa para fugir até a casa de Lena.

— Não hoje. A bibliotecária-chefe acabou de declarar que hoje é feriado na Biblioteca do Condado de Gatlin. Ela é espontânea. — Ela piscou. — Para uma bibliotecária.

— Obrigada, tia Marian.

— Sei que você não estaria aqui se não tivesse um motivo, e suspeito que a sobrinha de Macon Ravenwood é, se não for nenhuma outra coisa, um motivo. Então por que não vamos todos para a sala de trás, fazemos um bule de chá e tentamos ter motivação? — Marian adorava brincar com as palavras.

— É mais uma pergunta, na verdade. — Apalpei meu bolso, onde o medalhão ainda estava embrulhado no lenço de Sulla, a Profeta.

— "Pergunte tudo. Aprenda alguma coisa. Não responda nada."

— Homero?

— Eurípedes. É melhor você começar a acertar algumas dessas respostas, EW, ou terei que ir às suas reuniões de pais.

— Mas você disse para não responder nada.

Ela destrancou a porta onde estava escrito ARQUIVO PARTICULAR.

— Eu disse isso?

Como Amma, Marian parecia sempre ter resposta. Como qualquer boa bibliotecária. Como minha mãe.

Eu nunca tinha entrado no arquivo particular de Marian; a sala dos fundos. Pensando bem, não conhecia ninguém que tivesse entrado lá além da minha mãe. Era o espaço que elas compartilhavam, o lugar onde escreviam e pesquisavam e quem sabe mais o quê. Nem meu pai podia entrar. Me lembro de Marian o fazendo parar na entrada quando minha mãe estava examinando um documento histórico lá dentro.

— Particular é particular.

— É uma biblioteca, Marian. Bibliotecas foram criadas para democratizar o conhecimento e torná-lo público.

— Por aqui, as bibliotecas foram criadas para que os Alcoólicos Anônimos tivessem um lugar para se reunir quando os batistas os expulsassem.

— Marian, não seja ridícula. É só um arquivo.

— Não pense em mim como uma bibliotecária. Pense em mim como uma cientista louca, e aqui é meu laboratório secreto.

— Você é maluca. Vocês duas só estão olhando uns papéis velhos caindo aos pedaços.

— "Se você revela seus segredos ao vento, não deve culpar o vento por revelá-los para as árvores."

— Khalil Gibran — rebateu ele.

— "Três pessoas conseguem guardar um segredo se duas delas estiverem mortas."

— Benjamin Franklin.

Em certo momento, até meu pai desistiu de tentar entrar no arquivo delas. Íamos para casa e comíamos sorvete de chocolate, e depois disso sempre pensei em minha mãe e Marian como uma força imbatível da natureza. Duas cientistas loucas, como Marian havia dito, acorrentada uma à outra no laboratório. Elas escreveram livro após livro, e até chegaram uma vez à pequena lista do Prêmio *Voice of the South*, o equivalente sulista ao Prêmio

Pulitzer. Meu pai ficou incrivelmente orgulhoso da minha mãe, das duas, mesmo se estivéssemos lá só para acompanhar. "Cheia de vida na mente." Era assim que ele costumava descrever minha mãe, principalmente quando ela estava no meio de um projeto. Era quando ela ficava mais ausente, mas ainda assim, era quando ele parecia amá-la mais.

E agora aqui estava eu, no arquivo particular, sem meu pai nem minha mãe, sem mesmo uma tigela de sorvete de chocolate à vista. As coisas estavam mudando bem rápido por aqui, para uma cidade que nunca mudava.

A sala era escura e coberta de lambris, a sala mais isolada, sem ar e sem janelas do terceiro prédio mais velho de Gatlin. Havia quatro longas mesas de carvalho alinhadas paralelamente no centro da sala. Cada centímetro de cada parede era coberto de livros. *Civil War Artillery and Munitions. King Cotton: White Gold of the South.* Estantes cheias de gavetas de metal guardavam manuscritos e arquivos lotados preenchiam uma sala menor adjacente ao final do arquivo.

Marian se ocupou com o bule de chá e o aquecedor. Lena andou até uma parede com mapas emoldurados do condado de Gatlin, se despedaçando atrás dos vidros, tão velhos quanto as Irmãs.

— Olhe, Ravenwood. — Lena passou o dedo pelo vidro. — E ali está Greenbrier. Dá pra ver os limites da propriedade bem melhor nesse mapa.

Andei até a extremidade da sala, onde havia uma mesa solitária, coberta com uma fina camada de poeira e uma ou outra teia de aranha. Um livro da Sociedade Histórica estava aberto, com nomes circulados, um lápis ainda enfiado na lombada. Havia um mapa feito de papel de seda, preso em um mapa da Gatlin dos dias de hoje, parecendo que alguém estava tentando mentalmente escavar a velha cidade por debaixo da nova. E, em cima disso tudo, havia uma foto da pintura da entrada da casa de Macon Ravenwood.

A mulher com o medalhão.

Genevieve. Tem que ser Genevieve. Temos que contar para ela, L. Temos que perguntar.

Não podemos. Não podemos confiar em ninguém. Nem sabemos por que estamos tendo as visões.

Lena. Confie em mim.

— O que são todas essas coisas aqui, tia Marian?

Ela olhou para mim, o rosto ficando brevemente encoberto.

— É nosso último projeto. Da sua mãe e meu.

Por que minha mãe tinha uma foto da pintura de Ravenwood?

Não sei.

Lena andou até a mesa e pegou a foto da pintura.

— Marian, o que vocês estavam fazendo com esse quadro?

Marian passou para cada um de nós uma xícara de chá com pires. Essa era outra coisa sobre Gatlin. Sempre se usava pires, em todos os momentos, independentemente da situação.

— Você devia conhecer esse quadro, Lena. Pertence ao seu tio Macon. Na verdade, ele mesmo me mandou essa foto.

— Mas quem é essa mulher?

— Genevieve Duchannes, mas eu esperava que você soubesse disso.

— Na verdade, eu não sabia.

— Seu tio não ensinou nada a você sobre sua genealogia?

— Não falamos muito sobre meus parentes mortos. Ninguém quer falar dos meus pais.

Marian andou até uma das estantes com gavetas, procurando alguma coisa.

— Genevieve Duchannes foi sua tatara-tia. Era uma pessoa interessante mesmo. Lila e eu estávamos traçando a árvore genealógica de toda família Duchannes, para um projeto com o qual seu tio Macon estava nos ajudando, até... — Ela olhou para baixo. — Ano passado.

Minha mãe tinha conhecido Macon Ravenwood? Pensei que ele tinha dito que só a conhecia pelo trabalho dela.

— Você deveria conhecer sua genealogia.

Marian mexeu em algumas páginas amareladas de pergaminho. A árvore genealógica de Lena apareceu, bem ao lado da de Macon.

Apontei para a árvore genealógica de Lena.

— Que estranho. Todas as garotas na sua família têm o sobrenome Duchannes, mesmo as que se casaram.

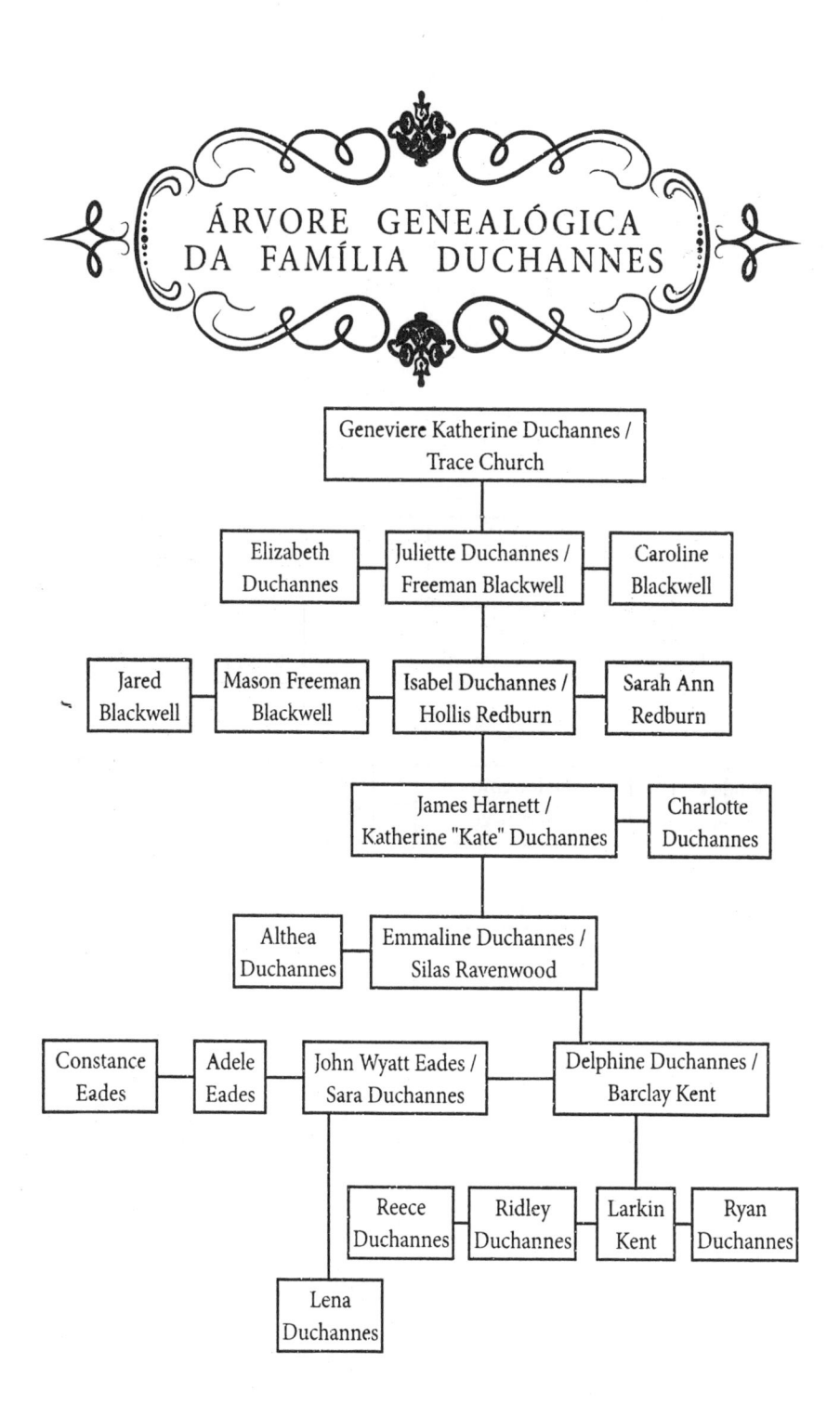

ÁRVORE GENEALÓGICA DA FAMÍLIA DUCHANNES

Geneviere Katherine Duchannes / Trace Church

Elizabeth Duchannes — Juliette Duchannes / Freeman Blackwell — Caroline Blackwell

Jared Blackwell — Mason Freeman Blackwell — Isabel Duchannes / Hollis Redburn — Sarah Ann Redburn

James Harnett / Katherine "Kate" Duchannes — Charlotte Duchannes

Althea Duchannes — Emmaline Duchannes / Silas Ravenwood

Constance Eades — Adele Eades — John Wyatt Eades / Sara Duchannes — Delphine Duchannes / Barclay Kent

Reece Duchannes — Ridley Duchannes — Larkin Kent — Ryan Duchannes

Lena Duchannes

ÁRVORE GENEALÓGICA DA FAMÍLIA RAVENWOOD

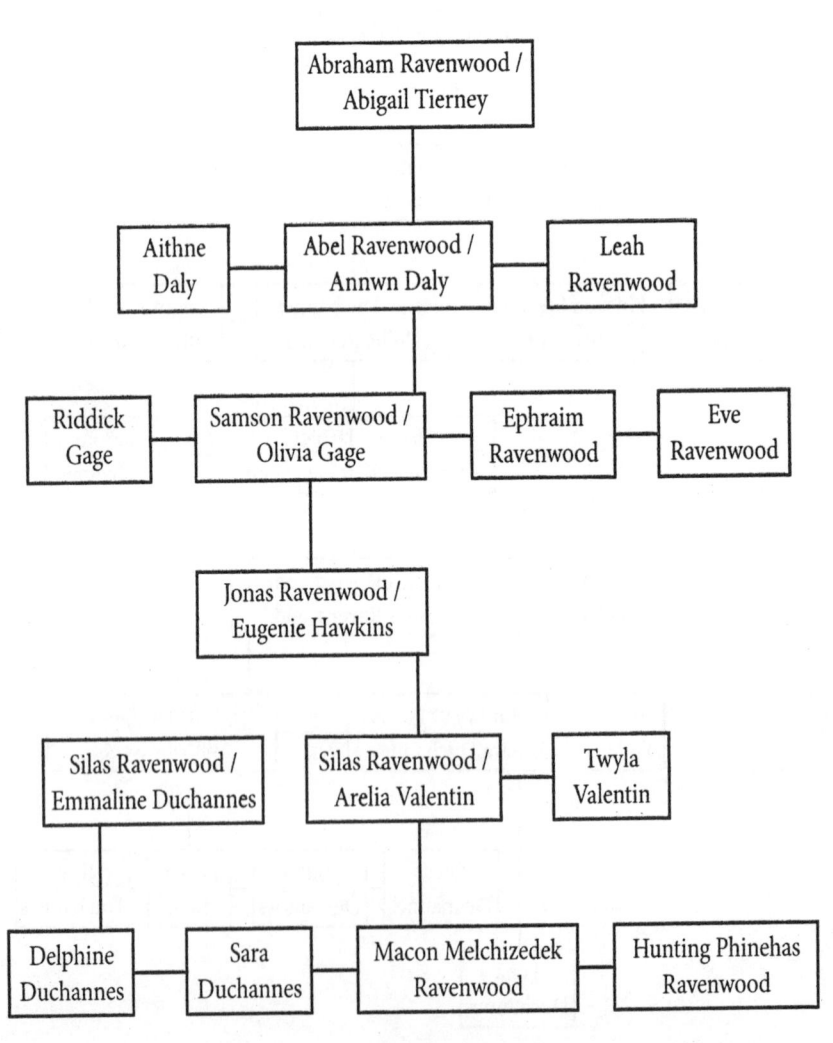

Abraham Ravenwood / Abigail Tierney

Aithne Daly — Abel Ravenwood / Annwn Daly — Leah Ravenwood

Riddick Gage — Samson Ravenwood / Olivia Gage — Ephraim Ravenwood — Eve Ravenwood

Jonas Ravenwood / Eugenie Hawkins

Silas Ravenwood / Emmaline Duchannes — Silas Ravenwood / Arelia Valentin — Twyla Valentin

Delphine Duchannes — Sara Duchannes — Macon Melchizedek Ravenwood — Hunting Phinehas Ravenwood

— É uma coisa da minha família. As mulheres ficam com o sobrenome mesmo depois de casadas. Sempre foi assim.

Marian virou a página e olhou para Lena.

— É comum no caso de linhagens em que as mulheres são consideradas particularmente poderosas.

Eu queria mudar o assunto. Não queria ir muito a fundo com Marian sobre as mulheres poderosas da família de Lena, principalmente considerando que Lena certamente era uma delas.

— Por que você e mamãe estavam fazendo a árvore da família Duchannes? Qual era o projeto?

Marian mexeu seu chá.

— Açúcar?

Ela olhou para o outro lado enquanto eu botava as colheradas na minha xícara.

— Na verdade, estávamos mais interessadas nesse medalhão. — Ela apontou para outra foto de Genevieve. Nessa, ela está usando o medalhão. — Uma história em particular. Era uma historia bem simples, na verdade, uma história de amor. — Ela sorriu tristemente. — Sua mãe era uma romântica, Ethan.

Prendi meu olhar no de Lena. Nós dois sabíamos o que Marian ia dizer.

— O que é interessante para vocês dois é que essa história de amor envolve um Wate e uma Duchannes. Um soldado Confederado e uma bela dama de Greenbrier.

As visões do medalhão. O incêndio de Greenbrier. O último livro da minha mãe era sobre tudo que tínhamos visto acontecer entre Genevieve e Ethan. A tatara-tia de Lena e meu tatara-tio.

Minha mãe estava trabalhando naquele livro quando morreu. Minha cabeça girava. Gatlin era assim. Nada aqui acontecia só uma vez.

Lena estava pálida. Ela se inclinou e tocou na minha mão, que estava apoiada na mesa empoeirada. Instantaneamente senti o formigar elétrico.

— Aqui. Essa carta que chegou a nós fez com que começássemos o projeto.

Marian colocou duas folhas de pergaminho na mesa de carvalho ao lado. Secretamente, fiquei feliz por ela não ter mexido na mesa de trabalho da minha mãe. Pensei na mesa como um monumento adequado, tinha mais a ver com ela do que os cravos que todo mundo pôs sobre o caixão. Até mesmo as senhoras do FRA foram ao enterro, colocando cravos lá como loucas, o que minha mãe teria odiado. A cidade inteira — batistas, metodistas, até pentecostais — aparecia em casos de mortes, nascimentos ou casamentos.

— Podem ler, só não toquem. É uma das coisas mais velhas de Gatlin.

Lena se inclinou sobre a carta, segurando o cabelo para impedir que encostasse no velho pergaminho.

— Eles estão desesperadamente apaixonados, mas são diferentes demais. — Ela passou os olhos pela carta. — "Separados por espécie" é como ele os chama. A família dela está tentando mantê-los separados, e ele se alistou, apesar de não acreditar na guerra, na esperança de que lutar pelo sul faça com que ele conquiste a aprovação da família dela.

Marian fechou os olhos e recitou:

— *"Eu podia muito bem ser macaco em vez de homem, pois não faria diferença em Greenbrier. Apesar de meramente Mortal, meu coração se parte com tamanha dor ao pensar em passar o resto da minha vida sem você, Genevieve."*

Era como poesia, como alguma coisa que eu imaginava que Lena escreveria.

Marian abriu os olhos de novo.

— Como se fosse Atlas carregando o peso do mundo nas costas.

— É tão triste — disse Lena, olhando para mim.

— Estavam apaixonados. Havia uma guerra. Odeio dizer isso a vocês, mas termina de uma maneira ruim, ao que parece. — Marian terminou o chá.

— E esse medalhão? — Apontei para a foto, quase com medo de perguntar.

— Supostamente, Ethan o deu a Genevieve como símbolo de um noivado secreto. Jamais saberemos o que aconteceu com ele. Ninguém voltou a vê-lo depois da noite em que Ethan morreu. O pai de Genevieve a forçou a se casar com outra pessoa, mas a lenda diz que ela guardou o medalhão e que ele foi enterrado com ela. Diziam que era um poderoso talismã, o elo partido de um coração partido.

Tremi. O poderoso talismã não estava enterrado com Genevieve; estava no meu bolso, e era um talismã das Trevas de acordo com Macon e Amma. Eu podia senti-lo pulsando, como se tivesse estado sobre carvão quente.

Ethan, não.

Temos que fazer isso. Ela pode nos ajudar. Minha mãe teria nos ajudado.

Enfiei a mão no bolso, empurrando o lenço até tocar no camafeu amassado. Em seguida segurei a mão de Marian, esperando que fosse uma das vezes que o medalhão funcionaria. A xícara de chá dela caiu no chão e quebrou. A sala começou a girar.

— Ethan! — gritou Marian.

Lena pegou a mão de Marian. A luz na sala se dissolvia até virar noite.

— Não se preocupe. Estaremos com você o tempo todo. — A voz de Lena soava distante, e ouvi o som de tiros ao longe.

Em momentos, a biblioteca se encheu de chuva...

A chuva caía forte sobre eles. O vento diminuiu, começando a aplacar as chamas, apesar de ser tarde demais.

Genevieve olhava para o que tinha sobrado da casa grande. Tinha perdido tudo naquele dia. A mãe. Evangeline. Não podia perder Ethan também.

Ivy correu pela lama na direção dela, usando a saia para carregar as coisas que Genevieve tinha pedido.

— Cheguei tarde demais, meu Deus do céu, cheguei tarde demais — gritou Ivy. Ela olhou em volta, nervosa. — Vamos, Srta. Genevieve, não tem nada mais que possamos fazer aqui.

Mas Ivy estava errada. Havia uma coisa.

— Não é tarde demais. Não é tarde demais. — Genevieve ficava repetindo essas palavras.

— Você está falando uma loucura, criança.

Ela olhou para Ivy, desesperada.

— Preciso do livro.

Ivy andou para trás, sacudindo a cabeça.

— Não. Voce não pode mexer naquele livro. Não sabe o que está fazendo.

Genevieve agarrou a velha mulher pelos ombros.

— Ivy, é o único jeito. Você tem que entregá-lo para mim.

— Você não sabe o que está pedindo. Não sabe nada daquele livro...

— Dê para mim ou vou encontrá-lo sozinha.

Fumaça negra subia atrás dela, o fogo ainda queimando enquanto engolia o que tinha sobrado da casa.

Ivy cedeu, puxando as saias esfarrapadas e guiando Genevieve pelo que costumava ser o pomar de limões da mãe dela. Genevieve nunca tinha passado daquele ponto. Não havia nada lá além de campos de algodão, ou pelo menos era isso que sempre tinham dito para ela. E ela nunca tinha tido uma razão para ir até aqueles campos, exceto nas raras ocasiões em que ela e Evangeline brincaram de esconde-esconde.

Mas o caminho de Ivy era certeiro. Ela sabia exatamente para onde estava indo. Ao longe, Genevieve ainda podia ouvir o som de tiros e os gritos agudos dos vizinhos ao verem suas casas arderem em chamas.

Ivy parou perto de um emaranhado de arbustos de vinhas selvagens, alecrim e jasmim que subiam pela lateral de uma velha parede de pedra. Havia um pequeno arco escondido por trás das plantas. Ivy se abaixou e passou sob o arco. Genevieve foi atrás. O arco devia estar preso à parede, porque a área era fechada. Um círculo perfeito, as paredes escondidas sob anos de vinhas selvagens.

— Que lugar é esse?

— Um lugar sobre o qual sua mãe não queria que você soubesse nada, ou você saberia o que é.

Ao longe, Genevieve podia ver pequenas pedras aparecendo no meio da grama alta. É claro. O cemitério da família. Genevieve se lembrava de ter ido lá uma vez quando era muito nova, quando a bisavó morreu. Lembrava que o enterro tinha sido à noite, e que a mãe tinha ficado em cima da grama alta, sob a luz da lua, sussurrando palavras em uma língua que Genevieve e a irmã não reconheceram.

— O que estamos fazendo aqui?

— Você disse que queria aquele livro. Não disse?

— Está aqui?

Ivy parou e olhou para Genevieve, confusa.

— Onde mais estaria?

Mais ao longe havia outra estrutura sendo estrangulada pelas vinhas selvagens. Uma cripta. Ivy parou na porta.

— Tem certeza de que quer...

— Não temos tempo para isso! — Genevieve esticou a mão em direção à maçaneta, mas não havia nenhuma. — Como isso abre?

A mulher idosa ficou na ponta dos pés e esticou o braço para tocar acima da porta. Lá, iluminada pela luz distante do fogo, Genevieve conseguia ver um pequeno pedaço de pedra lisa, com uma lua crescente entalhada nela. Ivy colocou a mão sobre a pequena lua e empurrou. A porta começou a se mover, abrindo com o som de pedra arrastando sobre pedra. Ivy pegou alguma coisa do outro lado do portal. Uma vela.

A luz da vela iluminou o pequeno recinto. Não podia ser maior do que alguns poucos metros de largura. Mas havia velhas prateleiras de madeira de cada lado, repletas de pequenos frascos e garrafas, cheias de flores de plantas, pós e líquidos turvos. No centro do aposento havia uma mesa de pedra gasta, com uma velha caixa de madeira sobre ela. A caixa era modesta vista por qualquer padrão, o único adorno sendo uma pequenina lua crescente entalhada na tampa. O mesmo entalhe da pedra acima da porta.

— Não vou tocar nisso — disse Ivy baixinho, como se achasse que a própria caixa pudesse ouvi-la.

— Ivy, é só um livro.

— Não existe nada como só um livro, especialmente na sua família.

Genevieve levantou a tampa devagar. A capa do livro era de couro preto rachado, agora mais cinza do que preto. Não havia título, só a mesma lua crescente em alto relevo na frente. Genevieve ergueu o livro da caixa, hesitante. Sabia que Ivy era supersticiosa. Apesar de ter zombado da mulher idosa, também sabia que Ivy era sábia. Lia cartas e folhas de chá, e a mãe de Genevieve consultava Ivy para quase tudo:

o melhor dia para plantar os legumes e verduras para evitar que conge-lassem, as ervas certas para curar um resfriado.

O livro estava quente. Como se estivesse vivo, respirando.

— Por que não tem nome? — perguntou Genevieve.

— Só porque um livro não tem título, não significa que não tenha nome. Esse aí é o Livro das Luas.

Não havia mais tempo a perder. Ela seguiu as chamas pela escuri-dão. De volta ao que tinha sobrado de Greenbrier e de Ethan.

Folheou as páginas. Havia centenas de Conjuros. Como encontra-ria o certo? Então ela o viu. Estava em Latim, uma língua que conhecia bem; a mãe tinha trazido um tutor especial do norte para garantir que ela e Evangeline aprendessem. A língua mais importante na opinião de sua família.

O Feitiço de Atar. Para Atar a Morte à Vida.

Genevieve colocou o livro no chão ao lado de Ethan, o dedo sob o primeiro verso do encantamento.

Ivy segurou o próprio braço e o apertou com força.

— Não é em qualquer noite que se faz isso. Meia lua é para fazer magia Branca, a lua cheia é para fazer magia Negra. Lua nenhuma é outra coisa.

Genevieve puxou o braço para soltá-lo.

— Não tenho escolha. É a única noite que temos.

— Srta. Genevieve, você precisa entender. Essas palavras são mais do que um Conjuro. São uma troca. Você não pode usar o Livro das Luas sem dar algo em troca.

— Não ligo para o preço. Estamos falando da vida de Ethan. Perdi todo mundo.

— Aquele rapaz não tem mais vida. Foi tirada dele com um tiro. O que você está tentando fazer não é natural. E isso não pode estar certo.

Genevieve sabia que Ivy estava certa. A mãe tinha avisado a ela e Evangeline com frequência sobre as Leis Naturais. Ela estava cruzan-do um limite que nenhum dos Conjuradores da família dela jamais ousaria.

Mas eles todos estavam mortos agora. Ela era a única que tinha sobrado.

E tinha que tentar.

— Não! — Lena soltou nossas mãos, quebrando o círculo. — Ela foi para as Trevas, vocês não entendem? Genevieve estava usando magia Negra.

Segurei as mãos dela. Ela tentou se soltar. Normalmente tudo que eu conseguia sentir de Lena era um calor meio ensolarado, mas dessa vez ela parecia mais um tornado.

— Lena, ela não é você. Ele não sou eu. Isso aconteceu há mais de cem anos.

Ela estava histérica.

— Ela *sou* eu, é por isso que o medalhão quer que eu veja isso. Está me avisando para ficar longe de você. Para que eu não sofra por você depois que for para as Trevas.

Marian abriu os olhos, que estavam maiores do que eu jamais os tinha visto. O cabelo curto, normalmente arrumado e perfeitamente no lugar, estava bagunçado e revirado. Ela parecia exausta, mas cheia de vida. Eu conhecia aquele olhar. Era como se minha mãe estivesse ali, em seu rosto, especialmente ao redor dos olhos.

— Você não foi Invocada, Lena. Não é boa nem ruim. O que você sente é por ter 15 anos e meio na família Duchannes. Conheci muitos Conjuradores na minha vida, e muitos Duchannes, tanto das Trevas quanto da Luz.

Lena olhou para Marian, atônita.

Marian tentou recuperar o fôlego.

— Você não vai para as Trevas. Você é tão melodramática quanto Macon. Agora se acalme.

Como ela sabia sobre o aniversário de Lena? Como ela sabia sobre Conjuradores?

— Vocês dois têm o medalhão de Genevieve? Por que não me contaram?

— Não sabemos o que fazer. Cada um nos diz pra fazer uma coisa.

— Me deixe vê-lo.

Enfiei a mão no bolso. Lena colocou a mão no meu braço e hesitei. Marian era a melhor amiga da minha mãe, e era como se fosse da família. Sei que não devia questionar os motivos dela, mas segui Amma até o pântano para se encontrar com Macon Ravenwood, coisa que eu jamais imaginaria ver.

— Como vamos saber que podemos confiar em você? — perguntei, me sentindo mal até mesmo por perguntar.

— "A melhor maneira de descobrir se podemos confiar em alguém é confiando."

— Elton John?

— Quase. Ernest Hemingway. À maneira dele, foi como um rock star daquela época.

Sorri, mas Lena não estava tão disposta a ter as dúvidas afastadas.

— Por que deveríamos confiar em você se todo mundo esconde coisas de nós?

Marian ficou séria.

— Precisamente porque não sou Amma e não sou tio Macon. Não sou sua avó e nem sua tia Delphine. Sou Mortal. Sou neutra. Entre magia Negra e magia Branca, Luz e Trevas. Tem que haver alguma coisa intermediária, alguma coisa para resistir à influência, e essa alguma coisa sou eu.

Lena se afastou dela. Era inconcebível, para nós dois. Como Marian sabia tanto da família de Lena?

— O que você é? — Na família de Lena, aquela era uma pergunta capciosa.

— Sou a bibliotecária-chefe do condado de Gatlin, como tenho sido desde que me mudei para cá e como sempre serei. Não sou uma Conjuradora. Apenas guardo as informações. Cuido dos livros. — Marian ajeitou o cabelo. — Sou a Guardiã, apenas uma em uma longa linhagem de Mortais a quem se confiou a história e os segredos de um mundo do qual jamais poderemos fazer parte completamente. Sempre tem que haver um, e agora sou eu.

— Tia Marian? De que você está falando? — Eu estava perdido.

— Vamos apenas dizer que há bibliotecas e *bibliotecas*. Sirvo a todos os bons cidadãos de Gatlin, sejam Conjuradores ou Mortais. O que funciona muito bem, já que o outro ramo é mais um trabalho noturno, na verdade.

— Quer dizer...?

— A Biblioteca de Conjuradores do Condado de Gatlin. Eu sou, é claro, a Bibliotecária dos Conjuradores. A Bibliotecária-*Chefe* dos Conjuradores.

Encarei Marian com olhos arregalados, como se a visse pela primeira vez. Ela olhou para mim com os mesmos olhos castanhos, o mesmo sorriso sábio. Parecia a mesma, mas de alguma forma, estava completamente diferente. Eu sempre tinha me perguntado por que Marian tinha ficado em Gatlin todos esses anos. Achava que era por causa da minha mãe. Agora me dei conta de que havia outra razão.

Eu não sabia o que estava sentindo, mas fosse o que fosse, Lena sentia o oposto.

— Então você pode nos ajudar. Temos que descobrir o que aconteceu com Ethan e Genevieve, e o que isso tem a ver comigo e com Ethan, e temos que descobrir antes do meu aniversário. — Lena olhou para ela com expectativa. — A Biblioteca de Conjuradores deve ter registros. Talvez o *Livro das Luas* esteja aqui. Você acha que ele poderia ter as respostas?

Marian olhou para o outro lado.

— Talvez sim, talvez não. Sinto muito, mas não posso ajudá-los. Me desculpem.

— O que você quer dizer? — Não fazia sentido. Eu nunca tinha visto Marian recusar ajuda para ninguém, principalmente eu.

— Não posso me envolver, mesmo que eu queira. Faz parte da descrição do meu trabalho. Não escrevo os livros, nem as regras, apenas os guardo. Não posso interferir.

— Esse trabalho é mais importante do que nos ajudar? — Fiquei na sua frente, de modo que ela tivesse que me olhar nos olhos quando respondesse. — Mais importante do que eu?

— Não é tão simples, Ethan. Há um equilíbrio entre o mundo Mortal e o mundo dos Conjuradores, entre a Luz e as Trevas. O Guardião é parte desse equilíbrio, parte da Ordem das Coisas. Se eu desafiar as leis às quais fiz um Juramento, esse equilíbrio fica ameaçado. — Ela olhou para mim e a voz dela estava trêmula. — Não posso interferir nem que isso me mate. Mesmo que machuque as pessoas que amo.

Eu não entendia o que ela estava falando, mas sabia que Marian me amava, como havia amado minha mãe. Se ela não podia nos ajudar, tinha que haver uma razão.

— Tudo bem. Você não pode nos ajudar. Só me leve até essa Biblioteca de Conjuradores e vou descobrir sozinho.

— Você não é Conjurador, Ethan. Essa decisão não é sua.

Lena ficou do meu lado e segurou minha mão.

— É minha. E eu quero ir.

Marian assentiu.

— Tudo bem, vou levar vocês na próxima vez que abrir. A Biblioteca de Conjuradores não opera nos mesmos horários que a Biblioteca do Condado de Gatlin. É um pouco mais *irregular*.

É claro que era.

Hallow E'em

Os únicos dias do ano em que a Biblioteca do Condado de Gatlin ficava fechada eram os feriados nacionais — como Dia de Ação de Graças, Natal, Ano-Novo, Páscoa. A consequência disso era que esses eram os únicos dias em que a Biblioteca de Conjuradores do Condado de Gatlin abria, o que pelo visto era uma coisa que Marian não controlava.

— É culpa do condado. Como eu disse, não faço as regras.

Fiquei pensando em qual era o condado do qual ela estava falando, aquele no qual eu tinha morado minha vida inteira ou o que esteve escondido de mim pelo mesmo tempo.

Ainda assim, Lena parecia quase esperançosa. Pela primeira vez, era como se realmente acreditasse que talvez houvesse um jeito de evitar o que havia considerado inevitável. Marian não podia nos dar resposta alguma, mas era a nossa âncora na ausência das duas pessoas nas quais confiávamos mais, que não tinham ido a lugar algum, mas que pareciam distantes ainda assim. Não falei nada para Lena, mas sem Amma eu ficava perdido. E sem Macon, eu sabia que Lena não conseguia nem achar o caminho para ficar perdida.

Marian nos deu uma coisa, as cartas de Ethan e Genevieve, tão velhas e delicadas que eram quase transparentes, e cada coisa que ela e minha mãe tinham guardado sobre os dois: uma pilha de papéis em uma caixa marrom empoeirada, com o papelão pintado para parecer madeira nas laterais. Apesar de Lena amar estudar o texto (*"os dias sem você sangram até que o tempo não é nada mais do que um obstáculo que temos que superar"*), ele parecia não passar de uma história de amor com um final bem ruim e Negro. Mas era tudo que tínhamos.

Agora tudo o que tínhamos que fazer era descobrir o que estávamos procurando. A agulha no palheiro, ou nesse caso, na caixa de papelão. Então fizemos a única coisa que podíamos. Começamos a procurar.

Depois de duas semanas, eu já passara mais tempo com Lena olhando os papéis do medalhão do que acharia possível. Quanto mais líamos as cartas, mais parecia que estávamos lendo sobre nós mesmos. À noite, ficávamos acordados tentando resolver o mistério de Ethan e Genevieve, um Mortal e uma Conjuradora, desesperados para encontrarem um meio de ficarem juntos mesmo contra todos os obstáculos. Na escola, também encaramos algumas dificuldades extremas apenas para conseguir aguentar oito horas na Jackson, e piorava cada vez mais. A cada dia havia outro esquema para afastar Lena ou nos separar. Principalmente se esse dia fosse o Halloween

Halloween era um evento bem carregado na Jackson. Para um garoto, qualquer coisa que envolvesse fantasias era um perigo. E havia também o estresse de saber se você tinha conseguido ou não entrar na lista de convidados da festa de Savannah Snow. Mas o Halloween assumia um novo nível de estresse quando a garota por quem você é louco é uma Conjuradora.

Eu não tinha ideia do que esperar quando Lena me buscou para irmos à escola, a alguns quarteirões da minha casa, depois de dobrar a esquina e estar longe dos olhos que Amma tinha na nuca.

— Você não está fantasiada — falei, surpreso.

— De que você está falando?

— Achei que você estaria usando uma fantasia, ou algo assim. — Eu sabia que parecia um idiota no segundo em que as palavras saíram da minha boca.

— Ah, você acha que os Conjuradores se arrumam no Halloween e voam em suas vassouras? — Ela riu.

— Não era minha intenção...

— Desculpe desapontá-lo. Apenas nos arrumamos para o jantar, como fazemos em qualquer outro dia especial.

— Então é um dia especial pra vocês também.

— É a noite mais sagrada do ano, e a mais perigosa. A mais importante das Grandes Festividades. É nossa versão do Ano-Novo, o final do ano velho e o começo do novo.

— O que você quer dizer com perigoso?

— Minha avó diz que é a noite em que o véu entre este mundo e o Outro Mundo, o mundo dos espíritos, fica mais fino. É uma noite de poder e uma noite de lembranças.

— O Outro Mundo? É como uma vida após a morte?

— Mais ou menos. É o reino dos espíritos.

— Então o Halloween na verdade se trata de espíritos e fantasmas.

Ela revirou os olhos.

— Nos lembramos dos Conjuradores que foram perseguidos por serem diferentes. Homens e mulheres que foram queimados por usarem seus dons.

— Você está falando dos julgamentos das Bruxas de Salem?

— Acho que é assim que vocês os chamam. Houve julgamentos de bruxas por toda a costa leste, não só em Salem. Em todo o mundo até. Os julgamentos das Bruxas de Salem são apenas aqueles que os livros de *vocês* mencionam. — Ela disse "vocês" como se fosse um palavrão, e hoje, dentre todos os dias, talvez fosse.

Passamos na Pare & Roube. Boo estava sentado ao pé da placa de pare da esquina. Esperando. Viu o rabecão e marchou lentamente atrás do carro.

— Devíamos dar uma carona a esse cachorro. Ele deve ficar cansado de seguir você dia e noite.

Lena olhou pelo retrovisor.

— Ele jamais entraria.

Eu sabia que ela estava certa. Mas quando me virei para olhá-lo, poderia jurar que ele assentiu com a cabeça.

Vi Link no estacionamento. Ele estava usando uma peruca loura e um suéter azul com um emblema dos Wildcats costurado. Até carregava pompons. Estava assustador e meio que parecia com a mãe dele, na verdade. O time de basquete tinha decidido se fantasiar de líderes de torcida da Jackson esse ano. Com tudo que estava acontecendo, eu tinha esquecido — pelo menos foi o que eu disse para mim mesmo. Eu ia ouvir muita merda por causa disso, e Earl estava só esperando por um motivo para cair em cima de mim. Desde que comecei a passar meu tempo com Lena, eu estava com sorte na quadra. Agora eu era o capitão em vez de Earl, e ele não estava muito feliz com isso.

Lena jurou que não havia nada de magia naquilo, pelo menos não magia de Conjuradores. Ela foi a um jogo e eu acertei todos os arremessos. O lado ruim era que ela estava na minha cabeça durante o jogo todo, me perguntando sobre lances livres, assistência e a regra de três segundos. Aparentemente, ela nunca tinha ido a um jogo. Era pior do que levar as Irmãs à feira do condado. Depois disso, ela parou de ir aos jogos. Mas eu sabia que ela estava ouvindo quando eu jogava. Eu podia senti-la.

Por outro lado, talvez ela fosse a razão pela qual a equipe de líderes de torcida estava tendo um ano mais difícil do que o habitual. Emily estava tendo dificuldade de ficar no topo da pirâmide dos Wildcats, mas não perguntei a Lena sobre isso.

Hoje era difícil saber quem eram meus colegas de time até chegar perto o bastante para ver as pernas cabeludas e os pelos no rosto. Link veio até nós. A aparência dele era ainda pior de perto. Ele tinha tentado colocar maquiagem, com batom rosa borrado e tudo. Subiu a saia e puxou a meia-calça apertada que usava por baixo.

— Você é um babaca — disse ele, apontando para mim sobre os carros. — Onde está sua fantasia?

— Desculpe, cara. Esqueci.

— Mentira. Você não queria vestir toda essa porcaria. Conheço você, Wate. Você deu pra trás.

— Juro, eu só esqueci.

Lena sorriu para Link.

— Você está ótimo.

— Não sei como vocês garotas usam todo esse lixo no rosto. Coça pra caramba.

Lena fez uma careta. Ela quase nunca usava maquiagem; não precisava.

— Sabe, nem todas nós assinamos um contrato com a Maybelline quando fazemos 13 anos.

Link ajeitou a peruca e enfiou outra meia dentro do suéter.

— Diga isso para Savannah.

Andamos até os degraus de entrada, e Boo estava sentado no gramado, ao lado do mastro da bandeira. Quase perguntei como aquele cachorro podia ter chegado antes da gente na escola, mas a essa altura eu já sabia que nem devia me dar ao trabalho.

Os corredores estavam lotados. Parecia que metade da escola tinha matado o primeiro tempo. O resto do time de basquete estava de papo em frente ao armário de Link, todos vestidos de mulher, e fazendo muito sucesso. Mas não comigo.

— Onde estão seus pompons, Wate? — Emory sacudiu um no meu rosto. — Qual é o problema? Essas suas pernas de galinha não ficavam bem de saia?

Shawn vestiu o suéter.

— Aposto que nenhuma das meninas da equipe quis emprestar uma saia pra ele.

Alguns dos caras riram. Emory colocou o braço ao redor do meu ombro, se inclinando em minha direção.

— Foi isso, Wate? Ou é Halloween todo dia quando você está com uma garota que mora na mansão mal-assombrada?

Peguei-o pela parte de trás do suéter. Uma das meias enfiadas no sutiã caiu no chão.

— Quer fazer isso agora, Em?

Ele deu de ombros.

— Você decide. Vai acontecer cedo ou tarde.

Link entrou entre nós.

— Senhoritas, senhoritas. Estamos aqui para festejar. E você não quer estragar esse seu rostinho bonito, Em.

Earl sacudiu a cabeça, empurrando Emory pelo corredor na frente dele. Como sempre, não disse nada, mas eu conhecia aquele olhar.

"Se você seguir esse caminho, Wate, não tem volta."

Parecia que o time de basquete era o assunto da escola, até eu ver a verdadeira equipe de líderes de torcida. Meus colegas de time não foram os únicos a escolherem uma fantasia em grupo. Lena e eu estávamos a caminho da aula de inglês quando as vimos.

— Puta merda. — Link bateu no meu braço com as costas da mão.

— O quê?

Elas estavam marchando pelo corredor em fila. Emily, Savannah, Eden e Charlotte, seguidas de cada membro da equipe de torcida da Jackson Wildcats. Estavam vestidas de modo exatamente idêntico com vestidos pretos ridiculamente curtos, é claro, botas pretas de bico fino e chapéus de bruxa altos e com as pontas dobradas. Mas essa não era a pior parte. As perucas longas e pretas estavam encaracoladas em cachos selvagens. E feitas com maquiagem preta, bem embaixo dos olhos direitos, estavam detalhadamente pintadas exageradas luas crescentes. A marca de nascença inconfundível de Lena. Para completar o efeito, carregavam vassouras, fingindo varrer freneticamente em torno dos pés das pessoas enquanto desciam o corredor em procissão.

Bruxas? No Halloween? Que criativo.

Apertei a mão dela. A expressão de seu rosto não mudou, mas eu sentia a mão tremendo.

Lamento, Lena.

Se elas soubessem.

Esperei que o prédio começasse a tremer, que as janelas quebrassem ou algo assim. Mas nada aconteceu. Lena apenas ficou lá parada, fervendo.

A futura geração do FRA veio em nossa direção. Decidi encontrar com elas no meio do caminho.

— Onde está sua fantasia, Emily? Esqueceu que era Halloween?

Emily pareceu confusa. Então sorriu para mim, o sorriso doce e gruden-to de alguém que tem orgulho demais de si mesma.

— De que você está falando, Ethan? Não é disso que você gosta agora?

— Estávamos tentando fazer sua *namorada* se sentir em casa — disse Savannah, fazendo uma bola de chiclete.

Lena me olhou.

Ethan, pare. Só vai piorar as coisas pra você.

Não ligo.

Posso lidar com isso.

O que acontece com você acontece comigo.

Link andou até o meu lado, puxando a meia-calça.

— Ei, garotas, pensei que vínhamos de piranhas. Ah, espere, isso é como vocês vêm todo dia.

Lena não conseguiu não sorrir para Link.

— Cale sua boca, Wesley Lincoln. Vou contar pra sua mãe que você está andando com essa aberração e ela não vai deixar você sair de casa até o Natal.

— Você sabe o que é aquela coisa no rosto dela, não sabe? — falou Emily rindo, apontando da marca de nascença de Lena para a lua crescente que ela tinha desenhado na própria bochecha. — É chamada de marca da bruxa.

— Você pesquisou isso na internet ontem? Você é mais idiota ainda do que eu pensava. — Eu ri.

— Você é o idiota. Está saindo com ela.

Eu estava ficando vermelho, o que era a última coisa que eu queria. Essa não era uma conversa que eu quisesse ter na frente de toda a escola, sem mencionar o fato de que eu não tinha ideia se Lena e eu estávamos mesmo saindo. Tínhamos dado um beijo uma vez. E estávamos sempre juntos, de um modo ou de outro. Mas ela não era minha namorada, pelo menos eu não achava que era, apesar de eu ter pensado que a ouvi dizer isso na Reunião. E o que eu podia fazer, perguntar? Talvez fosse uma daquelas coisas que se você precisasse perguntar, a resposta provavelmente seria não. Havia alguma parte dela que ainda parecia se afastar de mim, uma parte dela que eu não conseguia alcançar.

Emily me cutucou com a ponta da vassoura. Eu percebia que o conceito de "estaca no coração" seria bem atrativo para ela nesse momento.

— Emily, por que vocês todas não vão pular de uma janela? Pra ver se conseguem voar. Ou não.

Seus olhos se apertaram.

— Espero que se divirtam sentados em casa juntos à noite, enquanto o resto da escola estiver na festa de Savannah. Será o último evento *dela* na Jackson.

Emily deu meia-volta e voltou pelo corredor em direção a seu armário, com Savannah e as seguidoras delas atrás.

Link estava brincando com Lena, tentando animá-la, o que não era difícil, considerando o tanto que ele estava ridículo. Como eu disse, sempre podia contar com Link.

— Elas me odeiam mesmo. Nunca vai passar, vai? — Lena suspirou.

Link começou a fazer uma coreografia, pulando e balançando os pompons.

— Elas odeiam você, odeiam sim. Odeiam todo mundo, e você?

— Eu ficaria mais preocupado se elas gostassem de você.

Eu me inclinei e passei meu braço em torno dela, meio sem jeito. Ou tentei. Ela se virou, e minha mão mal tocou em seu ombro. Ótimo.

Aqui não.

Por que não?

Você só está piorando as coisas pra si mesmo.

Sou faminto por punição.

— Chega de agarração em público. — Link me deu uma cotovelada nas costelas. — Você vai conseguir fazer com que eu me sinta mal agora que estou fadado a mais um ano sem uma namorada. Vamos nos atrasar pra aula de inglês, e eu preciso tirar essa meia-calça no caminho. Fica entrando na minha bunda.

— Só preciso parar no meu armário pra pegar meu livro — disse Lena.

O cabelo dela começou a se movimentar ao redor dos ombros. Suspeitei de alguma coisa, mas não falei nada.

Emily, Savannah, Charlotte e Eden estavam paradas em frente aos seus armários, se ajeitando nos espelhos pendurados por dentro das portas. O armário de Lena era só um pouco depois no corredor.

— Apenas as ignore — pedi.

Emily estava esfregando a bochecha com um lenço de papel. A marca negra com formato de lua estava ficando maior e mais preta, em vez de sair.

— Charlotte, você tem removedor de maquiagem?

— Claro.

Emily esfregou a bochecha algumas vezes mais.

— Isso não está saindo. Savannah, achei que você tinha dito que esse negócio saía com água e sabão.

— Sai.

— Então por que não está saindo?

Emily bateu a porta do armário, irritada. O drama chamou a atenção de Link.

— O que aquelas quatro estão fazendo ali?

— Parece que estão tendo algum tipo de *problema* — disse Lena, apoiando em seu armário.

Savannah tentou limpar a lua negra da própria bochecha.

— A minha também não está saindo. — A lua agora estava espalhada em metade do rosto. Savannah começou a revirar a bolsa. — Estou com o lápis bem aqui.

Emily tirou a bolsa do armário, enquanto procurava algo.

— Esqueça. O meu está na minha bolsa.

— Mas o que... — Savannah tirou algo da bolsa.

— Você usou caneta permanente? — Emily riu.

Savannah segurou a caneta na frente dos olhos.

— Claro que não. Não tenho ideia de como isso veio parar aqui.

— Você é tão burra. Isso nunca vai sair antes da festa de hoje.

— Não posso ficar com essa *coisa* no meu rosto a noite toda. Vou vestida de deusa grega. Afrodite. Isso vai arruinar minha fantasia.

— Você devia ter tido mais cuidado. — Emily revirou a pequena bolsa prateada mais um pouco. Virou seu conteúdo no chão embaixo do armário, e tubos de gloss e vidros de esmalte rolaram pelo chão. — Tem que estar aqui.

— De que você está falando? — perguntou Charlotte.

— A maquiagem que usei hoje de manhã não está aqui.

A essa altura, Emily estava atraindo uma plateia; as pessoas estavam parando para ver o que estava acontecendo. Uma caneta permanente rolou da bolsa de Emily até o meio do corredor.

— Você usou caneta permanente também?

— Claro que não! — gritou Emily, esfregando o rosto freneticamente. Mas a lua negra só crescia mais e mais como as outras. — Que diabos está acontecendo?

— Sei que estou com o meu — disse Charlotte, girando a tranca do armário. Quando abriu a porta e ficou ali alguns segundos, olhando para dentro.

— O que é? — perguntou Savannah.

Charlotte tirou a mão de dentro do armário. Estava segurando uma caneta permanente.

Link sacudiu um pompom.

— As líderes de torcida são demais!

Olhei para Lena.

Caneta permanente?

Um sorriso malicioso cresceu em seu rosto.

Pensei que você tivesse dito que não conseguia controlar seus poderes.

Sorte de principiante.

No fim do dia, todo mundo na Jackson falava sobre a equipe de líderes de torcida. Ao que tudo indicava, todas as líderes de torcida que se vestiram de Lena de alguma maneira usaram caneta permanente para desenhar a inofensiva lua crescente no rosto em vez de lápis de olho. Líderes de torcida. Uma fonte infinita de piadas.

Todas elas andariam pela escola e pelo resto da cidade, cantariam nos corais jovens das igrejas e fariam a torcida nos jogos com caneta permanente na bochecha pelos próximos dias, até que a lua sumisse. A Sra. Lincoln e a Sra. Snow teriam um ataque.

Eu só desejava poder estar lá para ver.

Depois da escola, andei com Lena até o carro dela, o que na verdade era uma desculpa para segurar sua mão por mais tempo. As sensações físicas intensas que eu sentia quando tocava nela não serviam para me deter como se poderia esperar. Não importava como eu me sentia, se estava fervendo ou explodindo como lâmpadas ou sendo atingido por relâmpagos, eu tinha que estar perto dela. Era como comer ou respirar. Eu não tinha escolha. E isso era mais assustador do que um mês de Halloween, e estava me matando.

— O que você vai fazer hoje à noite?

Enquanto eu falava, ela passou a mão distraidamente pelo cabelo. Estava sentada no capô do rabecão, e eu estava de pé na frente dela.

— Achei que você podia ir pra minha casa, a gente podia ficar lá atendendo a porta para as crianças pedindo doces. Você pode me ajudar a ficar de olho no gramado pra que ninguém queime uma cruz lá. — Tentei não pensar muito nos meus planos que envolviam Lena, e nosso sofá, e filmes velhos e Amma passando a noite fora.

— Não posso. É uma das Grandes Festividades. Tenho parentes que vêm de toda parte. Tio M não me deixaria sair de casa por 5 minutos, isso sem mencionar o perigo. Eu jamais abriria minha porta para estranhos numa noite com tanto poder das Trevas.

— Nunca pensei por esse lado.

Até agora.

Quando cheguei em casa, Amma estava se aprontando para ir embora. Estava cozinhando um frango e sovando massa de pão com as mãos, "o único jeito de uma mulher que tem respeito próprio fazer pães." Olhei para a panela com desconfiança, imaginando se essa refeição ia para nossa mesa de jantar ou para a dos Grandes.

Peguei um pouco de massa e ela pegou minha mão.

— L-A-R-Á-P-I-O.

Eu sorri.

— Que significa mantenha suas mãos de ladrão longe dos meus pães, Ethan Wate. Tenho pessoas famintas para alimentar.

Acho que isso queria dizer que eu não comeria frango nem pãezinhos naquela noite.

Amma sempre ia para casa no Halloween. Ela dizia que era uma noite especial na igreja, mas minha mãe costumava dizer que era apenas uma boa noite para os negócios. Que noite melhor haveria para ler cartas do que a de Halloween? O público não seria o mesmo na Páscoa ou no Dia dos Namorados.

Mas diante dos últimos eventos, me perguntei se não havia outra razão. Talvez fosse uma boa noite para ler ossos de galinha no cemitério também. Eu não podia perguntar, e não tinha certeza se queria saber. Sentia falta de Amma, de conversar com ela, de confiar nela. Se ela estava sentindo a diferença, não estava demonstrando. Talvez ela só pensasse que eu estava crescendo, e talvez eu estivesse.

— Você vai àquela festa na casa dos Snow?

— Não, vou ficar em casa esse ano.

Ela ergueu uma sobrancelha, mas não ia perguntar. Já sabia por que eu não ia.

— Se você faz a cama, é melhor estar pronto para deitar nela.

Eu não disse nada. Sabia que não devia. Ela não estava esperando uma resposta.

— Estou me aprontando para ir em alguns minutos. Atenda a porta quando os pequenos passarem aí. Seu pai está ocupado trabalhando.

Como se meu pai fosse sair de seu exílio autoimposto para atender a porta e distribuir doces.

— Claro.

Os sacos de doce estavam no corredor. Eu os abri e virei em uma grande tigela de vidro. Não conseguia tirar as palavras de Lena da cabeça. *Uma noite com tanto poder das Trevas.* Lembrei de Ridley parada em frente ao carro do lado de fora do Pare & Roube, toda sorriso doce e pernas. Obviamente, identificar as forças das Trevas não era um dos meus talentos, e nem decidir para quem se devia ou não abrir a porta de casa. Como eu disse, quando a garota que não sai da sua cabeça é uma Conjuradora, o Halloween assumia um novo significado. Olhei para a tigela de doces nas minhas mãos. Então abri a porta da frente, coloquei a tigela na varanda e voltei para dentro.

Enquanto me ajeitava para ver *O Iluminado*, percebi que sentia falta de Lena. Deixei minha mente vagar, porque eu costumava achar um meio de ir até o ponto em que ela ficava, mas ela não estava lá. Adormeci no sofá esperando que Lena me chamasse em sonho, ou algo assim.

Uma batida na porta me assustou. Olhei para meu relógio. Eram quase 22 horas, tarde demais para crianças pedindo doces.

— Amma?

Nenhuma resposta. Ouvi a batida de novo.

— É você?

A varanda estava escura, e só a luz da TV estava piscando. Era o momento em *O Iluminado* em que o pai quebra a porta do hotel com o machado sangrento para ir atrás da família. Não era um bom momento para se abrir a porta, principalmente no Halloween. Outra batida.

— Link? — Desliguei a TV e olhei ao redor para ver se tinha algo para eu pegar, mas não havia nada. Peguei um velho console de videogame que estava no chão com uma pilha de jogos. Não era um taco de beisebol, mas era uma sólida peça de velha tecnologia japonesa. Pesava pelo menos uns 2,5 quilos. Levantei-o sobre a cabeça e dei um passo em direção à parede que separava a varanda do corredor de entrada. Outro passo, e puxei a cortina de renda que cobria a porta com painéis de vidro só um milímetro.

Na escuridão da varanda, não consegui ver o rosto dela. Mas eu reconheceria aquela velha van bege, com o motor ainda ligado em frente à minha casa, em qualquer lugar. "Areia do Deserto" era como ela costumava chamar. Era a mãe de Link, segurando um prato de brownies. Eu ainda estava segurando o videogame. Se Link me visse, jamais me deixaria continuar vivendo sem mencionar isso.

— Só um minuto, Sra. Lincoln.

Acendi a luz da varanda e destranquei a porta da frente. Mas quando tentei abri-la, a porta continuava presa. Verifiquei a fechadura de novo, e ela ainda estava trancada, apesar de eu ter acabado de destrancá-la.

— Ethan?

Destranquei a porta de novo. Ela se trancou com um estalo, antes que eu pudesse afastar minha mão da fechadura.

— Sra. Lincoln, desculpe, minha porta parece estar emperrada.

Sacudi a porta com todo meu peso, equilibrando o console. Alguma coisa caiu no chão na minha frente. Parei para pegar. Alho, enrolado em um dos lenços de Amma. Se fosse para dar um palpite, diria que havia um em cada porta e cada janela. Uma pequena tradição de Halloween de Amma.

Ainda assim, alguma coisa estava impedindo que a porta abrisse, assim como alguma coisa tinha tentado abrir a porta do escritório para mim dias atrás. Quantas trancas nessa casa iam ficar se abrindo e fechando sozinhas? O que estava acontecendo?

Destranquei a porta mais uma vez e dei um puxão final. Ela abriu de repente e bateu na parede do corredor. A Sra. Lincoln estava iluminada por trás, uma figura escura em uma poça de luz pálida. A silhueta era inquietante.

Ela olhou para o console na minha mão.

— Os videogames vão apodrecer seu cérebro, Ethan

— Sim, senhora.

— Trouxe brownies para você. Uma oferta de paz.

Ela os ofereceu com expectativa. Eu devia tê-la convidado para entrar. Havia regras para tudo. Acho que podia se chamar de educação, hospitalidade sulista. Mas eu tinha tentado isso com Ridley, e não tinha ido muito bem. Hesitei.

— O que a senhora faz aqui agora? Link não está aqui.

— É claro que não. Está na casa dos Snow, onde todo integrante honrado do corpo de alunos da Jackson High deveria ter sorte de estar. Precisei dar muitos telefonemas para conseguir que ele fosse convidado, devido ao comportamento recente dele.

Eu ainda não estava entendendo. Conhecia a Sra. Lincoln a minha vida inteira. Ela sempre tinha sido incomum. Se ocupava fazendo com que livros fossem tirados das prateleiras da biblioteca, professores demitidos das escolas, reputações arruinadas em apenas uma tarde. Ultimamente, ela estava diferente. A cruzada contra Lena era diferente. A Sra. Lincoln sempre teve convicções, mas isso era pessoal.

— Senhora?

Ela parecia agitada.

— Fiz brownies para você. Achei que podia entrar para conversarmos. Minha briga não é com você, Ethan. Não é sua culpa que aquela garota esteja usando a perversidade dela em você Você devia estar na festa com seus amigos. Com os adolescentes que são daqui de verdade. — Ela esticou os brownies, aqueles com pedaços de chocolate e calda de chocolate que eram sempre a primeira coisa a acabar na venda beneficente da Igreja Batista. Cresci comendo aqueles brownies. — Ethan?

— Senhora?

— Posso entrar?

Não movi um músculo. Segurei o console com mais força. Olhei para os brownies e de repente não senti mais fome. Nem mesmo o prato, nem uma migalha daquela mulher era bem-vinda na minha casa. Minha casa, como Ravenwood, estava começando a ter mente própria, e não havia parte de mim e nem da casa que iria deixá-la entrar.

— Não, senhora.

— O que você falou, Ethan?

— Não. Senhora.

Os olhos dela se apertaram. Ela empurrou o prato em minha direção, como se fosse entrar de qualquer jeito, mas ele balançou como se houvesse uma parede invisível entre ela e eu. Vi o prato se inclinar e cair lentamente até o chão, onde se partiu em milhões de pedaços de cerâmica e chocolate, tudo em cima do nosso capacho de Feliz Halloween. Amma teria um ataque de manhã.

A Sra. Lincoln se afastou pelos degraus da varanda com cautela e desapareceu na escuridão do velho Areia do Deserto.

Ethan!

A voz dela me arrancou do sono. Devo ter cochilado. A maratona de horror tinha acabado e a televisão tinha passado a transmitir um chuvisco alto e cinzento.

Tio Macon! Ethan! Socorro!

Lena estava gritando. Em algum lugar. Eu podia ouvir o terror em sua voz, e minha cabeça pulsava com tanta dor que por um segundo esqueci onde estava.

Alguém, por favor, me ajude!

A porta da frente da minha casa estava aberta, balançando e batendo ao vento. O som ricocheteava pelas paredes como tiros.

Achei que você tivesse dito que era seguro aqui!

Ravenwood.

Peguei as chaves do velho Volvo e corri.

Não consigo me lembrar de como cheguei a Ravenwood, mas sei que quase saí da estrada algumas vezes. Meus olhos mal conseguiam se focar. Lena estava sofrendo tanto e nossa ligação estava tão próxima que eu quase desmaiei só de senti-la.

E os gritos.

Os gritos eram constantes, desde o momento em que acordei até a hora em que apertei a lua crescente e entrei em Ravenwood.

Quando a porta se abriu, pude ver que Ravenwood tinha se transformado mais uma vez. Esta noite, estava quase como um castelo antigo. Candelabros jogavam sombras estranhas na multidão de convidados de vestidos negros, capas negras e jaquetas negras, em número bem maior do que na Reunião.

Ethan! Corra! Não consigo aguentar...

— Lena! — gritei. — Macon! Onde ela está?

Ninguém sequer olhou em minha direção. Não vi ninguém que eu conhecesse, embora o salão da frente estivesse repleto de convidados, indo de aposento a aposento como fantasmas em um jantar assombrado. Eles não eram daqui, pelo menos não há centenas de anos. Vi homens de saias escuras e grosseiras túnicas escocesas, mulheres de vestidos com espartilhos. Tudo era negro e envolvido em sombras.

Passei pela multidão empurrando e entrei no que parecia ser o grande salão de baile. Eu não via nenhum deles; nada de tia Del, nem Reece, nem mesmo a pequena Ryan. Velas ardiam em chamas nos cantos da sala, e o que parecia ser uma orquestra translúcida de estranhos instrumentos musicais entrava e saía de foco, tocando sozinha, enquanto casais cobertos de sombras iam girando e deslizando pelo chão que agora era de pedra. Os dançarinos nem pareciam me perceber.

A música era claramente música de Conjuradores, conclamando um feitiço próprio. Eram cordas, principalmente. Eu ouvia violinos, uma viola, um violoncelo. Quase via a teia que girava de dançarino para dançarino, o modo como puxavam um ao outro, como se fosse um padrão deliberado, e eles fizessem parte do design. E eu não.

Ethan...

Eu tinha que encontrá-la.

Uma repentina onda de dor. A voz dela estava ficando mais baixa agora. Tropecei e me apoiei no ombro do convidado ao meu lado. Bastou tocá-lo e a dor, a dor de Lena, fluiu através de mim e até ele. Ele cambaleou e esbarrou no casal dançando ao lado dele.

— Macon! — gritei a plenos pulmões.

Vi Boo Radley no topo da escada, como se estivesse esperando por mim. Os olhos redondos e humanos pareciam apavorados.

— Boo! Onde ela está?

Boo olhou para mim e vi os olhos enevoados e duros de Macon Ravenwood; pelo menos, eu podia ter jurado que vi. Então Boo se virou e correu. Corri atrás dele, ou pensei que o estava seguindo, correndo para cima na escadaria de pedra em espiral do que agora era o Castelo Ravenwood. Já no alto, ele esperou que eu o alcançasse, depois correu em direção ao final do corredor. Vindo de Boo, isso era praticamente um convite.

Ele latiu, e duas portas sólidas de carvalho abriram sozinhas com um gemido. Era tão longe da festa que eu nem conseguia ouvir a música nem a conversa dos convidados. Era como se tivéssemos entrado em outro lugar e tempo. Até mesmo o castelo estava mudando debaixo dos meus pés, as pedras se despedaçando, as paredes ficando cheias de musgo e frias. As luzes agora eram tochas penduradas na parede.

Eu conhecia coisas antigas. Gatlin era velha. Eu tinha crescido com coisas velhas. Isso era uma coisa totalmente diferente. Como Lena tinha dito, um Ano-Novo. Uma noite fora do tempo.

Quando entrei no quarto principal, dei de cara com o céu. O quarto se abria para os céus como uma estufa. O céu acima estava preto, o céu mais negro que eu já tinha visto. Como se estivéssemos no meio de uma tempestade terrível, mas ainda assim o quarto estava silencioso.

Lena estava deitada sobre uma pesada mesa de pedra, encolhida em posição fetal. Estava encharcada, ensopada no próprio suor e se contorcendo de dor. Eles estavam de pé ao redor dela: Macon, tia Del, Barclay, Reece, Larkin, até mesmo Ryan, e uma mulher que não reconheci, de mãos dadas, formando um círculo.

Os olhos deles estavam abertos, mas eles não enxergavam. Nem mesmo repararam que eu tinha entrado no quarto. Eu podia ver suas bocas se mexendo, murmurando alguma coisa. Quando cheguei perto de Macon, percebi que não estavam falando nossa língua. Eu não tinha certeza, mas já passara tempo o bastante com Marian para achar que era Latim.

> — *Sanguis sanguinis mei, tutela tua est.*
> *Sanguis sanguinis mei, tutela tua est.*
> *Sanguis sanguinis mei, tutela tua est.*
> *Sanguis sanguinis mei, tutela tua est.*

Eu só conseguia ouvir o murmúrio baixo, o cantarolar. Não conseguia mais ouvir Lena. Minha cabeça estava vazia. Ela tinha ido embora.

Lena! Me responda!

Nada. Ela continuava lá deitada, murmurando baixinho, se contorcendo lentamente como se estivesse tentando se livrar da própria pele. Ainda suando, o suor misturado às lágrimas.

Del quebrou o silêncio, histérica.

— Macon, faça alguma coisa! Não está funcionando.

— Estou tentando, Delphine.

Havia alguma coisa na voz dele que eu nunca tinha notado antes. Medo.

— Não entendo. Enfeitiçamos essa casa juntos. Essa casa é o único lugar onde ela deveria estar segura. — Tia Del olhou para Macon em busca de respostas.

— Estávamos errados. Não há abrigo seguro para ela aqui — disse uma mulher bonita da idade da minha avó com espirais de cabelos negros. Ela usava contas em volta do pescoço, cordão em cima de cordão, e enfeitados anéis de prata nos polegares. Tinha a mesma qualidade exótica que Marian tinha, como se fosse de algum lugar longe dali.

— Você não tem certeza, tia Arelia — falou Del, se virando para Reece. — Reece, o que está acontecendo? Consegue ver alguma coisa?

Os olhos de Reece estavam fechados, as lágrimas correndo pelo rosto.

— Não consigo ver nada, mãe.

O corpo de Lena deu um espasmo e ela gritou, ou pelo menos abriu a boca e parecia que estava gritando, mas não saiu som algum. Eu não conseguia suportar.

— Façam alguma coisa! Ajudem! — gritei.

— O que você está fazendo aqui? Saia daqui. Não é seguro — avisou Larkin. A família me notou pela primeira vez.

— Concentrem-se!

Macon parecia desesperado. A voz dele subiu acima das outras, cada vez mais alta, até que ele estava gritando:

> — *Sanguis sanguinis mei, tutela tua est.*
> *Sanguis sanguinis mei, tutela tua est.*
> *Sanguis sanguinis mei, tutela tua est.*
> *Sanguis sanguinis mei, tutela tua est.*
> *Sangue do meu sangue, a proteção é sua!*

Os integrantes do círculo contraíram os braços como se quisessem dar mais força ao círculo, mas não funcionou. Lena ainda dava gritos silenciosos de pavor. Aquilo era pior do que os sonhos. Era real. E se eles não iam acabar com isso, eu ia. Corri em direção a ela, passando por baixo dos braços de Reece e Larkin.

— Ethan, NÃO!

Quando entrei no círculo, consegui ouvir. Um uivo. Sinistro, assustador, como a voz do próprio vento. Ou seria mesmo uma voz? Eu não tinha certeza. Apesar de estar apenas a alguns metros da mesa onde ela estava deitada, senti como se estivesse a milhões de quilômetros de distância. Alguma coisa estava tentando me afastar, alguma coisa mais poderosa do que qualquer coisa que já senti antes. Até mais poderosa do que quando Ridley estava congelando minha vida dentro de mim. Fiz força contra com tudo o que havia em mim.

Estou indo, Lena! Aguente!

Joguei meu corpo para a frente, esticando a mão, como nos sonhos. O abismo negro no céu começou a girar.

Fechei meus olhos e saltei para a frente. Nossos dedos se tocaram, de leve. Ouvi a voz dela.

Ethan, eu...

O ar dentro do círculo girou em torno de nós com violência, como um tufão. Girando em direção ao céu, se é que ainda podíamos chamar de céu. Em direção à escuridão. Houve um estouro, como uma explosão, que empurrou tio Macon, tia Del, todo mundo de costas, contra as paredes atrás deles. No mesmo momento, o ar que girava dentro do círculo rompido foi sugado para a escuridão acima.

E então, acabou. O castelo virou um sótão normal, com uma janela retangular que se abria sob as calhas. Lena estava deitada no chão, em um emaranhado de cabelos e membros e inconsciência, mas estava respirando.

Macon se levantou do chão, olhando para mim espantado. Depois andou até a janela e a fechou.

Tia Del olhou para mim, lágrimas ainda escorrendo pelo rosto.

— Se eu mesma não tivesse visto...

Ajoelhei ao lado de Lena. Ela não conseguia se mexer nem falar. Mas estava viva. Eu conseguia senti-la, um pequeno latejar pulsando em sua mão. Deitei minha cabeça ao lado dela. Foi tudo que consegui fazer para não desmoronar.

A família de Lena lentamente se reuniu ao redor de nós, um círculo escuro falando sobre minha cabeça.

— Eu falei para você. O garoto tem poder.

— Não é possível. Ele é Mortal. Não é um de nós.

— Como um Mortal poderia quebrar um Círculo *Sanguinis*? Como um Mortal poderia repelir um *Mentem Interficere* tão poderoso que nem o Feitiço de Ravenwood conseguiu resistir?

— Não sei, mas tem que haver uma explicação. — Del ergueu a mão acima da cabeça. — *Evinco, contineo, colligo, includo.* — Ela abriu os olhos. — A casa ainda está Enfeitiçada, Macon. Consigo sentir. Ela atingiu Lena mesmo assim.

— Claro que atingiu. Não podemos impedi-la de vir atrás da criança.

— Os poderes de Sarafine crescem a cada dia. Reece consegue vê-la agora, quando olha nos olhos de Lena. — A voz de Del estava trêmula.

— Nos atacar aqui, nesta noite. Ela estava apenas querendo mostrar pra nós.

— Mostrar o quê, Macon?

— Que ela consegue.

Senti uma mão na minha têmpora. Era quase um carinho, alguém acariciava minha testa. Tentei ouvir, mas a mão me deixava com sono. Queria rastejar até minha casa e ir para a cama.

— Ou que não consegue. — Olhei para cima. Arelia estava esfregando minhas têmporas, como se eu fosse um pardalzinho ferido. Só que eu sabia que ela estava tentando me sentir, saber o que havia dentro de mim. Estava procurando por alguma coisa, vasculhando minha mente como se procurasse por um botão perdido ou uma meia velha. — Ela foi tola. Cometeu um erro crítico. Descobrimos a única coisa que precisamos saber — disse Arelia.

— Então você concorda com Macon? O garoto tem poder? — Del parecia ainda mais nervosa agora.

— Você estava certa antes, Delphine. Deve haver alguma outra explicação. Ele é Mortal, e sabemos que Mortais não possuem poder — disse Macon, como se estivesse tentando convencer a si mesmo e a todo mundo.

Mas eu tinha começado a me perguntar se não era verdade. Ele tinha dito a mesma coisa para Amma no pântano, que eu tinha algum tipo de poder. Só não fazia sentido, nem mesmo para mim. Eu não era um deles, isso eu sabia. Não era um Conjurador.

Arelia olhou para Macon.

— Pode Enfeitiçar a casa o quanto quiser, Macon. Mas sou sua mãe e estou dizendo que você pode trazer para cá todos os Duchannes, todos os Ravenwood, tornar o Círculo tão largo quanto esse condado esquecido, se quiser. Conjurar toda a *Vincula*, se quiser. Não é a casa que a protege. É o garoto. Nunca vi nada assim. Nenhum Conjurador pode ficar entre eles.

— É o que parece. — Macon parecia furioso, mas não desafiou a mãe. Eu estava cansado demais para me importar. Nem levantei minha cabeça.

Eu podia ouvir Arelia sussurrando alguma coisa no meu ouvido. Parecia que ela estava falando latim de novo, mas as palavras pareciam diferentes.

— *Cruor pectoris mei, tutela tua est!* Sangue do meu coração, a proteção é sua!

Os escritos na parede

Na manhã seguinte, eu não tinha ideia de onde estava. Então vi as palavras cobrindo as paredes e a velha cama de ferro e as janelas e os espelhos, tudo escrito com caneta permanente e na letra de Lena, e lembrei.

Levantei a cabeça e limpei a baba da minha bochecha. Lena ainda estava dormindo; eu podia ver o pé dela caindo pela lateral da cama. Me levantei, as costas ainda doendo por ter dormido no chão. Me perguntei quem nos trouxe do sótão e como.

Meu celular tocou; era meu despertador diário, para que Amma só tivesse que gritar pela escadaria três vezes para me acordar. Só que hoje, não tocou "Bohemian Rhapsody". Tocou a música. Lena se sentou, assustada, grogue.

— O que acont...

— Shh. Escute.

A música tinha mudado.

Dezesseis luas, dezesseis anos,
Dezesseis vezes você sonhou com meus medos,
Dezesseis vão tentar Enfeitiçar as esferas,
Dezesseis gritos mas só um escuta...

— Pare!

Ela pegou meu celular e o desligou, mas o verso continuou tocando.

— É sobre você, eu acho. Mas o que é Enfeitiçar as esferas?

— Quase morri ontem à noite. Estou cansada de tudo ser sobre mim. Estou cansada de todas essas coisas estranhas acontecendo comigo. Talvez a música idiota seja sobre você, pra variar. Você é o único aqui que tem 16 anos.

Frustrada, Lena ergueu a mão e a abriu. Depois fechou o punho e bateu no chão como se estivesse matando uma aranha.

A música parou. Ninguém ia mexer com Lena hoje. Eu não podia culpá-la, para ser honesto. Ela parecia estar enjoada, talvez até pior do que Link na manhã seguinte do dia em que Savannah o tinha desafiado a beber a velha garrafa de licor de menta do bar da mãe dela, no último dia de aula antes das férias de inverno. Três anos se passaram e ele ainda não comia doces de hortelã.

O cabelo de Lena estava espetado em umas 15 direções diferentes, e os olhos estavam pequenos e inchados de tanto chorar. Então era assim que as garotas ficavam de manhã. Eu nunca tinha visto aquilo, não de perto. Tentei não pensar em Amma e no inferno que teria que encarar quando chegasse em casa.

Rastejei até a cama e puxei Lena para o meu colo, passando minha mão pelo seu cabelo louco.

— Você está bem?

Ela fechou os olhos e enterrou o rosto no meu moletom. Eu sabia que devia estar fedendo como um gambá selvagem.

— Acho que sim.

— Eu ouvia você gritando lá da minha casa.

— Quem ia imaginar que fazer Kelt salvaria minha vida.

Eu não estava entendendo, como sempre.

— O que é Kelt?

— É assim que se chama o modo como conseguimos nos comunicar independentemente de onde estamos. Alguns Conjuradores conseguem fazer Kelt, outros não. Ridley e eu costumávamos conversar na escola desse jeito, mas...

— Pensei que você tivesse dito que nunca aconteceu com você antes.

— Nunca aconteceu antes comigo e um Mortal. Tio Macon diz que é muito raro.

Gostei de ouvir isso.

Lena me cutucou.

— Vem do lado celta de nossa família. É como os Conjuradores costumavam mandar recados uns pros outros durante os julgamentos. Nos Estados Unidos, costumavam chamar de "O Sussurro".

— Mas não sou Conjurador.

— Eu sei, é bem estranho. Não devia funcionar com Mortais.

Claro que não.

— Não acha que é mais do que estranho? Conseguimos fazer esse negócio de Kelt, Ridley entrou em Ravenwood por minha causa, até seu tio disse que consigo proteger você de alguma forma. Como isso é possível? Quero dizer, não sou Conjurador. Meus pais são diferentes, mas não são *tão* diferentes.

Ela se apoiou no meu ombro.

— Talvez não seja preciso ser Conjurador para ter poder.

Coloquei uma mecha de cabelo atrás da orelha dela.

— Talvez só seja preciso se apaixonar por uma.

Falei como quem não quer nada. Sem piadinhas, sem mudar o assunto. Pela primeira vez não fiquei sem jeito, porque era a verdade. Eu tinha me apaixonado. Acho que estava me apaixonando desde o começo. E ela tinha que saber, se ainda não sabia, porque não tinha como voltar atrás agora. Não para mim.

Ela olhou para mim, e o mundo inteiro desapareceu. Como se houvesse nós dois, como se sempre só fosse haver nós dois. E não precisássemos de magia para isso. Era meio que feliz e triste, tudo ao mesmo tempo. Eu não conseguia ficar perto dela sem sentir coisas, sem sentir tudo.

Em que você está pensando?

Ela sorriu.

Acho que você consegue descobrir. Pode ler o que está escrito na parede.

E enquanto ela dizia, apareceu algo escrito na parede. Lentamente, uma palavra de cada vez foi se formando.

Você

não

é

o

único

se

apaixonando.

Apareceu escrito sozinho, com a mesma letra preta que cobria as paredes do quarto. As bochechas de Lena ficaram um pouco vermelhas e ela cobriu o rosto com as mãos.

— Vai ser bem constrangedor se tudo que penso começar a aparecer nas paredes.

— Você não fez de propósito?

— Não.

Você não precisa ficar constrangida, L.

Afastei as mãos dela do rosto.

Porque sinto o mesmo por você.

Os olhos dela estavam fechados, e me inclinei para beijá-la. Foi um beijinho rápido, um beijinho de nada. Mas fez meu coração disparar mesmo assim.

Ela abriu os olhos e sorriu.

— Quero ouvir o resto. Quero saber como você salvou minha vida.

— Nem me lembro como cheguei aqui, e depois eu não conseguia encontrar você, e sua casa estava cheia de pessoas assustadoras que pareciam estar numa festa a fantasia.

— Não estavam.

— Imaginei.

— Então você me encontrou? — Ela deitou a cabeça no meu colo, erguendo os olhos para mim com um sorriso. — Você entrou no quarto com seu cavalo branco e me salvou da morte certa nas mãos de um Conjurador das Trevas?

— Não brinque. Foi apavorante. E não havia nenhum cavalo, era um cachorro.

— A última coisa de que me lembro foi de tio Macon falando sobre o Feitiço. — Lena torceu uma mecha de cabelo, pensativa.

— O que era aquela coisa de Círculo?

— O Círculo *Sanguinis*. O Círculo de Sangue.

Tentei não parecer muito apavorado. Mal conseguia engolir a ideia de Amma e os ossos de galinha. Achava que não poderia lidar com sangue de galinha de verdade; pelo menos, eu esperava que fosse apenas sangue de galinha.

— Não vi sangue.

— Não é sangue de verdade, seu idiota. Sangue no sentido de parentes, **família. Minha família inteira está aqui para a festividade, lembra?**

— Certo. Desculpe.

— Eu te falei. O Halloween é uma noite poderosa para Conjuros.

— Então era isso que vocês todos faziam lá em cima? Naquele Círculo?

— Macon queria Enfeitiçar Ravenwood. Sempre está Enfeitiçada, mas ele a Enfeitiça novamente a cada Halloween para o Ano-Novo.

— Mas alguma coisa deu errado.

— Acho que sim, porque estávamos naquele círculo, e eu conseguia ouvir tio Macon falando com tia Del, e depois todos começaram a gritar, e começaram a falar de uma mulher. Sara alguma coisa.

— Sarafine. Eu ouvi também.

— Sarafine. Era esse o nome? Nunca o ouvi antes.

— Ela deve ser uma Conjuradora das Trevas. Todos pareciam, não sei, com medo. Nunca ouvi seu tio falar daquele jeito antes. Você sabe o que estava acontecendo? Ela estava mesmo tentando matar você? — Eu não tinha certeza se queria saber a resposta.

— Não sei. Não me lembro de muita coisa, a não ser uma voz, como se alguém estivesse falando comigo de muito longe. Mas não me lembro o que dizia. — Ela se mexeu no meu colo, se apoiando sem jeito no meu peito. Quase conseguia sentir o coração dela pulsando junto ao meu, como um pássaro batendo asas dentro de uma gaiola. Estávamos tão próximos quanto duas pessoas podiam ficar sem olhar uma para a outra. E acho que essa manhã era assim que nós precisávamos ficar. — Ethan. Estamos ficando sem tempo. Não adianta. Seja o que fosse, seja lá quem ela fosse, você não acha que ela estava vindo até mim porque em quatro meses vou para as Trevas?

— Não.

— Não? É só isso que você tem a dizer sobre a pior noite da minha vida inteira, quando quase morri? — Lena se afastou.

— Pense bem. Essa Sarafine, seja lá quem ela for, iria atrás de você se você fosse um dos bandidos? Não, os mocinhos iriam atrás de você. Olhe para Ridley. Ninguém da sua família estava estendendo o tapete vermelho para recebê-la.

— Menos você. Imbecil. — Ela me deu um soco de brincadeira nas costelas.

— Exatamente. Porque não sou um Conjurador. Sou um ínfimo Mortal. E você mesma disse que se ela me mandasse pular de um penhasco, eu pularia.

Lena mexeu no cabelo.

— Sua mãe nunca perguntou a você, Ethan Wate, se você também pularia de um penhasco caso seus amigos fossem pular de um?

Passei os braços ao redor dela, me sentindo mais feliz do que deveria, considerando a noite anterior. Ou talvez apenas fosse Lena que estivesse se sentindo melhor, e eu estivesse em sintonia. Ultimamente, uma corrente forte corria entre nós e era difícil saber o que era eu e o que era ela.

Eu só sabia que queria beijá-la.

Você vai para a Luz.

E então a beijei.

Com certeza, para a Luz.

Beijei-a de novo, puxando-a para meus braços. Beijá-la era como respirar. Eu tinha que fazer. Não conseguia evitar. Comprimi meu corpo contra o dela. Podia ouvi-la respirando, sentir seu coração batendo contra meu peito. Meu sistema nervoso inteiro começou a disparar de repente. Meu cabelo ficou de pé. O cabelo preto dela caiu sobre minhas mãos, e ela relaxou contra meu corpo. Cada toque do seu cabelo era como uma pontada de eletricidade. Eu estava esperando para fazer aquilo desde que a conheci, desde que sonhei com ela pela primeira vez.

Era como um relâmpago. Éramos uma coisa só.

Ethan.

Mesmo na minha cabeça, pude ouvir a urgência na voz dela. Senti também, como se não conseguisse chegar perto o bastante. A pele dela estava macia e quente. Eu sentia as pontadas se intensificando. Nossos lábios estavam doendo; não conseguíamos nos beijar com mais intensidade. A cama começou a tremer e depois a flutuar. Eu a sentia balançando debaixo de nós. Senti falta de ar. Minha pele ficou fria. As luzes no quarto piscaram e o quarto girava, ou talvez estivesse escurecendo, eu não conseguia saber e não sabia se era eu ou a luz no quarto.

Ethan!

A cama caiu no chão. Ouvi o barulho de vidro quebrado ao longe, como se uma janela tivesse se despedaçado. Ouvi Lena chorando.

Depois, a voz de uma criança.

— O que houve, Lena? Por que está tão triste?

Senti uma mão pequena e quente no meu peito. O calor irradiou da mão, passou para o meu corpo, o quarto parou de girar e eu consegui respirar de novo. Abri os olhos.

Ryan.

Me sentei, a cabeça latejando. Lena estava ao meu lado, a cabeça pressionada contra meu peito, como tinha feito uma hora antes. Só que desta vez as janelas dela estavam quebradas, a cama tinha desmontado e uma pequena loura de 10 anos estava parada na minha frente com a mão no meu peito. Lena, ainda fungando, tentou empurrar parte de um espelho quebrado para longe de mim, assim como o que tinha sobrado da cama dela.

— Acho que descobrimos o que Ryan é.

Lena sorriu, enxugando os olhos. Puxou Ryan para perto.

— Uma Taumaturga. Nunca tivemos uma na família.

— Imagino que seja uma palavra bacana de Conjuradores para curandeira — eu disse, esfregando a cabeça.

Lena assentiu e beijou a bochecha de Ryan.

— Algo do tipo.

Apenas um feriado americano comum

Depois do Halloween, parecia a calmaria depois da tempestade. Estabelecemos uma rotina, apesar de sabermos que o tempo estava passando. Eu andava até a esquina para me esconder de Amma, Lena me pegava com o rabecão, Boo Radley nos alcançava na frente do Pare & Roube e nos seguia até a escola. Com a exceção ocasional de Winnie Reid, a única integrante da equipe de debate da Jackson, o que tornava o debate algo difícil, ou Robert Lester Tate, que tinha ganhado o campeonato estadual de soletrar dois anos seguidos, a única pessoa que sentava conosco no refeitório era Link. Quando não estávamos na escola comendo nas arquibancadas ou sendo espionados pelo diretor Harper, estávamos enfiados na biblioteca relendo os papéis sobre o medalhão e torcendo para que Marian desse um escorregão e nos contasse alguma coisa. Sem sinal de primas Sirenas paqueradoras portando pirulitos e toques mortais, sem tempestades nível 3 inexplicáveis ou ameaçadoras nuvens negras no céu, nem mesmo uma refeição esquisita com Macon. Nada fora do normal.

Exceto uma coisa. A coisa mais importante. Eu estava louco por uma garota que se sentia do mesmo jeito em relação a mim. Quando isso tinha acontecido? O fato de ela ser uma Conjuradora era quase mais fácil de acreditar do que o fato de que ela existia.

Eu tinha Lena. Ela era poderosa e bonita. Cada dia era apavorante, e cada dia era perfeito.

Até que, do nada, o impensável aconteceu. Amma convidou Lena para o jantar de Ação de Graças.

— Não sei por que você quer ir lá em casa no dia de Ação de Graças. É bem chato. — Eu estava nervoso. Amma obviamente estava tramando alguma coisa.

Lena sorriu, então relaxei. Não havia nada melhor do que quando ela sorria. Sempre me deixava maravilhado.

— Não acho que seja chato.

— Você nunca foi ao jantar de Ação de Graças na minha casa.

— Nunca fui a um jantar de Ação de Graças na casa de ninguém. Conjuradores não comemoram o dia de Ação de Graças. É um feriado Mortal.

— Está brincando? Sem peru? Sem torta de abóbora?

— Isso mesmo.

— Você não comeu muito hoje, comeu?

— Na verdade, não.

— Então você ficará bem.

Eu tinha preparado Lena para que ela não ficasse surpresa quando as Irmãs enrolassem uns pãezinhos em guardanapos e os enfiassem na bolsa. Ou quando minha tia Caroline e Marian passassem metade da noite debatendo sobre a localização da primeira biblioteca pública dos EUA (Charleston) ou sobre as proporções certas para fazer a tinta "verde Charleston" (duas partes de preto "Yankee" e uma parte de amarelo "Rebel"). Tia Caroline era curadora de um museu em Savannah e sabia tanto sobre arquitetura e antiguidades de época quanto minha mãe sabia sobre munição da Guerra Civil e estratégias de batalha. Era para isso que Lena tinha que estar pronta: Amma, meus parentes malucos, Marian e Harlon James, para completar.

Deixei de fora o único detalhe que ela realmente precisava saber. Considerando os acontecimentos mais recentes, o dia de Ação de Graças provavelmente também significava jantar com meu pai de pijama. Mas isso era uma coisa que eu não poderia explicar.

Amma levava o dia de Ação de Graças muito a sério, o que significava duas coisas. Meu pai finalmente sairia do escritório, se bem que já estaria escuro, e portanto não seria uma grande exceção, e ele comeria à mesa conosco. Nada de cereal. Era o mínimo que Amma permitiria. Então em homenagem à peregrinação do meu pai ao mundo que todos nós habitávamos todo dia, Amma cozinhava muito. Peru, purê de batata com molho, feijão manteiga e creme de milho, batata doce com marshmallow, presunto com mel e pãezinhos, torta de abóbora e torta de limão com merengue, a qual, depois da minha noite no pântano, eu tinha quase certeza de que ela estava fazendo mais para o tio Abner do que para o resto de nós.

Parei por um segundo na varanda, me lembrando de como me senti na varanda de Ravenwood na primeira noite que fui lá. Agora era a vez de Lena. Ela tinha prendido o cabelo escuro, revelando o rosto, e toquei o ponto onde um fio conseguiu escapar, se enroscando até seu queixo.

Está pronta?

Ela puxou o vestido preto para soltá-lo da meia-calça.

Não.

Deveria estar.

Sorri e abri a porta.

— Pronta ou não...

A casa cheirava como na minha infância. Cheiro de purê de batata e de trabalho árduo

— Ethan Wate, é você? — gritou Amma da cozinha.

— Sim, senhora.

— Trouxe aquela garota? Traga-a aqui para que possamos dar uma boa olhada nela.

A cozinha estava fervilhando. Amma estava em frente ao fogão, usando o avental e tinha uma colher de pau em cada mão. Tia Prue estava andando pela cozinha, enfiando os dedos nos potes na bancada. Tia Mercy e tia Grace estavam fazendo Palavras Cruzadas na mesa da cozinha; nenhuma das duas parecia perceber que não estavam acertando palavra alguma.

— Não fique aí parado. Traga-a até aqui.

Cada músculo do meu corpo se contraiu. Não havia como prever o que Amma ou as Irmãs iam dizer. Eu ainda não tinha ideia de por que Amma tinha insistido que eu convidasse Lena.

Lena deu um passo a frente.

— É um prazer finalmente conhecer a senhora.

Amma olhou Lena de cima a baixo, limpando as mãos no avental.

— Então é você que tem mantido meu menino tão ocupado. O carteiro estava certo. Linda como numa foto. — Me perguntei se Carlton Eaton tinha mencionado isso na ida até Wader's Creek.

Lena ficou vermelha.

— Obrigada.

— Ouvi dizer que você deu uma sacudida nas coisas naquela escola. — Tia Grace sorriu. — Isso é bom. Não sei o que andam ensinando a vocês lá.

Tia Mercy colocou peças no tabuleiro, uma de cada vez: C-O-Ç-A-N-O.

Tia Grace se inclinou para mais perto do tabuleiro, apertando os olhos.

— Mercy Lynne, você está roubando de novo! Que espécie de palavra é essa? Use-a em uma frase.

— Estou me *coçano* para comer um pouco daquela torta branca.

— Não é assim que se escreve. — Pelo menos uma delas sabia ortografia. Tia Grace tirou uma das peças do tabuleiro. — Coçano não é com cê cedilha. — Ou não.

Você não estava exagerando.

Eu avisei.

— Ouvi a voz de Ethan? — Tia Caroline entrou na cozinha bem na hora, de braços abertos. — Venha aqui e dê um abraço na sua tia.

Sempre me espantava por um segundo o tanto que ela se parecia com minha mãe. O mesmo cabelo longo castanho, sempre preso, os mesmos olhos castanhos escuros. Mas minha mãe sempre preferiu pés descalços e jeans, enquanto tia Caroline estava mais para uma bela sulista com vestidos de verão e suéteres justos. Acho que minha tia gostava de ver a expressão nos rostos das pessoas quando descobriam que ela era curadora no Museu de História de Savannah e não uma debutante madura.

— Como estão as coisas aqui no norte? — Tia Caroline sempre se referia a Gatlin como "norte" por ser ao norte de Savannah.

— Tudo bem. Você me trouxe doce de amêndoa?

— Não trago sempre?

Peguei a mão de Lena, puxando-a para perto de nós.

— Lena, esta é minha tia Caroline, e estas são minhas tias-avós Prudence, Mercy e Grace.

— É um prazer conhecê-las. — Ela esticou a mão, mas minha tia Caroline a puxou e deu um abraço.

A porta da frente bateu.

— Feliz Dia de Ação de Graças. — Marian entrou carregando uma travessa e um prato de torta, um em cima do outro. — O que eu perdi?

— Esquilos. — Tia Prue andou até ela e passou o braço pelo de Marian. — O que você sabe sobre eles?

— Já chega, todos vocês, saiam da minha cozinha. Preciso de espaço para fazer minha mágica, e Mercy Statham, estou vendo você comendo minhas balas de canela. — Tia Mercy parou de mastigar por um segundo. Lena olhou para mim, tentando não sorrir.

Eu podia chamar a Cozinha.

Confie em mim, Amma não precisa de ajuda alguma quando se trata de cozinhar. Ela faz sua própria mágica.

Todo mundo foi para a sala de estar. Tia Caroline e tia Prue estavam conversando sobre como plantar caquis em uma varanda e tia Grace e tia Mercy ainda estavam brigando sobre como escrever "coçando", enquanto Marian era a juíza. Era o bastante para deixar qualquer um maluco, mas quando vi Lena entre as Irmãs, ela parecia feliz, exultante.

Isso é legal.

Está brincando?

Era essa a ideia dela de uma festa em família? Comida e Palavras Cruzadas e velhas senhoras brigando? Eu não tinha certeza, mas sabia que isso era o mais distante possível da Reunião.

Pelo menos ninguém está tentando matar ninguém.

Dê a elas uns 15 minutos, L.

Vi o olhar de Amma pela porta da cozinha, mas não era para mim que ela estava olhando. Era para Lena.

Estava armando alguma coisa, com certeza.

O jantar de Ação de Graças transcorreu como todo ano. Só que nada era igual. Meu pai estava de pijama, a cadeira de minha mãe estava vazia e eu estava de mãos dadas com uma garota Conjuradora por baixo da mesa. Por um segundo, foi demais — me sentir feliz e triste ao mesmo tempo —, como se as duas coisas estivessem presas uma a outra de alguma forma. Mas só tive um segundo para pensar nisso; mal tínhamos dito "amém" e as Irmãs começaram a trocar pãezinhos, Amma estava colocando colheradas enormes de purê de batata e molho nos nossos pratos e tia Caroline começou com a conversa superficial.

Eu sabia o que estava acontecendo. Se houvesse trabalho o bastante, conversa o bastante, torta o bastante, talvez ninguém notasse a cadeira vazia. Não havia torta o bastante no mundo para isso, nem mesmo na cozinha de Amma.

Ainda assim, tia Caroline estava determinada a me manter falando.

— Ethan, você precisa de alguma coisa emprestada para a encenação? Tenho umas jaquetas no sótão que realmente parecem autênticas.

— Nem me lembre.

Eu quase tinha esquecido que teria que me vestir de soldado Confederado para a encenação da batalha de Honey Hill se quisesse passar em História este ano. Todo mês de fevereiro havia uma encenação da Guerra Civil em Gatlin; era a única razão pela qual turistas apareciam aqui.

Lena esticou a mão para pegar um pãozinho.

— Não entendo por que a encenação é tão importante. Parece ser trabalho demais para recriar uma batalha que aconteceu há mais de cem anos, considerando que podemos ler sobre ela nos livros de história.

Oh-oh.

Tia Prue ofegou; aquilo era blasfêmia na opinião dela.

— Deviam queimar aquela escola de vocês até não sobrar nada! Não estão ensinando história nenhuma lá. Você não pode aprender sobre a guerra da Independência Sulista em livro nenhum. Tem que ver por si mesma, e cada um de vocês crianças deveria, porque o mesmo país que lutou junto na Revolução Americana pela independência virou contra si mesmo na Guerra.

Ethan, diga alguma coisa. Mude o assunto.

Tarde demais. Ela vai começar a cantar o hino nacional a qualquer momento.

Marian abriu um pãozinho e o recheou de presunto.

— A Srta. Statham tem razão. A Guerra Civil fez este país se virar contra si mesmo, muitas vezes irmão contra irmão. Foi um capítulo trágico na história americana. Mais de meio milhão de homens morreram, apesar de a maior parte ter morrido de doenças e não em batalhas.

— Um capítulo trágico, é o que isso foi — assentiu Tia Prue.

— Não fique nervosa, Prudence Jane.

Tia Grace deu tapinhas no braço da irmã. Tia Prue empurrou a mão dela.

— Não me diga que estou nervosa. Só estou tentando fazer com que eles diferenciem a cabeça do rabo do porco. Sou a única a ensinar alguma coisa. Aquela escola devia me pagar.

Eu devia ter avisado você para não provocá-las.

Agora que você me diz.

Lena se mexeu desconfortavelmente na cadeira.

— Desculpe. Eu não tive a intenção de ser desrespeitosa. Nunca conheci ninguém que soubesse tanto sobre a Guerra.

Boa. Se você estiver querendo dizer obcecada...

— Não se sinta mal, querida. Prudence Jane fica meio irritada de vez em quando. — Tia Grace deu uma cotovelada em tia Prue.

É por isso que colocamos uísque no chá dela.

— Foi aquele doce de amendoim que Carlton trouxe. — Tia Prue olhou para Lena se desculpando. — Tenho dificuldade com muito açúcar.

Dificuldade em ficar longe de muito açúcar.

Meu pai tossiu e empurrou o purê de batata pelo prato distraidamente. Lena viu uma oportunidade para mudar o assunto.

— Ethan disse que o senhor é escritor, Sr. Wate. Que tipo de livros o senhor escreve?

Meu pai olhou para ela, mas não disse nada. Provavelmente nem percebeu que Lena estava falando com ele.

— Mitchell está trabalhando em um livro novo. É um livro grande. Talvez o mais importante que ele já escreveu. Mas ele escreveu muitos livros.

Quantos já tem, Mitchell? — perguntou Amma, como se estivesse falando com uma criança. Ela sabia quantos livros meu pai tinha publicado.

— Treze — murmurou meu pai.

Lena não foi desencorajada pelo apavorante traquejo social de meu pai, apesar de eu sim. Olhei para ele, cabelo despenteado, olheiras sob os olhos. Quando tinha chegado a esse ponto?

Lena continuou.

— Sobre o quê é seu livro?

Meu pai voltou à vida, animado pela primeira vez esta noite.

— É uma história de amor. Esse livro tem sido uma jornada, na verdade. O grande romance americano. Alguns podem dizer que é *O Som e a Fúria* da minha carreira, mas não posso falar muito do enredo. Não mesmo. Não neste ponto. Não quando estou tão perto... de... — Ele estava divagando. De repente parou de falar, como se alguém tivesse mexido em um interruptor em suas costas. Ele olhava para a cadeira vazia da minha mãe enquanto se afastava mentalmente.

Amma parecia ansiosa. Tia Caroline tentou distrair todo mundo daquela que estava rapidamente se tornando a noite mais constrangedora da minha vida.

— Lena, de onde você falou que veio?

Mas eu não pude ouvir a resposta. Não pude ouvir nada. Em vez disso, o que eu via era tudo em câmera lenta. Borrado, se expandindo e contraindo, como as ondas de calor ficam quando se movem no ar.

Então...

A sala estava paralisada, só que não estava. Eu estava paralisado. Meu pai estava paralisado. Seus olhos estavam apertados, os lábios arredondados pelos sons que não tiveram chance de passar. Ainda olhando para o prato cheio de purê, intocado. As Irmãs, tia Caroline e Marian estavam como estátuas. Até o ar estava perfeitamente parado. O pêndulo no relógio tinha parado no meio do movimento.

Ethan? Você está bem?

Tentei responder, mas não consegui. Quando Ridley me manteve preso em seu toque mortal, tive certeza de que ia congelar e morrer. Agora eu estava paralisado também, mas não estava com frio e nem morrendo.

— Eu fiz isso? — perguntou Lena em voz alta.

Só Amma podia responder.

— Conjurar um Feitiço do Tempo? Você? Tão provável quanto um jacaré sair de um ovo de peru — bufou ela. — Não, você não fez isso, criança. Isso é maior do que você. Os Grandes acham que é hora de termos uma conversa de mulher para mulher. Ninguém pode nos ouvir agora.

Exceto eu. Eu ouço vocês.

Mas as palavras não saíram. Eu podia ouvi-las conversando, mas não conseguia emitir som algum.

Amma olhou para o teto.

— Obrigada, tia Delilah. Agradeço a ajuda. — Ela andou até o bufê e cortou um pedaço de torta de abóbora. Colocou em um prato de porcelana enfeitado e o deixou no meio da mesa. — Agora vou deixar esse pedaço para você e para os Grandes, e trate de lembrar que fiz isso.

— O que está acontecendo? O que você fez a eles?

— Não fiz nada a *eles*. Só arrumei um tempinho para nós.

— Você é Conjuradora?

— Não, sou apenas uma Vidente. Vejo o que precisa ser visto, o que ninguém mais pode ver ou quer ver.

— Você parou o tempo? — Conjuradores podiam fazer isso, parar o tempo. Lena tinha me contado. Mas só os incrivelmente poderosos.

— Não fiz nada. Só pedi aos Grandes um pouco de *ajuda* e tia Delilah ajudou.

Lena parecia confusa ou assustada.

— Quem são os Grandes?

— Os Grandes são minha família do Outro Mundo. Eles me ajudam de vez em quando, e não estão sozinhos. Há outros com eles. — Amma se inclinou sobre a mesa, olhando Lena nos olhos. — Por que você não está usando a pulseira?

— O quê?

— Melchizedek não a deu para você? Falei para ele que você tinha que usar.

— Ele me deu, mas eu tirei.

— Por que você faria uma coisa dessas?

— Descobrimos que estava bloqueando as visões.

— Estava mesmo bloqueando uma coisa. Até que você parou de usar.

— O que estava bloqueando?

Amma esticou a mão e pegou a de Lena, virando-a para revelar a palma.

— Eu não queria ser a pessoa a ter que lhe contar isso, criança. Mas Melchizedek, sua família, eles não vão contar, nenhum deles. E você precisa saber. Precisa estar preparada.

— Preparada para quê?

Amma olhou para o teto, murmurando baixinho.

— Ela está vindo, criança. Vindo atrás de você, e ela é uma força com a qual se deve tomar cuidado. Trazendo tantas Trevas quanto a noite.

— Quem? Quem vem atrás de mim?

— Queria que os seus tivessem contado. Não queria que fosse eu. Mas os Grandes disseram que alguém tem que contar a você antes que seja tarde demais.

— Contar o quê? Quem está vindo, Amma?

Amma pegou uma pequena bolsinha que estava pendurada em uma cor- da de couro em torno do seu pescoço por dentro da blusa e a segurou, abai- xando o tom de voz como se tivesse medo de que alguém pudesse ouvir.

— Sarafine. A das Trevas.

— Quem é Sarafine?

Amma hesitou, apertando a bolsinha com mais força.

— Sua mãe.

— Não entendo. Meus pais morreram quando eu era criança, e o nome da minha mãe era Sara. Vi na árvore genealógica.

— Seu pai morreu, é verdade, mas sua mãe está tão viva quanto eu aqui na sua frente. E você sabe como são as árvores genealógicas aqui no sul, elas nunca estão tão certas quanto alegam estar.

A cor sumiu do rosto de Lena. Lutei para esticar a mão e pegar a dela, mas só meu dedo tremeu. Eu estava impotente. Não podia fazer nada além de olhar enquanto ela caía em um lugar escuro, sozinha. Assim como nos sonhos.

— E ela é das Trevas?

— Ela é a maior Conjuradora das Trevas da atualidade.

— Por que meu tio não me contou? Ou minha avó? Disseram que ela estava morta. Por que mentiriam para mim?

— Há a verdade e há a *verdade*. Não são exatamente a mesma coisa. Acho que estavam tentando proteger você. Ainda acham que podem. Mas os Grandes... Eles não têm tanta certeza. Eu não queria ter que contar a você, mas Melchizedek é teimoso.

— Por que está tentando me ajudar? Pensei... Pensei que você não gostasse de mim.

— Não tem nada a ver com gostar ou não. Ela vem atrás de você, e você não precisa de nada que a distraia. — Amma ergueu uma sobrancelha. — E não quero que nada aconteça com meu menino. Isso é maior do que você, maior do que vocês dois.

— O que é maior do que nós dois?

— Tudo isso. Você e Ethan não estão destinados a ficarem juntos.

Lena parecia confusa. Amma estava falando em charadas de novo.

— O que você quer dizer?

Amma se virou como se alguém atrás dela tivesse lhe dado um tapinha no ombro.

— O que disse, tia Delilah? — Amma se virou para Lena. — Não temos muito tempo.

O pêndulo no relógio começou a se mover quase imperceptivelmente. A sala começou a voltar à vida. Os olhos de meu pai começaram a piscar lentamente, tão lentamente que demorou segundos para que os cílios roçassem a pálpebra inferior.

— Coloque a pulseira de volta. Você precisa de toda ajuda que puder ter.

O tempo voltou a se ajustar...

Pisquei algumas vezes, olhando em volta. Meu pai ainda encarava as batatas. Tia Mercy ainda estava enrolando um pãozinho no guardanapo. Levantei as mãos em frente ao rosto e balancei os dedos.

— Que diabos foi aquilo?

— Ethan Wate! — disse Tia Grace, ofegante.

Amma estava abrindo seus pãezinhos e os recheando de presunto. Olhou para mim, pega desprevenida. Era óbvio que ela não tinha tido a intenção de que eu ouvisse sua conversa. Ela me deu o Olhar. Significando: mantenha a boca fechada, Ethan Wate.

— Não use esse tipo de linguagem na minha mesa. Você não está velho demais para eu lavar sua boca com sabão. O que você acha que é? Presunto e pãozinho. Peru recheado. Agora que passei o dia cozinhando, espero que você coma.

Olhei para Lena. O sorriso dela tinha sumido. Ela estava olhando para o prato.

Lena. Volte pra mim. Não vou deixar nada acontecer a você. Tudo vai ficar bem.

Mas ela estava muito distante de mim.

Lena não disse uma palavra no caminho para casa. Quando chegamos a Ravenwood, ela abriu a porta do carro, fechou-a com força e saiu em direção à casa sem uma palavra.

Quase não a segui até a porta. Minha cabeça estava girando. Eu não conseguia imaginar o que Lena estava sentindo. Era ruim demais perder a mãe, mas mesmo eu não podia imaginar como era descobrir que sua mãe queria você morta.

Minha mãe estava perdida para mim, mas eu não estava perdido. Ela tinha me ancorado, a Amma, ao meu pai, a Link, a Gatlin antes de partir. Eu a sentia nas ruas, em minha casa, na biblioteca, até na despensa. Lena nunca tivera nada disso. Cresceu solta e à deriva, Amma diria, como as balsas dos pobres no pântano.

Eu queria ser a âncora dela. Mas agora, acho que ninguém poderia ser.

Lena passou por Boo, que estava sentado na varanda da frente e nem estava ofegando, apesar de ter corrido atrás do nosso carro obedientemente durante todo o trajeto. Também tinha ficado sentado no jardim da frente de minha casa durante todo o jantar. Ele parecia gostar de batata doce e dos pequenos marshmallows que joguei pela porta da frente quando Amma foi à cozinha buscar mais molho.

Eu podia ouvi-la gritando dentro da casa. Suspirei, saí do carro e sentei nos degraus da varanda ao lado do cachorro. Minha cabeça já estava latejando, com pouco açúcar no sangue.

— Tio Macon! Tio Macon! Acorde! O sol se pôs, sei que você não está dormindo aí!

Eu conseguia ouvir Lena gritando dentro da minha cabeça também.

O sol se pôs, sei que você não está dormindo!

Eu estava esperando pelo dia em que Lena fosse se abrir e me contar a verdade sobre Macon, como tinha me contado a verdade sobre si mesma. Seja lá o que ele fosse, ele não parecia um Conjurador normal, se é que isso existia. Pelo modo como ele dormia o dia todo e só aparecia e desaparecia onde queria, não era preciso ser gênio para ver onde aquilo ia dar. Ainda assim, eu não tinha certeza se queria entrar nesse assunto hoje.

Boo olhou para mim. Estiquei minha mão para fazer carinho nele, e ele virou a cabeça, como se dissesse que não precisava. "Por favor não me toque, garoto." Quando ouvimos coisas começarem a quebrar lá dentro, Boo e eu nos levantamos e seguimos o barulho. Lena estava batendo em uma das portas no segundo andar.

A casa tinha voltado para o que eu suspeitava ser o estilo preferido de Macon, com ornamentos antiquados do período anterior à guerra. Fiquei secretamente aliviado por não estar dentro de um castelo. Desejei poder parar o tempo e voltar três horas. Para ser honesto, eu ficaria perfeitamente feliz se a casa de Lena tivesse se transformado em um trailer e estivéssemos sentados todos em frente a uma tigela de sobras de recheio de peru, como o resto de Gatlin.

— Minha mãe? Minha própria mãe?

A porta abriu de repente. Macon estava lá, todo bagunçado. Usava um pijama de linho amassado, que, odeio ter de admitir, era um camisolão. Os olhos dele estavam mais vermelhos do que o habitual e a pele mais branca, o cabelo desalinhado. Ele parecia ter sido atropelado por um caminhão.

À sua maneira, ele não era tão diferente do meu pai, uma bagunça. Talvez uma bagunça mais refinada. Exceto pelo camisolão; meu pai jamais seria visto usando um vestido.

— Minha mãe é Sarafine? Aquela *coisa* que tentou me matar no Halloween? Como você pôde esconder isso de mim?

Macon balançou a cabeça e passou a mão no cabelo, irritado.

— Amarie.

Eu pagaria qualquer coisa para ver Macon e Amma acertando as contas numa briga. Meu dinheiro seria apostado em Amma, sem dúvida alguma.

Macon passou pelo portal, fechando a porta atrás de si. Dei uma olhada rápida no quarto dele. Parecia algo saído do *Fantasma da Ópera*, com candelabros de ferro fundido mais altos do que eu e uma cama preta com dosséis adornada com veludo cinza e preto. As janelas tinham cortinas do mesmo material, que caíam pesadas sobre as janelas escuras da fazenda. Até as paredes eram cobertas de tecido puído preto e cinza que tinha provavelmente uns cem anos. O quarto era muito escuro, escuro como a noite. O efeito era assustador.

A escuridão, a verdadeira escuridão, era algo além da pura ausência de luz.

Quando Macon passou pelo portal, emergiu no corredor perfeitamente vestido, sem um fio de cabelo fora do lugar, nenhuma ruga na calça ou na camisa branca engomada. Até os sapatos de couro não tinham um arranhão. Ele não parecia nada como em um momento antes, e tudo que tinha feito era passar pela porta do próprio quarto.

Olhei para Lena. Ela não tinha nem reparado, e senti frio ao lembrar por um momento o quão diferente sua vida deve ter sempre sido em comparação à minha.

— Minha mãe está viva?

— Temo que seja um pouco mais complicado do que isso.

— Você quer dizer a parte sobre como minha própria mãe quer me matar? Quando você ia me contar, tio Macon? Quando eu tivesse sido Invocada?

— Por favor, não comece isso de novo. Você não vai para as Trevas. — Macon suspirou.

— Não imagino como pode pensar diferente. Já que sou a filha da, abre aspas, Conjuradora das Trevas mais poderosa da atualidade, fecha aspas.

— Entendo que esteja chateada. É muita coisa para absorver, e eu mesmo devia ter lhe contado. Mas você tem que acreditar que eu estava tentando lhe proteger.

Lena estava mais do que irritada agora.

— Me proteger! Você me deixou acreditar que o Halloween foi apenas um ataque aleatório, mas era minha mãe! Minha mãe está viva e estava tentando me matar, e você achou que eu não devia saber sobre isso?

— Não sabemos se ela está tentando matar você.

Quadros começaram a bater contra as paredes. As lâmpadas alinhadas no corredor começaram a se apagar uma a uma. O som de chuva chegou às janelas.

— Já não tivemos tempo ruim o bastante nas últimas semanas?

— Sobre o que mais você tem mentido? O que vou descobrir agora? Que meu pai está vivo também?

— Lamento dizer que não. — Ele falou como se fosse uma tragédia, algo triste demais para se mencionar. Era o mesmo tom que as pessoas usavam quando falavam da morte da minha mãe.

— Você tem que me ajudar. — Sua voz estava falhando.

— Farei tudo que puder para ajudar você, Lena. Sempre fiz.

— Não é verdade — respondeu ela. — Você não me contou sobre meus poderes. Não me ensinou a me proteger.

— Não sei a extensão dos seus poderes. Você é uma Natural. Quando precisa fazer uma coisa, você faz. Da sua maneira, no seu próprio tempo.

— Minha própria mãe quer me matar. Não tenho tempo.

— Como eu disse antes, não sabemos se ela está querendo matar você.

— Então como você explica o Halloween?

— Há outras possibilidades. Del e eu estamos tentando descobrir. — Macon se virou, como se fosse entrar de novo no quarto. — Você precisa se acalmar. Podemos conversar depois.

Lena se virou na direção de um vaso sobre uma prateleira no final do corredor. Como se puxado por uma corda, o vaso seguiu o olhar dela até a parede ao lado da porta do quarto de Macon, voando e se espatifando contra o gesso. Foi longe o bastante de Macon para não machucá-lo, mas perto o bastante para mostrar a opinião dela. Não foi nenhum acidente.

Não era uma daquelas vezes em que Lena tinha perdido o controle e as coisas apenas *aconteceram*. Ela tinha feito isso de propósito. Estava no controle.

Macon se virou tão rápido que nem o vi se mover, mas de repente ele estava parado na frente de Lena. Estava tão chocado quanto eu, e tinha percebido a mesma coisa: não tinha sido acidente E o olhar no rosto dela dizia que ela também estava surpresa. Ele parecia magoado, tão magoado quanto Macon Ravenwood podia ser capaz de demonstrar.

— Como eu disse, quando você precisa fazer uma coisa você faz.

Macon se virou para mim.

— Vai ficar mais perigoso, lamento dizer, nas próximas semanas. As coisas mudaram. Não a deixe sozinha. Quando ela estiver aqui, posso protegê-la, mas minha mãe estava certa. Parece que você também pode protegê-la, talvez melhor do que eu.

— Olá? Eu estou ouvindo você! — Lena se recuperou de sua demonstração de poder e do olhar no rosto de Macon. Eu sabia que ela se culparia mais tarde, mas agora estava irritada demais para ver isso. — Não fale de mim como se eu não estivesse aqui.

Uma lâmpada explodiu atrás de Macon e ele não moveu um músculo.

— Você está ouvindo o que você mesmo diz? Preciso saber! Sou eu que estou sendo caçada. Sou eu que ela quer, e nem sei por quê.

Eles olharam um para o outro, um Ravenwood e uma Duchannes, dois braços da mesma árvore genealógica distorcida de Conjuradores. Me perguntei se seria uma boa hora para eu ir embora.

Macon olhou para mim. O rosto dele dizia que sim.

Lena olhou para mim. O dela dizia que não.

Ela me pegou pela mão, e eu pude sentir o calor, queimando. Ela estava em chamas, mais furiosa do que eu jamais a tinha visto. Eu não acreditava que as janelas da casa ainda não tivessem estourado.

— Você sabe por que ela está me perseguindo, não sabe?

— É...

— Deixe-me adivinhar, complicado?

Os dois ficaram olhando um para o outro. O cabelo de Lena estava se mexendo. Macon estava girando o anel de prata.

Boo estava se afastando, o corpo rente ao chão. Cachorro esperto. Eu desejava poder rastejar para longe também. A última das lâmpadas estourou, e então ficamos no escuro.

— Você tem que me contar tudo que sabe sobre meus poderes. — Esses eram seus termos.

Macon suspirou, e a escuridão começou a se dissipar.

— Lena. Não é que eu não queira contar. Depois da sua pequena *demonstração*, está claro que nem sei do que você é capaz. Ninguém sabe. Suspeito que nem você. — Ela não estava completamente convencida, mas ouvia. — É isso que significa ser uma Natural. É parte do dom.

Ela começou a relaxar. A batalha tinha chegado ao fim, e ela tinha vencido, por enquanto.

— Então o que vou fazer?

Macon parecia perturbadoramente com meu pai quando entrou no meu quarto durante o 5º ano para explicar sobre a cegonha.

— Dominar seus poderes pode ser um momento muito confuso. Talvez haja algum livro sobre o assunto. Se quiser, podemos ir ver Marian.

Ah, tá. *Escolhas e Mudanças. O Guia da Garota Moderna Conjuradora. Minha Mãe Quer Me Matar: Um Livro de Autoajuda para Adolescentes.*

Seriam longas semanas.

Domus Lunae Libri

— Hoje? Mas não é feriado.

Quando abri a porta da frente, Marian era a última pessoa que eu esperava ver, parada ali, de casaco. Agora eu estava sentado com Lena no banco frio da picape turquesa velha de Marian, a caminho da biblioteca de Conjuradores.

— Promessa é dívida. É o dia seguinte ao dia de Ação de Graças. Sexta-feira negra. Pode não parecer um feriado, mas ninguém trabalha, e isso basta. — Marian estava certa. Amma provavelmente estava numa fila na frente do shopping com a mão cheia de cupons de desconto desde antes do amanhecer; já tinha escurecido e ela ainda não tinha voltado. — A Biblioteca do Condado de Gatlin está fechada, então a Biblioteca de Conjuradores está aberta.

— Durante o mesmo horário? — perguntei a Marian quando ela virou na Main.

Ela assentiu.

— Das nove às seis. — Depois, completou: — Das nove da noite às seis da manhã. Nem toda a minha clientela pode se aventurar à luz do dia.

— Isso não parece muito justo — reclamou Lena. — Os Mortais têm muito mais tempo, e eles nem leem por aqui.

Marian deu de ombros.

— Como eu disse, sou paga pelo Condado de Gatlin. Converse com eles. Mas pense em quanto tempo mais você vai ter até que seus *Lunae Libri* tenham que ser devolvidos.

Não entendi nada.

— *Lunae Libri*. Traduzido livremente, Livros da Lua. Podem chamá-los de Manuscritos dos Conjuradores.

Eu não ligava para como chamavam qualquer coisa. Mal podia esperar para ver o que os livros na Biblioteca dos Conjuradores nos diriam, e um livro em particular. Porque havia duas coisas que tínhamos pouco: respostas e tempo.

Quando saímos da picape, eu não podia acreditar onde estávamos. A picape de Marian estava estacionada ao lado do meio-fio, a 3 metros da Sociedade Histórica de Gatlin, ou como minha mãe e Marian gostavam de dizer, a Sociedade Histérica de Gatlin. A Sociedade Histórica também era o quartel general do FRA. Marian parou a picape bem afastada, para evitar o foco de luz do poste na porta.

Boo Radley estava sentado na calçada, como se soubesse.

— Aqui? O *Lunae* sei-la-o-quê é no quartel-general do FRA?

— *Domus Lunae Libri*. A Casa dos *Livros das Luas*. *Lunae Libri*, para abreviar. E não, só a entrada de Gatlin para a biblioteca. — Eu caí na gargalhada. — Você tem o mesmo apreço que sua mãe pela ironia.

Andamos até o prédio deserto. Não podíamos ter escolhido uma noite melhor.

— Mas não é piada. A Sociedade Histórica é o prédio mais antigo do condado, junto com Ravenwood. Nenhum outro sobreviveu ao Grande Incêndio — acrescentou Marian.

— Mas o FRA e Conjuradores? Como podem ter alguma coisa em comum? — Lena estava chocada.

— Acho que vocês vão descobrir que têm mais em comum do que pensam. — Marian andou rápido até a velha construção de pedra, puxando o chaveiro já conhecido. — Eu, por exemplo, sou membro das duas sociedades.

— Olhei para Marian sem acreditar. — Sou neutra. Pensei que tinha deixado isso bem claro. Não sou como vocês. Você é como Lila, se envolve demais...

Eu podia terminar aquela frase sozinho. E veja o que aconteceu com ela.

Marian parou, mas as palavras ficaram suspensas no ar. Não havia nada que ela pudesse dizer ou fazer para voltar atrás. Eu me senti dormente, mas não falei nada. Lena esticou sua mão para alcançar a minha, e eu podia senti-la me puxando para fora de mim mesmo.

Ethan. Você está bem?

Marian olhou para o relógio de novo.

— São cinco para as nove. Tecnicamente, eu não deveria deixar vocês entrarem ainda. Mas preciso estar lá embaixo às 21 horas caso tenhamos algum outro visitante esta noite. Sigam-me.

Passamos pelo jardim escuro atrás do prédio. Ela mexeu no chaveiro até achar o que sempre pensei ser um enfeite, porque não se parecia com uma chave em nada. Era um anel de ferro com um lado articulado. Com mão treinada, Marian girou a articulação até que se encaixou no próprio anel, em outra posição, se transformando em uma lua crescente. Uma lua Conjuradora.

Ela empurrou a chave no que parecia ser uma grade de ferro na estrutura na parte de trás do prédio. Depois girou a chave, e a grade deslizou e abriu. Atrás da grade havia uma escadaria escura de pedra que levava para mais escuridão abaixo, o porão abaixo do porão do FRA. Quando ela girou a chave mais uma rotação para a esquerda, uma fileira de tochas se acendeu nas laterais da parede. Agora a escadaria estava completamente iluminada com luz tremeluzente, e eu podia até ver de leve as palavras DOMUS LUNAE LIBRI entalhadas no arco de pedra na entrada abaixo. Marian girou a chave mais uma vez, e a escadaria desapareceu, sendo substituída novamente pela grade de ferro.

— É isso? Não vamos entrar? — Lena parecia irritada.

Marian enfiou a mão na grade. Era uma ilusão.

— Não posso Conjurar, como você sabe, mas alguma coisa tinha que ser feita. Há vagabundos que andam por aí à noite. Macon pediu que Larkin ajeitasse para mim, e ele vem manter tudo intacto de tempos em tempos.

Marian olhou para nós, repentinamente séria.

— Tudo bem. Se vocês têm certeza de que é isso que querem fazer, não posso impedir vocês. Nem posso guiá-los de maneira alguma depois que descermos. Não posso impedi-los de pegar um livro, nem tirar um de vocês antes que a *Lunae Libri* se abra de novo.

Ela colocou uma mão no meu ombro.

— Você entendeu, Ethan? Isso não é brincadeira. Há livros poderosos lá embaixo; livros de Feitiço, manuscritos de Conjuradores, talismãs da Luz e das Trevas, objetos poderosos. Coisas que nenhum Mortal jamais viu exceto eu e meus predecessores. Muitos livros são encantados, outros amaldiçoados. Você tem que ter cuidado. Não toque em nada. Deixe que Lena mexa nos livros por você.

O cabelo de Lena estava ondulando. Ela já sentia a magia do lugar. Eu assenti, desconfiado. O que eu estava sentindo era menos mágico, meu estômago se revirava como se fosse eu que tivesse bebido muito licor de menta. Me perguntei com que frequência a Sra. Lincoln e suas amigas tinham andado de um lado para o outro no piso acima de nós, sem saber o que havia abaixo delas.

— Não importa o que acharem, lembrem que temos que sair antes do nascer do sol. Nove às seis. São as horas de funcionamento da biblioteca, e a entrada só pode ser aberta dentro desses horários. O sol vai nascer exatamente às 6 horas; sempre nasce em Dia de Biblioteca. Se não tiverem subido a escadaria até o nascer do sol, ficarão presos até o próximo Dia, e eu não tenho como saber se um Mortal sobreviveria bem a tal experiência. Estou sendo perfeitamente clara?

Lena assentiu, me pegando pela mão.

— Podemos entrar agora? Mal posso esperar.

— Não acredito que estou fazendo isso. Seu tio Macon e Amma me matariam se soubessem. — Marian olhou para o relógio. — Vão na frente.

— Marian? Você... Minha mãe alguma vez viu isso? — Eu não podia deixar passar. Não conseguia pensar em mais nada.

Marian olhou para mim, os olhos brilhando estranhamente.

— Sua mãe foi a pessoa que me deu o emprego.

E com isso ela desapareceu na frente de nós pela grade ilusória, e desceu para o *Lunae Libri* abaixo. Boo Radley latiu, mas era tarde demais para voltar agora.

Os degraus eram velhos e cobertos de musgo, o ar úmido. Coisas molhadas, coisas gosmentas, coisas enterradas, não era difícil imaginá-las se acomodando confortavelmente lá embaixo.

Tentei não pensar nas últimas palavras de Marian. Não podia imaginar minha mãe descendo esta escadaria. Não podia imaginar que ela sabia qualquer coisa sobre esse mundo no qual eu tinha acabado de tropeçar, esse mundo que tropeçou em mim. Mas ela sabia, e eu não conseguia parar de pensar em como. Teria ela tropeçado nele também, ou alguém a teria convidado? De alguma forma, fazia tudo parecer mais real, que minha mãe e eu compartilhássemos desse segredo, mesmo ela não estando aqui comigo.

Mas era eu que estava lá embaixo agora, descendo os degraus de pedra, entalhados e planos como o chão de uma velha igreja. Nas laterais da escadaria eu via paredes rústicas de pedra, a base de um aposento antigo que tinha existido no local do prédio do FRA muito antes que a estrutura em si tivesse sido erguida. Olhei para baixo, mas tudo que podia ver eram contornos indefinidos, formas no escuro. Não parecia uma biblioteca. Parecia o que provavelmente era, o que sempre tinha sido. Uma cripta.

No pé da escadaria, nas sombras da cripta, inúmeras pequenas cúpulas se curvavam no alto onde as colunas encontravam o teto abobadado, umas quarenta ou cinquenta no total. Enquanto meus olhos se ajustavam ao escuro, pude ver que cada coluna era diferente, e algumas delas eram inclinadas, como velhos carvalhos tortos. Suas sombras faziam a câmara circular parecer uma espécie de floresta escura e calma. Era um aposento apavorante de se estar. Não havia meio de saber até onde ia, já que todas as direções se dissolviam na escuridão.

Marian inseriu a chave na primeira coluna, marcada com uma lua. As tochas nas paredes se acenderam, iluminando o aposento com luz bruxuleante.

— São lindas — murmurou Lena. Eu via seu cabelo ainda ondulando, e me perguntei que sensação esse lugar passava a ela, de maneiras que eu jamais saberia.

De vida. Poder. Como se a verdade, todas as verdades, estivessem aqui de alguma forma.

— Recolhidas por todo o mundo, muito antes do meu tempo. Istambul. — Marian apontou para o topo das colunas, as partes decoradas. — Tirada da Babilônia. — Ela apontou para outra, com quatro cabeças de gavião saindo uma de cada lado. — Egito, o Olho de Deus. — Deu um tapinha em outra, dramaticamente entalhada com a cabeça de um leão. — Assíria.

Passei a mão na parede. Até as pedras nas paredes eram entalhadas. Algumas tinham rostos, de homens, de criaturas similares a pássaros, olhando de dentro da floresta de colunas, como predadores. Outras pedras estavam entalhadas com símbolos que não reconheci, hieróglifos de Conjuradores e culturas que nunca conheci.

Entramos mais na câmara, para fora da cripta, que parecia servir como um tipo de saguão, e mais uma vez as tochas se acenderam, uma depois da outra, como se nos seguissem. Eu podia ver que as colunas se curvavam ao redor de uma mesa de pedra no meio do recinto. As estantes, ou o que achei serem as estantes, radiavam do círculo central como raios de uma roda, e pareciam subir até quase o teto, criando um labirinto assustador no qual um Mortal podia se perder. No recinto em si, não havia nada além das colunas e da mesa circular de pedra.

Marian calmamente pegou uma tocha de um crescente de ferro na parede e passou para mim. Passou outra para Lena e pegou uma para si mesma.

— Deem uma olhada por aí. Tenho que verificar a correspondência. Talvez haja uma requisição de transferência de outra filial.

— Para a *Lunae Libri*? — Eu não tinha pensado que talvez houvesse outras bibliotecas de Conjuradores.

— É claro. — Marian se virou de novo em direção à escadaria.

— Espere. Como você recebe a correspondência daqui?

— Do mesmo modo que você. Carlton Eaton entrega, chova ou faça sol.

Carlton Eaton sabia. Claro. Isso provavelmente explicava por que ele pegou Amma no meio da noite. Me perguntei se ele abria a correspondência dos Conjuradores também. Me perguntei o que mais eu não sabia sobre Gatlin e sobre as pessoas daqui. Eu não precisava perguntar.

— Não há muitos de nós, mas mais do que você pensaria. Você precisa lembrar que Ravenwood está aqui há mais tempo do que este velho prédio. Era um condado de Conjuradores antes de ser dos Mortais.

— Talvez seja por isso que vocês são todos tão esquisitos por aqui. — Lena me cutucou. Eu ainda estava espantado por saber de Carlton Eaton.

Quem mais sabia o que realmente acontecia em Gatlin, na outra Gatlin, com bibliotecas subterrâneas mágicas e garotas que conseguem controlar o tempo ou fazer você pular de um penhasco? Quem mais estava envolvido na jogada dos Conjuradores além de Marian e Carlton Eaton? Como minha mãe?

Fatty? A Sra. English? O Sr. Lee?

O Sr. Lee com certeza não.

— Não se preocupe. Quando você precisar deles, eles encontrarão você. É assim que funciona, que sempre funcionou.

— Espere. — Segurei o braço de Marian. — Meu pai sabe?

— Não.

Pelo menos havia uma pessoa na minha casa que não estava vivendo uma vida dupla, ainda que ele fosse louco.

Marian deu um último conselho.

— Agora é melhor vocês começarem. A *Lunae Libri* é milhares de vezes maior do que qualquer biblioteca que vocês já tenham visto. Se vocês se perderem, imediatamente sigam os passos dados de volta. É por isso que as colunas irradiam desta câmara. Se vocês só forem para a frente e para trás, tem menos chance de se perderem.

— Como podemos nos perder se só podemos ir numa linha reta?

— Experimente. Você verá.

Lena interrompeu.

— O que há no final das colunas? Quero dizer, no final dos corredores? Marian olhou para ela com um olhar estranho.

— Ninguém sabe. Ninguém chegou tão longe a ponto de descobrir. Alguns dos corredores viram túneis. Parte da *Lunae Libri* ainda não foi mapeada. Há muitas coisas aqui em baixo que nem eu vi. Um dia, talvez.

— Como assim? Tudo acaba em algum lugar. Não pode haver fileiras e fileiras de livros formando túneis embaixo da cidade inteira. Basta subir para tomar um chá na casa da Sra. Lincoln? Virar a esquerda e deixar um livro para tia Del na cidade ao lado? Entrar no túnel à direita para bater um papo com Amma? — Eu estava cético.

Marian sorriu para mim, divertida.

— Como você acha que Macon pega livros? Como acha que o FRA nunca vê nenhum visitante entrando ou saindo? Gatlin é Gatlin. O pessoal gosta do jeito que é, do jeito que *pensa* que é. Os Mortais só veem o que querem ver. Há uma comunidade fervilhante de Conjuradores neste condado e ao redor dele desde antes da Guerra Civil. São centenas de anos, Ethan, e isso não vai mudar de repente. Não só porque agora você sabe.

— Não acredito que tio Macon nunca tenha me contado sobre esse lugar. Pense em todos os Conjuradores que já passaram por aqui. — Lena levantou a tocha, puxando um livro encadernado da prateleira. O livro era enfeitado, pesado e uma nuvem de poeira voou em todas as direções. Comecei a tossir.

— *Conjuração, uma Breve História.* — Ela puxou outro. — Estamos na seção da letra C, acho. — Este estava em uma caixa de couro que se abria no alto para revelar o pergaminho em pé dentro dela. Lena puxou-o. Até a poeira parecia velha e mais escura. — *Conjuração para Criar e Confundir.* Esse é velho.

— Cuidado. Mais de algumas centenas de anos. Gutenberg inventou a prensa móvel em 1455. — Marian pegou o pergaminho cuidadosamente da mão dela, como se segurasse um recém-nascido.

Lena pegou outro livro, encapado com couro cinza.

— Conjurando a Confederação. Havia Conjuradores na Guerra?

Marian assentiu.

— Dos dois lados, dos Cinzas e dos Azuis. Foi uma das grandes divisões da comunidade Conjuradora, infelizmente. Assim como foi para nós, Mortais.

Lena olhou para Marian, enfiando o livro empoeirado de volta na prateleira.

— Os Conjuradores da minha família ainda estão em guerra, não é?

Marian olhou para ela com tristeza.

— Uma Casa Dividida, foi como o presidente Lincoln chamou. E sim, Lena, infelizmente vocês estão. — Ela tocou na bochecha de Lena. — E é por isso que você está aqui, lembra? Para descobrir uma coisa que você precisa, para entender algo sem sentido. Agora é melhor vocês começarem.

— Há tantos livros, Marian. Você não pode ao menos nos apontar a direção certa?

— Não olhem para mim. Como eu disse, não tenho as respostas. Isso é com os livros. Comecem logo. Estamos seguindo o relógio lunar, e vocês podem perder a noção do tempo. As coisas não são exatamente o que parecem quando estamos aqui embaixo.

Olhei de Lena para Marian. Estava com medo de perder qualquer uma das duas de vista. A *Lunae Libri* era mais intimidante do que eu tinha imaginado. Parecia menos com uma biblioteca e mais com, bem, uma catacumba. E *O Livro das Luas* poderia estar em qualquer lugar.

Lena e eu encaramos as prateleiras infinitas, mas nenhum de nós deu um passo sequer.

— Como vamos encontrá-lo? Deve haver um milhão de livros aqui.

— Não tenho ideia. Talvez...

Eu sabia o que ela estava pensando.

— Será que devemos tentar o medalhão?

— Você trouxe?

Assenti e tirei a esfera quente do bolso do meu jeans. Passei a tocha para Lena.

— Precisamos ver o que acontece. Tem que ter mais alguma coisa. — Desenrolei o medalhão e o coloquei na mesa redonda de pedra no centro do aposento. Vi um olhar familiar no rosto de Marian, o mesmo que ela e minha mãe compartilhavam quando encontravam algo especial. — Você quer ver isso?

— Mais do que você imagina.

Lentamente, Marian pegou minha mão, e eu peguei a de Lena. Estiquei a mão, os dedos entrelaçados com os de Lena, e toquei no medalhão.

Uma luz intensa forçou que eu fechasse os olhos.

E então pude ver a fumaça e sentir o cheiro do fogo, e todos estávamos indo...

Genevieve levantou o Livro para que pudesse ler as palavras na chuva. Ela sabia que dizer as palavras seria desafiar as Leis Naturais. Podia quase ouvir a voz da mãe pedindo que ela parasse — para que pensasse sobre a escolha que estava fazendo.

Mas Genevieve não podia parar. Não podia perder Ethan.
Começou a recitar.

"CRUOR PECTORIS MEI, TUTELA TUA EST.
VITA VITAE MEAE, CORRIPIENS TUAM, CORRIPIENS MEAM.
CORPUS CORPORIS MEI, MEDULLA MENSQUE,
ANIMA ANIMAE MEAE, ANIMAM NOSTRAM CONECTE.
CRUOR PECTORIS MEI, LUNA MEA, AESTUS MEUS.
CRUOR PECTORIS MEI, FATUM MEUM, MEA SALUS."

— Pare, criança, antes que seja tarde demais! — A voz de Ivy estava
desesperada.

A chuva caía e um relâmpago iluminou a fumaça. Genevieve pren-
deu a respiração e esperou. Nada. Ela devia ter feito errado. Apertou
os olhos para ler as palavras mais claramente no escuro. Gritou-as na
escuridão, na língua que ela conhecia melhor.

— SANGUE DO MEU CORAÇÃO, A PROTEÇÃO É TUA.
VIDA DA MINHA VIDA, TIRA A TUA, TIRA A MINHA.
CORPO DO MEU CORPO, ESSÊNCIA E MENTE,
ALMA DA MINHA ALMA, UNA A NOSSOS ESPÍRITOS.
SANGUE DO MEU CORAÇÃO, MINHAS MARÉS, MINHA LUA.
SANGUE DO MEU CORAÇÃO, MINHA SALVAÇÃO, MINHA PERDIÇÃO.

Ela pensou que os olhos a estivessem enganando quando viu as pálpe-
bras de Ethan lutando para se abrir.
— Ethan! — Por uma fração de segundos, os olhares se encontraram.
Ethan lutou para respirar, claramente tentando falar. Genevieve co-
locou o ouvido perto dos lábios dele e pôde sentir a respiração quente
na bochecha.
— Nunca acreditei em seu pai quando ele disse que era impossível
uma Conjuradora e um Mortal ficarem juntos. Nós encontraríamos
um meio. Amo você, Genevieve.

Ele colocou algo na mão dela. Um medalhão. E tão repentinamente quanto os olhos se abriram, eles fecharam de novo, o peito cessando de subir e descer

Antes que Genevieve pudesse reagir, uma onda de eletricidade percorreu seu corpo. Ela sentia o sangue pulsando nas veias. Devia ter sido atingida por um relâmpago. As ondas de dor caíram sobre ela.

Genevieve tentou aguentar.

Então tudo ficou negro.

— *Meu Deus do Céu, não a leve também.*

Genevieve reconheceu a voz de Ivy. Onde ela estava? O cheiro a trouxe de volta. Limões queimados. Tentou falar, mas a garganta doía como se tivesse engolido areia. Os olhos tremeram.

— *Oh, Deus, obrigada!* — *Ivy estava olhando para ela, ajoelhada na lama.*

Genevieve tossiu e esticou a mão para Ivy, tentando puxá-la para mais perto.

— *Ethan está...?* — *sussurrou ela.*

— *Lamento, criança. Ele se foi.*

Genevieve lutou para abrir os olhos. Ivy deu um salto para trás, como se tivesse visto o demônio em pessoa.

— *Deus tenha piedade!*

— *O quê? O que houve, Ivy?*

A velha senhora lutava para entender o que via.

— *Seus olhos, criança. Eles... estão mudados.*

— *Do que você está falando?*

— *Não estão mais verdes. Estão amarelos, tão amarelos quanto o sol.*

Genevieve não se importava com a cor de seus olhos. Não ligava para mais nada agora que tinha perdido Ethan. Começou a chorar.

A chuva aumentou, transformando a terra embaixo delas em lama.

— *Você precisa se levantar, Srta. Genevieve. Temos que nos reunir com Aqueles do Outro Mundo.* — *Ivy tentou colocá-la de pé.*

— *Ivy, você não está falando nada que faça sentido.*

— Seus olhos... Eu avisei você. Avisei sobre a lua, sobre não haver lua. Temos que descobrir o que significa. Temos que consultar os Espíritos.

— Se tem alguma coisa errada com meus olhos, tenho certeza de que foi porque fui atingida por um raio.

— O que você viu? — Ivy parecia em pânico.

— Ivy, o que está acontecendo? Por que está agindo de forma estranha?

— Você não foi atingida por um raio. Foi outra coisa.

Ivy correu na direção dos campos de algodão em chamas. Genevieve gritou por ela, tentando se levantar, mas ainda estava tonta. Deitou a cabeça na lama grossa, a chuva caindo sem parar em seu rosto. Chuva misturando-se às lágrimas de derrota. Ela perdia noção do momento e depois se recuperava, ficava inconsciente e voltava. Ouviu a voz de Ivy, baixa, ao longe, gritando seu nome. Quando os olhos se focaram de novo, a velha senhora estava ao seu lado, a saia presa nas mãos.

Ivy estava carregando alguma coisa nas dobras da saia, e ela a jogou no chão molhado ao lado de Genevieve. Pequenos frascos de pó e garrafas do que parecia areia e terra bateram uns nos outros.

— O que está fazendo?

— Fazendo uma oferenda. Para os Espíritos. São os únicos que podem nos dizer o que isso significa.

— Ivy, se acalme. Você está falando bobagem.

A velha senhora tirou uma coisa do bolso do vestido. Era um pedaço de espelho. Ela o colocou na frente de Genevieve.

Estava escuro, mas não tinha como não ver. Os olhos de Genevieve brilhavam. Tinham se transformado de um verde profundo em dourado-fogo, e não pareciam com os olhos dela por uma outra característica inconfundível. No centro, onde deveria haver uma pupila redonda e preta, havia aberturas amendoadas, como as pupilas de um gato. Genevieve jogou o espelho no chão e virou-se para Ivy.

Mas a velha senhora não estava prestando atenção. Já tinha misturado os pós com a terra e os passava de uma mão para a outra, sussurrando na velha língua Gullah de seus ancestrais.

276

— *Ivy, o que você...?*

— *Shh* — *sibilou a velha senhora.* — *Estou ouvindo os espíritos. Eles sabem o que você fez. Vão nos dizer o que isso significa. Da terra aos ossos dela e do sangue ao meu sangue.* — *Ivy espetou o dedo na ponta do espelho quebrado e espalhou as pequenas gotas de sangue na terra que ela misturava.* — *Deixe-me ouvir o que vocês ouvem. Ver o que vocês veem. Saber o que vocês sabem.*

Ivy ficou de pé, braços abertos para os céus. A chuva caía sobre ela, e a lama escorria-lhe pelo vestido em filetes. Começou a falar de novo na estranha língua e então...

— *Não pode ser. Ela não sabia* — *gritou para o céu escuro acima.*

— *Ivy, o que foi?*

Ivy estava tremendo, se abraçando e gemendo.

— *Não pode ser. Não pode ser.*

Genevieve segurou Ivy pelos ombros.

— *O quê? O que foi? O que há de errado comigo?*

— *Eu avisei para não se meter com aquele livro. Avisei que era o tipo de noite errada para Conjurar, mas agora é tarde demais, criança. Não tem jeito de voltar atrás.*

— *De que você está falando?*

— *Você está amaldiçoada, Srta. Genevieve. Você foi Invocada. Transformou, e não há nada que possamos fazer para impedir. Uma troca. Você não pode conseguir nada do Livro das Luas sem dar algo em retorno.*

— *O quê? O que eu dei?*

— *Seu destino, criança. Seu destino e o destino de todas as outras crianças Duchannes que nascerem depois de você.*

Genevieve não entendeu. Mas entendeu o bastante para saber que o que ela tinha feito não podia ser desfeito.

— *O que você quer dizer?*

— *Na Décima-Sexta Lua, no Décimo-Sexto Ano, o Livro vai pegar o que lhe foi prometido. O que você deu em troca. O sangue de uma criança Duchannes, e essa criança vai para as Trevas.*

— *Todas as crianças Duchannes?*

Ivy baixou a cabeça. Genevieve não era a única derrotada naquela noite.

— Não todas.

Genevieve ficou esperançosa.

— Quais? Como saberemos quais?

— O Livro vai escolher. Na Décima-Sexta Lua, no décimo-sexto aniversário da criança.

— Não deu certo. — A voz de Lena parecia estrangulada, distante.

Tudo que eu via era fumaça, e tudo que eu ouvia era a voz dela. Não estávamos na biblioteca e não estávamos na visão. Estávamos em algum lugar entre um e outro, e era horrível.

— Lena!

E então, por um momento, vi o rosto dela na fumaça. Seus olhos estavam enormes e escuros, o verde quase preto. A voz parecia mais um sussurro.

— Dois segundos. Ele ficou vivo por dois segundos, e então ela o perdeu.

Ela fechou os olhos e desapareceu.

— Lena! Onde você está?

— Ethan. O medalhão. — Eu podia ouvir Marian, como se de uma grande distância.

Senti a dureza do medalhão nas minhas mãos. E entendi.

Deixei-o cair.

Abri os olhos, tossindo pela fumaça ainda nos meus pulmões. A sala estava girando, embaçada.

— Que diabos vocês, crianças, estão fazendo aqui?

Fixei meu olhar no medalhão e a sala voltou a entrar em foco. Estava no chão de pedra, parecendo pequeno e inocente. Marian soltou minha mão.

Macon Ravenwood estava parado no meio da cripta, o casaco voando ao redor dele. Amma estava ao seu lado, segurando a bolsinha, o casaco displicentemente abotoado nos botões errados. Eu não sabia quem estava mais zangado.

— Desculpe, Macon. Você conhece as regras. Eles pediram ajuda, e eu sou obrigada a dar. — Marian parecia surpresa.

Amma gritou com Marian, como se ela tivesse encharcado sua casa com gasolina.

— No meu ponto de vista, você tem obrigação de cuidar do filho de Lila e da sobrinha de Macon. E não vejo como você possa estar fazendo nenhuma das duas coisas.

Esperei que Macon caísse em cima de Marian também, mas ele não disse nada. Então percebi por quê. Ele estava sacudindo Lena. Ela tinha caído sobre a mesa de pedra no meio da sala. Os braços dela estavam abertos, o rosto contra a pedra áspera. Ela não parecia estar consciente.

— Lena!

Puxei-a para meus braços, ignorando Macon, que já estava ao lado dela. Seus olhos ainda estavam negros, olhando para cima, para mim.

— Ela não está morta. Está a deriva. Acredito que consigo chegar até ela. — Macon trabalhava em silêncio. Eu podia vê-lo girando o anel. Seus olhos estavam estranhamente iluminados.

— Lena! Volte! — Puxei seu corpo inerte para meus braços, inclinando-me sobre seu peito.

Macon estava murmurando. Eu não conseguia decifrar as palavras, mas pude ver o cabelo de Lena começar a se mover com o já familiar vento sobrenatural que passei a chamar de brisa Conjuradora.

— Aqui não, Macon. Seu Conjuro não vai funcionar aqui. — Marian estava folheando um livro poeirento, a voz trêmula.

— Ele não está Conjurando, Marian. Está Viajando. Nem mesmo um Conjurador consegue fazer isso. Para onde ela foi, só a espécie de Macon pode ir. Para baixo. — Amma usava um tom tranquilizador, mas não era muito convincente.

Senti o frio tomando conta do corpo vazio de Lena e soube que Amma estava certa. Seja lá onde Lena estivesse, não era nos meus braços. Estava longe. Eu podia sentir, e eu era apenas um Mortal.

— Eu avisei você, Macon. Aqui é um lugar neutro. Não há Feitiço que você consiga realizar em uma sala da terra.

Marian estava andando de um lado para outro, segurando o livro como se ele a fizesse sentir que estava ajudando de alguma maneira. Mas não havia respostas lá dentro. Ela mesma tinha dito. Conjurar não teria efeito ali.

Me lembrei dos sonhos, de puxar Lena pela lama. Me perguntei se este era o lugar onde eu a perdi.

Macon falou. Seus olhos estavam abertos, mas ele não estava enxergando. Era como se estivessem virados para dentro, para onde Lena estava.

— Lena. Me escute. Ela não pode segurar você.

Ela. Olhei para os olhos vazios de Lena.

Sarafine.

— Você é forte, Lena; se liberte. Ela sabe que não posso ajudar você aqui. Estava esperando por você nas sombras. Você tem que fazer isso sozinha.

Marian apareceu com um copo de água. Macon o derramou no rosto de Lena, dentro da boca, mas ela não se moveu.

Eu não podia mais suportar.

Segurei-a e a beijei na boca, com força. A água escorreu, como se eu estivesse fazendo boca a boca com uma vítima de afogamento.

Acorde, L. Você não pode me abandonar agora. Não assim. Preciso de você mais do que ela.

As pálpebras de Lena tremeram.

Ethan. Estou cansada.

Ela voltou à vida, engasgando, cuspindo água sobre a jaqueta. Eu sorri apesar de tudo, e ela correspondeu. Se os sonhos eram sobre isso, tínhamos mudado o modo como eles terminavam. Desta vez, eu a segurei. Mas no fundo da minha mente, acho que eu sabia. Esse não era o momento em que ela escorregava dos meus braços. Era só o começo.

Mesmo se isso fosse verdade, eu a tinha salvo desta vez.

Estiquei os braços para abraçá-la. Queria sentir a corrente elétrica familiar entre nós. Antes que eu pudesse passar os braços em torno dela, Lena se sentou e saiu dos meus braços.

— Tio Macon!

Macon estava do outro lado da sala, encostado na parede da cripta, mal conseguindo aguentar o próprio peso. Encostou a cabeça contra a pedra. Suava, respirando pesadamente e o rosto estava branco como giz.

Lena correu e o agarrou, uma criança preocupada com o pai.

— Você não devia ter feito aquilo. Ela podia ter matado você.

Seja lá o que ele tenha feito quando estava Viajando, seja lá o que isso significasse, o esforço tinha tivera um preço alto.

Então aquela era Sarafine. Essa coisa, fosse lá quem Ela fosse, era mãe de Lena.

Se uma ida à biblioteca era assim, eu não sabia se estava pronto para o que aconteceria nos próximos meses.

Contando da manhã seguinte, 74 dias.

Lena estava sentada, pingando de suor, enrolada em um cobertor. Parecia ter uns 5 anos de idade. Olhei para a velha porta de carvalho atrás dela, imaginando se eu conseguiria achar o caminho da saída sozinho. Era improvável. Tínhamos andado uns trinta passos por um dos corredores, depois descemos uma escadaria, passamos por uma série de pequenas portas até chegar a um aconchegante escritório que parecia uma espécie de sala de leitura. O corredor parecia infinito, com uma porta a cada poucos metros, como uma espécie de hotel subterrâneo.

Assim que Macon sentou, um aparelho de chá de prata apareceu no meio da mesa com exatamente cinco xícaras e um prato de pães doces. Talvez a Cozinha estivesse aqui também.

Olhei ao redor. Não tinha ideia de onde eu estava, mas sabia de uma coisa. Estava em algum lugar de Gatlin, mas ao mesmo tempo ficava o mais longe de Gatlin que já estivera.

De qualquer modo, não tinha nenhum domínio aqui.

Tentei encontrar um lugar confortável em uma cadeira estofada que talvez tenha pertencido a Henrique VIII. Na verdade, não havia como saber que não tinha pertencido a ele. A tapeçaria na parede também poderia ter vindo de um antigo castelo, ou de Ravenwood. Estava bordada no formato de uma constelação, fundo azul escuro e linha prateada. Cada vez que eu olhava, a lua estava numa fase diferente.

Macon, Marian e Amma estavam sentados do outro lado da mesa. Dizer que Lena e eu estávamos encrencados era ser otimista. Macon estava furioso, a xícara tremendo a sua frente. Amma estava mais do que isso.

— O que faz você pensar que pode tomar para si a decisão de quando meu menino está pronto para o Mundo Subterrâneo? Lila arrancaria sua pele com as próprias mãos se estivesse aqui. Você tem muita coragem, Marian Ashcroft.

As mãos de Marian tremiam enquanto ela erguia sua xícara.

— Seu menino? E quanto à minha sobrinha? Já que foi ela, afinal, que foi atacada.

Macon e Amma, depois de nos dar uma bronca gigantesca, começaram a atacar um ao outro. Não ousei olhar para Lena.

— Você se mete em problemas desde o dia em que nasceu, Macon. — Amma se virou para Lena. — Mas não acredito que você arrastaria meu menino para isso, Lena Duchannes.

Lena perdeu o controle.

— É claro que eu o arrastei. Eu faço coisas ruins. Quando você vai entender isso? E só vai piorar!

O conjunto de chá voou da mesa e parou no ar. Macon olhou sem nem piscar. Um desafio. O conjunto todo se ajeitou e pousou gentilmente sobre a mesa de volta. Lena olhou para Macon como se não houvesse mais ninguém no aposento.

— Eu vou para as Trevas, e não há nada que você possa fazer para impedir.

— Isso não é verdade.

— Não é? Vou acabar que nem minha... — Ela não conseguiu terminar a frase.

O cobertor caiu de seus ombros e ela pegou minha mão.

— Você tem que se afastar de mim, Ethan. Antes que seja tarde demais.

Macon olhou para ela, irritado.

— Você não vai para as Trevas. Não seja tão ingênua. Ela só quer que você pense isso. — O modo como disse *ela* me lembrou do modo como ele dizia *Gatlin*.

Marian colocou a xícara sobre a mesa.

— Adolescentes... Tudo é tão apocalíptico.

Amma sacudiu a cabeça.

— Algumas coisas estão predestinadas a acontecer, outras precisam de um pouco de trabalho. Ainda não terminou por aqui.

Eu podia sentir a mão de Lena tremendo na minha.

— Eles estão certos, L. Tudo vai ficar bem.

Ela puxou a mão.

— Tudo vai ficar bem? Minha mãe, uma Cataclista, está tentando me matar. Uma visão de cem anos atrás acabou de esclarecer que minha família toda vive uma maldição desde a Guerra Civil. Meu décimo-sexto aniversário será em dois meses, e é isso que você tem para dizer?

Peguei a mão dela de novo, gentilmente, porque ela deixou.

— Vi a mesma visão que você. O Livro escolhe quem ele leva. Talvez não vá escolher você. — Eu estava sendo otimista, mas era só isso que podia fazer.

Amma olhou para Marian, batendo o pires na mesa. A xícara tremeu.

— O Livro? — Os olhos de Macon caíram sobre mim.

Tentei olhar nos olhos dele, mas não consegui.

— O Livro que vimos.

Não diga mais nada, Ethan.

Devíamos contar a eles. Não podemos fazer isso sozinhos.

— Não é nada, tio M. Nem sabemos o que as visões significam.

Lena não ia se entregar, mas depois desta noite, eu sentia que tinha que fazer alguma coisa. Nós tínhamos. A situação estava saindo de controle. Senti que estava me afogando e não conseguia nem me salvar, muito menos a Lena.

— Talvez as visões signifiquem que nem todo mundo vá para as Trevas quando é Invocado. E quanto à tia Del? Reece? Acha que a gracinha da Ryan vai para o lado negro, quando tem o dom de curar pessoas? — perguntei, chegando mais para perto dela.

Lena se recostou na cadeira.

— Você não sabe nada sobre minha família.

— Mas ele não está errado, Lena. — Macon olhou para ela, exasperado.

— Você não é Ridley. E você não é sua mãe — falei, da forma mais convincente que pude.

— Como você sabe? Não conhece minha mãe. E aliás, nem eu, exceto em ataques psíquicos que, aparentemente, ninguém consegue impedir.

Macon tentou parecer firme.

— Não estávamos preparados para aquele tipo de ataque. Eu não sabia que ela conseguia Viajar. Eu não sabia que Sarafine tinha alguns dos meus poderes. Não é um dom comum entre os Conjuradores.

— Ninguém parece saber nada sobre minha mãe e sobre mim.

— É por isso que precisamos do Livro. — Desta vez, olhei diretamente para Macon quando falei.

— Que livro é esse do qual vocês vivem falando? — Macon estava perdendo a paciência.

Não conte para ele, Ethan.

Temos que contar.

— O Livro que amaldiçoou Genevieve. — Macon e Amma olharam um para o outro. Já sabiam o que eu ia dizer. — *O Livro das Luas*. Se foi assim que a maldição foi Conjurada, alguma coisa nele deve nos dizer como quebrá-la. Certo?

A sala ficou em silêncio.

Marian olhou para Macon.

— Macon...

— Marian. Fique fora disso. Você interferiu mais do que deveria, e o sol vai nascer em alguns minutos.

Marian sabia. Ela sabia onde encontrar *O Livro das Luas*, e Macon queria ter certeza de que ela manteria a boca fechada.

— Tia Marian, onde está o Livro? — Olhei nos olhos dela. — Você tem que nos ajudar. Minha mãe teria nos ajudado, e você não deve tomar o lado de ninguém, certo? — Eu não estava jogando limpo, mas era verdade.

Amma levantou as mãos e depois as deixou cair no colo. Um raro sinal de rendição.

— O que está feito, está feito. Eles já começaram a puxar os fios, Melchizedek. Esse suéter velho está destinado a se desfazer de alguma forma.

— Macon, há *protocolos*. Se eles perguntam, eu tenho Obrigação de dizer a eles — disse Marian. Depois ela olhou para mim. — *O Livro das Luas* não está na *Lunae Libri*.

— Como você sabe?

Macon ficou de pé para ir embora e se virou para nós dois. O maxilar dele estava contraído, os olhos escuros e furiosos. Quando ele finalmente falou, a voz ecoou pela sala, sobre todos nós.

— Porque este é o livro em cuja homenagem este arquivo foi batizado. É o livro mais poderoso daqui até o Outro Mundo. Também é o livro que amaldiçoou nossa família por toda eternidade. E está desaparecido há mais de cem anos.

Rima com bruxa

Na manhã de segunda-feira, Link e eu dirigimos até a autoestrada 9 e paramos na bifurcação para pegar Lena. Link gostava de Lena, mas não iria até Ravenwood de maneira alguma. Ainda era a mansão mal-assombrada para ele.

Imagina se soubesse a verdade. O feriado de Ação de Graças tinha sido nada mais do que um final de semana prolongado, mas parecia ter durado muito mais, considerando o jantar de Ação de Graças estilo "Além da Imaginação", os vasos voando entre Macon e Lena e nossa viagem ao centro da terra, tudo sem sair dos limites da cidade de Gatlin. Ao contrário de Link, que tinha passado o final de semana assistindo futebol americano, batendo nos primos e tentando determinar se as bolinhas de queijo tinham ou não cebola esse ano.

Mas, de acordo com Link, havia outro tipo de problema fermentando, e a manhã de hoje parecia igualmente perigosa. A mãe de Link não saiu do telefone nas últimas 24 horas, sussurrando, o longo fio esticado e a porta da cozinha fechada. A Sra. Snow e a Sra. Asher tinham aparecido depois do jantar, e as três se enfiaram na cozinha, a Sala de Guerra. Quando Link entrou, fingindo ir pegar um refrigerante, não pescou muito. Mas foi suficiente para imaginar a jogada final da mãe dele. "Vamos tirá-la da escola, de uma maneira ou de outra." E o cachorrinho dela também.

286

Não era muito, mas se eu conhecia a Sra. Lincoln, já era o bastante para ficar preocupado. Nunca se podia subestimar o quão longe mulheres como a Sra. Lincoln iriam para proteger os filhos e a cidade da coisa que elas mais odiavam: qualquer um diferente delas. Eu sabia. Minha mãe tinha me contado histórias dos primeiros anos em que ela tinha morado aqui. Do modo que contou, ela era uma criminosa que até as senhoras tementes a Deus, frequentadoras de igreja, cansaram de falar dela; ela ia ao mercado aos domingos, ia a qualquer igreja de que gostasse ou a nenhuma, era feminista (que a Sra. Asher às vezes confundia com comunista), era democrata (que a Sra. Lincoln dizia ter metade da palavra "demônio" só no nome), e pior de tudo, era vegetariana (o que impedia qualquer convite para jantar da Sra. Snow). Além disso e de não ser membro da igreja certa ou do FRA ou da Associação Nacional de Armas, havia o fato de que minha mãe era de fora.

Mas meu pai tinha crescido aqui e era considerado um dos filhos de Gatlin. Então, quando minha mãe morreu, as mesmas mulheres que a julgaram tanto quando estava viva apareceram com caçarolas de sopas, assados e espaguete com um ar de vingança estampado no rosto. Como se estivessem finalmente tendo a palavra final. Minha mãe teria odiado, e elas sabiam. Foi a primeira vez que meu pai entrou no escritório e trancou a porta durante dias. Amma e eu deixamos as caçarolas se empilharem na varanda até que as levaram embora e voltaram a nos julgar, como sempre tinham feito.

Sempre tinham a última palavra. Link e eu sabíamos, mas Lena não.

Lena estava entre Link e eu no banco da frente do Lata-Velha, escrevendo na mão. Eu só conseguia ler as palavras *em pedaços como todo o resto*. Ela escrevia o tempo todo, do mesmo jeito que algumas pessoas mascavam chiclete ou mexiam no cabelo; acho que ela nem se dava conta. Imaginei se algum dia me deixaria ler um de seus poemas, se algum deles era sobre mim.

Link olhou para baixo.

— Quando você vai escrever uma música pra mim?

— Assim que eu terminar a que estou escrevendo pro Bob Dylan.

— Cacete.

Link enfiou o pé no freio na entrada do estacionamento. Eu não podia culpá-lo. A visão da mãe dele no estacionamento antes das 8 horas da manhã era apavorante. E lá estava ela.

O estacionamento estava lotado de pessoas, bem mais do que o normal. E cheio de pais; fora o incidente da janela, não havia pais no estacionamento desde que a mãe de Jocelyn Walker apareceu para arrancá-la da escola durante o filme sobre o ciclo reprodutivo na aula de Desenvolvimento Humano.

Obviamente, alguma coisa estava acontecendo.

A mãe de Link passou uma caixa para Emily, que estava junto com toda a equipe de líderes de torcida — time principal e reserva — colocando papéis em todos os carros do estacionamento, uma espécie de folheto de neon. Alguns balançavam ao vento, mas eu conseguia ler vários à distância, dentro da segurança relativa do Lata-Velha. Era como se estivessem fazendo algum tipo de campanha, só que sem candidato.

DIGA NÃO À VIOLÊNCIA NA JACKSON!

TOLERÂNCIA ZERO!

Link ficou vermelho-vivo.

— Me desculpem. Vocês precisam sair. — Ele se abaixou no banco do motorista, tão baixo que parecia que ninguém estava dirigindo o carro. — Não quero que minha mãe me dê uma surra na frente de toda a equipe de líderes de torcida.

Eu me abaixei e abri a porta da frente para Lena.

— Vemos você lá dentro, cara.

Peguei a mão de Lena e a apertei.

Pronta?

Tão pronta quanto possível.

Nos abaixamos entre os carros pela lateral do estacionamento. Não podíamos ver Emily, mas podíamos ouvir a voz dela atrás da picape de Emory.

— Conheçam os sinais! — Emily estava se aproximando da janela de Carrie Jensen. — Estamos formando um novo clube na escola, os Anjos da Alta Guarda da Jackson. Vamos ajudar a manter a escola segura comunicando atos de violência ou qualquer comportamento *incomum* que virmos na escola. Pessoalmente, acho que é responsabilidade de todos os alunos da

Jackson manter nossa escola segura. Se você quiser participar, temos um encontro no refeitório depois do oitavo tempo.

Quando a voz de Emily foi sumindo ao longe, a mão de Lena apertou a minha.

O que esse encontro quer dizer?

Não tenho ideia. Mas elas perderam a cabeça. Vamos.

Tentei puxá-la para cima, mas ela me puxou de volta para baixo. Ela se encolheu ao lado do pneu.

— Só preciso de um minuto.

— Você está bem?

— Olhe para elas. Acham que sou um monstro. Formaram um clube.

— Não conseguem suportar qualquer pessoa de fora, e você é a garota nova. Uma janela se quebrou. Precisam de alguém para culpar. Isso é apenas...

— Uma caça às bruxas.

Eu não ia dizer isso.

Mas estava pensando.

Apertei a mão dela e meu cabelo ficou de pé.

Você não precisa fazer isso.

Preciso, sim. Deixei pessoas como elas me expulsarem da minha última escola. Não vou deixar acontecer de novo.

Quando saímos de trás da última fileira de carros, lá estavam elas. A Sra. Asher e Emily estavam colocando caixas extras de folhetos no porta-malas das minivans. Eden e Savannah estavam entregando folhetos para algumas líderes de torcida e qualquer cara que quisesse ver um pouco das pernas ou do decote de Savannah. A Sra. Lincoln estava a alguns metros de distância falando com outras mães, provavelmente prometendo acrescentar as casas delas ao Tour da Herança Sulista se elas fizessem algumas ligações para o diretor Harper. Entregou uma prancheta com uma caneta à mãe de Earl Petty. Levei um minuto para me dar conta do que era. Não era possível.

Parecia um abaixo-assinado.

A Sra. Lincoln reparou que estávamos ali parados, e fixou o olhar em nós. As outras mães seguiram o olhar dela. Por um segundo, não disseram nada. Achei que talvez se sentissem mal por mim e fossem guardar os folhetos, fechar as minivans e os sedãs e voltar para casa. A Sra. Lincoln, em cuja casa eu tinha dormido quase tantas vezes quanto na minha. A Sra. Snow, que era tecnicamente minha prima em terceiro grau. A Sra. Asher, que fez um curativo na minha mão depois que a cortei com um anzol de pescar quando tinha 10 anos. A Srta. Ellery, que fez meu primeiro legítimo corte de cabelo. Aquelas mulheres me conheciam. Elas me conheciam desde que eu era criança. Não era possível que elas fossem fazer algo assim, não comigo. Elas iam recuar.

Se eu dissesse isso muitas vezes, talvez se tornasse verdade.

Vai ficar tudo bem.

Quando me dei conta de que estava errado, era tarde demais. Elas se recuperaram do choque momentâneo de ver Lena e eu.

Quando a Sra. Lincoln nos viu, seus olhos se apertaram.

— O diretor Harper... — Ela olhou de Lena para mim e sacudiu a cabeça. Vamos dizer que eu não seria convidado para jantar na casa de Link no futuro próximo. Ela ergueu a voz. — O diretor Harper prometeu apoio incondicional. Não vamos tolerar que exista na Jackson a violência que tem contaminado as escolas deste país. Vocês jovens estão fazendo a coisa certa, protegendo a escola, e nós, como pais preocupados — ela olhou para nós —, vamos fazer *qualquer coisa* que pudermos para apoiar vocês.

Ainda de mãos dadas, Lena e eu passamos por eles. Emily parou na nossa frente e enfiou um folheto na minha mão, ignorando Lena.

— Ethan, venha ao encontro hoje. Você seria útil para os Anjos da Guarda.

Era a primeira vez que ela falava comigo em semanas. Captei a mensagem. Você é um de nós, última chance.

Afastei a mão dela.

— É disso mesmo que a Jackson precisa, de um pouco mais do seu comportamento *angelical*. Por que você não vai torturar umas crianças? Arrancar as asas de uma borboleta? Derrubar um passarinho do ninho? — Puxei Lena e segui adiante.

— O que sua pobre mãe diria, Ethan Wate? O que ela acharia da pessoa que anda acompanhando você?

Eu me virei. A Sra. Lincoln estava parada bem atrás de mim. Estava vestida como sempre se vestia, como algum tipo de bibliotecária que executa punições em um filme, com óculos baratos de farmácia e um corte de cabelo raivoso com fios que não conseguiam decidir se eram castanhos ou grisalhos. Não dava para não pensar: de onde Link tinha vindo?

— Vou dizer o que sua mãe diria. Ela choraria. Ia se revirar no túmulo.

Essa mulher tinha passado do limite.

A Sra. Lincoln não sabia nada sobre minha mãe. Não sabia que era minha mãe quem havia mandado uma cópia de cada veredito contra proibição de livros nos EUA para a Superintendência Escolar. Não sabia que minha mãe odiava cada vez que a Sra. Lincoln a convidava para um encontro do Auxílio das Mulheres ou do FRA. Não porque ela odiasse o Auxílio das Mulheres ou o FRA, mas porque odiava tudo que a Sra. Lincoln representava. Aquele tipo de superioridade com uma mente limitada pelo qual as mulheres de Gatlin, como a Sra. Lincoln e a Sra. Asher, eram tão famosas.

Minha mãe sempre dizia: "O certo e o fácil nunca são a mesma coisa." E agora, nesse exato segundo, eu sabia a coisa certa a fazer, mesmo não sendo fácil. Ou pelo menos as consequências do meu ato não seriam.

Me virei para a Sra. Lincoln e olhei em seus olhos.

— "Muito bem, Ethan." É isso que minha pobre mãe diria. Senhora.

Me virei em direção à porta do prédio administrativo e continuei andando, puxando Lena ao meu lado. Estávamos apenas a alguns metros de distância. Lena estava tremendo, apesar de não parecer assustada. Eu não parava de apertar a mão dela, tentando acalmá-la. Seu cabelo longo e preto se mexia, como se ela estivesse prestes a explodir, ou talvez eu estivesse. Nunca pensei que eu fosse ficar tão feliz de botar meus pés nos corredores da Jackson, até que vi o diretor Harper parado na entrada. Ele estava olhando para nós com tanta determinação que parecia que desejava não ser o diretor para poder distribuir, ele mesmo, alguns folhetos.

O cabelo de Lena voou ao redor dos ombros quando passamos por ele. Só que ele nem olhou para nós. Estava ocupado demais olhando lá para fora.

— Mas que...?

Olhei, para trás, a tempo de ver centenas de folhetos verdes-neon se soltando de para-brisas, de pilhas, de caixas, de vans e de mãos. Voando em um sopro repentino de vento, como se houvesse uma revoada de pássaros subindo em direção às nuvens. Escapando, belos e livres. Meio como no filme de Hitchcock, *Os Pássaros*, só que ao contrário.

Ouvimos a gritaria até que as portas pesadas de metal se fecharam.

Lena ajeitou o cabelo.

— O tempo aqui é muito doido.

✎ 6 de dezembro ✎

Achados e perdidos

Eu estava quase aliviado por ser sábado. Havia alguma coisa reconfortante em passar o dia com mulheres cujo único poder mágico era esquecer os próprios nomes. Quando cheguei à casa das Irmãs, a gata siamesa de tia Mercy, Lucille Ball (as Irmãs adoravam *I love Lucy*) estava "se exercitando" no jardim da frente. As Irmãs tinham um varal que percorria a extensão do jardim, e toda manhã tia Mercy colocava uma coleira em Lucille Ball, prendendo-a ao varal para a gata se exercitar. Eu tinha tentado explicar que era possível deixar gatos saírem e que eles voltariam quando quisessem, mas tia Mercy olhou para mim como se eu tivesse sugerido que ela saísse com um homem casado. "Não posso deixar Lucille Ball andar pelas ruas sozinha. Tenho certeza que alguém iria pegá-la." Não havia muitos sequestros de gatos na cidade, mas era uma discussão que eu jamais venceria.

Abri a porta, esperando o agito tradicional, mas hoje a casa estava notadamente silenciosa. Um mau sinal.

— Tia Prue?

Ouvi o familiar sotaque arrastado dela falar vindo da parte de trás da casa.

— Estamos na varanda de trás, Ethan.

Passei pela porta que dava na varanda de trás e vi as Irmãs andando de um lado para outro, carregando o que pareciam pequenos ratos sem pelos.

— Que diabos é isso? — perguntei sem nem pensar.

— Ethan Wate, olhe como fala ou vou ter que lavar sua boca com sabão. Você sabe que não deve profanar — disse tia Grace. E no que dizia respeito a ela, isso incluía palavras como *calcinha, pelado* e *bexiga*.

— Me desculpe, senhora. Mas o que é isso que está segurando?

Tia Mercy andou até mim e esticou a mão com dois pequenos roedores dormindo em cima.

— São esquilos bebês. Ruby Wilcox os achou no sótão na terça-feira.

— Esquilos selvagens?

— São seis esquilos. Não é a coisa mais fofa que você já viu?

Tudo que eu podia ver era um sinal de alerta piscando: perigo. A ideia de minhas tias anciãs pegando em animais selvagens, filhotes ou não, era um pensamento assustador.

— Onde a senhora os pegou?

— Bem, Ruby não podia cuidar deles... — começou tia Mercy.

— Por causa daquele marido horrível dela. Ele nem a deixa ir ao Pare & Roube sem avisar a ele.

— Então Ruby os deu para nós, já que tínhamos uma gaiola.

As Irmãs tinham resgatado um guaxinim ferido depois de um furacão e cuidaram dele até ficar saudável novamente. Depois disso, o guaxinim comeu o casal de pássaros de tia Prudence, Sonny e Cher, e Thelma colocou o guaxinim para fora de casa, para que nunca mais tocassem no assunto. Mas ainda tinham a gaiola.

— Sabem que esquilos podem passar raiva. Não podem pegar nessas coisas. E se um deles morder vocês?

Tia Prue franziu a testa.

— Ethan, eles são nossos bebês e são umas doçuras. Não nos morderiam. Somos as mamães deles.

— São tão mansos quanto possível, não são? — disse tia Grace, fazendo carinho em um deles.

Eu só podia imaginar um desses pequenos vermes agarrado no pescoço de uma das Irmãs e eu tendo que levá-las para o pronto-socorro para tomar as vinte injeções na barriga necessárias quando se é mordido por um animal com raiva. Injeções que, na idade delas, poderiam matá-las.

Tentei argumentar com elas, uma total perda de tempo.

— Nunca se sabe. São animais selvagens.

— Ethan Wate, está claro que você *não* é um amante dos animais. Esses bebês jamais nos machucariam. — Tia Grace olhava para mim com uma careta de reprovação. — E o que vocês queriam que fizéssemos com eles? A mamãe deles se foi. Vão morrer se não cuidarmos deles.

— Posso levá-los para a Sociedade Protetora dos Animais.

Tia Mercy os puxou contra o peito de forma protetora.

— A Sociedade Protetora dos Animais! Aqueles assassinos. Vão matá-los, com certeza!

— Chega de falar sobre a Sociedade Protetora dos Animais. Ethan, me passe esse conta-gotas aí.

— Para quê?

— Temos que alimentá-los a cada quatro horas com esse conta-gotas — explicou tia Grace. Tia Prue estava segurando um dos esquilos na mão, e ele sugava desesperadamente a ponta do conta-gotas. — E uma vez por dia temos que limpar as partes íntimas deles com um cotonete, para que aprendam a se limpar. — Eu preferia nunca ter imaginado aquilo.

— Como vocês podem saber disso?

— Procuramos na internet. — Tia Mercy sorriu com orgulho.

Eu não podia imaginar como minhas tias sabiam qualquer coisa sobre internet. As Irmãs não tinham nem uma torradeira.

— Como vocês entraram na internet?

— Thelma nos levou até a biblioteca e a Srta. Marian nos ajudou. Tem computadores lá. Você sabia?

— E dá para procurar qualquer coisa, até fotos pornográficas. De vez em quando, as fotos mais pornográficas que se pode imaginar apareciam na tela. Imagine! — "Pornográficas" para tia Grace provavelmente significava nuas, coisa que eu achava que as manteria longe da internet para sempre.

— Só quero deixar registrado que acho isso uma péssima ideia. Vocês não podem ficar com eles para sempre. Vão crescer e ficar mais agressivos.

— Bem, é claro que não estamos planejando cuidar deles para sempre. — Tia Prue estava balançando a cabeça, como se fosse um pensamento ridículo. — Vamos deixá-los no quintal assim que forem capazes de cuidar de si mesmos.

— Mas não saberão como encontrar comida. É por isso que é má ideia acolher animais selvagens. Quando os soltarem, vão morrer de fome. — Parecia um argumento que teria apelo com as Irmãs e me manteria longe do pronto-socorro.

— É nisso que você está errado. Está tudo escrito na internet — disse tia Grace. Que site era esse que tinha sobre criar esquilos selvagens e limpar as partes íntimas deles com cotonete?

— Temos que ensinar a eles a juntar nozes. Enterramos nozes no jardim e deixamos que os esquilos treinem como encontrá-las.

Eu via onde aquilo ia dar. O que levava à parte do dia na qual eu estava no quintal enterrando frutas secas para bebês esquilos. Me perguntei quantos buraquinhos eu teria que cavar até que as Irmãs ficassem satisfeitas.

Meia hora depois de eu começar a cavar, comecei a achar coisas. Um dedal, uma colher de prata e um anel de ametista que não parecia valioso, mas me deu uma boa desculpa para parar de esconder amendoins no quintal. Quando entrei na casa, tia Prue estava usando os óculos grossos de leitura, examinando uma pilha de papéis amarelados.

— O que a senhora está lendo?

— Só estou procurando umas coisas para a mãe do seu amigo Link. O FRA precisa de algumas anotações sobre a história de Gatlin para o Tarr da Herança Sulista. — Ela examinou mais uma pilha. — Mas é difícil achar algo sobre a história de Galtin. — O último nome que o FRA queria ouvir.

— Como assim?

— Bem, sem eles, acho que Gatlin não estaria mais aqui. Então é difícil escrever a história da cidade e deixá-los de fora.

— Eles foram mesmo os primeiros aqui? — Ouvira Marian dizer isso, mas era difícil de acreditar.

Tia Mercy levantou um dos papéis da pilha e o segurou tão perto do rosto que devia estar vendo dobrado. Tia Prue o pegou de volta.

— Me dê isso. Estou trabalhando em um sistema.

— Bem, se você não quer ajuda. — Tia Mercy se virou para mim. — Os Ravenwood foram os primeiros nessas partes, é verdade. Receberam umas terras do rei da Escócia, por volta de 1800.

— 1781. Estou com o papel bem aqui. — Tia Prue sacudiu uma folha amarela no ar. — Eram fazendeiros, e o condado de Gatlin tinha o solo mais fértil de toda a Carolina do Sul. Algodão, tabaco, arroz, anileira, tudo crescia aqui, o que era peculiar pelo fato de essas plantas não crescerem normalmente todas no mesmo lugar. Depois que as pessoas descobriram que era possível plantar praticamente tudo aqui, os Ravenwood passaram a ter uma cidade.

— Gostando ou não — acrescentou tia Grace, tirando os olhos do tricô.

Era irônico; sem os Ravenwood, Gatlin talvez nem existisse. As pessoas que evitavam Macon Ravenwood e sua família tinham que agradecer a eles por terem uma cidade. Eu me perguntei como a Sra. Lincoln se sentiria em relação a isso. Aposto que ela já sabia, e que provavelmente fosse por isso que todos odiassem tanto Macon Ravenwood.

Olhei para minha mão, coberta daquele solo inexplicavelmente fértil. Ainda estava segurando as coisas que desenterrei do quintal.

— Tia Prue, isso pertence a alguma de vocês? — Lavei o anel na pia e o exibi.

— Nossa, é o anel que meu segundo marido Wallace Pritchard me deu no nosso primeiro e único aniversário de casamento. — Ela baixou a voz até chegar a um sussurro. — Ele era um homem muito pão duro. Onde você achou isso?

— Enterrado no quintal. Também achei uma colher e um dedal.

— Mercy, olhe o que Ethan achou, sua colher do Tennessee, da coleção. Eu falei que não peguei! — gritou Tia Prue.

— Deixe-me ver. — Mercy colocou os óculos para inspecionar a colher. — Bem, é mesmo. Finalmente tenho os 11 estados.

— Existem mais do que 11 estados, tia Mercy.

— Só coleciono os estados da Confederação. — Tia Grace e tia Prue assentiram em concordância.

— Falando em enterrar coisas, dá para acreditar que Eunice Honeycutt fez com que a enterrassem junto com o livro de receitas? Ela não queria que ninguém da igreja botasse as mãos em sua receita de bolo de frutas. — Tia Mercy balançou a cabeça.

— Ela era uma pessoa desprezível, assim como a irmã dela. — Tia Grace estava abrindo uma lata de doces com a colher do Tennessee.

— E aquela receita nem era boa — disse tia Mercy.

Tia Grace virou a tampa da lata para ler os nomes dos doces dentro.

— Mercy, qual é o com recheio de creme?

— Quando eu morrer, quero ser enterrada com minha estola de pele e minha Bíblia — disse tia Prue.

— Você não vai ganhar pontos extras com o Senhor por causa disso, Prudence Jane.

— Não estou tentando ganhar pontos, só quero ter alguma coisa para ler durante a espera. Mas se houvesse distribuição de pontos, Grace Ann, eu teria mais do que você.

Enterrada com o livro de receitas...

E se *O Livro das Luas* estivesse enterrado em algum lugar? E se alguém quisesse que ninguém o encontrasse, e por isso o escondeu? Talvez a pessoa que entendia o poder dele melhor do que qualquer outra. Genevieve.

Lena, acho que sei onde o Livro está.

Por um segundo, só houve o silêncio, e então os pensamentos de Lena encontraram o caminho até os meus.

Como assim?

O Livro das Luas. *Acho que está com Genevieve.*

Genevieve está morta.

Eu sei.

O que você quer dizer, Ethan?

Acho que você sabe o que quero dizer.

Harlon James subiu mancando na mesa, com aparência de dar dó. A perna ainda estava enfaixada. Tia Mercy começou a dar chocolates de dentro da lata para ele.

— Mercy, não dê chocolate ao cachorro! Vai matá-lo. Vi no programa da Oprah. Era chocolate ou molho de cebola?

— Ethan, quer que eu guarde os caramelos para você? — perguntou tia Mercy. — Ethan?

Eu não estava mais ouvindo. Pensava em como abrir um túmulo.

Abrindo um túmulo

Foi ideia de Lena. Era aniversário de tia Del, e no último minuto Lena decidiu dar uma festa para a família em Ravenwood. Foi também Lena que convidou Amma, sabendo muito bem que nada além de intervenção divina faria com que Amma botasse os pés na propriedade dos Ravenwood. Seja lá o que fosse em relação a Macon, Amma reagia um pouquinho melhor à presença dele do que ao medalhão. Ainda assim ela preferia manter Macon tão longe quanto o medalhão.

Boo Radley apareceu de tarde carregando um papel enrolado na boca, escrito com caligrafia cuidadosa. Amma não queria tocar no objeto, mesmo sendo um convite, e quase não me deixou ir. Ainda bem que ela não me viu entrar no rabecão com a velha pá de jardim de minha mãe. Isso chamaria atenção.

Eu estava feliz por sair de casa, por qualquer razão, mesmo que essa razão envolvesse violação de túmulo. Depois do dia de Ação de Graças, meu pai tinha se fechado no escritório, e desde que Macon e Amma tinham nos visto na *Lunae Libri*, a única interação de Amma comigo era um olhar de reprovação.

Lena e eu não tínhamos permissão de voltar à *Lunae Libri*, pelo menos não nos próximos 68 dias. Macon e Amma pareciam não querer nos ver caçando mais informações do que planejavam fornecer.

— Depois do dia 11 de fevereiro, vocês podem fazer o que quiserem — tinha resmungado Amma. — Até lá, vocês podem fazer o que todas as pessoas da sua idade fazem. Ouvir música. Ver televisão. Apenas mantenham o nariz longe daqueles livros.

Minha mãe teria rido da ideia de eu não ter permissão para ler um livro. As coisas obviamente tinham ficado bem ruins por aqui.

Está pior aqui, Ethan. Boo até dorme no pé da minha cama agora.

Isso não me parece tão ruim.

Ele espera por mim na porta do banheiro.

Isso é só Macon sendo Macon.

É uma prisão domiciliar.

Era mesmo, e nós dois sabíamos.

Tínhamos que achar *O Livro das Luas*, e ele tinha que estar com Genevieve. Era mais do que possível que Genevieve tivesse sido enterrada em Greenbrier. Havia algumas lápides desgastadas na clareira logo ao lado do jardim. Dava para vê-las da pedra onde costumávamos sentar, que tinha sido a pedra da lareira da casa. Nosso lugar, era como eu pensava, mesmo nunca tendo falado sobre isso. Genevieve tinha que estar enterrada lá, a não ser que tivesse se mudado depois da Guerra, mas ninguém nunca ia embora de Gatlin.

Eu sempre pensei que eu seria o primeiro.

Mas agora que eu saíra de casa, como ia encontrar um livro perdido de Conjuração que podia ou não salvar a vida de Lena, que podia ou não estar enterrado no túmulo de uma ancestral Conjuradora amaldiçoada, que podia ou não ser na casa ao lado da casa de Macon Ravenwood? Sem o tio dela me ver, me parar ou me matar antes?

O resto era com Lena.

— Que espécie de projeto escolar exige que se visite um cemitério à noite? — perguntou tia Del, tropeçando em um emaranhado de vinhas. — Minha nossa!

— Mamãe, cuidado.

Reece passou o braço pelo da mãe, ajudando-a a caminhar pela vegetação. Tia Del tinha dificuldade em andar por aí sem esbarrar em tudo à luz do dia, mas no escuro era pedir demais.

— Temos que fazer uma cópia da lápide de um dos nossos ancestrais. Estamos estudando genealogia. — Bem, isso era meio verdade.

— Por que Genevieve? — perguntou Reece, olhando com desconfiança.

Reece olhou para Lena, mas Lena imediatamente virou o rosto. Lena tinha me avisado para não deixar Reece ver meu rosto. Pelo que ela disse, um olhar era suficiente para uma Sibila saber se a gente estava mentindo. Mentir para uma Sibila era ainda mais difícil do que mentir para Amma.

— É ela no quadro, no hall. Só achei que seria legal usá-la. Não temos um grande cemitério familiar para escolher, como a maioria das pessoas daqui.

A música hipnótica Conjuradora da festa estava começando a sumir com a distância, substituída pelo som de folhas secas sendo esmagadas por nossos pés. Tínhamos ido até Greenbrier. Estávamos chegando perto. Estava escuro, mas a lua cheia brilhava tanto que nem precisávamos das lanternas. Me lembrei do que Amma disse para Macon no cemitério. *A meia-lua é para fazer magia Branca, e a lua cheia é para fazer magia Negra.* Não íamos fazer magia alguma, eu esperava, mas isso não tornava tudo menos assustador.

— Acho que Macon não ia querer que andássemos por aqui no escuro. Você disse para ele onde estávamos indo? — Tia Del estava apreensiva. Ela puxou a gola da blusa de renda de gola alta.

— Eu disse que íamos dar uma volta. Ele só me pediu que ficasse com vocês.

— Não sei se estou em boa forma para isso. Odeio admitir, mas estou meio sem fôlego. — Tia Del estava ofegante, e o cabelo ao redor do seu rosto tinha escapado do coque sempre meio descentralizado.

Então senti o aroma familiar.

— Chegamos.

— Graças a Deus.

Andamos até a parede de pedra em ruínas do jardim, onde eu tinha encontrado Lena chorando no dia em que a janela se quebrou. Me abaixei sob o arco de vinhas e entrei no jardim. Parecia diferente à noite, menos um local para olhar as nuvens e mais um lugar onde uma Conjuradora amaldiçoada estaria enterrada.

É aqui, Ethan. Ela está aqui. Posso sentir.

Eu também.

Onde você acha que está o túmulo dela?

Enquanto passávamos pela pedra onde achei o medalhão, pude ver outra pedra a alguns metros a frente na clareira. Uma lápide, com uma imagem difusa sentada em cima.

Ouvi Lena ofegar, apenas alto o bastante para que eu ouvisse.

Ethan, você consegue vê-la?

Consigo.

Genevieve. Estava apenas parcialmente materializada, uma mistura de névoa e luz, aparecendo e desaparecendo quando o ar passava pela forma fantasmagórica, mas não havia como confundir. Era Genevieve, a mulher do quadro. Tinha os mesmos olhos dourados e cabelo ruivo longo e ondulado. Seu cabelo voava levemente com o vento, como se ela fosse apenas uma mulher sentada em um banco no ponto de ônibus, em vez de uma aparição sentada em uma lápide no cemitério. Era bonita, mesmo no presente estado, e assustadora ao mesmo tempo. Os cabelos da minha nuca se eriçaram.

Talvez fazer isso fosse errado.

Tia Del ficou paralisada. Ela via Genevieve também, mas era claro que achava que mais ninguém conseguia ver. Provavelmente pensou que a aparição era o resultado de ver muitos momentos ao mesmo tempo, as imagens desorganizadas desse lugar em vinte décadas diferentes.

— Acho que devíamos voltar para casa. Não estou me sentindo muito bem. — Tia Del obviamente não queria interagir com um fantasma de 150 anos em um cemitério de Conjuradores.

Lena tropeçou em uma vinha frouxa e caiu. Eu a peguei pelo braço para segurá-la, mas não fui rápido o bastante.

— Você está bem?

Ela se recuperou e olhou para mim por uma fração de segundo, mas uma fração de segundo foi tudo de que Reece precisou. Ela viu os olhos de Lena, o rosto, a expressão, seus pensamentos.

— Mamãe, eles estão mentindo! Não estão fazendo trabalho de história nenhum. Estão procurando alguma coisa. — Reece colocou uma mão na têmpora como se estivesse ajustando uma peça do equipamento. — Um livro!

Tia Del parecia confusa, até mais confusa do que costumava parecer.

— Que tipo de livro se procuraria num cemitério?

Lena se libertou do olhar de Reece e do controle dela.

— É um livro que pertenceu a Genevieve.

Abri a sacola que carregava e tirei a pá. Andei até o túmulo lentamente, tentando ignorar o fato de que o fantasma de Genevieve estava me observando o tempo todo. Talvez eu acabasse atingido por um raio ou algo assim; não me surpreenderia. Mas tínhamos ido até ali. Enfiei a pá no chão, tirando um pouco de terra.

— Ah, Grande Mãe! Ethan, o que você está fazendo? — Pelo visto, cavar um túmulo tinha trazido tia Del de volta ao presente.

— Estou procurando o livro.

— Aí? — Tia Del parecia que ia desmaiar. — Que tipo de livro estaria aí?

— É um livro de Conjurações, um bem antigo. Nem sabemos se está aí. É só um palpite — disse Lena, olhando para Genevieve, que ainda estava sentada na lápide a meio metro de distância.

Tentei não olhar para Genevieve. Era perturbador o modo como o corpo dela sumia e aparecia, e ela nos observava com aqueles olhos dourados de gato apavorantes, vazios e sem vida como se fossem feitos de vidro.

O chão não era tão duro, principalmente considerando que estávamos em dezembro. Em poucos minutos, eu já havia cavado meio metro. Tia Del andava de um lado para o outro, com expressão preocupada. De vez em quando ela se virava para ter certeza de que nenhum de nos estava olhando, depois olhava para Genevieve. Pelo menos eu não era o único apavorado por causa do fantasma dela.

— Devíamos voltar. Isso é repulsivo — disse Reece, tentando olhar nos meus olhos.

— Não seja tão certinha — disse Lena, ajoelhando perto do buraco.

Reece consegue vê-la?

Acho que não. Só não olhe nos olhos dela.

E se Reece ler o rosto de tia Del?

Ela não consegue. Ninguém consegue. Tia Del vê muita coisa de uma vez só. Ninguém além de um Palimpsesto consegue processar toda aquela informação e entendê-la.

— Mamãe, você vai mesmo deixar que eles cavem um túmulo?

— Pelo amor das estrelas, isso é ridículo. Vamos parar com essa tolice agora e voltar para a festa.

— Não podemos. Temos que saber se o livro está aqui. — Lena se virou para tia Del. — Você podia nos mostrar.

De que você está falando?

Ela pode nos mostrar o que tem lá embaixo. Ela consegue projetar o que vê.

— Não sei. Macon não ia gostar. — Tia Del mordia o lábio, nervosa.

— Você acha que ele prefere que a gente cave um túmulo? — respondeu Lena.

— Está bem, está bem. Saia desse buraco, Ethan.

Saí do buraco, limpando as mãos na calça. Olhei para Genevieve. Ela tinha uma expressão peculiar no rosto, quase como se estivesse interessada em ver o que ia acontecer, ou talvez estivesse apenas prestes a nos vaporizar.

— Todos vocês, sentem-se. Isso pode deixá-los tontos. Se por acaso se sentirem enjoados, coloquem a cabeça entre os joelhos — instruiu tia Del, como uma espécie de comissária de bordo sobrenatural. — A primeira vez é sempre a mais difícil. — Tia Del esticou os braços para que déssemos as mãos.

— Não acredito que você está tomando parte nisso, mamãe.

Tia Del tirou a presilha do coque, deixando o cabelo cair em torno dos ombros.

— Não seja tão certinha, Reece.

Reece revirou os olhos e pegou minha mão. Olhei para Genevieve. Ela olhou bem para mim, para dentro de mim, e levou um dedo aos lábios como se pedisse silêncio.

O ar começou a se dissolver ao redor de nós. Então estávamos girando como um daqueles brinquedos de parque em que nos prendem na parede e o troço todo roda tão rápido que você pensa que vai vomitar.

E então, imagens...

Uma depois da outra, abrindo e fechando como portas. Uma depois da outra, segundo após segundo.

Duas garotas de vestidos brancos correndo na grama, de mãos dadas, rindo. Laços amarelos nos cabelos.

Outra porta se abriu.

Uma jovem com pele cor de caramelo, pendurando roupas em um varal, cantarolando baixinho, a brisa levantando os lençóis ao vento. A mulher se vira em direção a uma grande casa de estilo federal e grita: "*Genevieve! Evangeline!*"

E outra.

Uma jovem andando pela clareira ao anoitecer. Ela olha para trás para ver se alguém a está seguindo, cabelo vermelho balançando atrás de si. Genevieve. Ela corre para os braços de um rapaz alto e magro, um rapaz que podia ser eu. Ele se inclina e a beija. "*Eu amo você, Genevieve. E um dia vamos nos casar. Não ligo para o que sua família diz. Não pode ser impossível.*"

Ela toca os lábios dele com doçura. "*Shh. Não temos muito tempo.*"

A porta se fecha e outra abre.

Chuva, fumaça e som de fogo estalando, comendo, respirando. Genevieve está parada na escuridão; fumaça negra e lágrimas mancham o rosto. Há um livro encapado de couro preto na mão dela. Não tem título, só uma lua crescente em alto relevo na capa. Ela olha para a mulher, a mesma que estava pendurando roupas no varal. Ivy. "*Por que não tem nome?*" Os olhos da velha senhora estão cheios de medo. "*Só porque um livro não tem título, não significa que não tenha nome. Esse aí é o* Livro das Luas.*"

A porta se fecha.

Ivy, mais velha e mais triste, parada em frente a um túmulo recém-cavado, com uma caixa de pinho no fundo do buraco. "*Apesar de eu andar pelo vale das sombras e da morte, não tenho medo do mal.*" Havia uma coisa em sua mão. O Livro, couro preto com a lua crescente na capa. "*Leve isso com você, Srta. Genevieve. Para que não cause mal a mais ninguém.*" Ela joga o livro no buraco junto com o caixão.

Outra porta.

Nós quatro sentados ao redor do buraco meio cavado, e abaixo da terra, tão longe que só podemos ver com a ajuda de Del, a caixa de pinho. O Livro está sobre ela. Mais abaixo, dentro do caixão, o corpo de Genevieve, repousa na escuridão. Os olhos dela estão fechados, a pele parece porcelana, como se ela ainda respirasse, perfeitamente preservada de um modo que nenhum cadáver poderia estar. O cabelo longo ruivo cai pelos ombros.

A visão volta para cima, saindo do chão. Volta para nós quatro, sentados em volta do túmulo meio cavado, de mãos dadas. De volta para a lápide e a imagem fraca de Genevieve, olhando para nós.

Reece gritou. A última porta bateu.

Tentei abrir meus olhos, mas estava tonto. Del estava certa, eu sentia como se fosse vomitar. Tentei me orientar, mas meus olhos não entravam em foco. Senti Reece largar minha mão, se afastando de mim e tentando se afastar de Genevieve e de seu olhar dourado apavorante.

Você está bem?

Acho que sim.

A cabeça de Lena estava entre os joelhos.

— Está todo mundo bem? — perguntou tia Del, a voz firme e segura. Tia Del não parecia mais tão confusa e desajeitada agora. Se eu tivesse que ver tudo isso toda vez que olhasse para alguma coisa, desmaiaria ou enlouqueceria.

— Não consigo acreditar que é isso que você vê — falei, olhando para Del, meus olhos finalmente começando a se ajustar.

— O dom de uma Palimpsesta é uma grande honra e um grande peso.

— O Livro está lá embaixo — confirmei.

— É verdade, mas parece que ele pertence a esta mulher — disse Del, gesticulando na direção da aparição de Genevieve –, que vocês dois não parecem particularmente surpresos de ver.

— Nós a vimos antes — admitiu Lena.

— Bem, então ela decidiu se revelar a vocês. Ver os mortos não é um dos dons de um Conjurador, mesmo uma Natural, e certamente não está entre os talentos de um Mortal. Só se pode ver um morto se ele quiser.

Eu estava com medo. Não do jeito que fiquei nos degraus de Ravenwood, nem do jeito que fiquei quando Ridley estava me congelando vivo. Era diferente. Parecia mais o medo que sentia quando acordava dos sonhos, e quando pensava em perder Lena. Era um medo paralisante. Do tipo que sentimos quando nos damos conta de que o fantasma poderoso de uma Conjuradora das Trevas está olhando para você no meio da noite, vendo você cavar o túmulo dela para roubar um livro de cima do seu caixão. O que eu estava pensando? O que estávamos fazendo vindo aqui, cavando um túmulo na lua cheia?

Você estava tentando consertar um erro. Havia uma voz na minha cabeça, mas não era de Lena.

Me virei para Lena. Ela estava pálida. Reece e tia Del estavam olhando para o que restava de Genevieve. Podiam ouvi-la também. Olhei para os olhos dourados brilhantes enquanto imagem dela oscilava. Ela parecia sentir o que tínhamos vindo fazer aqui.

Pegue-o.

Olhei para Genevieve, inseguro. Ela fechou os olhos e assentiu levemente.

— Ela quer que a gente pegue o Livro — disse Lena. Acho que eu não estava ficando louco.

— Como sabemos que podemos confiar nela? — Ela era uma Conjuradora das Trevas, afinal. Com os mesmos olhos dourados de Ridley.

Lena olhou de volta para mim, com um brilho de excitação no olhar.

— Não sabemos.

Só havia uma coisa a fazer.

Cavar.

O Livro era exatamente como nas visões, de couro preto rachado, com uma pequena lua crescente em relevo. Cheirava a desespero e era pesado, não apenas física, mas psiquicamente. Era um livro das Trevas; eu sabia só pelos segundos em que o segurei, antes de queimar as pontas dos meus dedos. Senti que o Livro roubava um pouco da minha respiração cada vez que eu inspirava.

Estiquei o braço para fora do buraco, erguendo-o acima da cabeça. Lena o pegou da minha mão e saí do buraco. Eu queria sair dali o mais rápido possível. Não tinha esquecido que estava em cima do caixão de Genevieve.

Tia Del ofegou.

— Grande Mãe, eu nunca pensei que fosse vê-lo. *O Livro das Luas*. Tenham cuidado. Esse livro é velho como o tempo, talvez até mais. Macon nunca vai acreditar que nós...

— Ele nunca vai saber. — Lena limpou a terra da capa gentilmente.

— Agora você realmente enlouqueceu. Se você acha ao menos por um minuto que não vamos contar ao tio Macon... — Reece cruzou os braços como uma babá irritada.

Lena ergueu o livro mais alto, em frente do rosto de Reece.

— Sobre o quê?

Lena olhava para Reece do mesmo modo que Reece tinha olhado nos olhos de Ridley na Reunião, seriamente, com determinação. A expressão de Reece mudou; ela parecia confusa, quase desorientada. Olhava para o Livro, mas era como se ela não pudesse vê-lo.

— O que há para contar, Reece?

Recce fechou os olhos com força, como se estivesse tentando afastar um sonho ruim. Abriu a boca para dizer alguma coisa, depois a fechou de repente. Uma sombra de sorriso se insinuou no rosto de Lena enquanto ela se virava lentamente na direção da tia.

— Tia Del?

Tia Del parecia tão confusa quanto Reece, que era como ela parecia estar a maior parte do tempo, de qualquer maneira, mas alguma coisa estava diferente. E ela não respondeu a Lena também.

Lena se virou um pouco e colocou o Livro em cima da minha bolsa. Quando fez isso, vi fagulhas verdes em seus olhos e seu cabelo se moveu, como se preso à luz da lua; a brisa Conjuradora. Era quase como se eu pudesse ver a magia se revolvendo em torno dela no escuro. Eu não entendia o que estava acontecendo, mas as três pareciam presas em uma conversa escura e sem palavras que eu não conseguia ouvir nem entender.

E então acabou. A luz da lua voltou a ser a luz da lua, e a noite voltou a ser noite. Olhei para além de Reece, para a lápide de Genevieve. Ela não estava mais lá, como se nunca tivesse estado.

Reece mudou de posição, e sua expressão hipócrita tradicional voltou.

— Se você acha ao menos por um minuto que não vamos contar ao tio Macon que você nos arrastou até um cemitério sem nenhuma boa razão, por causa de um trabalho idiota de escola que você acabou nem fazendo...

De que diabos ela estava falando? Mas Reece estava falando sério. Ela não se lembrava do que tinha acabado de acontecer tanto quanto eu não entendia.

O que você acabou de fazer?

Tio Macon e eu temos praticado.

Lena fechou o zíper da minha bolsa com o Livro dentro.

— Eu sei. Desculpe. É que esse lugar é muito assustador à noite. Vamos sair daqui.

Reece se virou na direção de Ravenwood, arrastando tia Del atrás de si.

— Você é tão medrosa.

Lena piscou para mim.

Praticando o quê? Controle da mente?

Pequenas coisas. Jogar pedrinhas com a força da mente. Ilusões interiores. Feitiços do tempo, mas esses são difíceis.

Isso foi fácil?

Removi o Livro das mentes delas. Acho que se pode dizer que o apaguei. Elas não vão se lembrar, porque, na realidade delas, nunca aconteceu.

Eu sabia que precisávamos do Livro. Sabia por que Lena precisava. Mas de alguma forma parecia que um limite havia sido cruzado, e agora eu não sabia onde estávamos e nem se ela poderia voltar para o ponto onde eu estava. Onde ela costumava estar.

Reece e tia Del já estavam de volta ao jardim. Eu não precisava ser uma Sibila para saber que Reece queria sair de lá imediatamente. Lena começou a segui-las, mas alguma coisa me interrompeu.

L, espere.

Andei de volta até o buraco e enfiei a mão no bolso. Abri o lenço com as iniciais familiares e ergui o medalhão em sua corrente. Nada. Nenhuma visão, e alguma coisa me disse que não haveria mais nenhuma. O medalhão tinha nos trazido aqui, nos mostrou o que precisávamos ver.

Segurei o medalhão sobre o túmulo. Parecia a coisa certa, uma troca justa. Eu estava prestes a soltar quando ouvi a voz de Genevieve de novo, mais suave desta vez.

Não. Não tem que ficar comigo.

Olhei de volta para a lápide. Genevieve estava lá de novo, o que restava dela rompendo o nada cada vez que o vento soprava por ela. Já não parecia tão assustadora.

Ela parecia arrasada. Como as pessoas ficavam quando perdiam a única pessoa que amavam.

Eu entendi.

Até a cintura

Quando nos metemos em encrencas, há um ponto em que ela é tanta que a ameaça de mais encrenca nem é mais ameaça. Em determinado momento, mergulhamos tão fundo que não temos escolha além de nadar no meio, se é que há chance de chegar ao outro lado. Era o tipo clássico de lógica de Link, mas eu começava a ver a lógica daquilo. Talvez não seja possível entender até que se esteja enterrado em encrenca até a cintura.

No dia seguinte, era assim que nós estávamos, Lena e eu. Profundamente envolvidos. Começou com a falsificação de um bilhete com um dos lápis nº 2 de Amma, depois matando aula para ler um livro roubado que não deveríamos ter pegado, e terminou com um monte de mentiras para ganhar pontos extras em um "trabalho" que estávamos fazendo juntos. Eu tinha certeza de que Amma ia nos pegar dois segundos depois que eu dissesse as palavras pontos extras, mas ela estava ao telefone com minha tia Caroline discutindo a "condição" do meu pai.

Me senti culpado por todas as mentiras, sem mencionar o roubo, a falsificação e o apagar de mentes, mas não havia tempo para a escola; tínhamos muito estudo de verdade para fazer.

Porque tínhamos *O Livro das Luas*. Era real. Eu poderia segurá-lo nas minhas mãos...

— Ai!

Queimou minha mão, como se eu tivesse tocado em um fogão quente. O Livro caiu no chão do quarto de Lena. Boo Radley latiu de algum lugar da casa. Eu podia ouvir as patas enquanto ele subia as escadas, vindo em nossa direção.

— Porta. — Lena falou sem tirar os olhos de um velho dicionário de latim. A porta do quarto se fechou assim que Boo chegou ao segundo andar. Ele protestou com um latido ressentido. — Fique fora do meu quarto, Boo. Não estamos fazendo nada. Vou começar a treinar.

Olhei para a porta, surpreso. Outra aula de Macon, pensei. Lena nem reagiu, como se tivesse feito aquilo milhares de vezes. Era como o que ela tinha feito com Reece e tia Del na noite anterior. Eu estava começando a pensar que quanto mais perto chegássemos do aniversário dela, mais a Conjuradora tomaria o lugar da menina.

Eu estava tentando não reparar. Mas quanto mais tentava, mais eu reparava.

Ela olhou para mim, que estava esfregando as mãos no jeans. Elas ainda doíam.

— Que parte sobre "não se pode tocar se não for Conjurador" você não entendeu?

— Certo. Essa parte.

Ela abriu um estojo surrado e tirou a viola.

— São quase cinco da tarde. Tenho que começar a treinar ou tio Macon vai saber quando acordar. Ele sempre sabe.

— O quê? Agora?

Ela sorriu e se sentou numa cadeira no canto do quarto. Ajustou o instrumento contra o queixo, pegou o arco e com ele tocou nas cordas. Por um momento ela não se moveu, fechando os olhos como se estivéssemos numa filarmônica em vez de sentados em seu quarto. E começou a tocar. A música rastejou das mãos dela e se espalhou no quarto, movendo pelo ar como outro dos seus poderes não-descobertos. As cortinas brancas da janela começaram a se mexer, e ouvi a música...

Dezesseis luas, dezesseis anos,
A Lua Invocadora, a hora se aproxima,
Nessas páginas a Escuridão clareia,
Poderes Enfeitiçam o que o fogo queima.

Enquanto eu observava, Lena deslizou da cadeira e, cuidadosamente, colocou a viola de arco onde ela estava sentada antes. Não estava tocando mais, mas a música ainda fluía do instrumento. Ela apoiou o arco na cadeira e se sentou ao meu lado no chão.

Shh.

Isso é treinar?

— Tio M parece não perceber a diferença. E olhe... — Ela apontou para a porta, onde eu podia ver uma sombra e ouvir batidas rítmicas. O rabo de Boo. — Ele gosta, e eu gosto de tê-lo em frente à minha porta. Pense que é uma espécie de alarme antiadulto. — Ela tinha razão.

Lena se ajoelhou perto do Livro e o pegou facilmente nas mãos. Quando ela abriu as páginas de novo, vimos a mesma coisa que tínhamos visto o dia todo. Centenas de Conjuros, listas cuidadosas escritas em inglês, latim, galês e outras línguas. Eu nunca tinha visto nada parecido antes. As páginas marrons finas eram frágeis, quase transparentes. O pergaminho estava coberto de tinta marrom, em uma caligrafia antiga e delicada. Pelo menos eu esperava que fosse tinta.

Ela bateu o dedo na estranha escrita e me passou o dicionário de latim.

— Não é latim. Veja você mesmo.

— Acho que é galês. Você já viu alguma coisa assim antes? — Apontei para a caligrafia rebuscada.

— Não. Talvez seja alguma espécie de língua de Conjuradores.

— Pena que não temos um dicionário de Conjuradores.

— Temos, quero dizer, meu tio deve ter. Ele tem centenas de livros de Conjuradores na biblioteca dele. Não é nenhuma *Lunae Libri*, mas provavelmente tem o que procuramos.

— Quanto tempo temos até ele acordar?

— Não o bastante.

Puxei a manga do meu moletom sobre a palma da mão e usei para pegar o livro, como se estivesse usando uma das luvas de forno de Amma. Folheei as páginas finas; elas se dobravam ruidosamente sob meu toque como se fossem feitas de folhas secas em vez de papel.

— Alguma dessas coisas têm significado pra você?

Lena sacudiu a cabeça.

— Na minha família, antes de você ser Invocada, você não tem permissão para saber de nada. — Ela fingiu meditar sobre as páginas. — Para o caso de ir para as Trevas, acho. — Eu sabia o bastante para não perguntar mais nada.

Página depois de página, não havia nada que pudéssemos nem começar a entender. Havia figuras, algumas assustadoras, outras bonitas. Criaturas, símbolos, animais, até as faces com aparência humana de alguma maneira conseguiam parecer qualquer coisa menos humanas no *Livro das Luas*. Aos meus olhos, era como uma enciclopédia de outro planeta.

Lena puxou o Livro para o colo.

— Tem tanta coisa que não sei, e é tudo tão...

— Esquisito?

Me reclinei na cama dela, olhando para o teto. Havia palavras em todo canto, novas palavras, e números. Eu podia ver a contagem regressiva, os números escritos na parede do quarto como acontece em uma cela de prisão.

100, 78, 50...

Quanto tempo mais conseguiríamos ficar assim? O aniversário de Lena estava chegando, e seus poderes pareciam aumentar. E se ela estivesse certa, e se Lena se tornasse algo irreconhecível, algo tão das Trevas que ela nem ligaria para mim e nem me reconheceria? Olhei para a viola de arco no canto até que eu não queria mais vê-la. Fechei os olhos e ouvi a melodia Conjuradora. E então escutei a voz de Lena...

— "...ATÉ QUE O ESCURECER TRAGA A HORA DA INVOCAÇÃO, NA DÉCIMA-SEXTA LUA, QUANDO A PESSOA DE PODER TEM A LIBERDADE DE ESCOLHA E AÇÃO PARA CONJURAR A ESCOLHA FINAL, NO FIM DO DIA, OU NO ÚLTIMO MOMENTO DA ÚLTIMA HORA, SOB A LUA INVOCADORA..."

Olhamos um para o outro.

— Como você...? — Olhei por sobre o ombro dela.

Ela virou a página.

— É inglês. Estas páginas estão escritas em inglês. Alguém começou a traduzi-las, aqui atrás. Vê como a tinta é de cor diferente?

Ela estava certa. Até as páginas em inglês deviam ter centenas de anos. A página estava escrita em outra caligrafia elegante, mas não era a mesma caligrafia, e não estava escrita com mesma tinta marrom, ou fosse lá o que fosse.

— Vá para o final.

Ela ergueu o Livro, e foi lendo:

— "A INVOCAÇÃO, DEPOIS DE CONCLUÍDA, NÃO PODE SER DESFEITA. A ESCOLHA, UMA VEZ CONJURADA, NÃO PODE SER RECONJURADA. A PESSOA DE PODER CAI NAS GRANDES TREVAS OU NA GRANDE LUZ PARA TODO O SEMPRE. SE O TEMPO PASSA E A ÚLTIMA HORA DA DÉCIMA-SEXTA LUA PASSA SEM A ESCOLHA, A ORDEM DAS COISAS É DESFEITA. ISSO NÃO PODE ACONTECER. O LIVRO VAI ENFEITIÇAR TUDO QUE ESTÁ DESENFEITIÇADO, POR TODOS OS TEMPOS."

— Então não tem mesmo como contornar esse negócio de Invocação?

— É o que tenho tentado explicar a você.

Olhei aquelas palavras que não me levavam nem um pouco mais para perto da compreensão.

— Mas o que acontece exatamente durante a Invocação? Essa Lua Invocadora manda algum tipo de raio Conjurador ou algo assim?

Ela passou os olhos pela página.

— Não diz exatamente. Só sei que acontece sob a lua, à meia-noite... "NO MEIO DA GRANDE ESCURIDÃO E SOB A GRANDE LUZ, DE ONDE TODOS NÓS VIEMOS." Mas pode acontecer em qualquer lugar. Não é nada que se possa ver, apenas acontece. Não há nenhum raio Conjurador envolvido.

— Mas o que acontece exatamente? — Eu queria saber tudo, e ainda sentia que ela estava escondendo alguma coisa. Ela mantinha os olhos na página.

— Para a maioria dos Conjuradores, é uma coisa consciente, como diz aqui. A Pessoa de Poder, o Conjurador, Conjura a Escolha Eterna. Escolhem se querem se Invocar da Luz ou das Trevas. É disso que se trata a liberdade de ação e escolha, como os Mortais escolhem serem bons ou maus, só que os Conjuradores fazem a escolha para sempre. Escolhem a vida que querem ter, o modo como vão interagir com o universo da magia, e uns com os outros. É um acordo que fazem com o mundo natural, com a Ordem das Coisas. Sei que parece loucura.

— Quando se tem 16 anos? Como alguém pode saber quem é e quem quer ser para o resto da vida com 16 anos?

— É, bem, esses são os sortudos. Eu não tenho escolha.

Quase não consegui pronunciar a pergunta seguinte.

— Então o que vai acontecer a você?

— Reece diz que você apenas muda. Acontece em um segundo, como uma batida de coração. Você sente uma energia, uma força passando por seu corpo, quase como se estivesse vivo pela primeira vez. — Ela parecia triste. — Pelo menos foi o que Reece disse.

— Isso não parece tão ruim.

— Reece descreveu como um calor devastador. Disse que sentiu como se o sol brilhasse nela e em mais ninguém. E que, naquele momento, você simplesmente sabe qual caminho tinha sido escolhido para você. — Parecia fácil demais, indolor demais, como se ela estivesse deixando alguma parte de fora. Como a parte sobre como era a sensação quando um Conjurador ia para as Trevas. Mas eu não queria falar mais, mesmo sabendo que nós dois estávamos pensando naquilo.

Simples assim?

Simples assim. Não dói nem nada, se é o que preocupa você.

Essa era uma das coisas com as quais eu me preocupava, mas não era a única.

Não estou preocupado.

Nem eu.

E desta vez, fizemos questão de afastar o que estávamos pensando, até para nós mesmos.

O sol se deslocou pelo tapete trançado no chão do quarto de Lena, a luz laranja transformando todas as cores das linhas em centenas de tons de dourado diferentes. Por um momento, o rosto de Lena, os olhos, o cabelo, tudo que a luz tocava se transformava em ouro. Ela era bonita, fosse a cem anos ou a cem quilômetros de distância, e assim como os rostos no Livro, de alguma forma não tão humana.

— O pôr do sol. Tio Macon vai levantar a qualquer minuto. Temos que guardar o Livro. — Ela o fechou e colocou dentro da minha bolsa. — Leve. Se meu tio achar, vai tentar esconder de mim, assim como todo o resto.

— Só não consigo entender o que ele e Amma estão escondendo. Se toda essa coisa vai acontecer e não há nada que ninguém possa fazer para impedir, por que não nos contam tudo?

Ela não olhava para mim. Puxei-a para meus braços e ela apoiou a cabeça no meu peito. Não disse uma palavra, mas entre duas camadas de camisas e moletons, eu ainda podia sentir o coração dela batendo contra o meu.

Ela olhou para a viola até que a música foi parando, aos poucos, como o sol na janela.

No dia seguinte na escola, estava claro que éramos as únicas pessoas pensando em qualquer coisa que tivesse a ver com qualquer tipo de livro. Nenhuma mão foi levantada em nenhuma aula, a não ser que alguém precisasse de permissão para ir ao banheiro. Nenhuma caneta tocou um pedaço de papel, a não ser que fosse para escrever um bilhete sobre quem tinha sido convidado, quem não tinha a menor chance de ser convidado e quem já tinha levado fora.

Dezembro significava só uma coisa na Jackson High: o baile de inverno. Estávamos no refeitório quando Lena tocou no assunto pela primeira vez.

— Você convidou alguém para ir ao baile?

Lena não estava familiarizada com a estratégia não tão secreta de Link de ir a todos os bailes sozinho para que pudesse flertar com a treinadora Cross, a técnica de atletismo das meninas. Link era apaixonado por Maggie Cross, que tinha se formado cinco anos antes e voltou depois da faculdade para se tornar a treinadora Cross desde que estávamos no quinto ano.

— Não, gosto de fazer meus voos sozinho. — Link sorriu, a boca cheia de batatas.

— A treinadora Cross toma conta do baile, então Link sempre vai sozinho para poder ficar rondando-a a noite toda — expliquei.

— Não quero desapontar as damas. Elas vão lutar por mim depois que alguém batizar o ponche.

— Nunca fui a um baile de escola antes. — Lena olhou para a bandeja dela e mexeu no sanduíche. Parecia quase desapontada.

Eu não a tinha convidado para o baile. Não tinha ocorrido a mim que ela ia querer ir. Tinha tanta coisa acontecendo entre nós, e cada uma delas era tão mais importante que um baile de escola.

Link olhou para mim. Ele tinha me avisado que isso ia acontecer. "Toda garota quer ser convidada para o baile, cara. Não tenho ideia do motivo, mas até eu sei disso." Quem ia imaginar que Link podia mesmo estar certo, considerando que o plano de mestre dele com a treinadora Cross nunca tinha dado certo?

Link bebeu o resto da Coca.

— Uma garota bonita como você? Você poderia ser Rainha da Neve.

Lena tentou sorrir, mas não chegou nem perto.

— O que é esse negócio de Rainha da Neve? Vocês não têm uma Rainha do Baile como em todos os lugares?

— Não. Esse é o baile de inverno, então é uma Rainha do Gelo, mas a prima da Savannah, Suzanne, ganhou todos os anos até se formar e Savannah ganhou ano passado, então todo mundo chama de Rainha da Neve*. — Link esticou a mão e pegou uma fatia de pizza do meu prato.

Era bem óbvio que Lena queria ser convidada. Outra coisa misteriosa sobre as garotas: elas querem ser convidadas para coisas, mesmo que não queiram ir. Mas eu tinha a sensação de que esse não era o caso de Lena. Era quase como se ela tivesse uma lista com o que imaginava que uma garota normal tinha de fazer na escola e estava determinada a fazê-las. Era loucura. O baile era o último lugar onde eu queria ir agora. Não éramos as pessoas mais populares na Jackson ultimamente. Eu não me importava que todo mundo olhasse quando a gente andava pelo corredor, mesmo se não estivéssemos de mãos dadas. Eu não me importava que as pessoas prova-

---

* O sobrenome de Savannah é Snow, que significa neve em inglês.

velmente estivessem dizendo coisas agora, coisas cruéis, enquanto nós três estávamos sentados sozinhos na única mesa vazia do refeitório lotado, ou que um clube inteiro de Anjos da Jackson estivesse patrulhando os corredores só esperando que fizéssemos besteira.

Mas o problema é que, antes de Lena, eu teria me importado. Estava começando a me perguntar se talvez eu estivesse sob a influência de algum feitiço.

Eu não faço isso.

Eu não disse que você fazia.

Acabou de dizer.

Eu não disse que você tinha Conjurado um feitiço. Apenas disse que talvez eu estivesse sob o efeito de um.

Acha que sou Ridley?

Acho que... esqueça.

Lena examinou meu rosto com ainda mais atenção, como se estivesse tentando lê-lo. Talvez ela pudesse fazer isso também agora, considerando o que eu já tinha visto.

O quê?

Aquilo que você disse na manhã depois do Halloween no seu quarto. Você estava falando sério, L?

Que coisa?

O escrito da parede.

Que parede?

A parede do seu quarto. Não aja como se não soubesse do que estou falando. Você disse que estava se sentindo do mesmo jeito que eu.

Ela começou a mexer no cordão.

Não sei do que você está falando.

Gostar.

Gostar?

Gostar... você sabe.

O quê?

Deixa pra lá.

Diga, Ethan.

Acabei de dizer.

Olhe pra mim.

Estou olhando bem pra você.

Olhei para meu leite com achocolatado.

— Entendeu? Savannah Snow? Rainha da Neve? — Link colocou sorvete de baunilha em cima da batata frita.

Lena viu meu olhar e ficou vermelha. Esticou a mão por baixo da mesa. Peguei a mão dela, depois quase puxei a minha de tão forte que foi o choque quando encostei nela. Era mesmo como enfiar a mão numa tomada. Pelo modo como ela me olhava, mesmo eu não ouvindo o que ela estava dizendo, eu saberia.

Se tem alguma coisa a dizer, Ethan, diga.

É. Isso.

Diga.

Mas não precisávamos dizer. Estávamos sozinhos, no meio do refeitório lotado, no meio de uma conversa com Link. Nós dois não tínhamos nem mais ideia do que Link estava falando.

— Entendeu? Só é engraçado porque é verdade. Sabe, Rainha da Neve, Savannah é exatamente assim.

Lena soltou minha mão e jogou uma cenoura em Link. Ela não conseguia parar de sorrir. Ele pensou que ela estava sorrindo para ele.

— Tá, entendi, Rainha da Neve. Ainda assim é idiota.

Link enfiou o garfo na gororoba em sua bandeja.

— Não faz sentido. Nem neva aqui.

Link sorriu para mim sobre a batata frita com sorvete.

— Ela está com ciúmes. É melhor você tomar cuidado. Lena só quer ser eleita Rainha do Gelo para poder dançar comigo quando me elegerem Rei do Gelo.

Sem conseguir se controlar, ela riu.

— Com você? Pensei que você estava se guardando para a técnica de atletismo.

— Estou, e esse vai ser o ano em que ela vai se apaixonar por mim.

— Link passa a noite toda tentando pensar em coisas divertidas para dizer quando ela passa.

— Ela me acha engraçado.

— Acha sua cara engraçada.

— Esse é meu ano. Posso sentir. Vou ser Rei do Gelo esse ano, e a treinadora Cross vai finalmente me ver no palco com Savannah Snow.

— Não consigo ver como isso vai acontecer. — Lena começou a descascar uma laranja.

— Ah, você sabe, ela vai ficar encantada com minha aparência e charme e talento musical, especialmente se você escrever uma música pra mim. Então ela vai ceder e dançar comigo e me seguir até Nova York depois da formatura para ser minha *groupie*.

— O que é isso, um filme de sessão da tarde? — A casca da laranja caiu em espiral.

— Sua namorada acha que sou especial, cara. — Batatas caíam da boca dele.

Lena olhou para mim. Namorada. Nós dois o ouvimos falar.

É isso que sou?

É isso que você quer ser?

Você está me perguntando alguma coisa?

Não era a primeira vez que eu pensava naquilo. Lena já parecia ser minha namorada há algum tempo. Quando se levava em conta tudo que tínhamos passado juntos, era meio que óbvio. Então não sei por que eu nunca tinha falado, e não sei por que era tão difícil dizer agora. Mas havia alguma coisa em dizer as palavras que tornariam tudo mais real.

Acho que estou.

Você não parece muito seguro.

Peguei a outra mão dela embaixo da mesa e olhei em seus olhos verdes.

Tenho certeza, L.

Então acho que sou sua namorada.

Link ainda estava falando.

— Vocês vão achar que sou especial quando a treinadora Cross ficar dando em cima de mim no baile. — Link ficou de pé e jogou fora o que sobrou na bandeja.

— Só não pense que minha namorada vai dançar com você. — Joguei fora o que sobrou na minha.

Os olhos de Lena se iluminaram. Eu estava certo: ela não só queria que eu convidasse, ela queria ir. Naquele momento, eu soube que não me importava mais com o que estava na lista dela de coisas que uma garota normal de escola deve fazer. Eu ia me certificar que ela fizesse tudo que estava na lista.

— Vocês vão?

Olhei para Lena com expectativa e ela apertou minha mão.

— É, acho que sim.

Dessa vez ela sorriu de verdade.

— E Link, que tal se eu dançar com você duas vezes? Meu namorado não vai se importar. Ele jamais me diria com quem posso e não posso dançar.

Revirei os olhos. Link ergueu o punho e bati meus dedos fechados contra os dele.

— É, aposto que sim.

O sinal tocou e o almoço acabou. Assim, de repente, eu não só tinha um par para o baile de inverno, mas também uma namorada. E não apenas uma namorada, pela primeira vez na minha vida quase usei a palavra que começa com A. No meio do refeitório, em frente a Link.

Isso é que é almoço interessante.

Derretendo

— Não vejo por que ela não pode encontrar você aqui. Eu estava esperando ver a sobrinha de Melchizedek toda arrumadinha com o vestido de baile.

Eu estava parado na frente de Amma para ela poder amarrar minha gravata borboleta. Amma era tão baixa que precisava subir três degraus da escada para alcançar meu colarinho. Quando eu era criança, ela costumava me pentear e arrumar minha gravata antes de irmos à igreja aos domingos. Sempre parecia orgulhosa, e era assim que estava me olhando agora.

— Desculpe. Não temos tempo para uma sessão de fotos. Vou pegá-la em casa. O cara tem que buscar a garota, lembra? — Seria engraçado, considerando que eu ia pegá-la com o Lata-Velha. Link ia pegar uma carona com Shawn. Os caras do time ainda guardavam um lugar para ele na nova mesa de almoço, apesar de ele normalmente sentar comigo e com Lena.

Amma puxou minha gravata e deu uma risada. Não sei o que ela achava tão engraçado, mas me irritou.

— Está apertada demais. Está me enforcando. — Tentei enfiar um dedo entre meu pescoço e o colarinho da roupa alugada do Buck's Tux, mas não consegui.

— Não é a gravata, você está nervoso. Vai dar tudo certo. — Ela me examinou com aprovação, como eu imagino que minha mãe faria se estivesse aqui. — Agora me deixe ver essas flores.

Peguei atrás de mim uma pequena caixa com uma rosa vermelha e flores do campo em volta. Eu achava feio, mas não dava para conseguir nada muito melhor da Gardens of Eden, a única floricultura de Gatlin.

— As flores mais sem graça que já vi. — Amma deu uma olhada e as jogou na lata de lixo no pé da escadaria. Ela me deu as costas e desapareceu na cozinha.

— Por que você fez isso?

Ela abriu a geladeira e pegou um *corsage* de pulso, pequeno e delicado. Jasmim-estrela branco e alecrim selvagem, amarrados com um laço claro prateado. Prateado e branco, as cores do baile de inverno. Era perfeito.

Eu sabia que Amma não gostava do meu relacionamento com Lena, mas ela tinha feito isso mesmo assim. Fizera por mim. Era algo que minha mãe teria feito. Só depois que minha mãe morreu, eu me dei conta do quanto contava com Amma, do quanto sempre contara. Ela era a única coisa que tinha me mantido na superfície. Sem ela, eu provavelmente teria me afogado, como meu pai.

— Tudo tem um significado. Não tente transformar uma coisa selvagem em algo domado.

Segurei o *corsage* perto da lâmpada da cozinha. Senti a extensão do laço, apalpando de leve com meus dedos. Debaixo do laço havia um pequeno osso.

— Amma!

Ela deu de ombros.

— O quê, você vai criar caso com um ossinho de cemitério tão pequeno assim? Depois de tanto tempo crescendo nessa casa, depois de ver as coisas que você já viu, onde está seu juízo? Um pouco de proteção nunca fez mal a ninguém. Nem a você, Ethan Wate.

Suspirei e coloquei o *corsage* de volta na caixa.

— Também amo você, Amma.

Ela me deu um abraço de esmagar ossos, então desci os degraus correndo e entrei na noite.

— Tome cuidado, ouviu? Não se deixe levar.

Eu não tinha ideia do que Amma estava falando, mas sorri para ela mesmo assim.

— Sim, senhora.

A luz do escritório do meu pai estava acesa quando me afastei dirigindo. Me perguntei se ele ao menos sabia que hoje era o baile de inverno.

Quando Lena abriu a porta, meu coração quase parou, o que era algo notável, considerando que ela nem estava me tocando. Eu sabia que ela estava como nenhuma outra das garotas do baile estaria hoje. Só havia dois tipos de vestido de baile no condado de Gatlin, e todos vinham de apenas duas lojas: Little Miss, o fornecedor local de vestidos para desfiles, e Southern Belle, a loja de noivas a duas cidades de distância.

As garotas que iam até o Little Miss usavam vestidos vulgares com rabo de sereia, cheios de fendas, decotes generosos e lantejoulas; essas eram as garotas com quem Amma jamais me deixaria ser visto num piquenique da igreja, muito menos no baile de inverno. Eram as misses da cidade ou as filhas de ex-misses, como Eden, cuja mãe tinha sido a primeira substituta da Miss Carolina do Sul, ou, mais frequentemente, apenas as filhas de mulheres que desejavam ter sido misses. Eram as mesmas garotas que em algum momento veríamos com bebês no colo na formatura da Jackson High School em dois anos.

Os vestidos da Southern Belle eram vestidos do estilo de Scarlett O'Hara, com formatos de sinos gigantes. As garotas Southern Belle eram as filhas das senhoras do FRA e do Auxílio das Mulheres — as Emily Asher e Savannah Snow —, e você podia levá-las a qualquer lugar se aguentasse tudo, se as aguentasse e se aguentasse o modo como parecia que você estava dançando com uma noiva em seu próprio casamento.

Independentemente de quem estivesse usando, tudo era brilhoso, era colorido e envolvia muitos acabamentos metálicos e um tom específico de laranja que chamavam de Pêssego de Gatlin, que provavelmente era exclusivo de vestidos brega de damas de honra em todos os outros lugares menos no condado de Gatlin.

Para os garotos, a pressão era menos óbvia, mas não era mais fácil. Tínhamos que combinar, geralmente com nosso par, o que podia envolver o temido Pêssego de Gatlin. Neste ano, o time de basquete ia com gravatas borboleta prateadas e faixas de cintura prateadas também, o que os poupava da humilhação de gravatas borboleta rosa, roxa ou pêssego.

Lena certamente nunca tinha usado Pêssego de Gatlin em toda sua vida. Quando olhei pra ela, meus joelhos fraquejaram, uma sensação que estava começando a se tornar familiar. Estava tão linda que doía.

Uau.

Gostou?

Ela deu uma voltinha. Seu cabelo caía em cachos em torno dos ombros, comprido e cascateando, preso com grampos brilhantes, de uma daquelas formas mágicas que as garotas têm de fazer o cabelo parecer que deveria estar preso, mas também meio solto. Eu queria passar meus dedos entre os fios, mas não ousava tocá-la, nem um fio de cabelo. O vestido de Lena caía sobre o corpo, justo nos lugares certos mas sem parecer coisa do Little Miss, em um tecido prateado, tão delicado quanto uma teia de aranha prateada, tecida por aranhas prateadas.

Foi mesmo? Tecido por aranhas prateadas?

Quem sabe? Pode ser. Foi um presente do tio Macon.

Ela riu e me puxou para dentro de casa. Até Ravenwood parecia refletir o tema de inverno do baile. Hoje, o hall de entrada parecia com a Hollywood antiga; o piso era preto e branco, quadriculado, e flocos de neve prateado brilhavam, flutuando no ar sobre nós. Uma mesa laqueada preta estava em frente às cortinas prateadas iridescentes, e mais para trás, eu podia ver uma coisa que brilhava como o oceano, mesmo sabendo que não podia ser. Velas bruxuleantes flutuavam acima da mobília, criando pequenas piscinas de luz da lua para onde quer que eu olhasse.

— É mesmo? Aranhas?

Eu podia ver a luz das velas refletidas em seus lábios brilhantes. Tentei não pensar nisso. Tentei não querer beijar o pequeno crescente na bochecha dela. Um brilho prateado sutil cintilava em seus ombros, rosto e cabelo. Até mesmo a marca de nascença parecia estar prateada hoje.

— Estou brincando. Provavelmente é só uma coisa que ele achou em uma lojinha em Paris ou Roma ou Nova York. Tio Macon gosta de coisas bonitas. — Ela tocou o medalhão de prata em forma de lua crescente no pescoço, acima da corrente de recordações. Outro presente de Macon, deduzi.

A fala arrastada familiar veio do corredor escuro, acompanhada de uma vela de prata.

— Budapeste, não Paris. Fora isso, me declaro culpado. — Macon surgiu usando paletó com calça preta e uma camisa branca. Os botões prateados da camisa brilhavam com a luz da vela.

— Ethan, eu teria grande apreço se você pudesse ter todo cuidado do mundo com minha sobrinha hoje. Como você sabe, prefiro que ela fique em casa à noite. — Ele me entregou um *corsage* para Lena, um pequeno arranjo de jasmim-estrela. — Todo cuidado possível.

— Tio M! — Lena parecia irritada.

Olhei para o *corsage* mais de perto. Um anel de prata estava pendurado no alfinete que prendia as flores. Tinha uma inscrição em uma língua que não entendi, mas reconheci do *Livro das Luas*. Eu não precisava ver muito de perto para saber que era o anel que ele usava dia e noite, até agora. Peguei o *corsage*, era quase idêntico ao de Amma. Considerando as centenas de Conjuradores a quem o anel provavelmente devia ter pertencido e todos os Grandes de Amma, não havia um espírito na cidade que mexeria conosco. Eu esperava.

— Acho que, entre Amma e o senhor, Lena vai sobreviver sem problemas ao baile de inverno da Jackson High.

Eu sorri. Macon não.

— Não é com o baile que me preocupo, mas fico agradecido a Amarie mesmo assim.

Lena franziu a testa, olhando do tio para mim. Talvez nós não parecêssemos ser os dois caras mais felizes da cidade.

— Sua vez. — Ela pegou uma flor de lapela de cima da mesa, uma rosa branca com um pequeno ramo de jasmim, e a prendeu no meu paletó. — Gostaria que vocês parassem de se preocupar por um minuto. Está ficando constrangedor. Posso cuidar de mim mesma.

Macon não pareceu convencido.

— Em todo caso, eu não ia querer que ninguém se machucasse.

Eu não sabia se ele estava se referindo às bruxas da Jackson High ou à poderosa Conjuradora das Trevas, Sarafine. Seja qual fosse, eu já tinha visto o bastante nos últimos meses para levar um aviso daqueles a sério.

— E traga-a de volta à meia-noite.

— É alguma hora poderosa para Conjuradores?

— Não. É a hora que ela tem que voltar mesmo.

Segurei um sorriso.

Lena parecia ansiosa no caminho até a escola. Ficou sentada ereta no banco da frente, mexendo no rádio, no vestido, no cinto de segurança.

— Relaxe.

— É loucura nós irmos hoje? — Lena olhou para mim com expectativa.

— Como assim?

— Quero dizer que todo mundo me odeia. — Ela olhou para as mãos.

— Você quer dizer que todo mundo nos odeia.

— Certo, todo mundo nos odeia.

— Não temos que ir.

— Não, eu quero ir. Esse é o ponto... — Ela mexeu no *corsage* no punho algumas vezes. — Ano passado, Ridley e eu tínhamos planejado de irmos juntas. Mas aí...

Eu não pude ouvir a resposta dela, nem mesmo na minha cabeça.

— As coisas já tinham dado errado naquela época. Ridley fez 16 anos. Depois ela foi embora e eu tive que sair da escola.

— Bom, não estamos no ano passado. É só um baile. Nada deu errado.

Ela franziu a testa e fechou o espelho.

Ainda não.

Quando entramos no ginásio, até eu fiquei impressionado com o quanto o Conselho Estudantil deve ter trabalhado duro durante todo o final de semana. A Jackson estava completamente imersa no conceito de Sonho de uma Noite de Inverno. Centenas de pequenos flocos de neve de papel (alguns brancos, alguns brilhando com alumínio, glitter, lantejoulas e qualquer outra coisa que brilhasse) estavam pendurados no teto do ginásio com linha de pesca. Neve feita de flocos de sabonete rolava nos cantos do ginásio, e luzes brancas que piscavam estavam penduradas nas vigas.

— Oi, Ethan. Lena, você está linda. — A treinadora Cross nos deu copos de ponche de pêssego. Estava usando um vestido preto que mostrava um pouco demais as pernas, pensei, já preocupado com Link.

Olhei para Lena, pensando nos flocos de neve prateados flutuando no ar em Ravenwood, sem linha de pesca ou papel alumínio. Ainda assim, os olhos dela brilhavam e ela segurava minha mão com força, como se fosse uma criança na primeira festa de aniversário. Eu nunca acreditei em Link quando ele dizia que bailes de escola tinham algum tipo de efeito inexplicável nas garotas. Mas estava claro que era verdade, afetavam todas as garotas, incluindo as Conjuradoras.

— É lindo. — Honestamente, não era. Era apenas um típico baile da Jackson, mas acho que para Lena, isso era algo lindo. Talvez a mágica não estivesse na magia quando se crescia acostumada com ela.

Então ouvi uma voz familiar. Não podia ser.

— Vamos começar essa festa!

Ethan, olhe...

Eu me virei e quase engasguei com o ponche. Link sorriu para mim, vestindo o que parecia um smoking prateado. Usava uma daquelas camisetas com um desenho da frente de um smoking por baixo e o All Star preto de cano alto. Parecia um artista de rua de Charleston.

— Oi, Palitinho! Oi, prima! — Ouvi a voz inconfundível de novo, acima da multidão, acima do DJ, acima da batida do baixo e dos casais na pista de dança. Mel, açúcar, melado e pirulitos de cereja, tudo misturado. Foi a única vez na minha vida que achei algo doce demais.

A mão de Lena apertou mais a minha. De braço dado com Link, inacreditavelmente, no menor pedaço de tecido de lantejoula prateada que já se usou para um baile na Jackson High, talvez para qualquer baile, estava Ridley. Eu nem sabia para onde olhar; ela era toda pernas e curvas e cabelo louro para todo lado. Eu podia sentir a temperatura do ambiente subindo só de olhar para ela. Pelos inúmeros caras que tinham parado de dançar com seus pares que pareciam adereços de bolo de noiva, e que estavam furiosas, eu não era o único. Em um mundo onde todos os vestidos de baile vinham de uma de duas lojas, Ridley tinha ultrapassado até as que usavam um Little Miss. Ela fazia a treinadora Cross parecer uma Madre Superiora. Em outras palavras, Link estava ferrado.

Lena olhou de mim para a prima dela, com hostilidade.

— Ridley, o que você está fazendo aqui?

— Prima. Finalmente conseguimos vir ao baile. Você não está *empolgada*? Isso não é *fantástico*?

Eu podia ver o cabelo de Lena começar a se mexer com o vento inexistente. Ela piscou e meia fileira de luzes se apagou. Eu tinha que agir rápido. Puxei Link para perto da tigela de ponche.

— O que você está fazendo com ela?

— Cara, você acredita? Ela é a garota mais gostosa de Gatlin, sem querer ofender. E ela estava lá no Pare & Roube quando entrei para comprar Slim Jims antes de vir para cá. Já estava até de vestido.

— Você não acha isso meio estranho?

— Você acha que eu ligo?

— E se ela for algum tipo de psicopata?

— Você acha que ela vai me amarrar ou algo assim? — Ele sorriu, já imaginando.

— Não estou brincando.

— Você está sempre brincando. O que foi? Ah, entendi, você está com ciúme. Porque pelo que me lembro, você entrou no carro dela rapidinho. Não me diga que você tentou ficar com ela...

— Lógico que não. Ela é prima de Lena.

— Não importa. Só sei que estou no baile com a gostosa mais gostosa dos três condados. É igual às chances de um meteoro cair nessa cidade. Nunca vai acontecer de novo. Fica tranquilo, tá bom? Não estrague isso para mim. — Ele já estava sob o feitiço dela, não que ela precisasse se esforçar muito com Link. Não importava o que eu dissesse.

Fiz outra tentativa pouco enérgica.

— Ela é problema, cara. Está virando sua cabeça. Vai usar você e depois jogar fora quando tiver terminado.

Ele segurou meus ombros com as duas mãos.

— Que use.

Link passou o braço ao redor da cintura de Ridley e foi para a pista de dança. Nem olhou para a treinadora Cross ao passar por ela.

Puxei Lena em outra direção, para o canto onde o fotógrafo tirava fotos dos casais em frente a uma montanha de neve falsa com um boneco de neve falso, enquanto integrantes do Conselho Estudantil se revezavam sacudindo neve falsa no cenário. Dei de cara com Emily.

Ela olhou para Lena.

— Lena. Você está... brilhosa.

Lena olhou para ela.

— Emily. Você está... inchada.

Era verdade. Emily "Odeio-Ethan" Southern Belle parecia uma torta de creme dourada e pêssego, estufada, enfeitada e decorada com tafetá. O cabelo, em cachos anelados assustadores, parecia feito de fitilho amarelo. O rosto parecia ter sido esticado um pouco demais quando ela foi fazer o cabelo no Snip 'n' Curl, como se tivesse sido esfaqueada na cabeça muitas vezes com grampos.

O que será que tinha visto de interessante nelas?

— Eu não sabia que seu tipo dançava.

— Dançamos. — Lena olhava para ela.

— Em volta de uma fogueira? — O rosto de Emily se contorceu em um sorriso malvado.

O cabelo de Lena começou a se mover de novo.

— Por quê? Está procurando uma fogueira para poder queimar seu vestido? — O resto da fileira de luzes se apagou. Eu via o Conselho Estudantil correndo para verificar as ligações elétricas.

Não a deixe vencer. Ela é a única bruxa aqui.

Ela não é a única, Ethan.

Savannah apareceu ao lado de Emily, arrastando Earl a seu lado. Ela estava exatamente como Emily, só que de prateado e rosa em vez de prateado e pêssego. A saia era tão volumosa quanto a de Emily. Se a gente apertasse os olhos, dava para visualizar o casamento das duas agora. Era apavorante.

Earl olhou para o chão, tentando evitar contato visual comigo.

— Vamos, Em, estão anunciando a Corte Real. — Savannah olhou para Emily de forma expressiva.

— Não me deixe atrapalhar vocês. — Savannah apontou para a fila para tirar fotos. — Será que você vai aparecer nas fotos, Lena? — Ela saiu farfalhando, arrastando o enorme vestido.

— Próximos!

O cabelo de Lena ainda estava se mexendo.

São umas idiotas. Não importa. Nada disso importa.

Ouvi a voz do fotógrafo de novo.

— Próximos!

Peguei a mão de Lena e a puxei para o monte de neve falsa. Ela olhou para mim, os olhos cheios de nuvens. E então as nuvens se foram, e ela estava de volta. Pude sentir a tempestade se acalmar.

— Marca na neve — ouvi alguém dizer atrás de nós.

Você está certo. Não importa.

Me inclinei para beijá-la.

O que importa é você.

Nos beijamos, e um flash de câmera piscou. Por um segundo, um segundo perfeito, pareceu que não havia mais ninguém no mundo e nada mais importava.

Houve a luz cegante de uma lâmpada e depois uma coisa grudenta estava caindo de todos os lados, sobre nós dois.

Mas o que...?

Lena ofegou. Tentei limpar o grude dos meus olhos, mas ele estava por toda a parte. Quando vi Lena, foi muito pior, o cabelo, o rosto, o lindo vestido. O primeiro baile dela. Arruinado.

Estava fazendo espuma, com a consistência de massa da panqueca, pingando de um balde sobre nossas cabeças, aquele que deveria soltar os flocos falsos de neve para que, lentamente, caíssem durante a foto. Olhei para cima, mas recebi mais gosma no rosto. O balde caiu no chão.

— Quem pôs água na neve? — O fotógrafo estava furioso. Ninguém disse uma palavra, e eu estava disposto a apostar que os Anjos da Jackson não tinham visto nada.

— Ela está derretendo! — alguém gritou.

Estávamos em uma poça de sabão branco ou cola ou sei lá o quê, desejando que pudéssemos encolher até desaparecer; pelo menos, foi assim que deve ter parecido para a multidão parada ao nosso redor, rindo. Savannah e Emily estavam na lateral, apreciando cada minuto do que provavelmente era o momento mais humilhante da vida de Lena.

Um cara gritou mais alto do que o ruído ambiente.

— Vocês deviam ter ficado em casa.

Eu reconheceria aquela voz idiota em qualquer lugar. Eu a ouvi vezes o bastante na quadra, o único lugar em que ele a usava. Earl estava sussurrando no ouvido de Savannah, o braço em torno dos ombros dela.

Eu surtei. Voei tão rápido que Earl nem me viu ir para cima dele. Enfiei meu punho coberto de sabão na sua mandíbula e ele caiu no chão, derrubando Savannah de bunda no chão com a saia armada para cima.

— Mas que diabos? Você enlouqueceu, Wate? — Earl começou a se levantar, mas eu o empurrei de novo para baixo com o pé.

— É melhor você ficar aí embaixo.

Earl se sentou e puxou o colarinho do paletó para ajeitá-lo, como se ainda pudesse ficar bem sentado no chão do ginásio.

— É bom você saber o que está fazendo.

Mas ele não se levantou. Podia dizer o que quisesse, mas nós dois sabíamos que se ele levantasse, ele era o único que ia acabar de novo no chão.

— Eu sei. — Puxei Lena da gosma branca que deveria apenas ser neve falsa.

— Vamos, Earl, estão anunciando a Corte Real — disse Savannah, irritada. Earl se levantou e se endireitou.

Limpei meus olhos e balancei o cabelo molhado. Lena ficou parada tremendo, pingando neve falsa que parecia cal. Até mesmo no meio da multidão havia um círculo vazio em torno dela. Ninguém ousava chegar perto demais, só eu. Tentei limpar seu rosto com a manga da minha camisa, mas ela se afastou.

É sempre assim.

— Lena.

Eu devia saber.

Ridley apareceu ao lado dela, com Link logo atrás. Estava furiosa, eu podia perceber ao menos isso.

— Não entendo, prima. Não vejo por que você quer estar perto da *espécie deles.* — Ela cuspiu as palavras, parecendo Emily falando. — Ninguém nos trata assim, seja da Luz ou das Trevas, nem um *deles*. Onde está seu respeito próprio, Lena?

— Não vale a pena. Hoje não. Só quero ir pra casa. — Lena estava com vergonha demais para sentir tanta raiva quanto Ridley. Era lutar ou fugir, e agora Lena estava escolhendo fugir. — Me leve para casa, Ethan.

Link tirou o paletó prateado e o colocou nos ombros dela.

— Isso foi uma sacanagem.

Ridley não conseguia se acalmar, ou não queria.

— Eles são ruins, prima, com exceção do Palitinho. E do meu novo namorado, Shrinky Dink.

— Link. Já falei que meu nome é Link.

— Cale a boca, Ridley. Ela já passou por muita coisa. — O efeito da Sirena não estava funcionando mais em mim.

Ridley se virou para me olhar e sorriu, um sorriso maldoso.

— Pensando bem, já estou de saco cheio.

Segui o olhar dela. A Rainha do Gelo e sua Corte tinham ido até o palco e estavam sorrindo lá de cima. Mais uma vez, Savannah era a Rainha da Neve. Nada mudava. Ela estava sorrindo para Emily, mais uma vez a Princesa do Gelo, assim como no ano passado.

Ridley tirou os óculos de estrela de cinema, só um pouco. Seus olhos começaram a brilhar. Quase dava para sentir o calor saindo deles. Um pirulito apareceu em sua mão, e senti o cheiro doce intenso e enjoativo no ar.

Não, Ridley.

Não se trata de você, prima. É maior do que isso. As coisas estão prestes a mudar nessa cidadezinha de merda.

Eu podia ouvir a voz de Ridley na minha cabeça tão claramente quanto a de Lena. Balancei a cabeça.

Deixa pra lá, Ridley. Você só vai piorar as coisas.

Abra os olhos; não pode piorar. Ou talvez possa.

Ela bateu no ombro de Lena.

Observe e aprenda.

Ela estava olhando para a Corte Real, chupando o pirulito de cereja. Torci para que estivesse escuro o bastante para que eles não vissem seus apavorantes olhos de gato.

Não! Eles vão me culpar, Ridley. Não.

Gat-lixo precisa aprender uma lição. E sou eu que vou ensinar.

Ridley andou em direção ao palco, os saltos brilhosos estalando ao bater no chão.

— Ei, gata, aonde você vai? — Link estava bem atrás dela.

Charlotte estava subindo a escada, em metros de tafetá lilás brilhoso pequeno demais para ela, em direção à coroa de plástico brilhante e à posição tradicional de Corte Real, atrás de Eden — Donzela do Gelo, eu acho. Quando ela estava dando o último passo, o gigantesco vestido lilás ficou preso na ponta do degrau, e quando subiu o último degrau, a parte de trás do vestido rasgou bem na costura mal-feita. Charlotte levou alguns segundos para se dar conta e, nessa hora, metade da escola estava olhando para sua calcinha rosa do tamanho do estado do Texas. Charlotte deu um grito arrepiante de agora-todo-mundo-sabe-o-quanto-sou-gorda.

Ridley sorriu.

Opa!

Ridley, para!

Só estou começando.

Charlotte estava gritando, enquanto Emily, Eden e Savannah tentavam escondê-la com seus próprios vestidos de casamento versão adolescente. O som de um disco arranhado surgiu nas caixas de som quando o disco que estava tocando de repente mudou para os Stones.

"Sympathy for the Devil." Podia ser a música-tema de Ridley. Ela estava se apresentando, e daria um espetáculo.

As pessoas da pista de dança simplesmente concluíram que devia ser mais um erro de Dickey Wix, que estava prestes a se tornar o DJ de 35 anos mais famoso no circuito de bailes. Mas eles eram a piada. Nem pense em fileiras de lâmpadas se apagando; em segundos, todas as lâmpadas sobre o palco e as sobre a pista de dança começaram a estourar, uma a uma, como dominó.

Ridley levou Link para a pista de dança, e ele a rodopiou enquanto alunos da Jackson gritavam, empurrando uns aos outros para sair dali, sair de baixo da chuva de cacos de lâmpada. Tenho certeza de que todos acharam que estavam no meio de um desastre de fiação elétrica pelo qual Red

Sweet, o único eletricista de Gatlin, levaria a culpa. Ridley jogou a cabeça para trás, gargalhando e girando em torno de Link com aquele vestidinho minúsculo.

Ethan, temos que fazer alguma coisa!

O quê?

Era tarde demais para fazer qualquer coisa. Lena se virou e correu, e fui logo atrás. Antes que chegássemos às portas do ginásio, os dispositivos contra incêndio se acionaram, ao longo de todo o teto. Choveu água no ginásio. O equipamento de áudio começou a dar curto, brilhando como uma eletrocução prestes a acontecer. Flocos de neve molhados caíam no chão virando panquecas encharcadas, e a neve de sabão virou uma bagunça de espuma.

Todos começaram a gritar, e garotas com rímel borrado e cumes de cabelo pingando correram para a porta em suas saias de tafetá encharcadas. Na bagunça, não dava para diferenciar uma Little Miss de uma Southern Belle. Todas pareciam ratos afogados em tons pastéis.

Quando cheguei à porta, ouvi um barulho alto. Me virei para o palco na hora em que o floco gigante de glitter do cenário caiu. Emily perdeu o equilíbrio no palco escorregadio. Ainda acenando para a multidão, ela tentou se equilibrar, mas seus pés escorregaram e ela caiu no chão do ginásio. Desabou em uma pilha de tafetá pêssego e prata. A treinadora Cross foi correndo.

Eu não senti pena dela, mas sentia das pessoas que seriam culpadas por esse pesadelo: o Conselho Estudantil pelo cenário perigosamente instável, Dickey Wix por capitalizar na infelicidade de uma líder de torcida gorda de calcinha e Red Sweet pelo nada profissional e potencialmente ameaçador trabalho com as luzes no ginásio da Jackson High.

Vejo você depois, prima. Isso foi até melhor do que um baile.

Empurrei Lena pela porta na minha frente.

— Vá!

Ela estava tão fria que eu mal conseguia tocá-la. Quando chegamos ao carro, Boo Radley estava nos alcançando.

Macon não devia ter se preocupado com a hora dela voltar para casa.

Não passava nem das 21 horas.

Macon estava furioso, ou talvez estivesse apenas preocupado. Eu não sabia qual, porque toda vez que ele olhava para mim, eu olhava para o outro lado. Nem Boo ousava olhar para ele enquanto estava deitado aos pés de Lena, batendo o rabo no chão.

A casa não parecia mais com o baile. Aposto que Macon jamais permitiria que um floco de neve prateado passasse pelas portas de Ravenwood novamente. Tudo estava preto agora. Tudo: o piso, a mobília, as cortinas, o teto. Só o fogo na lareira ardia firmemente, iluminando o aposento. Talvez a casa refletisse os humores variados dele, e esse era bem sombrio.

— Cozinha! — Uma caneca preta de chocolate quente apareceu na mão de Macon. Ele a passou para Lena, que estava enrolada em um cobertor de lã em frente ao fogo. Ela pegou a caneca com as duas mãos, o cabelo molhado preso atrás das orelhas, se aproximando do calor. Ele andava em frente a ela. — Você devia ter ido embora no momento em que a viu, Lena.

— Eu estava meio ocupada sendo encharcada de sabão e virando motivo de piada na frente da escola inteira.

— Bem, você não vai mais ficar ocupada. Está de castigo até seu aniversário, para o seu próprio bem.

— Meu próprio bem obviamente não é o importante aqui. — Ela ainda estava tremendo, mas eu achava que agora não era mais de frio.

Ele olhou para mim, os olhos frios e escuros. Macon estava furioso, tive certeza.

— Você devia tê-la feito ir embora.

— Eu não sabia o que fazer, senhor. Não sabia que Ridley ia destruir o ginásio. E Lena nunca tinha ido a um baile. — Soou estúpido na hora que falei.

Macon apenas olhou para mim, balançando o uísque no copo.

— É interessante que vocês nem tenham dançado. Nem uma dança.

— Como você sabe? — Lena botou a caneca na mesa.

Macon andava de um lado para o outro.

— Isso não é importante.

— Na verdade, é importante para mim.

Macon deu de ombros.

— Foi Boo. Ele é, por falta de palavras melhores, meus olhos.

— O quê?

— Ele vê o que eu vejo. Eu vejo o que ele vê. Ele é um cachorro Conjurador, sabe.

— Tio Macon! Você tem me espionado!

— Não você, particularmente. Como acha que consigo me virar como recluso da cidade? Eu não iria longe sem o melhor amigo do homem. Boo aqui vê tudo, então eu vejo tudo.

Olhei para Boo. Eu podia ver os olhos, olhos humanos. Eu devia ter sabido, talvez sempre tivesse. Ele tinha os olhos de Macon.

E vi outra coisa, uma coisa que ele estava mastigando. Ele tinha uma bola de alguma coisa na boca. Me abaixei na frente dele. Era uma foto Polaroid amassada e úmida. Ele tinha trazido do ginásio.

Nossa foto do baile. Eu estava parado ali com Lena, no meio da neve falsa. Emily estava errada. A espécie de Lena aparecia sim em fotos, só que ela estava cintilante, transparente, como se da cintura para baixo ela já tivesse começado a se dissolver em uma aparição fantasmagórica. Como se ela estivesse mesmo derretendo antes da neve tê-la atingido.

Fiz um carinho na cabeça de Boo e guardei a foto. Isso era uma coisa que Lena não precisava ver, não agora. Faltavam dois meses para o aniversário dela. Eu não precisava da foto para saber que o nosso tempo estava acabando.

Quando os santos chegam sem aviso

Lena estava sentada na varanda quando encostei o carro. Insisti em dirigir porque Link queria ir conosco, e ele não podia se arriscar a ser visto no rabecão. E eu não queria que Lena tivesse que entrar sozinha. Eu nem queria que ela fosse, mas não havia como convencê-la de não ir. Ela parecia que estava pronta para a guerra. Estava usando um suéter azul de gola alta, jeans pretos e um colete preto com capuz de bordas de pele. Estava prestes a encarar o pelotão de fuzilamento e sabia disso.

Só tinham se passado três dias desde o baile, e o FRA não tinha perdido tempo. A reunião do Comitê Disciplinar da Jackson desta tarde não ia ser muito diferente de um julgamento de bruxas, e não era preciso ser Conjuradora para saber disso. Emily estava mancando com a perna engessada, o desastre do baile de inverno tinha virado o assunto da cidade, e a Sra. Lincoln tinha finalmente todo o apoio de que precisava. Testemunhas tinham se apresentado. E se você distorcesse tudo que todo mundo alegava ter visto, ouvido ou de que se lembrava ligeiramente, podia apertar os olhos, virar a cabeça um pouquinho e tentar ver o lógico: Lena Duchannes era responsável.

Tudo estava bem até que ela veio para a cidade.

* * *

Link pulou do carro e abriu a porta para Lena. Estava tão consumido pela culpa que parecia prestes a vomitar.

— Oi, Lena. Como vai?

— Bem.

Mentirosa.

Não quero que ele se sinta mal. Não é culpa dele.

Link limpou a garganta.

— Sinto muito por isso. Briguei com minha mãe o final de semana todo. Ela sempre foi maluca, mas dessa vez é diferente.

— Não é sua culpa, mas agradeço por você tentar falar com ela.

— Poderia ter feito alguma diferença se todas aquelas bruxas do FRA não estivesse enchendo os ouvidos dela. A Sra. Snow e a Sra. Asher devem ter ligado pra a minha casa umas cem vezes nos últimos dois dias.

Passamos pelo Pare & Roube. Nem Fatty estava lá. As ruas estavam desertas, como se estivéssemos dirigindo por uma cidade fantasma. A reunião do Comitê Disciplinar estava marcada para as 17 horas, e nós íamos chegar pontualmente. A reunião seria no ginásio porque era o único lugar na Jackson grande o bastante para acomodar o número de pessoas que provavelmente ia aparecer. Essa era outra coisa sobre Gatlin, tudo que acontecia envolvia todo mundo. Não havia procedimentos fechados aqui. Pela aparência das ruas, a cidade inteira tinha fechado, o que queria dizer que praticamente todo mundo estaria na reunião.

— Só não entendo como sua mãe organizou isso tão rápido. É rápido até pra ela.

— Pelo que ouvi, Doc Asher se envolveu. Ele caça com o diretor Harper e outros figurões do Conselho Escolar. — Doc Asher era pai de Emily e o único médico da cidade.

— Ótimo.

— Vocês sabem que eu provavelmente vou ser expulsa, certo? Aposto que já foi decidido. Esse encontro é só encenação.

Link parecia confuso.

— Não podem expulsar você sem ouvir seu lado da história. Você nem fez nada.

— Nada disso importa. Essas coisas são decididas a portas fechadas. Nada que eu diga vai importar.

Ela estava certa, e nós dois sabíamos. Então eu não disse nada. Em vez disso, levei a mão dela aos meus lábios e a beijei, desejando pela centésima vez que fosse eu indo contra todo o Conselho e não Lena.

Mas o negócio é que jamais seria eu. Não importava o que eu fizesse, não importava o que eu dissesse, eu sempre seria um deles. Lena jamais seria. E acho que era isso que me deixava mais furioso, e mais constrangido. Eu os odiava ainda mais porque lá no fundo eles ainda me tratavam como um deles, mesmo eu namorando a sobrinha do Velho Ravenwood, tendo enfrentado a Sra. Lincoln e não tendo sido convidado para as festas de Savannah Snow. Eu era um deles. Eu pertencia a eles, e não havia nada que pudesse fazer para mudar isso. E se o oposto fosse verdade, de certa forma eles pertenciam a mim, então o que Lena enfrentaria não era só eles. Era eu.

A verdade estava me matando. Lena seria Invocada em seu décimo-sexto aniversário, mas eu tinha sido invocado desde meu nascimento. Eu não tinha mais controle sobre meu destino do que ela. Talvez nenhum de nós tivesse.

Parei o carro no estacionamento. Estava cheio. Havia um grupo de pessoas em fila na entrada principal, esperando. Eu não via tanta gente no mesmo lugar desde a estreia de *Gods and Generals*, o filme mais longo e chato sobre a Guerra Civil já feito e no qual metade dos meus parentes participaram como figurantes, pois tinham os próprios uniformes.

Link se abaixou no banco de trás.

— Vou descer aqui. Vejo vocês lá dentro. — Ele abriu a porta e saiu abaixado entre os carros. — Boa sorte.

As mãos de Lena estavam sobre o colo, tremendo. Eu odiava vê-la tão nervosa.

— Você não precisa entrar. Podemos dar a volta e levo você direto pra casa.

— Não. Eu vou entrar.

— Por que quer se sujeitar a isso? Você mesma disse que provavelmente é só encenação.

— Não vou deixá-los pensar que tenho medo de encará-los. Saí da minha última escola, mas não vou fugir dessa vez. — Ela respirou fundo.

— Não é fugir.

— Para mim, é.

— Seu tio vem, pelo menos?

— Ele não pode.

— Por que diabos não pode? — Ela estava completamente sozinha nisso, apesar de eu estar parado ao lado dela.

— É cedo demais. Nem contei a ele.

— Cedo demais? O que isso tem a ver? Ele fica trancado numa cripta ou o quê?

— Mais para *ou o quê*.

Não valia a pena tentar conversar agora. Ela teria que lidar com muita coisa nos próximos minutos.

Andamos na direção do prédio. Começou a chover. Olhei para ela.

Acredite, estou tentando. Se não estivesse, seria um tornado.

As pessoas estavam olhando, até apontando, não que eu estivesse surpreso. Ninguém se deu ao trabalho de ser civilizado. Olhei em volta, meio esperando ver Boo Radley sentado na porta, mas hoje ele não estava à vista.

Entramos no ginásio pela lateral, que era, por acaso, a entrada de visitantes, uma ideia de Link que acabou sendo uma boa ideia. Porque, assim que entramos, percebi que as pessoas não estavam paradas do lado de fora esperando para entrar, estavam apenas torcendo para conseguir ouvir a reunião. Dentro, só havia lugar de pé.

Parecia uma versão patética de uma audiência para o grande júri de um episódio daqueles programas de advogado da televisão. Havia uma grande mesa dobrável de plástico na frente, e alguns professores — o Sr. Lee, é claro, ostentando uma gravata borboleta vermelha e seu próprio estilo homem do interior preconceituoso; o diretor Harper; e duas pessoas que deviam ser integrantes do Conselho — sentados lado a lado à mesa. Todos pareciam velhos e irritados, como se desejassem poder estar em casa assistindo canais de venda ou programas religiosos.

As arquibancadas estavam lotadas de cidadãos proeminentes de Gatlin. A Sra. Lincoln e o grupo linchador do FRA ocupavam as três primeiras fileiras, com os membros das Irmãs da Confederação, do Primeiro Coro Metodista e da Sociedade Histórica ocupando as seguintes. Logo atrás estavam os Anjos da Jackson — também conhecidos como as garotas que queriam ser Emily e Savannah e os caras que queriam tirar a calcinha de Emily e Savannah —, usando suas camisetas novinhas em folha. Nelas havia uma imagem de um anjo que parecia muito com Emily Asher, com as enormes asas de anjo abertas e usando nada menos do que uma camiseta dos Wildcats da Jackson High. Na parte de trás, havia apenas um par de asas brancas desenhadas para parecer que estavam saindo direto das costas da pessoa, e o grito de guerra dos Anjos, "Estamos observando você."

Emily estava sentada ao lado da Sra. Asher, a perna e o enorme gesso apoiados sobre uma das cadeiras laranjas do refeitório. A Sra. Lincoln apertou os olhos quando nos viu, e a Sra. Asher passou o braço nos ombros de Emily de forma protetora, como se um de nós pudesse correr até lá e bater nela com um porrete como em um bebê foca indefeso. Vi Emily tirar seu telefone da minúscula bolsa prateada, pronto para o envio de mensagens. Logo os dedos dela estariam se mexendo freneticamente. O ginásio da escola era provavelmente o epicentro da fofoca local de quatro condados esta noite.

Amma estava sentada algumas fileiras para trás, mexendo no talismã que tinha no pescoço. Eu esperava que ele fizesse crescer na Sra. Lincoln os chifres que ela sempre havia escondido tão bem todos esses anos. É claro que meu pai não estava lá, mas as Irmãs estavam sentadas ao lado de Thelma, na fileira ao lado de Amma. As coisas deviam estar piores do que eu pensava. As Irmãs não saíam de casa tão tarde desde 1980, quando tia Grace comeu comida apimentada demais e achou que estava tendo um ataque cardíaco. Tia Mercy me viu e acenou com o lenço.

Acompanhei Lena até o assento na frente do salão, obviamente destinado a ela. Era bem em frente ao pelotão de fuzilamento.

Vai ficar tudo bem.

Jura?

Eu ouvia a chuva batendo no teto lá fora.

Juro que isso não importa. Juro que essas pessoas são idiotas. Juro que nada do que digam vai mudar o que sinto por você.

Interpreto isso como um não.

A chuva caiu com mais força no telhado, um mau sinal. Peguei a mão dela e coloquei algo ali. O botãozinho prateado do colete dela, que eu tinha encontrado no estofamento rachado do Lata-Velha na noite em que nos conhecemos na chuva. Parecia lixo, mas eu o carregava no bolso do meu jeans desde então.

Tome. É uma espécie de amuleto da sorte. Pelo menos trouxe uma coisa boa para mim.

Eu podia ver o quanto ela estava se esforçando para não chorar. Sem dizer uma palavra, Lena puxou o cordão e acrescentou o botão à coleção particular de lixo valioso.

Obrigada.

Se ela conseguisse sorrir, teria sorrido.

Andei até onde as Irmãs e Amma estavam sentadas. Tia Grace ficou de pé e se apoiou na bengala.

— Ethan, aqui. Guardamos seu lugar, querido.

— Por que você não senta, Grace Statham — sibilou uma senhora de cabelo azul atrás das Irmãs.

Tia Prue se virou.

— Por que você não toma conta da sua própria vida, Sadie Honeycutt, ou eu vou fazer isso por você.

Tia Grace se virou para a Sra. Honeycutt e sorriu.

— Venha para cá, Ethan.

Me espremi entre tia Mercy e tia Grace.

— Como você está, docinho? — Thelma sorriu e beliscou meu braço.

Um trovão soou lá fora, e as luzes piscaram. Algumas velhas senhoras ofegaram.

Um homem parecendo tenso, sentado no meio das pessoas em frente à mesa dobrável, limpou a garganta.

— Só uma instabilidade na eletricidade, mais nada. Por que vocês não fazem a gentileza de se sentarem para começarmos? Meu nome é Bertrand Hollingsworth, e sou o presidente do Conselho Escolar. Essa reunião foi convocada em resposta à petição que requeria a expulsão de uma aluna da Jackson, Srta. Lena Duchannes, certo?

O diretor Harper se dirigiu ao Sr. Hollingsworth de seu lugar na mesa, da Acusação, ou melhor, o enforcador da Sra. Lincoln.

— Sim, senhor. A petição foi trazida até mim por vários pais *preocupados*, e foi assinada por mais de duzentos pais e cidadãos respeitáveis de Gatlin, e por vários alunos também. — É claro que foi.

— Quais são os motivos para a expulsão?

O Sr. Harper virou algumas páginas em seu bloco de folhas amarelas como se estivesse lendo uma ficha de antecedentes criminais.

— Agressão. Destruição de propriedade escolar. E a Srta. Duchannes já tinha sido advertida.

Agressão? Não agredi ninguém.

É só uma acusação. Não podem provar nada.

Eu estava de pé antes que ele terminasse.

— Nada disso é verdade!

Outro cara aparentando estar nervoso na outra ponta da mesa elevou a voz para ser ouvido acima da chuva, e das vinte ou trinta senhoras sussurrando sobre minha falta de educação.

— Meu jovem, sente-se. Essa reunião não é aberta a manifestações do público.

O Sr. Hollingsworth continuou falando acima do ruído.

— Temos testemunhas para substanciar essas acusações?

Agora havia mais do que algumas pessoas sussurrando para saber se alguém sabia o que significava "substanciar".

O diretor Harper limpou a garganta, sem jeito.

— Temos. E recentemente recebi informações de que a Srta. Duchannes teve problemas similares na escola que frequentou anteriormente.

Do que ele está falando? Como sabem sobre minha antiga escola?

Não sei. O que aconteceu na sua outra escola?

Nada.

Uma mulher do Conselho Escolar folheou alguns papéis.

— Acho que gostaríamos de ouvir primeiro a presidente da Associação de Pais da Jackson, Sra. Lincoln.

A mãe de Link ficou de pé dramaticamente e andou pelo corredor até o Grande Júri de Gatlin. Ela já tinha visto alguns programas de televisão sobre julgamentos.

— Boa-noite, senhoras e senhores.

— Sra. Lincoln, pode nos dizer o que sabe sobre essa situação, já que você faz do grupo que criou a petição?

— É claro. A Srta. Ravenwood, quero dizer, a Srta. Duchannes se mudou para cá há alguns meses, e desde então houve vários tipos de *problema* na Jackson. Primeiro, ela quebrou uma janela na aula de inglês...

— Isso quase cortou meu bebê em pedaços — gritou a Sra. Snow.

— Quase feriu seriamente várias crianças, e muitas delas sofreram cortes com o vidro quebrado.

— Ninguém além de Lena se feriu, e foi um acidente! — Link gritou de onde estava, no fundo do ginásio.

— Wesley Jefferson Lincoln, é melhor que você vá para casa agora mesmo antes que eu faça você ver o que é bom! — sibilou a Sra. Lincoln.

Ela recuperou a compostura, esticou a saia e se virou para encarar o Comitê Disciplinar.

— O charme da Srta. Duchannes parece funcionar muito bem com o sexo frágil — disse a Srta. Lincoln com um sorriso. — Como eu ia dizendo, ela quebrou uma janela na aula de Inglês, o que assustou tanto os alunos que algumas jovens de mente cívica decidiram *sozinhas* criar os Anjos da Guarda da Jackson, um grupo cujo único propósito é proteger os alunos da escola. Como a Observação de Vizinhança faz.

Os Anjos assentiram em uníssono da arquibancada, como se alguém estivesse puxando cordinhas invisíveis presas às cabeças deles, o que, de certa forma, alguém estava mesmo fazendo.

O Sr. Hollingsworth estava escrevendo em um bloco amarelo.

— Esse foi o único incidente envolvendo a Srta. Duchannes?

A Sra. Lincoln tentou parecer chocada.

— Meu Deus, não! No baile de inverno, ela acionou o alarme de incêndio, estragando o baile e destruindo equipamentos no valor de quatrocentos dólares. Como se não fosse o bastante, ela empurrou a Srta. Asher do palco, fazendo com que ela quebrasse a perna. Eu soube de fonte segura que levará meses para ficar boa.

Lena olhava para a frente, se recusando a olhar para qualquer pessoa.

— Obrigada, Sra. Lincoln.

A mãe de Link se virou e sorriu para Lena. Não um sorriso genuíno e nem mesmo um sorriso sarcástico, mas um sorriso de vou-arruinar-sua-vida-e-gostar.

A Sra. Lincoln andou de volta até o lugar dela. Então parou e olhou diretamente para Lena.

— Quase me esqueci. Tem mais uma coisa. — Ela tirou uns papéis da bolsa. — Tenho registros da escola anterior da Srta. Duchannes na Virginia. Apesar de talvez ser mais preciso chamar de *instituição*.

Não era uma instituição. Era uma escola particular.

— Como o diretor Harper mencionou, essa não é a primeira vez que a Srta. Duchannes se envolve em episódios violentos.

A voz de Lena na minha mente estava à beira da histeria. Tentei acalmá-la.

Não se preocupe.

Mas eu estava preocupado. A Sra. Lincoln não diria isso se não pudesse provar.

— A Srta. Duchannes é uma garota muito *perturbada*. Ela sofre de uma doença mental. Deixe-me ver... — Ela passou o dedo pela página como se procurasse alguma coisa. Esperei para ouvir o diagnóstico da doença mental que a Sra. Lincoln achava que Lena tinha, o mal de ser diferente. — Ah, sim, aqui está. Parece que a Srta. Duchannes sofre de distúrbio bipolar, que o Dr. Asher pode comprovar ser uma doença mental muito séria. Essas *pessoas* que sofrem desse mal têm tendência à violência e comportamento imprevisível. Essas coisas são genéticas; a mãe dela sofria disso também.

Isso não pode estar acontecendo.

A chuva despencava sobre o teto. O vento aumentou, sacudindo a porta do ginásio.

— Na verdade, ela assassinou o pai da menina há 14 anos.

O ginásio inteiro ofegou.

Ponto. Partida ganha.

Todo mundo começou a falar ao mesmo tempo.

— Senhoras e senhores, por favor. — O diretor Harper tentou acalmar todo mundo, mas era como encostar com um fósforo em palha seca. Quando o fogo começava, não havia como acabar com ele.

Levou dez minutos para o ginásio inteiro se acalmar de novo, mas Lena não se acalmou. Eu sentia o coração dela disparado como se fosse o meu, e seu nó na garganta por engolir as lágrimas. Entretanto, julgando pela chuvarada lá fora, ela estava tendo dificuldade em se controlar. Eu estava surpreso por ela não ter fugido correndo do ginásio, mas ela estava com coragem demais ou aparvalhada demais para se mover.

Eu sabia que a Sra. Lincoln estava mentindo. Não acreditava que Lena tinha sido posta em uma instituição assim como não acreditava que os Anjos queriam proteger os alunos da Jackson. O que eu não sabia era se a Sra. Lincoln estava mentindo sobre o resto, sobre a parte da mãe de Lena assassinar o pai dela.

Mas eu sabia que queria matar a Sra. Lincoln. Eu conhecia a mãe de Link desde sempre, mas ultimamente não conseguia pensar mais nela do mesmo jeito. Ela não parecia a mulher que arrancou o aparelho de TV a cabo da parede ou que nos passava sermões de horas sobre as virtudes da abstinência. Isso não parecia uma de suas causas irritantes, porém inocentes. Isso parecia mais vingativo e pessoal. Eu só não conseguia entender por que ela odiava tanto Lena.

O Sr. Hollingsworth tentou recuperar o controle.

— Certo, todo mundo se acalme. Sra. Lincoln, obrigada por se dar ao trabalho de vir aqui hoje. Eu gostaria de verificar esses documentos, se não se importar.

Fiquei de pé de novo.

— Isso tudo é ridículo. Por que não colocam fogo nela para ver se ela queima?

O Sr. Hollingsworth tentou novamente recuperar o controle da reunião, que estava quase se tornando um programa de *Jerry Springer*.

— Sr. Wate, sente-se ou será convidado a se retirar. Não haverá mais interrupções nessa reunião. Li as declarações escritas das testemunhas sobre o que aconteceu, e ao que parece o assunto é bem simples e só há uma coisa sensata a se fazer.

Houve um estrondo, e as portas enormes de metal no fundo do ginásio se abriram. Uma rajada de vento entrou, assim como rajadas de chuva.

E algo mais.

Macon Ravenwood entrou casualmente no ginásio, usando um sobretudo de cashmere preto e um terno elegante de risca-de-giz cinza, com Marian Ashcroft de braço dado com ele. Marian estava segurando um guarda-chuva xadrez pequeno, com o tamanho suficiente para protegê-la da chuva. Macon não trazia um guarda-chuva, mas estava completamente seco. Boo entrou atrás deles, o pelo preto molhado e eriçado, deixando óbvio que era mais lobo do que cachorro.

Lena se virou na cadeira laranja de plástico e, por um segundo, ela aparentou estar tão vulnerável quanto se sentia. Eu podia ver o alívio em seus olhos, e pude ver o quanto ela se esforçava para ficar na cadeira, se segurando para não se jogar aos prantos nos braços dele.

Os olhos de Macon brilharam na direção dela, e Lena se endireitou na cadeira. Ele andou pelo corredor em direção aos membros do Conselho Escolar.

— Lamento nosso atraso. O tempo está terrível hoje. Não me deixe interromper. Vocês estavam prestes a fazer uma coisa *sensata*, se ouvi corretamente.

O Sr. Hollingsworth parecia confuso. Na verdade, a maioria das pessoas no ginásio parecia confusa. Nenhuma delas jamais tinha visto Macon Ravenwood em pessoa.

— Desculpe, senhor. Não sei quem você pensa que é, mas está no meio dos procedimentos. E não pode trazer esse... esse cachorro aqui para dentro. Só animais de serviço são permitidos em território escolar.

— Entendo perfeitamente. Acontece que Boo Radley é meu cão-guia.

Não consegui segurar um sorriso. Acho que, tecnicamente, era verdade. Boo sacudiu o enorme corpo, e a água do pelo encharcado voou em todo mundo que estava sentado perto.

— Bem, senhor...?

— Ravenwood. Macon Ravenwood.

Houve outro ofegar audível vindo da arquibancada, seguido pelo burburinho de sussurros percorrendo as arquibancadas. A cidade inteira esperava esse dia desde antes de eu nascer. Dava para sentir a temperatura no ginásio aumentando, pelo simples espetáculo que era isso tudo. Não havia nada, *nada* que Gatlin amasse mais do que um espetáculo.

— Senhoras e senhores de Gatlin. É um prazer finalmente conhecê-los. Acredito que já conheçam minha querida amiga, a bela Dra. Ashcroft. Ela foi gentil em me acompanhar esta noite, já que não sei andar pela nossa linda cidade.

Marian acenou.

— Quero pedir desculpas mais uma vez por ter me atrasado; por favor, continuem. Tenho certeza de que estavam prestes a explicar que as acusações contra minha sobrinha são completamente infundadas e a encorajar essas crianças a irem para casa e dormir uma boa noite de sono antes de irem para a escola amanhã.

Por um minuto, o Sr. Hollingsworth parecia que poderia ser convencido a fazer exatamente aquilo, e me perguntei se talvez Macon Ravenwood tivesse o mesmo Poder de Persuasão de Ridley. Uma mulher com um coque no alto da cabeça sussurrou alguma coisa para o Sr. Hollingsworth e ele pareceu recuperar sua linha de pensamento original.

— Não, senhor, não era isso que eu estava prestes a fazer, não mesmo. Na verdade, as acusações contra sua sobrinha são muito sérias. Parece que há várias testemunhas dos eventos citados. Baseado nos testemunhos escritos e na informação apresentada nessa reunião, lamento dizer que não temos escolha além de expulsá-la.

Macon sacudiu a mão na direção de Emily, Savannah, Charlotte e Eden.

— Essas são suas *testemunhas*? Um bando de garotinhas de *imaginação fértil* que sofrem de uma profunda inveja?

A Sra. Snow ficou de pé.

— Está insinuando que minha filha está mentindo?

Macon deu seu sorriso de galã de cinema.

— Absolutamente, minha cara. Estou *afirmando* que sua filha está mentindo. Tenho certeza de que você entende a diferença.

— Como você ousa! — gritou a mãe de Link como um animal selvagem. — Você não tem direito de estar aqui, ameaçando os procedimentos.

Marian sorriu e deu um passo a frente.

— Como um grande homem disse, "A injustiça em qualquer lugar é uma ameaça à justiça em todo lugar." E não vejo justiça nesse recinto, Sra. Lincoln.

— Não venha com seu discurso de Harvard aqui.

Marian fechou o guarda-chuva.

— Acredito que Martin Luther King Jr não frequentou Harvard.

O Sr. Hollingsworth falou alto de forma autoritária.

— Prevalece o fato que, de acordo com testemunhas, a Srta. Duchannes acionou o alarme de incêndio, resultando em milhares de dólares em danos aos bens materiais da Jackson High School, e empurrou a Srta. Asher do palco, resultando em ferimentos. Baseado só nesses eventos, temos o bastante para expulsá-la.

Marian suspirou alto.

— "É difícil libertar os tolos das correntes que eles idolatram." — Ela olhou diretamente para a Sra. Lincoln. — Voltaire, outro homem que não frequentou Harvard.

Macon permaneceu calmo, o que parecia irritar todo mundo ainda mais.

— Senhor...?

— Hollingsworth.

— Sr. Hollingsworth, seria uma vergonha continuar nessa linha de ação. Veja bem, é ilegal impedir uma menor de frequentar a escola no Grande Estado da Carolina do Sul. A educação é compulsória, o que quer dizer obrigatória. Você não pode dispensar uma garota inocente da escola sem fundamento. Esses dias acabaram, mesmo no sul.

— Como expliquei, Sr. Ravenwood, temos fundamentos, e está dentro da nossa esfera o poder de expulsar sua sobrinha.

A Sra. Lincoln deu um pulo e ficou de pé.

— Você não pode aparecer assim de repente e interferir nos assuntos da cidade. Você não sai de sua casa há anos! O que lhe dá o direito de emitir opinião no que acontece nessa cidade, com nossas crianças?

— Está se referindo à sua pequena coleção de marionetes, vestidas de... o que é isso? Unicórnios? Perdoe minha vista fraca. — Macon gesticulou em direção aos Anjos.

— São anjos, Sr. Ravenwood, não unicórnios. Não que eu espere que *você* reconheça os mensageiros de Nosso Senhor, já que não me lembro de vê-lo na igreja.

— "Aquele que nunca pecou que atire a primeira pedra", Sra. Lincoln. — Macon fez uma pausa de um segundo, como se achasse que a Sra. Lincoln precisasse de um momento para entender aquilo. — Quanto ao que falou antes, você está absolutamente certa, Sra. Lincoln. Passo muito tempo em minha casa, coisa que não me incomoda. É um lugar realmente encantador. Mas talvez eu devesse passar mais tempo na cidade, com todos vocês. Dar uma sacudida nas coisas, por falta de expressão melhor.

A Sra. Lincoln parecia horrorizada, e os membros do FRA estavam se revirando nos assentos, olhando uns para os outros nervosamente só de cogitarem a ideia.

— Na verdade, se Lena não vai voltar à Jackson, ela vai ter que ter aulas em casa. Talvez eu devesse convidar alguns dos primos dela para morar comigo também. Eu não ia querer que ela perdesse os aspectos sociais da educação. Alguns dos primos dela são encantadores. Na verdade, acho que conheceram uma delas no Baile de Máscaras de Inverno.

— Não era baile de máscaras...

— Perdão. Supus que fossem fantasias, baseado no espalhafato das vestimentas.

A Sra. Lincoln enrubesceu. Ela não era mais apenas uma mulher tentando banir livros. Aquela não era uma mulher que se enfrentava. Eu estava preocupado com Macon. Estava preocupado com todos nós.

— Vamos ser honestos, Sr. Ravenwood. Você não se encaixa nessa cidade. Não é parte dela e claramente sua sobrinha também não. Acho que você não está em posição de fazer exigências.

A expressão de Macon mudou ligeiramente. Ele girou o anel no dedo.

— Sra. Lincoln, aprecio sua sinceridade, e vou tentar ser tão franco quanto você tem sido comigo. Seria um erro grave se você ou qualquer outra pessoa dessa cidade fosse em frente com esse assunto. Sabe, eu tenho muitos meios. Sou um tanto perdulário, pode-se dizer. Se vocês quiserem impedir minha sobrinha de voltar à Stonewall Jackson High School, serei forçado a gastar parte desse dinheiro. Quem sabe, talvez eu mande abrir um Wal-Mart aqui. — Ouve outro ofegar na arquibancada,

— Isso é uma ameaça?

— Em absoluto. Coincidentemente, também sou proprietário da terra onde fica o Southern Comfort Hotel. O fechamento dele seria muito inconveniente para você, Sra. Snow, já que seu marido teria que dirigir muito mais para encontrar as amigas, o que tenho certeza que o faria se atrasar para o jantar regularmente. Isso não pode acontecer, não é?

O Sr. Snow ficou vermelho-escuro e se escondeu atrás de dois caras do time de futebol, mas Macon estava apenas começando.

— E Sr. Hollingsworth, você me parece familiar. Assim como essa bela flor da Confederação à sua esquerda. — Macon gesticulou para a senhora do Conselho Escolar sentada ao lado dele. — Eu já não vi vocês dois em algum lugar antes? Poderia jurar...

O Sr. Hollingsworth se remexeu um pouco.

— De modo algum, Sr. Ravenwood. Sou um homem casado!

Macon virou sua atenção para o homem careca sentado do outro lado do Sr. Hollingsworth.

— E Sr. Ebitt, se eu decidir parar de alugar o terreno para o Wayward Dog, onde você vai passar as noites bebendo, quando sua esposa pensa que você está estudando com o Grupo da Bíblia?

— Wilson, como você pôde? Usar o Poderoso Nosso Senhor como álibi. Vai queimar nas chamas do inferno, com certeza! — A Sra. Ebitt pegou a bolsa e começou a empurrar as pessoas para sair.

— Não é verdade, Rosalie!

— Não é? — Macon sorriu. — Nem posso imaginar o que Boo me contaria se soubesse falar. Sabe, ele circula por todos os jardins e estacionamentos dessa cidade, e aposto que ele viu uma ou outra coisa.

Eu sufoquei uma risada.

As orelhas de Boo ficaram de pé ao ouvir o próprio nome, e mais do que algumas pessoas começaram a se remexer nos assentos, como se Boo pudesse abrir a boca e começar a falar. Depois da noite de Halloween, isso não me surpreenderia, e considerando a reputação de Macon Ravenwood, ninguém em Gatlin teria ficado chocado.

— Como vocês podem ver, há mais do que algumas pessoas nessa cidade que não são lá muito honestas. Então vocês podem imaginar minha preocupação quando soube que quatro adolescentes são as únicas testemunhas dessas terríveis acusações contra minha própria família. Não seria do interesse de todos nós esquecer esse assunto? Não seria a coisa mais *cavalheiresca* a se fazer, senhor?

O Sr. Hollingsworth parecia que ia vomitar, e a mulher ao lado dele parecia ter esperanças de ser engolida pelo chão. O Sr. Ebitt, cujo nome me dei conta jamais ter sido mencionado antes de Macon fazê-lo, já tinha saído, atrás da esposa. Os integrantes do tribunal que sobraram pareciam apavorados, como se a qualquer momento Macon Ravenwood, ou seu cachorro, pudesse começar a contar para a cidade inteira seus segredinhos sujos.

— Acho que você talvez esteja certo, Sr. Ravenwood. Talvez nós precisemos *investigar* essas acusações melhor antes de seguir com o assunto. Pode haver *inconsistências*.

— Uma decisão sábia, Sr. Hollingsworth. Muito sábia. — Macon andou em direção à pequena mesa onde Lena estava e ofereceu o braço. — Vamos, Lena. Está tarde. Você tem aula amanhã.

Lena ficou de pé, ainda mais ereta do que o normal. A chuva diminuiu para um leve chuvisco. Marian amarrou uma echarpe em volta do cabelo e os três desceram o corredor, com Boo seguindo atrás deles. Nem olharam para mais ninguém no ginásio.

A Sra. Lincoln ficou de pé.

— A mãe dela é uma assassina! — gritou ela, apontando para Lena.

Macon se virou para encontrar o olhar da Sra. Lincoln. Havia algo na expressão dele. Era a mesma expressão de quando mostrei a ele o medalhão de Genevieve. Boo rosnou ameaçadoramente.

— Cuidado, Martha. Você nunca sabe quando vamos nos esbarrar de novo.

— Ah, mas eu sei, Macon. — Ela sorriu, mas não se parecia em nada com um sorriso. Não sei o que havia entre eles, mas não parecia mais que Macon estava lutando apenas com a Sra. Lincoln.

Marian abriu o guarda-chuva de novo, apesar de ainda não estarem do lado de fora. Sorriu diplomaticamente para a multidão.

— Espero ver todos vocês na biblioteca. Não se esqueçam de que ficamos abertos até as 18 horas durante a semana.

Ela assentiu para o ginásio.

— "Sem bibliotecas, o que nós temos? Não temos passado nem futuro." Perguntem a Ray Bradbury. Ou vão até Charlotte e leiam na parede da biblioteca pública. — Macon pegou o braço de Marian, mas ela não tinha terminado. — E ele também não frequentou Harvard, Sra. Lincoln. Ele nem fez faculdade.

Com isso, eles se foram.

Natal branco

Depois da reunião do Comitê Disciplinar, acho que ninguém acreditava que Lena apareceria na escola no dia seguinte. Mas ela foi, exatamente como eu sabia que faria. Ninguém mais sabia que, anteriormente, ela tinha aberto mão do direito de ir à escola. Não deixaria ninguém tirar isso dela de novo. Para todas as outras pessoas, a escola era uma prisão. Para Lena, era liberdade. Só que não importava, porque foi naquele dia que Lena virou um fantasma na Jackson — ninguém olhava para Lena, falava com ela, sentava perto dela em nenhuma mesa, arquibancada ou carteira. Na quinta-feira, metade dos alunos da escola estavam usando camisetas dos Anjos da Jackson, com as asas brancas nas costas. Pelo modo como olhavam para ela, parecia que metade dos professores desejavam poder usar as camisetas também. Na sexta-feira, entreguei meu uniforme de basquete. Não parecia mais que eu estava no mesmo time que eles.

O treinador ficou furioso. Depois que toda a gritaria acabou, ele apenas balançou a cabeça.

— Você está louco, Wate. Veja a temporada que você está tendo, e está jogando isso no lixo por uma garota qualquer. — Eu percebia no tom de voz dele. *Uma garota qualquer.* A sobrinha do Velho Ravenwood.

Ainda assim, ninguém dizia palavras grosseiras para nenhum de nós dois, pelo menos não na nossa cara. Se a Sra. Lincoln tinha colocado o medo de Deus neles, Macon Ravenwood tinha dado ao povo de Gatlin um motivo para ter medo de algo ainda pior. A verdade.

Enquanto eu via os números na parede e na mão de Lena ficarem menores e menores, a possibilidade foi se tornando mais real. E se nós não pudéssemos impedir? E se Lena estivesse certa o tempo todo, e depois do aniversário dela, a garota que eu conhecia desaparecesse? Como se jamais tivesse estado aqui.

Tudo que tínhamos era *O Livro das Luas*. Mas cada vez mais, havia um pensamento que eu tentava manter fora da cabeça de Lena e da minha.

Eu não tinha certeza de que o Livro seria o bastante.

— "DENTRE AS PESSOAS DE PODER, HÁ FORÇAS GÊMEAS DAS QUAIS BROTA TODA MAGIA, A DAS TREVAS E DA LUZ."

— Acho que entendemos bem esse negócio de Trevas e Luz. Acha que podemos ir para a parte boa? A parte chamada Brechas no Dia de Invocação? Como Derrotar uma Cataclista Malvada? Como Reverter a Passagem do Tempo? — Eu estava frustrado, e Lena não falava nada.

De onde estávamos sentados na arquibancada fria, a escola parecia deserta. Deveríamos estar em uma feira de ciências, vendo Alice Milkhouse afundar um ovo em vinagre, ouvindo Jackson Freeman discutir que não existia essa história de aquecimento global e Annie Honeycutt retorquir ensinando como tornar Jackson uma escola verde. Talvez os Anjos fossem começar a reciclar os folhetos.

Olhei para o livro de Álgebra II, bem visível na minha mochila. Não parecia haver nada que valesse a pena aprender nesse lugar. Eu tinha aprendido o bastante nos últimos meses. Lena estava a milhões de quilômetros de distância, ainda afundada no Livro. Eu tinha começado a carregá-lo na minha mochila, por medo de Amma encontrá-lo se eu o deixasse no quarto.

— Aqui tem mais sobre Cataclistas.

"O MAIOR SER DAS TREVAS, O PODER MAIS PRÓXIMO DO MUNDO E DO SUBMUNDO, O CATACLISTA. O MAIOR SER DA LUZ, O PODER MAIS PRÓXIMO DO MUNDO E DO SUBMUNDO, O NATURAL. ONDE NÃO HÁ UM, NÃO PODE HAVER O OUTRO, POIS SEM TREVAS NÃO PODE HAVER LUZ."

— Está vendo? Você não vai para as Trevas. Você é da Luz porque você é uma Natural.

Lena sacudiu a cabeça e apontou para o parágrafo seguinte.

— Não necessariamente. É isso o que meu tio pensa. Mas ouça isso:

"NA HORA DA INVOCAÇÃO, A VERDADE SE MANIFESTARÁ. O QUE PARECE TREVAS PODE SER A MAIOR DAS LUZES, O QUE PARECE LUZ PODE SER A MAIOR DAS TREVAS."

Ela estava certa, não havia como ter certeza.

— Depois fica muito complicado. Nem sei se entendi direito.

"A MATÉRIA DAS TREVAS FEZ O FOGO DAS TREVAS, E O FOGO DAS TREVAS FEZ OS PODERES DE TODOS OS LILUM NO MUNDO DOS DEMÔNIOS E DOS CONJURADORES DAS TREVAS E DA LUZ. SEM TODO O PODER, NÃO PODE HAVER PODER. O FOGO DAS TREVAS FEZ A GRANDE TREVA E A GRANDE LUZ. TODO PODER É DAS TREVAS, ENQUANTO PODER DAS TREVAS É ATÉ MESMO LUZ."

— Matéria das Trevas. Fogo das Trevas? O que é isso, o Big Bang dos Conjuradores?

— E Lilum? Nunca ouvi nada disso, mas por outro lado, ninguém me conta nada. Eu nem sabia que minha própria mãe estava viva. Ela tentou parecer sarcástica, mas eu podia perceber a dor em sua voz.

— Talvez Lilum seja uma palavra antiga para Conjuradores, ou algo assim.

— Quanto mais descubro, menos entendo.

E menos tempo nós temos.

Não diga isso.

O sinal tocou e me levantei.

— Você vem?

Ela sacudiu a cabeça.

— Vou ficar aqui mais um pouco.

Sozinha, no frio. Cada vez mais era assim: ela nem tinha me olhado nos olhos desde a reunião do Comitê Disciplinar, quase como se eu fosse um deles. Eu não podia culpá-la, considerando que a escola toda e metade da cidade tinham concluído que ela era a filha bipolar de uma assassina que fora internada em uma instituição.

— É melhor você aparecer na aula mais cedo ou mais tarde. Não dê mais munição para o diretor Harper.

Ela olhou na direção do prédio.

— Não vejo como isso possa importar agora.

Pelo resto da tarde, ela não estava em nenhum lugar onde pudesse ser encontrada. Pelo menos, se estava, não estava ouvindo. Na aula de Química, ela não compareceu para o teste sobre a tabela periódica.

Você não é das Trevas, L. Eu saberia.

Na aula de história, ela não compareceu à encenação do debate entre Lincoln e Douglas, e o Sr. Lee tentou me fazer debater no lado a favor da escravidão, provavelmente como punição por algum trabalho de "mentalidade liberal" que eu ainda iria escrever.

Não deixe que a atinjam assim. Não são importantes.

Na aula de linguagem dos sinais, ela não estava quando tive que ficar na frente da sala e fazer os sinais de "Brilha, Brilha, Estrelinha", enquanto o restante do time de basquete ria baixinho.

Não vou a lugar algum, L. Você não pode me afastar.

Foi quando me dei conta de que ela podia.

Na hora do almoço, eu não aguentava mais. Esperei que ela saísse da aula de Trigonometria e a puxei para o lado do corredor, deixando minha mochila cair no chão. Peguei o rosto dela nas minhas mãos e a fiz olhar para mim.

Ethan, o que você está fazendo?

Isso.

Puxei o rosto dela em direção ao meu com as duas mãos. Quando nossos lábios se tocaram, senti o calor do meu corpo percorrer a frieza do dela. Senti o corpo dela derretendo contra o meu, a atração inexplicável que nos unia desde o começo, nos unindo de novo. Lena deixou os livros caírem e passou os braços em volta do meu pescoço, correspondendo ao meu toque. Eu estava ficando tonto.

O sinal tocou. Ela se afastou de mim, ofegando. Me abaixei para pegar o exemplar dela de *Pleasures of the Damned*, de Bukowski, e o caderno espiral surrado. O caderno estava praticamente despencando, mas ela tinha muito assunto sobre o qual escrever ultimamente.

Você não devia ter feito isso.

Por que não? Você é minha namorada, e sinto saudades.

Cinquenta e quatro dias, Ethan. É tudo que temos. É hora de pararmos de fingir que podemos mudar alguma coisa. Será mais fácil se nós dois aceitarmos.

Houve algo no jeito que ela falou que pareceu que estava falando de algo além do aniversário. Falava de outras coisas que não podíamos mudar.

Ela se virou, mas peguei seu braço antes que virasse as costas para mim. Se ela estava dizendo o que eu pensava que estava dizendo, queria que me olhasse quando dissesse.

— O que você quer dizer, L? — Quase não consegui perguntar.

Ela olhou para o outro lado.

— Ethan, sei que você acha que isso pode ter um final feliz, e por um tempo eu talvez também tenha achado. Mas não vivemos no mesmo mundo, e no meu, querer muito uma coisa não faz com que ela aconteça. — Ela não olhava para mim. — Somos diferentes demais.

— Agora somos diferentes? Depois de tudo que passamos? — Minha voz estava ficando mais alta. Algumas pessoas se viraram, olhando para mim. Nem olharam para Lena.

Somos diferentes. Você é Mortal e eu sou Conjuradora. Esses mundos podem se cruzar, mas jamais serão a mesma coisa. Não podemos viver nos dois.

O que ela estava dizendo era que *ela* não podia viver nos dois. Emily e Savannah, o time de basquete, a Sra. Lincoln, o Sr. Harper, os Anjos da Jackson, todos estavam finalmente conseguindo o que queriam.

Isso é sobre a reunião disciplinar, não é? Não deixe...

Não é só sobre a reunião. É tudo. Não pertenço a esse mundo, Ethan. Você pertence.

Então agora eu sou um deles. É isso que você está dizendo?

Ela fechou os olhos e eu quase pude ver seus pensamentos, se confundindo na cabeça.

Não estou dizendo que você é como eles, mas você é um deles. É aqui que você viveu sua vida toda. E depois que tudo isso acabar, depois que eu for Invocada, você ainda estará aqui. Vai ter que andar por esses corredores e por essas ruas de novo, e eu provavelmente não estarei aqui. Mas você estará, sabe-se lá por quanto tempo, e como você mesmo disse — as pessoas de Gatlin nunca esquecem nada.

Dois anos.

O quê?

É durante esse tempo que estarei aqui.

Dois anos é muito tempo para ficar invisível. Acredite, eu sei.

Por um minuto, nenhum de nós disse nada. Ela apenas ficou ali parada, puxando fiapos de papel da espiral do caderno.

— Estou cansada de lutar. Estou cansada de tentar fingir que sou normal.

— Você não pode desistir. Não pode deixá-los vencer.

— Já venceram. Venceram no dia que quebrei a janela na aula de inglês.

Havia alguma coisa em sua voz que revelava que ela estava desistindo de algo além da Jackson.

— Você está terminando comigo? — Prendi a respiração.

— Por favor, não torne isso mais difícil. Não é o que eu quero também.

Então não faça.

Eu não conseguia respirar. Não conseguia pensar. Era como se o tempo tivesse parado de novo, como no jantar de Ação de Graças. Só que dessa vez não havia magia. Havia o oposto de magia.

— Só acho que as coisas vão ser mais fáceis assim. Não muda o que sinto por você. — Ela olhou para mim, os grandes olhos verdes brilhando com as lágrimas. Depois se virou e saiu correndo pelo corredor, que estava tão silencioso que daria para ouvir um lápis caindo.

Feliz Natal, Lena.

Mas não havia nada para ouvir. Ela foi embora, e isso era uma coisa para a qual eu não estaria pronto, nem em 53 dias, nem em 53 anos, nem em 53 séculos.

Cinquenta e três minutos depois, eu estava sentado sozinho, olhando pela janela, o que era algo chamativo, considerando o quanto o refeitório estava cheio. Gatlin estava cinza; as nuvens tinham chegado. Eu não chamaria de tempestade exatamente; não nevava há anos. Se tivéssemos sorte, tínhamos uma nevasca ou duas, talvez uma vez por ano. Mas não nevou nem um dia desde que eu tinha 12 anos.

Desejei que nevasse. Desejei que eu pudesse apertar o botão de rebobinar para estar de volta àquele corredor com Lena. Desejei poder dizer a ela que eu não ligava se todo mundo na cidade me odiasse, porque não importava. Eu estava perdido antes de tê-la encontrado nos meus sonhos, e ela me encontrou naquele dia na chuva. Eu sabia que parecia que era sempre eu que estava tentando salvar Lena, mas a verdade era que ela tinha me salvado, e eu não estava pronto para que ela parasse agora.

— Oi, cara. — Link sentou no banco à frente do meu na mesa vazia. — Onde está Lena? Eu queria agradecer a ela.

— Pelo quê?

Link pegou uma folha de caderno dobrada que estava no bolso.

— Ela escreveu uma música pra mim. Legal, né?

Eu não conseguia nem olhar. Ela falava com Link, só não falava comigo. Link pegou uma fatia da minha pizza intocada.

— Escuta, tenho um favor pra te pedir.

— Claro. De que você precisa?

— Ridley e eu vamos até Nova York no final do ano. Se alguém perguntar, estou no acampamento da igreja em Savannah.

— Não tem acampamento da igreja em Savannah.

— É, mas minha mãe não sabe disso. Falei que tinha me inscrito porque eles têm uma espécie de banda de rock batista.

— E ela acreditou?

— Ela está meio estranha ultimamente, mas não ligo. Falou que eu podia ir.

— Não importa o que sua mãe diz, você não pode ir. Tem coisas que você não sabe sobre Ridley. Ela é... perigosa. Coisas podem acontecer com você.

Os olhos dele se iluminaram. Eu nunca tinha visto Link assim. Mas também, eu não o via muito ultimamente. Eu vinha passando todo meu tempo com Lena ou pensando nela, no Livro, no aniversário dela. As coisas em torno das quais meu mundo girava, pelo menos até uma hora atrás.

— É isso que espero. Além do mais, estou muito a fim dela. Ela provoca uma coisa em mim, sabe? — Ele pegou o último pedaço de pizza do meu prato.

Por um segundo, considerei contar tudo a Link, assim como antigamente — sobre Lena e sua família; Ridley, Genevieve e Ethan Carter Wate. Link sabia de tudo no começo, mas eu não sabia se ele acreditaria no resto, ou se ele conseguiria. Algumas coisas eram demais para se pedir, mesmo para um melhor amigo. Agora eu não podia me arriscar a perder Link também, mas tinha que fazer alguma coisa. Não podia deixá-lo ir para Nova York e nem para nenhum outro lugar com Ridley.

— Escute, cara, você tem que confiar em mim. Não se envolva com ela. Ela só está usando você. Você vai se machucar.

Ele esmagou uma lata de Coca na mão.

— Ah, entendi. Se a garota mais gostosa da cidade está saindo comigo, ela deve estar me usando? Acho que você pensa que é o único que consegue pegar uma menina gostosa. Quando foi que ficou tão metido?

— Não é isso que estou dizendo.

Link ficou de pé.

— Acho que nós dois sabemos o que você está dizendo. Esqueça que pedi.

Era tarde demais. Ridley já o tinha afetado. Nada que eu dissesse ia fazê-lo mudar de ideia. E eu não podia perder minha namorada e meu melhor amigo no mesmo dia.

— Olha, não foi isso que eu quis dizer. Não vou dizer nada, afinal sua mãe nem tem falado comigo.

— Tudo bem. Deve ser difícil ter um melhor amigo que é tão bonito e talentoso como eu.

Link pegou o biscoito que havia na minha bandeja e o partiu ao meio. Podia muito bem ter sido o Twinkie sujo do chão do ônibus. Tinha passado. Seria preciso bem mais do que uma garota, até mesmo uma Sirena, para entrar entre nós.

Emily estava olhando para ele.

— É melhor você ir antes que Emily dedure você para sua mãe. E aí você não vai pra nenhum acampamento de igreja, real ou imaginário.

— Não estou preocupado com ela.

Mas estava. Ele não queria ficar preso em casa com a mãe pelo fim de ano todo. E não queria levar gelo do time, por todo mundo na Jackson, mesmo que ele fosse burro demais ou leal demais para se dar conta.

Na segunda-feira, ajudei Amma a tirar as caixas de decorações natalinas do sótão. A poeira fez meus olhos lacrimejarem; pelo menos foi isso que eu disse para mim mesmo. Encontrei uma cidadezinha iluminada por pequenas luzes brancas que minha mãe costumava colocar todo ano embaixo da árvore de Natal, sobre um pedaço de algodão que fingíamos que era neve. As casinhas eram da avó dela, e ela as amava tanto que eu também as amava, apesar de serem feitas de papelão, cola e purpurina, e metade das vezes caírem enquanto eu tentava montá-las. "Coisas velhas são melhores do que as novas porque elas têm história, Ethan." Ela segurava um velho carrinho de lata e dizia: "Imagine minha bisavó brincando com o mesmo carro, arrumando a mesma cidade debaixo da árvore, assim como nós agora."

Eu não via a cidade desde quando? Desde que não via minha mãe, pelo menos. Parecia menor do que antes, o papelão mais amassado e esfarrapado. Eu não conseguia achar as pessoas em nenhuma das caixas, nem os bichos. A cidade parecia solitária, e me deixou triste. De alguma forma, a magia tinha sumido junto com ela. Me vi tentando alcançar Lena, apesar de tudo.

Sinto saudade de tudo. As caixas estão aqui, mas está tudo errado. Ela não está aqui. Nem é mais uma cidade. E ela nunca vai conhecer você.

Mas não houve resposta. Lena tinha sumido, ou só me banira. Eu não sabia o que era pior. Eu estava mesmo sozinho, e a única coisa pior do que estar sozinho era todo mundo ver o quanto você estava sozinho. Então fui para o único lugar na cidade onde eu sabia que não encontraria ninguém. A Biblioteca do Condado de Gatlin.

— Tia Marian?

A biblioteca estava congelante e completamente vazia, como sempre. Depois do modo como a reunião do Comitê Disciplinar tinha decorrido, eu supunha que Marian não tivera nenhum visitante.

— Estou aqui atrás.

Ela estava sentada no chão, de sobretudo, com uma pilha de livros abertos até a cintura, como se tivessem acabado de cair das prateleiras ao seu redor. Estava segurando um livro, lendo em voz alta, em um de seus familiares transes literários.

"Nós O vemos chegando, e sabemos que Ele é dos nossos,
Quem, com Seu brilho do Sol, e Suas chuvas,
Transforma todo solo paciente em flores.
O Querido do mundo chegou..."

Ela fechou o livro.

— Robert Herrick. É uma cantiga de Natal, cantada para o rei no Whitehall Palace. — Ela parecia tão distante quanto Lena ultimamente, eu percebia agora.

— Desculpe, não conheço o cara. — Estava tão frio que eu podia ver na respiração se condensando.

— Isso o lembra de quem? Transformar o chão em flores, o querido do mundo.

— Está falando de Lena? Aposto que a Sra. Lincoln teria alguma coisa a dizer sobre isso. — Sentei ao lado de Marian, espalhando livros pelo corredor.

— A Sra. Lincoln. Que criatura triste. — Ela balançou a cabeça e pegou outro livro. — Dickens acha que o Natal é uma época para as pessoas "abrirem livremente seus corações fechados e pensar nas pessoas abaixo delas como se fosse companheiros passageiros até o túmulo, e não outra raça de criaturas."

— O aquecedor está quebrado? Você quer que eu ligue para a companhia elétrica?

— Esqueci de ligar. Acho que me distraí. — Ela jogou o livro de volta na pilha ao seu redor. — Uma pena que Dickens nunca veio a Gatlin. Temos mais do que nossa cota de corações fechados por aqui.

Peguei um livro. Richard Wilbur. Eu o abri, afundando meu rosto no cheiro das palavras. Olhei para as palavras. "Qual é o oposto de dois? Um eu solitário, um você solitário." Esquisito, é exatamente assim que eu estava me sentindo. Fechei o livro e olhei para Marian.

— Obrigado por ir à reunião, tia Marian. Espero que não cause problemas para você. Senti como se fosse tudo minha culpa.

— Não foi.

— Parece que foi. — Joguei o livro na pilha.

— Como assim, agora você é o autor de toda ignorância? Ensinou a Sra. Lincoln a odiar e o Sr. Hollingsworth a ter medo?

Ficamos os dois sentados ali, cercados por uma montanha de livros. Ela esticou a mão e apertou a minha.

— Essa batalha não começou com você, Ethan. Não vai terminar com você também, lamento, nem comigo, aliás. — O rosto dela ficou sério. — Quando entrei aqui hoje de manhã, esses livros estavam empilhados no chão. Não sei como chegaram aqui, nem por quê. Tranquei as portas quando saí ontem à noite, e ainda estavam trancadas hoje de manhã. Só sei que sentei para dar uma olhada, e cada um desses livros, todos eles, tinham alguma mensagem para mim sobre esse momento, nessa cidade, agora. Sobre Lena, você, eu, até.

Balançou minha cabeça.

— É coincidência. Livros são assim.

Ela pegou um livro aleatório da pilha e o passou para mim.

— Tente você. Abra.

Peguei o livro da mão dela.

— Que livro é?

— Shakespeare. *Julio César.*

Eu o abri e comecei a ler.

"Os homens em algum momento são os mestres do próprio destino:

A culpa, prezado Brutus, não está nas nossas estrelas,

Mas em nós mesmos, que somos subordinados."

— O que isso tem a ver comigo?

Marian olhou para mim por cima dos óculos.

— Sou apenas a bibliotecária. Só posso lhe dar os livros. Não posso dar as respostas. — Mas ela sorriu mesmo assim. — A questão sobre o destino é a seguinte: é você o mestre do seu destino, ou são as estrelas?

— Você está falando sobre Lena ou sobre Júlio César? Porque odeio confessar, mas jamais li essa peça.

— Responda você.

Passamos o resto daquela hora verificando a pilha, nos revezando na leitura em voz alta. Finalmente, eu soube por que tinha vindo.

— Tia Marian, acho que preciso voltar no arquivo.

— Hoje? Você não tem coisas a fazer? Compras de Natal, pelo menos?

— Não faço compras.

— Palavras sábias. Quanto a mim, "Gosto do Natal como um todo... De seu modo desajeitado, chega próximo à Paz e Boa-vontade. Mas fica mais desajeitado a cada ano."

— Mais Dickens?

— E.M. Forster.

Suspirei.

— Não consigo explicar. Acho que preciso ficar perto da minha mãe.

— Eu sei. Também sinto saudades dela.

Eu não tinha pensado sobre o que diria para Marian em relação aos meus sentimentos. Quanto à cidade, e como tudo o mais estava errado. Agora as palavras pareciam entaladas na minha garganta, como se outra pessoa as estivesse gaguejando.

— Só pensei que, se eu pudesse ficar perto dos livros dela, talvez pudesse me sentir como antes. Talvez pudesse falar com ela. Tentei ir ao cemitério uma vez, mas não me fez sentir como se ela estivesse lá, na terra. — Olhei para uma mancha no carpete.

— Eu sei.

— Ainda não consigo pensar nela estando lá. Não faz sentido. Por que você enfiaria alguém que ama em um buraco solitário na terra? Onde é frio, sujo e cheio de insetos? Não pode ser assim que termina, depois de tudo, depois de tudo que ela foi. — Tentei não pensar sobre isso, sobre o corpo dela virando osso e lama e poeira lá embaixo. Odiava a ideia de ela ter que passar por isso sozinha, como eu estava passando por tudo sozinho agora.

— Como você quer que termine? — Marian colocou uma mão no meu ombro.

— Não sei. Eu devia, alguém devia construir um monumento para ela ou algo assim.

— Como o General? Sua mãe teria achado graça disso. — Marian passou o braço em volta de mim. — Sei o que você quer dizer. Ela não está lá, ela está aqui.

Ela esticou a mão e eu a ajudei a se levantar. Ficamos de mãos dadas no caminho até o arquivo, como se eu ainda fosse uma criança de quem ela estivesse cuidando enquanto minha mãe trabalhava lá atrás. Ela puxou um chaveiro pesado e abriu a porta. Não me seguiu quando entrei.

De volta ao arquivo, me afundei na cadeira em frente à escrivaninha da minha mãe. Na cadeira da minha mãe. Era de madeira, e tinha a insígnia da Universidade de Duke. Acho que deram a ela por ter se formado com honra, ou alguma coisa do tipo. Não era confortável, mas era reconfortante e familiar. Senti o cheiro de verniz velho, o mesmo verniz que eu provavelmente tinha mastigado quando bebê, e imediatamente me senti melhor do que me sentia há meses. Eu podia sentir o cheiro das pilhas de livros embrulhados em plástico, do pergaminho se desfazendo, de poeira e dos arquivos baratos. Podia inspirar o ar especial da atmosfera especial do planeta muito especial da minha mãe. Para mim, era como se eu tivesse 7 anos e estivesse sentado no colo dela com o rosto afundado em seu ombro.

Eu queria ir para a casa. Sem Lena, não tinha nenhum outro lugar para ir.

Peguei uma fotografia pequena emoldurada na escrivaninha de minha mãe, quase escondida entre os livros. Era dela e meu pai no escritório lá de casa. Alguém a tinha tirado em preto e branco, há muito tempo. Provavelmente para a contracapa do livro, em um de seus primeiros projetos, quando meu pai ainda era historiador e eles trabalhavam juntos. Quando tinham cabelos engraçados e usavam calças feias, e dava para ver a felicidade em seus rostos. Era difícil de olhar, mas era mais difícil colocá-la de volta. Quando a pus sobre a escrivaninha, ao lado das pilhas poeirentas de livros, um livro me chamou a atenção. Tirei-o de debaixo de uma enciclopédia sobre armas da Guerra Civil e de um catálogo de plantas nativas da Carolina do Sul. Eu não sabia que livro era aquele. Só sabia que estava marcado com um longo ramo de alecrim. Sorri. Pelo menos não era uma meia e nem uma colher velha de plástico.

O livro de receitas da Liga de Beisebol Infantil do Condado de Gatlin, *Frango Frito e Audácia*. Ele se abriu sozinho em uma página. "Tomates Fritos com Soro de Leite de Betty Burton", a receita favorita de minha mãe. O aroma de alecrim subiu das páginas. Olhei para o alecrim mais de perto. Estava fresco, como se tivesse sido colhido ontem. Minha mãe não podia tê-lo posto ali, mas ninguém mais usaria alecrim como marcador. A receita favorita de minha mãe estava marcada com o aroma familiar de Lena. Talvez os livros estivessem mesmo tentando me dizer alguma coisa.

— Tia Marian? Você andou querendo fritar tomates?

Ela enfiou a cabeça pela passagem da porta.

— Você acha que eu tocaria em um tomate? Imagine fritar um!

Olhei para o alecrim em minha mão.

— Foi o que pensei.

— Acho que era a única coisa sobre o que sua mãe e eu discordávamos.

— Posso pegar esse livro emprestado? Só por uns dias?

— Ethan, você não precisa pedir. São as coisas da sua mãe; não há nada nessa sala que ela não gostaria que ficasse para você.

Eu queria perguntar a Marian sobre o alecrim no livro de receitas, mas não consegui. Não podia suportar mostrar para mais ninguém, nem me separar dele. Embora eu jamais tivesse fritado e talvez nunca fritasse um tomate na minha vida, enfiei o livro debaixo do braço enquanto Marian me acompanhava até a porta.

— Se precisar de mim, estou aqui para você. Para você e para Lena. Sabe disso. Não há nada que eu não faria por você. — Ela tirou o cabelo da frente dos meus olhos e me deu um sorriso. Não era o sorriso da minha mãe, mas era um dos sorrisos favoritos da minha mãe.

Marian me abraçou e enrugou o nariz.

— Está sentindo cheiro de alecrim?

Dei de ombros e saí pela porta, para o dia cinzento. Talvez Júlio César estivesse certo. Talvez fosse hora de confrontar meu destino, e o destino de

Lena. Se dependia de nós ou das estrelas, eu não podia ficar sentado esperando para descobrir.

Quando cheguei do lado de fora, estava nevando. Eu não podia acreditar. Olhei para o céu e deixei a neve cair no meu rosto congelado. Os flocos grossos e leves caíam sem motivo nenhum em particular. Não era uma tempestade, de modo algum. Era um presente, talvez até um milagre: um Natal branco, assim como nas canções.

Quando subi a varanda da frente, lá estava ela, sentada sem o capuz nos degraus da frente. No momento em que a vi, percebi o que a neve realmente era. Uma oferta de paz.

Lena sorriu para mim. Naquele segundo, os pedaços da minha vida que estavam se despedaçando voltaram para o lugar. Tudo que estava errado se consertou; talvez não tudo, mas o bastante.

Sentei ao lado dela no degrau.

— Obrigado, L.

Ela se inclinou em minha direção.

— Eu só queria fazer você se sentir melhor. Estou tão confusa, Ethan. Não quero que você se machuque. Não sei o que eu faria se alguma coisa acontecesse a você.

Passei minha mão pelo seu cabelo úmido.

— Não me afaste, por favor. Não suporto perder mais ninguém de quem eu gosto.

Abri o zíper da parka que ela vestia, passando meu braço em torno de sua cintura para puxá-la em minha direção. Beijei-a enquanto ela se apertava contra mim, até que senti que derreteríamos toda neve do jardim se não parássemos.

— O que foi isso? — perguntou ela, recuperando o fôlego. Beijei-a de novo, até que não pudemos mais suportar, e nos afastamos.

— Acho que se chama destino. Estou esperando para fazer isso desde o baile de inverno, e não vou esperar mais.

— Não vai?

— Não.

— Bem, vai ter que esperar mais um pouco. Ainda estou de castigo. Tio M pensa que estou na biblioteca.

— Não ligo se você está de castigo. Eu não estou. Me mudo para sua casa se eu precisar, e durmo com Boo na casinha dele.

— Ele tem um quarto. Dorme numa cama de dossel.

— Melhor ainda.

Ela sorriu e segurou minha mão. Os flocos de neve derretiam quando pousavam em nossa pele quente.

— Senti sua falta, Ethan Wate. — Ela me beijou. A neve caiu mais forte, nos encharcando. Estávamos praticamente radioativos. — Talvez você estivesse certo. Devíamos passar o máximo de tempo possível juntos antes que... — Ela parou, mas eu sabia em que estava pensando.

— Vamos pensar em alguma coisa, L. Prometo.

Ela assentiu sem convicção e se aconchegou nos meus braços. Eu podia sentir a calma começando a tomar conta de nós.

— Não quero pensar nisso hoje. — Ela me afastou, brincando, de volta à terra dos vivos.

— É? Em que você quer pensar, então?

— Anjos de neve. Nunca fiz um.

— É mesmo? Vocês não fazem anjos?

— Não é porque são anjos. Só moramos na Virgínia por alguns meses, então nunca morei em um lugar que nevasse.

Uma hora depois, estávamos encharcados e sentados à mesa da cozinha. Amma tinha ido até o Pare & Roube, e estávamos bebendo o lamentável chocolate quente que eu tentara fazer sozinho.

— Não tenho certeza de que seja assim que se faz chocolate quente — provocou Lena enquanto eu derramava uma tigela de gotas de chocolate derretidas em leite quente. O resultado era marrom e branco, e cheio de pedaços. Para mim, parecia ótimo.

— É? E como você poderia saber? "Faz um chocolate quente, por favor?" — Imitei sua voz fina com minha voz grave e o resultado foi um estranho falsete falhado. Ela sorriu. Eu estava com saudade daquele sorriso, apesar de só terem se passado alguns dias; sentia saudade dele mesmo depois de apenas alguns minutos.

— Falando em Cozinha, tenho que ir. Falei pro meu tio que estava na biblioteca, e ela já fechou.

Puxei-a para o meu colo, sentado à mesa da cozinha. Eu estava tendo dificuldade para não tocá-la a cada segundo, agora que podia de novo. Me vi inventando desculpas para fazer cócegas, qualquer coisa para tocar em seu cabelo, nas mãos, nos joelhos. A atração entre nós era como um ímã. Ela se encostou no meu peito e ficamos ali sentados, até que ouvi pés caminhando no chão do andar de cima. Ela pulou do meu colo como um gato assustado.

— Não se preocupe, é o meu pai. Ele está só tomando banho. Esta é a única hora que ele sai do escritório.

— Ele está piorando, não está? — Ela pegou minha mão. Nós dois sabíamos que aquilo não era uma pergunta.

— Meu pai não era assim até minha mãe morrer. Ele pirou depois disso.

Eu não precisava explicar o resto; ela tinha me ouvido pensar várias vezes. Sobre como minha mãe morreu, como paramos de fazer tomates fritos, como perdemos as pecinhas da cidade de Natal, como ela não estava lá para enfrentar a Sra. Lincoln e como nada nunca mais foi o mesmo.

— Sinto muito.

— Eu sei.

— É por isso que você foi à biblioteca hoje? Para procurar sua mãe?

Olhei para Lena, tirando o cabelo do seu rosto. Assenti e tirei o alecrim do bolso, depois o coloquei com cuidado no balcão.

— Vamos. Quero te mostrar uma coisa.

Puxei-a da cadeira e peguei a mão dela. Deslizamos pelo chão de madeira usando meias úmidas e paramos na porta do escritório. Olhei pela escada para o quarto do meu pai. Eu ainda não ouvia o chuveiro; tínhamos bastante tempo. Tentei abrir a maçaneta.

— Está trancada. — Lena franziu a testa. — Você tem a chave?

— Espere, veja o que acontece.

Ficamos ali, olhando para a porta. Eu me sentia idiota parado ali, e Lena também devia se sentir, porque começou a rir. Quando eu estava prestes a dar uma gargalhada, a porta começou a se destrancar. Ela parou de rir.

Isso não é Conjuro. Eu poderia sentir.

Acho que eu tenho que entrar, ou nós dois.

Dei um passo para trás e a porta se trancou de novo. Lena ergueu a mão, como se fosse usar os poderes para abrir a porta para mim. Toquei nas costas dela de leve.

— L, acho que eu preciso fazer isso.

Toquei de novo na maçaneta. A porta se destrancou e abriu, e eu entrei no escritório pela primeira vez em anos. Ainda era um lugar escuro e assustador. O quadro coberto com um lençol ainda estava pendurado sobre o sofá desbotado. Embaixo da janela, a escrivaninha entalhada de mogno do meu pai estava cheia de papéis, empilhados sobre o computador, empilhados sobre a cadeira, empilhados meticulosamente sobre o tapete persa no chão — provavelmente pesquisa para seu novo livro.

— Não toque em nada. Ele vai saber.

Lena se agachou e olhou para a pilha mais próxima. E então ela pegou uma folha de papel, ligando o abajur de leitura.

— Ethan.

— Não acenda a luz. Não quero que ele desça aqui e tenha um chilique com a gente. Ele me mataria se soubesse que entramos aqui. Só se preocupa com o livro.

Ela me passou o papel sem dar uma palavra. Eu o peguei. Estava coberto de rabiscos. Não palavras rabiscadas, só rabiscos. Peguei um punhado dos papéis mais perto de mim. Estavam cobertos com linhas rabiscadas e formas, e mais rabiscos. Peguei uma folha do chão: nada além de pequenas linhas de círculos. Percorri as pilhas de papel branco que entulhavam a escrivaninha e o chão. Mais rabiscos e formas, páginas e páginas deles. Nem uma única palavra.

Então eu entendi. Não tinha livro algum.

Meu pai não era um escritor. Não era sequer um vampiro.

Era um louco.

Eu me agachei, as mãos no joelho. Ia vomitar. Devia ter previsto isso. Lena massageou minhas costas.

Está tudo bem. Ele só está passando por um momento difícil. Vai voltar para você.

Não vai. Ele se foi. Ela se foi, e agora vou perdê-lo também.

O que meu pai fez esse tempo todo, me evitou? Qual era o sentido de dormir o dia inteiro e trabalhar a noite inteira se você não estava trabalhando em um grande romance? Se você estava rabiscando linhas e linhas de círculos? Fugindo do seu único filho? Amma sabia? Todo mundo sabia da brincadeira menos eu?

Não é sua culpa. Não faça isso com você mesmo.

Dessa vez era eu que estava sem controle. A raiva cresceu dentro de mim, e empurrei seu laptop da escrivaninha, fazendo com que os papéis saíssem voando. Derrubei o abajur de leitura, e sem pensar, arranquei o lençol do quadro acima do sofá. O quadro caiu no chão, derrubando uma estante baixa. Uma pilha de livros voou no chão, se abrindo no tapete.

— Olhe para o quadro. — Ela o endireitou no meio dos livros no chão.

Era uma pintura minha.

Eu, como soldado da Confederação, em 1865. Mas era eu, mesmo assim.

Nenhum de nós dois precisou ler o título escrito a lápis na parte de trás da moldura para saber quem era aquele. Ele até tinha o cabelo castanho fino caindo sobre os olhos.

— Já era hora de conhecermos você, Ethan Carter Wate — falei no momento em que ouvi meu pai descendo a escada.

— Ethan Wate!

Lena olhou para a porta, entrando em pânico.

— Porta!

Ela bateu sozinha e se trancou. Ergui uma sobrancelha. Pensei que jamais me acostumaria com aquilo.

Houve algumas batidas na porta.

— Ethan, você está bem? O que está acontecendo aí dentro?

Eu o ignorei. Não consegui pensar em outra coisa para fazer, e não podia suportar olhar para ele agora. Então reparei nos livros.

— Olhe. — Fiquei de joelhos no chão em frente ao mais próximo. Estava aberto na página 3. Virei para a página 4 e ele voltou para a 3. Assim como a tranca da porta. — Você fez isso?

— De que você está falando? Não podemos ficar aqui a noite toda.

— Marian e eu passamos o dia na biblioteca. E por mais louco que possa parecer, ela achava que os livros estavam nos dizendo coisas.

— Que coisas?

— Não sei. Coisas sobre destino, a Sra. Lincoln e você.

— Eu?

— Ethan! Abra essa porta! — Meu pai estava esmurrando a porta, mas ele tinha me mantido de fora muito tempo. Agora era minha vez.

— No arquivo, achei uma foto da minha mãe nesse escritório e depois um livro de receitas aberto na receita favorita dela, com um marcador feito de alecrim. Alecrim fresco. Você não vê? Tem a ver com você, de alguma forma, e minha mãe. E agora estamos aqui, como se alguma coisa quisesse que a gente entrasse. Ou, sei lá... alguém.

— Ou talvez você apenas tenha pensado nisso porque viu a foto dela.

— Talvez, mas olhe para isso. — Virei a página do livro *Constitutional History* à minha frente, mudando da página 3 para a 4. Mais uma vez, assim que a virei, a página voltou sozinha.

— Isso é estranho. — Ela se virou para outro livro. *South Carolina: Cradle to Grave*. Estava aberto na página 12. Ela virou para a página 11. Voltou sozinho para a 12.

Tirei o cabelo dos meus olhos.

— Mas essa página não diz nada, é um gráfico. Os livros de Marian estavam abertos em certas páginas porque estavam tentando nos dizer alguma coisa, eram mensagens. Os livros da minha mãe não parecem estar nos dizendo nada.

— Talvez seja alguma espécie de código.

— Minha mãe era péssima em matemática. Ela era *escritora* — falei, como se isso fosse explicação suficiente. Mas não era, e minha mãe sabia disso melhor do que ninguém.

Lena pegou o próximo livro.

— Página 1. É apenas a página do título. Não pode ser o conteúdo.

— Por que ela me deixaria um código? — Eu pensava alto, mas Lena também tinha a resposta.

— Porque você sempre sabe o final do filme. Porque cresceu com Amma e os livros de mistério e as palavras-cruzadas. Talvez sua mãe achasse que você descobriria alguma coisa que ninguém mais entenderia.

Meu pai bateu na porta sem convicção. Olhei para o livro seguinte. Página 9, depois a 13. Nenhum dos números era maior do que 26. E, ainda assim, muitos dos livros tinham muito mais páginas do que isso...

— Há 26 letras no alfabeto, certo?

— Sim.

— É isso. Quando eu era pequeno e não conseguia ficar parado na igreja com as Irmãs, minha mãe inventava brincadeiras pra mim no verso do livreto da igreja. Forca, anagramas e isso, o código do alfabeto.

— Espere, vou pegar uma caneta. — Ela pegou uma na escrivaninha. — Se A é 1 e B é 2... Deixe-me escrever.

— Cuidado. Às vezes eu fazia ao contrário, e o Z era 1.

Lena e eu nos sentamos no meio de um círculo de livros, indo de um para o outro, enquanto meu pai batia na porta do lado de fora. Eu o ignorei, assim como ele sempre me ignorava. Eu não ia respondê-lo, nem dar nenhuma explicação. Ele que visse como era para variar.

— 9, 14, 22, 15, 17, 21, 5...

— Ethan! O que você está fazendo aí dentro? Que barulheira foi aquela?

— 1, 19, 9, 13, 5, 19, 13, 1.

Olhei para Lena e ergui a folha de papel. Eu já estava um passo à frente.

— Acho que a mensagem é pra você.

Estava tão claro como se minha mãe estivesse no escritório, nos dizendo com as palavras dela, na voz dela.

INVOQUE A SI MESMA.

Era uma mensagem para Lena.

Minha mãe estava ali, em alguma forma, em algum sentido, em algum universo. Minha mãe ainda era minha mãe, mesmo se só vivesse em meio a livros, maçanetas, cheiro de tomate frito e papel velho.

Ela vivia.

Quando finalmente abri a porta, meu pai estava logo em frente, parado, de roupão. Ele olhou para além de mim, para dentro do escritório, onde as páginas do romance imaginário dele estavam espalhadas pelo chão e o quadro de Ethan Carter Wate estava apoiado no sofá, descoberto.

— Ethan, eu...

— O quê? Ia me contar que estava trancado no escritório há meses fazendo isso? — Ergui uma das páginas amassadas na mão.

Ele olhou para o chão. Meu pai podia ser louco, mas ainda estava são o bastante para saber que eu entendera a verdade. Lena estava sentada no sofá, parecendo desconfortável.

— Por quê? É só o que quero saber. Houve em algum momento algum livro ou você só estava tentando me evitar?

Meu pai ergueu a cabeça lentamente, os olhos cansados e injetados. Ele parecia velho, como se a vida o tivesse esgotado, uma decepção de cada vez.

— Eu só queria ficar mais próximo dela. Quando estou aí dentro, com os livros e as coisas dela, parece que ela não se foi. Ainda sinto o cheiro dela. Tomate frito... — A voz dele sumiu, como se ele estivesse perdido dentro da própria mente de novo e o raro momento de lucidez tivesse acabado.

Ele passou por mim, entrou no estúdio e se inclinou para pegar uma das páginas cobertas de círculos. Sua mão tremia.

— Eu estava tentando escrever. — Ele olhou para a cadeira da minha mãe. — Só não sei mais o quê.

Não era por minha causa. Nunca tinha sido. Era por causa da minha mãe. Há algumas horas, eu tinha me sentido da mesma maneira na biblioteca, sentado em meio às coisas dela, tentando senti-la ali comigo. Mas agora eu sabia que ela não tinha ido embora, e tudo era diferente. Meu pai não sabia. Ela não destrancava portas para ele e nem deixava mensagens. Ele não tinha nem isso.

Na semana seguinte, na véspera de Natal, a gasta e torta cidade de papelão não parecia tão pequena. A torre inclinada permaneceu na igreja, e a fazenda até ficava de pé sozinha, se fosse colocada na posição certa. A cola branca com purpurina brilhava e o mesmo pedaço de neve de algodão segurava a cidade, constante como o tempo.

Fiquei deitado de bruços no chão, com a cabeça enfiada debaixo dos galhos mais baixos do pinheiro branco, como sempre fazia. As folhas que pareciam agulhas verdes arranharam meu pescoço enquanto eu, cuidadosamente, empurrava uma corda de luzinhas brancas, uma a uma, para dentro dos buracos circulares na parte de trás da cidade quebrada. Me sentei um pouco distante para dar uma olhada, a luz branca suave ficando colorida pelas janelas de papel colorido da cidade. Não encontramos as pessoas, e os carros de lata e os animais ainda estavam sumidos. A cidade estava vazia, mas pela primeira vez ela não parecia deserta, e eu não me sentia sozinho.

Enquanto eu estava sentado ali, ouvindo o lápis de Amma arranhando o papel e o velho disco de Natal arranhado do meu pai, uma coisa chamou minha atenção. Era pequena e escura, e aparecia entre camadas da neve de algodão. Era uma estrela, do tamanho de uma moeda, pintada de prata e ouro, e cercada de um halo retorcido que parecia um clipe de papel. Era da árvore de Natal da cidade, feita de uma escovinha, e não a encontrávamos há anos. Minha mãe a tinha feito na escola, quando era uma garotinha em Savannah.

Coloquei-a no bolso. Eu a daria a Lena na próxima vez em que a visse, para o cordão de penduricalhos, só para garantir. Para que não se perdesse de novo. Para que eu não me perdesse de novo.

Minha mãe teria gostado disso. Gostaria disso. Assim como teria gostado de Lena — ou talvez até gostasse.

Invoque a si mesma.

A resposta estava na nossa frente o tempo todo. Estava apenas trancada com todos os livros no escritório do meu pai, enfiada entre as páginas no livro de receitas da minha mãe.

Perdida em meio a neve poeirenta.

Promessa

Havia alguma coisa no ar. Normalmente, quando se ouve tal frase, não há nada no ar. Mas, quanto mais o aniversário de Lena se aproximava, mais eu me questionava. Quando voltamos das férias de inverno, os corredores estavam marcados de tinta spray, cobrindo armários e paredes. Mas não era o tipo de pichação tradicional; as palavras nem pareciam estar na nossa língua. Não se acharia que eram palavras, a não ser para quem viu *O Livro das Luas*.

Uma semana depois, todas as janelas da sala de Inglês se quebraram. Mais uma vez, podia ter sido o vento, só que não tinha nem brisa. E como o vento podia se direcionar para uma única sala de aula?

Agora que eu não jogava mais basquete, tinha que fazer Educação Física pelo resto do ano, disparado a pior de todas as aulas da Jackson. Depois de uma hora de corridas de velocidade cronometradas e mãos ardendo por escalar uma corda com nós até o teto do ginásio, cheguei ao meu armário e encontrei a porta aberta e meus papéis espalhados pelo corredor. Minha mochila tinha sumido. Apesar de Link tê-la achado algumas horas depois em uma lata de lixo do lado de fora do ginásio, aprendi minha lição. Jackson High não era lugar para *O Livro das Luas*.

Dali em diante, guardamos o Livro no meu armário em casa. Eu esperava que Amma o descobrisse, dissesse alguma coisa, cobrisse meu quarto com sal, mas isso não. Nas últimas seis semanas, vinha passando todo o meu tempo lendo o velho livro de couro, com e sem Lena, usando o dicionário surrado de latim da minha mãe. As luvas de forno de Amma me ajudaram a minimizar as queimaduras. Havia centenas de Conjuros, e só alguns poucos eram em inglês. O resto estava escrito em línguas que eu não conseguia ler, e na língua Conjuradora que não tínhamos como decifrar. Eu ia ficando mais familiarizado com as páginas e Lena ficava mais agitada.

— Invoque a si mesma. Isso não significa nada.

— Claro que significa.

— Nenhum dos capítulos diz nada sobre isso. Não está em nenhuma descrição de Invocação no Livro.

— Só temos que continuar procurando. Não vamos encontrar nenhum guia sobre isso.

O Livro das Luas tinha que ter uma resposta; se nós ao menos conseguíssemos achá-la. Não conseguíamos pensar em mais nada, exceto no fato de que em um mês podíamos perder tudo.

De noite, ficávamos acordados até tarde conversando, cada um na sua cama, porque agora cada noite parecia mais próxima da noite que podia ser nossa última.

Em que você está pensando, L?

Você quer mesmo saber?

Sempre quero saber.

Queria? Olhei para o mapa enrugado na minha parede, para a fina linha verde ligando todos os pontos sobre os quais eu tinha lido. Lá estavam elas, todas as cidades do meu futuro imaginário, unidos por fita adesiva, caneta e tachinhas. Em seis meses, muita coisa tinha mudado. Não havia linha verde alguma que pudesse me levar até meu futuro. Só uma garota.

Mas agora a voz dela estava baixa e eu tinha que me esforçar para ouvi-la.

Há uma parte de mim que gostaria que jamais tivéssemos nos conhecido.

Você está brincando, não é?

Ela não respondeu. Não imediatamente.

Só torna tudo tão mais difícil. Achei que tinha muito a perder antes, mas agora tenho você.

Entendo.

Tirei a cúpula do abajur ao lado da minha cama e olhei direto para a lâmpada. Se eu olhasse bem para ela, o brilho faria meus olhos doerem e me impediria de chorar.

E eu posso perder você.

Isso não vai acontecer, L.

Ela ficou em silêncio. Meus olhos ficaram temporariamente cegos pelos raios e espirais da luz. Eu não conseguia nem ver o azul do teto do meu quarto, apesar de estar olhando diretamente para lá.

Promete?

Prometo.

Era uma promessa que ela sabia que eu talvez não pudesse cumprir. Mas eu a fiz mesmo assim, porque ia dar um jeito de fazê-la ser verdadeira.

Queimei minha mão quando fui tentar apagar a luz.

Sandman ou algo como ele

Em uma semana seria o aniversário de Lena.

Sete dias.

Cento e sessenta e seis horas.

Dez mil e oito segundos.

Invoque a si mesma.

Lena e eu estávamos exaustos, mas ainda assim matamos aula para passar o dia com *O Livro das Luas*. Eu havia me tornado um especialista na assinatura de Amma, e a Srta. Hester não ousaria pedir a Lena um bilhete de Macon Ravenwood. Era um dia claro e frio, e nos enroscamos no jardim congelante de Greenbrier, encolhidos no velho saco de dormir do Lata-Velha, tentando descobrir pela milésima vez se alguma coisa no Livro poderia ajudar.

Eu percebia que Lena começava a desistir. O teto do quarto dela estava completamente coberto de tinta de caneta, as paredes repletas das palavras que ela não podia dizer, e pensamentos assustados demais para serem expressados.

fogo das trevas, luz trevas / matéria das trevas, o que importa? a grande treva engole a grande luz, como engolem minha vida / conjuradora / garota super / natural antes / primeira vista sete dias sete dias sete dias 77777777777777777.

382

Eu não podia culpá-la. Parecia não haver esperanças, mas eu não estava pronto para desistir. Jamais estaria. Lena se apoiou no velho muro de pedra que estava desmoronando, assim como a mínima chance que tínhamos.

— Isso é impossível. Há Conjuros demais. Nem sabemos o que estamos procurando.

Havia Conjuros para todo objetivo concebível: *Cegar os Infiéis, Trazer Água do Mar, Enfeitiçar Runas*.

Mas nada que dizia *Conjuro para Tirar Maldição sobre a Família Causada por Conjuro das Trevas*, ou *Conjuro para Desfazer o Ato de Tentar Trazer o Herói de Guerra da Tatara-tataravó Genevieve de Volta à Vida*, ou *Conjuro para Evitar Ir para as Trevas na Invocação*. Ou o que eu realmente procurava, *Conjuro para Salvar sua Namorada (Agora que Você Finalmente Tem Uma) Antes que Seja Tarde Demais*.

Voltei para o sumário: OBSECRATIONES, INCANTAMINA, NECTENTES, MALEDICENTES, MALEFICIA.

— Não se preocupe, L. Vamos dar um jeito. — Mas na hora em que eu falei, já não tinha tanta certeza.

Quanto mais tempo o livro ficava na prateleira do alto do meu armário, mais eu sentia que meu quarto estava ficando assombrado. Estava acontecendo com nós dois, a cada noite; os sonhos, que mais pareciam pesadelos, estavam piorando. Eu não dormia por mais que umas poucas horas há dias. Cada vez que eu fechava os olhos, cada vez que adormecia, lá estavam eles. Esperando. Mas o pior de tudo era o mesmo pesadelo repetido constantemente. Toda noite eu perdia Lena novamente, e isso estava me matando.

Minha única estratégia era ficar acordado. Me entupir de açúcar e cafeína de tanto beber Coca e Red Bull enquanto jogava vídeo game. Ler tudo, desde *O Coração das Trevas* até minha edição favorita do *Surfista Prateado*, na qual Galactus engole o universo repetidas vezes. Mas como qualquer um que ficou dias sem dormir sabe, na terceira ou quarta noite você está tão cansado que poderia adormecer de pé.

Nem Galactus tinha chance.

Queimando.

Havia fogo para todo lado.

E fumaça. Engasguei na fumaça e nas cinzas. Estava completamente escuro, impossível de enxergar. E o calor era como lixa arranhando minha pele.

Eu não conseguia ouvir nada além do rugido do fogo.

Não conseguia nem ouvir Lena gritando, exceto na minha cabeça.

Solte! Você tem que sair!

Eu podia sentir os ossos do meu punho estalando, como finas cordas de violão arrebentando uma a uma. Ela soltou do meu braço como se estivesse se preparando para que eu a soltasse, mas eu jamais soltaria.

Não faça isso, L! Não solte!

Me solte! Por favor... Se salve!

Eu jamais soltaria.

Mas eu podia senti-la escorregando pelos meus dedos. Tentei segurar com mais força, mas ela estava indo...

Sentei de repente na cama, tossindo. Era tão real que eu sentia o gosto de fumaça. Mas meu quarto não estava quente; estava frio. Minha janela estava aberta de novo. A luz da lua permitiu que meus olhos se ajustassem mais rapidamente à escuridão habitual.

Reparei em alguma coisa com o canto do olho. Alguma coisa estava se movendo nas sombras.

Tinha alguém no meu quarto.

— Puta merda!

Ele tentou sair antes que eu o percebesse, mas não foi rápido o bastante. Sabia que eu o tinha visto. Então ele fez a única coisa que podia. Se virou para me encarar.

— Apesar do seu terrível linguajar, quem sou eu para chamar sua atenção depois de saída tão *indelicada*? — Macon deu seu sorriso de Cary Grant e se aproximou da ponta da minha cama. Estava usando um longo casaco preto e calça preta. Parecia vestido para algum tipo de noitada na cidade na virada do século passado em vez de uma invasão de domicílio nos dias modernos. — Oi, Ethan.

— Que diabos você está fazendo no meu quarto?

Ele parecia perdido, no padrão de Macon, o que apenas significava que não tinha uma explicação imediata e encantadora na ponta da língua.

— É complicado.

— Bem, descomplique. Pois você subiu pela minha janela no meio da noite, então ou você é algum tipo de vampiro ou algum tipo de pervertido, ou os dois. Qual deles?

— Mortais. Tudo é tão preto e branco para vocês. Não sou Caçador nem Devastador. Você estaria me confundindo com meu irmão, Hunting. Sangue não me interessa. — Ele tremeu com a ideia. — Nem sangue nem carne. — Acendeu um charuto, fazendo-o rolar entre os dedos. Amma ia ter um ataque quando sentisse o cheiro daquilo amanhã. — Na verdade, tudo isso me deixa meio enjoado.

Eu estava perdendo a paciência. Não dormia há dias e estava cansado de todo mundo desviando das minhas perguntas o tempo todo. Queria respostas, e queria já.

— Já cansei dos seus enigmas. Responda à pergunta. O que está fazendo no meu quarto?

Ele andou até a cadeira giratória vagabunda perto da minha escrivaninha e sentou rapidamente.

— Vamos apenas dizer que eu estava bisbilhotando.

Peguei uma camiseta velha da Jackson embolada no chão e a enfiei pela cabeça.

— Bisbilhotando o quê, exatamente? Não tem ninguém aqui. Eu estava dormindo.

— Não, na verdade você estava sonhando.

— Como você sabe disso? É um dos seus poderes Conjuradores?

— Na verdade, não. Não sou um Conjurador, não tecnicamente.

O ar ficou preso na minha garganta. Macon Ravenwood nunca saía de casa durante o dia; podia aparecer do nada, observar as pessoas pelos olhos do lobo que passava por cachorro e quase acabou com a vida de uma Conjuradora das Trevas sem nem piscar. Se ele não era Conjurador, então só havia uma explicação.

— Então você é um vampiro.

— Isso decididamente não sou. — Ele parecia irritado. — Essa é uma conclusão tão comum, tão clichê e nada lisonjeira. Não existem vampiros. Suponho que você acredite em lobisomens e alienígenas também. Culpo a televisão. — Ele tragou profundamente o charuto. — Odeio desapontá-lo. Sou um Incubus. Tenho certeza de que seria apenas uma questão de tempo até que Amarie contasse para você, já que ela parece tão dedicada a revelar todos os meus segredos.

Um Incubus? Eu nem sabia se devia ficar com medo. Devo ter parecido confuso, porque Macon se sentiu compelido a explicar melhor.

— Por natureza, cavalheiros como eu têm certos *poderes*, mas esses poderes são apenas relativos às nossas forças, que precisamos *recarregar* regularmente. — Houve alguma coisa perturbadora no modo como ele disse recarregar.

— O que você quer dizer com recarregar?

— Nos alimentamos, por falta de uma palavra melhor, de Mortais para recarregar nossa força.

O quarto começou a rodar. Ou talvez Macon estivesse rodando.

— Ethan, sente-se. Você está absolutamente pálido. — Macon veio até mim e me guiou até a beirada da cama. — Como eu disse, uso a palavra "alimentar" por falta de um termo melhor. Só um Incubus de Sangue se alimenta de sangue Mortal, e não sou um Incubus de Sangue. Apesar de sermos ambos Lilum, ou seja, aqueles que residem nas Trevas Absolutas, eu sou uma criatura infinitamente mais *evoluída*. Pego uma coisa que vocês Mortais têm em abundância, uma coisa de que vocês nem precisam.

— O quê?

— Sonhos. Partes e pedaços fragmentados. Ideias, desejos, medos, lembranças... Nada de que você sentirá falta. — As palavras saíram da sua boca como se estivesse dizendo um feitiço. Me vi lutando para processá-las, tentando entender o que ele estava dizendo. Minha mente parecia estar embrulhada em lã grossa.

Mas então eu entendi. Podia sentir as peças se unindo como um quebra cabeça na minha mente.

— Os sonhos... Você vem pegando partes deles? Sugando da minha cabeça? É por isso que não consigo lembrar o sonho todo?

Ele sorriu e apagou o charuto em uma lata de Coca vazia na minha escrivaninha.

— Me declaro culpado. Exceto pela parte de "sugar". Não é uma nomenclatura muito educada.

— Se é você que anda sugando... roubando meus sonhos, então você sabe o resto. Sabe o que acontece no final. Pode nos contar, para podermos impedir.

— Receio que não. Seleciono os pedaços que pego intencionalmente.

— Por que não quer que a gente saiba o que acontece? Se soubermos o resto do sonho, talvez possamos impedir que aconteça.

— Parece que você já sabe demais, não que eu mesmo o entenda completamente.

— Pare de falar de maneira enigmática pelo menos uma vez. Você fica dizendo que posso proteger Lena, que eu tenho poder. Por que não me conta que diabos está acontecendo de verdade, Sr. Ravenwood, porque estou cansado e de saco cheio de ser enrolado.

— Não posso contar o que não sei, filho. Você é um mistério.

— Não sou seu filho.

— Melchizedek Ravenwood! — A voz de Amma soou como um sino.

Macon começou a perder a compostura.

— Como você ousa entrar nessa casa sem minha permissão? — Ela estava em seu roupão segurando um cordão cheio de contas. Se eu não a conhecesse, teria pensado que era um colar. Amma sacudiu o amuleto de contas com raiva. — Temos um acordo. Essa casa está fora do seu território. Encontre outro lugar para seus negócios sujos.

— Não é tão simples, Amarie. O garoto está vendo coisas nos sonhos, coisas que são perigosas para os *dois*.

Os olhos de Amma estavam selvagens.

— Você está se alimentando do meu menino? É isso que está dizendo? Isso deveria me fazer sentir melhor?

— Acalme-se. Não seja tão literal. Só estou fazendo o que é necessário para proteger os dois.

— Sei o que você faz e o que você é, Melchizedek, e você vai lidar com o demônio na sua hora. Não traga esse mal para a minha casa.

— Fiz uma escolha há muito tempo, Amarie. Lutei contra o que eu estava destinado a me tornar. Luto cada noite da minha vida. Mas não sou das Trevas, não enquanto tenho a criança que é minha responsabilidade.

— Não muda o que você é. Isso não é uma escolha sua.

Os olhos de Macon se apertaram. Estava claro que a barganha entre eles dois era delicada, e ele a tinha ameaçado ao ir lá. Quantas vezes? Eu nem sabia.

— Por que você simplesmente não me conta o que acontece no final do sonho? Tenho direito de saber. É meu sonho.

— É um sonho poderoso, perturbador, e Lena não precisa vê-lo. Ela não está pronta para vê-lo, e vocês dois estão inexplicavelmente ligados. Ela vê o que você vê. Então você pode entender por que eu tive que tirá-lo de você.

A fúria cresceu dentro de mim. Eu estava tão furioso, mais do que quando a Sra. Lincoln se levantou e mentiu sobre Lena na reunião do Comitê Disciplinar, mais do que quando descobri as páginas de rabiscos no escritório do meu pai.

— Não. Não entendo. Se você sabe de alguma coisa que pode ajudá-la, por que não conta para nós? Ou apenas para de usar seus truques mentais de Jedi em meus sonhos e me deixa ver o que sonho por conta própria?

— Só estou tentando protegê-la. Amo Lena, e jamais...

— Eu sei. Já ouvi. Você jamais faria algo para machucá-la. O que você se esqueceu de dizer é que você não faz nada para ajudá-la também.

O maxilar dele travou. Agora era ele que estava furioso; eu já sabia como reconhecer. Mas não perdeu a pose, nem por um minuto.

— Estou tentando protegê-la, Ethan, e você também. Sei que você se preocupa com Lena, e oferece a ela algum tipo de proteção, mas há coisas que você não vê agora, coisas que estão além do nosso controle. Um dia você vai entender. Você e Lena são diferentes demais.

Separados por espécie. Como o outro Ethan escreveu para Genevieve. Eu entendia sim. Nada tinha mudado em mais de cem anos.

A expressão dele se suavizou. Pensei que talvez ele tivesse pena de mim, mas era outra coisa.

— No fim das contas, o peso será seu e você terá que carregar. É sempre o Mortal que carrega. Confie em mim, eu sei.

— Não confio em você e você está errado. Não somos tão diferentes.

— Mortais. Tenho inveja de vocês. Acham que podem mudar as coisas. Parar o universo. Desfazer o que foi feito muito antes de vocês surgirem. Vocês são criaturas tão lindas. — Ele estava falando comigo, mas não parecia que estava falando mais sobre mim. — Peço desculpas pela intromissão. Vou deixá-lo dormir.

— Fique fora do meu quarto, Sr. Ravenwood. E fora da minha cabeça.

Ele se virou em direção à porta, o que me surpreendeu. Eu esperava que ele saísse pelo caminho que entrou.

— Mais uma coisa. Lena sabe que você está aqui?

Ele sorriu.

— É claro. Não há segredos entre nós.

Eu não retribuí o sorriso. Havia mais do que alguns segredos entre eles, mesmo que eu não fosse um deles, e Macon e eu sabíamos disso.

Ele se virou de costas com um balanço do casaco e se foi.

De repente.

A batalha de Honey Hill

Na manhã seguinte, acordei com uma dor de cabeça latejante. Não achei, como acontece com frequência nas histórias, que a coisa toda não tinha acontecido. Não achei que Macon Ravenwood aparecer e desaparecer do meu quarto na noite anterior tinha sido um sonho. Todo dia de manhã durante meses depois do acidente de minha mãe, eu acordei acreditando que tudo tinha sido um sonho ruim. Jamais cometeria o mesmo erro de novo.

Dessa vez eu sabia que, se parecia que tudo tinha mudado, era porque tinha mudado. Se parecia que as coisas estavam ficando cada vez mais estranhas, era porque estavam. Se parecia que Lena e eu estávamos ficando sem tempo, era porque estávamos.

Faltam seis dias a contar de hoje. As coisas não pareciam muito favoráveis a nós. Era tudo que havia para dizer. Então é claro que não dizíamos nada. Na escola, fizemos o que sempre fazíamos. Ficávamos de mãos dadas no corredor. Nos beijávamos perto dos armários dos fundos até que nossos lábios doessem e eu me sentisse perto de ser eletrocutado. Ficávamos em nossa bolha, apreciávamos o que tentávamos fingir ser nossas vidas comuns, ou o pouco que tínhamos delas. E conversávamos, o dia todo, a cada minuto de cada aula, mesmo as que não tínhamos juntos.

Lena me contou de Barbados, onde a água e o céu se encontravam em uma fina linha azul até que não desse para saber qual era qual, enquanto eu deveria estar fazendo uma tigela de corda e argila na aula de cerâmica.

Lena me contou sobre a avó, que a deixava beber 7-Up usando alcaçuz como canudo, enquanto escrevíamos nossa redação sobre *O Médico e o Monstro* na aula de inglês e Savannah Snow estourava bolas de chiclete.

Lena me contou sobre Macon, que, apesar de tudo, tinha comparecido a cada aniversário, onde quer que ela estivesse, desde que ela podia se lembrar.

Naquela noite, depois de ficarmos acordados hora após hora com *O Livro das Luas*, observamos o nascer do sol, apesar de ela estar em Ravenwood e eu estar em casa.

Ethan?

Estou aqui.

Estou com medo.

Eu sei. Você devia tentar dormir um pouco, L.

Não quero perder tempo dormindo.

Nem eu.

Mas nós dois sabíamos que não era isso. Nenhum de nós estava a fim de sonhar.

— "A NOITE DA INVOCAÇÃO É A NOITE DA GRANDE FRAQUEZA, QUANDO AS TREVAS INTERIORES APRECIAM AS TREVAS EXTERIORES E A PESSOA DE PODER SE ABRE PARA A GRANDE TREVA, DESPIDA DE PROTEÇÕES, FEITIÇOS E CONJUROS DE BLOQUEIO E IMUNIDADE. A MORTE, NA HORA DA INVOCAÇÃO, É DEFINITIVA E ETERNA..."

Lena fechou o livro.

— Não consigo mais ler nada disso.

— Nem me fale. Não me surpreendo que seu tio esteja o tempo todo preocupado.

— Não é o bastante que eu possa virar algum tipo de demônio do mal. Também posso sofrer morte eterna. Acrescente isso à lista de maldições iminentes.

— Pode deixar. Demônio. Morte. Maldição.

Estávamos no jardim de Greenbrier de novo. Lena me passou o livro e deitou de costas, olhando para o céu. Eu esperava que ela estivesse brincando com as nuvens em vez de pensando sobre o quão pouco tínhamos descoberto durante essas tardes com o Livro. Mas não pedi que me ajudasse enquanto eu o folheava, usando as luvas velhas de jardinagem de Amma que eram pequenas demais.

Havia milhares de páginas em *O Livro das Luas,* e algumas páginas continham mais de um Conjuro. Não havia lógica alguma no modo como estavam organizados, pelo menos não que eu pudesse ver. O Sumário era uma espécie de brincadeira que pouco correspondia a alguns dos que podiam ser encontrados nele. Virei as páginas na esperança de dar de cara com alguma coisa. Mas a maioria das páginas parecia baboseira. Olhei para as palavras que eu não conseguia entender.

I DDARGANFOD YR HYN SYDD AR GOLL

DATODWCH Y CWLWM, TROELLWCH A THROWCH EF

BWRIWCH Y RHWYMYN HWN

FEL Y CAF GANFOD

YR HYN RWY'N DYHEU AMDANO

YR HYN RWY'N EI GEISIO.

Algo saltou à minha vista, uma palavra que reconheci de uma citação pregada na parede do escritório dos meus pais: "PETE ET INVENIES." Procure e você vai encontrar. "INVENIES." Encontrar.

UT INVENIAS QUOD ABEST

EXPEDI NODUM, TORQUE ET CONVOLVE

ELICE HOC VINCULUM

UT INVENIAM

QUOD DESIDERO

QUOD PETO.

Revirei as páginas do dicionário de latim da minha mãe, rabiscando as palavras atrás conforme eu as traduzia. As palavras do Conjuro pareciam olhar para mim *Encontrar*.

Para Encontrar O Que está Faltando,
Desate o laço, trance e enrole
Conjure esse Feitiço
Para que eu possa achar
Aquilo pelo que anseio
Aquilo que procuro.

— Encontrei uma coisa!

Lena se sentou, olhando por cima do meu ombro.

— Do que você está falando? — Ela não parecia nada convencida.

Mostrei o texto na minha caligrafia de garranchos para que ela lesse.

— Traduzi isso. Parece que dá pra usar pra encontrar alguma coisa.

Lena chegou mais perto, verificando minha tradução. Os olhos dela se arregalaram.

— É um Conjuro Localizador.

— Isso parece uma coisa que podemos usar para encontrar a resposta, para descobrirmos como desfazer a maldição.

Lena puxou o Livro para o colo, olhando para a página. Apontou para o outro Conjuro acima dele.

— É o mesmo Conjuro em galês, eu acho.

— Mas pode nos ajudar?

— Não sei. Nem sabemos o que estamos procurando. — Ela franziu a testa, de repente menos entusiasmada. — Além disso, Conjurar Falando não é tão fácil quanto parece, e eu nunca fiz antes. Coisas podem dar errado. — Ela estava brincando, não é?

— Coisas podem dar errado? Coisas piores do que virar uma Conjuradora das Trevas no seu décimo-sexto aniversário? — Tirei o Livro das mãos dela, queimando as margaridas das pontas dos dedos das luvas. — Por que cavamos um túmulo para achar essa coisa e perdemos semanas tentando descobrir o que diz se nem vamos tentar? — Segurei o Livro até que uma das luvas começou a emitir fumaça.

Lena sacudiu a cabeça.

— Me dê isso. — Ela respirou fundo. — Certo, vou tentar, mas não tenho ideia do que vai acontecer. Normalmente não faço assim.

— Assim?

— Você sabe, o modo como uso meus poderes, esse lance de Natural. Quero dizer, esse é o ponto, não é? É pra ser natural. Nem sei o que estou fazendo na metade das vezes.

— Tá, então dessa vez você faz e eu ajudo. O que precisamos fazer? Desenhar um círculo? Acender umas velas?

Lena revirou os olhos.

— Que tal sentar aqui? — Ela apontou para um lugar a alguns metros. — Só por precaução.

Esperava um pouco mais de preparação, mas eu era apenas um Mortal. O que eu sabia? Ignorei a ordem de Lena para ficar longe do seu primeiro Conjuro Falado, mas dei alguns passos para trás. Lena segurou o Livro em uma mão, o que já era um grande feito porque ele era incrivelmente pesado, e respirou fundo. Seus olhos desceram lentamente a página enquanto ela lia.

"Desate o laço, trance e enrole

Conjure esse Feitiço

Para que eu possa achar

Aquilo pelo que anseio..."

Ela olhou para a frente e falou a última parte, com clareza e força.

"Aquilo que procuro."

Por um segundo, nada aconteceu. As nuvens ainda estavam no céu, o ar ainda estava frio. Não funcionou. Lena deu de ombros. Eu sabia que ela estava pensando a mesma coisa. Até que nós dois ouvimos um som como uma rajada de ar ecoando em um túnel. A árvore atrás de mim pegou fogo. Ela realmente entrou em chamas de baixo para cima. As chamas percorriam o tronco, rugindo, se espalhando em cada galho. Eu nunca tinha visto nada pegar fogo tão rapidamente.

A madeira começou a soltar fumaça imediatamente. Puxei Lena para longe do fogo, tossindo.

— Você está bem? — Ela estava tossindo também. Afastei os cachos negros dos olhos dela. — Bem, obviamente não funcionou. A não ser que você estivesse querendo torrar uns marshmallows muito grandes.

Lena sorriu debilmente.

— Falei que as coisas podiam dar errado.

— Errado é pouco.

Olhamos o cipreste em chamas. Faltavam cinco dias.

Faltando quatro dias, as nuvens de tempestade chegaram e Lena ficou em casa, doente. O Santee transbordou e as estradas seguiam em aguaceiros para o norte da cidade. O noticiário local atribuiu ao aquecimento global, mas eu sabia a verdade. Enquanto eu estava na aula de Álgebra II, Lena e eu conversamos sobre o Livro, algo que não ajudaria na minha nota na prova.

Esqueça o Livro, Ethan. Estou cansada dele. Não está ajudando.

Não podemos esquecer dele. É sua única chance. Você ouviu seu tio. É o livro mais poderoso do mundo Conjurador.

É também o Livro que amaldiçoou minha família toda.

Não desista. A resposta tem que estar em algum lugar no Livro.

Eu a estava perdendo, ela não queria me ouvir, e eu estava prestes a me dar mal na terceira prova do semestre. Ótimo.

Aliás, você sabe simplificar 7x – 2(4x – 6)?

Eu sabia que ela sabia. Ela já estava em Trigonometria.

O que isso tem a ver?

Nada. Mas vou me ferrar nessa prova.

Ela suspirou.

Ter uma namorada Conjuradora tinha suas vantagens

Faltando três dias, os deslizamentos de terra começaram e o campo superior despencou no ginásio. A equipe de líderes de torcida não se apresentaria por um tempo, e o Comitê Disciplinar teria que achar outro lugar para seus julgamentos de bruxas. Lena ainda não tinha voltado à escola, mas estava na minha cabeça o dia todo. A voz dela foi ficando mais fraca, até que eu mal podia ouvi-la com o caos de mais um dia na Jackson.

Sentei sozinho no refeitório. Não conseguia comer. Pela primeira vez desde que conheci Lena, olhei para todo mundo ao redor de mim e senti uma pontada de, não sei, alguma coisa. O que era? Inveja? Suas vidas eram tão simples, tão fáceis. Seus problemas tinham dimensões tão mortais, mínimos. Como os meus eram antes. Peguei Emily me olhando. Savannah pulou no colo de Emily, e com Savannah veio a irritação familiar. Não era inveja. Eu não trocaria Lena por nada assim.

Não podia imaginar voltar para uma vida tão pequena.

Faltando dois dias, Lena nem falava comigo. Metade do telhado do quartel-general do FRA foi arrancada pelo vento forte. Os Registros de Membros que a Sra. Lincoln e a Sra. Asher tinham passado anos compilando, as árvores genealógicas que datavam até o Mayflower e a Revolução, foram destruídos. Os patriotas do condado de Gatlin teriam que provar que o sangue deles era melhor que o nosso de novo.

Dirigi até Ravenwood no caminho para a escola e bati na porta com o máximo de força que consegui. Lena não saía da casa. Quando finalmente consegui que ela abrisse a porta, pude ver por quê.

Ravenwood tinha mudado de novo. Dentro, parecia uma prisão de segurança máxima. As janelas tinham grades e as paredes eram de concreto liso, exceto pelo saguão, onde eram cor de laranja e acolchoadas. Lena estava vestindo um macacão laranja com os números 1102, a data do seu aniversário, impressos, as mãos cobertas de palavras. Ela estava até bem legal, na verdade, o cabelo preto desalinhado caindo em volta do rosto. Ela conseguia até fazer um macacão de presidiária parecer legal.

— O que está acontecendo, L?

Ela seguiu meu olhar sobre o ombro dela.

— Ah, isso? Nada. É uma brincadeira.

— Eu não sabia que Macon brincava.

Ela puxou um fiapo solto da manga.

— Ele não brinca. A brincadeira é minha.

— Desde quando você consegue controlar Ravenwood?

Ela deu de ombros.

— Acordei ontem e estava assim. Devia estar na minha mente. A casa apenas ouviu, eu acho.

— Vamos sair daqui. A prisão só está deixando você mais deprimida.

— Eu posso ser Ridley em dois dias. É bastante deprimente.

Ela sacudiu a cabeça com tristeza e sentou na beirada da varanda. Sentei ao seu lado. Ela não olhou para mim, mas olhou para os tênis brancos de prisão. Me perguntei como ela sabia como eram tênis de prisão.

— Cadarços. Você errou nessa parte.

— O quê?

Apontei.

— Tiram os cadarços na prisão de verdade.

— Você tem que desistir, Ethan. Acabou. Não posso impedir que meu aniversário chegue, nem a maldição. Não posso mais fingir que sou uma garota normal. Não sou como Savannah Snow ou Emily Asher. Sou uma Conjuradora.

Peguei um punhado de pedrinhas do degrau de baixo da varanda e joguei uma o mais longe que consegui.

Não direi adeus, L. Não posso.

Ela pegou uma pedrinha da minha mão e a jogou. Seus dedos roçaram nos meus e senti uma pulsação de calor. Tentei guardá-la na memória.

Você não vai ter nem chance. Irei embora, e nem vou lembrar que gostei de você.

Eu era teimoso. Não podia ouvir aquilo. Dessa vez, a pedrinha bateu numa árvore.

— Nada vai mudar o que sentimos um pelo outro. É a única coisa que sei com certeza.

— Ethan, em breve eu posso nem ser capaz de sentir.

— Não acredito nisso.

Joguei o resto das pedras no jardim. Não sei onde caíram; não fizeram barulho. Mas fiquei olhando naquela direção, com tanta intensidade quanto possível, controlando o nó na minha garganta.

Lena esticou o braço em minha direção, depois hesitou. Baixou a mão sem nem me tocar.

— Não fique zangado comigo. Não pedi nada disso.

Foi aí que surtei.

— Talvez não, mas e se amanhã for nosso último dia juntos? E eu podia passá-lo com você, mas em vez disso, você fica aqui, caída pelos cantos como se já tivesse sido Invocada.

Ela ficou de pé.

— Você não entende.

Ouvi a porta bater atrás dela quando entrou na casa, na prisão, sei lá.

Eu nunca tinha tido uma namorada, então não estava preparado para lidar com tudo aquilo — eu nem sabia que nome dar. Principalmente com uma garota Conjuradora. Sem ter uma ideia melhor do que fazer, fiquei de pé, desisti e dirigi de volta para a escola. Atrasado, como sempre.

Faltavam 24 horas. Um sistema de baixa pressão se estabeleceu sobre Gatlin. Não dava para saber se ia nevar ou gear, mas o céu não parecia estar normal. Hoje qualquer coisa podia acontecer. Olhei pela janela durante a aula de História e vi o que parecia uma espécie de procissão funerária, só que para um enterro que ainda não tinha acontecido. Era o rabecão de Macon Ravenwood seguido de sete carros Lincoln pretos. Passaram pela Jackson High ao cruzar a cidade para sair de Ravenwood. Ninguém estava ouvindo o Sr. Lee falando sobre a encenação que faríamos em breve da Batalha de Honey Hill — não a mais famosa batalha da Guerra Civil, mas uma das batalhas das quais o povo de Gatlin tinha mais orgulho.

— Em 1864, Sherman ordenou que o General de Divisão da União John Hatch e suas as tropas interrompessem as ferrovias de Charleston e Savannah para impedir que os soldados da Confederação interferissem com a

"Marcha para o Mar" que ele tinha planejado. Mas devido a vários "maus cálculos navegacionais", as forças da União se atrasaram.

Ele sorriu com orgulho, escrevendo MAUS CÁLCULOS NAVEGACIONAIS no quadro. Certo, a União era burra. Entendemos. Esse era o ponto da Batalha de Honey Hill, o ponto da Guerra entre os Estados, como tinha sido ensinado para nós desde o jardim de infância. Negligenciando, é claro, o fato de que a União tinha vencido a guerra. Em Gatlin, todo mundo falava sobre isso como uma concessão cavalheiresca da parte do sul mais cavalheira. O sul tinha agido com polidez, historicamente falando, de acordo com o Sr. Lee.

Mas hoje ninguém estava olhando para o quadro. Todo mundo estava olhando pela janela. Os carros Lincoln pretos seguiam o rabecão em uma comitiva pela rua, atrás do campo de atletismo. Agora que Macon tinha se revelado, ele parecia gostar de fazer um espetáculo de sua aparição. Para um cara que só saía à noite, ele continuava a atrair muita atenção.

Senti um chute na minha canela. Link estava curvado sobre a carteira para que o Sr. Lee não visse seu rosto.

— Cara, quem você acha que está em todos aqueles carros?

— Sr. Lincoln, você gostaria de nos contar o que acontece depois? Principalmente considerando que seu pai estará comandando a Cavalaria amanhã? — O Sr. Lee nos olhava de braços cruzados.

Link fingiu tossir. O pai dele, um homem durão e amedrontador, tinha a honra de comandar a Cavalaria na encenação desde que Big Earl Eaton morreu ano passado, e esse era o único jeito de um ator de encenação subir de posto. Alguém tinha que morrer. Seria um grande evento na família de Savannah Snow. Mas Link não ligava muito para essa coisa de História Viva.

— Vamos ver, Sr. Lee. Espere, eu sei. Nós, hum, vencemos a batalha e perdemos a guerra, ou foi o contrário? Porque, por aqui, é difícil saber às vezes.

O Sr. Lee ignorou o comentário de Link. Ele provavelmente pendurava a *Stars and Bars*, a bandeira Confederada, em frente da sua casa pré-fabricada o ano todo.

— Sr. Lincoln, quando Hatch e os Federais chegaram a Honey Hill, o coronel Cucock... — A turma riu, enquanto o Sr. Lee olhava furioso. —

Sim, esse era o nome dele. O coronel e sua brigada de soldados Confederados e a milícia formaram uma bateria intransponível de sete armas no caminho.

Quantas vezes íamos ter que ouvir sobre as sete armas? Parecia o milagre dos peixes e dos pães.

Link olhou para mim, apontando com a cabeça na direção da Main.

— E então?

— Acho que é a família de Lena. Eles vinham pro aniversário dela.

— Ridley falou qualquer coisa sobre isso.

— Vocês ainda estão juntos? — Eu quase tive medo de perguntar.

— Estamos, cara. Você consegue guardar um segredo?

— Não guardo sempre?

Link puxou a manga da camiseta dos Ramones para mostrar uma tatuagem do que parecia uma versão de anime de Ridley, completa com a minissaia de uniforme de escola católica e meias até os joelhos. Eu tinha esperança de que a fascinação de Link por Ridley tivesse perdido o gás, mas lá no fundo eu sabia da verdade. Link só esqueceria Ridley quando ela fosse embora e tivesse terminado com ele, se ela não o fizesse pular de um penhasco antes. E, mesmo então, ele poderia não esquecê-la.

— Fiz na época das férias de Natal. Legal, né? Ridley que desenhou pra mim. Ela é uma artista de matar.

A parte de matar eu acreditava. O que eu podia dizer? Você tatuou uma versão de quadrinhos de uma Conjuradora das Trevas no braço, que por acaso enfeitiçou você e por acaso também é sua namorada?

— Sua mãe vai ter um troço quando vir isso.

— Ela não vai ver. Minha manga cobre, e temos uma nova regra de privacidade na nossa casa. Ela tem que bater na porta.

— Antes de invadir seu quarto e fazer tudo que quiser?

— É. Mas pelo menos ela bate antes.

— Espero que sim, pela sua tranquilidade.

— Aliás, Ridley e eu temos uma surpresa pra Lena. Não diga pra Rid que te contei, ela me mataria, mas vamos dar uma festa pra Lena amanhã. Naquele campo grande em Ravenwood.

— É melhor que isso seja uma brincadeira.

— Surpresa. — Ele realmente parecia empolgado, como se essa festa fosse mesmo acontecer, como se Lena fosse mesmo comparecer, ou Macon fosse permitir.

— Em que vocês estavam pensando? Lena odiaria isso. Ela e Ridley nem se falam.

— Isso é culpa de Lena, cara. Elas deveriam superar os problemas, são parentes. — Eu sabia que ele estava sob a influência dela, um zumbi de Ridley, mas estava me deixando irritado.

— Você não sabe o que está dizendo. Apenas fique fora disso. Confie em mim.

Ele abriu um Slim Jim e deu uma mordida.

— Sei lá, cara. Só estávamos tentando fazer uma coisa legal pra Lena. Não tem muita gente disposta a dar uma festa pra ela.

— Mais uma razão pra não fazer uma. Ninguém compareceria.

Ele sorriu e enfiou o resto do Slim Jim na boca.

— Todo mundo vai. Já confirmaram. Pelo menos é o que Rid diz.

Ridley. É claro. Ela faria a cidade inteira ir atrás dela, como o Flautista de Hamelin, em uma sugada do primeiro pirulito.

Não parecia ser assim que Link entendia a situação.

— Minha banda, os Holy Rollers, vai tocar pela primeira vez.

— Os o quê?

— Minha nova banda. Eu a montei no acampamento da igreja.

Eu não queria saber mais nada sobre o que tinha acontecido nas férias de inverno. Estava feliz por ele ter voltado inteiro.

O Sr. Lee bateu no quadro para enfatizar, desenhando um grande número oito com giz.

— No fim, Hatch não conseguia mover os Confederados e retirou as forças com o total de 89 mortos e 629 feridos. Os Confederados venceram a batalha, perdendo só oito homens. E isso — o Sr. Lee bateu com orgulho no número oito — é o motivo de vocês se juntarem a mim na Encenação da História Viva da Batalha de Honey Hill amanhã.

História Viva. É assim que pessoas como o Sr. Lee chamavam as encenações da Guerra Civil, e eles não estavam brincando. Cada detalhe era preciso, dos uniformes até a munição e a posição dos soldados no campo de batalha.

Link sorriu para mim com a boca cheia de Slim Jim.

— Não conte para Lena. Queremos que ela fique surpresa. É o nosso presente de aniversário para ela.

Apenas fiquei olhando para ele. Pensei em Lena depressiva e com o macacão laranja de presidiária. Depois na banda — sem dúvida terrível — de Link, numa festa da Jackson High, Emily Asher e Savannah Snow, os Anjos Caídos, Ridley e Ravenwood, sem mencionar Honey Hill explodindo ao longe. Tudo sob o olhar reprovador de Macon, dos outros parentes doidos de Lena e da mãe que estava tentando matá-la. E do cachorro que permitia que Macon visse cada gesto que fazíamos.

O sinal tocou. Surpresa nem era o começo de como ela se sentiria. E era eu que teria que contar a ela.

— Não se esqueçam de assinar quando chegarem na encenação. Não receberão crédito se não assinarem! E lembrem-se de ficar dentro das cordas da Zona Segura. Levar um tiro não vai lhes dar um A nessa matéria — gritou o Sr. Lee enquanto saíamos em fila pela porta.

Nesse momento, levar um tiro não parecia a pior coisa no mundo.

As encenações da Guerra Civil são um fenômeno bizarramente estranho, e a Encenação da Batalha de Honey Hill não era exceção. Quem realmente estaria interessado em se vestir no que parecia ser fantasias de Halloween de lã muito quentes? Quem queria correr por aí atirando com armas antigas que eram tão instáveis que eram famosas por estourar membros das pessoas quando disparadas? E foi assim, aliás, que Big Earl Eaton morreu. Quem ligava para recriar batalhas que aconteceram em uma guerra que ocorreu há quase 150 anos e na qual o sul não venceu? Quem faria isso?

Em Gatlin, e na maior parte do sul, a resposta seria: seu médico, seu advogado, seu pastor, o cara que conserta seu carro e o que entrega sua correspondência, provavelmente seu pai, todos seus tios e primos, seu professor de História (principalmente se ele fosse o Sr. Lee), e certamente o dono da loja de armas da cidade. Quando chegava a segunda semana de fevereiro, fizesse chuva ou sol, Gatlin só pensava, falava e debatia sobre a Encenação da Batalha de Honey Hill.

Honey Hill era Nossa Batalha. Não sei como decidiram isso, mas tenho quase certeza de que teve alguma coisa a ver com as sete armas. As pessoas da cidade passavam semanas se preparando para Honey Hill. Agora que estávamos perto do evento, os uniformes Confederados estavam sendo passados e engomados em todo o condado, o cheiro de lã quente se espalhando no ar. Rifles Withworth eram limpos e espadas eram polidas, e metade dos homens da cidade tinha passado o final de semana anterior na casa de Buford Radford fazendo munição caseira, porque a esposa dele não se incomodava com o cheiro. As viúvas estavam ocupadas lavando lençóis e congelando tortas para as centenas de turistas que vinham à cidade para testemunhar a História Viva. Os membros do FRA passaram semanas se preparando para a versão deles da Encenação, o Tour da Herança Sulista, e suas filhas passaram dois sábados assando bolos para servir depois dos tours.

Isso era particularmente divertido, porque os membros do FRA, incluindo a Sra. Lincoln, conduziam os tours em vestidos de época; elas se espremiam em espartilhos e camadas de saias que as faziam parecer salsichas prestes a estourar. E não eram as únicas; as filhas delas, incluindo Savannah e Emily, a futura geração do FRA, tinham que circular pelas casas vestidas como personagens de *Os Pioneiros*. O tour sempre começava no quartel-general do FRA, já que era a segunda casa mais antiga de Gatlin. Me perguntei se o teto estaria consertado a tempo. Não podia deixar de imaginar todas aquelas mulheres circulando pela Sociedade Histórica de Gatlin apontando para tecidos em cima de centenas de pergaminhos Conjuradores e documentos que esperavam logo abaixo o próximo feriado.

Mas as pessoas do FRA não eram as únicas a se envolverem na encenação. A Guerra entre os Estados era frequentemente chamada de "primeira guerra moderna", mas era só dar uma caminhada em Gatlin uma semana antes da Encenação, não havia nada de moderno para se observar. Cada relíquia da Guerra Civil da cidade estava em exibição, desde carroças a Howitzers, que qualquer aluno de pré-escola da cidade poderia dizer que são canhões de artilharia apoiados em um par de velhas rodas de carroça. As

Irmãs até pegavam a bandeira Confederada original e a prendiam na porta da frente, depois de eu me recusar a pendurá-la na varanda para elas. Apesar de ser apenas um show, esse era meu limite.

Havia um grande desfile na véspera da Encenação, o que dava aos atores uma oportunidade de marchar pela cidade completamente paramentados em frente a todos os turistas, porque no dia seguinte estariam tão cobertos de fumaça e lama que ninguém notaria os botões de latão brilhantes nas jaquetas autênticas.

Depois do desfile, havia um grande festival, com porco assado, uma barraca de beijos e uma venda de tortas à moda antiga. Amma passava dias assando tortas. Fora a Feira do Condado, esse era seu maior show de tortas, e a maior oportunidade que tinha de bradar vitória sobre os inimigos. Suas tortas sempre vendiam mais, o que deixava a Sra. Lincoln e a Sra. Snow furiosas — a motivação primária de Amma para cozinhar tanto. Não havia nada que ela gostasse mais do que se mostrar para as mulheres do FRA e esfregar as tortas de segunda categoria que faziam em seus narizes.

Então, a cada ano, quando a segunda semana de fevereiro chegava, a **vida como conhecíamos deixava de existir e todos nós nos víamos** novamente na Batalha de Honey Hill, por volta de 1864. Esse ano não foi exceção, com uma adição peculiar. Esse ano, enquanto as picapes chegaram à cidade arrastando canhões duplos e trailers de cavalos (qualquer ator de encenação de respeito possuía seu próprio cavalo), preparações diferentes também estavam sendo feitas, para uma batalha diferente.

Só que essa não começava na segunda casa mais antiga de Gatlin, mas na primeira. Havia Howitzers, e havia Howitzers. Essa batalha não se tratava de armas e cavalos, mas isso não a tornava uma batalha menor. Para ser honesto, era a única verdadeira batalha na cidade.

Quanto às oito mortes de Honey Hill, eu não podia comparar. Estava preocupado com apenas uma. Porque, se eu a perdesse, eu estaria perdido também

Então, esqueçam a Batalha de Honey Hill. Para mim, esse parecia mais o Dia D.

Dezesseis Luas

*M*e *deixem em paz! Já falei pra todos vocês! Não há nada que possam fazer!*

A voz de Lena me acordou de algumas horas de sono agitado. Vesti meu jeans e camiseta cinza sem nem parar para pensar em nenhuma outra coisa além disto: Dia Um. Podíamos parar de esperar pelo fim.

O fim tinha chegado.

Não com um estrondo mas com um gemido não com um estrondo mas com um gemido não com um estrondo mas com um gemido

Lena estava perdendo o controle, e mal tinha amanhecido.

O Livro. Droga, eu tinha me esquecido dele. Corri de volta até meu quarto, subindo dois degraus de cada vez. Estiquei a mão para a prateleira do alto do meu armário, onde eu o tinha escondido, me preparando para a dor de queimadura que acompanhava o toque ao livro Conjurador.

Só que nada aconteceu. Porque ele não estava lá.

O Livro das Luas, nosso livro, tinha sumido. Precisávamos daquele livro, hoje mais do que em qualquer dia. Mas a voz de Lena ressoava na minha cabeça.

É assim que o mundo termina não com um estrondo mas com um gemido

Lena recitando T.S. Eliot não era um bom sinal. Peguei as chaves do Volvo e corri.

405

O sol estava nascendo enquanto eu dirigia pela Dove Street. Greenbrier, ou o único campo vazio para todo o resto da cidade — o que o tornava o local da Batalha de Honey Hill –, estava começando a ganhar vida também. O engraçado era que eu nem conseguia ouvir a artilharia do lado de fora da minha janela por causa da artilharia sendo disparada na minha cabeça.

Quando subi correndo os degraus da varanda de Ravenwood, Boo estava esperando por mim, latindo. Larkin estava nos degraus também, apoiado em uma das colunas. Estava de jaqueta de couro, brincando com a cobra que se enrolava e desenrolava em seu braço. Primeiro era braço, depois era cobra. Ele mudava sem esforço entre as formas, como um crupiê embaralhando cartas. Ver isso me pegou desprevenido por um segundo. Isso e o modo como ele fazia Boo latir. Pensando bem, eu não sabia se Boo latia para mim ou para Larkin. Boo pertencia a Macon, e ele e eu não tínhamos exatamente nos despedido bem da última vez.

— Oi, Larkin.

Ele assentiu, desinteressado. Estava frio, e uma lufada de ar saiu da boca dele, como se ali houvesse um cigarro imaginário. A fumaça se esticou num círculo, que virou uma pequena cobra branca, que depois mordeu o próprio rabo, se devorando até desaparecer.

— Eu não entraria aí se fosse você. Sua namorada está um pouco, como posso dizer? Venenosa? — A cobra enroscou o corpo no pescoço dele e se tornou o colarinho da jaqueta de couro.

Tia Del abriu a porta.

— Finalmente. Estávamos esperando você. Lena está no quarto dela e não deixa nenhum de nós entrar.

Olhei para tia Del, tão desgrenhada, a echarpe caindo de um ombro só, os óculos tortos, até o coque estava se desenrolando. Me inclinei para abraçá-la. Ela tinha cheiro de um dos armários antigos das Irmãs, cheios de sachês de lavanda e lençóis velhos, passados de Irmã para Irmã. Reece e Ryan estavam atrás dela como uma família em luto em um triste saguão de hospital, esperando por más notícias.

Mais uma vez, Ravenwood parecia mais sintonizada com Lena e seu humor do que com o de Macon, ou talvez esse fosse um humor que eles compartilhavam. Macon não estava à vista, então eu não tinha certeza. Se você conseguir imaginar a cor da raiva, ela tinha sido espalhada sobre as paredes. Havia fúria, ou alguma coisa igualmente densa e tempestuosa, pendurada em cada lustre, ressentimento trançado em grossos tapetes forrando o chão, ódio brilhando sob cada cúpula de abajur. O chão estava coberto por uma sombra assustadora, uma escuridão única que tinha subido pelas paredes e agora estava cobrindo meu All Star de forma que eu mal podia vê-lo. Escuridão absoluta.

Não sei dizer ao certo como o salão estava. Eu estava distraído demais pela sensação, que era bem intensa. Dei um passo hesitante para a grande escadaria que levava ao quarto de Lena. Eu tinha subido aquela escada uma centena de vezes antes, então não era como se não soubesse onde ia dar. Mas, de alguma maneira, parecia diferente hoje. Tia Del olhou para Reece e Ryan, que subiam atrás de mim, como se eu estivesse liderando a passagem para um front de guerra desconhecido.

Quando subi o segundo degrau, a casa inteira tremeu. As milhares de velas do lustre antigo que balançou sobre minha cabeça tremeram e derramaram cera no meu rosto. Fiz uma careta e dei um passo para trás. Sem aviso, a escada se encolheu debaixo do meu pé e me jogou de bunda no chão, e saí deslizando pelo chão encerado do saguão de entrada. Reece e tia Del conseguiram sair da frente, mas derrubei a pobre Ryan comigo como uma bola de boliche batendo nos pinos no County Line Lanes.

Fiquei de pé e gritei para cima da escadaria.

— Lena Duchannes. Se você atiçar essa escadaria contra mim de novo, vou pessoalmente denunciar você para o Comitê Disciplinar.

Dei um passo para o primeiro degrau, depois para o segundo. Nada aconteceu.

— Vou ligar para o Sr. Hollingsworth e dar meu testemunho de que você é uma lunática perigosa. — Pulei de dois em dois degraus, até chegar à primeira plataforma. — Porque se fizer isso comigo de novo, é isso que você é, ouviu?

Então eu ouvi, a voz dela se desenrolando na minha mente.

Você não entende.

Sei que você está com medo, L, mas afastar todo mundo não vai tornar nada melhor.

Vá embora.

Não.

Estou falando sério, Ethan. Vá embora. Não quero que nada aconteça com você.

Não posso.

Agora eu estava parado na porta do quarto dela, encostando a bochecha na madeira branca e fria. Eu queria estar com ela, tão próximo quanto pudesse estar sem ter outro ataque do coração. E se ali fosse o mais próximo que ela me deixaria chegar, era o bastante para mim, por enquanto.

Está aí, Ethan?

Estou bem aqui.

Estou com medo.

Eu sei, L.

Não quero que você se machuque.

Não vou me machucar.

Ethan, não quero deixar você.

Você não vai.

E se eu deixar?

Vou esperar por você.

Mesmo se eu for das Trevas?

Mesmo se você for muito das Trevas.

Ela abriu a porta e me puxou para dentro. Havia música tocando alto. Eu conhecia a música. Era uma versão raivosa e quase de heavy metal, mas reconheci mesmo assim.

> *Dezesseis luas, dezesseis anos*
> *Dezesseis dos seus mais profundos medos*
> *Dezesseis vezes você sonhou com minhas lágrimas*
> *Caindo, caindo ao longo dos anos...*

Parecia que ela tinha chorado a noite toda. Provavelmente tinha mesmo. Quando toquei no seu rosto, vi que ainda estava marcado das lágrimas. Abracei-a e nos embalamos enquanto a música tocava.

Dezesseis luas, dezesseis anos
Som de trovão nos seus ouvidos
Dezesseis milhas antes que ela se aproxime
Dezesseis procura o que dezesseis teme...

Por cima do ombro dela, eu podia ver que o quarto estava em ruínas. O gesso das paredes estava rachado e despencando e a penteadeira estava virada, como um ladrão revira um quarto quando invade uma casa. As janelas estavam quebradas. Sem o vidro, as pequenas molduras de metal pareciam grades de prisão de algum castelo antigo. A prisioneira se agarrava a mim enquanto a melodia nos envolvia.

E a música não parava.

Dezesseis luas, dezesseis anos,
Dezesseis vezes você sonhou com meus medos,
Dezesseis vão tentar Enfeitiçar as esferas,
Dezesseis gritos mas só um escuta...

Na última vez em que eu tinha estado ali, o teto estava quase completamente coberto de palavras detalhando os pensamentos mais íntimos de Lena. Mas agora, cada superfície do quarto estava coberta com a distinta caligrafia dela em preto. Nas beiradas do teto agora tinha: *A solidão domina aquele que você ama / Quando você sabe que pode nunca mais abraçá-lo.* Nas paredes: *Mesmo perdida na escuridão / Meu coração vai encontrar você.* Nas molduras laterais da porta: *A alma morre na mão daquele que a carrega.* Nos espelhos: *Se eu pudesse encontrar um lugar para fugir / Escondida em segurança, eu estaria lá hoje.* Até mesmo a penteadeira estava coberta de palavras: *A luz do dia mais escuro me encontra aqui, os que esperam estão sempre observando,* e a que parecia dizer tudo, *Como se escapa de si mesmo?* Eu podia ver a história dela nas palavras, ouvi-la na música.

Dezesseis Luas, dezesseis anos,
A Lua da Invocação se aproxima,
Nessas páginas as trevas se iluminam
O poder une o que o fogo destrói...

E então a guitarra diminui o ritmo, e ouvi um novo verso, o fim da música. Me esforcei para bloquear as imagens de terra, fogo, água e vento da minha mente para poder escutar.

> *Décima-Sexta Lua, Décimo-Sexto Ano,*
> *Agora chegou o dia que você teme,*
> *Invoque ou seja Invocada,*
> *Derrame sangue, derrame lágrima,*
> *Lua ou Sol — destrua, venere.*

O som da guitarra parou completamente, e agora estávamos parados no silêncio.

— O que você acha...?

Ela colocou a mão sobre os meus lábios. Não conseguia suportar falar sobre o assunto. Estava mais frágil do que eu jamais a tinha visto. Uma brisa fria soprava por ela, envolvendo-a e saindo pela porta aberta atrás de mim. Eu não sabia se as bochechas de Lena estavam vermelhas de frio ou de lágrimas, e não perguntei. Caímos na cama e nos abraçamos, até ficar difícil descobrir quais braços e pernas eram de quem. Não estávamos nos beijando, mas era como se estivéssemos. Estávamos mais próximos do que jamais imaginei que duas pessoas pudessem ficar.

Acho que era assim a sensação de amar alguém e sentir que o tinha perdido. Até quando ainda se estava com a pessoa nos braços.

Lena estava tremendo. Eu podia sentir cada costela, cada osso em seu corpo, e os movimentos pareciam involuntários. Tirei o braço que estava em volta do pescoço dela e me contorci para pegar a colcha de retalhos do pé da cama e nos cobrir. Ela se aconchegou no meu peito e puxei a colcha ainda mais. Agora ela estava cobrindo nossas cabeças, e estávamos em uma caverna escura juntos, só nós dois.

A caverna ficou quente com a nossa respiração. Beijei sua boca fria e ela retribuiu. A corrente entre nós se intensificou e ela encostou o rosto no meu pescoço.

Acha que podemos ficar assim pra sempre, Ethan?

Podemos fazer o que você quiser. É seu aniversário.

Senti-a ficar rígida nos meus braços.

Não me lembre.

Mas eu trouxe um presente pra você.

Ela ergueu a colcha para deixar entrar só um facho de luz.

— Trouxe? Eu disse pra não trazer.

— Desde quando eu escuto o que você diz? Além do mais, Link diz que se uma garota diz que não quer um presente de aniversário, isso significa que ela quer um presente de aniversário e que tem que ser uma joia.

— Isso não é verdade sobre todas as garotas.

— Tá. Deixa pra lá.

Ela soltou a colcha, depois se aconchegou nos meus braços.

É?

O quê?

Uma joia.

Pensei que você não queria presente.

Só estou curiosa.

Sorri para mim mesmo e tirei a colcha de cima de nós. O ar frio nos atingiu ao mesmo tempo, e eu rapidamente tirei uma pequena caixa do bolso e mergulhei debaixo das cobertas. Ergui um pouco a colcha para que ela pudesse ver a caixa.

— Abaixe, está frio demais.

Deixei-a cair, e estávamos cercados de escuridão de novo. A caixa começou a brilhar com uma luz verde, e pude ver os dedos finos de Lena puxando o laço prateado. O brilho se espalhou, quente e intenso, até que o rosto dela ficou suavemente aceso em frente ao meu.

— Esse é novo. — Sorri para ela na luz verde.

— Eu sei. Está acontecendo desde que acordei hoje de manhã. Seja lá no que eu pense, isso meio que acontece.

— Nada mau.

Ela olhou para a caixa com ansiedade, como se estivesse esperando o máximo de tempo possível para abrir. Me ocorreu que esse talvez fosse o único presente que Lena receberia hoje. Fora a festa surpresa sobre a qual eu estava adiando contar a ela até o último minuto.

Festa surpresa?

Ops.

É melhor você estar brincando.

Diga isso a Ridley e a Link.

É mesmo? A surpresa é que não vai haver festa.

Abra a caixa.

Ela olhou para mim irritada e abriu a caixa, e a luz aumentou, apesar de o presente não ter nada a ver com isso. Seu rosto se suavizou e eu sabia que não levaria bronca pela festa. Era aquela coisa que havia entre garotas e joias. Quem saberia? Link estava certo, afinal.

Ela segurou um colar, delicado e brilhante, com um anel pendurado na corrente. Era um círculo de ouro entalhado, com três fios de ouro trançados entre si: um meio rosado, um amarelo e um branco.

Ethan! Adorei.

Ela me beijou umas cem vezes, e comecei a falar enquanto ela ainda me beijava. Porque eu sentia que tinha que contar a ela, antes que ela o colocasse, antes que alguma coisa acontecesse.

— Foi da minha mãe. Tirei da caixinha de joias antiga dela.

— Tem certeza que quer me dar? — perguntou ela.

Assenti. Eu não podia fingir que não era nada demais. Lena sabia o que eu sentia em relação à minha mãe. Era uma coisa importante, e me senti aliviado por nós dois podermos admitir isso.

— Não é raro nem nada do tipo, não é um diamante, mas é valioso pra mim. Acho que ela não ia se importar de eu dar pra você porque, você sabe.

O quê?

Ah.

— Você vai me fazer dizer em voz alta? — Minha voz estava estranha, trêmula.

— Odeio dar essa notícia a você, mas você não é muito bom em dizer as coisas em voz alta. — Ela sabia que eu estava tentando escapar, mas ia me fazer dizer. Eu preferia nosso modo silencioso de comunicação. Tornava a conversa, a conversa verdadeira, muito mais fácil para um cara como eu. Afastei o cabelo dela do pescoço e prendi o cordão. Ficou ali pendurado, brilhando na luz, bem acima do cordão que ela nunca tirava.

— Porque você é muito especial pra mim.

Quanto especial?

Acho que você está usando a resposta no pescoço.

Estou usando muitas coisas no pescoço.

Toquei em seu colar de amuletos. Tudo parecia lixo, e a maioria era mesmo — o lixo mais importante do mundo. E agora isso tinha se tornado o meu lixo também. Uma moeda achatada com um buraco no meio, daquelas máquinas da praça de alimentação em frente ao cinema, onde fomos no nosso primeiro encontro. Um pedaço de linha do suéter vermelho que ela usava quando fomos à torre de água, que tinha se tornado uma piada particular nossa. O botão prateado que dei para ela ter sorte na reunião disciplinar. A estrela de clipe de papel da minha mãe.

Então você já deveria saber a resposta.

Ela se inclinou para me beijar de novo, um beijo de verdade. Esse era o tipo de beijo que não podia ser chamado de beijo, o tipo que envolve braços e pernas e pescoços e cabelos, o tipo que faz a colcha deslizar para o chão e, no nosso caso, do tipo que fez as janelas se consertarem sozinhas, a penteadeira se endireitar sozinha, as roupas voltarem para os cabides e o quarto frio finalmente se aquecer. Um fogo se acendeu em uma pequena lareira no quarto, o que não era nada em comparação ao calor percorrendo meu corpo. Eu sentia a eletricidade, mais forte do que já estava acostumado, e meu pulso acelerou.

Eu me afastei, sem fôlego.

— Onde está Ryan quando se precisa dela? Vamos ter que descobrir o que fazer em relação a isso.

— Não se preocupe, ela está lá embaixo. — Ela me puxou de volta, e o fogo estalou ainda mais alto, ameaçando sobrecarregar a chaminé com fumaça e chamas.

Joias, estou dizendo. É uma coisa importante. E amor também.

E talvez perigo.

— Estou indo, tio Macon! — Lena se virou para mim e suspirou. — Acho que não podemos mais adiar. Temos que descer e ver minha família. — Ela olhou para a porta, que se destrancou sozinha. Massageei as costas dela, fazendo uma careta. Tinha acabado.

Já estava anoitecendo quando saímos do quarto de Lena. Achei que teríamos que descer escondidos para visitar a Cozinha por volta da hora do almoço, mas Lena apenas fechou os olhos e um carrinho de serviço de quarto entrou pela porta e parou no meio do quarto. Acho que até a Cozinha estava com pena dela hoje. Ou isso ou a Cozinha não podia resistir aos poderes recentes de Lena tanto quanto eu. Comi o equivalente ao meu peso em panquecas com gotas de chocolate afogadas em calda de chocolate, acompanhadas de leite com achocolatado. Lena comeu um sanduíche e uma maçã. E então voltamos aos beijos.

Acho que nós dois sabíamos que essa podia ser a última vez em que ficávamos juntos em um quarto assim. Parecia não haver mais nada que pudéssemos fazer. A situação era o que era, e se hoje fosse tudo que tínhamos, pelo menos teríamos isso.

Na realidade, eu estava tão apavorado quanto estava feliz. Nem era hora do jantar e já era o melhor e o pior dia da minha vida.

Peguei a mão de Lena e descemos a escada. Ainda estava quente, e era assim que eu sabia que Lena estava se sentindo melhor. Os colares brilhavam em seu pescoço, e velas prateadas e douradas estavam suspensas no ar. Passamos por entre elas quando descíamos a escada. Eu não estava acostumado a ver Ravenwood parecendo tão festiva e cheia de luz, o que por um segundo fez tudo parecer quase um aniversário de verdade, no qual as pessoas estão felizes e animadas. Por um segundo.

Então vi Macon e tia Del. Os dois estavam segurando velas, e atrás deles, Ravenwood estava envolvida em sombras e escuridão. Havia outras figuras escuras se movendo atrás, também segurando velas. Pior, Macon e Del estavam usando longas vestes negras, como seguidores de uma ordem estranha, ou sacerdotes e sacerdotisas druidas. Não parecia exatamente, uma festa de aniversário. Parecia mais um enterro assustador.

Dezesseis Luas. Agora entendo porque não quis sair do quarto.

Agora entende do que eu estava falando.

Quando Lena chegou ao último degrau, parou e olhou para mim. Parecia muito deslocada vestindo calça jeans e meu casaco enorme da Jackson

Duvido que Lena já tivesse se vestido assim algum dia. Acho que ela só queria manter um pedaço de mim com ela o máximo que pudesse.

Não tenha medo. É só Feitiço, para me manter em segurança até o Nascer da Lua. A Invocação não pode acontecer até a lua estar alta no céu.

Não estou com medo, L.

Eu sei. Estava falando comigo mesma.

Ela soltou minha mão e deu o último passo na escada. Quando seu pé tocou o chão preto polido, ela se transformou. A veste fluida do Feitiço agora escondia as curvas do seu corpo. O negro do cabelo e o da veste se misturavam em uma sombra que a cobria da cabeça aos pés, com exceção do rosto, que estava pálido e luminescente como a própria lua. Ela tocou a garganta, e o anel de ouro da minha mãe ainda estava em seu pescoço. Eu esperava que ele ajudasse a lembrá-la de que eu estava com ela. Assim como esperava que fosse minha mãe que estivesse nos ajudando esse tempo todo.

O que eles vão fazer com você? Isso não vai ser nenhum ritual pagão sexual bizarro, vai?

Lena caiu na gargalhada. Tia Del olhou para ela, horrorizada. Reece alisou a veste com cuidado usando uma das mãos, com ar superior, enquanto Ryan dava risadinhas.

— Componha-se — sibilou Macon. Larkin, que de alguma forma conseguia parecer tão bacana de veste preta como parecia de jaqueta de couro, prendeu o riso. Lena sufocou as risadas nas dobras da veste.

Com o movimento das velas, pude ver os rostos perto de mim: Macon, Del, Lena, Larkin, Reece, Ryan e Barclay. Havia outros rostos que não eram tão familiares. Arelia, mãe de Macon, e um rosto mais velho, enrugado e bronzeado. Mas, mesmo de onde eu estava, ela parecia muito com a neta e eu imediatamente soube quem ela era.

Lena a viu na mesma hora que eu.

— Vovó!

— Feliz aniversário, querida!

O círculo se quebrou brevemente quando Lena correu e jogou os braços em volta da mulher de cabelos brancos.

— Não achei que você viria!

— Claro que viria. Queria fazer surpresa. Barbados é uma viagem rápida. Cheguei aqui num piscar de olhos.

Ela está falando literalmente, né? O que ela é? Outra Viajante, um Incubus como Macon?

Uma passageira com milhas, Ethan. Da United Airlines.

Eu podia sentir o que Lena estava sentindo, um breve momento de alívio, mesmo eu estando me sentindo cada vez mais estranho. Tá, meu pai estava sofrendo de insanidade, minha mãe estava morta, de uma certa maneira, e a mulher que me criou sabia uma coisa e outra sobre vodu. Eu lidava bem com tudo isso. Mas ficar ali, cercado de Conjuradores de vestes segurando velas, fez parecer que eu precisava saber muito mais do que a vida com Amma tinha me ensinado. Antes que eles começassem com o latim e os Conjuros.

Macon deu um passo a frente no círculo. Tarde demais. Ele elevou a vela bem alto.

— *Cur Luna hac Vinctum convenimus?*

Tia Del deu um passo e ficou ao lado dele. Sua vela tremeu quando ela a elevou, traduzindo.

— Por que nessa Lua nos juntamos para o Feitiço?

O círculo respondeu, elevando suas velas quando cantarolaram.

— *Sextusdecima Luna, Sextusdecimo Anno, Illa Capietur.*

Lena respondeu na nossa língua. A chama da vela dela ardia de maneira que quase pareceu que ia queimar o rosto dela.

— Na Décima-Sexta Lua, no Décimo Sexto Ano, Ela será Invocada.

Lena estava parada no meio do círculo, com a cabeça erguida. A luz das velas atingia o rosto dela de todas as direções. Sua vela começou a queimar em uma estranha chama verde.

O que está acontecendo, L?

Não se preocupe. É apenas parte do Feitiço.

Se isso era apenas o Feitiço, eu tinha certeza de que não estava pronto para a Invocação.

Macon começou a cantilena que eu lembrava do Halloween. Como eles chamaram?

"Sanguis sanguinis mei, tutela tua est.
Sanguis sanguinis mei, tutela tua est.
Sanguis sanguinis mei, tutela tua est.
Sangue do meu sangue, a proteção é sua!"

Lena ficou pálida. Um Círculo *Sanguinis*. Era isso. Ela elevou a vela bem alto acima da cabeça, fechando os olhos. A chama verde irrompeu em uma chama forte laranja-avermelhada, explodindo da vela para todas as outras do círculo, acendendo-as também.

— Lena! — gritei acima do som da explosão, mas ela não respondeu. A chama subiu até a escuridão acima, tão alta que me dei conta de que não podia haver telhado nem teto em Ravenwood essa noite. Joguei os braços em cima dos olhos quando o fogo ficou quente e intenso demais. Eu só conseguia pensar no Halloween. E se estivesse acontecendo de novo? Tentei lembrar o que eles estavam fazendo naquela noite para lutar contra Sarafine. O que eles cantavam? Como a mãe de Macon tinha chamado?

O *Sanguinis*. Mas eu não conseguia lembrar as palavras, não sabia latim, e pela primeira vez desejei ter participado do Clube dos Clássicos

Ouvi batidas na porta da frente e, em um instante, as chamas sumiram. As vestes, o fogo, as velas, a escuridão e a luz sumiram. Tudo desapareceu. Sem nem piscar, eles se tornaram uma família normal, reunidos em volta de um bolo de aniversário. Cantando.

Mas o que...?

— Parabéns pra você!

As últimas notas da música terminaram e as batidas na porta continuaram. Um bolo enorme, com três camadas de rosa, branco e prateado estava na mesa de centro da sala de visitas, junto com um serviço de chá formal e toalhas e guardanapos brancos. Lena soprou as velas, afastando a fumaça do rosto onde segundos antes havia uma chama ululante. A família aplaudiu. De volta com meu moletom da Jackson e jeans, ela parecia uma menina de 16 anos qualquer.

— Essa é nossa menina!

A avó de Lena colocou o tricô na mesa e começou a cortar a torta, enquanto tia Del servia o chá. Reece e Ryan carregavam uma enorme pilha de presentes enquanto Macon estava sentado em sua poltrona vitoriana e servia para si e Barclay um copo de uísque.

O que está acontecendo, L? O que acabou de acontecer?

Tem alguém na porta. Só estão sendo cuidadosos.

Não consigo acompanhar sua família.

Coma um pedaço de bolo. É pra ser uma festa de aniversário, lembra?

As batidas na porta continuaram. Larkin tirou os olhos da grossa fatia de bolo de chocolate, o favorito de Lena.

— Ninguém vai abrir a porta?

Macon tirou um farelo do paletó de cashmere, olhando calmamente para Larkin.

— Certamente, veja quem é, Larkin.

Macon olhou para Lena e sacudiu a cabeça. Ela não abriria a porta hoje. Lena assentiu e se encostou na avó. Sorrindo sobre o prato de bolo como a neta devotada que era. Ela bateu na almofada ao lado. Ótimo. Era minha vez de conhecer a vovó.

Então ouvi uma voz familiar na porta, e sabia que preferia encarar a avó de qualquer um ao que estava esperando lá fora agora. Porque era Ridley e Link, Savannah, Emily, Eden e Charlotte, com o resto do seu fã clube e o time de basquete da Jackson. Nenhum deles estava usando o uniforme diário, a camiseta dos Anjos da Jackson. Então lembrei por quê. Emily tinha uma mancha de sujeira na bochecha. A Encenação. Me dei conta de que Lena e eu tínhamos perdido a maior parte dela, e agora íamos repetir em História. A essa hora já tinha terminado, exceto pela festa da noite e pelos fogos. Engraçado como uma nota zero pareceria uma coisa importante em qualquer outro dia.

— SURPRESA!

Surpresa nem começava a descrever o cenário. Mais uma vez, permiti que o caos e o perigo encontrassem o caminho de Ravenwood. Todo mundo se amontoou no saguão de entrada. Vovó acenou do sofá. Macon bebericou o uísque, dono de si, como sempre. Se você o conhecesse, saberia que ele estava prestes a perder a cabeça.

Na verdade, pensando bem, por que Larkin os deixou entrar?

Isso não pode estar acontecendo.

A festa surpresa, eu me esqueci completamente.

Emily foi até a frente do grupo.

— Onde está a aniversariante? — Ela esticou os braços com expectativa, como se planejasse dar um grande abraço em Lena. Lena se encolheu, mas Emily não seria tão facilmente dissuadida.

Emily passou o braço pelo corpo de Lena como se fossem velhas amigas que não se viam há tempos.

— Planejamos essa festa a semana toda. Tem música ao vivo e Charlotte alugou uns holofotes para que todo mundo enxergue, afinal as terras aqui de Ravenwood são *tão* escuras. — Emily baixou a voz como se estivesse discutindo a venda de contrabando no mercado negro. — E temos licor de pêssego.

— Você tem que ver — falou devagar Charlotte, praticamente ofegando para tomar ar entre as palavras porque a calça jeans estava apertada demais. — Tem uma máquina de laser. É uma rave em Ravenwood, não é legal? É como uma daquelas festas de faculdade em Summerville.

Uma rave? Ridley deve ter dado tudo de si dessa vez. Emily e Savannah dando uma festa para Lena e puxando o saco dela como se ela fosse a Rainha da Neve? Isso deve ter sido mais difícil do que fazer todas elas pularem de um precipício.

— Agora vamos para o seu quarto arrumar você, aniversariante! — Charlotte parecia mais ainda com uma líder de torcida do que o normal, sempre exagerando.

Lena estava verde. Seu quarto? Metade dos textos na parede provavelmente era sobre elas

— Como assim, Charlotte? Ela está *linda*. Não acha, Savannah? — Emily deu um aperto em Lena e olhou para Charlotte com reprovação, como se talvez ela devesse largar as tortas e se esforçar para ficar tão linda.

— Tá brincando? Eu morreria por esse cabelo — disse Savannah, enrolando uma mecha do cabelo de Lena no dedo. — É tão incrivelmente... preto.

— Meu cabelo estava preto no ano passado, pelo menos embaixo — protestou Eden. Ano passado, Eden tinha pintado a parte de baixo do cabelo de preto, deixando a de cima loura, em uma de suas tentativas equivocadas de chamar atenção. Savannah e Emily pegaram tanto no pé dela, sem pena nenhuma, que ela voltou à cor anterior 24 horas depois.

— Você parecia um gambá. — Savannah sorriu para Lena com aprovação. — Ela parece italiana.

— Vamos. Todo mundo está esperando você — disse Emily, pegando o braço de Lena. Lena se soltou dela.

Isso tem que ser algum tipo de truque.

É um truque sim, mas não acho que seja do tipo que você imagina. Provavelmente tem mais a ver com uma Sirena e um pirulito.

Ridley. Eu devia saber.

Lena olhou para tia Del e tio Macon. Eles estavam horrorizados, como se todo o latim do mundo não os tivesse preparado para isso. Vovó sorria, não familiarizada com aquele tipo de anjo em particular.

— Para que a pressa? Vocês não gostariam de ficar e tomar uma xícara de chá?

— Oi, vó! — gritou Ridley da porta, onde estava esperando na varanda, sugando o pirulito vermelho com tamanha intensidade que pensei que se ela parasse, essa coisa toda poderia despencar como uma casa de cartas. Ela não me tinha ao seu lado para passá-la pela porta dessa vez. Estava a poucos centímetros de Larkin, que parecia se divertir, mas não se movia de frente dela. Ridley usava uma blusa de renda apertada que parecia um cruzamento de lingerie e algo que uma garota na capa de uma revista de carros usaria e uma saia jeans de cintura baixa.

Ridley se apoiou na moldura da porta.

— Surpresa, surpresa!

Vovó colocou a xícara na mesa e pegou o tricô.

— Ridley. Que prazer ver você, querida! Seu novo visual é muito apropriado, meu bem. Tenho certeza de que tem muitos cavalheiros admiradores. — Vovó deu um sorriso inocente para Ridley, mas seus olhos não estavam sorrindo.

Ridley fez beicinho, mas continuou chupando o pirulito. Andei até onde ela estava.

— De quantas lambidas precisa, Rid?

— Para o quê, Palitinho?

— Para fazer Savannah Snow e Emily Asher darem uma festa para Lena?

— Mais do que você imagina, Namorado. — Ela mostrou a língua para mim, e pude ver que estava manchada de vermelho e roxo. A visão causava vertigem.

Larkin suspirou e olhou para além de mim.

— Deve ter umas cem pessoas lá fora, nos campos. Tem um palco e alto-falantes, e carros ao longo da rua.

— É mesmo? — Lena olhou pela janela. — Tem um palco no meio das magnólias.

— Das minhas magnólias? — Macon ficou de pé.

Eu sabia que a coisa toda era uma farsa, que Ridley estava dando vida à festa com cada lambida sugestiva, e Lena sabia também. Mas eu ainda podia ver nos olhos de Lena. Havia uma parte dela que queria ir lá fora.

Uma festa surpresa, a qual todo mundo da escola comparece. Isso devia estar na lista de Lena das coisas de uma garota normal. Ela conseguia lidar com o fato de ser Conjuradora. Estava apenas cansada de ser uma excluída.

Larkin olhou para Macon.

— Você nunca vai fazê-los ir embora. Vamos acabar com isso. Fico com ela o tempo todo, eu ou Ethan.

Link forçou caminho até a frente.

— Vamos, cara. Minha banda, os Holy Rollers, vai estrear na Jackson High. Vai ser demais. — Link estava mais feliz do que eu jamais tinha visto. Olhei para Ridley com desconfiança. Ela deu de ombros, mastigando o pirulito.

— Não vamos a lugar algum. Não hoje. — Eu não podia acreditar que Link estava aqui. A mãe dele teria um ataque cardíaco se descobrisse.

Larkin olhou para Macon, que estava irritado, e para tia Del, que estava em pânico. Era a última noite na qual qualquer um dos dois ia querer Lena longe da vista deles.

— Não. — Macon nem considerava a hipótese.

Larkin tentou de novo.

— Cinco minutos.

— De modo algum.

— Qual será a próxima vez que um grupo da escola dela vai dar uma festa pra ela?

Macon não perdeu um segundo.

— Espero que nunca.

O rosto de Lena desabou. Eu estava certo. Ela queria fazer parte daquilo, mesmo não sendo real. Era como o baile e o jogo de basquete. Era o motivo pelo qual ela se dava ao trabalho de ir à escola, não importando o quão mal eles a tratavam. Era o motivo dela ir, dia após dia, mesmo tendo que comer nas arquibancadas e sentar no Lado do Olho Bom. Ela tinha 16 anos, Conjuradora ou não. Por uma noite, era só isso que ela queria ser.

Só havia uma outra pessoa tão teimosa quanto Macon Ravenwood. Se eu conhecia Lena, o tio dela não tinha chance, não essa noite.

Ela andou até Macon e passou o braço no dele.

— Sei que parece loucura, tio M, mas posso ir para a festa, só um pouquinho? Só pra ouvir a banda de Link?

Observei se o cabelo dela ia se mexer, o indicador da brisa Conjuradora. Nem se moveu. Não era magia Conjuradora que ela estava fazendo. Era de outro tipo. Ela não conseguia usar magia para fugir do olhar observador de Macon. Teria que recorrer a uma magia mais antiga, mais forte, do tipo que funcionava melhor com Macon desde o momento em que ela se mudou para Ravenwood. O velho e simples amor.

— Por que você iria querer ir a qualquer lugar com essas *pessoas* depois de tudo que fizeram você passar? — Eu podia ouvi-lo amolecendo enquanto falava.

— Nada mudou. Não quero ter nada a ver com essas garotas, mas ainda assim quero ir.

— Isso não faz sentido. — Macon estava frustrado.

— Eu sei. E sei que é burrice, mas só quero saber como é ser normal. Quero ir pra um baile sem praticamente destruí-lo. Quero ir a uma festa para a qual fui convidada. Quer dizer, sei que é coisa da Ridley, mas é errado se eu não ligar? — Ela olhou para ele, mordendo o lábio.

— Não posso permitir, mesmo se quisesse. É muito perigoso.

Eles se olharam.

— Ethan e eu nem chegamos a dançar, tio M. Você mesmo falou.

Por um segundo, pareceu que Macon ia ceder, mas só por um segundo.

— O que eu não disse foi: acostume-se. Nunca passei um dia na escola, nem andei pela cidade numa tarde de domingo. Todos nós sofremos decepções.

Lena jogou a última carta.

— Mas é meu aniversário. Qualquer coisa pode acontecer. Pode ser minha última chance... — O resto da frase ficou no ar.

De dançar com meu namorado. De ser eu mesma. De ser feliz.

Ela não precisava dizer. Todos sabíamos.

— Lena, entendo como se sente, mas é minha responsabilidade mantê-la segura. Especialmente durante esta noite, você tem que ficar aqui comigo. Os Mortais só vão colocá-la você no caminho do perigo ou fazê-la sofrer. Você não pode ser normal. Não nasceu para ser normal. — Macon nunca tinha falado com Lena daquele jeito. Eu não tinha certeza se ele estava falando sobre a festa ou sobre mim.

Os olhos de Lena brilharam, mas ela não chorou.

— Por que não? O que há de tão errado em querer o que eles têm? Já parou para pensar que eles podem ter acertado em alguma coisa?

— E se tiverem? De que importa? Você é uma Natural. Um dia, vai para um lugar onde Ethan não pode ir. E cada minuto que vocês passam juntos agora só será um peso que vai ter que carregar para o resto de sua vida.

— Ele não é um peso.

— Ah, é sim. Ele deixa você fraca, o que o torna perigoso.

— Ele me deixa forte, o que só é perigoso pra você.

Entrei entre os dois.

— Sr. Ravenwood, por favor. Não faça isso hoje.

Mas Macon já tinha feito. Lena estava furiosa.

— E o que você sabe sobre isso? Você nunca teve o *peso* de um relacionamento na sua vida, nem mesmo de um amigo. Você não entende nada. Como poderia? Dorme no seu quarto o dia todo e fica na biblioteca a noite toda. Odeia todo mundo, e se acha melhor do que todo mundo. Se nunca amou ninguém de verdade, como poderia saber como eu me sinto?

Ela se virou de costas para Macon, para todos nós, e subiu a escadaria correndo, com Boo atrás. Bateu a porta do seu quarto, o som ecoando pelo corredor. Boo se deitou em frente à porta.

Macon ficou olhando para onde ela estava, apesar de ela não estar mais lá. Lentamente, ele se virou para mim.

— Eu não poderia permitir. Tenho certeza de que entende.

Eu sabia que essa era possivelmente a noite mais perigosa da vida de Lena, mas também sabia que talvez fosse a última chance dela de ser a garota que todos nós amávamos. Então eu entendia. Só não queria estar no mesmo ambiente que ele agora.

Link voltou para a frente do grupo de jovens ainda no saguão.

— E então, vai ter festa ou não?

Larkin pegou o casaco.

— Já está tendo. Vamos pra lá. Vamos comemorar por Lena.

Emily foi até o lado de Larkin, e todo mundo foi atrás. Ridley ainda estava parada na porta. Ela olhou para mim e deu de ombros.

— Eu tentei.

Link estava esperando por mim perto da porta.

— Ethan, vamos, cara. Venha.

Olhei para cima da escadaria.

Lena?

— Vou ficar aqui.

Vovó parou de tricotar.

— Não acho que ela vá descer logo, Ethan. Por que não vai com seus amigos e volta para ver como ela está em alguns minutos?

Mas eu não queria ir. Essa podia ser a última noite que passaríamos juntos. Mesmo se a passássemos em seu quarto, eu ainda queria estar ao seu lado.

— Pelo menos venha ouvir minha nova música, cara. Depois você pode voltar e esperar que ela desça. — Link estava com a baqueta na mão.

— Acho que isso seria o melhor a fazer. — Macon se serviu de outra dose de uísque. — Você pode voltar daqui a um tempinho, mas nós fizemos coisas que precisamos discutir enquanto isso. — Estava decidido. Ele estava me expulsando.

— Uma música. Depois vou esperar ali na frente. — Olhei para Macon. — Por um tempinho.

O campo atrás de Ravenwood estava cheio de gente. Havia um palco improvisado de um lado, com luzes portáteis, do mesmo tipo que usavam para encenar parte noturna da Batalha de Honey Hill. Havia música nos alto-falantes, mas era difícil ouvir com o barulho dos canhões ao longe.

Segui Link até o palco, onde os Holy Rollers estavam se preparando. Eram três e pareciam ter uns 30 anos. O cara ajustando o amplificador da guitarra tinha tatuagens cobrindo os dois braços e uma coisa que parecia uma corrente de bicicleta no pescoço. O baixista tinha cabelo preto espetado que combinava com a maquiagem preta que usava em volta dos olhos. O terceiro cara tinha tantos piercings que doía só de olhar para ele. Ridley subiu, sentou na beirada do palco e acenou para Link.

— Espere até você nos ouvir. Somos demais. Queria que Lena estivesse aqui.

— Bem, eu não queria decepcionar você. — Lena apareceu atrás de nós e enlaçou minha cintura. Seus olhos estavam vermelhos e chorosos, mas no escuro ela se parecia com todo mundo.

— O que aconteceu? Seu tio mudou de ideia?

— Não exatamente. Mas o que os olhos não veem o coração não sente, e não me importo que veja. Ele está terrível hoje.

Eu não disse nada. Jamais entenderia o relacionamento entre Lena e Macon, assim como ela não podia entender meu relacionamento com Amma. Mas eu sabia que ela ia se sentir péssima quando isso tudo terminasse. Ela não suportava ouvir ninguém falar nada de ruim sobre seu tio, nem mesmo eu; quando ela falava era tudo bem pior.

— Você saiu escondida?

— Saí. Larkin me ajudou. — Larkin andou até nós, segurando um copo de plástico. — Só se faz 16 anos uma vez, certo?

Isso não é boa ideia, L.

Eu só quero uma dança. Depois vamos voltar.

Link foi em direção ao palco.

— Escrevi uma música para o seu aniversário, Lena. Você vai adorar.

— Qual é o nome? — perguntei desconfiado.

— *Dezesseis Luas*. Lembra? Aquela música estranha que você não conseguia achar no seu iPod? Surgiu na minha cabeça semana passada, inteirinha. Bem, Rid me ajudou um pouco. — Ele sorriu. — Acho que pode-se dizer que ela foi minha musa.

Eu estava sem palavras. Mas Lena segurou minha mão e Link pegou o microfone, e nada podia impedi-lo. Ele ajustou a altura do microfone para que ficasse na frente da boca. Bem, para ser honesto, estava mais dentro da boca dele, e era meio nojento. Link tinha visto MTV demais na casa de Earl. Tínhamos que apreciar sua coragem, visto que estava prestes a ser expulso do palco. Ele era realmente corajoso, apesar de tudo.

Ele fechou os olhos, sentou atrás da bateria e ergueu as baquetas no ar.

— Um, dois, três.

O guitarrista principal, o cara com aparência de mal-humorado usando a corrente de bicicleta, começou com a guitarra. O som foi horrível, e os amplificadores começaram a gritar dos dois lados do palco. Fiz uma careta. Aquilo não seria bonito. E depois ele continuou, e continuou.

— Senhoras e senhores, se houver algum por aí. — Link ergueu uma sobrancelha e uma onda de risadas percorreu a plateia. — Eu gostaria de dizer feliz aniversário, Lena. E agora, batam palmas para a estreia mundial da minha nova banda, os Holy Rollers.

Link piscou para Ridley. O cara achava que era Mick Jagger. Me senti mal por ele e segurei a mão de Lena. Parecia que eu tinha enfiado a mão no lago no inverno, quando a superfície da água estava morna por causa do sol e, 3 centímetros abaixo, era puro gelo. Tremi, mas não ia soltá-la.

— Espero que esteja pronta para isso. Vai ser um desastre. Estaremos de volta em seu quarto em cinco minutos. Prometo.

Ela olhou para ele, pensativa.

— Não tenho tanta certeza.

Ridley estava sentada na beirada do palco, sorrindo e acenando como uma *groupie*. Seu cabelo balançava na brisa, mechas rosas e louras começaram a se enroscar sobre os ombros.

E então ouvi a melodia familiar, e *Dezesseis Luas* estourava nos amplificadores. Só que dessa vez, não era como uma das músicas das fitas demo de Link. Eles eram bons, de verdade. E a galera foi à loucura, como se a Jackson High finalmente tivesse um baile. Só que estávamos em uma campina, no meio de Ravenwood, a fazenda mais famosa e temida do condado de Gatlin. A energia era incrível, parecia uma rave. Todo mundo dançava e metade das pessoas estava cantando, o que era loucura, já que ninguém tinha ouvido a música antes. Até Lena deu um sorriso, e começamos a nos balançar com a multidão, porque era mais forte do que nós.

— Estão tocando nossa música. — Ela encontrou minha mão.

— Eu estava pensando nisso.

— Eu sei. — Ela enlaçou os dedos nos meus, fazendo meu corpo tremer.

— E eles são bons — disse ela, gritando na multidão.

— Bons? São ótimos! Quero dizer, é o melhor dia da vida de Link.

Era tudo uma loucura. Os Holy Rollers, Link, a festa. Ridley balançando na beirada do palco, chupando o pirulito. Não era a coisa mais louca que havia visto no dia, mas ainda era bem louca.

E então, Lena e eu dançamos e cinco minutos se passaram, depois 25, depois 55, nenhum de nós reparou e nem ligou. Estávamos parando o tempo — pelo menos era o que parecia. Tínhamos uma dança, mas tínhamos que fazê-la durar o máximo possível, caso fosse tudo que tínhamos.

Larkin não estava com pressa. Estava ficando com Emily, aos amassos, do lado de uma fogueira que alguém fez com latas de lixo. Emily estava usando a jaqueta de Larkin e, de vez em quando, ele exibia o ombro dela e lambia seu pescoço ou alguma outra coisa nojenta. Ele era mesmo uma cobra.

— Larkin! Ela tem 16 anos — gritou Lena de onde estávamos dançando na direção do fogo. Larkin mostrou a língua, que era bem mais longa do que a língua de um Mortal normal.

Emily não pareceu notar. Se desenroscou de Larkin, acenou para Savannah que estava dançando em grupo com Charlotte e Eden.

— Venham, meninas. Vamos dar a Lena o presente dela.

Savannah pôs a mão dentro da bolsinha prateada e tirou o pacote prateado, embrulhado com fita prateada.

— É só uma coisinha. — Savannah esticou o braço.

— Toda garota deveria ter uma. — Emily estava com a fala enrolada.

— Metal combina com *tudo*. — Eden mal podia se segurar para ela mesma não arrancar o papel.

— Do tamanho certo pro seu celular e seu gloss. — Charlotte o empurrou na direção de Lena. — Ande. Abra.

Lena pegou o pacote nas mãos e sorriu para elas.

— Savannah, Emily, Eden, Charlotte. Vocês não fazem *ideia* do quanto isso significa pra mim. — Elas não perceberam o sarcasmo. Eu sabia exatamente o que era e exatamente o que significava para ela.

Idiota à segunda potência.

Lena não conseguia me olhar nos olhos, senão nós dois teríamos caído na gargalhada. Enquanto voltávamos para o grupo de pessoas dançando, Lena jogou o pacotinho prateado na fogueira. As chamas amarelas e laranja destruíram o papel, até que a pequena bolsa metálica não era nada além de fumaça e cinzas.

Os Holy Rollers fizeram uma pausa e Link veio se vangloriar pela estreia musical.

— Falei que éramos bons. Estamos a um passo de um contrato. — Link me deu uma cotovelada nas costelas como nos velhos tempos.

— Você estava certo, cara. Vocês são ótimos. — Eu tinha que concordar com ele, mesmo ele tendo aquele pirulito ao seu lado.

Savannah Snow se aproximou lentamente, provavelmente para estourar a bolha de felicidade de Link.

— Oi, Link. — Ela piscou os olhos sugestivamente.

— Oi, Savannah.

— Acha que pode dançar uma música comigo?

Era inacreditável. Ela estava ali olhando para ele como se ele fosse um verdadeiro astro do rock.

— Não sei o que vou fazer se você não dançar comigo. — Ela deu mais um sorriso de Rainha da Neve para ele. Me senti preso em um dos sonhos de Link, ou de Ridley.

Falando nela...

— Tire as mãos, Rainha do Baile. Esse aqui é obra minha. — Ridley encostou os braços e algumas outras partes importantes em Link para se fazer entender.

— Desculpe, Savannah. Talvez na próxima.

Link enfiou as baquetas no bolso de trás e voltou para a pista de dança com Ridley e sua dança proibida para menores. Deve ter sido o melhor momento da vida dele. Parecia seu aniversário.

Depois que a música acabou, ele pulou de volta no palco.

— Temos uma última música, escrita por uma grande amiga minha, para algumas pessoas *especiais* da Jackson High. Vocês sabem quem são.

O palco ficou escuro. Link abriu o casaco e as luzes se acenderam com um toque de guitarra. Ele estava usando uma camiseta dos Anjos da Jackson com as mangas arrancadas, tão ridícula em Link quanto ele queria que ficasse. Se ao menos sua mãe o pudesse ver agora.

Ele se inclinou em direção ao microfone e começou a fazer seu próprio Conjuro.

> *Anjos caídos ao meu redor*
> *Infelicidade espalha infelicidade*
> *Suas flechas quebradas estão me matando.*
> *Por que não consegue ver?*
> *O que você odeia se torna seu destino*
> *Seu destino, Anjo Caído.*

A música de Lena, a que ela escreveu para Link.

Enquanto a música crescia, cada Anjo se balançava ao som do hino feito para eles. Talvez fosse tudo coisa de Ridley, talvez não. Mas na hora que a música acabou e Link jogou a camiseta com asas na fogueira, parecia que algumas outras coisas estavam em chamas junto com ela. Tudo que tinha parecido tão difícil, tão insuperável por tanto tempo, meio que sumiu com a fumaça.

Bem depois que os Holy Rollers tinham parado de tocar, mesmo quando Ridley e Link não podiam ser encontrados, Savannah e Emily ainda estavam sendo simpáticas com Lena e todo o time de basquete de repente estava falando comigo de novo, procurei por algum pequeno sinal, um pirulito, em algum lugar. Aquele fiapo único que poderia se soltar e desfazer o suéter todo.

Mas não havia nada. Apenas a lua, as estrelas, a música, a luz e a multidão. Lena e eu nem estávamos mais dançando, mas estávamos abraçados. Nos balançávamos de um lado para o outro, a corrente de calor e frio e eletricidade e medo pulsando por minhas veias. Enquanto houvesse música, estávamos em nossa pequena bolha. Não estávamos mais sozinhos em nossa caverna debaixo das cobertas, mas ainda era perfeito.

Lena se afastou com delicadeza, como fazia quando tinha algo em mente, e olhou para mim. Como se estivesse me vendo pela primeira vez.

— O que foi?

— Nada. Eu... — Ela mordeu o lábio inferior com nervosismo e respirou fundo. — É que tem uma coisa que eu queria contar pra você.

Tentei ler seus pensamentos, o rosto, qualquer coisa. Porque eu estava começando a me sentir como se fosse a semana antes das férias de Natal tudo de novo e estivéssemos no corredor da Jackson em vez de no campo de Greenbrier. Meus braços ainda estavam ao redor da cintura dela, e tive que resistir à vontade de abraçá-la com mais força, para garantir que ela não pudesse se afastar.

— O que é? Você pode me contar qualquer coisa.

Ela colocou as mãos no meu peito.

— Caso alguma coisa aconteça essa noite, quero que você saiba...

Ela olhou nos meus olhos, e ouvi tão claramente como se ela tivesse sussurrado no meu ouvido, só que significava mais do que poderia significar se ela tivesse dito as palavras em voz alta. Ela as disse do único jeito importante entre nós. Do jeito que nos tínhamos encontrado desde o começo. Da maneira como sempre nos reencontrávamos.

Eu te amo, Ethan.

Por um segundo, eu não soube o que dizer, porque "eu te amo" não parecia o bastante. Não dizia tudo que eu queria dizer — que ela tinha me salvado dessa cidade, da minha vida, do meu pai. De mim mesmo. Como três palavras podem dizer isso tudo? Não podem, mas eu as disse mesmo assim, porque realmente sentia.

Eu te amo também, L. Acho que sempre amei.

Ela se aconchegou em mim de novo, apoiando a cabeça no meu ombro, e senti seu cabelo quente contra meu queixo. E senti uma outra coisa. Aquela parte dela que eu achava que nunca conseguiria alcançar, aquela parte que ela mantinha fechada para o mundo. Senti que se abria o bastante para me deixar entrar. Ela estava me dando uma parte de si, a única parte que era realmente dela. Eu queria me lembrar dessa sensação, desse momento, como uma foto para a qual eu pudesse voltar quando quisesse.

Eu queria que ficasse assim para sempre.

E isso durou exatamente mais cinco minutos.

Garota do pirulito

Lena e eu ainda estávamos nos embalando ao som da música quando Link abriu caminho no meio da multidão usando os cotovelos.

— Ei, cara, andei procurando você por toda parte. — Link se inclinou e apoiou as mãos nos joelhos por um segundo, tentando recuperar o fôlego.

— Onde está o incêndio?

Link parecia preocupado, o que era estranho para um cara que passava a maior parte do tempo tentando descobrir como ficar com alguém e se esconder da mãe ao mesmo tempo.

— É seu pai. Ele está na sacada do Fallen Soldiers de pijama.

De acordo com o *Guia para Turistas da Carolina do Sul*, o Fallen Soldiers era um museu da Guerra Civil. Mas na verdade era apenas a velha casa de Gaylon Evans, que estava cheia de objetos da Guerra Civil. Gaylon deixou a casa e a coleção para a filha, Vera, que estava tão desesperada para se tornar membro do FRA que deixou a Sra. Lincoln e companhia restaurar a casa e transformá-la no único museu de Gatlin.

— Ótimo. — Me envergonhar em casa não era o bastante. Agora meu pai tinha decidido se aventurar pela rua.

Link parecia confuso. Ele provavelmente esperava que eu ficasse surpreso por meu pai estar por aí de pijama. Ele não tinha ideia de que aquela era a realidade diária do meu pai. Percebi o quão pouco Link sabia da minha vida atualmente, considerando que ele era meu melhor amigo... Meu único amigo.

— Ethan, ele está na sacada, como se fosse pular.

Não consegui me mexer. Ouvi o que ele disse, mas não consegui reagir. Ultimamente, eu tinha vergonha do meu pai. Mas ainda o amava, louco ou não, e não podia perdê-lo. Ele era a única família que eu tinha.

Ethan, você está bem?

Olhei para Lena, para aqueles grandes olhos verdes cheios de preocupação. Esta noite eu podia perdê-la também. Podia perder os dois.

— Ethan, você me ouviu?

Ethan, você tem que ir. Tudo vai ficar bem.

— Vamos, cara! — Link estava me puxando. O astro do rock havia sumido. Agora ele era apenas meu melhor amigo, tentando me salvar de mim mesmo. Mas eu não podia deixar Lena.

Não vou deixar você aqui. Não sozinha.

De canto de olho, reparei que Larkin estava vindo em nossa direção. Ele tinha se desembolado de Emily por um minuto.

— Larkin!

— O que foi? — Ele parecia sentir que alguma coisa estava acontecendo, e realmente parecia preocupado, isso para um cara cuja expressão era normalmente de desinteresse.

— Preciso que você acompanhe Lena de volta pra casa.

— Por quê?

— Apenas prometa que vai levá-la pra casa.

— Ethan, vou ficar bem. Vá! — Lena estava me empurrando na direção de Link. Ela parecia tão assustada quanto eu me sentia. Mas não me mexi.

— Tá, cara. Vou levá-la agora.

Link me deu um puxão final, e passamos no meio da multidão. Porque nós dois sabíamos que eu podia estar a poucos minutos de ser um cara sem pai e sem mãe.

Corremos pelos campos de mato alto de Ravenwood na direção da estrada e do Fallen Soldiers. O ar já estava cheio de fumaça dos morteiros, cortesia da

Batalha de Honey Hill, e em intervalos de poucos segundos pudemos ouvir uma rodada de tiros. A campanha noturna seguia a pleno vapor. Estávamos chegando perto do limite da fazenda de Ravenwood, onde ela terminava e Greenbrier começava. Eu podia ver as cordas amarelas que marcavam a Zona Segura brilhando na escuridão.

E se chegássemos tarde demais?

O Fallen Soldiers estava escuro. Link e eu subimos os degraus dois de cada vez, tentando subir os quatro andares o mais rápido possível. Quando chegamos ao terceiro andar, parei instintivamente. Link pressentiu isso, do mesmo jeito que pressentia quando eu ia passar a bola para ele na quadra quando meu tempo ia estourar, e parou do meu lado.

— Ele está aqui.

Mas não conseguia me mexer. Link leu meu rosto. Sabia do que eu tinha medo. Ele tinha ficado ao meu lado no enterro da minha mãe, entregando os cravos brancos para as pessoas colocarem no caixão dela, enquanto meu pai e eu olhávamos para o caixão como se estivéssemos mortos também.

— E se... E se ele já tiver pulado?

— Não tem como. Deixei Rid com ele. Ela nunca deixaria isso acontecer.

O chão pareceu sumir debaixo de mim.

Se ela usasse o poder dela em você e mandasse você pular de um penhasco, você pularia.

Passei por Link com um empurrão e olhei o corredor. Todas as portas estavam fechadas, menos uma. A luz da lua caía sobre o piso de pinho manchado.

— Ele está ali — disse Link, mas eu já sabia disso.

Quando entrei no quarto, foi como voltar no tempo. O FRA tinha feito um bom trabalho. Havia uma enorme lareira de pedra em uma ponta, com uma moldura longa de madeira, com velas em cima que pingavam ao queimar. Os olhos de Confederados mortos olhavam para nós de retratos em sépia pendurados na parede, e no lado oposto à lareira tinha uma cama de dosséis. Mas alguma coisa estava deslocada, abalando a autenticidade. Era um cheiro, almiscarado e doce. Doce demais. Uma mistura de perigo e inocência, apesar de Ridley estar longe de ser inocente.

Ridley estava parada ao lado das portas abertas para a sacada, o cabelo louro balançando ao vento. As portas estavam escancaradas e as cortinas poeirentas e onduladas sacudiam no quarto, como se tivessem sido forçadas para dentro por uma lufada de ar. Como se ele já tivesse pulado.

— Eu o encontrei — disse Link para Ridley, recuperando o fôlego.

— Estou vendo. Como vai, Palitinho? — Ridley deu aquele sorriso doce e doentio. Isso me fez querer simultaneamente sorrir e vomitar.

Andei lentamente até as portas, com medo de ele não estar lá fora. Mas ele estava. Parado sobre o parapeito estreito, do lado errado da sacada, de pijama de flanela e descalço.

— Pai! Não se mexa.

Patos. Havia patos estampados no pijama dele, coisa que parecia imprópria, considerando que ele estava prestes a pular de um prédio.

— Não se aproxime, Ethan. Senão eu pulo. — Ele parecia lúcido, determinado e mais dono de si do que parecera em meses. Quase parecia meu pai de novo. Foi por isso que eu soube que não era ele falando, pelo menos não por conta própria. Isso era coisa de Ridley, o Poder de Persuasão ligado no máximo.

— Pai, você não quer fazer isso. Deixe-me ajudar você. — Dei alguns passos em direção a ele.

— Pare bem aí! — gritou ele, esticando a mão a frente de si para mostrar o que queria dizer.

— Você não quer a ajuda dele, quer, Mitchell? Só quer paz. Só quer ver Lila de novo. — Ridley estava apoiada na parede, o pirulito a postos.

— Não diga o nome da minha mãe, bruxa!

— Rid, o que você está fazendo? — Link estava na porta.

— Fique fora disso, Shrinky Dink. Isso aqui é demais pra você.

Fiquei parado na frente de Ridley, me colocando entre ela e meu pai como se meu corpo pudesse de alguma maneira desviar o poder dela.

— Ridley, por que você está fazendo isso? Ele não tem nada a ver com Lena e eu. Se você quer me machucar, me machuque. Mas deixe meu pai fora disso.

Ela jogou a cabeça para trás e riu, um som sensual e maldoso.

— Não estou nem aí pra machucar você, Palitinho. Só estou fazendo meu trabalho. Não é nada pessoal.

Meu sangue congelou.

Seu trabalho.

— Você está fazendo isso para Sarafine.

— Mas peraí, Palitinho, o que você esperava? Você viu como meu tio me trata. A coisa toda de família não é exatamente uma opção pra mim agora.

— Rid, de que você está falando? Quem é Sarafine? — Link andou na direção dela. Ela olhou para ele. Por um segundo, pensei ter visto alguma coisa passar no rosto de Ridley, só um brilho, mas alguma coisa real. Alguma coisa que parecia quase uma emoção genuína.

Mas Ridley a afastou, e tão rápido como veio, ela se foi.

— Acho que você quer voltar para a festa, não quer, Shrinky Dink? A banda está aquecendo pra a segunda rodada. Lembre que vamos gravar esse show pra sua nova demo. Vou levar pessoalmente pra algumas gravadoras de Nova York — ronronou ela, olhando com intensidade para ele. Link pareceu na dúvida, como se talvez quisesse voltar para a festa mas não tivesse certeza.

— Pai, escute. Você não quer fazer isso. Ela está controlando você. Ela consegue influenciar as pessoas. Mamãe jamais ia querer que você fizesse isso. — Observei para ver se havia sinal de que minhas palavras estavam sendo registradas, de que ele estava ouvindo. Mas não havia nada. Ele apenas olhava para a escuridão. Dava para ouvir o som das baionetas se chocando e os gritos de batalha de homens medievais ao longe.

— Mitchell, você não tem mais motivo para viver. Perdeu sua esposa, não consegue mais escrever e Ethan vai para a faculdade em alguns anos. Por que não pergunta sobre a caixa de sapato cheia de livretos de faculdades embaixo da cama dele? Você vai ficar sozinho.

— Cale a boca!

Ridley se virou para me encarar, desembrulhando um pirulito de cereja.

— Sinto muito, Palitinho. Lamento mesmo. Mas todo mundo tem seu papel, e esse é o meu. Seu pai vai sofrer um pequeno *acidente* essa noite. Como aconteceu com sua mãe.

— O que você disse? — Eu sabia que Link estava falando, mas não conseguia ouvir sua voz. Não conseguia ouvir nada além do que ela tinha acabado de dizer, e aquilo se repetia sem parar na minha cabeça.

Como aconteceu com sua mãe.

— Você matou minha mãe? — Comecei a ir para cima dela. Eu não ligava para que tipo de poderes ela tinha. Se ela tinha matado minha mãe...

— Calma aí, garotão. Não fui eu. Aquilo foi um pouco antes do meu tempo.

— Ethan, que diabos está acontecendo? — Link estava ao meu lado.

— Ela não é o que parece, cara. Ela é... — Eu não sabia como dizer de forma que Link entendesse. — Ela é uma Sirena. É como uma bruxa. E ela tem controlado você assim como está controlando meu pai agora.

Link começou a rir.

— Uma bruxa. Você está pirando, cara.

Não tirei meus olhos de Ridley. Ela sorria e passava os dedos pelos cabelos de Link.

— Querido, você sabe que ama uma menina má.

Eu não tinha ideia do que ela era capaz, mas depois da pequena demonstração em Ravenwood, sabia que ela podia matar qualquer um de nós. Eu nunca devia tê-la tratado como se ela fosse apenas uma garota festeira inofensiva. Era mais do que poderia aguentar. Só estava começando a perceber o quanto.

Link olhou dela para mim. Ele não sabia em que acreditar.

— Não estou brincando, Link. Eu devia ter contado antes, mas juro que estou falando a verdade. Por que outro motivo ela estaria tentando matar meu pai?

Link começou a andar de um lado para outro. Não acreditava em mim. Provavelmente pensava que eu estava louco. Parecia loucura para mim também enquanto me ouvia dizendo tudo aquilo.

— Ridley, é verdade? Você vem usando alguma espécie de poder em mim esse tempo todo?

— Se você quer discutir isso...

Meu pai soltou da grade com uma das mãos. Esticou o braço como se estivesse tentando se equilibrar numa corda bamba.

— Pai, não faça isso!

— Rid, não faça isso. — Link estava indo na direção dela, lentamente. Eu podia ouvir a corrente da carteira dele tilintando.

— Você não ouviu o que seu amigo disse? Sou uma bruxa. Uma bruxa má. — Ela tirou os óculos, revelando os olhos dourados felinos. Pude ouvir Link perder o fôlego, como se estivesse vendo pela primeira vez. Mas só por um segundo.

— Talvez você seja, mas não é completamente má. Sei disso. Passamos um tempo juntos. *Compartilhamos* coisas.

— Era parte do plano, gostosão. Eu precisava de alguém de dentro para poder ficar perto de Lena.

A expressão de Link se fechou. Seja lá o que Ridley tinha feito a ele, seja lá o que ela tivesse Conjurado, os sentimentos dele por ela eram maiores do que isso.

— Então era tudo balela? Não acredito em você.

— Acredite no que quiser, é a verdade. Tão próximo da verdade quanto sou capaz, pelo menos.

Vi meu pai se mexer, o braço livre ainda esticado, balançando para cima e para baixo. Parecia que ele estava tentando testar as asas, ver se podia voar. A alguns metros, um cartucho de bala caiu no chão lá fora e houve uma borrifada de terra no ar.

— E tudo aquilo que você me contou sobre você e Lena terem crescido juntas? Que vocês duas eram como irmãs? Por que você iria querer machucá-la? — Alguma coisa passou pelo rosto de Ridley. Eu não tinha certeza, mas podia ser arrependimento. Seria possível?

— Não depende de mim. Não sou eu que dito as regras. Como falei, esse é meu trabalho. Afastar Ethan de Lena. Não tenho nada contra esse coroa, mas a mente dele é fraca. Sabe, falta um parafuso. — Ela lambeu o pirulito. — Ele era apenas um alvo fácil.

Afastar Ethan de Lena.

Essa coisa toda era uma distração para nos separar. Eu podia ouvir a voz de Arelia tão claramente como se ela ainda estivesse ajoelhada ao meu lado.

Não é a casa que a protege. Nenhum Conjurador pode entrar entre eles.

Como pude ser tão burro? Não era uma questão de se eu tinha ou não algum tipo de poder. Nunca foi sobre mim. Éramos nós.

O poder era o que havia entre nós, o que sempre esteve entre nós. Nos encontrarmos na autoestrada 9 na chuva. Viramos para o mesmo lado na bifurcação da rua. Não era preciso um Feitiço para nos manter juntos. Agora que conseguiram nos separar, eu não tinha poder algum. E Lena estava sozinha, na noite em que ela mais precisava de mim.

Eu não conseguia pensar claramente. Não tinha tempo, e não ia perder mais uma pessoa que amava. Corri na direção do meu pai, e apesar de serem apenas poucos metros, senti como se estivesse correndo por areia movediça. Vi Ridley dar um passo a frente, as mechas do cabelo se contorcendo ao vento como as cobras na cabeça de Medusa.

Vi Link dar um passo a frente e segurar o ombro dela.

— Rid, não faça isso.

Por uma fração de segundo, não tive ideia do que ia acontecer. Vi tudo em câmera lenta.

Meu pai se virou para me olhar.

Eu o vi começar a soltar da grade.

Vi as mechas rosa e louras de Ridley se movimentando.

E vi Link parado na frente dela, olhando naqueles olhos dourados, sussurrando alguma coisa que eu não conseguia ouvir. Ela olhou para Link e, sem dizer mais uma palavra, o pirulito saiu voando sobre a grade. Eu o vi fazer um arco e cair no chão, explodindo como fragmentos de bala. Estava acabado.

Tão rápido quanto meu pai tinha se virado de costas para a grade, ele se virou de novo para ela, na minha direção. Peguei seus ombros e o puxei para a frente, sobre a grade e para o chão da sacada. Ele caiu desajeitado e ficou lá olhando para mim como uma criança assustada.

— Obrigado, Ridley. Seja lá o que tenha acontecido. Obrigado.

— Não quero seu agradecimento — falou ela com desdém, se afastando de Link e ajustando a alça da blusa. — Não fiz favores pra nenhum de vocês. Só não estava a fim de matá-lo. *Hoje.*

Ela tentou parecer ameaçadora, mas acabou parecendo infantil. Enrolou uma mecha de cabelo rosa no dedo.

— Mas isso não vai deixar certas pessoas felizes. — Ela não precisava dizer quem, mas eu podia ver o medo em seus olhos. Por um segundo, pude ver o quanto da sua personalidade era um personagem. Ilusão de ótica.

Apesar de tudo, mesmo agora, enquanto eu tentava botar meu pai de pé, senti pena dela. Ridley podia ter qualquer cara no planeta, e ainda assim tudo que eu via era o quanto ela era solitária. Não era nem de perto tão forte quanto Lena, não por dentro.

Lena.

Lena, você está bem?

Estou bem. O que foi?

Olhei para meu pai. Ele não conseguia ficar com os olhos abertos, e estava tendo dificuldade de ficar de pé.

Nada. Você está com Larkin?

Sim, estamos indo para Ravenwood. Seu pai está bem?

Está. Explico quando chegar aí.

Passei meu braço por baixo do ombro do meu pai e Link fez o mesmo do outro lado.

Fique com Larkin e volte para a casa com sua família. Você não está segura sozinha.

Antes que pudéssemos dar um passo, Ridley passou por nós, pelas portas abertas para a sacada, aquelas pernas de 15 quilômetros passando por cima da grade.

— Me desculpem, rapazes. Tenho que ir, talvez voltar pra Nova York por um tempo, ficar na minha. Vou ficar bem. — Ela deu de ombros.

Apesar de ela ser um monstro, Link não podia apenas vê-la partir.

— Ei, Rid?

Ela parou e se virou para encará-lo, quase com tristeza. Como se não pudesse evitar o que era tanto quanto um tubarão é um tubarão, mas se pudesse...

— O quê, Shrinky Dink?

— Você não é completamente má.

Ela olhou bem para ele e quase sorriu.

— Você sabe o que dizem. Talvez eu tenha nascido assim.

Reunião de família

Quando meu pai estava em segurança nas mãos de médicos da encenação, eu mal conseguia esperar para voltar à festa. Passei correndo pelas garotas da Jackson, que tinham tirado as jaquetas e estavam parecendo vagabundas de tops e camisetas baby-look, rebolando ao som dos Holy Rollers. Menos Link, que estava bem atrás de mim e ganhou pontos comigo. O som estava alto. Alto como numa banda ao vivo. Alto como o som de munição. Tão alto que quase não ouvi a voz de Larkin me chamando.

— Ethan, aqui! — Larkin estava parado ao lado das árvores logo depois da corda amarela brilhante que separava a Zona Segura da Zona de você-pode-levar-um-tiro-na-bunda-se-cruzar-essa-linha. O que ele estava fazendo no bosque, além da Zona Segura? Por que não estava em casa? Acenei para ele e ele me chamou, desaparecendo atrás da colina. Normalmente, pular aquela corda seria uma decisão difícil, mas não hoje. Eu não tinha escolha a não ser segui-lo. Link estava bem atrás de mim, tropeçando, mas ainda assim me acompanhando, como sempre tinha sido.

— Ei, Ethan.

— O quê?

— Quanto à Rid, eu devia ter prestado atenção.

— Tudo bem, cara. Você não podia evitar. Eu devia ter te contado tudo.

— Deixa pra lá. Eu não teria acreditado.

O som dos tiros ecoou sobre nossas cabeças. Nós dois nos abaixamos instintivamente.

— Espero que sejam de festim — disse Link nervosamente. — Não seria louco se meu próprio pai me desse um tiro aqui?

— Do tipo que anda minha sorte, não me surpreenderia se ele atirasse em nós dois.

Chegamos ao topo da colina. Eu podia ver a vegetação, os carvalhos e a fumaça da artilharia mais a nossa frente.

— Estamos aqui! — gritou Larkin do outro lado da vegetação. Pelo uso da primeira pessoa do plural, só pude concluir que ele falava dele e de Lena, então corri mais rápido. Como se a vida de Lena dependesse disso, pois, pelo que eu sabia, talvez dependesse.

Então percebi onde estávamos. Ali estava o arco que dava no jardim de Greenbrier. Larkin e Lena estavam na clareira, logo além do jardim, no mesmo lugar onde cavamos o túmulo de Genevieve algumas semanas antes. Alguns metros atrás deles, uma pessoa surgiu das sombras e ficou sob a luz da lua. Estava escuro, mas a lua cheia estava bem acima de nós.

Pisquei. Era... Era...

— Mãe, que diabos você está fazendo aqui? — Link estava confuso.

Porque a mãe dele estava parada na nossa frente, a Sra. Lincoln, meu pior pesadelo, ou pelo menos um dos dez piores. Ela parecia estranhamente à vontade, ou deslocada, dependendo de como se analisava a situação. Estava usando um volume ridículo de camadas de saia e um vestido antiquado idiota que apertava demais a cintura. E estava de pé bem em cima do túmulo de Genevieve.

— O que é isso? Você sabe o que penso sobre palavrões, meu jovem.

Link coçou a cabeça. Isso não fazia sentido algum, nem para ele, nem para mim.

Lena, o que está acontecendo? Lena?

Não houve resposta. Alguma coisa estava errada.

— Sra. Lincoln, você está bem?

— Excelente, Ethan. Não é uma batalha maravilhosa? E é aniversário de Lena também, ela me disse. Estávamos esperando por vocês, ou pelo menos por um de vocês.

Link deu um passo a frente.

— Bem, estou aqui agora, mãe. Vou levar você pra casa. Você não devia ter saído da Zona Segura. Vão acabar explodindo sua cabeça. Você sabe como papai atira mal.

Peguei o braço de Link e não o deixei seguir. Havia alguma coisa errada, alguma coisa no jeito que ela sorria para nós. Alguma coisa sobre o olhar de pânico no rosto de Lena.

O que está acontecendo? Lena!

Por que ela não estava respondendo? Observei Lena tirar o anel da minha mãe de dentro do casaco e o pegar pelo cordão. Podia ver seus lábios se movendo na escuridão. Consegui ouvir alguma coisa de leve, só um sussurro, num canto profundo da minha mente.

Ethan, saia daqui! Chame tio Macon! Corra!

Mas eu não conseguia me mover. Não conseguia deixá-la.

— Link, meu anjo, você é um menino tão dedicado.

Link? Não era a Sra. Lincoln que estava na nossa frente. Não podia ser.

A Sra. Lincoln não chamaria Wesley Jefferson Lincoln de Link tanto quanto não andaria pelas ruas pelada. "Por que você usaria esse apelido ridículo quando tem um nome tão digno, eu não consigo imaginar", ela dizia cada vez que um de nós ligava para a casa dela e acidentalmente pedia para falar com Link.

Link sentiu minha mão no braço dele e parou. Ele estava começando a perceber também; estava no rosto dele.

— Mãe?

— Ethan, saia daqui! Larkin, Link, alguém, chame tio Macon! — gritava Lena. Ela não conseguia parar. Parecia mais assustada do que eu jamais a tinha visto. Corri em direção a ela.

Pude ouvir o som de uma bala sendo disparada por um canhão. Depois uma rajada de tiros de rifle.

Minhas costas bateram em alguma coisa com força. Senti minha cabeça estalar e tudo saiu de foco por um segundo.

— Ethan! — Eu podia ouvir a voz de Lena, mas não conseguia me mexer. Tinha levado um tiro. Eu tinha certeza. Lutei para me manter consciente.

Depois de alguns segundos, meus olhos recuperaram o foco. Eu estava no chão, com as costas contra um carvalho enorme. O tiro deve ter me jogado contra a árvore. Tateei em volta para ver onde tinha sido atingido, mas não havia sangue. Eu não conseguia achar o ponto de entrada da bala. Link estava a alguns metros, apoiado de forma estranha em outra árvore. Parecia tão desnorteado quanto eu. Fiquei de pé e cambaleei na direção de Lena, mas meu rosto bateu em alguma coisa e acabei caindo no chão. Parecia como na vez em que bati de frente numa porta de vidro na casa das Irmãs.

Eu não tinha levado um tiro; isso era outra coisa. Tinha sido atingido por um tipo diferente de arma.

— Ethan! — Lena estava gritando.

Levantei de novo e andei para a frente lentamente. Havia uma porta de vidro ali sim, só que essa era uma espécie de parede invisível em torno da árvore e de mim. Bati nela com meu punho, mas não houve som algum. Bati nela com as palmas várias vezes. O que mais eu podia fazer? Foi aí que reparei em Link batendo em sua própria jaula invisível.

A Sra. Lincoln sorria para mim, com um sorriso mais maldoso do que qualquer um que Ridley pudesse dar em seu melhor dia.

— Solte eles! — gritou Lena.

Sem mais nem menos, o céu se abriu e a chuva despencou das nuvens, como se estivesse sendo jogada de um balde. Lena. O cabelo dela ondulava freneticamente. A chuva caía com neve junto e caía de lado, atacando a Sra. Lincoln de todas as direções. Em uma questão de segundos estávamos encharcados até os ossos.

A Sra. Lincoln, ou seja lá quem ela fosse, sorria. Havia alguma coisa no sorriso dela. Ela parecia quase orgulhosa.

— Não vou machucá-los. Só quero ter um tempo para conversarmos. — Um trovão soou no céu sobre a cabeça dela. — Eu tinha esperanças de ter uma chance de ver alguns de seus talentos. Como lamentei não estar perto para ajudar você a apurar seus dons.

— Cale a boca, bruxa. — Lena estava furiosa. Eu nunca tinha visto seus olhos verdes assim, tão frios e duros como estavam postos na Sra. Lincoln.

Duros como rocha. Determinados. Cheios de ódio e raiva. Ela parecia querer arrancar a cabeça da Sra. Lincoln, e parecia capaz de fazer isso.

Finalmente entendi o que preocupou Lena o ano todo. Ela tinha poder para destruir. Eu só tinha visto o poder de amar. Quando se descobre que se tem os dois, quem pode entender o que fazer com eles?

A Sra. Lincoln se virou para Lena.

— Espere até perceber o que pode mesmo fazer. Como pode manipular os elementos. É o verdadeiro dom de uma Natural, uma coisa que temos em comum.

Uma coisa que elas tinham em comum.

A Sra. Lincoln olhou para o céu, a chuva caindo ao seu lado como se estivesse de guarda-chuva.

— Agora você está causando pancadas de chuva, mas logo vai aprender a controlar o fogo também. Deixe-me mostrar. Como eu gosto de brincar com fogo.

Pancadas de chuva? Ela estava brincando? Estávamos no meio de uma tempestade.

A Sra. Lincoln ergueu a mão aberta e um relâmpago partiu as nuvens, eletrificando o céu. Ela ergueu três dedos. Um relâmpago surgiu com o movimento de cada unha pintada. Uma vez. Um relâmpago atingiu o chão, fazendo subir terra, a meio metro de onde Link estava preso. Duas vezes. Um relâmpago queimou o carvalho atrás de mim, partindo o tronco precisamente ao meio. Uma terceira vez. Um relâmpago atingiu Lena, que simplesmente ergueu a mão. A onda de eletricidade bateu nela e ricocheteou, caindo nos pés da Sra. Lincoln. A grama ao redor dela começou a fumegar e queimar.

A Sra. Lincoln riu e sacudiu a mão. O fogo na grama morreu. Ela olhou para Lena com um brilho de orgulho.

— Nada mau. Estou feliz de ver que quem sai aos seus, não degenera.

Não podia ser.

Lena olhou para ela e ergueu ambas as mãos abertas, num gesto de proteção.

— É? E o que dizem sobre a ovelha negra?

— Nada. Ninguém nunca sobreviveu para comentar. — E então a Sra. Lincoln se virou para Link e para mim em seu vestido antiquado com milhões de saias, com o cabelo trançado caído nas costas. Ela olhou para nós, os olhos dourados fulminantes. — Lamento, Ethan. Eu tinha esperanças de que nosso primeiro encontro aconteceria sob circunstâncias *diferentes*. Não é todo dia que conhecemos o primeiro namorado da filha.

Ela se virou para Lena.

— E nem a própria filha.

Eu estava certo. Sabia quem era ela e com que estávamos lidando. Sarafine.

Logo depois, o rosto da Sra. Lincoln, o vestido, o corpo, literalmente começaram a se partir ao meio. Dava para ver a pele de cada lado se enrugando como papel de bala. O corpo se abriu ao meio e começou a cair como um casaco sendo tirado dos ombros de alguém. Por baixo, havia outra pessoa.

— Não tenho mãe — gritou Lena.

Sarafine fez uma careta, como se estivesse tentando parecer magoada por ser a mãe de Lena. Era uma verdade genética inegável. Elas tinham o mesmo cabelo preto longo e encaracolado. Exceto que Lena era assustadoramente linda, e Sarafine era apenas assustadora. Como Lena, Sarafine tinha traços alongados e elegantes, mas em vez dos belos olhos verdes de Lena, ela tinha os mesmos olhos brilhantes de Ridley e Genevieve. E os olhos faziam toda a diferença.

Sarafine usava um vestido verde escuro de veludo com corpete, meio moderno, gótico e da virada do século, tudo ao mesmo tempo, e botas pretas altas. Ela literalmente saiu de dentro do corpo da Sra. Lincoln, que se fundiu de novo em segundos, como se alguém tivesse refeito a costura. Isso deixou a verdadeira Sra. Lincoln caída na grama com a armação da saia erguida, revelando a meia três-quartos e a calçola.

Link estava em choque.

Sarafine se ajeitou, livre do peso, e tremeu.

— *Mortais*. Aquele corpo era insuportável, desajeitado e desconfortável. Comia sem parar. Criaturas nojentas.

— Mãe! Mãe, acorde! — Link batia o punho contra o que era obviamente algum tipo de campo de força. Não importava que monstro ela fosse, a Sra. Lincoln era o monstro de Link, e devia ser difícil vê-la jogada como um pedaço de lixo humano sem importância.

Sarafine sacudiu a mão. A boca de Link ainda se mexia, mas não saía som.

— Assim é melhor. Você tem sorte que não precisei passar o tempo *todo* no corpo da sua mãe nos últimos meses. Se tivesse, você estaria morto agora. Nem posso dizer o número de vezes que quase matei você apenas por tédio na mesa do jantar, quando você falava sem parar daquela banda idiota.

Tudo fazia sentido agora. A cruzada contra Lena, a reunião do Comitê Disciplinar da Jackson, as mentiras sobre os registros escolares de Lena, até mesmo os brownies esquisitos no Halloween. Há quanto tempo Sarafine se escondia com a Sra. Lincoln?

Na Sra. Lincoln.

Eu nunca tinha entendido contra o que estávamos lutando de verdade até agora. *A maior Conjuradora das Trevas da atualidade.* Ridley parecia tão inofensiva em comparação. Não era surpreendente que Lena estivesse com medo desse dia por tanto tempo.

Sarafine olhou para Lena.

— Você pode pensar que não tem mãe, Lena, mas se isso é verdade, é só porque sua avó e seu tio tiraram você de mim. Eu sempre amei você. — Era desconcertante como Sarafine podia ir tão facilmente de um âmbito de emoções para outro, da sinceridade e arrependimento ao nojo e desprezo, cada emoção tão vazia quanto a outra.

Os olhos de Lena estavam amargos.

— É por isso que você tem tentado me matar, *mãe*?

Sarafine tentou parecer preocupada, ou talvez surpresa. Era difícil dizer porque sua expressão parecia tão artificial, forçada.

— É isso que disseram a você? Eu só estava tentando fazer contato, falar com você. Se não fossem os Feitiços deles, minhas tentativas nunca teriam posto você em perigo, e eles sabiam disso. É claro que entendo a preocupação deles. Sou uma Conjuradora das Trevas, uma Cataclista. Mas Lena, você sabe tão bem quanto todo mundo que eu não tinha escolha nesse assunto. Foi decidido por mim. Não muda o que sinto por você, minha única filha.

— Não acredito em você! — gritou Lena. Mas ela parecia insegura, como se não soubesse em que acreditar.

Olhei para meu celular. 21h59. Duas horas até a meia-noite.

Link estava encostado na árvore, a cabeça nas mãos. Eu não conseguia tirar os olhos da Sra. Lincoln, sem vida na grama. Lena olhava para ela também.

— Ela não está... você sabe. Está? — Eu tinha que saber, por Link.

Sarafine tentou parecer solidária. Mas percebi que ela estava perdendo interesse em Link e em mim, o que não era bom para nenhum de nós.

— Ela voltará ao estado prévio e nada interessante em breve. Que mulher enjoada. Não estou interessada nela e nem no garoto. Só estava tentando mostrar à minha filha a verdadeira natureza dos Mortais. O quão facilmente podem ser influenciados, o quanto são vingativos. Ela se virou para Lena. — Bastaram apenas algumas palavras da Sra. Lincoln para ver essa cidade se virar rapidamente contra você. Você não tem lugar no mundo deles. Seu lugar é comigo.

Sarafine se virou para Larkin.

— Falando em estados desinteressantes, Larkin, por que você não nos mostra seus bebezinhos?

Larkin sorriu e fechou bem os olhos, esticando os braços sobre a cabeça como se estivesse se espreguiçando depois de um longo cochilo. Mas quando abriu os olhos de novo, alguma coisa estava diferente. Ele piscou rapidamente e a cada piscada seus olhos mudavam. Dava quase para ver as moléculas se rearrumando. Larkin se transformou e, onde antes estava ele, havia uma pilha de cobras. As cobras começaram a serpentear e subir umas nas outras, até que Larkin emergiu de novo daquela massa que se contorcia. Ele esticou dois braços de cascavéis que sibilavam e rastejaram até a jaqueta de couro e viraram mãos. Então ele abriu os olhos. Mas em vez dos olhos verdes que eu estava acostumado a ver, Larkin olhou para nós com os mesmos olhos dourados de Sarafine e Ridley.

— Verde nunca foi minha cor. Uma das vantagens de ser um Ilusionista.

— Larkin? — Meu coração afundou. Ele era um deles, um Conjurador das Trevas. As coisas estavam piores do que eu pensava.

— Larkin, o que você é? — Lena parecia confusa, mas só por um segundo. — Por quê?

Mas a resposta estava olhando para nós, nos olhos dourados de Larkin.

— Por que não?

— Por que não? Ah, não sei, que tal um pouco de lealdade familiar?

Larkin girou a cabeça, e a grossa corrente de ouro em volta do pescoço virou uma cobra, a língua encostando em sua bochecha.

— Lealdade não é pra mim.

— Você traiu todo mundo, sua própria mãe. Como pode conviver com isso?

Ele mostrou a língua. A cobra rastejou até a boca dele e desapareceu. Ele a engoliu.

— É muito mais divertido ser das Trevas do que ser da Luz, prima. Você vai ver. Somos o que somos. Isso era o que estava destinado para mim. Não há razão para lutar contra o destino. — A língua dele tremeu, agora partida ao meio, como a da cobra dentro dele. — Não sei por que você está tão tensa com isso. Veja Ridley. Ela está se divertindo.

— Você é um traidor! — Lena estava perdendo o controle. Trovões soaram sobre nossas cabeças e a chuva aumentou de novo.

— Ele não é o único traidor, Lena. — Sarafine deu alguns passos em direção a Lena.

— O que você quer dizer?

— Seu amado tio Macon. — A voz dela estava amarga, e eu sabia que Sarafine não tinha deixado de perceber que Macon tinha roubado sua filha.

— Você está mentindo.

— É ele quem tem mentido para você esse tempo todo. Deixou você acreditar que seu destino estava predeterminado, que você não tinha escolha. Que hoje, no seu décimo-sexto aniversário, você será Invocada para a Luz ou para as Trevas.

Lena sacudiu a cabeça com teimosia. Ergueu as mãos com as palmas viradas para fora. Mais um trovão soou, e a chuva começou a cair forte, em pingos grossos e torrentes. Ela gritou para ser ouvida.

— É o que acontece. Aconteceu com Ridley, com Reece e com Larkin.

— Está certa, mas você é diferente. Esta noite, você não será Invocada. Terá que Invocar a si mesma.

As palavras ficaram no ar. *Invocar a si mesma.* Como se as palavras em si tivessem o poder de parar o tempo.

O rosto de Lena estava pálido. Por um segundo, pensei que ela ia desmaiar.

O que você disse? — sussurrou ela.

Você tem uma escolha. Tenho certeza que seu tio não lhe contou isso.

— Isso é impossível. — Eu mal conseguia ouvir a voz de Lena no vento uivante.

— Uma escolha dada a você porque você é minha filha, a segunda Natural nascida na família Duchannes. Posso ser uma Cataclista agora, mas fui a primeira Natural a nascer na nossa família.

Sarafine fez uma pausa, depois repetiu um verso:

"A Primeira vai ser das Trevas

Mas a Segunda pode escolher outro caminho."

— Não entendo. — As pernas de Lena cederam e ela caiu de joelhos na lama e na grama alta, o cabelo negro longo pingando ao seu redor.

— Você sempre teve escolha. Seu tio sempre soube disso.

— Não acredito em você! — Lena jogou os braços para cima. Montes de terra se soltaram do chão entre elas duas, rodopiando na tempestade. Protegi meus olhos quando pedaços de terra voaram para cima de nós de todas as direções.

Tentei gritar por cima do som da tempestade, mas Lena mal conseguia me ouvir.

— Lena, não preste atenção nela. Ela é das Trevas. Não liga pra ninguém. Você mesma disse isso.

— Por que tio Macon esconderia a verdade de mim? — Lena olhou diretamente para mim, como se eu fosse o único a saber a resposta. Mas eu não sabia. Não havia nada que eu pudesse dizer.

Lena bateu o pé no chão a frente dela. O chão começou a tremer e depois a se deslocar sob meus pés. Pela primeira vez na História, um terremoto atingiu o condado de Gatlin. Sarafine sorriu. Sabia que Lena estava perdendo controle e que ela estava vencendo. A tempestade elétrica no céu piscou sobre nossas cabeças.

— Já chega, Sarafine! — ecoou a voz de Macon pelo campo. Ele apareceu do nada. — Deixe minha sobrinha em paz.

Esta noite, à luz da lua, ele parecia diferente. Menos com um homem e mais com o que ele era. Outra coisa. Seu rosto dele parecia mais jovem, mais fino. Pronto para briga.

— Está se referindo à minha filha? A filha que você roubou de mim? — Sarafine se empertigou e começou a retorcer os dedos, como um soldado verificando seu arsenal antes da batalha.

— Como se ela em algum momento tivesse sido importante para você — disse Macon calmamente. Esticou o paletó, impecável como sempre.

Boo saiu dos arbustos atrás dele, como se tivesse corrido para alcançá-lo. Esta noite, Boo se parecia exatamente com o que era: um lobo enorme.

— Macon. Me sinto honrada, só que eu soube que perdi a festa. O aniversário de 16 anos da minha própria filha. Mas tudo bem. Ainda há a Invocação desta noite. Ainda temos algumas horas, e eu não perderia isso por nada nesse mundo.

— Então suponho que você ficará decepcionada, já que não foi convidada.

— Uma pena. Já que eu mesma convidei uma pessoa, e ela está doida para ver você. — Ela sorriu e mexeu os dedos. Tão rapidamente quanto Macon tinha se materializado, outro homem apareceu, apoiado no tronco de um salgueiro, onde não havia ninguém um momento antes.

— Hunting? Onde ela achou você?

Ele se parecia com Macon, mas mais alto e um pouco mais jovem, com cabelo negro liso e a mesma pele pálida. Mas onde Macon parecia um cavalheiro do sul de outras épocas, esse homem parecia intensamente estiloso. Vestido todo de preto, uma camisa de gola alta, jeans e jaqueta de couro, ele parecia mais com um astro de cinema que se veria na capa de um tabloide do que o Cary Grant de Macon. Mas uma coisa era óbvia. Ele era um Incubus também, e não do tipo bom, se é que havia tal coisa. Seja lá o que Macon fosse, Hunting era bem diferente.

Hunting exibiu o que deveria ser um sorriso entre sua espécie. Começou a andar em torno de Macon.

— Irmão. Faz muito tempo.

Macon não retribuiu o sorriso.

— Não o bastante. Não estou surpreso por você se associar a alguém como ela.

Hunting riu, alto e escandaloso.

— Com quem mais você esperaria que eu me associasse? Com um grupo de Conjuradores da Luz, como você fez? É ridículo. A ideia de que você pode se afastar do que é. Do legado da sua família.

— Fiz uma escolha, Hunting.

— Uma escolha? É assim que você chama? — Hunting riu de novo, chegando mais perto de Macon. — Está mais para uma fantasia. Você não pode escolher o que é, *irmão*. Você é um Incubus. E quer você escolha se alimentar de sangue ou não, você ainda é uma Criatura das Trevas.

— Tio Macon, o que ela disse é verdade? — Lena não estava interessada no reencontro de Macon e Hunting.

Sarafine riu de maneira estridente.

— Pelo menos uma vez na sua vida, Macon, diga a verdade para a garota.

Macon olhou para ela, teimoso.

— Lena, não é tão simples.

— Mas é verdade? Tenho escolha? — O cabelo dela estava pingando, enrolado em cachos úmidos. É claro que Macon e Hunting estavam secos. Hunting sorriu e acendeu um cigarro. Ele estava gostando de tudo aquilo.

— Tio Macon. É verdade? — suplicou Lena.

Macon olhou para Lena, exasperado, e olhou para o outro lado.

— Você tem uma escolha, Lena, uma escolha complicada. Uma escolha com graves consequências.

De repente, a chuva parou completamente. O ar ficou perfeitamente parado. Se isso fosse um furacão, estaríamos no olho dele. As emoções de Lena se agitavam. Eu sabia como ela estava se sentindo, mesmo sem ouvir sua voz na minha cabeça. Felicidade, porque ela finalmente tinha conseguido aquilo que sempre quis, a escolha de decidir o próprio destino. Raiva, porque tinha perdido a única pessoa em quem sempre tinha confiado.

Lena olhou para Macon como se fosse com olhos novos. Eu podia ver a escuridão surgindo no rosto dela.

— Por que você não me contou? Passei minha vida toda apavorada com a possibilidade de ir para as Trevas. — Houve outro estrondo de trovão e a chuva começou a cair de novo, como lágrimas. Mas Lena não estava chorando, estava furiosa.

— Você tem escolha, Lena. Mas há consequências. Consequências que você não podia entender quando criança. Você nem pode começar a entendê-las agora. Ainda assim, passei cada dia da minha vida ponderando sobre elas, desde antes de você nascer. E como sua *querida mãe* sabe, as condições dessa barganha foram determinadas há muito tempo.

— Que tipo de consequências? — Lena olhou para Sarafine, cética. Cautelosa. Como se sua mente se abrisse a novas possibilidades. Eu sabia o que ela estava pensando. Se ela não podia confiar em Macon, se ele guardou esse tipo de segredo a vida toda, talvez sua mãe estivesse falando a verdade.

Eu tinha que fazer com que me escutasse.

Não escute o que ela diz! Lena! Você não pode confiar nela...

Mas não havia nada. Nossa conexão se quebrava na presença de Sarafine. Era como se ela tivesse cortado a linha telefônica entre nós.

— Lena, você não pode entender a escolha que está sendo pressionada a fazer. O que está em jogo.

A chuva passou de um gotejar de lágrimas a um aguaceiro exagerado.

— Como se você pudesse confiar nele. Depois de mil mentiras. — Sarafine olhou com raiva para Macon e depois se virou para Lena. — Gostaria de ter mais tempo para conversar, Lena. Mas você tem que fazer a Escolha, e eu sou Obrigada a explicar o que está em jogo. Há consequências; seu tio não estava mentindo sobre isso. — Ela fez uma pausa. — Se você escolher ir para as Trevas, todos os Conjuradores da Luz da nossa família vão morrer.

Lena ficou pálida.

— Por que eu concordaria com isso?

— Porque se você escolher ir para a Luz, todos os Conjuradores das Trevas e os Lilum da nossa família vão morrer. — Sarafine se virou e olhou para Macon. — E eu quero dizer todos. Seu tio, o homem que tem sido como um pai para você, vai deixar de existir. Você vai destruí-lo.

Macon desapareceu e se materializou na frente de Lena, nem um segundo depois.

— Lena, escute. Estou disposto a fazer o sacrifício. Foi por isso que não falei para você. Eu não queria que você se sentisse culpada pelo meu fim. Eu sempre soube o que você escolheria. Faça a escolha. Liberte-se de mim.

Lena estava vacilante. Ela podia mesmo destruir Macon se Sarafine estivesse dizendo a verdade? Mas se era verdade, que outra escolha ela tinha? Macon era apenas uma pessoa, apesar de ser uma que ela amava.

— Tem mais uma coisa que posso oferecer — acrescentou Sarafine.

— O que você poderia ter a oferecer que me faria matar vovó, tia Del, Reece, Ryan?

Sarafine deu uns passos hesitantes na direção de Lena.

— Ethan. Temos um meio de vocês dois poderem ficar juntos.

— De que você está falando? Já estamos juntos.

Sarafine inclinou a cabeça ligeiramente e estreitou o olhar. Alguma coisa passou pelos por seus olhos dourados. Reconhecimento.

— Você não sabe. Sabe? — Sarafine se virou para Macon e riu. — Você não contou a ela. Bem, isso não é jogar limpo.

— O que eu não sei? — falou Lena.

— Que você e Ethan nunca vão poder ficar juntos, não fisicamente. Conjuradores e Lilum não podem se relacionar fisicamente com Mortais. — Ela sorriu, saboreando o momento. — Pelo menos, não sem matá-los.

A Invocação

*C*onjuradores não podem se relacionar fisicamente com Mortais sem matá-los.

Tudo fazia sentido agora. A conexão primária entre nós. A eletricidade, a falta de ar sempre que nos beijávamos, o ataque do coração que quase me matou — não podíamos ficar juntos fisicamente.

Eu sabia que era verdade. Lembrei do que Macon dissera naquela noite no pântano com Amma, e no meu quarto.

Um futuro entre os dois é uma impossibilidade.

Há coisa que você não vê agora, coisas que estão além do nosso controle.

Lena estava tremendo. Ela também sabia que era verdade.

— O que você disse? — sussurrou ela.

— Que você e Ethan nunca vão poder ficar juntos de verdade. Nunca poderão se casar, ter filhos. Vocês nunca poderão ter um futuro, pelo menos não um de verdade. Não acredito que nunca contaram pra você. Sem dúvida mantiveram você e Ridley numa redoma.

Lena se virou para Macon.

— Por que você não me contou? Sabe que eu o amo.

— Você nunca tinha tido um namorado, muito menos um Mortal. Nenhum de nós jamais achou que isso seria problema. Não nos demos conta do quanto sua ligação com Ethan era forte até ser tarde demais.

Eu podia ouvir suas vozes, mas não estava ouvindo. Nunca poderíamos ficar juntos. Eu nunca poderia ficar próximo o suficiente.

O vento começou a aumentar, espalhando a chuva pelo ar como se fosse vidro. Um relâmpago partiu o céu. Um trovão soou com tamanho estrondo que o chão tremeu. Claramente, não estávamos mais no olho da tempestade. Eu sabia que Lena não ia conseguir se controlar por muito mais tempo.

— Quando vocês iam me contar? — gritou ela acima do vento.

— Depois que você fosse Invocada.

Sarafine viu a oportunidade e a agarrou.

— Mas você não vê, Lena? Temos um jeito. Um jeito de você e Ethan poderem passar o resto da vida juntos, se casarem, terem filhos. O que você quiser.

— Ela nunca permitiria isso, Lena — retorquiu Macon. — Mesmo se fosse possível, Conjuradores das Trevas desprezam os Mortais. Jamais permitiriam que suas linhagens se diluíssem com sangue Mortal. É uma das nossas grandes diferenças.

— É verdade. Mas nesse caso, Lena, estaríamos dispostos a abrir uma exceção, considerando a alternativa. E encontramos um meio de tornar isso possível. — Ela deu de ombros. — É melhor do que morrer.

Macon olhou para Lena e reagiu.

— Você poderia matar todo mundo da sua família só para estar com Ethan? Tia Del? Reece? Ryan? Sua própria avó?

Sarafine abriu as mãos poderosas de forma luxuriante, exercitando seus poderes.

— Depois da Transformação, nem vai ligar para essas pessoas. E você terá a mim, sua mãe, seu tio e Ethan. Ele não é a pessoa mais importante na sua vida?

Os olhos de Lena se enevoaram. Chuva e neblina a rodeavam. Era tão alto que quase abafou o som dos tiros em Honey Hill. Eu tinha esquecido que podíamos morrer por qualquer uma das duas batalhas em acontecimento ali esta noite.

Macon segurou Lena pelos braços.

— Ela está certa. Se você concordar com isso, não vai sentir remorso, porque não vai ser você mesma. A pessoa que você é agora estará morta. O que ela não está dizendo é que não vai se lembrar dos seus sentimentos por Ethan. Em poucos meses, seu coração estará tão cheio de Trevas que ele não representará mais nada para você. A Invocação tem um poder incrivelmente intenso em uma Natural. Você pode até mesmo matá-lo com suas mãos. Você será capaz desse tipo de maldade. Não é verdade, Sarafine? Diga para Lena o que aconteceu com o pai dela, já que você é uma grande defensora da verdade.

— Seu pai roubou você de mim, Lena. O que aconteceu foi um *infortúnio*, um acidente.

Lena parecia chocada. Era uma coisa ouvir que a mãe tinha assassinado o pai da bola maluca da Sra. Lincoln na reunião do Comitê Disciplinar. Era outra coisa descobrir que era verdade.

Macon tentou virar as coisas de volta a seu favor.

— Diga para ela, Sarafine. Explique para ela como o pai dela morreu queimado em sua própria casa, por um incêndio que você desencadeou. Todos sabemos como você *ama* brincar com fogo.

Os olhos de Sarafine estavam ferozes.

— Sabe, você interferiu por 16 anos. Acho que devia ficar de fora agora.

De repente, Hunting apareceu a centímetros de Macon. Agora ele parecia menos com um homem e mais com o que ele era. Um Demônio. O cabelo liso e preto estava de pé como os pelos das costas de um lobo antes de atacar, as orelhas estavam pontudas, e quando ele abriu a boca, era a boca de um animal. Então ele apenas desapareceu, desmaterializando-se.

Hunting reapareceu num piscar de olhos em cima de Macon, tão rapidamente que nem tive certeza do que vi. Macon segurou Hunting pela jaqueta e o jogou contra uma árvore. Eu nunca tinha me dado conta do quanto Macon era forte. Hunting saiu voando, mas em vez de bater na árvore, passou por ela e rolou no chão do outro lado. No mesmo momento, Macon desapareceu e reapareceu em cima dele. Macon jogou o corpo de Hunting no chão, e a força fez o chão rachar embaixo deles. Hunting ficou deitado, derrotado. Macon se virou para olhar para Lena. Quando ele se virou de volta, Hunting levantou-se atrás dele com um sorriso. Gritei, tentando avisar Macon, mas ninguém podia me ouvir com o furacão que crescia acima de nós. Hunting rosnou com ferocidade, enfiando os dentes na nuca de Macon como um cachorro numa luta.

Macon gritou, um som profundo e gutural, e desapareceu. Ele se foi. Mas Hunting deve ter ficado preso a ele, pois desapareceu com Macon, e quando eles reapareceram na beirada da clareira, Hunting ainda estava agarrado ao pescoço de Macon.

O que ele estava fazendo? Se alimentando? Eu não sabia o bastante para saber como ou se isso era ao menos possível. Mas seja lá o que Hunting estivesse absorvendo, pareceu enfraquecer Macon. Lena gritou, e foram gritos altos e apavorantes.

Hunting se afastou do corpo de Macon com um empurrão. Macon ficou caído na lama, a chuva caindo sobre ele. Outra rajada de tiros foi ouvida. Me encolhi, assustado pela proximidade de tiros de verdade. A Encenação estava vindo em nossa direção, na direção de Greenbrier. Os Confederados estavam fazendo a defesa final.

O barulho dos tiros abafou o rosnado, por um lado totalmente diferente, mas ainda um som familiar. Boo Radley. Ele uivou e pulou no ar na direção de Hunting, pronto para defender seu dono. Quando o cachorro saltou em direção a Hunting, o corpo de Larkin começou a se contorcer, se transformando em uma pilha de cobras na frente de Boo. As cobras sibilaram, serpenteando umas sobre as outras.

Boo não se deu conta de que as cobras eram uma ilusão, de que ele podia correr por entre elas. Ele retrocedeu, latindo, atento às cobras serpenteantes, o que era a oportunidade que Hunting precisava. Ele desmaterializou e apareceu atrás de Boo, enforcando o cachorro com sua força sobrenatural. O corpo de Boo se contorceu enquanto ele tentava lutar com Hunting, mas era inútil. Hunting era forte demais. Ele jogou o corpo inerte do cachorro para o lado, ao lado de Macon. Boo estava imóvel.

O cachorro e seu dono estavam deitados lado a lado na lama. Sem se mexer.

— Tio Macon! — gritou Lena.

Hunting passou as mãos pelo cabelo liso e sacudiu a cabeça, revigorado. Larkin voltou a vestir a jaqueta de couro, em sua forma familiar. Os dois pareciam drogados depois de tomar uma dose.

Larkin olhou para a lua, depois para o relógio.

— Está quase na hora. A meia-noite está chegando.

Sarafine esticou os braços como se fosse abraçar o céu.

— A Décima-Sexta Lua, o Décimo-Sexto Ano.

Hunting sorriu para Lena com sangue e lama no rosto.

— Bem-vinda à família.

Lena não tinha a menor intenção de ser parte daquela família. Eu podia ver isso agora. Ela se levantou, encharcada, coberta com lama da tempestade torrencial. O cabelo preto chicoteava ao redor. Ela mal conseguia ficar de pé contra o vento, e se inclinou na direção dele, como se a qualquer momento seus pés fossem sair do chão e ela fosse desaparecer no céu negro. Talvez pudesse. A essa altura, nada me surpreenderia.

Larkin e Hunting se moveram silenciosamente nas sombras, até que estavam flanqueando Sarafine, de cara para Lena. Sarafine chegou mais perto.

Lena ergueu uma mão espalmada.

— Pare. Agora.

Sarafine não parou. Lena fechou a mão. Uma linha de fogo surgiu na grama alta. As chamas rugiram, separando mãe e filha. Sarafine ficou paralisada. Não esperava que Lena fosse capaz de muito mais do que ela provavelmente considerava ser um pouco de vento e chuva. Lena a tinha pego de surpresa.

— Nunca vou esconder nada de você, como todo mundo em nossa família fez. Expliquei suas opções e falei a verdade. Você pode me odiar, mas ainda sou sua mãe. E posso oferecer uma coisa que eles não podem. Um futuro com o Mortal.

As chamas aumentaram. O fogo se espalhou como se tivesse vontade própria, até que as chamas cercaram Sarafine, Larkin e Hunting. Lena riu. Uma risada sombria, como a da mãe. Até mesmo do outro lado da clareira, ela me fez tremer.

— Você não precisa fingir que se importa comigo. Todos sabemos a megera que você é, *mãe*. É a única coisa com a qual todos podemos concordar.

Sarafine juntou os lábios e soprou, como se estivesse soprando um beijo. Só que o fogo soprou junto, mudando a direção, correndo pela vegetação para cercar Lena.

— Tente ser mais convincente, *querida*. Se esforce.

Lena sorriu.

— Queimar uma bruxa? Mas que clichê.

— Se eu quisesse queimar você, Lena, já estaria morta. Lembre-se, você não é a única Natural.

Lentamente, Lena esticou o braço e colocou uma mão nas chamas. Não fez nenhuma careta, ficou completamente sem expressão. Então enfiou outra mão no fogo. Ergueu as mãos acima da cabeça e segurou o fogo como se fosse uma bola. Depois jogou as chamas com o máximo de força que conseguiu. Bem na minha direção.

O fogo bateu no carvalho atrás de mim, acendendo os galhos mais rápido do que lenha seca. As chamas desceram pelo tronco. Cambaleei para a frente, tentando sair do caminho. Continuei me mexendo até que cheguei à parede da minha prisão invisível. Mas dessa vez, ela não estava lá. Arrastei as pernas pelos centímetros de lama através do campo. Olhei para o lado e vi Link caído. O carvalho atrás dele queimava com mais intensidade que o meu. As chamas atingiram o céu negro e começaram a se espalhar no campo ao redor. Corri na direção de Lena. Não conseguia pensar em outra coisa. Link cambaleou na direção da mãe dele. Só havia Lena e a linha de fogo entre Sarafine e nós. Por um momento, pareceu o bastante.

Toquei o ombro de Lena. Na escuridão, ela deveria ter tido um sobressalto, mas sabia que era eu. Ela nem olhou para mim.

Amo você, L.

Não diga nada, Ethan. Ela consegue ouvir tudo. Não tenho certeza, mas acho que sempre ouviu.

Olhei para o outro lado do campo, mas não conseguia ver Sarafine, Hunting e nem Larkin por trás das chamas. Sabia que eles estavam lá, e sabia que provavelmente tentariam matar todos nós. Mas eu estava com Lena e, por apenas um segundo, era tudo que importava.

— Ethan! Vá buscar Ryan. Tio Macon precisa de ajuda. Não posso segurá-la por muito tempo.

Saí em disparada antes que **Lena** pudesse dizer outra palavra. Seja lá o que Sarafine tivesse feito para romper nossa ligação, não mais importava. Lena estava de volta no meu coração e na minha cabeça. Enquanto eu corria pelos campos irregulares, era só isso que importava.

Exceto pelo fato de que era quase meia-noite. Corri mais rápido.

Amo você também. Vá rápido...

⌒ᘓ

Olhei para meu celular: 23h25. Bati na porta de Ravenwood e empurrei freneticamente a lua crescente acima da porta. Nada aconteceu. Larkin devia ter feito alguma coisa para selar o portal, não que eu tivesse alguma ideia como.

— Ryan! Tia Del! Vovó!

Eu tinha que encontrar Ryan. Macon estava ferido. Lena podia ser a próxima. Eu não tinha como prever o que Sarafine faria quando Lena recusasse a proposta dela. Link cambaleou no degrau atrás de mim.

— Ryan não está aqui.

— Ryan é médica? Temos que ajudar minha mãe.

— Não. Ela... Explico depois.

Link estava andando de um lado para o outro na varanda.

— Alguma parte daquilo foi real?

Pense. Eu tinha que pensar. Estava nisso sozinho. Ravenwood era uma verdadeira fortaleza esta noite. Ninguém podia invadir, pelo menos não um Mortal, e eu não podia decepcionar Lena.

Liguei para a única pessoa em que pude pensar que não teria problemas em lidar com dois Conjuradores das Trevas e um Incubus de Sangue, no meio de um furacão sobrenatural. Uma pessoa que era meio que um furacão sobrenatural por si só. Amma.

Ouvi o toque do telefone no outro lado da linha.

— Ela não atende. Amma ainda deve estar com meu pai.

23h30. Só havia uma outra pessoa que podia me ajudar, e era um tiro no escuro. Liguei para a Biblioteca do Condado de Gatlin.

— Marian também não está lá. Ela saberia o que fazer. Que diabos? Ela nunca sai da biblioteca, mesmo tarde.

Link andava de um lado para o outro, desesperado.

— Nada está aberto. É uma porcaria de feriado. É a Batalha de Honey Hill, lembra? Talvez devêssemos ir para a Zona Segura e procurar paramédicos.

Olhei para ele como se um relâmpago tivesse acabado de sair da sua boca e me atingido na cabeça.

— É feriado. Nada está aberto — repeti.

— É. Eu acabei de dizer isso. Então o que a gente faz? — Ele parecia infeliz.

— Link, você é um gênio. Um gênio incrível.

— Eu sei, cara, mas o que isso tem a ver com tudo?

— Está com o Lata-Velha?

Ele assentiu.

— Temos que sair daqui.

Link ligou o carro. Ele estalou mas pegou, como sempre. Os Holy Rollers soavam nos alto-falantes, e que fique registrado que agora eles eram péssimos. Ridley deve mesmo ser boa nesse lance de Sirena.

Link desceu o caminho de cascalho, depois olhou para mim de lado.

— Pra onde vamos mesmo?

— Pra biblioteca.

— Pensei que você tivesse dito que está fechada.

— Pra outra biblioteca.

Link assentiu como se tivesse entendido, mas não tinha. Mesmo assim, ele fez o que falei, como nos velhos tempos. O Lata-Velha se sacudiu pela estrada de cascalho como se fosse segunda-feira de manhã e estivéssemos atrasados para o primeiro tempo. Só que não era.

Eram 23h40.

Quando paramos de repente na frente da Sociedade Histórica, Link nem tentou entender. Saí do carro antes que ele pudesse desligar o som que tocava Holy Rollers. Ele me alcançou quando eu virava a esquina e entrava na escuridão atrás do segundo prédio mais antigo de Gatlin.

— Aqui não é a biblioteca.

— Aham.

— É o FRA.

— Aham.

— Que você odeia.

— Aham.

— Minha mãe vem aqui, tipo, todo dia.

— Aham.

— Cara. O que estamos fazendo aqui?

Andei até a grade e enfiei a mão por ela. Ela penetrou o metal, o que parecia metal, deixando meu braço parecendo amputado no punho.

Link me segurou.

— Cara, Ridley deve ter colocado alguma coisa no meu refrigerante. Porque eu juro, seu braço, acabei de ver seu braço... Esqueça, estou alucinando.

Puxei o braço de volta e mexi os dedos em frente ao seu rosto.

— Fala sério, cara. Depois de tudo que você viu hoje, *agora* você acha que está alucinando? Agora?

Olhei para meu celular. 23h45.

— Não tenho tempo de explicar, mas só vai ficar mais estranho de agora em diante. Vamos descer para a biblioteca, mas não é bem uma biblioteca. E você vai ficar apavorado a maior parte do tempo. Então se quiser esperar no carro, tudo bem.

Link estava tentando absorver o que eu estava dizendo tão rapidamente quanto eu falava, o que era uma coisa difícil.

— Vai ou não vai?

Link olhou para a grade. Sem dizer palavra alguma, enfiou a mão. Ela desapareceu.

Ele ia.

Me abaixei para passar pela porta e comecei a descer a velha escadaria de pedra.

— Vamos. Temos que voar.

Link riu nervosamente enquanto cambaleava atrás de mim.

— Entendeu? Voar? Bruxas?

As tochas se acenderam enquanto descíamos para a escuridão. Peguei a base de metal de uma e a passei para Link. Peguei outra e pulei os últimos degraus para o aposento que parecia uma cripta. Uma a uma, as tochas da parede se acenderam quando chegamos ao meio da câmara. As colunas apareceram, junto com as sombras, na luz bruxuleante das tochas nas paredes. As palavras DOMUS LUNAE LIBRI reapareceram nas sombras da entrada, onde eu as tinha visto da última vez.

— Tia Marian! Você está aqui?

Ela bateu no meu ombro por trás. Quase pulei até o teto e esbarrei em Link.

Link gritou, deixando a tocha cair. Pisei nas chamas.

— Nossa, Dra. Ashcroft. Você me deu um susto de matar.

— Desculpe, Wesley... E Ethan, *você enlouqueceu?* Tem alguma recordação de quem é a *mãe* desse pobre garoto?

— A Sra. Lincoln está inconsciente. Lena está em perigo. Macon foi ferido. Preciso entrar em Ravenwood, não consigo achar Amma e não consigo entrar lá. Preciso ir pelos Túneis. — Eu era um garotinho de novo e falei tudo correndo. Falar com Marian era como falar com minha mãe, ou pelo menos falar com alguém que sabia como era falar com minha mãe.

— Não posso fazer nada. Não posso ajudar. De qualquer modo, a Invocação acontece à meia-noite. Não posso parar o relógio. Não posso salvar Macon, nem a mãe de Wesley, nem ninguém. Não posso me envolver. — Ela olhou para Link. — E lamento por sua mãe, Wesley. Não tive a intenção de desrespeitá-lo.

— Sim, senhora. — Link parecia derrotado.

Balancei a cabeça e dei a Marian a tocha mais próxima na parede.

— Você não entendeu. Não quero que você faça nada além do que a bibliotecária Conjuradora faz.

— O quê?

Olhei para ela expressivamente.

— Preciso entregar um livro em Ravenwood. — Me inclinei e peguei um na pilha mais próxima, queimando as pontas dos meus dedos. — *O Guia Completo de Ervas e Verbiagem Venenosas.*

Marian parecia cética.

— Hoje?

— Sim, hoje. Agora mesmo. Macon me pediu que levasse para ele pessoalmente. Antes da meia-noite.

— Uma bibliotecária Conjuradora é a única Mortal que sabe como acessar os Túneis da *Lunae Libri*. — Marian olhou para mim com astúcia e pegou o livro das minhas mãos. — Que bom que por acaso sou uma.

Link e eu seguimos Marian pelos túneis cheios de curvas da *Lunae Libri*. Em um ponto contei as portas de carvalho pelas quais passávamos, mas parei depois que chegamos a dezesseis. Os Túneis eram como um labirinto, e cada um era diferente. Havia passagens de teto baixo, onde Link e eu tivemos que nos abaixar para poder passar, e corredores de teto alto onde não parecia haver teto algum sobre nossas cabeças. Era literalmente um outro mundo. Algumas passagens eram rústicas, adornadas com nada além da modesta construção em si, enquanto outras pareciam corredores de um castelo ou museu, com tapeçarias, mapas antigos emoldurados e pinturas a óleo penduradas na parede. Em circunstâncias diferentes, eu teria parado para ler as placas embaixo de cada retrato. Talvez fossem Conjuradores famosos, quem sabe. A única coisa que as passagens tinham em comum era o cheiro de terra e de tempo, e o número de vezes em que Marian mexeu na chave de *lunae* crescente, o círculo de ferro que ela usava preso na cintura.

Depois do que pareceu uma eternidade, chegamos à porta. Nossas tochas estavam quase se apagando, e tive que levantar a minha para conseguir ler *Ravenwood* entalhado numa tábua vertical. Marian girou a chave pela última fechadura e a porta se abriu. Degraus entalhados levavam à casa e percebi com uma olhada no teto que estávamos no térreo.

Me virei para Marian.

— Obrigado, tia Marian. — Estiquei a mão para pegar o livro. — Entregarei isso a Macon.

— Não tão rápido. Ainda preciso ver o cartão da biblioteca com seu nome, EW. — Ela piscou para mim. — Eu mesma entrego esse livro.

Olhei para meu celular. 23h45 de novo. Era impossível.

— Como pode ser a mesma hora que era quando chegamos à *Lunae Libri*?

— Tempo lunar. Vocês jovens nunca ouvem. As coisas não são sempre o que parecem lá embaixo.

Link e Marian me seguiram escada acima e até o saguão de entrada. Ravenwood estava como quando saímos, até pelo bolo nos pratos, o aparelho de chá e a pilha de presentes de aniversário ainda embrulhados.

— Tia Del! Reece! Vovó! Alô? Onde está todo mundo? — gritei, e elas apareceram saídas do nada. Del estava posicionada perto da escada, segurando um abajur sobre a cabeça como se fosse jogá-lo na cabeça de Marian em um segundo. Vovó estava na porta, protegendo Ryan com o braço. Reece estava escondida debaixo da escada, segurando um facão.

Todas começaram a falar ao mesmo tempo.

— Marian! Ethan! Estávamos tão preocupadas. Lena desapareceu, e quando ouvimos o sino dos Túneis, pensamos que era...

— Vocês a viram? Ela está lá fora?

— Vocês viram Lena? Quando Macon não voltou, começamos a nos preocupar.

— E Larkin. Ela não feriu Larkin, feriu?

Olhei para elas sem acreditar, tirando o abajur das mãos de tia Del e passando-o para Link.

— Um abajur? Você achou mesmo que um abajur ia salvar você?

Tia Del deu de ombros.

— Barclay foi para o sótão para Mutar algumas armas a partir de trilhos de cortina e objetos de decoração velhos. Foi tudo que consegui encontrar.

Fiquei de joelhos na frente de Ryan. Não havia muito tempo, aproximadamente 14 minutos, para ser exato.

— Ryan. Você se lembra quando eu estava ferido e você me ajudou? Preciso que você venha fazer isso agora, lá em Greenbrier. Tio Macon caiu, e ele e Boo estão feridos.

Ryan parecia que ia chorar.

— Boo está ferido também?

Link limpou a garganta no fundo do aposento.

— E minha mãe. Quero dizer, sei que ela é um saco e tudo mais, mas será que ela... será que ela pode ajudar minha mãe?

— E a mãe de Link.

Vovó puxou Ryan para trás de si, dando tapinhas carinhosos em sua bochecha. Ajeitou o suéter e esticou a saia.

— Vamos lá. Del e eu iremos. Reece, fique aqui com sua irmã. Diga para seu pai aonde fomos.

— Vovó, preciso de Ryan.

— Pois hoje, eu sou Ryan, Ethan. — Ela pegou a bolsa.

— Não saio daqui sem Ryan. — Bati o pé. Havia muita coisa em jogo.

— Não podemos levar uma criança ainda não Invocada lá para fora, não na décima-sexta lua. Ela poderia ser morta. — Reece olhou para mim como se eu fosse um idiota. Eu estava por fora dos conhecimentos Conjuradores de novo.

Del pegou meu braço para me tranquilizar.

— Minha mãe é uma Empática. Ela é muito sensível aos poderes dos outros e pode pegar esses poderes emprestados por um tempo. Agora, pegou o de Ryan. Não vai durar muito, mas é capaz de fazer qualquer coisa que Ryan faça. E vovó foi Invocada, obviamente há bastante tempo. Então ela vai com você.

Olhei para meu celular: 23h49.

— E se não chegarmos a tempo?

Marian sorriu e ergueu o livro.

— Não faço uma entrega em Greenbrier desde, bem, nunca. Del, você acha que consegue encontrar o caminho?

Tia Del assentiu, colocando os óculos.

— Palimpsestas sempre conseguem achar antigas portas escondidas. São as novas as que nos causam dificuldades. — Ela desapareceu no Túnel, com Marian e vovó atrás. Link e eu nos esforçamos para acompanhá-las.

— Para um grupo de senhoras — falou Link, ofegante —, elas realmente conseguem andar rápido.

Dessa vez, a passagem era pequena e estava desabando, e tinha musgo verde e preto crescendo nas paredes e no teto. Provavelmente no chão também, mas eu não podia ver nas sombras. Éramos cinco tochas sacolejantes no meio da escuridão total. Como eu e Link estávamos no fim da fila, a fumaça entrava nos meus olhos, fazendo-os lacrimejar e arder.

Conforme íamos nos aproximando de Greenbrier, eu sabia que estávamos chegando por causa da fumaça que começou a entrar pelos Túneis, não das nossas tochas, mas de aberturas escondidas que levavam ao mundo lá fora.

— É aqui. — Tia Del tossiu, tateando nas beiradas de um corte retangular nas paredes de pedra. Marian raspou o musgo, revelando uma porta. A chave *lunae* se encaixou perfeitamente, como se ela tivesse sido aberta há poucos dias, em vez de centenas de milhares de dias atrás. A porta não era de carvalho, e sim de pedra. Eu não consegui acreditar que tia Del tinha força para empurrá-la e abri-la.

Tia Del parou na escadaria e fez sinal para que eu passasse. Ela sabia que estávamos quase sem tempo. Baixei a cabeça para passar pelo musgo pendurado e senti o cheiro úmido do ar quando subi pelos degraus de pedra. Saí do túnel, mas quando cheguei ao topo, fiquei paralisado. Eu podia ver a mesa de pedra da cripta, onde *O Livro das Luas* tinha ficado por tantos anos.

E eu sabia que era a mesma mesa, porque o Livro estava sobre ela agora.

O mesmo livro que tinha sumido da prateleira do meu armário hoje de manhã. Eu não tinha ideia de como ele tinha chegado aqui, mas não havia tempo de perguntar. Pude ouvir o fogo antes mesmo de vê-lo.

Fogo é alto, cheio de fúria e destruição. E havia fogo ao redor de mim. A fumaça no ar estava tão densa que estava me sufocando. O calor estava queimando os pelos dos meus braços. Era como uma visão do medalhão, ou pior, como o último dos meus pesadelos — aquele em que Lena era consumida por fogo.

A sensação de que eu a estava perdendo. Estava acontecendo.

Lena, onde você está?

Ajude tio Macon.

A voz dela estava ficando indistinta. Tentei afastar a fumaça com a mão para enxergar o visor do celular.

23h53. Sete minutos para meia-noite. O tempo estava acabando.

Vovó pegou minha mão.

— Não fique apenas parado aí. Precisamos de Macon.

* * *

Vovó e eu corremos, de mãos dadas, para cima do fogo. A longa fileira de salgueiros que emoldurava a passagem levando ao cemitério e aos jardins estava em chamas. A vegetação, os carvalhos, as palmeiras, o alecrim, os limoeiros — tudo estava em chamas. Eu podia ouvir os últimos sons de tiro ao longe. Honey Hill estava terminando, e eu sabia que os atores começariam os fogos de artifício em breve, como se os fogos de artifício na Zona Segura pudessem de alguma maneira se comparar aos fogos acontecendo aqui. O jardim inteiro e a clareira estavam em chamas em torno da cripta.

Cambaleamos pela fumaça até que chegamos perto dos carvalhos em chamas, e encontrei Macon caído onde ele estava antes. Vovó se inclinou sobre ele e tocou sua bochecha com a mão.

— Ele está fraco, mas vai ficar bem.

No mesmo momento, Boo Radley rolou de lado e ficou de pé nas quatro patas. Depois se abaixou e deitou sobre a barriga ao lado do dono.

Macon fez um esforço para virar a cabeça em direção à vovó. A voz dele mal passava de um sussurro.

— Onde está Lena?

— Ethan vai encontrá-la. Descanse. Vou ajudar a Sra. Lincoln.

Link estava ao lado da mãe e vovó andou rapidamente em direção a eles sem dizer outra palavra. Fiquei de pé, procurando Lena no meio do fogo. Não conseguia ver nenhum deles em lugar algum. Nem Hunting, nem Larkin, nem Sarafine, ninguém.

Estou aqui em cima. Em cima da cripta. Mas acho que estou presa.

Aguente, L. Estou indo.

Tentei achar o caminho entre as chamas, procurando me manter na direção que eu lembrava das vezes que vim a Greenbrier com Lena. Quanto mais perto eu chegava da cripta, mais quente eram as chamas. Minha pele parecia estar descascando, mas eu sabia que estava mesmo era queimando.

Subi em um túmulo sem nome, encontrei um buraco para apoiar o pé na parede de pedra em ruínas e me impulsionei o mais alto que consegui. Em cima da cripta havia uma estátua, algum tipo de anjo, com parte do corpo quebrado. Segurei em alguma parte dele, não sei qual, talvez uma canela, e me puxei para a beirada.

Ande, Ethan! Preciso de você.

Foi quando me vi cara a cara com Sarafine.

Que enfiou uma faca na minha barriga.

Uma faca de verdade, na minha barriga, de verdade.

O final do sonho que nunca tinham nos deixado ver. Só que agora não era um sonho. Eu sei, porque era a minha barriga, e senti cada centímetro da lâmina.

Surpreso, Ethan? Você acha que Lena é a única Conjuradora nesse canal?

A voz de Sarafine começou a sumir.

Vamos ver se ela vai querer ir para a Luz agora.

Enquanto eu perdia a consciência, só conseguia pensar que, se me vestissem com um uniforme da Confederação, eu seria Ethan Carter Wate. Até com o mesmo ferimento na barriga, com o mesmo medalhão no bolso. Ainda que a única coisa de que eu tivesse desertado fosse o time de basquete da Jackson High, em vez do exército de Lee.

Sonhando com uma garota Conjuradora que eu sempre amaria. Assim como o outro Ethan.

Ethan! Não!

⟋ᘓ

Não! Não! Não!

Em um minuto, eu estava gritando; no outro, o som estava preso na minha garganta.

Eu me lembro de Ethan caindo. Eu me lembro de minha mãe sorrindo. O brilho da faca e o sangue.

O sangue de Ethan.

Não podia estar acontecendo.

Nada se movia, nada. Tudo estava perfeitamente congelado, como uma cena num museu de cera. As ondas de fumaça continuaram sendo ondas. Eram fofas e cinzentas, mas não iam para lugar algum, nem para cima nem para baixo. Apenas ficaram paradas no ar, como se fossem feitas de cartolina, parte do cenário de uma peça. As línguas de fogo ainda estavam transparentes, ainda quentes, mas não queimavam nada e não faziam som algum. Nem o ar se movia. Tudo estava exatamente como no segundo anterior.

Vovó estava inclinada sobre a Sra. Lincoln, prestes a tocar na bochecha dela, a mão suspensa no ar. Link estava segurando a mão da mãe, ajoelhado na lama como um garotinho assustado. Tia Del e Marian estavam encolhidas nos degraus da passagem da cripta, protegendo o rosto da fumaça.

Tio Macon estava deitado no chão, com Boo agachado junto a ele. Hunting estava recostado numa árvore a alguns metros, admirando seu trabalho. A jaqueta de couro de Larkin estava em chamas e ele olhava na direção errada, a meio caminho da estrada na direção de Ravenwood. Como era de se imaginar, correndo da ação, em vez de indo em direção a ela.

E Sarafine. Minha mãe segurava uma adaga entalhada, uma coisa antiga das Trevas, bem acima da cabeça. Seu rosto estava febril de fúria e fogo e ódio. A lâmina ainda pingava sangue sobre o corpo sem vida de Ethan. Até mesmo as gotas de sangue estavam congeladas no ar.

O braço de Ethan estava esticado sobre a beirada do teto da cripta. Estava pendurado, inerte, na direção do cemitério abaixo.

Como em nosso sonho, mas ao contrário.

Eu não tinha caído dos braços dele. Ele foi arrancado dos meus.

Abaixo da cripta, estiquei o braço para cima, afastando chama e fumaça, até que meus dedos se entrelaçaram com os de Ethan. Eu estava na ponta dos pés, mas mal conseguia alcançá-lo.

Ethan, eu amo você. Não me deixe. Não consigo fazer isso sem você.

Se houvesse luz da lua, eu poderia ter visto o rosto dele. Mas não havia lua, não nesse momento, e a única luz vinha do fogo, ainda congelado, que me cercava de todos os lados. O céu estava vazio, completamente negro. Não havia nada. Eu tinha perdido tudo esta noite.

Solucei até não conseguir mais respirar e meus dedos escorregarem dos dele, sabendo que eu jamais sentiria aqueles dedos nos meus cabelos de novo.

Ethan.

Eu queria gritar o nome dele apesar de ninguém poder me ouvir, mas não tinha um grito sequer dentro de mim. Não tinha mais nada em mim além dessas palavras. Lembrei das palavras das visões. Lembrei de cada uma delas.

Sangue do meu coração.

Vida da minha vida.

Corpo do meu corpo.

Alma da minha alma.

— *Não faça isso, Lena Duchannes. Não se meta com aquele Livro das Luas e recomece essa escuridão toda de novo.*

Abri meus olhos. Amma estava ao meu lado, no fogo. O mundo ao redor de nós ainda estava congelado.

Olhei para Amma.

— *Os Grandes fizeram isso?*

— *Não, criança, Isso é coisa sua. Os Grandes só me ajudaram a chegar.*

— *Como eu posso ter feito isso?*

Ela sentou ao meu lado na terra.

— *Você ainda não sabe do que é capaz, sabe? Melchizedek estava certo sobre isso, pelo menos.*

— *Amma, do que você está falando?*

— *Sempre falei para Ethan que ele podia fazer um buraco no céu algum dia. Mas acho que foi você quem fez isso.*

Tentei limpar as lágrimas do meu rosto, mas outras surgiam. Quando chegaram aos meus lábios, pude sentir a fuligem na boca.

— *Eu sou... Eu sou das Trevas?*

— *Ainda não, agora não.*

— *Sou da Luz?*

— *Não. Não posso dizer que você seja isso também.*

Olhei para o céu. A fumaça cobria tudo — as árvores, o céu, e onde devia haver uma lua e estrelas, só havia um cobertor escuro e grosso de nada. Cinzas e fogo e fumaça e nada.

— *Amma.*

— *Sim?*

— *Onde está a lua?*

— *Bem, se você não sabe, criança, eu com certeza não saberei. Num minuto eu estava olhando para sua Décima-Sexta Lua. E você estava parada embaixo dela, olhando para as estrelas como se só Deus lá no Céu pudesse ajudá-la, com as palmas erguidas como se estivesse segurando o céu. Depois, nada. Só isso.*

— *E a Invocação?*

Ela fez uma pausa, refletindo.

— *Bem, não sei o que acontece se não houver Lua no seu aniversário do Décimo-Sexto Ano, à meia-noite. Nunca aconteceu antes, pelo que eu saiba. Parece que não pode haver Invocação se não houver Décima-Sexta Lua.*

Eu devia ter sentido alívio, felicidade, confusão. Mas só sentia dor.

— *Acabou então?*

— *Não sei.*

Ela esticou a mão e me ergueu, até que estávamos as duas de pé. A mão dela era quente e forte, e eu me senti menos confusa. Como se nós duas soubéssemos o que eu ia fazer. Como suspeito que Ivy soubera o que Genevieve ia fazer, nesse lugar, há mais de cem anos.

Quando abrimos a capa rachada do Livro, eu soube imediatamente em qual página abrir, como se sempre tivesse sabido.

— *Você sabe que não é natural. E você sabe que deve haver consequências.*

— *Eu sei.*

— *E você sabe que não há garantia de que vá funcionar. Não deu muito certo da última vez. Mas posso dizer o seguinte: minha tatara-tia Ivy está lá com os Grandes, e eles vão nos ajudar se puderem.*

— *Amma. Por favor. Não tenho escolha.*

Ela olhou nos meus olhos. Finalmente, assentiu.

— *Não posso dizer que consigo impedir que você o faça. Porque você ama meu menino. E porque eu amo meu menino, vou ajudar você.*

Olhei para ela e entendi.

— E foi por isso que você trouxe O Livro das Luas para cá hoje.

Amma assentiu, lentamente. Esticou a mão em direção ao meu pescoço, e puxou o anel de dentro do moletom de Ethan da Jackson High que eu ainda estava usando.

— Esse era o anel de Lila. Ele devia amá-la muito para dá-lo a você.

Ethan, amo você.

— O amor é uma coisa poderosa, Lena Duchannes. O amor de uma mãe não é uma coisa com que se brinque. Parece que Lila tem tentado ajudar vocês do melhor jeito que pode.

Ela arrancou o anel do meu pescoço. Pude sentir o ponto onde a corrente arrebentou e um corte me ardia a pele. Ela enfiou o anel no meu dedo do meio.

— Lila teria gostado de você. Você tem a única coisa que Genevieve nunca teve quando usou o Livro. O amor das duas famílias.

Fechei meus olhos, sentindo o metal frio contra minha pele.

— Espero que você esteja certa.

— Espere. — Amma se abaixou e pegou o medalhão de Genevieve, ainda embrulhado no lenço da família dela, de dentro do bolso de Ethan. — Só para lembrar a todos que você já tem a maldição. — Ela suspirou desconfortavelmente. — Não queremos que você seja julgada duas vezes pelo mesmo crime.

Colocou o medalhão sobre o livro.

— Dessa vez, vamos fazer direito.

Então ela tirou o amuleto gasto do próprio pescoço e o colocou sobre o livro, ao lado do medalhão. O pequeno disco de ouro parecia uma moeda, a imagem apagada pelo tempo e uso.

— Para lembrar a todos que, se estiverem mexendo com meu menino, estão mexendo comigo.

Ela fechou os olhos. Fechei os meus. Toquei nas páginas com minhas mãos e comecei a recitar, a princípio lentamente, depois cada vez mais alto.

— CRUOR PECTORIS MEI, TUTELA TUA EST.

VITA VITAE MEAE, CORRIPIENS TUAM, CORRIPIENS MEAM.

Falei as palavras com confiança. Uma certa confiança que só vem de não ligar mesmo se você vai viver ou morrer.

— CORPUS CORPORIS MEI, MEDULLA MENSQUE,

ANIMA ANIMAE MEAE, ANIMAM NOSTRAM CONECTE.

Gritei as palavras para o cenário congelado, apesar de não haver ninguém além de Amma para ouvir.

— CRUOU PECTORIS MEI, LUNA MEA, AESTUS MEUS

CRUOR PECTORIS MEI, FATUM MEUM, MEA SALUS.

Amma esticou o braço em minha direção e pegou minhas mãos trêmulas em suas mãos fortes, e recitamos o Conjuro de novo, juntas. Dessa vez falamos na língua de Ethan e da mãe dele, Lila, de tio Macon e tia Del e Amma e Link e da pequena Ryan e de todo mundo que amava Ethan e nos amava. Dessa vez, o que dissemos virou uma música.

Uma música de amor — para Ethan Lawson Wate, das duas pessoas que mais o amavam. E sentiriam mais falta dele se falhássemos.

— SANGUE DO MEU CORAÇÃO, A PROTEÇÃO É TUA.

VIDA DA MINHA VIDA, TIRA A TUA, TIRA A MINHA.

CORPO DO MEU CORPO, ESSÊNCIA E MENTE,

ALMA DA MINHA ALMA, UNA OS NOSSOS ESPÍRITOS.

SANGUE DO MEU CORAÇAO, MINHAS MARÉS, MINHA LUA.

SANGUE DO MEU CORAÇAO, MINHA SALVAÇÃO, MINHA PERDIÇÃO.

Um relâmpago atingiu a mim, ao Livro, à cripta e a Amma. Pelo menos, foi isso que pensei que tivesse acontecido. Mas então me lembrei que foi **assim que tudo pareceu a Genevieve também nas visões. Amma foi jogada contra a parede da cripta e sua cabeça bateu na pedra com força.**

Senti a eletricidade percorrer meu corpo e relaxei, aceitando o fato de que se eu morresse, pelo menos seria com Ethan. Eu o sentia, sentia como ele estava perto de mim, sentia o quanto o amava. Senti o anel, queimando no meu dedo, e o quanto ele me amava.

Senti meus olhos ardendo, e para todo lado que eu olhava, via uma névoa de luz dourada, como se viesse de mim de alguma forma.

Ouvi Amma sussurrar:

— Meu menino.

Me virei na direção de Ethan. Ele estava banhado em luz dourada, assim como todo o resto. Ainda estava imóvel. Olhei para Amma em pânico.

— Não funcionou.

Ela se reclinou no altar de pedra, fechando os olhos.

Eu gritei:

— Não funcionou!

Cambaleei para longe do Livro, entrei na lama. Olhei para o alto. A lua estava lá de novo. Ergui os braços acima da cabeça, em direção aos céus. Um calor corria pelas minhas veias, onde deveria haver sangue. A raiva cresceu dentro de mim, sem ter lugar para ir. Eu podia senti-la me consumindo. Sabia que se não achasse um meio de aliviá-la, ela me destruiria.

Hunting. Larkin. Sarafine.

O predador, o covarde e minha mãe assassina, que vivia para destruir a própria filha. Os galhos retorcidos da minha árvore genealógica Conjuradora.

Como eu podia me Invocar quando eles já tinham retirado de mim a única coisa que me importava? O calor explodiu nas minhas mãos, como se tivesse vontade própria. Um relâmpago cortou o céu. Eu sabia para onde ele ia antes mesmo de cair.

Três pontos na bússola, sem o norte para me guiar.

O relâmpago explodiu em chamas, atingindo os três alvos simultaneamente — os que tiraram tudo de mim hoje. Eu devia ter tido vontade de olhar para o outro lado, mas não tive. A estátua que tinha sido minha mãe um momento antes era estranhamente bonita, envolvida em chamas à luz da lua.

Baixei os braços, limpando terra, cinzas e dor dos meus olhos, mas quando olhei de novo, ela tinha sumido.

Todos tinham sumido.

A chuva começou a cair, e minha visão embaçada se aguçou até que pude ver as rajadas de chuva atingindo os carvalhos fumegantes, os campos, o bosque. Eu podia ver claramente pela primeira vez em muito tempo, talvez melhor do que nunca. Caminhei de volta à cripta, na direção de Ethan.

Mas ele tinha sumido.

Onde seu corpo estava minutos antes, agora havia outra pessoa. Tio Macon.

Não entendi. Me virei para Amma para obter respostas. Os olhos dela estavam enormes, assustados.

— Amma, onde está Ethan? O que aconteceu?

Mas ela não me respondeu. Pela primeira vez na vida, Amma estava sem palavras. Estava olhando para o corpo de tio Macon, confusa.

— Nunca achei que ia terminar assim, Melchidezek. Depois de todos esses anos carregando o peso do mundo nos nossos ombros, juntos. — Ela estava falando com ele como se ele pudesse ouvi-la, apesar de sua voz estar mais baixa do que eu jamais tinha ouvido. — Como vou segurar tudo sozinha?

Segurei-a pelos ombros, os ossos pontudos dela machucando as palmas das minhas mãos.

— Amma, o que está acontecendo?

Ela ergueu os olhos para olhar nos meus, a voz mal passando de um sussurro.

— Você não pode obter uma coisa do Livro sem dar algo em troca. — Uma lágrima rolou por sua bochecha enrugada.

Não podia ser verdade. Me ajoelhei ao lado de tio Macon e estiquei a mão lentamente para tocar seu rosto perfeitamente barbeado. Normalmente, eu encontraria um calor enganador, associado com seres humanos, alimentado pela energia de esperanças e sonhos de Mortais, mas não hoje. Hoje, a pele dele estava gelada. Como a de Ridley. Como dos mortos.

Sem dar algo em troca.

— Não... Por favor, não. — Eu tinha matado tio Macon. E nem tinha me Invocado ainda. Nem tinha escolhido ir para a Luz, e ainda assim o tinha matado.

A fúria começou a crescer dentro de mim de novo, o vento soprando com força em volta de nós, se revirando como minhas emoções. Isso estava começando a ser um sentimento familiar, como um velho amigo. O Livro tinha feito algum tipo de troca terrível, uma que eu não pedi. E então me dei conta.

Uma troca.

Se tio Macon estava aqui, onde Ethan estava deitado morto, poderia isso significar que talvez Ethan estivesse vivo em algum lugar?

Fiquei de pé e corri em direção à cripta. A paisagem paralisada brilhava com a luz dourada. Eu podia ver Ethan ao longe deitado na grama ao lado de Boo, onde tio Macon estava momentos antes. Corri até ele, peguei na mão, mas ela estava fria. Ethan ainda estava morto e agora tio Macon estava também.

O que eu tinha feito? Tinha perdido os dois. Ajoelhada na lama, afundei a cabeça no peito de Ethan e chorei. Segurei as mãos dele contra minha bochecha. Pensei em todas as vezes em que ele se recusou a aceitar o meu destino, se recusou a desistir, a dizer adeus.

Agora era minha vez.

— Não vou dizer adeus. Não vou. — Tinha chegado a esse ponto, apenas um sussurro em um campo de vegetação fumegante.

Então eu senti. Os dedos de Ethan começaram a mexer, procurando os meus.

L?

Eu mal podia ouvi-lo. Sorri e chorei, e beijei a palma da sua mão.

Você está aí, Lena?

Entrelacei meus dedos nos dele, e jurei que nunca soltaria. Ergui meu rosto e deixei a chuva cair nele, lavando a fuligem.

Estou aqui.

Não vá.

Não vou a lugar algum. E nem você.

Um raio de esperança

Olhei para meu celular. Estava quebrado.

O relógio ainda marcava 23h59.

Mas eu sabia que passava da meia-noite, porque os fogos finais tinham começado, apesar de estar chovendo. A Batalha de Honey Hill estava acabada até o ano que vem.

Fiquei deitado no meio do campo enlameado, deixando a chuva me molhar. Enquanto observei os modestos fogos de artifício tentarem explodir no céu úmido da noite, tudo estava enevoado. Minha mente não conseguia se concentrar. Eu tinha caído, batido a cabeça e algumas outras partes do corpo também. Minha barriga, meu quadril, meu lado esquerdo todo doía. Amma ia me matar quando eu chegasse em casa detonado desse jeito.

Só me lembrava que em um segundo eu estava me apoiando naquela estátua de anjo idiota e no seguinte eu estava deitado de costas na lama, aqui. Achei que um pedaço da estátua tinha se partido quando eu tentava subir para o topo da cripta, mas não tinha certeza. Link devia ter me carregado até aqui depois que caí e fiquei inconsciente como um idiota. Fora isso, parecia que minha memória tinha sido limpa.

Acho que foi por isso que não entendi por que Marian, vovó e tia Del estavam agachadas perto da cripta, chorando. Nada podia ter me preparado para o que vi quando finalmente cambaleei até lá.

Macon Ravenwood. Morto.

Talvez ele sempre tivesse estado morto e eu não sabia, mas agora ele se fora. Eu sabia isso. Lena se jogou sobre o corpo dele, a chuva encharcando os dois.

Macon, molhado de chuva pela primeira vez.

Na manhã seguinte, juntei algumas peças sobre a noite do aniversário de Lena. Macon foi a única morte. Ao que tudo indicava, Hunting o tinha vencido depois que perdi a consciência. Vovó explicou que se alimentar de sonhos era muito menos substancial do que se alimentar de sangue. Acho que ele nunca teve chance contra Hunting. Mas isso não o impediu de tentar.

Macon sempre dizia que faria qualquer coisa por Lena. No final, ele foi um homem de palavra.

Todas as outras pessoas pareciam estar bem, pelo menos fisicamente. Tia Del, vovó e Marian se arrastaram de volta a Ravenwood, com Boo atrás delas, choramingando como um filhote. Tia Del não conseguia entender o que tinha acontecido com Larkin. Ninguém sabia como dar a ela a notícia de que tinha não uma, mas duas maçãs podres na família, então ninguém disse nada.

A Sra. Lincoln não se lembrava de nada, e Link teve dificuldade para explicar o que ela fazia no meio do campo de batalha de calçola e meias. Ela ficou estupefata de estar na companhia da família de Macon Ravenwood, mas foi educada enquanto Link a ajudava a chegar até o Lata-Velha. Link tinha muitas perguntas, mas eu achava que elas podiam esperar até a aula de Álgebra II. Daria a nós dois o que fazer quando as coisas voltassem ao normal, seja lá quando fosse.

E Sarafine.

Sarafine, Hunting e Larkin sumiram. Eu sabia disso porque quando recuperei a consciência, eles tinham desaparecido, e Lena estava lá, apoiada em mim enquanto andávamos de volta para Ravenwood. Eu não sabia direito os detalhes, assim como todo mundo, mas parecia que Lena, Macon e todos nós tínhamos subestimado os poderes de Lena como uma Natural. Ela tinha de alguma forma conseguido bloquear a lua e se salvar de ser Invocada. Sem a Invocação, parecia que Sarafine, Hunting e Larkin tinham fugido, ao menos por enquanto.

Lena ainda não falava do acontecido. Ainda não estava falando muito.

Adormeci no chão do quarto dela, ao seu lado, nossas mãos ainda entrelaçadas. Quando acordei, ela tinha saído e eu estava sozinho. As paredes do quarto, as mesmas que estiveram tão cobertas de palavras que não dava para ver dois centímetros de parede sob a tinta preta, agora estavam completamente limpas. Exceto por uma, a parede defronte à janela, que estava coberta do chão ao teto com palavras, só que a caligrafia não parecia mais a de Lena. A caligrafia de menina tinha sumido. Toquei a parede como se pudesse sentir as palavras, e eu sabia que ela tinha ficado acordada a noite inteira, escrevendo.

Macon Ethan
apoiei minha cabeça no peito dele e chorei porque ele viveu porque ele morreu
um oceano seco, um deserto de emoção
feliztriste trevasluz doralegria tomaram conta de mim, de mim toda
eu podia ouvir o som mas não entendia as palavras
e então percebi que o som era eu me partindo
em um momento eu sentia tudo e não sentia nada
estava em pedaços, estava salva, perdi tudo, ganhei
tudo mais
alguma coisa em mim morreu, alguma coisa em mim nasceu, eu só sabia
que a garota foi embora
seja lá quem eu fosse agora, eu jamais seria ela de novo é assim
que o mundo termina não com um estrondo mas com um gemido
invoque a si mesma invoque a si mesma invoque a si mesma invoque
gratidão fúria amor desespero esperança ódio

primeiro o verde é dourado mas nada que seja verde pode permanecer

não

tente

nada

verde

pode

permanecer

T.S. Eliot. Robert Frost. Bukowski. Reconheci alguns dos poetas das suas prateleiras e paredes. Com exceção de Frost, que Lena tinha citado errado, o que não era o tipo de coisa que ela fazia. Nada dourado pode permanecer, o poema é assim.

Não verde.

Talvez tudo parecesse igual para ela agora.

Desci vacilante até a cozinha, onde tia Del e vovó estavam conversando baixinho sobre preparativos. Lembrei das vozes baixas e dos preparativos quando minha mãe morreu. Odiava os dois. Lembrei do quanto doeu seguir com a vida, para que tias e avós fizessem planos, ligassem para parentes, limpassem os pedaços, quando tudo que você queria era rastejar para dentro do caixão também. Ou talvez plantar um limoeiro, fritar tomates, construir um monumento com suas próprias mãos.

— Onde está Lena? — Não falei baixo, e assustei tia Del. Nada podia assustar vovó.

— Ela não está no quarto dela? — Tia Del ficou confusa.

Vovó calmamente se serviu de outra xícara de chá.

— Acho que você sabe onde ela está, Ethan.

Eu sabia.

Lena estava deitada na cripta, bem onde tínhamos encontrado Macon. Estava olhando para o céu cinzento da manhã, enlameada e molhada, ainda com as roupas da noite anterior. Eu não sabia para onde tinham levado o corpo dele, mas entendi o impulso dela de estar aqui. Para estar com ele, mesmo sem ele.

Ela não olhou para mim, apesar de saber que eu estava lá.

— Aquelas coisas odiosas que eu disse, nunca vou poder consertar. Ele nunca soube o quanto eu o amava.

Me deitei ao lado dela na lama, meu corpo dolorido gemendo. Olhei para ela, para o cabelo preto encaracolado e para as bochechas sujas e molhadas. As lágrimas correram por seu rosto, mas ela não tentou limpá-las. Nem eu.

— Ele morreu por minha causa.

Ela olhava para o céu cinzento, sem piscar. Eu queria que tivesse alguma coisa que eu pudesse dizer para fazê-la se sentir melhor, mas sabia melhor do que ninguém que palavras assim não existiam. Então, não disse nada. Em vez disso, beijei os dedos da mão de Lena. Parei quando senti o gosto de metal, e então vi. Ela estava usando o anel de minha mãe na mão direita.

Ergui a mão dela.

— Eu não queria perdê-lo. O cordão quebrou ontem à noite.

Havia nuvens pretas no céu. Ainda não tínhamos visto o fim da tempestade, eu sabia. Fechei minha mão ao redor da dela.

— Nunca amei você mais do que a amo nesse exato segundo. E nunca vou amar você menos do que a amo nesse exato segundo.

O céu cinzento era apenas um momento de calmaria sem sol, entre a tempestade que tinha mudado nossas vidas para sempre e a que ainda viria.

— Isso é uma promessa?

Apertei a mão dela.

Não solte.

Nunca.

Nossas mãos se torceram e viraram uma. Ela virou a cabeça, e quando olhei em seus olhos, reparei pela primeira vez que um estava verde e o outro cor de mel — na verdade, parecia mais dourado.

Era quase meio-dia quando comecei a longa caminhada para casa. O céu azul estava manchado de cinza escuro e dourado. A pressão estava aumentando, mas parecia que ia demorar algumas horas até a chuva. Acho que Lena ainda estava em choque. Mas eu estava pronto para a tempestade. E quando ela viesse, faria a temporada de furacões de Gatlin parecer uma chuva de primavera.

Tia Del tinha se oferecido para me levar para casa de carro, mas eu queria andar. Apesar de cada osso do meu corpo estar doendo, eu precisava clarear as ideias. Enfiei as mãos nos bolsos do jeans e senti o volume familiar. O medalhão. Lena e eu teríamos que encontrar um meio de devolvê-lo para o outro Ethan Wate, o que estava morto no túmulo, como Genevieve queria que fizéssemos. Talvez fosse dar a Ethan Carter um pouco de paz. Devíamos isso aos dois.

Desci a rua inclinada que levava a Ravenwood e me vi mais uma vez na bifurcação na estrada, a que tinha parecido tão assustadora antes de eu conhecer Lena. Antes de eu saber para onde estava indo. Antes de eu saber como era a vida real e o amor verdadeiro.

Passei pelos campos e desci a autoestrada 9, pensando naquela primeira ida, naquela primeira noite na tempestade. Pensei em tudo, em como quase tinha perdido meu pai e Lena. Em como tinha aberto os olhos e a vi me encarando, e tudo que conseguia pensar era no quanto eu tinha sorte. Antes de me dar conta de que tínhamos perdido Macon.

Pensei em Macon, em seus livros amarrados com papel e barbante, nas camisas perfeitamente passadas, e na serenidade ainda mais perfeita. Pensei no quanto as coisas iam ser difíceis para Lena, sentindo saudade dele, desejando poder ouvir sua voz mais uma vez. Mas eu estaria ao lado dela, assim como desejei que alguém estivesse ao meu lado quando perdi minha mãe. E depois dos últimos meses, depois que minha mãe nos mandou aquela mensagem, eu não achava que Macon tivesse partido de verdade. Talvez ele ainda estivesse por aí em algum lugar, tomando conta de nós. Ele tinha se sacrificado por Lena, eu tinha certeza disso.

O certo e o fácil nunca são a mesma coisa. Ninguém sabia disso melhor do que Macon.

Olhei para o céu. As nuvens cinzentas percorriam o azul, tão azul quanto a tinta no teto do meu quarto. Me perguntei se esse tom de azul realmente impedia que as abelhas carpinteiras fizessem ninho. Me perguntei se essas abelhas acreditavam que era o céu.

É louco o que se vê quando não se está olhando.

Tirei meu iPod do bolso e liguei. Havia uma nova música na lista de músicas.

Olhei para ela um tempão.

Dezessete Luas.

Apertei play.

Dezessete luas, dezessete anos,
Olhos onde Trevas ou Luz aparecem,
Dourado para o sim e verde para o não,
Dezessete, o último a saber.

Agradecimentos

Só levamos três meses para escrever o primeiro rascunho de *Dezesseis Luas*. Porém, escrever foi a parte fácil. Acertar os detalhes foi a parte difícil, e foi preciso a ajuda de muitas outras pessoas. Essa é a árvore genealógica de *Dezesseis Luas*:

Raphael Simon & Hilary Reyl,
que o viram antes que houvesse o que ver.
Sarah Burnes, da Gernert Company,
Uma Agente Extraordinária,
que leu e entendeu desde o começo.
Courtney Gatewood,
da Gernert Company, Agente 007,
que o levou através do lago e além.
Jennifer Hunt & Julie Scheina
O Time Editorial Cruelmente Genial da Little Brown,
que nos fizeram suar e chorar até acertarmos.
Dave Caplan, Nosso Designer Talentoso e Médium,
que criou a estrada até Ravenwood do jeito que imaginamos.
Matthew Chupack,
que traduziu nosso latim macarrônico para latim de verdade.
Alex Hoerner, Fotógrafo das Estrelas (e nosso),
que nos fez ficar bonitas sem nenhum Conjuro.
Nossos Parentes na Carolina do Norte, principalmente
Haywood Ainsley Early, Genealogista,
que nos ajudou a plantar nossas árvores genealógicas.
& Anna Gatlin Harmon,

NOSSA FILHA DA CONFEDERAÇÃO FAVORITA,
que nos emprestou seu nome de solteira e nos ajudou a falá-lo corretamente.

E NOSSOS LEITORES:
HANNAH, ALEX C, TORI, YVETTE, SAMANTHA, MARTINE, JOYCE,
OSCAR, DAVID, ASH, VIRGINIA, JEAN X 2, KERRI, DAVE,
MADELINE, PHILLIP, DEREK, ERIN, RUBY,
AMANDA & MARCOS,
cuja vontade de saber o que acontecia depois
mudou o que acontecia depois.
ASHLY, TAMBÉM CONHECIDA COMO RAINHA VAMPIRA ADOLESCENTE
SUSAN & JOHN, ROBERT & CELESTE, BURTON & MARÉ,
que ouviram e nos estimularam, como sempre fizeram em toda nossa vida.
MAY & EMMA,
que faltaram a escola duas vezes para cortar os excessos,
e que perceberam o pedaço que faltava no final
como só meninas de 13 e 15 anos conseguiriam fazer.
KATE P E NICK & STELLA G,
que adormeceram todas as noites com o som das teclas do laptop.

E É CLARO,
ALEX & LEWIS,
que acharam todos os buracos
e cuidaram para que o universo não caísse por eles,
que aguentaram tudo citado acima
e mais um pouco.